HUGO VON HOFMANNSTHAL

GESAMMELTE WERKE

IN ZEHN EINZELBÄNDEN

FISCHER TASCHENBUCH VERLAG

HUGO VON HOFMANNSTHAL

REDEN UND AUFSÄTZE III
1925–1929

BUCH DER FREUNDE

AUFZEICHNUNGEN
1889–1929

FISCHER TASCHENBUCH VERLAG

Herausgegeben von Bernd Schoeller
und Ingeborg Beyer-Ahlert (Aufzeichnungen)
in Beratung mit Rudolf Hirsch

Fischer Taschenbuch Verlag
Mai 1980
Ungekürzte, neu geordnete,
um einige Texte erweiterte Ausgabe der 15 Bände
H. v. H. Gesammelte Werke in Einzelausgaben,
herausgegeben von Herbert Steiner
S. Fischer Verlag GmbH, Frankfurt am Main

Umschlagentwurf: Jan Buchholz/Reni Hinsch
Satzherstellung: Otto Gutfreund & Sohn, Darmstadt
Druck und Bindung: Clausen & Bosse, Leck
Papier: Scheufelen, Lenningen
Printed in Germany
1980-ISBN-3-596-22168-4

REDEN UND AUFSÄTZE III

1925–1929

BUCH DER FREUNDE

AUFZEICHNUNGEN

1889–1929

INHALT DER ZEHN BÄNDE

GEDICHTE
DRAMEN I
1891–1898

DRAMEN II
1892–1905

DRAMEN III
1893–1927

DRAMEN IV
Lustspiele

DRAMEN V
Operndichtungen

DRAMEN VI
Ballette · Pantomimen
Bearbeitungen · Übersetzungen

ERZÄHLUNGEN
ERFUNDENE GESPRÄCHE UND BRIEFE
REISEN

REDEN UND AUFSÄTZE I
1891–1913

REDEN UND AUFSÄTZE II
1914–1924

REDEN UND AUFSÄTZE III
1925–1929
AUFZEICHNUNGEN

INHALT

REDEN

AUFSÄTZE

LITERATUR

IN MEMORIAM

THEATER

BILDENDE KÜNSTE

GESCHICHTE

GELEGENTLICHE ÄUSSERUNGEN

BUCH DER FREUNDE

AUFZEICHNUNGEN

REDEN

VERMÄCHTNIS DER ANTIKE

REDE ANLÄSSLICH EINES FESTES DER FREUNDE DES HUMANISTISCHEN GYMNASIUMS

Die Unruhe ist nach wie vor allgemein, der Zweifel und die Verworrenheit eher im Wachsen als im Abnehmen. Die materiellen Auswirkungen der Katastrophe, durch die wir gegangen sind, bleiben ungeheuer; aber wir gewahren, daß die geistigen noch furchtbarer und noch folgenreicher sind. Wir versuchen uns zur Klarheit durchzuringen, zu erkennen, was dahingestürzt und was noch aufrecht ist; aber der ordnende Sinn in uns selber, der allein zu solchen Urteilen fähig wäre, ist im tiefsten beschädigt. Niemand ist geistesmächtig, niemand scharfsinnig genug, sich über das zu erheben, was alle und alles umstrickt. Unsere Befürchtungen, die manchmal die Betonung des Schreckens annehmen, finden immerfort und von allen Seiten her neue Nahrung, unsere Hoffnungen sind unsicher und vag; die stärkste von ihnen, paradoxerweise, ist die, welche wir gerade aus der Größe der Bedrohung, aus der umfassenden Gewalt des Ereignisses ziehen.

Es gibt nichts im geistigen Bereich, das nicht versehrt wäre. »Der Geist selbst ist verwundet«, sagt ein Franzose. »Unsere Welt ist im Untergehen«, schreibt ein Deutscher auf sein Buch. »Wir sind allein«, ruft ein Spanier aus, »der Europäer von heute steht allein, ohne lebende Tote an seiner Seite.« In der Tat, das, was fünfzehn Jahre hinter uns liegt, ist so fern von uns, so unerreichbar wie Sesostris und Nimrod. Wir sind ganz allein.

Die Geschichte, wenn wir uns an sie wenden, ist kalt und vieldeutig in ihren Antworten wie ein Orakel. Schlagen wir heute ihre Blätter auf, so scheinen uns die Jahrhunderte bis zurück an den Ausgang des Mittelalters von nichts zu sprechen als von dem Kommen des Kataklysmas, das uns heute unter Trümmern erschlägt. Was immer sich im Geistesleben vollzogen hat, von jener Anfangstat des sechzehnten Jahrhunderts an, jener Setzung des Ethos über den Logos, die wir den Protestantismus nennen – mit dem wissenden Auge, das der heutige Tag uns gibt, sehen wir in der Kette der Geschehnisse nichts als die Vorbereitung dessen, was heute Wirklichkeit wird. Der rückwärts gewandte Prophet heftet den gleichen eisigen, undurchdringlichen Blick auf uns wie die Gegenwart selber.

Und in dieser Welt rüsten Sie sich, ein Fest des Geistes zu feiern; und der Gegenstand Ihres Festes ist das Bekenntnis zur Überlieferung kat' exochen, zur geistigen Ordnung kat' exochen, zum ewigen Band aller geistigen Ordnungen. Sie haben das unverwesliche Wort Humanismus auf Ihrem Banner, während rings in Europa und in jenem hybriden Neu-Europa jenseits des Ozeans der vollständigste, tiefstgreifende Prozeß der Deshumanisation, der je geträumt werden konnte, im Gange ist.

Zwischen der Zeit, in der wir jung waren, und heute liegt ein Abgrund, und einer, dessen Ränder nicht einmal fest sind, sondern der stündlich weiter um sich frißt. Das Begrenzte, auf dem allein wir geistig zu fußen vermögen, ist im Begriff, sich zu verflüchtigen wie Rauch; das Unmeßbare, die indefinite formlose Materie unserer Welterfahrung, überflutet den Bezirk unseres Daseins. Das, was sich vollzieht, ist schreckensvoll und kaum mehr deutbar. Es gibt diesem Ungeheuren gegenüber die Haltungen Einzelner: Gebärden der Abwehr, des Stoizismus und der Verzweiflung, aber die Grundgebärde des Europäers ist nicht mehr wahrnehmbar, und auch jenen einzelnen Gebärden fehlt es an Kraft und Größe. Da und dort flammt ein jäher Orientalismus auf – auch Rußland ist Orient! –, aber ohne fortreißende Kräfte; und an denen, die ihm huldigen, wird nichts so deutlich wie der Wunsch, allen Ballast abzuwerfen, und wäre es das eigene denkende Selbst. Achtet man dieser einen Fluchtgebärde nicht, so geht alles darauf aus, sich der »Wirklichkeit« zu unterwerfen. Diese aber wechselt dämonisch ihre Mienen: denn Wirklichkeit ist geistige Schöpfung, und jene wechselnden Mienen sind nichts als der Reflex des inneren Seelenschwindels einer Menschheit, die zur Schöpfung nicht mehr die Seelenkräfte in sich trägt.

Wir leben in einem kritischen Weltmoment, der zu Festen

kaum Raum gibt. Aus Kriegen der Völker und Konflikten der Klassen sind neuartige Religionskriege geworden, Geisteskriege, um so mörderischer, als sie in der Halbnacht wechselseitigen Nichterkennens geführt werden; Sekte ringt mit Sekte, und niemand will es wahrhaben, in welch unheimlicher Weise über Nacht von unsichtbaren Händen die furchtbaren Gewichte des leiblichen und des geistigen Behauptungswillens der Massen lautlos vertauscht werden: bald verkleidet sich Ökonomie als Geist, bald Geist als Ökonomie. In der verworrensten der Welten treten Sie zusammen und wollen das Fest der Unverworrenheit feiern, der höchsten Offenbarung geistiger Klarheit, die je da war.

Aber Sie dürfen es, und dürften es, wären die Gemüter noch gespannter und die Verzagtheit (welche zuweilen die Maske des Zynismus vornimmt) noch größer. Denn der Gegenstand Ihres Festes ist über dem allen, und Ihre Feier zieht eben aus der Dunkelheit, die uns umgibt, jenen einen zwischen nachtschwarzen Wolken durchbrechenden Lichtstrahl, der sie adelt. Sie stehen hier nicht als die Hüter eines Vorrates von Kenntnissen oder Sinnbildern; es ist kein System unter Systemen, als dessen Parteigänger Sie sich vereinigen; es ist keine bestimmte schulmäßige Geisteshaltung – oder ist es eine solche, dann im höchsten Sinne, und in der Region solcher Synthesen, die der gemeinen Kritik entzogen sind.

Das, wofür Sie einstehen, ist der Geist der Antike; ein so großes Numen, daß kein einzelner Tempel, obwohl viele ihm geweiht sind, es faßt.

Es ist unser Denken selber; es ist das, was den europäischen Intellekt geformt hat.

Es ist die eine Grundfeste der Kirche und aus dem zur Weltreligion gewordenen Christentum nicht auszuscheiden; ohne Platon und Aristoteles nicht Augustin noch Thomas.

Es ist die Sprache der Politik, ihr geistiges Element, vermöge dessen ihre wechselnden und ewig wiederkehrenden Formen in unser geistiges Leben eingehen können.

Es ist der Mythos unseres europäischen Daseins, die Kreation unserer geistigen Welt (ohne welche die religiöse nicht sein kann), die Setzung von Kosmos gegen Chaos, und er umschließt den Helden und das Opfer, die Ordnung und die Verwandlung, das Maß und die Weihe.

Es ist kein angehäufter Vorrat, der veralten könnte, sondern eine mit Leben trächtige Geisteswelt in uns selber: unser wahrer innerer Orient, offenes, unverwesliches Geheimnis.

Es ist ein herrliches Ganzes: tragender Strom zugleich und jungfräulicher Quell, der immer rein hervorbricht. Nichts in seinem Bereich ist so alt, daß es nicht morgen als ein Neues, strahlend vor Jugend, hervortreten könnte. Homer glänzt in alter Herrlichkeit, alterslos wie das Meer, aber seinen Helden Achilleus hat Hölderlins Seelenblick getroffen, und er steht in neuem, ungeahntem Licht. Heraklit, für ein Jahrtausend nichts als ein Name, ist an den Tag getreten, und seine dunkle Lehre ist heute wieder seelenbildende Gewalt. Die dunklen ältesten Mythen, eingemauert in die Grundfesten des Werkes der Tragiker, haben in dem wunderbaren Schweizer, dem lange verkannten, ihren Deuter gefunden; noch einmal breitet sich in seinen Werken, wie einst im antiken Lebensbereich, das Ganze dieser Geisteswelt, vom orphischen Spruch bis zur mythischen Anekdote, die ein byzantinischer Spätling überliefert.

In der mittelsten Region aber der Naturwissenschaften, dort, wo der Begriff der »Wirkung« den Begriff der »Energie« heute ablöst, wo von den Begriffen »Raum«, »Zeit« und »Schwere« her jenes Geheimnis, das wir zuletzt mit dem Wort Materie bedeckten, einer neuen Enthüllung entgegenharrt, dort, wo das nüchtern großartige Wort laut wird: Was ich messen kann, das existiert – dort erhebt sich aus den brauenden Nebeln der Theoreme, wie das Licht des uralten, ewig jungen Tages, die Vision Platons von einer Zahlentheorie der Natur, und mit ihr die Weisheit des Pythagoras.

BEGRÜSSUNG DES INTERNATIONALEN KONGRESSES DER KULTURVERBÄNDE

Die Zusammenkunft von Männern aus den großen Kulturländern, welche die Sorge um die Idee Europa zusammenführt, kann auf keinem Boden willkommener sein, auf keinem natürlicher erscheinen als auf dem österreichischen.
Es handelt sich bei dieser Begegnung nicht um den Ausdruck von Tendenzen oder von Sympathien, noch um den Ausgleich von Interessen, sondern um eine Bemühung von Gedanken: nicht um Politik und nicht einmal um Nichtpolitik, die später in Politik übergehen will, sondern um ein gemeinsames Gewahrwerden von Wahrheiten, deren Tiefe und Einfachheit sich auch dem schärferen Auge unter der verwirrenden Vielfalt des scheinbar Bedeutungsvollen, des »Aktuellen« verbirgt.
Nur die Banalität des Geistes oder die Notwendigkeit, schnell zu praktischen Diskussionen überzugehen, kann die Idee »Europa« und ihre Ableitungen »Europäer, europäisch« für geistig gesicherte Begriffe ansehen; in der Tat gehören diese Begriffe zu den mindest gesicherten, und es ist eine sehr große angespannte Bemühung nötig, sie neu zu sichern. Im Vergleich mit den großen, die Epoche beherrschenden Begriffen fehlt diesem Begriff das Furchteinflößende, aus dem allein die Ehr-furcht entspringt. Er kann dieses nur gewinnen, wenn er einen gewaltigen, furchteinflößenden Begriff unserer Zeit, den der Nation, sich integriert, ihn sich dienstbar macht, ohne ihn zu entadeln.
Einer Anzahl bedeutender Gäste aus dem germanischen mittleren Bereich Europas stehen gleich viele Vertreter des romanischen Westens gegenüber, und solche von ausgezeichnetem Rang. Ihrer aller Ankunft in unserer Stadt ist gleichmäßig zu begrüßen. Soll gewissermaßen symbolisch ein Name hervorgehoben werden, so sei es der von Paul Valéry, als des Dichter-Denkers, dessen Reflexionen und Monologe über Gegenstände und Entscheidungen unseres geistigen Lebens

eine aus der Strenge und der Grazie hervorgehende Schönheit erreichen, mit welcher das durch die Schrift offenbarte Denken keines Zeitgenossen rivalisieren kann.

ANSPRACHE BEI ERÖFFNUNG DES KONGRESSES DER KULTURVERBÄNDE IN WIEN

Indem Sie mir, meine Damen und Herren, die Ehre antun, mich mit dem Vorsitz an Ihrer Tagung zu beauftragen, ist es vor allem Ihre Absicht – daran zweifle ich nicht –, einem Österreicher diese Auszeichnung zu erweisen. Sie gedenken in diesem Augenblick des Bodens, auf dem Sie sich versammeln, und es ist Ihnen gegenwärtig, daß die Gastlichkeit, welche dieser Boden Ihrer Zusammenkunft bietet, doch für die Idee, der Sie dienen, noch eine ganz andere Bedeutung hat als die irgendeiner andern Stadt oder eines anderen Landes, und dies aus Ursachen, deren ich als Österreicher nicht ohne jene Trauer gedenken kann, die, wo sie sich auf Unabänderliches bezieht, in das Gefühl der Resignation und der Ergebung in das verhängte Schicksal übergeht.
Sie stehen auf dem Boden der Stadt, welche durch lange Jahrhunderte das Oberhaupt des Römischen Reiches Deutscher Nation mit ihren Mauern umgab. Der Geist dieses nicht bloß weltlichen, sondern sakralen Imperiums, das über die Nationen griff, ist als Idee auch jenem irdischen, aber noch immer ehrwürdigen Staatsgebäude innewohnend geblieben, das nach den Erschütterungen der napoleonischen Zeit aus den Trümmern jenes älteren Reiches hervorging: dem österreichischen, mit der deutschen Nation staatsrechtlich verbundenen Kaiserstaat.
Ideen sind lebende Mächte höherer Ordnung, sie wählen sich ihre Träger, so wie das Kunstwerk den wählt, durch den es ans Licht kommen will. Dieses Staatsgebilde, hier an dieser Stelle Europas von der Geschichte gewollt, den europäischen Kulturkreis südöstlich gegen den orientalischen abzuschließen, war der Träger einer übernationalen Idee, und vermöge dieser Idee, nicht durch staatsrechtliche Verklammerungen und Sanktionen, hat es durch Jahrhunderte bestanden und Macht geübt. Und auch heute, nach furchtbaren Entscheidungen, die wir durchlebt, und furchtbaren Belehrungen, die wir empfan-

gen haben, wage ich es auszusprechen, daß diese Idee bis in die jüngste Zeit hinein eine lebende war, daß sie an den Seelen nicht nur der deutschen Bewohner dieser Länder, sondern auch der slawischen eine bildende Gewalt übte, und daß ihre Ausstrahlungen, diese dem Geist des späteren neunzehnten Jahrhunderts immer ungemäßeren, mit immer weniger bewußter Liebe aufgenommenen Ausstrahlungen, eine heimliche segensreiche Wirkung über den deutschen Kulturkreis hin gehabt haben, bis ins Kontor eines hanseatischen Kaufmannes, bis in die Arbeitskammer eines rheinischen Handwerkers, bis in die Studierstube eines Baseler Gelehrten.

Das Österreich, von dem ich spreche, besteht nicht mehr. Aber die Geistesverfassung, die ein halbes Jahrtausend besiegelte, kann durch kein Friedensinstrument, durch keine technische Neuordnung annulliert werden. Es hatte in Europa neben der Schweiz, und in anderen Ausmaßen als die Schweiz, für Millionen denkender Individuen ein übernationales Vaterland gegeben. In Millionen denkender Individuen war, von Geschlecht zu Geschlecht überliefert, dieser Glaube lebend gewesen: daß sich Nationen verstehen, ihre Kultur mit wechselseitiger Sympathie umfassen und über ihr nationales Dasein hinaus sich in einer höheren Einheit zusammenfinden sollen und können. Was ist natürlicher, als daß von hier aus, von den Trümmern Österreichs aus, diese Idee – denn auch ein Zusammensturz ohnegleichen vermag nicht eine Idee zu töten – aufs neue nach ihrer Aktualisierung zu streben anfing, daß es ein Österreicher war, der Prinz Karl Rohan, dem nach so furchtbaren Belehrungen, denen sich am wenigsten ein junges Individuum entziehen wird, keine andere Haltung des Weiterbestehens möglich erschien, als die dem Österreicher so gemäße des Europäers, daß er sich aufmachte, Europa in Europa zu suchen, daß er der Gründer jener einzelnen Unionen, endlich der Gründer jener sie zusammenfassenden Föderation wurde, als deren ständiger Sekretär er uns so vertraut und der nie ermüdende Initiator unseres übereinstimmenden Handelns geworden ist.

Wenn ich an das österreichische Unglück erinnert habe, ein Unglück, über das nur die Gedankenlosigkeit oder allzu triviale politische Geschäftigkeit einfach zur Tagesordnung übergehen könnte, so geschah es, weil dieses Unglück uns mehr als andere befähigt, Träger von Aktionen zu sein, die Ihnen teuer sind, und dies mit einem letzten Ernst: denn das furchtbar Definitive des Erlittenen macht uns intolerant gegen viele scheinbar noch geltende Fiktionen und die Phrasen, mit denen man sie am Leben zu halten meint. Wer einmal die äußere Bedrohung hat wirksam werden sehen, der ist empfindlich für das Maß von Bedrohung, mit dem Europa als Ganzes umgeben ist, und niemand wird in seiner Sorge um Europa aufrichtiger sein als der, dem Europa ein verlorengegangenes großes Vaterland ersetzen muß.

Unserer diesmaligen Zusammenkunft gibt ein Umstand besondere feierliche Wichtigkeit. Zum ersten Male habe ich als der diesmalige Vorsitzende einer internationalen Tagung der Föderation die Ehre, eine deutsche Delegation begrüßen zu dürfen.

Die geistigen und sittlichen Schwierigkeiten, unter denen ein seiner Verantwortlichkeit bewußter Deutscher heute der ganzen Sphäre europäischer Einigungsbestrebungen nahetritt, sind für den Angehörigen einer der anderen Nationen kaum zu ermessen. Aber wir müssen, um dem Entschluß, der Sie hierher führte, die gebührende Ehre zu erweisen, in diesem Augenblick ihrer gedenken.

Während die geistigen Vertreter aller anderen Völker das Fundament eines gefestigten Nationalgefühls unter sich wissen und, wie immer sie mit ihren Handlungen der Verwirklichung übernationaler Gedanken zustreben, doch niemals dadurch Gefahr laufen, zum Ganzen ihrer Nation in ein fragwürdiges Verhältnis zu geraten, steht es aber für den Deutschen so, daß der Weg zu einer wahren nationalen Zusammenfassung innerhalb seiner Nation vor dem eigenen so anspruchsvollen Denken dieses Volkes als kein völlig gesicherter dasteht, und daß alle seine höheren Kräfte für das schwere Werk dieser endgültigen Selbstfindung kaum ausreichen.

Soll in dieser furchtbar prekären Lage, in welcher ein dem Deutschen tiefst innewohnender Hang zur Transzendenz die

Spannung der Gemüter bis hart an einen inneren Religionskrieg treibt, soll in dieser Lage ein Deutscher es wagen, sich mit Europa einzulassen? Soll er andererseits seinen Geist der Notwendigkeit, daß Europa geistig wieder gesetzt werde, verschließen und damit seiner Nation die Teilnahme an Gütern höchster Ordnung vergällen, deren Wert zu erkennen er sich in seinen reinsten weltbürgerlichen Momenten vielleicht vor allen anderen befähigt glaubt? Dies ist kaum mehr eine Frage des politischen Verhaltens. Es ist eine Frage des Gewissens. Hier, wie in so vielen Geisteslagen, in die sein Schicksal ihn selbst stellt, ist dem Deutschen sein innerstes Gemüt gespalten. Nur sein Gewissen kann ihm raten. Folgt er ihm aber hierher in unsere Mitte, so droht ihm die Gefahr, ja fast die Gewißheit, von solchen, die ihm am nächsten sind, nicht verstanden zu werden, dafür aber die Billigung derer zu finden, von denen sein Sinn am weitesten entfernt ist; deren flache hedonistische Argumente, wo es um die höchste sittliche Verantwortung geht, deren leichtherzige Technizität bei der Behandlung eines so ungeheuren Fragstückes, wie dieses neue Europa es ist, ihm in die Seele verhaßt sind.

Auf diese ernsten Dinge durfte ich hier nur hindeuten, aber daß der ganze Ernst und das ganze Gewicht Ihres Hierherkommens von uns allen empfunden wird, das, meine Herren aus dem Deutschen Reich, bitte ich aussprechen zu dürfen, und in diesem Sinn heiße ich Sie vor allem hier willkommen.

Aber es sei mir erlaubt, meine Herren Vertreter der französischen Gruppe, in die gleiche Begrüßung Sie einzubeziehen. Denn alle Bemühungen um die Gründung einer deutschen Gruppe wären vielleicht ohne Ihr Handeln vergeblich gewesen. Die furchtbaren erstarrenden Folgen jener so jähen und folgereichen Vergiftung der Geister, die der Krieg gewirkt hatte, konnten nicht durch eine bloße Entspannung, durch ein leichtes Milder- und Hellerwerden der Atmosphäre schon völlig aufgelöst werden. Die furchtbare Gebärde, welche das Fundament selber des geistigen Europas erschüttert hatte, mußte durch eine neue Gebärde von nicht geringerer Wucht aufgehoben werden. Diese Gebärde ist von Ihnen gekommen, da Sie, meine Herren, der Initiative Herrn Langevins

folgend, jenen Beschluß vorschlugen, durch welchen alle Maßnahmen, welche die internationale geistige Zusammenarbeit hindern, aufgehoben werden sollten. Dieser Augenblick bezeugt uns die glückliche Wirkung Ihres Handelns. Daß wir Ihnen heute unsern Dank aussprechen können, ist uns eine Genugtuung. Was unsere Genugtuung erhöht, ist unser Wissen, daß nicht nur die Führenden unter den gelehrten und geistigen Männern Frankreichs Ihnen zustimmten, sondern daß die Jugend Ihres Landes Ihnen Beifall gab, kraft des großmütigen Aufschwunges, der durch die französische Jugend geht, und jenes Willens, die Trümmer hinwegzuräumen und Europa wieder aufzubauen.
Die Tagung, zu der wir uns anschicken, wird allein mit den Aufgaben international-organisatorischer Ordnung, die uns obliegen, ausgefüllt sein. Der Abend des letzten Kongreßtages ist einem Gespräch höherer Art gewidmet. Zu dem Thema, das uns als das zentrale erscheinen muß: »Die Rolle des geistigen Menschen beim Aufbau Europas«, werden die Repräsentanten dreier großer Nationen das Wort ergreifen. Wir werden die Ehre haben, Herrn Paul Valéry, Herrn Professor Theodor Litt und Herrn Balbino Giuliano sprechen zu hören, und groß ist unsere Hoffnung, daß drei so hervorragende Männer uns in einer kaum vorher erlebten Weise zeigen werden, welcher vitalen Intensität die Reflexion fähig sein kann, wenn sie sich auf einen Gegenstand wendet, der für uns doch eine ganz andere als eine ästhetische oder theoretische Wichtigkeit hat.
Im Namen denn dieser Stadt, im Namen der Landschaften, welche allein heute noch Österreich heißen, im Namen des Geistes, der noch heute über diesen Ländern weht, lassen Sie mich Ihnen die Freude aussprechen, die wir empfinden, da wir Sie hier sehen. Möge Stadt und Landschaft Sie freundlich umgeben. Mögen Sie sich wohlfühlen. Mögen die geistigen Ergebnisse dieser Zusammenkunft hinter Ihren Erwartungen und Hoffnungen nicht zurückbleiben.
Und somit, meine Damen und Herren, erkläre ich die dritte Tagung der Föderation der Kulturellen Verbände für eröffnet.

DAS SCHRIFTTUM
ALS GEISTIGER RAUM DER NATION

REDE, GEHALTEN IM AUDITORIUM MAXIMUM DER UNIVERSITÄT MÜNCHEN AM 10. JANUAR 1927

Zugeeignet Karl Vossler, dem Rektor der Universität

Nicht durch unser Wohnen auf dem Heimatboden, nicht durch unsere leibliche Berührung in Handel und Wandel, sondern durch ein geistiges Anhangen vor allem sind wir zur Gemeinschaft verbunden. Hierdurch unterscheiden sich unsere alten europäischen Nationen von jenem jungen, nach außen mächtigen amerikanischen Staatswesen, in dem wir eine Nation in diesem Sinne noch nicht zu erkennen vermögen. In einer Sprache finden wir uns zueinander, die völlig etwas anderes ist als das bloße natürliche Verständigungsmittel; denn in ihr redet Vergangenes zu uns, Kräfte wirken auf uns ein und werden unmittelbar gewaltig, denen die politischen Einrichtungen weder Raum zu geben, noch Schranken zu setzen mächtig sind, ein eigentümlicher Zusammenhang wird wirksam zwischen den Geschlechtern, wir ahnen dahinter ein Etwas waltend, das wir den Geist der Nation zu nennen uns getrauen. Alles Höhere, des Merkens Würdige aber, seit vielen Jahrhunderten, wird durch die Schrift überliefert; so reden wir vom Schrifttum und meinen damit nicht nur den Wust von Büchern, den heute kein einzelner mehr bewältigt, sondern Aufzeichnungen aller Art, wie sie zwischen den Menschen hin und her gehen, den nur für einen oder wenige bestimmten Brief, die Denkschrift, desgleichen auch die Anekdote, das Schlagwort, das politische oder geistige Glaubensbekenntnis, wie es das Zeitungsblatt bringt, lauter Formen, die ja zuzeiten sehr wirksam werden können.

Das Wort Literatur bezeichnet wohl annähernd das gleiche, aber es ist uns zweideutiger in seinem Klang: der unglückliche Riß in unserem Volk zwischen Gebildeten und Ungebildeten tritt uns gleich ins Gefühl, wenn wir dieses Wort brauchen, wir sind sogleich in seinem Bildungsbereich –

der Abglanz aber von Goethes Geist, der vor hundert Jahren auf diesem Worte lag, ist verblaßt.

Nicht die gleiche Bewandtnis aber hat es mit dem gleichen Begriff, wenn wir uns anderen benachbarten Nationen zuwenden. Von den drei romanischen Nationen, welche seit dem sechzehnten Jahrhundert eine nach der anderen die kulturelle Führerschaft innehatten, ist uns die französische ihren Grenzen nach und durch Schicksalsverbundenheit die nächste. Sie nun besitzt eine Literatur im wahren Sinne des Wortes. Das Große, seit Beginn der neueren Ära, das ist seit etwa dreihundertfünfzig Jahren, Hervorgetretene erscheint fortwirkend. Das Mittlere, zu jenem Großen in klar abgestuftem Verhältnis, tritt nach gemessener Zeit ins Dunkel zurück und steigt in neuen geistreichen Formen wieder hervor. Selbst das Geringe, für den Tag Bestimmte, nimmt für die Spanne seiner Wirksamkeit teil an einer gewissen Würde durch die Sorgfalt, mit welcher es eine reine Sprache anstrebt und die Gedanken klar und wohlgeordnet und faßlich wiedergeben will. Mode belebt die Tradition, Tradition adelt die Mode. Innerhalb solchen beharrenden Wechsels ist der Ehrgeiz nicht darauf gerichtet, abzustechen, sondern: die traditionellen Forderungen zu erfüllen. Ein großer Beobachter hat es ausgesprochen, daß bei jenem Volk die Zucht des persönlichen Ausdruckes über das Hinreißende der Einmaligkeit gestellt wird, und dem Kunstwerke gegenüber richtet sich die Aufmerksamkeit nicht auf das biographische Mysterium, sondern auf das aus der Leistung abnehmbare Gesetz. Die Blüte dieser Tendenz ist die Sprachnorm, welche die Nation zusammenhält und innerhalb ihrer dem Spiel widerstreitender Tendenzen – der aristokratischen wie der nivellierenden, der revolutionären wie der konservativen – Raum gewährt. In dieser geselligsten Nation entwickelt sich auch innerhalb der Literatur jenes vor allem gesellige Element, dessen Grundlage eine nie schlummernde wechselseitige Aufmerksamkeit und Rivalität ist. Bei einer ungeheuren geselligen Reizbarkeit, deren Quälendes nur durch eine fast unbegrenzte soziale Erfahrung erträglich wird, erscheint es mehr versprechend, seine Grenzen zu erkennen als sie zu überschreiten. Eben diese große Aufmerksamkeit sichert der unauffälligen Schönheit, dem glücklichen einzelnen Zug, der Eleganz ihren Triumph. Die Originalität gilt nur bedingt, jedenfalls gilt sie nur in bezug auf die anderen – der Deutsche statuiert eine Originalität an und für sich –, aber eine relative Überlegenheit, das Überragen um ein Geringes, wird hoch gewertet. Auch die Einsamkeit, bei uns der natürliche Spielraum des Geistigen, wird nur in der Spiegelung des Geselligen überhaupt wahrgenommen. Sei es Rousseau, sei es sein Vorläufer, jener Misanthrop des Molière, ihre Einsamkeit ist wie die Verbannung des Ovid nur das Widerspiel der Geselligkeit. Ihr Dortsein, wo die anderen nicht sind, ist der Quell ihres Stolzes und ihres Zürnens, und sein Objekt sind immer die, welche, obwohl abwesend, ihm als gegenwärtig stets vorschweben. Die Scheu vor dem unverstandenen Alleinsein ist größer als die vor dem Tode, und noch die Unsterblichkeit erscheint als die Vision eines geselligen Fortlebens. Das einzelne Talent wird streben, sich mit Grazie in seinen Grenzen zu bewegen, wissend, daß diese Bescheidung ihm am meisten einträgt. Nirgends hat die grobe geistige Scharlatanerie weniger Aussichten, dagegen ist das geistige Gewebe so dicht, die Aufmerksamkeit aller auf alles so groß, daß auch der bescheidenen Leistung ein Mittönen noch der höheren Regionen des Geistigen zuteil werden kann: denn in der Tat tönt dort alles überein mit allem. Was Selbstzucht allein nicht wirken könnte, wirkt die eherne Disziplin des Geschmacks und der Übereinkunft. Der Möglichkeiten, lächerlich zu sein, sind unzählige, die Resonanz jedes Fehlers fast unbegrenzt, der witzige Kommentar immer parat und bis zur Vernichtung scharf. In der Medisance wird die ganze Nation zum Autor und zum geistig Genießenden. »Geschlossen ist der Ring, nicht der Formen selber, sondern gerade durch die Weltlichkeit, die Soziabilität der Formen ist der Ring geschlossen zwischen Dichter und Nation, Schriftsteller und Leser, Sprecher und Hörer«, um mich der Worte des Mannes zu bedienen, der von diesen Dingen und ihren Zusammenhängen öfter und meisterhaft gehandelt hat und auch noch den zartesten Flaum um sie, den Lebenshauch, der die geistige Form umgibt, uns tausendfach zugemittelt hat – um mich der Worte Karl Vosslers zu bedienen.

In solchem Kontext, in welchem die Dinge nur im flüchtigen Umrisse erscheinen, kann auf die Übereinstimmung gerade nur hingedeutet werden, in welcher diese Seite des Lebens durchaus und auf jede Weise mit der politischen steht. Eng ist der Zusammenhang zwischen der skeptischen Geisteshaltung, als einer für diese Nation charakteristischen – wenngleich nicht ihrer einzigen –, mit jener politischen Möglichkeit, fruchtbare, die Nation aufrüttelnde, nicht sie zerrüttende Revolutionen zu entfesseln. Vollständig ist die Übereinstimmung einer gewissen Grundtendenz des sprachlichen Gehabens mit dem Schwung der Diesseitigkeit, dessen stärkste Entladung in der Französischen Revolution zu einem solchen, in seinen Folgen noch nicht erledigten materiellen und zugleich geistigen Einbruch in die deutsche Welt führte.

Genug: Die Literatur der Franzosen verbürgt ihnen ihre Wirklichkeit. Wo geglaubte Ganzheit des Daseins ist – nicht Zerrissenheit –, dort ist Wirklichkeit. Die Nation, durch ein unzerreißbares Gewebe des Sprachlich-Geistigen zusammengehalten, wird Glaubensgemeinschaft, in der das Ganze des natürlichen und kultürlichen Lebens einbeschlossen ist; ein Nationstaat dieser Art erscheint als das innere Universum und von Epoche zu Epoche immer aufs neue als »das gedrungene Gegenstück zur deutschen Zerfahrenheit«.

Der Raumbegriff, der aus diesem geistigen Ganzen emaniert, ist identisch mit dem Geisterraum, den die Nation in ihrem eigenen Bewußtsein und in dem der Welt einnimmt. Nichts ist im politischen Leben der Nation Wirklichkeit, das nicht in ihrer Literatur als Geist vorhanden wäre, nichts enthält diese lebensvolle, traumlose Literatur, das sich nicht im Leben der Nation verwirklichte. Auf den Literaten in diesem »Paradies der Worte« strahlt eine Würde ohnegleichen. Der Journalist noch, und wäre er der kleinste, darf sich neben Bossuet und La Bruyère stellen, der Schullehrer ist der Gefährte Montaignes; Molière und Lafontaine, Voltaire und Montesquieu sprechen noch heute für alle, alle sprechen aus ihnen. Auch hier ist der Ring geschlossen.

Wenden wir uns der eigenen Nation zu, so tönt uns freilich geradezu das Gegenteil jener Einhelligkeit entgegen. Von einer Zusammenfassung aller produktiven Geisteskräfte der Nation im Gebiete der Literatur kann keine Rede sein; oder wir müßten uns darauf einlassen, unter dem Begriff Literatur hier etwas völlig anderes zu verstehen als dort. Jener Kreislauf zwischen dem Geistigen und dem Gesellschaftlichen, auf den dort alles hindrängt, in den schließlich alles einmündet, ihm wirkt hier der tiefste Instinkt entgegen. Statt daß dort noch in der Abweichung vom Allgemeinen der Hinweis auf das Allgemeine fühlbar wird, bedarf es hier keiner Abweichung, damit sich das Bezuglose enthülle. Kein Zusammenhang in der Ebene der Gleichzeitigkeit, kein Zusammenhang in der Tiefe der Geschlechterfolge. Jenes Fortwirken dort des einmal Geleisteten, wodurch eine gleichzeitige geistige Präsenz von zwölf Generationen erreicht wird, hier ist von ihr, strenggenommen, keine Spur. Der ganze Begriff geistiger Tradition erscheint nur höchst bedingungsweise anerkannt. Daß beispielsweise eine Nation ihre zwei größten Historiker, Geister von der Kraft Johannes von Müllers und Rankes, die wahren großen deutschen Epiker der neueren Zeit, bei einer Wendung ihres Weges völlig aus dem Auge verlieren könne, erscheint – wenn es zufällig ins Bewußtsein tritt – fast unbegreiflich. Und selbst in bezug auf ein solches Phänomen wie Goethe, fahndet man nach einem Konsensus, will man herab in eine tiefere Strömung als das oberflächliche Gerinnsel der Bildungstradition, sieht man ab von der nicht ganz angenehmen Goethevertraulichkeit der Philologen und der Goethepietät der Einzelnen, so kommt man zu der Einsicht: daß sein Wirken als ein schlechthin gegebenes, das durch alle Schichten hin fortwirke, als Besitz, als ein Haben, als eine Immanenz im geistigen Bestehen nicht gelten kann; höchstens könnte man in bezug auf ihn sich auf die Formel einigen, die Rudolf Pannwitz ausgesprochen hat: daß Goethe für den Deutschen in seinem Verhältnis zur Welt zwar nicht der Standpunkt sein könne, aber ein Punkt, auf den bezogen andere Punkte Figuren werden. Aber auch dies gilt doch nur für die Reifsten unter den Gebildeten, und über das Verhältnis der Nation zu ihrem größten Individuum ist damit nichts ausgesagt.

Die Grundhaltung drüben ist diese: teilhaben am nationalen Besitz, mitinbegriffen sein in die Repräsentanz der Nation, als welche sich vollendet in der vollkommenen und allen zugänglichen Sprachschönheit – Klarheit, schöne Nüchternheit, zuchtvolle Nachdenklichkeit –, welche ein Sichhaben ist, ein Selbstbesitz und Genießen dieses Selbstbesitzes, gleichweit vom »Barocken« und vom »Gotischen«. Hüben aber ist dies die Gundhaltung: das National-Gesellschaftliche ist nicht das Primäre, sondern die Widerlegung des Gesellschaftlichen ist das Primäre. Von einem Etwas im geistigen Bestande der Nation, dem eine verkappte, aber kaum bestrittene Macht zukommt, wird jene Ebene negiert, durch deren Setzung sich die Gesamtheit der geistigen Erzeugnisse erst zur Literatur zusammenfassen würde. Wir haben eine Literatur im uneigentlichen, konventionellen Sinne, die aufzählbar, aber nicht wahrhaft repräsentativ noch traditionbildend ist. Und wir haben neben ihr, außer ihr, unter ihr, über ihr eine geistige Regsamkeit, die in dem Begriff Literatur nicht einbegriffen sein will, aber alle Ansprüche, das geistige Leben der Nation zu bestimmen, in sich faßt, die sich weder an die Gegenwart als die verantwortliche Geselligkeit der Lebenden, noch an die Geschichte als die verantwortliche Geselligkeit der Nation zu binden, die überhaupt nichts zu verantworten begehrt und doch nach den tiefsten, ja nach kosmischen Bindungen und den schwersten, ja religiösen Verantwortungen für die Gesamtheit begierig, durchaus nur in der einzelnen Persönlichkeit wirksam sein will.

Wie nun bezeichne ich Ihnen diese Geistigen und doch nicht durch das Werk Gedeckten und im Werke Aufgehenden, diese Verantwortungsbeladenen und doch Verantwortungslosen, diese durchaus Vereinzelten, aber um die höchsten Bindungen Bemühten, diese fast Unbekannten und doch da und dort heimlich und hinterrücks Autoritativen – diese ungreifbaren Vielen oder Wenigen, ohnmächtig Mächtigen, geheim Wirksamen? Ich weiß kein treffenderes Wort, sie zu bezeichnen, als daß ich sie mit dem Worte nenne, mit dem Nietzsche in der ersten »Unzeitgemäßen Betrachtung« diese deutsche Geisteshaltung bezeichnet hat: daß ich sie Suchende nenne, unter welchem Begriffe er alles Hohe, Heldenhafte und auch ewig Problematische in der deutschen Geistigkeit zusammenfaßte und es gegenüberstellte allem Satten, Schlaffen, Matten, aber in der Schlaffheit Übermütigen und Selbstzufriedenen: dem deutschen Bildungsphilister.

Jener deutsche Bildungsphilister meinte damals nach einem siegreichen Ringen endgültig triumphieren zu dürfen. Er meinte, es sei an dem, daß man sich als die Nation der stärksten Kultur betrachte; es sei an dem, daß man das ewige Suchen und Wollen und Ringen in ein Sein und Haben verwandle, daß man sich behaglich niederlasse auf dem Fundament einer Bildung, die man besitze, geschaffen wie sie nun einmal sei durch die Leistung unserer Klassiker, die man ja habe, als einen festen Besitz, der nicht verlorengehen könne und der zusammen mit anderen irdischen Besitztümern eben die Wirklichkeit ausmache. Wie freilich eine solche übermütig satte Geisteshaltung im überwiegenden Teile der großen tragisch veranlagten Nation Platz greifen konnte, so daß nur ein Einzelner, eine so gespannte Seele wie Nietzsche, diesem Sichgebärden entgegenzutreten da war, das nimmt uns heute fast wunder. Wir müssen darüber staunen, daß es einen Moment geben konnte, in welchem jene verkappte, aber kaum bestrittene Macht sich so wenig Geltung zu verschaffen wußte, jene verkappte Macht, welche innerhalb der Nation die Spannungen und Beklemmungen hervorruft, an denen wir alle mitleiden, diesen Spannungen zeitweise durch Ausbrüche und Umstürze ein Ende macht, Scheinautoritäten stürzt, herrschende Zeitgedanken abwirft und unser schattenhaftes Dasein immer wieder ans Ewige bindet, und die ich nicht anders benennen kann als das geistige Gewissen der Nation. Wenn dieses Gewissen nun, geweckt und geschärft durch allerdings furchtbare Erfahrungen, heute mit solcher Entschiedenheit die dem Bildungsphilister entgegengesetzte Partei nimmt, wenn es die Autorität, die es zu vergeben hat, heute so entschieden und unbedenklich hinüberwirft von den Behausten zu den Unbehausten, von denen die haben zu denen die suchen, von der Literatur zum außer der Literatur stehenden, ringenden Sektierertum, von der geistigen Besitzordnung zur Anarchie – und wie sehr dies der Fall ist, das zu bezeugen rufe ich Ihr eigenes Gefühl an, das untrügliche Gefühl der Zeitgenossen, Ihre tägliche Erfahrung, die Atmosphäre geistiger Beunruhigung und Fragwürdigkeit, in der wir leben –, so vermag ich darin nur eines zu erkennen: die Kraft und Gesundheit dieses Gewissens, seine deutsche Kühnheit, daß es wieder einmal die Schiffe hinter sich verbrennt, wie jener tollkühne Agathokles von Syrakus, als er in Afrika gelandet war, um den Angriff auf Karthago aufzunehmen – die große Art auch dieses Gewissens, daß es mit großen Zeiträumen rechnet und des Gefährlichen, der Romantik und jener nicht unverschuldeten Verödung und Entgötterung, die auf sie folgte, nur als eines Intermezzos, eines leichten Zwischenwellenspieles gedenkt und darüber hinweggeht und mit neuem Mut und Glauben die Anarchie legitimiert und dadurch zu erkennen gibt, sie halte diese für die gültige Erscheinungsform des Produktiven in unserem geistigen Handel und Wandel.

Die Träger nun dieser produktiven Anarchie – wenn anders als eine produktive diese Anarchie von uns begrüßt und gläubig hingenommen werden soll –, diese Suchenden, da wir sie mit dem einzigen Worte als eine Gemeinschaft begreifen können, – was sie denn suchen, um was sie denn ringen, vielleicht können wir dem späterhin auf Blickweite uns annähern. Aber zuvor wollen wir sie doch selber vor uns sehen, wir wollen diese Geister zitieren, daß sie uns für einen Augenblick hier Erscheinung werden. Wo, fragen wir da, in welchem Randbezirk unseres Lebens siedeln denn diese Suchenden, in welchem Geklüfte unserer vielzerklüfteten Kultur haben sie denn ihre Wohnstätten aufgeschlagen, wo begegnete denn, wer ihnen begegnen wollte, am schnellsten diesen schweifenden, verlorenen Söhnen, die doch den Fahnenwagen ihrer Nation in ihrer Mitte führen? – so wissen Sie darauf die Antwort so wohl als ich sie weiß. Auf Schritt und Tritt begegnen wir ihnen, niemals aber als einem dichten Haufen, sondern einzeln schweifend durchdringen sie diese Nation der Einzelnen. Ihre Nächsten, die Sie da vor mir sitzen, wo nicht Sie selber, Ihre Kinder, Ihre jüngeren Brüder

und Schwestern, Ihre Freunde und die Freunde Ihrer Freunde sind in dies schweifende Treiben verstrickt. Ich versuche es und rede Ihnen zusammenfassend von dem, was im einzelnen in der täglichen Erfahrung ist, die unser Leben mit fragwürdigen Lichtern überspielt. Dies Suchen und Treiben und Drängen ist überall da, es manifestiert sich in jedem Wort höherer geistiger Rede, das zwischen uns hin und her geht. Es ist da als ein Schwindel unter unseren Füßen, es bringt dies Gefährliche und Abwegige, mit Überraschungen und Zweifeln Schwangere in jede Unterhaltung, es durchsetzt die Atmosphäre mit der Ahnung, daß beständig alles möglich ist – mit diesem Knistern wie vom Zerfall ganzer Welten, diesem hahlen Heranwehen eines ewig Morgigen . . .
Wem ist nicht, und mehr als einmal, die Gestalt begegnet, die diese Zeichen trug und von solcher Luft umweht war? Der schweifende, aus dem Chaos hervortretende Geistige, mit dem Anspruch auf Lehrerschaft und Führerschaft – mit noch verwegeneren Ansprüchen – mit dem Anhauch des Genius auf der hohen Stirn, mit dem Stigma des Usurpators im scheulosen Auge oder im gefährlich geformten Ohr? Er, der darum revolutionär in der geistigen Welt ist, weil ihm, als einem wahren Deutschen und Absoluten, die Formen der gesellschaftlichen, der geschichtlichen Welt nicht des Zerbrechens wert erscheinen, so wenig nimmt er ihr Gewaltiges wahr, so wenig gilt ihm ihr Gewaltiges für wirklich, und der nun für seinen Kriegszug Gefährten wirbt, Adepten, solche die sich ihm unbedingt unterwerfen, denn so sehr alles in seinem titanischen Beginnen auf Alleinsein gestellt ist, die völlige, starrende Einsamkeit erträgt er doch auf die Dauer nicht. Er ist auch Dichter, dieser unser Ungenannter, dessen Umrisse ich Ihnen in die Luft hinzeichne, als eines für viele – vielleicht ist er mehr Prophet als Dichter, vielleicht ist er ein erotischer Träumer – er ist eine gefährliche hybride Natur, Liebender und Hassender und Lehrer und Verführer zugleich. Wenn er es zuzeiten nicht verschmäht, Dichter zu sein, so geschieht es nicht um des Werkes willen. Das Werk würde ihn in die Ordnung hineinbeziehen, um ihn aber in seiner empedokleischen Nacktheit schlägt unrealisierte Dichtung ihren

Mantel, sein Hauptwerk ist ein nie geschriebenes, dem alles was er von sich gibt nur Prolegomena sind, als solche belanglos, bedeutsam nur in der von ihm und den Seinen erahnten Relation zum Hauptwerk, jenem, das einer Umschöpfung seines Ich und damit einer Umschöpfung der Welt gleichkommt. Um die Sprache ringt er zuzeiten wirklich – aber nicht mitzuwirken an der Schöpfung der Sprachnorm, in der die Nation zur wahren Einheit sich bindet, sondern als die magische Gewalt, die sie ist, will er sich sie dienstbar machen, seine geistige Leidenschaft ist so groß, in den höchsten Momenten wird er wirklich ein leidenschaftlich Erschautes bis in den Rhythmus seines Leibes in sich nachzittern fühlen und dann wahrhaft Dichter sein. Zuzeiten wieder wird er die Herablassung des Sprechens verschmähen, wird er durch Krisen einer Sprachbezweiflung durchgehen, die ihre furchtbaren Spuren bis in die flackernden Züge seines Gesichtes zurücklassen wird, und wieder zuzeiten sich emporschwingen zu einer Ahnung der heilenden Funktion der Sprache, zur Erschauung verwirklichbarer Maßgestalten. Er wird sich gelegentlich auch der literarischen Formen bedienen: des Dramas, des Romans, der Parabel, aber wo er sich ihrer bedient, wird es nur geschehen, um sie zu transzendieren. Sein Drama wird ihm zum Mythos des eigenen Ich aufschwellen, sein Roman wird kosmische Geheimnisse umschließen, wird Märchen, Historie, Theogonie und Bekenntnis zugleich sein wollen. Je großartiger, fragmentarischer er sich gibt, um so großartiger wird er verlangen, als ein Ganzes, als das einzige Ganze dieser zerrissenen Welt genommen zu werden ... Er wird viele kennen und vielen sich verstricken, wird erschüttern und verwirren, Entwicklungen mit sich reißen und verschütten: aber es wird keiner ihm begegnet sein, der nicht von dieser Begegnung in seinem inneren Leben Epoche datierte.

Denn er hat dieses Gesetz über sich gesetzt, daß alles mit ihm, mit seiner Seelenwallung neu anfangen müsse – und so meint jeder von seinen jungen Begegnenden; für ihn ist alles überwunden und so wie es zu gelten scheint nicht gültig, sondern muß zu neuer Gültigkeit aus ihm wiedergeboren werden – und so meint es jeder; er schleppt sich aus der Ferne der Zeiten

die widerspenstigsten Blöcke herbei, seinen Tempel zu bauen, Urworte von da und dort, sibyllinische Sprüche der vorplatonischen Denker, Orpheus oder Hamann, Lionardo oder Laotse – und so hält es jeder; er verschmäht es, gemäß Ordnungen zu empfangen, und will gemäß Ordnungen, die von ihm gesetzt sind, austeilen – und so will es im Herzen jeder.
Ist Ihnen aber der Umriß dieser Gestalt zu scharf und zu unheimlich, so lassen Sie mich einen anderen Umriß hinzeichnen; völlig kontrastierend mit diesem in der Grundgebärde. Auch ihm sind wir im Gewühl der Suchenden begegnet, der so zuchtvoll war, als jener erste voll Überhebung, so gebunden bis zur Qual, als jener frei bis zur Zerrüttung. Waren die Ränder unserer Geisteswelt der Wohnbereich jenes Schweifenden, so suchen wir das Bild dieses an einer der hohen, strengen Stätten der Wissenschaft, inmitten des aufgehäuften Geisteserbes; und dieses Erbe selbst und die Berufung es zu wahren wird ihm zum dunkelsten Geschick. Ein schwermütiger Ernst umfließt diese Gestalt, aber geistige Leidenschaft ist auch in ihr der dunkelglühende Kern, etwas Heroisches ist in ihr, heroisch der nie entspannte Wille, dem Überschwellen geistiger Erkenntnis immer wieder die sittliche Norm, das absolute Maß zu entreißen, tragisch die höchste, letzte Einsicht, jene, die direkt zur Aufopferung führt, daß »die Dignität der sittlichen Norm uns erst im Vollzug zu erkennen gegeben sei«.
Eine Hybris ist auch hier: im Überspannen der Kräfte – als ein Einzelner – die hybrid gewordene Wissenschaft, dies Weggebrochene vom Leben, das nicht mehr da sein will, daß es dem Menschen diene, sondern daß der Mensch ihm diene, mit seinen, eines Individuums, Kräften zurückbiegen zu wollen und koste es das Leben – in dieses Klaffende sich mit seinem Individuum hereinzustürzen, damit die Kluft sich schließe. Wunderbar pathetisch vollzieht sich diese Hybris als die Gebärde eines kraftvollen, von Fesseln und Banden umschnürten raumlosen Gefangenen – wie dort als eines fast Rasenden, im allzu freien Raume Lechzenden, daß ihn etwas berühre und begrenze. War in jenem Tun die Hybris des Herrschenwollens, fußend auf erträumten, vorweggenommenen Ord-

nungen, so ist in diesem eine Hybris des Dienenwollens, überkommenen Ordnungen das Blutopfer zu bringen; klingt hinter jenem Sichaufrecken ein Wildes, Heidnisches wie Tubaklänge, so tönen hinter dieser heldenhaften Strenge mit eherner Schwermut die Töne des Zinzendorfischen Kirchenliedes:

Wir wollen nach Arbeit fragen,
Wo welche ist,
Nicht an dem Amt verzagen
Und unsere Steine tragen
Aufs Baugerüst.

Aber sie sind nur Schatten und Schemen, diese beiden, und der wirklichen unserer Suchenden ist Legion und Legion die Zahl unserer Begegnungen mit ihnen. Die Gestalt des Suchenden ist an keine Altersstufe gebunden: wie wir jenem zum frühen Tode bestimmten Jüngling begegnet sind und in verwandelter Gestalt ihm wieder begegnen werden, dessen Gespräche so hoch waren, daß es den Überlebenden bedünken mochte, aus diesem früh verschlossenen Munde habe der Genius der Nation zu ihm gesprochen, so führt uns ein anderer Schicksalstag den Sechzigjährigen entgegen, der mit fast Gleichalterigen sich zusammengefunden hat, daß sie mit Jünglingseifer ihre Erfahrung aufeinanderlegen, die Erfahrung ihrer Wissenschaft, ihres Arzttums, ihres geistlichen Amtes, ihrer Jugendbildnerschaft, ihres Künstlerstrebens, und daß sie aller dieser Dinge Wesenheit erkennen, als die »verstreuten Glieder einer Idealität, die sich nicht zu sehen, nur zu suchen gibt«, und ringen, aus ihnen die eine Wissenschaft zu ziehen, die not tut.

Dieser Gruppen gibt es viele im innerlich so weiten Raume unseres großen Landes, vom Bodensee bis an die Kurische Nehrung, von der Weser bis ins steirische Gebirge, und ihr geheimer Konsensus – all dieser Abseitigen, Ungekannten, von Geistesnot sich selber berufen Habenden – ist die wahre und einzig mögliche deutsche Akademie.

Deuter sind sie in ihren höchsten Augenblicken, Seher – das

witternde, ahnende deutsche Wesen tritt in ihnen wieder hervor, witternd nach Urnatur im Menschen und in der Welt, deutend die Seelen und die Leiber, die Gesichter und die Geschichte, deutend die Siedlung und die Sitte, die Landschaft und den Stamm; Schriftleser, Handleser, Sternleser – und die Wucht der Erfahrung oder die Not der Jugend löst ihnen das Wort vom Munde, der Wirbel der Vielheit oder die Ergriffenheit vor dem Einzelnen. Um sie ist ein Kreisen von Begegnenden und Mitgerissenen, von Sektierern aller Sorten – da spukt allerlei aus drei oder vier Jahrhunderten, nicht ganz Abgelebtes, da zuckt Paracelsus auf und Jacob Böhme, das zerrissene Gesicht von Reinhold Lenz, Lavaters physiognomisches Prophetenauge und die flackernde Miene jenes Christoph Kauffmann, den seine Zeitgenossen den Spürhund Gottes nannten – dies alles kreist mit – aber wo Wirbel sind, dort ist Kraft wirksam, Wirbel ziehen Wirbel an sich zu stärkerem Kreisen, und es gibt den Geist nicht, der sich der saugenden Kraft dieses Feldes von ringenden Wirbeln entzöge, er wäre denn ein Abgestorbener.

Worin liegt denn aber das Neue, daß diese unsere Suchenden bezeichnet als die Unsrigen, wodurch denn unterscheiden sie sich vom romantischen und von jenem Treiben um 1770? Denn wirklich Vieles ist ihnen mit diesen Vorfahren gemeinsam. Wer keinen sehr genauen Blick hinwürfe, nicht scharf hinhorchte, könnte glauben, es ginge doch abermals um dieses verwirrende Gemisch von Begriffsgespinsten, um diesen Kultus des Gemütes über alles, diese Suprematie des Traumes über den Geist, um diese schwärmerisch-sehnsüchtige, diese träumerische Pietät gegen das Gewesene, um dieses fast wollüstige Sichverlieren in das Naturhafte, um diesen ganzen raffinierten Sensualismus, mit dem sich die romantischen Geister wie ein Insektenschwarm über alle Lebensblüten des Morgen- und des Abendlandes gestürzt haben, ihre trunkenmachende Süßigkeit abzuweiden, es ginge um das Genießen – das Genießen seines Selbst als Geist im Aufbau von Begriffen, seines Selbst als Gemüt im Sehnsüchtigen und Träumerischen, zuletzt in der Musik, es ginge um das Musikmachen aus allem und mit allem, das das letzte Wort

der Romantik ist – dieses Weiche und Vage, alles in allem Auflösende, welches das Stigma ist, womit die Romanen diese Geistesart als die deutsche bezeichnen zu dürfen meinen und uns als Knaben, gleichsam schwärmende und schwelgende, unmündige, von ihrem Reich der Klarheit und männlichen Festigkeit absondern.
Uns aber, den Zeitgenossen nicht nur, sondern den Genossen schlechtweg dieser Geistesbedrängnis, den Mitleidenden unter diesen Zerklüftungen, Parteiungen, zeitweisen Verdunkelungen und Verfitzungen, uns, die wir in der Welt zu leben haben, die für das Auge der romanischen Nationen ein undurchdringliches Dickicht ist, uns sind noch unbetrüglichere Organe gegeben als das Auge und das Ohr, um zu erkennen und zu werten, was hier vorgeht. So dürfen wir es wohl aussprechen, daß es doch noch anders steht um unsere Suchenden als um ihre älteren Brüder, jene Generationen von 1780 und 1800, wenngleich sie diesen schicksalsverbunden sind, als Glieder schmerzvoller Entwicklung. An Stelle jenes damaligen verantwortungslosen Wesens – und es mag dahingestellt bleiben, ob es von Kraft oder von Schwäche trunken war, denn es war viel jäher Übergang darin von der überheblichen Selbstbehauptung zur fast wollüstigen Prostration –, an Stelle eines Rausch- und Schwärmerwesens ist bei unseren Suchenden ein strengeres, männlicheres Gehaben unverkennbar getreten, eine Bescheidung, in der Tapferkeit liegt, eine fast grimmige Festigkeit gegenüber der Verführung, sowohl ans Begriffliche als an das Schwärmerische sich zu verlieren – ein Mißtrauen gegen das unverantwortlich Spekulative und ein Mißtrauen auch gegen das unverantwortlich Musikantische, etwas Fanatisches und Asketisches, ein die Hast verschmähendes, ausdauernd resigniertes Wesen, wie es jene früheren Zeiten nicht gekannt haben. Denn nicht Freiheit ist es, was sie zu suchen aus sind, sondern Bindung. Dies besagt die bis zum Krampf energische große Gebärde, die wir an ihnen wahrnehmen, daß sie sich festbinden wollen an der Notwendigkeit, aber an der höchsten, an der, die über allen Satzungen und gleichsam der geometrische Ort aller denkbaren Satzungen ist. Nie war ein deutsches Ringen um Freiheit

inbrünstiger und dabei zäher, als dieses in tausenden Seelen der Nation vor sich gehende Ringen um wahren Zwang und Sichversagen dem nicht genug zwingenden Zwang. Wenn Lichtenberg einmal schrieb: Dies sei das englische Wort, das sich jeder Deutsche auf den Fingernagel schreiben müsse: »Als ein Ganzes muß der Mann sich regen« – heute ist dieser Samen in den Besten der Nation aufgegangen; denn um die Ganzheit, auf die jenes Wort hindeutet, daß sich Seele und Geist, daß sich das ganze Gemüt auf eins rege, um das geht es heute, wenn es um etwas geht. Jenes »Gib mir wo ich stehe, und ich werde dir die Welt aus den Angeln heben« tönt aus ihren Sendschreiben, aus ihren Unterredungen und auch aus ihren einsamen Meditationen mit einem finster festen Klang, der, wenn ich meinem Ohre trauen darf, mehr von innerem Metall zeugt als die titanischen Ausbrüche und melodischen Romantismen jener früheren Epochen.

Wohl ist die Form, in der sich dieses neue Suchen und Ringen vollzieht, scheinbar die gleiche geblieben: der leidenschaftlich-einsame Dienst an der eigenen Seele als einziger Daseinsinhalt, einzige Pflicht, die alles aufzehrt – jener Geisteszustand des einsamen weltlosen Deutschen, seit ihn die Revolution zu Ende des achtzehnten Jahrhunderts von der Sitte, dem Herkommen, dem Väterglauben jäh losgerissen und ihm nur die schrankenlose Orgie des weltlosen Ich anheimgegeben hatte. Auch unseren Suchenden ist die Tiefe des Ich, die dunkle, eigene Seelenwallung das einzig Gegebene, und einzige Aufgabe dieses titanische Beginnen: jenes Ganze da außen mit den bloßen zwei Händen auszureißen aus seinem Stand, den es einnimmt in der Welt scheingeistiger Ordnungen, und es mit sich hinabzureißen in die tiefere Lebenswoge und von da es wieder emporzureißen zu neuer Wirklichkeit.

Aber auch diese titanische Grundhaltung, dieses furchtbar angespannte, tragische Sichübernehmen der einzelnen Seele – bleibe es die Grundform der schöpferischen Anspannung beim Deutschen – es ist an ihr viel und entscheidend Veränderndes geschehen, denn zwischen diesem suchenden Geschlecht und jenem früheren liegt das furchtbare Erlebnis des

neunzehnten Jahrhunderts – oder es anders auszudrücken: der gleiche deutsche suchende, nach höchsten Verantwortungen und Bindungen dürstende Geist spricht aus ihnen wie aus jenen früheren, aber er ist indessen einen furchtbaren Weg gelaufen und als ein Veränderter wieder zutage getreten. Jenes mit Lust unmündige, knabenhafte titanische Wesen ist ihm auf immer abgestreift. Sehr strenge Zeichen der Männlichkeit sind seiner Miene eingezeichnet: sein intellektuelles Gewissen hat eine unbegrenzte Schärfung erfahren, es ist etwas von dem Verantwortlichkeitssinn der Wissenschaft über ihn gekommen, von den strengen Gelehrtenmethoden des neunzehnten Jahrhunderts, von diesem Nichtsauslassendürfen, alles mit allem konfrontieren zu müssen, diesem Zwang, eine maßlose Vielfältigkeit in sich ausgleichen zu müssen, auf keinem Resultat länger als eine Sekunde ausruhen zu dürfen, noch minder aber auf dem bequemen Bett der Skepsis, sondern immer wieder sich aufraffen und neuen Fragen und Schicksalsentscheidungen auf Leben und Tod ins Auge sehen zu müssen – gewitzigt zugleich und heroisch sein zu müssen und einmal für allemal alle unverantwortlichen Übertreibungen von sich abtun zu müssen, so die Selbstüberhebung wie die romantische Prostration vor diesem oder jenem geliebten Phantom mit ihrer Folge, der romantischen Ironie.
Welch ein Erlebnis aber auch, dieses neunzehnte Jahrhundert, so wie der deutsche Geist es durchzumachen hatte, mit diesen immer neuen Anspannungen und Entspannungen, immer schärferen Reaktionen und Zusammenbrüchen, welche die Seele verzehrenden Täuschungen, Trunkenheiten und furchtbaren Rückschläge, welche halben und Zwischenzustände unausdenklicher Art, bis endlich in diesem ganzen scheingeistigen Bereich die Luft unatembar wurde, bis endlich aus diesem Pandämonium von Ideen, die nach Lebenslenkung gierten – als ob es lebenlenkende Ideen geben könnte –, er sich losrang, unser suchender deutscher Geist, bewährt mit dieser einen Erleuchtung: daß ohne geglaubte Ganzheit zu leben unmöglich ist – daß im halben Glauben kein Leben ist, daß dem Leben entfliehen, wie die Romantik wähnte, unmöglich ist: daß das Leben lebbar nur wird durch gültige Bindungen.

Wie kein Menschengeschlecht vordem weiß sich dieses und das nächste, das wir schon zwischen uns aufsteigen sehen, der Ganzheit des Lebens gegenüberstehend, und dies in einem strengeren Sinne, als ihn romantische Generationen auch nur zu erahnen fähig waren. Alle Zweiteilungen, in die der Geist das Leben polarisiert hatte, sind im Geiste zu überwinden und in geistige Einheit überzuführen; alles im äußeren Zerklüftete muß hineingerissen werden ins eigene Innere und dort in eines gedichtet werden, damit außen Einheit werde, denn nur dem in sich Ganzen wird die Welt zur Einheit. Hier bricht dieses einsame, auf sich gestellte Ich des titanisch Suchenden durch zur höchsten Gemeinschaft, indem es in sich einigt, was mit tausend Klüften ein seit Jahrhunderten nicht mehr zur Kultur gebundenes Volkstum spaltet. Hier werden diese Einzelnen zu Verbundenen, diese verstreuten wertlosen Individuen zum Kern der Nation. Denn von Synthese aufsteigend zu Synthese, mit wahrhaft religioser Verantwortung beladen, nichts auslassend, nirgend zur Seite schlüpfend, nichts überspringend – muß ein so angespanntes Trachten, woanders der Genius der Nation es nicht im Stiche läßt, zu diesem Höchsten gelangen: daß der Geist Leben wird und Leben Geist, mit anderen Worten: zu der politischen Erfassung des Geistigen und der geistigen des Politischen, zur Bildung einer wahren Nation.

In dieser Grundhaltung ist die Sicherung des geistigen Raumes antizipiert, wie in der romantischen Haltung die Vergeudung des Raumes, in der Haltung des Bildungsphilisters die Verengung des Raumes inbegriffen ist.

Was dieser synthesesuchende Geist erringt – wo immer hier, auch in der einzelnen Brust, von Errungenschaften die Rede sein kann –, das sind schon ins Chaos projizierte Punkte, deren Verbindungen den Grundriß jenes Geistraumes ergäben.

Ich spreche von einem Prozeß, in dem wir mitten inne stehen, einer Synthese, so langsam und großartig – wenn man sie von außen zu sehen vermöchte – als finster und prüfend, wenn man in ihr steht. Langsam und großartig dürfen wir den Vorgang wohl nennen, wenn wir bedenken, daß auch der lange

Zeitraum der Entwicklung von den Zuckungen des Aufklärungszeitalters bis zu uns nur eine Spanne in ihm ist, daß er eigentlich anhebt als eine innere Gegenbewegung gegen jene Geistesumwälzung des sechzehnten Jahrhunderts, die wir in ihren zwei Aspekten Renaissance und Reformation zu nennen pflegen. Der Prozeß, von dem ich rede, ist nichts anderes als eine konservative Revolution von einem Umfange, wie die europäische Geschichte ihn nicht kennt. Ihr Ziel ist Form, eine neue deutsche Wirklichkeit, an der die ganze Nation teilnehmen könne.

BEGRÜSSUNG DES INTERNATIONALEN KRITIKERKONGRESSES

Meine sehr geehrten Herren,
ich freue mich, daß man mir den Auftrag gegeben hat, Sie zu begrüßen und Ihnen dafür zu danken, daß Sie Salzburg zum Ort Ihrer Tagung gewählt haben, Sie auf diesem alten ehrwürdigen Boden zu begrüßen wo sich viele Wege kreuzen – von Nord nach Süd und von West nach Ost –, in der Stadt wo Mozarts Wiege stand und wo sich Theophrastus Paracelsus zum Sterben niederlegte zu den Füßen des Untersberges.
Die Stadt selbst und das Land haben Sie schon begrüßt – ich möchte Ihnen nur die Freude sagen, die wir Künstler, die meine Freunde Richard Strauss, Franz Schalk und Max Reinhardt und alle die zahlreichen in der Arbeit mit uns vereinigten Künstler empfinden, Sie hier zu sehen. Denn die alte Antithese zwischen Künstlern und Kritikern ist nicht mehr. Diesen Abgrund hat die ungeheure Bewegung, welche so viele neue Abgründe aufreißt – *diesen* Abgrund hat sie zugeschüttet.
In einer ständigen Evolution hat sich die Stellung des Kritikers der des Künstlers, sein inneres Schicksal dem des Künstlers angenähert bis zum kaum mehr Unterscheidbaren.
Nicht mehr halten Sie uns Künstlern die festen Maßstäbe der schulmäßigen Ästhetik entgegen, die noch einem Hebbel so viel zu schaffen machten, sondern auf furchtbar schwankendem Boden ringen Sie zugleich mit uns um ein Festes, unsere Beängstigungen sind auch die Ihren, und in der stürmischen Dunkelheit, die uns umgibt, hören wir Ihre Stimmen wie die mit dem Meer ringenden Schiffer die klagenden und angstvoll warnenden doch hilfreichen Stimmen der Sturmbojen.
Seien Sie uns recht herzlich willkommen.

[In französischer Sprache fuhr er fort:]
Au nom de mes confrères et amis Max Reinhardt, Franz

Schalk et Richard Strauss – au nom de tous ces chanteurs et de toutes ces cantatrices, de tous ces acteurs et ces actrices, de tous nos musiciens – au nom de ces artistes peintres autrichiens, allemands, espagnols, américains et danois qui sont nos collaborateurs d'aujourd'hui et de demain – au nom de tout ce théâtre qui n'est pas le théâtre d'aujourd'hui ni celui d'hier, mais de tous les temps et que nous croyons vivant: au nom du théâtre de Mozart et de Shakespeare, de Beethoven et de Schiller – soyez les bienvenus.

Artistes – vous l'êtes vous-mêmes, et autant que nous. En cherchant les lois de l'art qui ne se conservent pas mais qu'il faut toujours reconquérir – vous suivez Goethe interprète de Sophocle et de Molière, vous suivez Delacroix interprète de Rubens, vous suivez Berlioz et Schumann, interprètes de Beethoven et de Bach. Vous êtes des nôtres. Il n'y a rien qui nous sépare. Il n'y a rien qui ne nous unisse. Soyez les bienvenus.

AUFSÄTZE

LITERATUR

DER SCHATTEN DER LEBENDEN

Geschichte läßt uns in Ungewißheit über die Individuen. Nur ihre Verbindung mit den Ereignissen bleibt bestehen. Wer Geistesgeschichte schreibt, sucht die Ideen, nicht ihre Träger; auch er läßt das Individuum beiseite, soweit es nicht völlig Geist geworden ist. Die Kunst allein will das Einzelwesen, und sie findet es, indem sie Geist und Leib mit einem Blicke erfaßt. Das gleiche tut die wahre Biographie: sie steht der Dichtung näher als der Geschichte; der Grundtrieb, der in ihr lebendig wird, ist der mimische. Durch ihn hängt der Porträtmaler mit dem Biographen, dieser mit dem Schauspieler zusammen. Hier berührt sich Shakespeare mit Rembrandt, Rembrandt mit Saint-Simon. Ein paar Figuren auf einer Handzeichnung von Rembrandt erinnern oft schlagend an eine Szene von Shakespeare; aber es wäre schwer, auf den ersten Blick zu sagen, wodurch. Das Verbindende ist die mimische Kraft: da wie dort stehen Gestalten vor uns, so geladen mit Ausdruckskraft, daß man versucht wäre, zu sagen: sie spielen in der genialsten Weise sich selber.

Der große Schauspieler verschmilzt mit der Figur, die er darstellt: es geht etwas von ihm in sie, von ihr in ihn: es ist wahre Verwandlung, ein dunkler, sonderbarer Prozeß. Den gleichen, vor ihm, macht der dramatische Dichter durch; den gleichen aber auch der Bildnismaler: man hat es oft bemerkt, wie immer ähnlicher die Porträts großer Maler ihnen, den Malern selber, werden; und den wahren Biographen, einen Eckermann, einen Boswell, kann man aus seinem Gegenstand gar nicht mehr herausreißen. Eckermanns berühmtes Buch wäre kaum ohne sein gleich berühmtes Vorbild, den »Samuel Johnson« des Boswell, entstanden – kaum ohne dieses sonderbare Beispiel mimischer Genialität, kraft welcher ein zartnerviger, weichmütiger schottischer Edelmann sich bis zur Identifikation in einen der vehementesten, zornigsten und starrköpfigsten Engländer aller Zeiten verwandelt, so daß sie die Welt nun seit hundertfünfzig Jahren aus einem dikken, aber in jeder Zeile unterhaltenden Buch ansehen: Samuel Johnson, aus der Lebenssubstanz Boswells wiedergegeben, oder Boswell, der seinen Rhythmus und sein Dasein an den unendlich heftigeren Rhythmus von Samuel Johnson und an dessen unendlich stärkeres Dasein verloren hat. Denn um die mimische Wiedergabe der Existenz handelt es sich, und nicht um die Wiedergabe geistiger Inhalte. Es ist ja gar nicht geistig, was Johnson auf diesen zwölfhundert Seiten von sich gibt; es ist sehr oft platt, sehr oft nur eigensinnig und aus seinem teuflischen Widerspruchsgeist geboren; sehr oft roh, ungerecht und abstoßend. Aber es ist in unglaublicher Weise individuell, das heißt von geistig-leiblicher Einzigart, und dadurch ist es bezaubernd, und man kann zu diesem Buch immer wieder zurückkehren, genau wie zu Goethes »Dichtung und Wahrheit« oder zu La Bruyères »Charakteren«.

Solchen Biographen ist es gegeben, die anekdotische Biographie zu schaffen. Ein Buch wie Eckermanns »Gespräche« will uns Goethe in die Hand geben, wie uns eine gute Anekdote einen Mann in die Hand gibt: mit Haut und Haar. In der Tat sind beide Bücher nur eine Kette von Anekdoten. Wenn Boswell uns Johnson zeigt, der schwer war wie ein Elefant und zornig wie ein Truthahn; wie sie auf einem Friedhof miteinander herumgehen und wie das Gespräch auf Bischof Berkeley kommt und auf dessen Theorie, daß die Existenz der Körperwelt nur ein Schein sei; Boswell äußert ängstlich (denn er merkt, daß Johnson schon in Zorn gerät): es sei freilich absurd, sich dieser Theorie anzuschließen, aber auch schwierig, sie zu widerlegen. Was? brüllt Johnson auf: Ich widerlege sie so! und stößt den einen Fuß mit solcher Elefantengewalt auf einen Grabstein, daß sein riesiger Leib von dem Gegenstoß aufhüpft wie ein Ball; oder aber, wenn uns Eckermann den achtzigjährigen Goethe vor die Augen stellt, der im Garten den Bogen spannt, den ihm ein Baschkirenhäuptling geschenkt hat, und mit geröteten Wangen wie ein Knabe auf einen Fensterladen zielt – beide Male ist es eine bis zur Virtuosität gesteigerte Kraft des Einfühlens, eine unendliche mimische Sympathie, die uns im kleinen Zug den ganzen Mann hinstellt, diese einmalige nie wiederkehrende geistleibliche Einheit. Von den Menschen, die einen anderen Menschen so zu spüren und wiederzugeben vermögen, kann man sagen, daß sie befähigt sind, die Schrift der Götter zu lesen; denn was sind die wahren Hieroglyphen, wo nicht die Mienen und Gebärden der Menschen, wodurch sich uns ihr Individualgeist verrät?

Alle diese Gedanken und noch etliche andere, wenn man ihnen Lauf ließe, ruft ein Buch von Felix Salten hervor, das die in eine Begegnung zusammendrängte mimische Biographie von etlichen dreißig Menschen enthält. Ich greife ein paar Namen heraus: Peter Altenberg, Alfred von Berger, Josef Kainz, Mahler, Enver Pascha, Artur Nikisch, Eduard Keyserling, Wedekind. Es sind lauter Tote, aber solche, die vor kurzem noch lebendig waren. Es sind dreißig von unseren Zeitgenossen, aber verewigte; so ist es ein Lebenskreis, aber ein geisterhafter. Salten nennt sein Buch »Geister der Zeit«; aber noch mehr Gewicht liegt vielleicht auf dem Untertitel: »Erlebnisse«. Das Entscheidende ist die Zeitgenossenschaft. Der Keim aller dieser kleinen biographischen Dichtungen war die lebendige Begegnung. Nichts ist in ihnen, das nicht von der unmittelbaren Schwingung des Lebens erzeugt wäre. Nichts in ihnen ist gedankenhaft, nichts analytisch. Alles ist Sympathie, blitzschnelle Einfühlung; es wären richtige physiognomische Kunststücke – wenn es nicht wahre physiognomische Kunstwerke wären. Ein Beispiel, das zu finden ich keine Mühe habe, wird mich deutlich machen. In jedem dieser Aufsätze kommt eine Person auf uns zu, tritt gleichsam auf ihrer Lebensbühne hervor; ich wähle die Begegnung mit Alfred von Berger, den so viele von uns Älteren gekannt haben. »Jetzt, da dieser lebensprühende Mann tot ist, sehe ich sein seltsames Antlitz deutlich vor mir, höre seine Stimme, die er mit schweren, keuchenden Atemzügen tief aus seiner breiten Brust hervorholte, diese Stimme, aus der manchmal ein merkwürdig wilder Jubel hervorbrach und in der so oft ein schmerzliches Stöhnen mitzuklingen schien. Voll Temperament war sein Antlitz, war von heftigen Leidenschaften durchwühlt und von einem starken Willen überzuckt, aber nie ganz zusammengehalten. Aus diesem Antlitz, das gelegentlich der Widerschein einer rätselhaften Dämonie erhellen konnte, sprach ein eigenwilliger Glaube an die Zukunft, an das Gelingen aller Pläne, und doch auch wieder ein Bangen und Verzagen. Tapferkeit und Verzweiflung mengten sich auf diesem Antlitz; verbissener Groll, wie nach erlittenen Mißhandlungen, und dann wieder eine fast kindlich arglose Sehnsucht, sich aufzuschließen und hinzugeben. Niemals vermochte man sich der Tragik, die aus diesen Mienen redete, ganz zu entziehen.« Das ist außerordentlich als Darstellung und außerordentlich an physiognomischer Richtigkeit: so viele Zeilen, so viele treffende Züge, und jeder Zug ein Schlüssel für das Innere. Es ist auch außerordentlich an Sympathie. Ich meine nicht die billige, die Allerweltssympathie, sondern die starke, wahrhaft phantasievolle, dichterische; die, mit der man die außerordentlichsten Übergänge aus dem Individuellen ins Atmosphärische, aus der Menschensphäre ins Vegetative, ins Animalische findet; man trägt nicht umsonst einen höchst persönlichen und merkwürdigen Novellenstoff, wie den der Verwandlung eines Menschen in einen Hund, dreißig Jahre lang dichterisch-träumend in sich herum. Es ist keine Kleinigkeit, die Zaubergewalt des Leiblichen so fest zu fassen, daß sie schließlich unter der umklammernden Hand das Geistige hergibt; und ich hätte ebensogut zwanzig andere Stellen hierhersetzen können als diese eine.

Es ist das eine sehr alte Kunstgattung, diese mimische Biographie. In den Satiren und den Episteln des Horaz finden sich solche kleine lieblich-geistige Porträts; noch mehr in den Satiren des Persius. Diesen ahmte dann Diderot nach, der Diderot des »Rameau« und der kleinen Dialoge, aus denen »Jacques der Fatalist« besteht. Er war vielleicht der größte Meister dieses unzerstörbaren Genre. Seine französische Nachfolge reicht über das ganze neunzehnte Jahrhundert bis auf den heutigen Tag; und sollte man ihm nicht, außer der schreibenden, auch eine zeichnende Nachfolge zuschreiben?

Sind nicht die Daumier und Gavarni ein wenig auch seine Schüler?
Aber Wien hat seine physiognomisch-biographische Schule für sich. Und wie denn nicht? Diese gesellige, aber schwere Kunst wächst aus einer Wurzel mit der anderen, des primär Mimischen: mit dem Theater. Das mimische Theater des Altertums war die Schule des Rhetors; unser Theater, Burg und Vorstadt, das Theater Lessings und das Theater Nestroys (damit ich, aus der Breite des ganzen Besitzes heraus, die beiden stärksten Mimiker nenne), mußte die Schule unserer mimischen Biographen werden. Ums Theater herum, je näher dem Theater je besser, sind sie gewachsen. Kürnberger, kein leicht erträglicher Mann; nicht sehr reich an Sympathie; williger, zu strafen als zu lieben. Aber sein Aufsatz »Grillparzers Lebensmaske« war ein physiognomisches Kunstwerk. Speidel dann, dem aus dem Schwung eines Augenbogens, aus der Linie einer Schulter, aus dem beweglichen Glied des Fußes ein ganzes Menschenwesen, ein ganzes Dasein sich erschloß, der von Lebendigen giltig und gesetzmäßig zu reden wußte wie ein Archäolog von Statuen. Und daß ich noch einen nenne, einen mehr als halb Vergessenen: Friedrich Uhl, der durch Jahrzehnte jeden Mann und jede Frau, die in Wien starben und die sich aus der gemeinen Menge abhoben, fast zur gleichen Stunde in einer auswärtigen Zeitung mit einer dämonischen Feder hinzeichnete; ihn reizte es, die noch kaum erkalteten Toten zu beschwören.
Das sind Vorgänger, gewissermaßen, auf diesem Kunstgebiet, aber jeder von ihnen hatte seine Form für sich; und Salten hat die seine, und er übertrifft die anderen an Entzündlichkeit, an Schwung, an Vielfalt. Auch er ist mit dem Theater verflochten, kreativ und kritisch. So fließt ein Vermögen dem anderen zu, und von beständigen mimischen Erregungen gereizt, steigert sich die mimisch-biographische Gabe bis zur Virtuosität. Es ist schön, in einem schweren Genre virtuos zu sein; und dieses Genre ist schwer. Es ist schwer, den kleinen Aufsatz mit Leben zu laden, daß er für eine Sekunde ein wirkliches Leben aufzuwiegen scheine. Es ist schwer, den Kontakt des Lebendigen zu finden und ihn nicht durch Übertreiben

wieder zu verwischen. Es ist unendlich schwer, das zur Hervorrufung des Menschenbildes Entscheidende heranzubringen, und noch schwerer, das Entbehrliche wegzulassen. Es ist vielmals leichter, aus Gedachtem wieder Gedanken hervorzuspinnen, aus Geschriebenem wieder Geschriebenes zu formen, Kunstwerke gegeneinander abzuwägen und ihre Theorie abzuziehen, als sich in diesen nackten Zweikampf mit dem Leben einzulassen. Der Sainte-Beuve der »montage« hat mehr Schüler als der Diderot von »Rameaus Neffe«, und mit gutem Grunde. Den gelehrten und noch den halbgelehrten Literaten deckt eine unendliche Tradition, eine allseitige Verflechtung. Seine ängstliche Treue, seine Bescheidung, sein Verzagen selber – alles wendet sich ihm zum Guten. Die Gewissenhaftigkeit, das höchste Gut der Schule, wird ihm zum Schilde und birgt der Welt – und noch ihm selber – die Grenzen seines Vermögens und seines Mutes. Für den um künstlerische Gestaltung Ringenden, für den, der auf eine Leinwand oder ein Blatt Papier das Leben zaubern will, gelten härtere Gesetze. Immer ist dies in seinem Ohr: »Und setzet ihr nicht das Leben ein! . . .« Immer wieder, wie jener Römer, spornt er das ängstlich schnaubende Roß, um in all seinem Schmuck, mit all seinen Waffen in den Abgrund zu springen; und der Abgrund ist immer vor seinen Augen: es ist der Tag, der verschlingt und vergißt. Dem Tage dient der Journalist; vom Tage hat er seinen Namen. Dem Tag vergeudet er die Kraft, das kostbarste Gut: die Besinnung; im Werk, für das er sich hergibt, vergeudet er das Werk, für das er sich zusammenhalten möchte. »Ein Künstler, der sein Werk täglich erneuern muß, weil jeder Tag dies Werk wieder zerstört; ein Schaffender, der auf das Schaffen verzichtet, um kleine amüsante Ansprachen an eine Zuhörerschaft zu halten, die undankbar ist und sich rasch verläuft, wenn der Redner schweigt.« Diese Zeilen stehen in dem Buch selbst. In ihrem etwas bitteren Stolz beziehen sie sich sowohl auf den Verstorbenen, über den sie ausgesprochen sind, als auf den Lebenden, der sie geschrieben hat. Ihr Stolz kann bestehen. Das Bittere aber mildert ein Gedanke, und welchem älteren Menschen wird er nicht kommen? Ein Tag, eine Woche; ein

Lustrum, ein Menschenalter; zwei, drei Menschenalter . . . was ist? Ist nicht eines wie das andere? Und wer kann hoffen, darüber hinauszudringen? Wer, außer Li-tai-pe, wird in zwölfhundert Jahren blühend sein, und wer, außer Horaz, wird nach zweitausend Jahren von Leben und Weisheit glänzen?

GEMÜT

DER BEDEUTUNGSWANDEL EINES DEUTSCHEN WORTES

Jene Worte der Sprache, welche auf die höchsten Bezüge, die geistigen und sittlichen, hinzielen, erleiden im Laufe der Zeiten eine unablässige Wandlung. Ihre Wurzel haftet im Sinnlichen; von da aus hebt der Sinn des Wortes sich ins Höhere, er wird immer kühneres Zeichen für ein kaum zu Bezeichnendes. Dieses zu Bezeichnende selber wandelt sich mit den wechselnden Generationen. An dem vielsinnigen, weitgreifenden Wort wird ein besonderer Teil seines Sinnes zu Zeiten schärfer erblickt, ein anderer Teil verdunkelt sich; innerhalb der geistigen Einheit wird Verschiedenheit wahrgenommen, sogar Gegensatz. Das geistige Leben der Nation, ja die zeitweisen Irrtümer desselben setzen sich an den Wörtern ab. In einem entwickelten Zustand erwacht innerhalb des Kreises der Sprachbeflissenen die Aufmerksamkeit auf diesen geheimen Vorgang; das Ab- und Aufsteigen der Wörter, die Entfremdung zu manchen, worin sich das Fremdwerden zu der früheren Sitte und Auffassung spiegelt, finden Beachtung; so entstehen die Wörterbücher. In dem geselligen, vom Gemeingeist durchdrungenen Frankreich liegt dessen Herstellung in den Händen der Académie; in Deutschland waren es immer einzelne, die ihre Kraft hierin der Nation widmeten; Adelung, dessen Name nicht mit einem ganz reinen Klang übriggeblieben ist, war dennoch der Ratgeber unserer großen Klassiker für ihren Gebrauch der Sprache; später begründete Jacob Grimm mit einer herrlichen Gesinnung und der höchsten damals erreichbaren Gelehrsamkeit das berühmte Wörterbuch, das, noch heute in Fortführung begriffen, stets seinen Namen trägt.

Diejenigen, welche sein Werk nach ihm fortsetzten, waren nicht gleichen Wertes; nicht der gelehrte Eifer wurde schwächer, sondern es ließ sich jenes Höhere, schwer zu Bezeichnende vermissen, worauf – daß es nicht zu vermissen wäre – alles ankäme; jene geistige Überlegenheit, die zu verschmähen und Grenzen zu ziehen, auch dem gelehrten Drange, befähigt ist. Unter den Mitarbeitern aber, die nach der Brüder Grimm Tod, zu Beginn der zweiten Hälfte des vorigen Jahrhunderts, ihre Kraft dem Werke widmeten, ragt einer hoch hervor: Rudolf Hildebrand. Von diesem Manne, den Sprachsinn und Sprachliebe vor vielen auszeichnen, hat Konrad Burdach vor etlichen Monaten in zwei Feuilletons dieses Blattes ausführlich gehandelt, die reine Gestalt, den schönen geistigen Lebensgang dargestellt. Das Beste, was dieser Mann geleistet, liegt im Grimmschen Wörterbuch, man muß doch wohl sagen: vergraben. Ihm fielen die Buchstaben G bis K zu, und weit mehr als ein Jahrzehnt seines Lebens hat er dieser anonymen Arbeit gewidmet. Unter den Buchstaben G fallen drei Wörter von der höchsten geistigen Bedeutung: Geist, Gemüt, Genie. Jeder dieser Hildebrandschen Artikel ist das Werk mehrerer Jahre. Jeder, für sich herausgegeben und in eine andere Druckform gebracht als die äußerst gedrängte, raumsparende des Wörterbuchs, würde ein Büchlein geben. Wie wenige aber unter den Gebildeten, vergleichsweise, besitzen das Wörterbuch; in wie weniger Hand, von denen die es besitzen, ist es ein lebendiger Besitz, und noch von diesen Wenigen der Wenigen, wie selten wird einer, ohne daß der Faden der Geduld ihm risse, Spalte um Spalte, Seite um Seite den Aneinanderreihungen folgen, in welchen der unvergleichlich gewissenhafte, über alles sprachliebende Mann noch die Schwebungen der Schwebung durch die Schichten des deutschen Schrifttums verfolgt und überreich mit Beispielen belegt, deren Wert nur die wachste Aufmerksamkeit zu erkennen vermag.

Ich habe mir zu besonderem Zweck aus den Kolonnen des Wörterbuches, worin Hildebrand den Wandel des Wortes »Gemüt« darlegt, das Folgende ausgezogen und biete es den Lesern dieser Blätter. Es folgt der Auszug dem Wege Hildebrands vom Anfang zu Ende, nur nicht dessen Krümmungen und Krümmungen der Krümmung; die Darstellung und die Beispiele sind Hildebrands eigen.

C. F. MEYERS GEDICHTE

Gedichte wie Goethes »Braut von Korinth« oder »Der Gott und die Bajadere« sind ohnegleichen in der Weltliteratur. Die höchste gesammelte Kraft eines großen Dichters spricht sich in ihnen aus, aber auch ein hoher Stand der geistigen Kultur, ein wunderbarer Augenblick im Leben der Nation. Es sind Kunstgedichte; aus der Anordnung des Ganzen spricht die volle künstlerische Souveränität, das Schema ist jedesmal mit der höchsten Überlegung entworfen und strophenweis ausgewogen, im Sprachlichen waltet aber zugleich das Naturhafte des sprachlichen Genius. Auf der höchsten Stufe fallen Besonnenheit und Inspiration zusammen. Kaum in Jahrhunderten einmal entstehen einige solcher Gedichte. Jedesmal sammelt sich ihnen der Geist des Zeitalters zur zarten, unvergänglich duftenden Blüte: so waren anderthalb Jahrhunderte früher Miltons herrliche Geschöpfe ans Licht getreten: das Gedichtpaar vom Leichtgesinnten und vom Schwermütigen. Ein Gedicht aber wie Schillers »Siegesfest« vermag doch auch neben die Goetheschen Balladen gestellt zu werden. In ihm waltet eine reine Geisteskraft, die auch ohnegleichen ist: lauter und ebenbürtig bewegt sie sich hin gegen die hohe Welt der Griechen und fängt das Ideal in einem reinen Spiegel. Jedes Wort ist bedeutend, weil deutend auf Hohes; die Sicherheit, mit der alles aufgeteilt und angeordnet ist, die Gleichheit der Geisteskraft von Teil zu Teil, die schöne fließende Verkettung, dies weckt Bewunderung und hebt den Geist empor; nicht die fast unbegrenzte Naturgewalt des Goetheschen Genius ist hier am Werke, aber die wahre Königlichkeit eines großen Geistes, der wir uns ganz ergeben.

Gedichte dieser Art üben ihre Nachwirkung auf ein Zeitalter. So beherrschten Michelangelos und Raffaels Konzeptionen die Phantasie der Künstler über das ganze siebzehnte Jahrhundert. Seitdem »Balladen« dieser Art vor aller Augen lagen, bestand die Möglichkeit, bestand der Anreiz, das gewaltig herschauende Gewesene, das in Begebenheit und Gestalt verdichtete Geheimnis der Geschichte zum Gegenstand eines strophischen Gedichtes zu machen. Doch geht es mit solchen Werken wie mit dem Bogen des Odysseus; schon bloß ihn spannen zu wollen, ist ein Unterfangen über die Kräfte, ja fast frevelhaft.

Conrad Ferdinand Meyer gehört zu denen, die sich ihr Leben lang an solchen Stoffen versucht haben. Zwischen ihm aber und seinen großen Vorbildern stehen noch einige Dichter mittleren Ranges; ohne ihr Dasein wären seine Versuche ebensowenig denkbar als ohne jene Größten. Uhland schrieb viele balladenartige Gedichte, sowohl in einfachen als in künstlicheren Strophen. Er hat aber etwas, das ihn sicher führt; ich möchte nicht sagen, Geschmack, aber eine sichere, einfache schwäbische Natur. Er hält sich an die schönen Vorbilder, auf die schon Herder hingewiesen: die schottischen Balladen, die deutschen Volkslieder. Eine fortwährende Beschäftigung mit den Dichtungen des Mittelalters, zumal den romanischen, bereichert ihn in seiner glücklichen Naturanlage, ohne daß er altertümelnd oder affektiert würde. Platen ist weit weniger sicher im künstlerischen Instinkt; die reichen und schwierigen Formen auszufüllen und noch zu steigern, ist ihm eine beständige Verführung; die geschichtliche Größe ergreift sein sentimentales Gemüt, von dem zwiespältigen Begriff des Historisch-Malerischen ist er auch schon berührt. So entstehen die Balladen aus der späteren römischen Geschichte oder dem frühen Mittelalter, wovon etwa die Anfangszeile von »Alarichs Grab« jedem im Ohr liegt. Die Mischung der Elemente: die auf süßen Wohlklang ausgehende Klangwirkung, die das Monumentale suchende Darstellung des Stoffes, wirkt nicht immer überzeugend. Ich habe manchmal den Gedanken, daß ihn Calderon und dessen unnachahmliche Behandlung des Historischen verwirrt habe. Chamisso muß hier auch genannt werden, zumal da es sich um C. F. Meyer handelt. Er hat Geschmack, ausgesprochenen, einen echt französischen Sinn für das Prägnante. Daß er manchmal die gleiche Anekdote behandelt hat wie Mérimée, ist charakteristisch. Seine Stoffwelt, ebenso die Art, wie er die

Glieder der Begebenheit aufs Gedicht aufteilt, müssen Meyer großen Eindruck gemacht haben. Dieser nun gehört einer noch späteren Zeit an als die drei Genannten, und einer Zeit, die in allen künstlerischen Dingen sehr ins Irre geraten war. Auf seiner Stirn, wie auf der Feuerbachs, ist das Stigma des neunzehnten Jahrhunderts deutlich, das gerade auf edeln Stirnen so scharf erkennbar wird. Es gibt Zeiten, in denen die Auserwählung zum Künstler für Geister, die nicht von der höchsten Stärke sind, einem Fluche gleichkommt.

Bedenkt man die Naturgewalt von Goethes Sprache, den geistigen Adel der Schillerschen, noch bei so viel matterer Geistesspannung das Treffliche, Reine in Uhlands Sprachbehandlung, so erscheint, wenn man C. F. Meyers Gedichtband aufblättert, zunächst die Sprache kaum erträglich. Welche Unklarheit über das poetische Ziel sowohl als über die Mittel, es zu erreichen! Welche Unzartheit des Sprachsinns nicht nur, sondern schlechthin des Gefühls! Wie ist in diesen hundert und aberhundert Gedichten das Eigentliche, das Lyrische, jenem unsicheren Bestreben, Geschichte aufleben zu machen, nein, historische Anekdotenbilder in Strophen umzusetzen, aufgeopfert!

Eine Strophe:

Kleitos neben Philipps Sohne
Furcht die Stirne kummervoll,
Der benarbte Mazedone
Schlürft im Weine Gram und Groll.

Welch eine Strophe!

Eine andere:

Manfred, lausche meinen Worten!
Drüben auf dem Marmortische
Mit den Greifen liegt mein gültig
Unterschrieben Testament.

Eine andere:

»Du dienst einem Gaukler!« Im Schutz des Gewands
Verhüllt er den Busen, entreißt ihr den Kranz.

Welches kaum erträgliche Hineinpressen von Begebenheiten, d. h. Satzteilen in ein hartes, unbiegsames Versschema. Welche Vulgarität des Reimes, und – es ist hart, dies auszusprechen – welche Vulgarität des Ausdrucks um des Reimes willen!

Ein zufälliges Beispiel? O nein! Ich könnte zwanzig für eines finden. Hier ist eines von zwanzig:

»Verdammter, stirb!« – »Geliebte, flieh!«
Wild ringend stürzt er umgebracht,
An seinen Busen gleitet sie
Und stürzt mit ihm in eine Nacht.

Welch ein steifes Getümmel! Hier sind zwei Zeilen:

Der Manlierstirn verzogne Brauen grollen,
Des Claudierkopfs erhitzte Augen rollen –

Wer versucht dies zu sprechen! wer es vor sich zu sehen? Oder dies:

Wieder bin ich dort gegangen,
Wo die graden Wände hangen
In des Sees geheime Gründe
Mit dem dunkelgrünen Reiz!

Es fragt sich, was schwerer vorstellbar ist: der Dichter, der diese Strophe hinschreibt, oder der Mann, der nach Jahren den Band wieder durchliest (»Mit dem Stifte les ich diese Dinge, auf der Rasenbank im Freien sitzend«) und sie stehenläßt.

Ein starker Band, gegen vierhundert Seiten; zweihundertundsechzig Gedichte, darunter fast zweihundert von dieser Art; Ketzer, Gaukler, Mönche und Landsknechte, sterbende Borgias, Cromwells, Colignys; Medusen, Karyatiden, Bacchantinnen, Druiden, Purpurmäntel, Bahrtücher; Hochgerichte, Tempel, Klostergänge; zweizeilige Strophen, dreizeilige, vierzeilige, achtzeilige, zehnzeilige; heroische Landschaften mit und ohne Staffage; Anekdoten aus der Chronik zum lebenden Bild gestellt, – Wämser und Harnische, aus denen Stimmen reden, – welche eine beschwerende, fast peinliche Begegnung: das halbgestorbene Jahrhundert haucht uns an; die Welt des gebildeten, alles an sich raffenden Bürgers entfaltet ihre Schrecknisse; ein etwas, dem wir nicht völlig entflohen sind, nicht unversehrt entfliehen werden, umgibt uns mit gespenstischer Halblebendigkeit; wir sind eingeklemmt zwischen Tod und Leben, wie in einen üblen Traum, und möchten aufwachen.

Aber dennoch: diese fast zweihundert Gedichte, die keine Pietät am Leben erhalten kann, ein Etwas wohnt in ihnen, ein Etwas haucht über sie hin, ein Etwas blitzt da und dort und immer wieder auf, schwer zu benennen, unmöglich zu verkennen; der sie aussann und hinschrieb in oft ermattender Bemühung – er war kein geringer Mensch. Eine zeitlose, strengschöne Landschaft war die Heimat seiner Seele; die Geschichte sprach wirklich zu ihm; die Antike war ihm Offenbarung; das Edle rief ihn an, und nie war seine oft zu Tod ermattete Seele zu matt, diesen Ruf zu hören. Das fühlbar Einsame einer nicht sehr starken, aber hochsinnigen Natur; der Schauder vor dem Gemeinen; das Bürgerlich-Aristokratische, mit Bewußtsein festgehalten; die Aussonderung des Künstlerdaseins, Mischung von zehrender Qual und ausdauerndem Stolz, wie zuerst das neunzehnte Jahrhundert sie hervorbrachte; und zuweilen, in höchsten Augenblicken, ein edler Gram als der Quell der vollkommensten Inspiration: hier schwebt, schon einmal aufgerufen, die Gestalt Feuerbachs heran, und stellt sich neben die des Dichters.

Vielleicht war auch dies ihnen beiden gemein: daß die Herrschaft über das eigentliche Mittel ihrer Kunst ihnen nicht, wie glücklicheren Künstlern, unbedingt gegeben war: nicht jenem die Gewalt der Farbe, noch diesem die Macht der Sprache. Aber indem Feuerbach höher und höher strebte, einen ganz einsamen, strengen Weg, entfernte ihn sein Ringen um die Form immer entschiedener von der Farbe, die in glücklicheren, leichteren Augenblicken ihm sehr schön sich gegeben hatte; bei Meyer aber ist es so, daß die höchste, besonderste Inspiration, der edle Gram, die bewußte, fast mit Glück empfundene Todesnähe und über alles ein ihm eigenes, tiefstes und dennoch mutiges, ja beinahe trunkenes Bangen – ihn zugleich zum unbedingten Meister der Sprache macht. Nicht die Zeile nur, nicht die einzelne Strophe wird herrlich; das ganze Gedicht durchwaltet dann eine gedämpfte, melodische Trauer, eine finstere Kühnheit, der jeder Klang und Fall gehorcht. So enthält dieser Band neben den zweihundert Gedichten, die zu lesen bemühend sind, ihrer vielleicht zwölf oder fünfzehn, die dem höchsten Rang sich nähern, und sieben oder acht, die ihn erreichen. Damit tritt der Lyriker C. F. Meyer in die kleine Schar der wenigen großen Dichter der Deutschen.

Doch das Gespann erlahmt, die Pfade dunkeln,
Die ewgen Lichter fangen an zu funkeln,
Die heiligen Gesetze werden sichtbar.
Das Kampfgeschrei verstummt. Der Tag ist richtbar.

Eine Strophe wie diese ist nahezu vollkommen. Was sie aussagt, ist, wie bei jedem großen Gedicht, in anderen Worten, ja in einer anderen Anordnung der gleichen Worte schlechthin unsagbar. Nicht Gedanke, nicht Gleichnis, nicht Wahrheit; nicht Bild, nicht Ton und Fall der Worte: nichts ist vom anderen zu sondern; aus dem allen ist die Einheit geschaffen; und diese vier Zeilen könnten von keinem Dichter auf der Welt sein als von dem einen, der sie gedichtet hat.

Jenes strenge Schöne, das er oft seiner groß gesehenen Landschaft abringen wollte in allzu starrer, wortreicher Bemühung, jenes feierlich Wehevolle, das zu bannen er die Gesichter und Gebärden der zahllosen Toten vergeblich beschwört, wunderbar steht es ihm zu Gebote, sobald eine höchst gramvolle Erhobenheit ganz zu sich selber gelangt. Welch eine Inschrift, diese letzte Zeile des »Gesangs der Toten«:

Drum ehret und opfert. Denn unser sind viele!

Welch ein Kunstwerk, dieser »Römische Brunnen«, welche Knappheit, welche Fülle – auch des Gedankens: denn das sind die wahrhaft poetischen Gedanken: wenn wir das Seiende so groß anschauen, daß sich uns dahinter der Abgrund des wahrhaft Seienden entschleiert.
Welche Herrlichkeit des Falles in diesen beiden Zeilen:

Und jede nimmt und gibt zugleich
Und strömt und ruht.

Welche Herrlichkeit aber auch des Sinnes; denn nie ist die Sprache zaubervoller, als wenn der Dichter sie das Unmögliche, das schlechthin Widersprechende aussagen läßt.
Welche Zauberei, wenn er ins Gewesene, Berühmte, Fremd-Vertraute mit geisterhafter Kühnheit sich selber und uns Lebende mit ihm hineinzieht:

Da mit Sokrates die Freunde tranken,
Und die Häupter auf die Polster sanken,
Kam ein Jüngling, kann ich mich entsinnen,
Mit zwei schlanken Flötenspielerinnen.

Wunderbare melodische Denkmale dieser einsamen Seele; jenes, das anhebt:

Melde mir die Nachtgeräusche, Muse,
Die ans Ohr des Schlummerlosen fluten,

jenes, das endet:

Einen Schlummrer trägt das dunkle Boot –

jenes das endet und anhebt:

Schwarzschattende Kastanie!

Aber darüber hinaus, noch um eine Stufe, jene vollkommensten, in denen auch nicht mehr Vollkommenheit regiert, sondern ein größeres Geheimnis. Jene, deren Inspiration ein kaum Benennbares ist: eine Bangigkeit über alle Bangigkeiten, eine Kinderangst, zugleich wieder eine Todesvertrautheit, ein Sichwiegen im Todesgefühl ohnegleichen. Jenes, aus dem ich nicht wage, eine einzelne Zeile herauszureißen – oder ja, diese eine – nur für jene, denen eine Zeile das ganze in ihnen schlummernde Gedicht heraufbringt:

Sterne, warum seid ihr noch nicht da?

jenes unsäglich schmerzvolle, in die Seele eines unglücklichen Knaben hineingeträumte »Lied Chastelards« – jenes furchtbar schlichte, das von der Mutter handelt, über dessen Gewalt und ihre Ursachen nichts gesagt werden soll, denn das Gedicht selber ist der Art, daß man es lieber geheimgehalten als in einem Buch abgedruckt wüßte; jene beiden dann, »Wetterleuchten« das eine, »Weihgeschenk« das andere, die sich um zwei frühgestorbene Frauenwesen drehen, oder um ein und dieselbe Tote? – wovon das eine Bild ist, das andere aber Gesang, und so melodisch, so dunkel, voll und schwermütig im Ton, daß es könnte im »Cymbeline« oder im »Sturm« gesungen werden – mit der sanft klagenden Solostimme und den antwortenden Zweizeilern des Chores:

Warum schwandst du vor dem Ziel,
Allerlieblichstes Gespiel?

und wieder:

Schwermut, Königin der Nacht,
Hat ihr Mägdlein umgebracht!

und wieder:

Ließest du das süße Licht,
Doch vergessen bist du nicht!

Völlig einfach ist dieser Ton. Hier ist nichts »Römisches« mehr, nichts von edeltraurigem Stolz, keine Haltung. Wunderbar erscheint ein kindlicher Ton, einer naiveren Schicht der Poesie verwandt, – nicht gewollt, nicht erborgt, geisterhaft hergeflogen wie ein Kinderlächeln in der Miene eines Mannes, der stirbt.

[»SCHILLERS SELBSTCHARAKTERISTIK«]

Das Buch, das ich vorlege, ist in keinem Sinn mein Werk. Ich fand diese Zusammenstellung von Bruchstücken aus Schillers Schriften unter ererbten Büchern, zwischen Jean Paul und Zschokke. Der Urheber ist Döring, ein vergessener Literarhistoriker, das Jahr des Erscheinens 1853. Da ich einmal zufällig das Buch aufschlug, fand ich mich genötigt weiterzulesen bis zum Ende: das Gegenwärtige der heroischen Gestalt fiel mir auf die Seele.

Man hat öfters das Fehlen einer direkten Darstellung von Schillers lebendiger Person durch Goethe vermißt; wir besäßen sie, wenn Goethes Beschreibung des eigenen Lebens bis in das letzte Jahrzehnt des achtzehnten Jahrhunderts fortgeführt wäre. In höchster Verdichtung besitzen wir sie gleichwohl: in Goethes »Epilog zu Schillers Glocke«. Kein Zug, aus dem sich jenes vergeistigte Spiegelbild zusammensetzt, der sich nicht in unserer Kompilation wiederfinden ließe.

Mit der Sammlung von Schillers Gesprächen möchten wir unsere »Selbstcharakteristik« zusammenhalten. Aus beiden zugleich könnte eine ergreifende Vergegenwärtigung des so hochberühmten als wenig mehr erkannten Mannes hervorgehen. Es steht uns freilich nicht zu, einen großen Mann anderswo als in seinen Werken zu suchen. In dem Drang, anders zu verfahren, wirkt der beharrliche Irrtum, welchem sich unsere literarische Forschung seit Jahrzehnten hingibt; dieser schrankenlose Biographismus, in welchem das Werk, jenes einzig Wirkliche, sich auflöst in Funktion des Scheinbegriffes »Leben«; wo doch – um das Wort eines geistreichen Franzosen unserer Tage zu gebrauchen – der Autor und sein Leben weit mehr der Effekt der Werke sind, als daß sie deren Ursache wären.

So wären wir denn durch unsere eigene Einsicht auf Schillers Werke verwiesen; auf die Gedichte, die in jedes Schulknaben Händen sind, auf die Dramen, welche nach wie vor auf hundert Bühnen dargestellt werden.

Da aber drängt sich ein Gedanke dazwischen, dem Folge gegeben werden muß. Bei den europäischen Nationen, die eine Bühne besitzen, erweist sich das höchste Leben eines dramatischen Werkes durch eine deutliche Übereinstimmung mit der Nation, über dem Wechsel der Generationen. So lebt Racines Werk auf der französischen Bühne fort. Der Zeitgeschmack ändert sich; der ganze gesellschaftliche Bau, auf welchen diese Werke sich bezogen (denn sie waren Spiegelbilder einer nur leicht verschleierten Gegenwart), ist zerfallen, zu dem eigentlichen Kern des Werkes aber findet sich die französische Gegenwart immer aufs neue im reinen Verhältnis. Es ist im Rhythmus, womit das Seelenhafte dort abgehandelt und aus dem Zwiespalt des Gemütes der Weg zu einer Entscheidung gefunden wird, im Maßgefühl, das zwischen Herz und Kopf das Gleichgewicht herstellt, in dem Klarsinn, der noch die dunkle Region der Seele aufhellt, ein ewig Vorbildliches gegeben; diesem dürfen sich die dichterischen Nachkommen ganz anvertrauen – sie fühlen, daß sie dann mit dem zartesten Selbstbewußtsein der Nation überein blieben, und eine höhere Instanz haben sie nicht zu kennen. Man denke nicht an eine Nachahmung seiner Formen, sondern an geistreiche Übertragungen; der heutige Franzose ist weit entfernt vom Alexandriner und von der Tragödie; aber so weit hin wie zu Musset und Baudelaire ist die Kadenz des Racineschen Verses wirksam, und der zarte und doch heroische Kontur seiner weiblichen Figuren bleibt ein nie verleugnetes Ideal.
Zu Schillers dramatischem Werk befand sich die gesammelte deutsche Nation vor hundert Jahren im höchsten Einverständnis; ja man kann sagen, eine solche Übereinstimmung aller Gebildeten in bezug auf ein dichterisches Werk habe späterhin nie wieder stattgefunden. Dem Hochsinn und der Beredsamkeit dieser Gestalten, wenn sie vertraten, was ihnen die Seele beherrschte, widerstand niemand, wollte keiner widerstehen. Die Sprache riß über das hinweg, was in den Figuren nicht ganz in sich übereinstimmend, oft beinahe zweideutig war. Einzelne zwar entzogen sich dem Zauber. Heinse, im Jahr seines Todes 1803, merkt zu dem eben im vollen Licht stehenden »Wallenstein« in eines seiner Hefte an, wie ihm die

Hauptfigur in ihren Entschließungen und Motiven bedenklich erscheine, und ob man auch wohl dreißig Generalen ein plump gefälschtes Schriftstück zur Unterschrift vorlegen dürfe, und aus diesem plumpen Faktum für den Moment ein Hauptmotiv einer großen politisch-historischen Tragödie machen, dann aber aus dem Ganzen keine Folge ziehen. Hier meldet sich der Leser des Machiavell und des Sallust; einer der stärksten intuitiv historischen Köpfe der Nation, der eine Zeitgenosse, der Realist genug war, Napoleons Aufstieg im voraus zu erraten. Es ist der erste Deutsche, vor dem das Buch der Zeiten in der besonderen Weise aufgeschlagen war, wie es die späteren in ihren produktivsten Augenblicken aufgeschlagen sahen. Ähnliche Einwände machte ein halbes Jahrhundert später Otto Ludwig geltend, und allmählich drangen sie ins allgemeine Urteil. Er maß Schillers Charaktere an den Shakespeareschen; die mimische Einheit der Figuren in sich selber, bis in den unscheinbarsten Zug, war ihm alles – und diese Auffassung wurde die Auffassung des Zeitalters.

Vielleicht könnte man das gewandelte Verhältnis der Nation zu ihrem großen Dramatiker so ausdrücken. Von den beiden Einflüssen, die auf den werdenden Schiller vor allem wirksam gewesen waren: dem Plutarchs und dem Rousseaus, hatte der letztere im Verlauf das Übergewicht bekommen. Diese philosophische, sentimentale Rednergewalt (die aber freilich nicht Schillers ganze ist) beherrschte ein Zeitalter vollkommen; wie vollkommen, können wir kaum mehr ermessen. Ein gewandeltes Zeitalter, bald nach 1848 sich ankündigend, wandte sich ab und stellte die Forderung nach dem plutarchischen Element mit ausschließender Entschiedenheit. Dieses wechselnde Verhältnis ganz aussprechen wollen, hieße die Geistesgeschichte der Deutschen im neunzehnten Jahrhundert schreiben, in der auch ihre politische Geschichte enthalten wäre. Aber wir können aus Äußerungen eines so reinen maßvollen Beurteilers, wie es Stifter war, erkennen, welchen zweideutigen Elementen im deutschen Wesen sich jene ungemeine Popularität Schillers verbündet hatte. In seinen Briefen spricht er von der Gefahr von Schillers Phrasen für das Phrasenzeitalter; und daß auf der Bühne das

Hohle erst recht sich zeige. »Schiller«, schreibt er, »so groß er ist, hat durch den falschen Glanz . . . viel zu dem nachfolgenden Übel beigetragen; noch immer wird Götzendienst mit Schiller getrieben, und ich fürchte, nicht mit dem großen Schiller, sondern mit dem flitternden.« (Es sind diese Stellen in Stifters Briefen unter anderen, die sich in dem Exemplar, das Nietzsche eignete, mit Bleistift angestrichen finden.) Wir müssen demnach sagen, nach welchen Gesetzen eine solche Nation, deren höheres Leben sich in Schwüngen und Gegenschwüngen vollzieht, zeitweise einen großen Geist sich ganz aneignet, zeitweise ihn wieder ausstößt, ist uns undurchdringlich. Es ist auch nicht an uns, darüber zu urteilen; das darüber Ausgesprochene bleibt immer schief und schwächlich. Genug, wir vermögen zu erkennen, die Masse, als sie in diesem Sinn von Schiller abfiel, warf sich dann auf die Wagnersche Musikdichtung; hier konnte jeder das dumpfe Trachten seines Innern hineinlegen, und jene eigentümliche Mischung des einsam Schwelgerischen mit dem melancholisch Sehnsüchtigen, die vielen von uns innewohnt, ins Ungeheure erweitern und sich ihr ohne Verantwortung hingeben. Vor einer Generation aber, für die dies wie jenes abgetan ist, hebt sich Schillers Gestalt neu und rein hervor, und sobald wir uns eine neue geistige Gegenwart aufrichten, können wir ihn nicht entbehren.

Hier muß nun etwas gesagt werden: seine Werke, bei all ihrem Glanz und ihrer szenischen Schlagkraft, erscheinen uns manchmal fast provisorisch und wie überhastet. Seine dramatischen Gestalten stehen nicht völlig für ihn, wie der Faust und der Tasso, aber auch der Egmont und der Goetz für ihren Dichter stehen; kaum der Wallenstein, obgleich dieser eine mächtige Gestalt ist, aus der Ahnung weltgeschichtlicher Krisis geboren und wunderbar hingestellt, wo er alle im Reich verbundenen Deutschen, die Katholiken wie die Protestanten angeht, und darüber hinaus Wien ebenso wie Prag. Aber auch er steht nicht ganz für Schiller, Maria Stuart stößt beinahe mehr zurück als sie anzieht, die Jungfrau befremdet, der Tell bindet uns nicht. An all diesen Gestalten Schillers nagt dann und wann der Zweifel, und alles Geistige lebt nur kraft des Glaubens. Ja es ist, als ob schließlich ihn auch die Sprache nicht binde, man kann sie nicht beim Wort nehmen wie die Goethesche – aber es wird in dem Gebrauch, den er von ihr macht, etwas Höheres sehr großartig fühlbar: ein Auftrieb, an dem sich die Tiefe der Nation erkennen läßt. (Ich fühle es, auf wie gefährlichem Boden ich mich bewege, wenn ich von der Größe eines Künstlers so spreche, als ob sie außerhalb des Werkes erkennbar werde: aber ich fühle, auch hier gerade kommt mir das Verständnis der Jugend zu Hilfe und die höhere Intuition für das Geistige, die aus der Not einer schwer ringenden Zeit geboren ist.)

Eine solche Genossenschaft aber, wie die Zugehörigkeit zu dieser Zeit aus uns gemacht hat, wendet sich an das Andenken der großen Männer nicht, damit sie genieße, sondern damit sie erfahre, wodurch sie sich umschaffe. Jenseits der Zeitlarven suchen wir die großen Begriffe, an denen wir uns ein neues Selbst aufbauen.

Mit anderen irdischen Ängsten werfen wir die Angst der Zeit von uns: mehr und mehr wird uns die Gegenwart zum Schleier, die Ahnung einer höheren Gegenwart tritt hervor. In ihr glänzt wie ein Stern uns Schiller entgegen. Immer weniger zur Zeit schien er uns, wo die Zeit sich mit ihm einließ, zu passen, immer mehr zur Nation: insofern wir in ihr unsere Form der Menschheit erkennen. – Hier ist das Deutsche in seiner Weltlosigkeit; aber aus dem Weltlosen ist die höchste Würde gezogen. Über und außerhalb der Zeit, über und außerhalb der Gesellschaft vollzog sich diese großartige Existenz. Was war ihm Herkunft, Amt und Stand, irdisches Dasein, Familie? Die Familie, die er mit sich selber bildete, das ist eine Hieroglyphe, der Auflösung wert. Selber Gestirn, folgt er einer Bahn. Gebundenheit ans Höchste war ihm alles.

Nicht aber als ob ich in diesem Leben, dessen Spuren wir nachgehen, das Naive verkenne; aber es beglaubigt mir den Heroen. Da ist jene Anekdote, die Petersen in den von ihm gesammelten Gesprächen überliefert. Ein junger Mensch (ich weiß nicht mehr war es Voß, der Sohn, oder ein anderer) begleitet den schon kranken Mann ins Theater, in eine Vorstellung des »Wallenstein«. Im Hintergrund der Loge verharrt

Schiller stehend und sieht starr auf die Bühne; den jungen Begleiter, der ihn verstohlen von der Seite ansieht, trifft es in die Seele, wie diese Miene in der Starrnis des Zuhörens fahl ist und die Todeszeichen trägt. Da betreten die Liebenden die Szene, Max und Thekla, und Schillers Auge leuchtet unsäglich liebevoll auf, und eine Freudenröte überzieht seine Wange. – Dieses jugendliche Erröten seiner Naivität beglaubigt die Größe und Reinheit des Werkes, das uns in seiner Ganzheit aufzunehmen schwer ist, aber vielleicht nicht mehr denen, die nach uns sein werden. Naivität war auch in seiner Haltung gegenüber der Mitwelt, wie er sie anredet, sie vereinigt zu einer beratenden Versammlung, sie erweitert zum Senat des Universums. Wie anders Goethe, wie skeptisch erdbewußt, politisch, behutsam. Aber welche Hoheit Schillers auch hierin. Er war die aristokratische Natur von uns beiden, sagt Goethe; und »großartig« nennt er ihn, »auch wenn er sich die Nägel beschnitt«.

In den Gesprächen, wie man sie gesammelt hat, tritt das Rührende des Menschen hervor, und seine wunderbare Haltung vor dem Tode (und der Tod bedrohte ihn beständig, vom dreißigsten Jahr an). Das Vermächtnis, wie wir es vorlegen, zeigt das Heroische als die Grundhaltung seines Lebens.

Es ist aus den Werken genommen und führt in die Werke zurück. Daß wir es vorzulegen uns gedrungen fühlen, ist eines der Zeichen der Zeit, die nicht leben will ohne einen neugebauten Heldensaal, und ohne daß wir das scheinbar Abgelebte zu neuem Leben rufen. Die Welle, welche uns Hölderlin heraufhob, reißt auch Schiller in ein neues Leben; wie kann es anders sein, da ja eine ganze Geisteswelt wiedergeboren werden muß.

CALDERON

Calderon liegt in der Weltliteratur wie ein Kontinent. Die deutschen Romantiker näherten sich seinen Küsten, drangen nicht tief ein, beluden sich mit Raub, unter dem sie fast erlagen. Sie waren auch von diesem großen Phänomen mehr berauscht als daß sie seiner mächtig geworden wären, ihn einzuverleiben. Goethes Adlerblick umspannte ganz das große Phänomen. Alles was er mehr gelegentlich über ihn gesagt hat, trifft das Tiefste der Erscheinung. Es sind aperçus, die weiterführen als ganze Bücher. Das Wort, es sei gut gewesen, daß Schiller vor dem Aufkommen Calderons gestorben – er wäre seinem Einfluß ganz unterlegen – enthält in nuce eine Anschauung Schillers, derer das ganze neunzehnte Jahrhundert nicht fähig gewesen. In Schiller ringen zwei Jahrhunderte – das achtzehnte bekam das Übergewicht –, vieles klingt an Calderon an – im Anfang des Tell. Ein anderes Wort Goethes wie der Vergleich mit Shakespeare, dieser gleiche der Traube . . . jener gekeltertem Wein. Denkt man diesem Wort nach, so läßt sich alles Entscheidende über die dramatische Form daraus ableiten.

Jenes dritte Wort, er getraue sich, »auf Bohlen über Fässer geschichtet, mit Calderons Stücken, mutatis mutandis, der gebildeten und ungebildeten Masse das höchste Vergnügen zu machen«, schließt hier an. Die Spannweite reicht bis zur tollsten Posse – etwas Frecheres als »Cefalus und Procris« ist nicht zu denken.

R. A. SCHRÖDER

Schröders Werk steht einheitlich und geschlossen vor uns wie kein zweites im deutschen Sprachbereich. Zwei mäßige Bände würde es umfassen – den Gehalt aber mißt nicht diese Zeit, sondern eine spätere. Die Jahrzehnte gehen hin und verändern nichts an diesem Werk, das mit der ersten Gedichtreihe völlig da war, völlig erkennbar – und von niemandem erkannt. »Elysium«, die »Zwillingsbrüder« – die »Deutschen Oden«, die »Neuen deutschen Oden«; es traten die großen Elegien dazu, die großen strophischen Gedichte, genannt »Widmungen«, die »geistlichen Gedichte«. Durch jedes Hinzutretende wird das Ganze stärker, ohne in seinem Aspekt die leiseste Veränderung zu erfahren. Nur von dem, was unter höchsten Gesetzen steht, würde ich solches auszusprechen wagen. Hier ist unserer Welt, einer Welt des angstvollen W e r d e n s, ein d ä m o n i s c h s t a r k e s S e i n entgegengestellt.

Anders gesehen: aus einem einzelnen Mund gibt hier ein »ernstes duldendes Geschlecht« von sich Kunde. Der Inhalt ist das gesamte Dasein, durch die Gewalt der Sittlichkeit geordnet. Kein Werden, keine Entwicklung verschleiert, was alles, und immer wieder, zur Entscheidung steht, wo es darum geht, ein Mensch zu sein. Unter einem so strengen Blick wird das eigene Dasein mythisch: Sinnbild des menschlichen Lebens. Alles steht klar da: unbedingte Gegenwart, wie vor dem Auge der unterweltlichen Richter. Auf geheime Weise fällt die Schranke zwischen Sein und Nicht-Sein: alles Menschliche hat in dieser Sphäre den Tod, die eigentliche Lebensprobe, schon überwunden, und kehrt wieder. Die Natur ist einbezogen, nicht malerisch, noch bildnerisch, noch musikhaft; als »ein Beständiges, das uns mit Stern und Welle verbindet«, und »im unendlichen Schwall« dauernd ein Göttliches verbürgt: Treue.

Es bedarf keiner besonderen Weisheit, um zu begreifen, daß

eine solche Vision des Daseins nur durch eine Form von der äußersten Gespanntheit gehalten werden kann. Aber es ist schwer, zu Deutschen von Form zu sprechen. Wahre Form ist gelebt: Erfahrung, die Magie geworden ist.

Der Urgrund einer solchen Hervorbringung ist die Muttersprache in ihrer geistigen Sphäre. Die Sprache dieses lyrischen Werkes ist nicht sinnlich noch entsinnlicht: in wunderbarer Ausgewogenheit schwebt sie zwischen Bild und Zeichen, verwandt hierin den reinsten Produkten der lateinischen Welt. (Übersetzungen des Horaz, fast unbegreiflich im Erreichen der straffen Fülle und der finstern Wucht, im Verbinden des Lapidaren mit dem Urbanen, stehen nicht als ein Fremdes zwischen den andern Gedichtreihen, sondern als ein schicksalhaft Einbezogenes.)

Man glaubte etwa gelegentlich, sich von der Epoche abzuwenden, wenn man dies reine Gebäude betrat. Nichts ist irriger. Alles geistige Verhängnis, das uns *diesen* Tag zum Tag des Schicksals macht, hangt dunkel herein; alles weltverändernde finstere Geschehen. Im Bereich der »Zwillingsbrüder«, der »Deutschen Oden« ist man im Wirbeltrichter des Sturmes, der uns umtreibt: hier herrscht die grandiose Stille der *Mitte*.

Wo zwar wäre die Gesellschaft, der diese Haltung entspricht? Gesellschaftslos, wie der Orient, ist diese Nation. Tiefsinnige Einzelne, wie dort, tragen ihr geistiges Leben.

Platens, Leopardis Werk hob sich von einem ähnlichen Untergrund tiefster Schwermut zur seelenhaft melodischen Schönheit. Aber an keinem von beiden gewahre ich dies furchtbare, alles sehende Auge. Durch dieses offenbart er sich als der Bürger einer Zeit, der nicht gewährt ist, etwas unerblickt vorüberzulassen. So leidet er von seinem Jahrhundert, wie jeder große Mensch, aber das Heroische, das auch in unserer Epoche liegt, tritt an ihm hervor. Von dem Augenblicksgesicht der Zeit hat er sich freilich abgewandt, und er hat von ihrem bloßen Vergehen das Höchste zu erwarten: die Enthüllung seines Wertes.

ÜBER WALTHER BRECHT

Humanisten / Heinse: Klassik, siebzehntes Jahrhundert, methodische Strenge, Bewältigung des Stoffes, aller Einzelheiten. Vermittler zwischen dem Heute und dem Ganzen.
Die Erfassung der Formen: auch noch im Detail. Es geht ums Ganze – auch der sozialen Formen; sowie der Lebensformen; Erfassung Österreichs, und der mitteleuropäischen Situation.
Seminar über den »Armen Spielmann«; ins Letzte des Rhythmus.

das Selig-Unselige
das verborgen Wirksame
das Sich-Kreuzende
das verschwiegen Sich-Andeutende:
in Bräuchen und Zeichen: Physiognomiker Morpholog.

– – –

das gesamte Geistesleben zu überblicken – nicht in der literarischen Ebene verharren – sondern in die gebogene Ebene, die Ebene der Metageometrie zu gelangen, ins kugelförmige – Intuition

Hebbels Eintreten bei Uhland,
Zartsinn. Spürsinn.

Gesellig: erhorchend. Gegenwartlos: weil in der Sprache allgegenwärtig.
Gegenwart aller Gegenstände in der Sprache.
Das eigentliche Gebiet transzendierend: erhorcht Halb- und Unverkörpertes. Anklang früherer und noch ungeborener Zeiten im Wort. Jenen Randgeburten noch zugeneigt, jenen Verlorenen – Geopferten – jenen finsteren Zaubereien. Sie sind nicht, wenn sie nicht Sprache werden. Auch in dieses Dunkel reicht sein Blick. Die das schlechthin Unsagbare sagen wollen; abseits von der lebbaren Mitte.

Zentrumlose Nation: bedarf des Lebensstoffträgers. Von ihm gespendetes Leben erlischt niemals.
seine Haltung fast Scham.
seine Erfassung.
Die Nation auf alles oder nichts gestellt, heute mehr als je.

Gefahren des Geistigen, das bloße Velleität bleibt, wie vieles von den Romantikern. – andere Gefahr: die Zeitgewalten zu glorifizieren – Heute zarteste Aufgabe: den Geist oder Genius der Nation zu behüten – Aufgabe z. B.: das Erlöschen des Leidenschafts- und Sündenbegriffes zu fixieren.
– – –
In der Sprache alle Begriffe beisammen:
Neue Vorliebe schafft neue Sprache.
– – –
Die historischen Wirklichkeiten erkennen.
Lehrerproduktivität

Das Semester geht zu Ende. Es ist das letzte, das W. Brecht lehrend an dieser Universität verbringen wird. Die Universität besitzt viele Gelehrte von Rang: in Brecht verliert sie, was schlechthin niemals ersetzbar ist, eine Lehrerpersönlichkeit. Heute alles in Frage, die Normen erschüttert, die Methoden nur durch Analogie anwendbar – alles kommt darauf an, welche individuelle Glaubenskraft ein System durchwalte: denn die Aufgabe bleibt gegeben. Hybrid wie die Dichtkunst ist auch dieses Vermitteler-Amt, Vermittelung zwischen der Generation und der Tradition.

In der Sprache, genialisch gebraucht, west das Geheimnis. Auch die Überhebung. Es verschränkt sich Unverwandtes – Tiefstverwandtes. Zwischenwelten, Zwischenwesen.
Im Konsonanten rührt sich Urlaut. Konsonanten: Alliteration rührt ans Grundgeheimnis: Runen raunen.

Ein Träumer allein weiß das – –

»EUROPÄISCHE REVUE«

EINE MONATSSCHRIFT, HERAUSGEGEBEN VON KARL ANTON ROHAN

Unter den europäischen Zeitschriften scheint mir diese, die sich kurzweg die europäische Zeitschrift nennt, mehr und mehr von allen Seiten her ein bestimmtes Interesse auf sich zu ziehen, durch dieses Interesse selbst ihre Kräfte zu verstärken und auf einer Ebene Boden zu gewinnen, die bis vor kurzem unbesetzt war.

Im zweiten Jahrgang stehend, gewinnt sie von Heft zu Heft an Physiognomie. Es wäre falsch, zu sagen, daß sie sich verändert oder entwickelt; aber von Heft zu Heft schreitet sie fort, eine sehr bestimmte Konzeption, die ihr von Anfang an zugrunde lag, zu verwirklichen. Es ist vielfach noch zu früh, sie eine geistige Macht zu nennen, aber schon ein in Bildung begriffenes Kraftfeld ist in einer Welt der allgemeinen Desintegration sehr wertvoll.

Wir haben viele Revuen in Europa und neuerdings in Amerika, deren Hauptgegenstand die praktische Politik ist: die immer erneute Analyse der historischen, ethnographischen und ökonomischen Gegebenheiten, auf denen der gegenwärtige prekäre Stand der Dinge in der Welt ruht, die Beleuchtung zurückliegender Vorgänge, die Rechtfertigung des Verhaltens der Völker, der Staatsmänner und der Parteien, Plaidoyers mehr oder weniger, sei es zwischen den Nationen, sei es innerhalb derselben; und wir haben die Legion der Revuen mehr belletristischen Gepräges, in welchen in zahllosen Essays sozusagen die Philosophie aller dieser Dinge (und noch vieler anderer) zu geben versucht wird: die Philosophie der Zeitideen, die Philosophie des Oekonomischen und des Ethnologischen, die Philosophie des nationalen und des übernationalen Verhaltens; diese aber, die Revue Karl A. Rohans, nimmt einen ganz gesonderten Platz ein, ganz für sich; ich würde nicht einmal sagen, zwischen jenen Gruppen, der mehr dem Praktischen und Speziellen und der dem Philosophischen oder Allgemein-geistigen zugewandten, sondern

abseits von beiden und, wenn ich so sagen darf, oberhalb beider.
Der Gedanke, in dem sie von Rohan geleitet wird, ist dieser: daß Politik und Geist zu lange voneinander getrennt existierten, als daß nicht, wenn es gelänge, auf eine strenge, nüchterne Weise zuerst ihre Begegnung und dann ihr Zusammenbleiben zu erzwingen, sich für die Welt bedeutende Konsequenzen einstellen müßten. Aus diesem Gedanken des Herausgebers ergibt sich die Besonderheit der publizistischen Situation. Es bedeutet nur wenig, einen Gedanken dieser Art zu erfassen, aber sehr viel, ihn zu verwirklichen. Eine Revue, ganz auf diesen einen Gedanken gestellt, ist, wenn man will, ein Fachblatt, ja das engste aller Fachblätter; sein Gegenstand, von Heft zu Heft, ist die Diskussion eines einzigen, politisch-überpolitischen Begriffes, des Begriffes Europa. Aber, von den religiösen Konzeptionen abgesehen, wird dieser Begriff, in dem Rohanschen Sinne gefaßt, zum umfassendsten und wichtigsten Begriff unserer Existenz (nicht unserer spekulativen, sondern unserer wirklichen Existenz), und ich sehe nicht, welcher der Ströme des wirklichen geistigen Lebens, und entspringe er den Reflexionen des einsamsten Denkers, nicht durch eine mutige und nüchterne Geistesoperation gezwungen werden könnte, in das Becken dieses großen Begriffes zu münden.

Denn die Welt um uns, die wir die Wirklichkeit zu nennen gewohnt sind, ist ein Kampf (und ein Ausgleich) von Mächten, die Fiktionen sind; ihnen aber eine neue Fiktion zu gesellen oder überzuordnen, ist die Befugnis der geistigen Potenz. Eine Gruppe, die es unternimmt, einer absterbenden Wirklichkeit neue Wirklichkeit aufzudrängen, muß zumindest sich selbst als eine Elite empfinden, um dann, wenn ihr Werk nicht vergeblich war, von der nächst heraufkommenden Epoche als eine solche empfunden zu werden. In einer Welt, in der alle Maßstäbe der höheren Ordnungen hinfällig geworden sind (und die skeptisch genug geworden ist, den Maßstab der Berühmtheit geringzuachten, ist ein einziges Kriterium noch in Kraft: wenn ein Zusammenschluß von Geistern die Macht

hat, neuen Begriffen das Pathos zu geben, das anderen Begriffen zum Schrecken und Schaden der Menschheit abhanden gekommen ist, dann war dieser Zusammenschluß der einer Elite. Um reale Macht nämlich handelt es sich in dieser Sphäre durchaus, nicht um Prestige.
Nur gleichnisweise würde ich mich getrauen, in diesem allgemeinen Gedankengang bestimmte Namen zu nennen. Blättere ich aber eines dieser Hefte der »Europäischen Revue« auf, so tritt mir eine Wechselrede entgegen, deren Besonderes ebensosehr unserer Zeit angehört, als es das gewöhnliche Niveau dieser Zeit überragt. Nichts ist freier von der politischen Rhetorik des neunzehnten Jahrhunderts als diese Konversation; ihr Ton ist eindringlich und nüchtern zugleich. Sehe ich aber Männer wie Keyserling und Valéry, Ortega y Gasset und Ferrero, Lucien Romier und Max Scheler, den Bürger Alain und Ignaz Seipel in einer angelegentlichen Wechselrede begriffen, zusammengehalten nicht etwa durch ein in der Art einer Enquete für den Augenblick aufgeworfenes Thema, sondern durch die Atmosphäre einer Zeitschrift (oder durch die Willenskraft des Leiters dieser Zeitschrift), so erkenne ich mich einem neuen Phänomen gegenüber und fasse einige Hoffnungen.
Vielleicht aber könnte die Nennung so berühmter Namen, deren Träger verschiedenen Kulturnationen angehören, verwirrend wirken und den Gedanken an eine neue Phase jenes Internationalismus aufkommen lassen, welcher auf der Betäubung oder Verwischung der nationalen Gefühle ruht, jenes pazifistischen Internationalismus, dessen Äußerungen in den Jahren nach dem Krieg so viel Verwirrung angerichtet und so heftige Reaktionen hervorgerufen haben. Es hat aber niemand öfter und mit wünschenswerterer Deutlichkeit ausgesprochen als der Herausgeber der »Europäischen Revue«, daß ihm kein internationales Ziel vorschwebt, sondern ein übernationales. Betrachtet man die Zusammenstellung seiner Mitarbeiterliste (und diese ist ja die erste und entscheidende Tat eines Herausgebers), so treten uns neben jenen schon berühmten und so wie in ihrer Nation als für ganz Europa wirksamen Namen mit entscheidender Deutlichkeit eine Anzahl

päischen Länder umspannt, so hat sie ihren Ausgang von hier genommen und wird schicksalhaft immer hier ihren Schwerpunkt haben.

Mit der gleichen nüchtern-vibrierenden Festigkeit, mit der diese Revue gemacht und gehalten wird, sind die Föderationen geschaffen, welche seit zwei Jahren in allen europäischen Hauptstädten wirksam sind und die ersten Namen jedes Landes umfassen; mit der gleichen Festigkeit werden die Föderationen auf der ihnen zugewiesenen Linie gehalten: darüber zu wachen, daß die Spannungen in den nationalen Eigenheiten (diese Spannungen, die »Europa liebenswert machen«) erkannt werden in ihrer Vereinbarkeit mit dem Bestehen einer geistigen Gemeinschaft – in ihrer Unvereinbarkeit (der Idee nach) mit den barbarischen Tendenzen [illegible]tion.

Diese ganze Tätigkeit steht unter paradoxen Krit[illegible] wesentlich praktisch und jeden schöngeistigen Charakt[illegible] verschmähend, meidet sie doch alle Gleise der politisch[illegible] Routine; sehr von heute, durchaus unter dem Zeichen d[illegible] Zeit stehend, nennt sie sich traditionalistisch (und mit Rech[illegible] die europäische Gemeinschaft anstrebend, glaubt sie i[illegible] Fundament nur zu finden, indem sie auf dem harten Geste[illegible] nationaler Überzeugung aufbaut.

Vielleicht sind es diese Paradoxen, welche ihr in einer Wel[illegible] die der Routine müde ist, ein so großes Prestige verschaf[illegible] haben.

DER PETERSPFENNIG DER LITERATUR

Ein Vorschlag, den Graf Keyserling in einem Aufsatz mit dem Titel »Der Peterspfennig der Literatur« zur öffentlichen Diskussion stellt, ist in kürzester Fassung der folgende: – – Aber vielleicht tue ich besser, anzuführen, durch welche Eindrücke Keyserling gelegentlich eines Besuches in Weimar auf die Gedanken geführt wurde, die seinem Vorschlag zugrunde liegen.

Die Dinge liegen in Weimar so, daß sich das Goethe-Haus ge[illegible] daß aber »das Goethe-Erbe für sich auch [illegible]ttel verfügt, um sich so auszu[illegible] wie es könnte und sollte«. »Andererseits erscheint das Nietzsche-Archiv dank der allzu kurzen Schutzfrist für geistiges Eigentum schon in wenigen Jahren unmittelbar gefährdet.« Man könnte hier einwerfen, es sei Sache des Staates, sich um so wichtige Institutionen zu bekümmern, die unmittelbarer vielleicht als Akademien dem kostbarsten geistigen Besitz, dem einzigen innerhalb einer stets so zerrissenen Nation traditionsbildenden, dienen. Aber der Staat – ich zitiere nun wieder den Keyserling – »wird immer mehr andere Verpflichtungen haben, die ihn immer ausschließlicher in Anspruch nehmen werden. So wie er sich entwickelt hat, wird der Staat immer mehr der Ausdruck des sozialistischen Gedankens im Sinn der Massenwohlfahrt werden. Seine Aufgabe wird immer ausschließlicher die sein, zwischen den verschiedenen Mächten des Lebens einen gerechten Ausgleich herzustellen und aufrechtzuhalten. Also wird er immer weniger für das rein Qualitative sorgen können, das heißt er wird seinem Sinn immer mehr widerstreiten, und wo dies einmal der Fall ist, da wird er sich solchen Aufgaben immer weniger gewachsen erweisen. Daraus ergibt sich dann logisch, daß sich das Qualitative, sofern es fortleben will, immer mehr unabhängig vom Staat fundieren muß.«

Nun der Vorschlag: geistiges Erbe, das heute nach dreißig

(vielleicht demnächst nach fünfzig) Jahren »frei« wird, das heißt zur Verfügung derer steht, die es ausbeuten wollen, solle niemals frei sein, sondern zur Dotierung eigenlebiger Institutionen verwandt werden, deren Typus (ungefähr) in der Goethe-Stiftung, in dem Nietzsche-Archiv gegeben ist. »Nur wenn das einzelne Geisteserbe – das Goethe-Erbe zum Beispiel – selbst sich aus eigenem Recht erhält und verwaltet, besteht die Gewähr, daß der persönliche Geist fortleben wird.« Oder: sobald ein geistiges Individuum als groß (Keyserling gebraucht den Ausdruck »heilig«) erkannt ist, muß dessen fortlebender Geist »für alle Ewigkeit dotiert werden«. Es bedürfte, schließt Keyserling, »nur eines ganz kleinen und harmlosen gesetzgeberischen Aktes (der Ausdehnung jener Schutzfrist auf unbestimmte Zeit – aber nicht mehr zugunsten der Bluterben, sondern des geistigen Nachwuchses der Nation), um für die Dauer sehr Großes und unendlich Wichtiges zu erreichen. Und dieser Akt könnte sich ohne weiteres auch auf längst Verstorbene beziehen. Ich sehe nicht ein, warum die Verleger freigewordener Autoren von einem bestimmten Termin ab nicht ebenso selbstverständlich bestimmte neue Abgaben leisten sollten, wie jeder von uns ohne weiteres von heute auf morgen neubeschlossene Steuern zahlt.«

Ich glaube kaum, daß es unter denen, welche durch ihre Tätigkeit oder ihre Geistesart gezwungen sind, sich mit den ernsteren geistigen Angelegenheiten der Nation zu befassen (und die sich über den unendlich unübersichtlichen und gefährdeten Zustand, worin sich diese befinden, Rechenschaft geben), viele Personen geben wird, welche sich dem vorgebrachten Gedanken durchaus verschließen, ihn a limine abweisen werden. Überspringen wir für den Augenblick das Stadium seiner öffentlichen Diskussion, die allmähliche Durchdringung vieler Köpfe mit der Erkenntnis seiner Richtigkeit und der Dringlichkeit der Sache, und das Stadium der technischen Durchführung, so kommen wir zu der eigentlichen Schwierigkeit, zugleich aber freilich auch zu dem, worin man etwas besonders Fruchtbares erblicken kann und den Ausgang neuer geistiger Möglichkeiten. Nicht die Hervorrufung solcher »eigenlebiger«, jeweils an ein Geisteserbe geknüpften Stiftungen scheint mir schwierig, sondern ihre Verwaltung. Man schafft eine Zahl von geistigen »Klöstern« oder »Stiften«, es entstehen Kanonikate, Pfründen. Wie sie besetzen? Darauf kommt alles an. Hievon muß der Staat durchaus ferngehalten werden. Er hat nicht das hiezu nötige discrimen. Auf die »Förderung« noch so wohlbestrebter, tüchtiger, aber nicht im höchsten Sinn suffizienter Individuen darf es nicht hinausgehen. Graf Keyserling drückt sich in diesem Punkt mit wünschenswerter Schärfe aus: »Bei den neu zu schaffenden Institutionen muß es sich um ein extrem qualitativ, d. h. aristokratisch und hierarchisch Eingestelltes handeln, denn vor dem Geist gibt es nur mehr oder weniger – nie und nirgends Gleichheit.«

In der Tat bestehen auch heute geistige Gruppierungen, ähnlich jenen, welche nach der Durchführung des Keyserlingschen Vorschlages entstehen würden – nur daß es ihnen an jener Dotierung mangelt, von der so viel abhängt: denn sie verbürgt die Dauer des Wirkens, und nichts bedarf die im Geistigen so unstete Nation mehr, als daß das Geistige seine Kraft und Hoheit durch Überdauern zur Evidenz bringe. Ich nenne die Männer aus dem Kreis der »Blätter für die Kunst«, deren geistige Haltung eine unberechenbare Wirkung nun schon auf mehr als eine heranwachsende Generation ausübt. Diesen verwandt und doch von ihnen geschieden, und eben in der Weise, auf die das Obige hindeutet, einem großen Individuum dienend, wahre Verwalter eines höchsten Geistesgutes, jene drei Erbvollstrecker: Hellingrath, Pigenot, Seebaß, denen wir die unvergleichliche Ausgabe Hölderlins und vieles mehr verdanken und deren Haltung als ein Muster und aufzustellender Typus für die Verwaltung solcher Institutionen erscheinen könnte. Dann, in anderer Sphäre, der Kreis von Gelehrten, dessen Wirken und subtile Verbundenheit in den »Publikationen der Bibliothek Warburg« zur Erscheinung kommt. (Inwiefern ich aber und warum ich in diesem Zusammenhange der Goethe-Gesellschaft und so vieler seit Dezennien bestehender achtenswerter gelehrter Körperschaften,

Akademien usw. nicht gedenken kann, das ergibt sich für den, der mit den Dingen einigermaßen vertraut ist, von selbst.) Solche Zentren nun, und es gibt deren mehr, als ich genannt habe, wenngleich ich die vorzüglichsten und deren Strahlung am weitesten in die Jugend der Nation hineinreicht, genannt zu haben meine, mögen schon heute dem einzelnen, der sich im diffusen Treiben unseres geistigen Lebens fast verlorengibt, als das einzige Feste, worauf er zusteuern könnte, erscheinen. Da wir kein Publikum für ernstere Hervorbringungen haben (wohl aber Publika und Kreise und Schichten ohne inneren Zusammenhang), so vermag ich mir wohl zu denken, daß der Produzierende, den noch nicht der – so trügliche – Schein der Notorietät umgibt und der nicht alt und resigniert genug ist, sich an den Beifall weniger verstreuter Individuen zu halten, vor allem für solche Gruppen geistig Vereinigter in Erscheinung zu treten, von ihnen anerkannt zu werden sich innig wünscht. Befördern wir, ohne die zarteste Grenze der Würdigung und des Ernstes zu verwischen, das Entstehen ähnlicher, völlig unamtlicher Körperschaften, so wird unstreitig das in den Adern der Nation immer wieder stockende geistige Leben gelinder und feuriger fließen. Noch aber sehe ich einen Vorteil, und keinen geringen: wir haben zu wenige junge Lehrer von Qualität. Es liegt in dem Betrieb der öffentlichen Schulen, daß er gerade die Individuen abschreckt, die man vor allem zu Lehrern für junge Männer wünschen müßte. Vor einhundertundfünfzig Jahren waren es die ökonomischen Verhältnisse, die aus den höchsten Jünglingen der Nation Hofmeister machten. Man kann überlebte Verhältnisse so wenig wieder herbeiführen, als man sie zurückwünscht. Aber es lassen sich aus neuen Verhältnissen die ähnlichen Wirkungen ableiten, wenn man das Ineinanderspiel der Lebensverhältnisse achtet und hie und da es zu modifizieren wagt. Ich wüßte keinen schöneren Austausch für junge dem Höchsten zustrebende Männer, als zwischen einer Erziehertätigkeit an guten Landschulen und einer für Jahre gesicherten Existenz an solchen geistigen Stiftungen abzuwechseln.

BERICHTE VON FAHRTEN UND ABENTEUERN

Fast alles, worauf das Trachten der Menschen geht, führt dazu, sie an einer bestimmten Stelle der Erdoberfläche zu befestigen. Sie heiraten und gründen ein Haus, sie verankern ihre Interessen, sie erwerben irgendwo ein Stückchen Macht oder Einfluß oder Besitz, und das alles bindet sie an. Sie reisen auch; aber es sind wiederum ihre Geschäfte, ihre Bedürfnisse oder ihre gewohnten Vergnügungen, um deren willen sie reisen, und von denen sie umgeben bleiben, während sie den Ort wechseln.

Aber die wirkliche Reiselust, die alles abwirft um des Neuen willen und den Menschen von Land zu Land treibt, ist unter diesem Anschein von Seßhaftigkeit verborgen, und unzerstörbar. Die Wirklichkeit stellt ihr Hindernisse aller Art entgegen, aber sie sucht sich ihre Kompensation zum mindesten in der Einbildungskraft, und wird nicht müde, denen zuzuhören, die von ihren Reisen erzählen. Es gibt viel mehr Reisebeschreibungen unter den Büchern, die mit Liebe gelesen werden, als man denkt, denn dieses Element mischt sich mit anderen, und teilt ihnen seine Kraft und Spannung mit, und unsere Phantasie reist so gern mit dem Abenteurer als mit dem Forscher, so gut mit Cortez und Pizarro als mit Sven Hedin und Stanley. Wir reisen ebenso mit Don Quijote und Wilhelm Meister als mit Loti, der alle Farben der Weltteile auf seiner Netzhaut auffängt, und mit Keyserling, der in den Waldklöstern von Ceylon und an chinesischen Seen die Konversation der Weisen sucht. Ja, sogar ein Buch wie Nadlers »Literaturgeschichte« zieht, glaube ich, einen Teil der vitalen Kraft, die es ausströmt – und wodurch es sich so außerordentlich unter den Behandlungen des gleichen Gegenstandes hervorhebt – aus dem selben Geheimnis. Nämlich, wir schlagen es auf, um die Physiognomie eines geistigen Menschen oder einer Epoche in uns hervorzurufen (und nie ohne lebendigen Gewinn), aber zugleich führt es uns in eine der deutschen

Landschaften hinein, die wie Becken, aber miteinander kommunizierende, mit geistiger Vitalität gefüllt sind; da sie kommunizieren, und geistiges Leben auf Berührung und Austausch ruht, so gleiten wir von einer in die andere; zugleich aber (denn ihre Kommunikation ist unter geheimen Gesetzen, die dieses Buch zum erstenmal uns ahnen macht) gleiten wir dabei von einem Jahrhundert in ein anderes. Wir waren in Schlesien und im siebzehnten, und finden uns am oberen Rhein und im vierzehnten. Was wir durchgemacht haben, ist das auserlesenste Vergnügen und das europäischeste: eine Reise zugleich im Raum und in der Zeit. Ich nenne dieses Vergnügen darum das auserlesenste, weil es zugleich einem Sinn schmeichelt, der uns eingeboren ist und sich auf das Ganze des Daseins richtet, und zugleich die Appetite und Neugierden befriedigt, die gleichfalls zu unserem inneren Haushalt gehören und die unsere Aufmerksamkeit für das Einzelne beanspruchen: folgen wir aber einem Reisenden auf seinem Wege über die Erde, der Berg für Berg und Fluß für Fluß, ja Dorf für Dorf immer noch da ist, und zugleich in eine Vergangenheit, die für immer verschwunden ist, so erfüllen wir, das Dasein unsres Planeten zugleich in die Breite und in die Tiefe umfassend, die subtilste Aspiration unseres Ich, groß zu sein (wie Macbeth es ausdrückt) »wie die allbeherrschende Luft«, ohne auf die Befriedigung unserer gewöhnlichen sinnlich-geistigen Neugierde zu verzichten.

Ich führe auf diese Subtilitäten unseres Inneren die Vorliebe zurück, die ich von jeher für alte Reisebeschreibungen selbst gehabt und bei vielen Menschen in den verschiedenen Ländern wahrgenommen habe. Auch hat es etwas Beglückendes, die Merkwürdigkeiten der Erde jeweils mit den Augen dessen zu sehen, der sie als erster (oder ungefähr als erster) gesehen hat. Es ist, als hätte er sie mit klareren Augen gesehen, schon darum, weil er sie nicht mit den unseren sieht, und als müßten wir, um so rein zu sehen wie er, die unseren erst in einem Quell waschen, der nicht immer zur Hand ist. – Es ist aber vielleicht auch dies: wir sind keiner so kraftvollen, naiven, heroischen Neugierde mehr fähig wie diese unsere

Vorgänger. Sie leihen uns nicht nur die Schärfe ihrer Augen, sondern auch die Spannkraft ihrer Seele. (Aber den Lesern, welche in hundert Jahren Stanleys Reise zur Befreiung Emin Paschas in die Hand nehmen werden, wird auch die Seele des neunzehnten Jahrhunderts, trotz allem, etwas zu leihen haben. Doch sind wir selber am wenigsten imstande zu sagen, was das sein wird.)
Verschieden aber steht es in diesem Betracht mit solchen alten Reiseberichten, ob sie den Orient oder den Okzident zum Schauplatz haben. Im Okzident (zu dem wir die beiden Amerika hier mitzählen müssen), also in den Ländern der geschichtlichen Veränderung, fließt ihr Zauber mit dem der Chroniken und der historischen Romane zusammen. Gerade dadurch, daß sie aber, zum Unterschied von den Romanen, ein festes, bleibend wahres Hauptelement in sich tragen, das geographische, erschüttert uns die Gewalt der Veränderung in allem Menschlichen, die sie uns vor Augen bringen. Doch entsteht ein eigentümliches Vergnügen hier dadurch, daß wir das rastlos sich Verändernde an einem früheren Punkte auffangen und dann die Entwicklung von dort auf uns zukommen sehen. Wir genießen die Gegenwart, die uns empirisch gewohnt ist, sozusagen imaginär, als Propheten, die ihre eigene Vision in Erfüllung gehen sehen. Im Orient ist es aber gerade umgekehrt die Stabilität, die uns ergreift. Wir gewahren das Dauernde – nach den Maßen der eigenen Dauer dürfen wir fast sagen: das Ewige, an dem gemessen die Jahrhunderte geringfügig erscheinen. Die Einfachheit der Grundverhältnisse alles Menschlichen tritt uns vor die Seele. Wenn wir von da wieder auf unsere Verhältnisse zurückschauen, erscheint uns alles über die Maßen verworren, kleinlich, verwickelt.

Ich habe aber nun genug gesagt, oder schon zuviel, von jenem Allgemeinen, das unserem Vergnügen an alten Reisebeschreibungen zugrunde liegt, und kann mich einer deutschen Publikation zuwenden, welche ganz geschaffen ist, diesen subtilen Bedürfnissen unseres Geistes Nahrung zu geben. Es ist die Bücherreihe »Der Weltkreis«, welche Hans Kauders im Verlage der Universität Erlangen herausgibt. Drei dieser Bücher liegen vor: Herberstains »Moscovia«, die Abenteuer und Taten der westindischen Seeräuber des siebzehnten Jahrhunderts – der »Bukaniere« oder »Flibustier« unserer Knabenjahre – nach dem Holländischen des Exquemelin, und des Herrn von Busbeck vier Briefe von seiner Gesandtschaft nach Konstantinopel.

Die »Moscovia« war im Rußland des neunzehnten Jahrhunderts ein berühmtes Buch, von jedem Gebildeten gekannt. Es ist der erste große zusammenhängende Bericht eines Europäers über Rußland, als dieses zu Beginn des sechzehnten aus der allmählich ablaufenden Tatarenflut wieder auftauchte. In Deutschland und auch in Österreich, von wo doch die Herberstainische Mission ausging, war das Buch aber so gut wie vergessen, vielleicht weil es lateinisch abgefaßt war. Die Übersetzung für den »Weltkreis« ist von W. von den Steinen, und ausgezeichnet: Sehr schöne zeitgenössische Bilder, zum Teil handkoloriert, sind beigegeben.

Für das Schönste der drei bisher veröffentlichten Bücher sehe ich aber die »Vier Briefe aus der Türkei« an, welche der kaiserliche Gesandte Olivier Ghiselin von Busbeck aus Konstantinopel um die Mitte des sechzehnten Jahrhunderts an einen Brabanter gelehrten Freund geschrieben hat. Die Türkei Solimans des Großen – jenes, der den Johannitern Rhodos entriß, bei Mohacs das ungarische Heer samt seinem König erschlug, Ofen zur Pascha-Stadt machte und 1529 vor Wien lag – ist ein hinlänglich großartiger Gegenstand. Die Darstellung ist von der wunderbaren Gediegenheit, Nettigkeit eines Humanisten des sechzehnten Jahrhunderts. Der Hof, das Feldlager; die Intrigen der Höflinge, die Janitscharen; die Pest; Jagd, Tiere, Pflanzen, Altertümer, Sitten, Kleidung, alles wird genau und rein betrachtet, gezeichnet, gesammelt. (Goethe, der die Reisen des Pietro della Valle, des Tavernier und des Chardin so liebte, müßte diesen Reisebericht über alles geschätzt haben – aber ich weiß nicht, ob er ihn gekannt hat.) Sehr schöne Kupfer und Holzschnitte von dem Stecher Melchior Lorich aus Flensburg, den Busbeck auf der Reise bei sich hatte, geben dem Buch einen kaum nur äußeren Schmuck. Sehr groß ist nämlich die Übereinstimmung des Geistes, in welchem solche Kupfer und Holzschnitte angefertigt sind, mit dem Geiste der literarischen Darstellung: beide gehen aufs Wesentliche und aufs Strukturale. Was ich aber höher als dies alles anschlage, ist dieser Hauch eines reinen und gesättigten Europäismus, der uns aus Busbecks Briefen anweht. Eigentümlich verbindet sich durch diese Qualität das alte Reisebuch, das wir nicht mehr aus unserem Besitz verlieren werden, mit einem Bericht ähnlicher Art aus unseren Tagen, der seit zwei Jahren das Vergnügen derer bildet, die ihn kennen. Ich meine Carl J. Burckhardts »Kleinasiatische Reise«. (Der Bericht über eine Mission im Auftrage des Roten Kreuzes, durchgeführt im Sommer 1923, erschienen 1925 im Verlage der Bremer Presse.) Denn auch dieses schöne kleine Buch, das den Charakter so vieler Landschaften und Städte, oft mit wenigen Sätzen von außerordentlicher Kraft, und so viele Begegnungen und eigentümliche Gespräche aufzeichnet, ist imprägniert mit dem Europäismus einer auf dem eigenen Gehalt ruhenden Persönlichkeit. Nur der Rhythmus einer schönen Darstellung vermag uns ein so hohes geistiges Gut zu vermitteln, das schließlich schwerer wiegt als alle Aufzeichnung von bestandenen Abenteuern und erblicktem Fremden. Daß wir in der Übersetzung von Busbecks Briefen den Rhythmus und die Urbanität des humanistischen Originals völlig spüren können, verdanken wir wiederum W. von den Steinen. Carl J. Burckhardts Prosa aber spricht unmittelbar zu uns, in ihrer seltenen Kadenz empfangen wir die Gewähr, daß auch dieses Buch, wie jene Briefe des würdigen Flamen, mehr als ein Menschenalter überdauern werde.

BIOGRAPHIE

Durch Zufall kamen mir in diesem letzten Jahr vier biographische Bücher in die Hand. Ich las das berühmte Buch von Boissier über Cicero – nicht zum erstenmal, aber wieder mit dem gleichen Vergnügen. Ein bestimmter Grund veranlaßte mich, die Auswahl aus den Staatsschriften des Kaisers Friedrich II. durchzulesen, die Wolfram von den Steinen herausgegeben hat; auch dies ist ein biographischer Versuch. Später las ich »Mein Leben« von Frank Harris und das Lebensbild des großen deutschen Gelehrten Max Weber von seiner Witwe.

Ein Gelehrter des neunzehnten Jahrhunderts beschreibt Ciceros Leben. Ein junger Historiker des zwanzigsten stellt ausgewählte Dokumente so zusammen, daß die Gestalt des großen Hohenstaufenkaisers sichtbar wird. Ein lebender englischer Journalist, heute ein Mann von zweiundsiebzig, schildert sich vom Kind bis zum Mann von vierzig Jahren. Eine deutsche Gelehrtenfrau errichtet die effigies ihres eben verstorbenen Gatten aus einem ungeheuren Material von Erinnerungen, Aufzeichnungen, Briefen. Was bedeutet das alles?

Es gibt kein gewagteres Unternehmen als den Versuch, ein Individuum darzustellen. Das wahre Leben eines Menschen ist eine äußerst vage, schlecht definierbare Materie, selbst für seine Nächsten. Wir kennen allenfalls seine Erlebnisse, aber wir wissen nicht, was ihm seine Erlebnisse bedeuten, wie weit sie mit seinem eigentlichen Selbst zu tun haben. Er weiß es selbst nicht; er ist der erste, seine Erlebnisse zu bezweifeln, und er hat alle Ursache dazu. Wer einen Menschen ganz kennen würde (so wie auch kein Mensch sich selbst kennt), würde auf erschreckende Zusammenhänge kommen, und auch auf erschreckende Lücken. Dringt man in einen Menschen tiefer ein, analysiert man ihn, so ergeben sich als Fond lauter allgemein menschliche Züge – das Individuelle verliert sich. Die Umstände und Handlungen, die übrigbleiben, können so gut einem andern gehören wie gerade diesem. Was sie zur individuellen Existenz zusammenbindet, ist diese aus einem dunklen Untergrund genährte Spannung auf das Kommende, die nur mit dem Leben selbst aufhört. Der Mensch lebt und wartet immerfort auf den Moment, der das Zweideutige und Vergebliche seines Lebens endgültig aufhebt, dann kommt der Tod. Nach dem Wort des antiken Philosophen sterben wir Menschen darum, weil wir das Ende unseres Lebens nicht mit dem Anfang zu verknüpfen wissen.

Alle diese vier Bücher wollen nicht Abenteuer erzählen, sondern einen Menschen vor uns hinstellen. Welche Wahrheit kann über einen Menschen ausgesagt werden? Die Quellen für Ciceros Leben fließen sehr reichlich. Vor allem haben wir diesen Briefwechsel mit den Freunden, ein Dokument von der größten Anschaulichkeit. Sein öffentliches wie sein privates Leben liegt vor uns. Sein öffentliches Leben war eine Kette von zweifelhaften Triumphen, von qualvollen (oft unrichtigen) Entschließungen, von schiefen Situationen. Am Ende ein finsterer gewaltsamer Tod. Wir erkennen die ganze furchtbare Materie des großen politischen Lebens: das Handeln gegen die Überzeugung, das Paktieren mit der Macht, die Selbstvorwürfe, die Ironie gegen sich selber, die vergeblichen Versuche, sich eine Philosophie aus all diesem Inkonsistenten und Trüglichen zu machen – die Bitterkeit nach außen und innen, das Bewußtsein, auf dem schlechten Weg zu sein und ihn nicht mehr verlassen zu können, das üble Gewissen, die Demütigungen, die zu späte vergebliche Schwenkung, das böse Ende. Hie und da fällt ein Wort, dessen Lebendigkeit uns plötzlich den ganzen Menschen spüren läßt. »Ich glaubte selbst«, schreibt er einmal, »mein Haß gegen ihn wäre ausgeraucht, und dachte nicht, daß ich noch so viel davon in der Brust hätte.« (Es handelt sich um einen seiner Angriffe auf Cäsar.) Der berühmte Brief an Lentulus ist die Apologie des politischen Gesinnungswechsels. Die Argumente, deren er sich bedient, sind die gleichen, die man heute und immer ins Treffen führen würde, und es sind alle, die dem Verstand zur Verfügung stehen. Er war ein Literat, ein Philosoph, ein Redner, der in eine der gewaltsamen Epochen hineingestellt war, sein Schicksal verknüpfte ihn mit furchtbaren Dingen, er war ihnen nicht gewachsen, die Epoche warf ihn hin und her wie ein Sturm ein schlecht getakeltes Schiff – und er verläßt sie mit einem ungeheuren Ruhm. Sein Ruhm lebt nach, die Verknüpfung mit so großen Angelegenheiten, mit den letzten Zuckungen einer solchen Institution, wie die Römische Republik war, macht ihn unsterblich. Das Senatus populusque romanus, die Liktoren, der Klang der Tuba, die Weite der Welt, deren Statthalterschaften man nach Tisch unter sich verteilte, die Nähe solcher Gestalten wie Cäsar, Pompejus, Antonius, Kleopatra, alles dies wirft auf sein Gedächtnis Garben von feurigem Licht – ob es uns persönlich angeht oder nicht, bleibt in der Schwebe, aber wir verfolgen seine Lebensspur, der Schauplatz fasziniert uns, auf dem die Gestalt sich hin und her bewegt, die riesigen und dabei wahren Dimensionen, die einmal da waren und nie wieder (ihre Spiegelung zu sein, war der Traum des Barock). Als wir die in eine Kirche verwandelten Thermen Diokletians betraten, haben wir geahnt, welch eine Welt das war – wir haben nur zufällig versäumt, ihr als Mitlebende anzugehören, ganz lassen wir uns dieses Anrecht nicht rauben. So lesen wir Ciceros Leben.

Der staufische größte Kaiser wird uns aus diesen Edikten und Briefen in einer geisterhaften Weise lebendig, es ist, wie wenn ein höchst großartig aufgebahrter Toter von seinem Katafalk her seinen Blick auf uns richtete. Der Stil dieser Briefe ist ein Gewebe aus Römischem und Biblischem, gebunden in byzantinischem Stolz und Prunk, dennoch ahnen wir eine lebende Gegenwart, nicht völlig die Gestalt tritt hervor, aber die kaiserliche und menschliche Gewalt rührt uns an, zugleich ein schwer nennbares wehes Gefühl. Das mühevolle Zusammenzwingen einer Welt, die ihm schon tückisch entgleitet, durch den gewaltigen Mann, das Sisyphushafte, das Ewig-Deutsche darin, zugleich so großartig fremd-kühn, mit Willen sich entdeutschend, apokalyptisch zugleich und lebensgierig: das Ganze drückt sich der Seele ein, wie ein Zeichen, und macht das Gemüt schwerer, aber nicht schwächer.

Mit Harris' Buch betreten wir dann freilich einen anderen Lebensraum, das ist unsere Welt, aber in der eigentümlichen Beleuchtung des Halbvergangenen (er schildert seine Jugend, sein frühes Mannesalter, das umspannt etwa die Zeit von 1865–1895). Er ist seiner Natur nach ein Abenteurer, der aber ein Mann von Geist war, sich nie ganz verlor und immer mit den höchsten geistigen Dingen im Zusammenhang blieb. Es ist die Biographie eines Engländers und Europäers, an dessen Entwicklung aber auch Amerika einen großen Anteil hatte. Er kannte sehr viele interessante Menschen und kam ihnen ziemlich nahe; er begegnete Karl Marx und Carlyle als alten Männern, war mit Maupassant und Oscar Wilde befreundet, berührte sich mit vielen politischen Figuren dieser Zeit, die uns zuweilen so weit weg erscheint, weil sie noch vor kurzem so nahe war: mit Henry Rochefort, Boulanger, Skobelew, Lord Randolph Churchill. Als Darsteller erinnert er manchmal an Rétif de la Bretonne, manchmal an einen indiskreten Hausarzt, manchmal aber an Wilde – ich meine den Wilde der Lustspiele – und überhaupt jenen unnachahmlich freien weltlichen, aber männlichen Ton der obern englischen Gesellschaft, den ihre besten Lustspieldichter spiegeln. Seine Muse ist die geistreiche Sinnlichkeit seiner Rasse (der keltischen, er ist Walliser). Sein Körper und sein Verstand belehren ihn beide, erschließen ihm die beiden Reiche, die dem künstlerischen Menschen offenstehen: das geistige und das sinnliche, und die Vereinigung beider. Er kommt sich selbst sehr nahe (in einer Art, die nicht selten das Unzarte streift, ja alle Grenzen überschreitet), er kommt Männern und Frauen sehr nahe, und solchen, deren Existenzen noch halb und halb mit der unsern verknüpft sind, und reißt uns mit sich hinein in das Existenzielle mit einer Unmittelbarkeit, die man vielleicht nicht auf lange ertragen könnte, der man sich aber für den Augenblick kaum entziehen kann.

Es gibt keinen größeren Gegensatz als zwischen diesem Buch und dem Leben Max Webers, das seine Frau geschrieben hat, und das zugleich die Biographie dieser Frau selbst ist. Bewegt sich ein Mensch wie Harris auf der glitzernden flutenden Fläche des Lebens, fast verantwortungslos, so ist es, als sähen wir einen Mann wie Weber immer in Abgrundtiefen unter Wasser schwimmen, einen unmeßbaren Druck mit inneren Kräften ausbalancierend. Ein schwermütiger Ernst ohnegleichen ist über diese ganze Darstellung gebreitet. Wunderbar ergreift es, ja es preßt einem das Herz, wenn dieser tiefe, dunkle, leidenschaftliche Mensch dann auf dem Sterbebette singt.

Hier ist der deutsche geistige Mensch dieser nahen dunklen Epoche (1880–1920) vor uns hingestellt. Es ist eine aristokratische Natur durchaus: der Erbe eines bewußt übernommenen Pflichtenkreises von einem solchen Radius, daß er über die Menschenkraft geht. Das Gefühl der Mitverantwortung für die allgemeine Gesittung, getragen von einer leidenschaftlichen Seele, die sich ungewöhnlicher Verstandeskräfte nur bediente, um sich das Schwere noch schwerer zu machen. Daß die Dignität der Normen erst in ihrem lebendigen Vollzug entdeckt wird, das ist auf der Lebenshöhe die entscheidende Einsicht, und von dann der leitende Gedanke dieser wahrhaft großen Existenz. Vielleicht, ja sehr wahrscheinlich, wird dieses große gelebte Leben als folgenreich genug erkannt werden, um noch zu anderer Darstellung aufzurufen. Das Pathetische dieser ersten Darstellung durch die Gefährtin des ganzen Lebens wird nie überboten werden. Es ist das Abnehmen der Totenmaske, mit heiliger Angst und Scheu, bevor die Züge erstarren. So hat auch das Buch etwas vom Unendlichen eines menschlichen Gesichtes. Webers Bild ist dem Buch beigegeben. In diesem Gesicht ist er ganz, und das Buch, das aufgebaut ist aus tausend solchen Lebensäußerungen, zarten und starken, diese Hieroglyphe von unendlichem Gehalt, sein Gesicht hält es vollends zusammen.

Als ich dieses Buch ausgelesen hatte, sprang der Gedanke unwillkürlich hinüber zu Cicero. Hier eine heroische Tatkraft ohne angemessene Sphäre. Dieses gewaltige, leidenschaftliche Ich Webers, dem die Welt des folgenreichen Handelns versperrt ist, überspannt sich an Konflikten, die dem Außenstehenden als klein und beinahe künstlich erscheinen. Dort, im Leben Ciceros, eine nicht sehr starke Persönlichkeit mitten auf die ungeheure Bühne gestellt, mitten in die gewaltige Handlung der Geschichte, deren Folgen noch heute fühlbar sind. Hier wird das wirksam, was man vor fünfzig oder achtzig Jahren mit einem damaligen Modewort die »Ironie des Schicksals« zu nennen pflegte. Welche Art von Interesse aber ist es, mit dem wir diesen Lebensläufen folgen, an denen das Schicksal und das Individuum gleichen oder ungleich geteilten Anteil haben? Unsere Anteilnahme ist eine tiefere, als die wir an Abenteuern oder erfundenen Begebenheiten nehmen; sie wurzelt in unserer tiefsten Region. Sie vollzieht sich in einem unaufhörlichen Zurückgehen auf unser Selbst. Die Aufmerksamkeit, mit der wir diesen fremden Leben folgen, ist zugleich eine halbe, wo nicht eine völlige Erhellung sehr großer Räume in uns selbst, deren Vorhandensein uns kaum bekannt war. Wir loten unsere eigene Tiefe aus, wir ahnen unsere zweite Wirklichkeit – durch Übertragung. Um unser wahres Ich zu entfalten, bedarf es eines großen Raumes, in Ermanglung großer Aktivität. Unsere Fähigkeit zu erleben ist, scheint es, ohne Grenzen, aber es fehlt ihr an Verwirklichung. Ein guter Teil der Schwermut, die auf dem Grunde jeder höhern Existenz liegt, ist unrealisiertes Handeln. Dieser Bodensatz ist es, der uns so manche Stunde vergiftet, uns zynisch oder neidisch, bitter und scharf macht.

Etwas in uns ist über der Zeit und über allen unsern individuellen Schranken. Vermöge eines gewissen Perspektivismus – den wir in uns seit einer Generation zu erraten anfangen – umfassen wir viele Existenzen und die Zeiträume, darin sie sich bewegen, mit einem Blick, und unser innerer Grund bleibt davon unerschüttert, nur vibriert er und wird sonor wie schwingendes Metall. Die Erschütterungen der Gegenwart schlagen oft in uns wie auf Stein; sie bewegen nicht diese zeitlose Tiefe in uns. Aber der Anblick fremder Existenzen setzt unser ganzes geheimes Ich in Bewegung.

NOTIZ ZUM ›DEUTSCHEN LESEBUCH‹

Die vorliegende zweite Auflage wurde um achtundzwanzig Stücke vermehrt, einige Stücke der ersten Auflage wurden durch andere ersetzt. Der Herausgeber hat dreiundvierzig »Gedenktafeln« hinzugefügt, in der Hoffnung, durch diese kurzen biographischen Angaben und den Hinweis auf ihre Hauptwerke manche edle geistige Gestalt, ehe ihre Umrisse für die Nation völlig verdämmern, ins Gedächtnis der Aufnehmenden kräftiger zurückzurufen, damit der Reichtum, der noch unser Besitz ist, den heraufkommenden Generationen nicht als eine Armut überantwortet werde.

GEDENKTAFELN

Ernst Moritz ARNDT (1769–1860) lebt heute minder durch seine Schlachten-, Freiheits- und Vaterlandslieder fort, noch auch durch seine nationalen Flugblätter, die in den Zeiten der napoleonischen Kriege und nachher große Macht ausübten, sondern durch etliche gehaltvolle Aufzeichnungen über das eigene Leben, so die »Erinnerungen aus dem äußeren Leben« (1840) und »Meine Wanderungen und Wandelungen mit dem Reichsfreiherrn vom Stein« (1858), ein Denkmal beider Männer, des Dargestellten wie des Darstellers.

Des Baseler Juristen J. J. BACHOFEN (1815–1887) großes Werk, das »Mutterrecht«, erschien 1861, in zweiter Auflage 1897, und war durch ein halbes Jahrhundert das Besitztum nicht zahlreicher, aber ernster Leser. Der Titel selbst, mit dem Beisatz: »Eine Untersuchung über die Gynaikokratie der Alten Welt nach ihrer religiösen und rechtlichen Natur«, war mehr geeignet, den Inhalt, die großartigste zusammenhängende Mythendeutung der griechischen und vorder-asiatischen Welt, die wir besitzen, zu verschließen, als ihn anzukündigen. Erst in unseren Tagen, in Zusammenhängen, die hier darzulegen zu weit führen würde, beginnt Bachofen eine geistige Macht zu werden. Zwei jüngere Gelehrte, A. Bäumler und Manfred Schröter, haben neuerdings umfangreiche Bruchstücke der vergriffenen Hauptwerke (neben dem »Mutterrecht« das Buch über die Lykier und die »Sage von Tanaquil«) in einem Bande zugänglich gemacht. In der Einleitung hiezu, einem Aufriß der deutschen Geistesgeschichte und insbesondere der romantischen Wissenschaftsbewegung, weist Bäumler dem Bachofenschen Werk seinen Rang und seine Stelle an. – Die höchst würdevoll bescheidenen »Autobiographischen Aufzeichnungen« J. J. Bachofens, die dieser 1854 auf den Wunsch seines Lehrers Savigny niedergeschrieben hatte, sind erst 1916 durch die Witwe wieder aufgefunden worden. Aus ihnen wird hier ein Stück abgedruckt, entnommen dem »Basler Jahrbuch« von 1917.

Philipp August BOECKH, geboren zu Karlsruhe 1785, gestorben zu Berlin 1867, »machte auf dem ganzen Gebiete der wissenschaftlichen Befassung mit antiken Gegenständen, welcher Art immer, den noch andauernden Renaissanceformen gelehrter Einzelkennerschaft ein Ende und ersetzte sie durch den neuaufgestellten Begriff der Klassischen Altertumswissenschaft, deren System er auf Friedrich August Wolfs Spuren errichtete, mit dem Probleme, das gesamte sichtbare und unsichtbare Leben der Antike als eines einheitlichen Kulturraumes durch Forschung zu restaurieren. Die damit geforderte absolute Enzyklopädie der Anschauung und Arbeit vereinigte er bereits in genialem Maße in sich selber; in seinen Entwürfen, Programmen, Leistungen, der Sammlung der griechischen Inschriften, der Schrift vom Staatshaushalt der

Athener, den epochemachenden Forschungen zur griechischen Chronologie, Mathematik, Metrologie liegt die bis heut andauernde Epoche impliziert und fährt noch fort sich aus ihm zu entfalten. Selber eine Akademie der Wissenschaften, und die preußische, die er nach seinem Bilde zum arbeitenden Organismus geformt hatte, jahrzehentlang öffentlich vertretend, machte er Berlin zur Weltzentrale neuer Studien der Alten und nicht sowohl Einzelne als das Jahrhundert zu seinem Schüler.« (Borchardt, »Deutsche Denkreden«.)

Ulrich BRÄKER (1735–1798), ein Bauernsohn aus dem Toggenburg, eine Zeitlang Soldat in der Armee Friedrichs II., dann Autodidakt und Verfasser eines naiven Buches über Shakespeare, der sein Leben beschrieb als das Leben des »Armen Mannes im Tockenburg«, und Johann Heinrich JUNG, genannt STILLING (1740–1817), armer Leute Kind, zuerst Kohlenbrenner, dann Schneider, dann Hauslehrer; späterhin Augenarzt und als solcher weithin angesehen; zum Schluß Professor der Kameralwissenschaften in Marburg und in Heidelberg – der das seine in verschiedenen Folgen oder Fortsetzungen darstellte (zusammengefaßt als »Heinrich Stillings Leben, eine wahre Geschichte«). Man mag ihre Namen zusammenstellen; es sind solche Individuen, in denen das deutsche bäuerlich-bürgerliche Wesen aus der älteren Gebundenheit zum neuzeitlichen Selbstfühlen und zur bewußten Teilnahme an der geistigen Allgemeinheit erwachte.

A. E. BREHM, Naturforscher (1829–1884), der Sohn des unvergleichlichen Ornithologen Christian Ludwig Brehm und wie dieser ein so treuer Beobachter als ausgezeichneter Schilderer des Tierlebens, insbesondere der Vögel und ihrer Lebensweise.
Hauptwerk das illustrierte »Tierleben« (1876–1879), ein Buch, das ins Volk gewirkt hat wie wenige und in einer der Natur sich entfremdenden Epoche den Sinn und die Sehnsucht nach den Naturwesen lebendig erhalten hat.

Matthias CLAUDIUS (1740–1815). Wir haben zwei Schriftsteller, denen man den Ehrennamen Volksschriftsteller nach Recht geben darf: Claudius und J. P. Hebel; der eine war ein Holsteiner, der andere ein Alemanne. Jeder gab eine Zeitschrift heraus, der den »Wandsbecker Boten«, jener das »Schatzkästlein« (zur Seite könnte man ihnen noch den Berner Gotthelf stellen, der aber an gewaltiger Dichterkraft sie beide weit zurückläßt). Was sie in ihren Zeitschriften – die von beiden allein ohne Mitarbeiter geschrieben wurden – den Zeitgenossen darboten, ist aus der mittleren Tiefe der Nation heraus geboren: wahrhaftig, rechtlich, witzig, sinnig und gemüthaft, und darum heute so lebendig, giltig und wahr wie damals. Im Fortleben eines solchen bescheiden-gehaltvollen Menschenwerkes durch fünf Geschlechterfolgen liegt das Zeugnis, wie beständig die Mitte der Nation sich im Geistigen und Sittlichen hält.

Carl von CLAUSEWITZ (1780–1831), preußischer Offizier in den Kriegen gegen Napoleon, zuletzt General und Gehilfe des Feldmarschalls Gneisenau, einer jener geistigen Kriegsmänner, wie Gneisenau selber, oder wie der Erzherzog Karl; schrieb die Theorie der Kriegskunst in dem klassischen Buch »Vom Kriege«, sowie das schöne Buch »Über das Leben und den Charakter von Scharnhorst«.

Friedrich CREUZER (1771–1858). Die Betrachtung der Antike durch Winckelmann geht auf die Gestalt; von Statuen wird die Erahnung jenes Lebens abgeleitet. Für Goethe und die Seinen ist Homer vor allem Gestalt, Fülle bewegter Statuen. Die Romantik wendet sich, Herders Intention aufnehmend, zum Orient; das Vorhomerische, Mystische, Geheime erschließt sich. »Dieser Wendung zum Osten, vom Ästhetischen zum Religiösen gibt Creuzer den zeitgeschichtlichen Ausdruck. Seine ›Symbolik und Mythologie der alten Völker‹ (1810–1812) muß durchaus als das historische Gegenbild zu Winckelmanns Kunstgeschichte angesehen werden; sie hat für das Denken und die Entwicklung der Romantik eine ähnliche Bedeutung wie Winckelmanns Werk für die Klassik.

Creuzer hat die antike Welt als Ganzes der religiösen Betrachtungsart unterworfen. Darin besteht seine Bedeutung.« (A. Bäumler in der Schrift über Bachofen, 1925.)

Friedrich Christoph DAHLMANN, geboren 1785 zu Wismar als schwedischer Untertan, gestorben 1860, Geschichtsschreiber, Publizist und Staatsmann, einer der »Göttinger Sieben« (1837), dann Mitglied des Frankfurter Parlamentes und als solcher Haupturheber des »Verfassungsentwurfes der siebzehn Vertrauensmänner«, eine große Figur für die gebildeten mittleren Klassen der Nation in den Dezennien 1840–1870, so als Patriot wie als Historiker, insbesondere der englischen und der französischen Revolution.

Jakob Philipp FALLMERAYER (1790–1861) war ein Taglöhnerssohn von Tschötsch bei Brixen in Tirol. Er war Theolog, Jurist, Philolog, Offizier, Reisebegleiter eines vornehmen Russen, später Professor, dann politisch Verbannter, am Schluß wieder amnestiert. Sein Hauptwerk sind die »Fragmente aus dem Orient«. Sie enthalten Politisches, Ethnographisches, unvergleichliche Landschaftsbeschreibung – und den ganzen Fallmerayer. Er war einer der ersten deutschen Prosaiker. – So schreibt über ihn Hebbel: »Fallmerayer gehört ins goldene Buch der Literatur; auch handelt es sich nicht mehr darum, seinen Namen einzutragen, sondern es sind nur noch die Gründe zu entwickeln, warum es geschehen ist, und die Linien zu ziehen, innerhalb deren diese höchst bedeutende Persönlichkeit sich in schöner Sicherheit bewegt. Es wird nun jedem Leser der ›Fragmente aus dem Orient‹ und der jetzt erschienenen ›Gesammelten Werke‹ etwas ganz Eigentümliches begegnen, wenn er sich auch nur einigermaßen in seinen Autor versenkt ... Wer von Fallmerayer auch nur einen Artikel liest, ganz einerlei welchen und worüber, der hat es mit ihm selbst zu tun, mit seinem ganzen kernhaften, geharnischten Ich, nicht aber bloß, wie gewöhnlich, mit seinen Gedanken, Meinungen oder Grillen ... Denn er ist eine der wenigen echt dramatischen Personen der Literatur, er gehört, so groß die Unterschiede der Naturen und der Richtungen sonst auch sein mögen, in diesem Hauptpunkt mit Luther, Hamann und Lessing in dieselbe Reihe, und kann darum ebensowenig wie diese einem gemeinen Gelehrten-Schicksale verfallen. Das will heißen, daß Fallmerayer, wenn er sich überhaupt regt, immer seinen ganzen Menschen einsetzt und daß also dieser ganze Mensch auch immer übrigbleibt, mag er nun im einzelnen Fall Recht oder Unrecht haben . . .« (»Über Fallmerayers Gesammelte Schriften«, 1862.)

Ernst von FEUCHTERSLEBEN, geboren und gestorben zu Wien (1806–1849), war unter seinen Zeitgenossen geachtet als ein hochgebildeter, zur Philosophie der ärztlichen Kunst sich erhebender Arzt und blieb für ein halbes Jahrhundert und länger berühmt durch eine kleine Schrift »Zur Diätetik der Seele«, die davon handelt, was Geist und Wille für die leibliche Gesundheit bedeuten. Unter seinen »Beiträgen zur Theorie der Künste und des Lebens«, wie er seine literarischen und philosophischen Schriften nannte, ist das meiste völlig unveraltet; er war minder durch Zeitirrtümer und vorübergehende Wertungen gebunden, als die meisten Menschen pflegen. Unter seinen nicht zahlreichen Gedichten ist eines zum Volksbesitz geworden: »Es ist bestimmt in Gottes Rat«. Grillparzer und Hebbel, in der gleichen Stadt lebend und in allem scharf getrennter Meinung, hingen ihm beide mit bewundernder Liebe an. Was für ein reiner giltiger Mensch er gewesen sein muß, erkennt man aus dem Nachruf, den Grillparzer ihm, zwei Jahre nach seinem frühzeitigen Tode, nachsandte. (Dieser findet sich in Grillparzers Werken unter den »Studien zur deutschen Literatur«.)

Paul Johann Anselm von FEUERBACH (1775–1833), der große Kriminalist, Urheber der »Abschreckungstheorie« (im Gegensatz zur Kantischen Theorie von der Strafe), Verfasser des neuen »Strafgesetzbuches für Bayern« (seit 1813), einer höchst geistreichen Sammlung von »Merkwürdigen Kriminalrechtsfällen« (1808–1811), ein großartiger philosophischer ja dichterischer Kopf, merkwürdig noch zuletzt durch seine Schrift für Kaspar Hauser (»Beispiel eines Verbrechens am

Seelenleben des Menschen«, 1832). Seiner Söhne waren fünf, alle nicht gewöhnliche Menschen, von denen einer, Ludwig, der zeitberühmte materialistische Philosoph. Des ältesten Sohnes, eines Archäologen, Sohn war Anselm FEUERBACH, der Maler, geboren 1829, gestorben 1880. In dessen Leben hatte niemand, weder Mann noch Frau, größere Bedeutung als seine Stiefmutter Henriette, geborene Heydenreich (1812–1892), deren schwermütig-schönes Wesen hervortrat, als einige Jahre vor dem großen Kriege ihr Briefwechsel mit dem Sohn, der dessen ganzes Leben umfaßt, ans Licht gebracht wurde.

Georg FORSTER (1754–1794), geboren zu Danzig unter polnischer Herrschaft – aus einer vornehmen schottischen Familie. Der Vater, reformierter Pfarrer, Naturforscher, nahm den Knaben mit auf seine Forschungsreisen an die Wolga; dann begleiteten Vater und Sohn den Kapitän Cook auf seiner zweiten Weltreise (1772–1775) und beschrieben diese. Der junge Reisende wurde Lehrer der Naturkunde in Kassel, dann in Wilna, endlich in Mainz. Hier entschied sich sein Leben. Die Zeitideen hatten ihn tief erschüttert; er rang in sich mit ihnen, ergriff die Partei des Umsturzes, trat 1792 in die Mainzer Jakobinerregierung, ging 1793 als Gesandter des rheinisch-deutschen Konvents nach Paris. Wie er dort die Dinge sah, ist in den hier aufgenommenen Briefen ausgesprochen. – Von Deutschland geächtet, starb er in der fremden Stadt, bevor ihn die Guillotine erreichte. Er war ein umfassender Geist, »kannte alle Zweige der Naturkunde, zeichnete mit vollendeter Fertigkeit Pflanzen und Tiere, schrieb Latein und verstand Griechisch, und sprach oder schrieb oder las fast alle europäischen Sprachen. Seine Naturschilderungen waren Kunstwerke zugleich und wissenschaftliche Wunder. Er war ein Meister deutschen Stils« (Josef Nadler). Neben der »Reise um die Welt« ist das schönste Denkmal seines Schauens und Darstellens die Schilderung einer mit A. von Humboldt unternommenen Rheinreise: »Ansichten vom Niederrhein«, 1791.

Friedrich von GENTZ (1764–1832) ist wohl der begabteste politische Publizist des deutschen neunzehnten Jahrhunderts und überhaupt einer der ersten deutschen Prosaiker. In Breslau geboren und zuerst als unabhängiger politischer Schriftsteller tätig, trat er 1802 in österreichische Dienste und verblieb in diesen bis zu seinem Tode. Die berühmten Manifeste Österreichs gegen Frankreich von 1809 und 1813 sind aus seiner Feder. Seine »Fragmente« und seine Briefe an den Staatsdenker Adam Müller sind in Gehalt und in der Form unerreicht. Gentz' Angedenken ist in Österreich anekdotisch lebendig, in Deutschland gedenkt man seiner kaum oder in der Verzerrung, in welcher der jungdeutsche Liberalismus sein Bild hinterlassen hat. Friedrich Hebbel aber beschließt die Rezension des eben erwähnten Briefwechsels mit den Sätzen: »Dasselbe Gefühl, das Lessing trieb (seine »Rettungen« zu unternehmen), hat mir diesmal die Hand geführt; mein Zweck ist erreicht, wenn ich durch meine Beleuchtung des neuen Aktenstücks bei dem Freund der Wahrheit einige Zweifel erregt habe, ob der Prozeß gegen unser vielleicht größtes politisches Talent wirklich unparteiisch entschieden sei.«

Georg Gottfried GERVINUS (1805–1871). Durch seine »Geschichte der poetischen Nationalliteratur der Deutschen«, wovon die erste Auflage 1835–1842 erschien, wurde er hochberühmt für Dezennien und eine geistige Macht innerhalb der Nation auf lange hinaus. Sein leitender Gedanke war dieser: die deutsche Nation sei nun in ein politisches Zeitalter getreten; das dichterische sei abgetan, darum könne es als ein Abgeschlossenes dargestellt werden. Dem, wie er richtig fühlte, von der Poesie als höchste Daseinsmacht innerlich schon abgewandten Volke machte er seinen poetischen Besitz als einen realpolitischen, die noch ungeeinigte Nation zusammenfassenden, fühlbar. In dieser Erfassung der poetischen Gesamtleistung des Volkes, sowie in der Hinstellung dessen, was wir die klassische Periode unserer neueren Literatur nennen, war er der erste und schuf große Begriffe, mit denen wir noch leben.

Josef von GÖRRES (1776–1848), ein Rheinländer, ein vielbewegter und vieles bewegender Kopf, »der sich in der Jugend mit dem Geist Montesquieus und Rousseaus, des Natur- und Vernunftrechtes erfüllte, der zum weltbürgerlichen Jakobiner und Bewunderer der Französischen Revolution wurde und dann über naturphilosophische Spekulation und romantischen Organismus-Gedanken zum glühenden Patriotismus, schließlich zum konservativen Katholizismus gelangte« (Srbik).
Hauptwerke: Der weltbürgerlich revolutionären Phase: »Resultate meiner Sendung nach Paris im Brumaire VIII« (1800). Der romantischen Phase: »Aphorismen über Organonomie«; »Die deutschen Volksbücher« (1807); die Zeitschrift: »Der rheinische Merkur« (1814–1816). Der letzten, katholischen Phase: »Die christliche Mystik« (1836–1842).

Muß solcher Männer wie der Brüder Jacob und Wilhelm GRIMM an dieser Stelle wirklich gedacht werden? Sollte es wirklich nötig geworden sein, diese Gestalten in der ermattenden Erinnerung deutscher Leser aufzufrischen, ihre Lebensdaten und die Namen ihrer Hauptwerke hier herzusetzen? –
War Jacob vielleicht der größere, so kann doch sein Lebenswerk nicht von dem des Bruders getrennt werden. Zu innig waren sie wie im Leben so in der Arbeit, ja im Erkennen und noch im Erahnen ineinander verflochten. So sei von ihnen als von Einem Mann die Rede, dem es gegeben war, ganz zu ahnen, was der Begriff »eines Volkes Sprache« umfängt, und der in einer reichen, strengen und glückhaften Lebensarbeit das, was diese Intuition in sich faßte, in gebundenen Massen auseinanderzulegen vermochte – was dann nichts weniger war als das ganze tiefere Dasein des Volkes, sein Bleibendes, Geistleibliches, wie es ja zu Tage tritt vor allem in der Sprache selbst und ihren Wandlungen (so des Wortschatzes und der Wortbedeutung als der Formen, in denen sich die Wörter abwandeln und verbinden) – dann in den eng mit der Sprache verknüpften Rechtsfassungen, endlich in den Sprachgestaltungen, worin sich das Verhältnis des Volksgemütes zu den

ewigen Mächten ausspricht: den Mythen, Sagen und Märchen. – Hört man nur die Namen der Hauptwerke nebeneinander nennen, so ist es für den der sie kennt und weiß, welche Gewalt des Lebens in sie gezaubert ist, als hört er, auf einer Bergesklippe stehend, unter sich die Wasserfälle aus dem Innern des Urgesteins mit herrlichem Rauschen zu Tal gehen. – Die »Kinder- und Hausmärchen« erschienen zuerst, an deren Sammlung und unnachahmlicher Niederschrift Wilhelm besonders großen Anteil hatte (1812). 1816–1818 die »Deutschen Sagen«. 1819–1837 die »Deutsche Grammatik«. 1828 die »Deutschen Rechtsaltertümer«. 1835 die »Deutsche Mythologie«. Noch im hohen Alter (1852) begannen sie das größte Werk, das »Deutsche Wörterbuch«, das den ganzen Schatz der Sprache vereinen sollte, wie sie in den Werken der Dichter und Schriftsteller von Luther bis Goethe zu Tage tritt. – Die Lebensdaten sind für Jacob Grimm 1785–1863, für Wilhelm 1786–1859.

Die GÜNDERODE (1780–1806) schwebt als ein trauriglieblicher Schatten durch die deutsche Erinnerung, wie jener Bericht der Bettine (in »Goethes Briefwechsel mit einem Kinde«) ihr Bild und die Einzelheiten ihres frühen freiwilligen Endes bewahrt hat. – Aber vor kurzer Zeit hat das wahre dichterische Wesen, das jener romantische Schleier verhüllte, und seine Sendung eine ernst schöne Spiegelung gefunden, L. von Pigenots Buch »Karoline von Günderode« (1922), wodurch sie lebendig unter uns weilt.

Victor HEHN, ein Balte aus Dorpat (1830–1890), schrieb ein Buch, das ihn vor allem bedeutend gemacht hat und dessen Titel darauf hindeutet, wie er die sprachliche Forschung mit der geschichtlichen und morphologischen zu verbinden verstand. »Kulturpflanzen und Haustiere in ihrem Übergang aus Asien nach Griechenland und Italien sowie in das übrige Europa. Historisch-Linguistische Skizzen« (1870). Eine andere Monographie: »Das Salz«, ist geistreich aufhellend für fernab liegende Kulturepochen. Ein Buch »Gedanken über Goethe« dankt dem morphologischen Sinn des Verfassers seine schönsten Kapitel: »Naturformen des Menschenlebens. Stände. Über Goethes Gleichnisse«.

Wilhelm HEINSE (1749–1803) ist eine von den bedeutenden Figuren, die, wo nicht für jede Generation, so doch für jede zweite, neu lebendig hervortreten – wie ja für uns keine geistige Größe zu einer vollen Gegenwart gelangt, etwa jener eines Voltaire, eines Diderot zu vergleichen, keine aber auch hernach ganz abgetan erscheint, ganz nur geschichtlich wird. Heinse war ein Geist-Sinnenmensch, der durchs Auge und durchs Ohr die Welt empfing; seine Sprachgewalt, das Empfangene wiederzugeben, war groß; am unmittelbarsten in der kurzen Notiz, deren ganze Hefte voll kürzlich an den Tag gekommen sind und uns den Mann noch lebensvoller, noch enzyklopädischer zeigen als wir ihn kannten. (Band VIII in drei Abteilungen der großen Insel-Ausgabe seiner Werke.)
Der Gegenstand seiner großen Auffassung war die physische Erscheinung: eine Malerei oder ein leidenschaftlicher Vorgang der Natur, eine Antike, ein geschichtlicher Schauplatz, eine Volkssitte oder die leibliche Erscheinung eines großen Mannes. So gewann er eine tiefe Intuition für die Künste, eine ebenso tiefe für die Geschichte. Sein berühmter Roman »Ardinghello« hat zum Helden kaum eigentlich die subjektive und lyrische Gestalt, deren Namen er trägt, sondern seinerseits die italienische Malerei, andererseits das Mittelmeerbekken, beide als Lebensphänomene konzipiert. Die Antike eroberte er sich aus einer Art leidenschaftlich sinnlicher Neugierde fast distanzlos, in völlig anderer Weise als Goethe, aber auch seine Eroberung war großartig und folgenreich. Die französische Weise (der Stendhal, Mérimée, Gobineau usf.), mit Künstlerblick morphologisch die Geschichte zu sehen, ist von ihm großartig vorweggenommen. In den Tausenden von Notizen sind über die Kunst und die Sitten der Antike und der neueren Jahrhunderte, über die Musik des achtzehnten Jahrhunderts, über die alten Historiker, über deutsches Wesen und deutsche Zeitgenossen, über Natur, Menschheit, Sinne, Sinnenlust Aperçus von einer Unmittelbarkeit ohnegleichen. Er war ein großer Maler des Nackten in Worten –

aber auch das war nicht Virtuosität, nur Unmittelbarkeit, die ihn von allem die Hülle der Konvention wegreißen ließ.

David HESS von Zürich (1770–1843) war eine von den lebensgeistigen Gestalten, mit denen die alten Ratsgeschlechter der Schweizer Städte in die neuere Zeit hineinragen. Er hat merkwürdige Lebensläufe zweier seiner Stadt- und Standesgenossen aufgezeichnet: des Offiziers und Originals Salomon Landolt (des »Landvogts von Greifensee«) und des Phantasten und halben Dichters Johann Caspar Schweizer, eines reichen jungen Zürichers, den sein edler, aber zerrütteter Geist in die Pariser Schrecken von 1793 verstrickte, dann nach Amerika führte und wieder in Paris als Bettler enden ließ.

Rudolf HILDEBRAND (1824–1894). Wer Jacob Grimms Vorrede zu seinem »Wörterbuch« liest, mit der er 1854 als ein bald Siebzigjähriger den ersten Band dieses groß angelegten Unternehmens hinausgibt, erkennt, daß zu einem solchen Werke eine Sprachliebe und ein Sprachsinn ohnegleichen gehört und ein großer Sinn des Lebens überhaupt, so auch ein Gefühl für Maß, wie es nur dem Überlegenen eignet, lauter Gaben der seltensten Art, welche begünstigten Einzelnen in einer günstigen Zeit zuteil werden. Wie sollte die Fortführung des Werkes durch mehrere aufeinanderfolgende Geschlechter gelingen, ohne daß ins Mechanische geriete, was von seinen überlegenen Gründern aufs Geistige angelegt war? Aber unter den Mithelfern, welche noch die Grimm selber herangezogen haben und welche nach deren Tod die vorzüglichen Weiterführer des Werkes waren, kam einer mindestens den Begründern nahe, zwar nicht an umfassender Geisteskraft, aber durch die innige Sprachliebe und wahre Begeisterung. Dieser war Rudolf Hildebrand. Schon zuerst mit der Bearbeitung des Buchstabens K betraut, arbeitete er dann den Buchstaben G, und da hier ihm drei vielumfassende Geisteswörter entgegentraten: Geist, Genius und Gemüt, so legte er in deren Darstellung die Arbeit vieler Jahre und alles, was er einem Leben an Gehalt abgewonnen hatte. Von diesen Artikeln des »Wörterbuches« ist hier der eine, stark verkürzt, wiedergegeben.

MOLTKE, der Feldherr (1800–1891), war auch ein großer Schriftsteller: Mommsen nennt ihn »den Mann, der die Schlachten so zu beschreiben verstand wie zu gewinnen, den Meister des Wortes in der seltenen Rede, den einsichtigen und liebevollen Erforscher und Darsteller des mannigfaltigen Völkerlebens, den wissenschaftlichen Erkunder der Landschaften am Tiber und am Euphrat«.

Der Westfale Justus MÖSER (1720–1794), ein deutscher Schriftsteller, dessengleichen kaum wiedergekommen ist, so in der höchst eigentümlichen von Geist und Leben funkelnden Geschichte des Stadtstaates, dem er angehörte (»Osnabrückische Geschichte«, zuerst 1768), als auch in der Sammlung seiner Zeitungsaufsätze (unter dem Titel »Patriotische Phantasien«), worin die verschiedenen Gegenstände und Lebensgebiete mit wahrer Gedankenfülle, geistreicher Laune und politischer, nie veraltender Weisheit behandelt sind. Sollte die Nation eines solchen Mannes je ganz uneingedenk werden, so wäre daran mit Schrecken zu erkennen, daß sie im Kern verändert ist.

Karl Philipp MORITZ (1757–1793) steht im literarischen Gedächtnis der Nation als der Verfasser eines autobiographischen Romanes »Anton Reiser«. Man könnte diese bürgerliche Jugendgeschichte, worin der Held zwischen dem Drang zur Kanzel und dem zur Bühne hin- und herschwankt, eine Ergänzung zum »Wilhelm Meister« nennen; dessen vor einiger Zeit bekannt gewordener Urform steht er noch näher. Der Abstand wäre unermeßlich, wollte man beide als Kunstwerke vergleichen: nur im Stofflich-Geistigen liegt die Vergleichsmöglichkeit. Der »Reiser« enthält sozusagen die Elemente, welche bei der großartigen symbolischen Behandlung des Lebensstoffes im »Meister« als niedrig, finster und skurril ausgeschieden wurden. Auch an die finstere Seite von Jean Pauls Welt grenzt er an, aber ohne dessen Ungeheures und Barockes. Solange die inneren Zusammenhänge der Nation aushalten, wird das Buch lebendig bleiben als die Darstellung eigener dunkler und wunderlicher echt deutscher

Jugendzustände durch einen, der später ein tüchtiger Mann wurde.

Adam MÜLLER (1779–1829) hat über die Idee des Staates, über die Staatskunst und die Staatshaushaltung im romantischen Geist gedacht und das Gedachte als ein großer Schriftsteller ausgedrückt. Seine »Zwölf Reden über die Beredsamkeit und deren Verfall in Deutschland« sind in neuerer Zeit wieder herausgegeben worden; es gibt über diesen Gegenstand, der doch wahrhaftig kein geringer und des Nachdenkens wert ist, nichts, was sich annähernd mit Müllers Ausführungen vergleichen ließe.

Friedrich MÜLLER, genannt Maler Müller, Dichter, Kupferstecher und Maler, geboren 1749 zu Kreuznach, gestorben 1825 in Rom, wo er als Fremdenführer sein Leben fristete, war ein Dichter durchaus, und ein solcher, an dessen Sprachkraft wieder andere Dichter sich befruchtet haben. »Golo und Genoveva«, sein großes Drama, ist wohl keine große Komposition, aber eine Folge lebenatmender Bilder; und seine pfälzischen Idyllen »Die Schafschur« und das »Nußkernen« oder auch die biblischen und griechischen Idyllen haben eine Sprache wie ein feuchter von Blumen leuchtender Waldboden.

Johannes MÜLLER, der Physiolog (1801–1858), eine von den großen tiefsinnigen und sprachsinnigen deutschen Gelehrtenfiguren der ersten Hälfte des neunzehnten Jahrhunderts. Sein »Handbuch der Physiologie des Menschen« schuf die Grundlagen der neueren experimentellen Physiologie und der strahlenförmig von ihr ausgehenden Nebenwissenschaften. Aber schon in seinen ersten Arbeiten, die den Gesichtssinn und die »phantastischen Gesichtserscheinungen« zum Gegenstand haben und noch völlig in Goethes Lebens- und Wirkungskreis fallen, tritt er als ein herrlicher Schüler dieses Meisters hervor, das Außen und Innen mit hoher Intuition sprachgewaltig zu verknüpfen.

Johannes von MÜLLER (1752–1809), Verfasser der »Geschichten Schweizerischer Eidgenossenschaft« und einer »Allgemeinen Geschichte«. Der größte Historiker deutscher Sprache vor Ranke.

»Johannes von Müller hatte als Schweizer noch ein lebendiges Gefühl für das was Volksgemeinschaft heißt, einen aktiven Staatssinn, wie er deutschen Bürgern kaum wachsen konnte, und europäischen Fürsten nur, wenn sie Genies waren. – Als Sohn eines zweisprachigen Vaterlandes bekam Müller zu den Anregungen der deutschen Seelenbildung die französischen des aufgeklärten Gesellschaftsdenkens: Herders all-eintauchende schwingende Schmiegsamkeit und Montesquieus sichtende Aufmerksamkeit. Er formte sich an dem festen lautern gesichtigen Stil der Alten, an Thukydides und Tacitus, die noch ursprüngliche Sachen und Taten zeigten mit einfachen Leitgedanken, ohne vom Stoff verwirrt und von Theorien verbaut zu werden. – Was Herder seherisch geahnt, Goethe dichterisch verklärt, das hat erst der Forscher und Geschichtsschreiber Müller genau und lockend in bunter Breite und körniger Dichte geschildert: das gesamte Mittelalter als eigenen Bereich voll Glut, Mark und Adel und unerschöpflichem Leben. Johannes von Müller ist der Entdecker des Mittelalters wie Winckelmann der antiken Kunst. Ohne ihn sind die Romantiker mit ihrer unabsehlichen Strahlung so wenig denkbar wie ohne Winckelmann unsere Klassiker« (Friedrich Gundolf, »Caesar«).

Barthold NIEBUHR (1776–1831), geboren zu Kopenhagen, aber von deutschen Eltern, ging zuerst nach Hamburg und Kiel zu gelehrter Ausbildung, dann nach England zu praktischer, wurde dänischer Beamter, 1804 Leiter der Ostindischen Bank in Kopenhagen. Geschäftsmann und Gelehrter, begann er sein Werk mit Arbeiten über das römische Eigentumsrecht und die römischen Ackergesetze. 1806 berief ihn der Freiherr vom Stein in den preußischen Staatsdienst und verwandte ihn in außerordentlichen Geschäften finanzieller und diplomatischer Natur. Dazwischen hielt er 1810–1813 an der neugegründeten Berliner Universität Vorlesungen, aus

denen sein Hauptwerk hervorging, die »Römische Geschichte«, die ältere römische Zeit bis zum Ende des ersten Punischen Krieges umfassend. – Seine Methode, auf die Quellen zurückzugehen und diese der scharfsinnigsten Kritik zu unterwerfen, war schöpferisch und von unbegrenzter Tragweite: die großen deutschen Quellenforscher: Mommsen, Waitz, Wattenbach, sind alle als seine Schüler und Nachfolger anzusehen.

Gottlieb Wilhelm RABENER (1714–1771), ein Sachse, belletristischer und satirischer Schriftsteller, in seiner Zeit wahrhaft volksberühmt, und auch von Goethe hochgeschätzt. Seine Satire ist zahm, und man mag sie philisterhaft nennen, aber in seinem Deutsch ist etwas Körniges, ein weltkluger und gehältiger Sprachgebrauch, durch den die Bürgerwelt, aus der er hervorging, uns noch immer lebendig und als ein uns verwandtes Element nahetritt.

Carl RITTER (1779–1859), der Geograph, der Begründer der »vergleichenden Erdkunde«. Sein (unvollendet gebliebenes) Hauptwerk: »Die Erdkunde im Verhältnis zur Natur und zur Geschichte der Menschen« (begonnen 1817).

J. W. RITTER, ein Schlesier (1776–1810), der sich selber als einen Schüler Jacob Böhmes ansah, ein Genie der auf die Natur gerichteten Intuition; von den Zeitgenossen halbverkannt, doch sagte freilich Goethe von ihm: »Im Vergleich mit diesem Ritter sind wir andern nur Knappen.«

Ph. O. RUNGE (geboren zu Wolgast 1777, gestorben zu Hamburg 1810), in seinen Bildnissen ein wahrer, kräftiger Maler, in seinen Träumen Maler-Dichter, der das jenseits der Sinne Liegende, Unaussagbare in seinen Zeichnungen aussagen wollte; aber auch in der Sprache wunderbar begabt, wie seine Aufzeichnungen und Briefe und die zwei in der Sammlung der Brüder Grimm von ihm herrührenden niederdeutschen Märchen »Von dem Machandelboom« und »Von dem Fischer un syner Fru« bezeugen.

Friedrich Karl von SAVIGNY, der Rechtslehrer des großen wissenschaftlichen Zeitalters, war geboren zu Frankfurt a. M. 1779 und starb zu Berlin 1861. Mitten in den Umsturz Europas (1803) warf er seine Schrift »Das Recht des Besitzes« hinein. Ganz Europa erfaßte, daß die Schrift zugleich eine politische Tat war; nicht minder so elf Jahre darauf die Schrift: »Vom Beruf unserer Zeit für Gesetzgebung und Rechtswissenschaft«. – Von der Sprachkunde kam er her und wurde durch sie zugleich der Geschichte und des Rechtes kundig; denn alles Recht leitete er aus dem Wesen des Volkes ab, wie es aus der Geschichte erkennbar wird. So suchte er den Geist des Gesetzgebers zu fassen, »vom Worte ausgehend, doch ohne an das Wort sich zu klammern«. Wie der edle und schöne Mann als ein Lebender den Zeitgenossen erschien, darüber geben die Worte Zeugnis, die Jacob Grimm nach Jahren aus der Erinnerung aufschrieb: »Groß war er gewachsen, damals (1803) noch schlank, sein dunkles Haar hing ihm schlicht herunter, das heute noch die Farbe hält, während meine braunen krausen Locken sich schon gebleicht haben. Dieses lehrenden Mannes freundliche Zurede, handbietende Hilfe, feinen Anstand, heiteren Scherz, freie ungehinderte Persönlichkeit kann ich nie vergessen.« (Zitiert bei Nadler III S. 311.)

K. F. SCHINKEL, der Baumeister, der stärkste Vertreter des Neoklassizismus (1781–1841).

Caroline SCHLEGEL, eine der berühmten Frauen der romantischen Epoche und eine unvergleichliche Briefschreiberin, war geboren 1763 als die Tochter des Professors Michaelis zu Göttingen, vermählte sich mit dem Bergmedicus Boehmer zu Klausthal, war nach dessen Tod die leidenschaftlich-heftige Gefährtin Georg Forsters und der Mainzer Revolutionäre (dafür von den Preußen nachher auf eine Festung gebracht); 1796 die Gattin A. W. Schlegels und die Zierde des romantischen Kreises in Jena; 1803 von Schlegel geschieden und wiedervermählt mit Schelling; gestorben 1809. Eine von Schlegels Shakespeareübersetzungen (»Romeo und Julia«) rührt ganz von ihr her, an anderen hat sie mitgeholfen. Ihre Briefe sind mehrfach herausgegeben.

Des Schwaben Gustav SCHWAB Name lebt fort durch seine Sammlung der »Deutschen Volksbücher«. Nur einem echten Dichter konnte es gelingen, so nachzuerzählen und seine Nacherzählungen als ein vollgültiges Gut dem Besitz der Nation einzuverleiben. Der Mann lebte von 1792–1850, war Pfarrer und Gelehrter, Geschichtsschreiber und Landschilderer, war Schillers Biograph, Hölderlins und Wilhelm Hauffs Herausgeber, Uhlands und Lenaus naher Freund, vieler lebenden Dichter Förderer, alten Geistesgutes Bewahrer.

SOLGER (1780–1819), der Ästhetiker. Sein Hauptwerk: »Erwin, vier Gespräche über das Schöne und die Kunst«. Unter seinen nachgelassenen Schriften fand sich jene liebevoll eindringende Abhandlung über die »Wahlverwandtschaften« (in Form eines Briefes), welche Goethe so viel Freude bereitete, als er sie Jahre nach Solgers Tod in die Hände bekam.

Heinrich STEFFENS (1773–1845), geboren in Norwegen, aber als Sohn eines Holsteiners, schon 1796 zu Kiel Lehrer der Naturwissenschaften, dann in Jena, mächtig von Schelling angezogen, sodann in Freiburg Schüler des genialen Geologen Werner, später Professor an mehreren Hochschulen. Die beiden Hauptwerke, »Grundzüge der philosophischen Naturwissenschaft« (1806) und »Anthropologie« (1822), ergeben seine Einreihung unter die Vertreter der »spekulativen Naturwissenschaft«. Von uns aus gesehen: er war ein dichterischer Mensch in einem geistig großartigen Zeitalter, von hoher Intuition für das Ungeheure sowie für das Zarteste der Natur, ein gewaltiger Träumer und zugleich ein genauer Beobachter, eines jener wunderbaren Instrumente, wodurch der Genius der Nation sich in einem herrlich gesteigerten Moment der geistigen Weltherrschaft zu bemächtigen schien.

Des Freiherrn vom STEIN, der von 1757–1831 lebte, höchst eigentümliche Gestalt hält wie eine Klammer eine alte und eine neue deutsche Welt zusammen. Denn wie er an den großen äußeren Welthändeln, die eine Zeitenwende herbeiführten, einen tätigen Anteil nahm, der ihn als geschichtliche Figur bestehen läßt, so geht der Fluß der geistigen Veränderung, der alles im deutschen Dasein umgestaltet hat, mitten durch sein Denken und das Metall seines Wesens hindurch. Er hat, indessen die Welt um Bestand oder Umsturz kämpfte, in sich Synthesen gefunden, um die Deutschland heute noch vergeblich ringt, so zwischen den Tendenzen des Beharrens und denen des Fortschrittes als zwischen dem Sittlichen und dem Ökonomischen. Seine Synthesen waren oft zu kühn für die Gleichzeitiglebenden, und er erschien als ein Revolutionär, wo er ein Wahrer des echten Alten war, und als ein Reaktionär, wo er seiner Zeit weit vorauslief. Die schöne, nicht glückbegünstigte Gestalt hat immer wieder liebevolle Darsteller gefunden, von Arndt an, dem Lebensgenossen, bis auf Ricarda Huch.

VARNHAGEN VON ENSE (1785–1858), kein großer noch tiefer Mann, aber ein ernstes, im Deutschen seltenes, Weltliches darstellendes, vor allem biographisches Talent. – Goethe schrieb von ihm: »Ich zähle ihn zu denjenigen, die zunächst unsere Nation literarisch in sich selbst zu einigen das Talent und den Willen haben.«
Zu seinen Hauptwerken gehören: die »Biographischen Denkmale«, die Tagebücher und sein Briefwechsel mit beiden Humboldts, mit Chamisso, Gneisenau, Metternich, Heine, Bettina und andern.

Alexander von VILLERS (1812–1880), der Abkunft nach ein französischer Lothringer, aus einer Familie, die schon vor ihm vermittelnd zwischen deutschem und französischem Geisteswesen hervortrat, stand in sächsischen diplomatischen Diensten, verließ diese und ließ sich in Wien nieder, wo ihn mit der aristokratischen Welt vielfache Freundschaften verbanden und er ganz und gar zu einem Österreicher wurde. Seine Briefe, nach seinem Tode gesammelt als »Briefe eines Unbekannten«, sind fast das einzige Dokument aus dieser eigentümlichen Sphäre, der Wiener »großen Welt« in den letzten Dezennien ihres Bestehens, zugleich das Denkmal des Schreibers, eines höchst individuell geistreichen, gütig witzigen und eleganten alten Mannes.

WACKENRODER (1773–1798), Tiecks Jugendfreund. Die Frucht dieses kurzen Lebens waren jene für das deutsche neunzehnte Jahrhundert folgenreichen »Herzensergießungen eines kunstliebenden Klosterbruders«, worin zuerst Hinlenkung auf das Mittelalter und Ablenkung von der Antike; die Forderung, daß Kunst sich mit Frömmigkeit vereine; endlich die Verkündigung des Primates der Musik als der »Kunst der Künste«.

MANZONIS »PROMESSI SPOSI«

Alessandro Manzoni, der größte unter den neueren italienischen Dichtern, wurde 1785 in Mailand geboren. Das Geschlecht war ein gräfliches: die Mutter, die ihn erzog, hatte zum Vater den Marchese Beccaria, einen Philosophen im Geist des achtzehnten Jahrhunderts, dessen Buch »Von Verbrechen und Strafen« in ganz Europa Epoche gemacht und unter anderen Voltaire und Diderot zu Kommentatoren gehabt hat. Es ergibt sich aus diesem Zusammenhang, daß Manzoni in seiner Jugend, die er zum Teil in Paris zubrachte, sich mit den Philosophen, den Atheisten und Materialisten, berührte und das wurde, was man einen Voltaireaner nannte. Aber noch in jungen Jahren wandte sich sein Gemüt zurück zum Glauben, und er lebte und starb als ein gläubiger Katholik.

1810, mit fünfundzwanzig Jahren, schrieb er die »Inni sacri«, fünf geistliche Gedichte in der gereimten Hymnenform, welche die italienischen Dichter des sechzehnten Jahrhunderts von den vulgärlateinischen Dichtern des Mittelalters übernommen hatten; sie heißen: »Die Geburt«, »Die Passion«, »Die Auferstehung«, »Pfingsten«, »Der Namen Mariae«; 1819 und 1822 seine zwei Dramen »Der Graf von Carmagnola« und »Adelchi«, die in der italienischen Literatur fast allein stehen (das Verhältnis zu Alfieri ist sehr distant), in der Weltliteratur vielleicht mit Schiller in eine gewisse Beziehung gebracht werden können (weniger dem Stil nach, in welchem Manzoni nur die Antike und Dante zu Lehrern nahm, als nach einer gewissen Weite des geschichtlichen Horizontes, die vielleicht dem »Wallenstein« verdankt ist) und für die Goethe eine große Bewunderung hatte, die er mehrmals aufs nachdrücklichste aussprach. 1823 erschien jenes herrliche Gedicht, die Ode auf den Tod Napoleons, »Il cinque maggio«, das in ganz Europa das größte Aufsehen erregte, seinen Dichter mit einem Schlag berühmt machte, und von dem wir eine getreue

Übersetzung von Goethes Hand besitzen; 1825–1827 dann in drei Bänden der Roman »Die Verlobten«. Damit war Manzonis dichterische, nicht seine geistige Existenz, abgeschlossen, obwohl er dann noch durch sechsundvierzig Jahre ein friedliches, geehrtes und für seine Nation wertvolles Leben lebte. Auf jenem einen Gedicht und diesem Roman ruht ein Weltruhm, den ein Jahrhundert nicht erschüttert, sondern befestigt hat. Von dem Gedicht würde ich mich zu sagen getrauen, daß es nicht aufhören wird, bewundert zu werden, solange die italienische Sprache lebt; aber der Sinn, ein hymnisches Gedicht verstehend zu bewundern, ist vergleichsweise in jeder Generation nur wenigen gegeben; den Roman aber lesen Tausende, und immer aufs neue. So wie er sich damals, im Jahr seines Erscheinens, die Welt eroberte, so repräsentiert er heute, nach einem Jahrhundert, Italien vor der Welt, jenes eigentliche Italien, das unter der jeweiligen Ausdrucksschicht vermöge der wunderbaren elastischen Festigkeit einer sehr alten, glücklich gemischten Rasse immer gleichmäßig fortbesteht. Der edle und schwer zu fassende Begriff der *italianità,* so wie er – in heroischen Maßen – sich aus Dantes »Göttlicher Komödie« immer wieder gewinnen ließe, er wäre auch aus dem bescheidenen Buch des Mailänders immer aufs neue herzustellen. Dies so auszusprechen, als ein Aperçu, darf sich auch der Ausländer erlauben, wollten wir es aber versuchen, durch eine Analyse des Buches hievon den Nachweis zu führen und in eine so zarte Untersuchung wirklich einzutreten, würden wir den Italienern leicht unbescheiden erscheinen, und der Tropfen mailändischen Blutes in unseren Adern würde kaum genügen, uns zu rechtfertigen. Denn in diesem Buch ist das Lebensgewebe so dicht wie in der italienischen Existenz selber. Weder den Ideen noch den Charakteren ist es verstattet, sich auffällig und interessant zu machen. Es geht durchaus nüchtern und gewissermaßen aufrichtig und harmlos zu – ohne die letzte Gefühlstiefe, wenn man es mit deutschen Augen sieht, ohne die letzte Lebhaftigkeit und Pointe, mit französischen Augen gesehen. Aber unter dieser Harmlosigkeit und diesem beinahe Gewöhnlichen ist eine sehr große wahrhaft leidenschaftliche Tiefe – und zwischen den Figuren mit ihrem anspruchslosen, bescheidenen, nahezu oberflächlichen Gehaben herrscht eine wechselseitige Spannung und Aufmerksamkeit (ganz aber im Wirklichen gebunden, niemals abschweifend in den Traum oder die Extravaganz), die so intensiv ist als wunderbar gemildert durch einen Takt und eine Weltklugheit, in der keine Nation dieser einen gleichkommt. Alles ist voll Realität, jede Figur handelt in jedem Augenblick ganz aus ihrem Interesse, das im Spiel ist – das Unsentimentale, Unromantische ist auf die Spitze getrieben, in jeder Regung ist ein Bewußtsein der Grenzen (nicht als sozialer, sondern als gottgesetzter Schranken) – ja, eine Freude an den Grenzen (und diese zu erkennen, darin liegt das Hinreißende der Lektüre) – zugleich aber ist in jedem Augenblick ein Überspringen aller Schranken möglich und ein reißendes Hinstürzen zum Unendlichen, zu Gott schlechthin. Dieser Roman ist seiner Anlage nach ein weltliches Buch, so weltlich als der »Tom Jones« oder der »Wilhelm Meister«. Er enthält in seiner einen Priesterfigur, dem Don Abbondio, eine komische Figur, die so stark ist wie Falstaff und vielleicht komischer als dieser, und die ihr eigenes Leben in der Phantasie der Menschen fortführt wie dieser. Zugleich aber ist es mit Religiosität, mit katholischer, nachtridentinischer menschlicher Christlichkeit durchtränkt wie kein anderes Buch der Weltliteratur. (Die italienischen Literarhistoriker sprechen von einem Hauch von Jansenismus, der es durchzieht – und gewiß haben sie recht, wenn sie diesen zu fühlen glauben; aber wenn sie nur diese zarte Schwebung betonen und die ungemeine Katholizität des Ganzen unbetont lassen, so geschieht es, weil ihnen, als Italienern, diese selbstverständlich ist.) Eine antikische alt-junge Menschlichkeit, bis in die Faser getränkt mit dem Geist katholischen Christentums – in dieser unwahrscheinlich vollkommenen Synthese blitzt uns eine, vielleicht die höchste Offenbarung der *italianità* entgegen. Diese Einsicht im Herzen, möchte man von dem Buch als von einem kaum zerstörbaren sprechen, solange nur die Fibern jenes alten Volkswesens selber aushalten.

Daß die »Promessi sposi« zu den Romanen zählen, welche im Gefolge der Walter Scottschen Darstellungen altschottischen Lebens – der ersten »geschichtlichen Romane« des neunzehnten Jahrhunderts – entstanden sind, steht in jeder Literaturgeschichte. Doch hat es mit solchen Nachweisungen nicht viel auf sich, alles kommt auf das einzelne Werk in sich selber an, und Scott hat nie etwas geschaffen, das sich an Komposition und an Charakterzeichnung mit Manzonis einzigem Buch vergleichen ließe. Das achtzehnte Jahrhundert hatte nur Vernunft und Gegenwart gekannt. Nun war wieder ein Geschlecht da, das sich den beharrenden Wesenheiten zuwandte, dem Volkstum, den Ständen, der Sprache, den Sitten, und damit auch der Vergangenheit. Manzoni war ein Italiener, und in bewundernswerter Weise – vor allem aber war er ein Mailänder. Der lombardische Stadtstaat, zu dem er gehörte – nun schon seit Jahrhunderten von Fremden beherrscht –, dazu die von der Stadt abhängige Landschaft, das vor allem war seine Heimat. Eine große, oft glorreiche, oft finstere Geschichte, ein sehr bestimmter, tüchtiger und kluger Menschenschlag, eine reizende Mundart, in der sich alles Gemüthafte und alles Witzige sagen läßt, eine wunderbare Binnenlandschaft, die an der fruchtbaren Ebene teilhat und bis ans große Gebirge geht, in ihr die drei schönsten Seen Europas: dies ist die Ganzheit, die sein Gemüt umfaßt. Diese Ganzheit in einem Kunstwerk vollständig wiederzugeben, war der tiefste Antrieb, der ihn erfüllte. Den letzten Anstoß, die befruchtende Ahnung, wie eine solche Komposition in den Rahmen zu bringen sei und wie es möglich sei, das geliebte Bleibende im Bilde des Vergangenen auszusprechen, gab sehr wahrscheinlich der Schotte, und der Lombarde wußte ihn zu empfangen; in solchen Verbindungen der Geister leuchtet dann Europa einen Augenblick auf.

Um die Liebe zu der Stadt ganz fühlbar zu machen, mußte eine düstere und furchtbare Episode aus ihrer Geschichte gewählt werden; nur dann entstand das Pathos, welches den Gedanken begleitet, daß diese Stadt solches erlebt hat, – daß sie die Erinnerungen an solches in ihren Eingeweiden trägt. Ein Ereignis der Art, daß es die ganze Stadt betraf, alle Leben zugleich bedrohte, sonderbare und furchtbare Verkettungen und Auflösungen schuf, war die Pest von 1628. Zugleich lag in dieser Epoche etwas Verwandtes mit der Gegenwart; damals wie jetzt stand die Stadt unter fremdem Regiment: damals war es das spanische, jetzt das österreichische; – aber noch tiefer, im innersten Rhythmus, als Zeiten der Restauration und der Reaktion sind sich der Anfang des siebzehnten und der Anfang des neunzehnten verwandt. In diesen Rahmen sind die Gestalten eingestellt, nicht überviele, aber so wunderbar in der Auswahl und in der Durchführung, daß sich in ihnen die ganze Tonskala des lombardischen Wesens abwandelt, sowohl nach den Ständen und Bildungsstufen als nach den Gemütsarten. Man kann die Hauptgestalten in vier Paare zusammenstellen. Da stünden sich denn der Schloßherr Don Rodrigo und der junge Bauer Renzo gegenüber; das Landmädchen Lucia und das »Fräulein« (die junge hochadelige Äbtissin); der lässige, fast unwürdige Pfarrer Don Abbondio und der große Christ Pater Cristoforo; endlich der finstere »Ungenannte« und der lichte Kardinal Borromeo. Alle diese Gestalten und viele andere geringere sind durch die Erfindung des Ganzen beständig miteinander verknüpft – die Handlung ist so geführt, daß nichts um einer einzelnen der Gestalten willen erfunden scheint, sondern alles nur um der Notwendigkeit und der Natürlichkeit des Geschehens willen, und daß doch allen Gestalten die Anlässe gegeben sind, sich ganz wie in durchscheinendem Licht zu enthüllen, ohne daß der Erzähler sich dazu vergäße, je auch nur eine von ihnen in einer ihrer Regungen absichtlich zu entblößen.

Diese höchste Lebendigkeit, die zugleich ein summum von Diskretion ist, wird bewerkstelligt durch eine überaus bescheidene, eindringliche und genaue Darstellung, die in ihrem Ton dem Bericht gleicht, den ein guter Verwalter (sei es ein Verwalter irdischer Güter oder der Seelen) einem Höheren geben würde, um diesen wirklich genau zu unterrichten, damit er sich ein Urteil bilden könne. In diesem Ton – um nur einige Beispiele zusammenzustellen – ist etwa von den Verwüstungen, die das Pfarrhaus durch plündernde Soldaten erlitten hat, Bericht gegeben und in ganz gleicher Weise von den Umständen, durch deren Aufeinanderfolge das »Fräulein« eine hochmütige Unglückliche und endlich eine Frevlerin wird. Oder es wird das Seeleninventar einer solchen mittleren Natur, wie es Agnes, die Mutter der Lucia, ist, gegeben, ohne Beschönigung, aber auch ohne sonderliche Betonung des minder Guten, gemein Selbstsüchtigen in ihr, und in der gleichen Weise wird über die Welt der von dem »Ungenannten« abhängigen Knechte und Banditen berichtet und die eigentümliche Mischung von Grauen und Gefallenfinden, womit sie an ihn gebunden sind, genau zur Evidenz gebracht – ohne jedes romantische Helldunkel, sondern ganz antik. Nichts überhaupt ist entfernter vom Romantischen als der Stil dieses Buches, das unter den Hauptwerken der romantischen Epoche mitzählt. Aber auch wieder Stendhals berühmte antiromantische »Nüchternheit« erscheint beinahe affektiert, gemessen an der unbedingten, natürlichen Nüchternheit dieser Erzählung. Das Geheimnis liegt in der Stellung, die der Autor zu seinen Figuren einnimmt, Stendhal war einzelnen Figuren von »Le rouge et le noir« gewiß sehr nahe (ja der Hauptfigur so nahe, daß es nicht möglich ist, ihn von ihr abzulösen – und das gleiche gilt von Goethe in bezug auf den »Wilhelm Meister«). Aber nie ist ein Erzähler so wunderbar gleich weit und gleich nahe von allen Figuren, genau in ihrer Mitte gestanden wie Manzoni. Das Landmädchen und der Kardinal, Don Abbondio und der furchtbare »Ungenannte«, Renzo und Pater Cristoforo, zu allen hat Manzoni genau die gleiche Distanz, nicht nur als Künstler, was schon ein Wunder an Disziplin und innerer Ausgeglichenheit wäre, sondern – man fühlt es – auch als Mensch. Beiderlei Geschlechtes, verschiedenster Lebensalter, nach Ständen und Geistigkeit so geschieden, daß sie zusammen eben die ganze Welt umspannen – ihm waren sie alle Fleisch von seinem Fleisch, denn sie waren Kinder seiner Stadt und seiner Landschaft. Vielleicht könnten die Menschen, welche über Literatur reden und urteilen, aus einem solchen Meisterwerk (und neben diesem vielleicht nur noch aus Stifters »Nachsommer«) abnehmen, was es mit dem Begriff eines aus Heimatliebe entsprungenen Kunstwerkes auf sich hat.

Aber auch dies, wie dort ein Geheimnis des Österreicher-tums, ist hier ein Geheimnis der *italianità*. Man ahnt die Haltung, in der dieser große Herr, der der berühmteste Schriftsteller seines Landes war, später fortlebt bis an sein achtundachtzigstes Jahr: wie er die Vertraulichkeit der Nachbarbauern, deren Streitigkeiten er schlichtet, ohne jede innere Umstellung mit der Vertraulichkeit der Gelehrten, der Priester oder der Adeligen vertauscht, und wie er vier Dezennien lang, einfach durch sein Leben – und fast ohne Metapher – das Herz des wiedererstandenen Italien ist.
Von der Komposition des Romanes müßte man mit einer sehr großen Genauigkeit und Ausführlichkeit sprechen, um ihr gerecht zu werden. Wie wenige Menschen aber in unserer Zeit wünschen denn auch nur, auf den Genuß eines Ganzen hingeführt zu werden. Auf einen Fehler, vielleicht den einzigen, hat Goethe scharf hingewiesen: daß an einigen Stellen das historische Material zu unverarbeitet hineingenommen ist; einige Male vergißt der Dichter, Dichter zu sein, um Chronist zu werden, und diese Blätter gleichen wirklich den trüberen Stellen auf einem großen Gemälde. Im ganzen aber ist das Gewebe der Vorgänge von einer Vortrefflichkeit, die wir heute nach hundert Jahren vielleicht mit größerer Bewunderung bezeugen können als die Zeitgenossen. Ins eigentliche Geheimnis einer dichterischen Komposition einzudringen, ist kaum möglich, vielleicht aber können wir uns mit dem folgenden Gedanken ihm annähern. Im Leben hat jedes einzelne Wesen einen sehr milden, keinen scharfen Umriß. Das gleiche läßt sich hier an allen Figuren beobachten. Daß bei dieser Milde eine sehr große Deutlichkeit und Gegenwart der Gestalten dennoch erreicht werde, das bewirkt der Autor vermöge des Ausgleichs zwischen den Figuren, der in vielen zarten Zügen wechselseitiger Beachtung und Rücksichtnahme vollzogen wird, wobei aber unter Beachtung und Rücksichtnahme auch die Regungen der Furcht, des Mißtrauens, der Ironie und der Beurteilung eingeschlossen sind, bloß niemals der schneidenden Verurteilung oder Mißachtung. Dieses wache wechselseitige, echt italienische Verstehen über alles Trennende der Lage weg, in der man zueinan-

der stehe, schafft einen so hellen und – selbst bei furchtbaren Geschehnissen – fast behaglichen Lebensraum. Innerhalb dieses macht sich aber nun das Starke und Furchtbare geltend, welches genau so zum Leben gehört, wie jenes Milde, Runde. Und daß sie dieses Furchtbare zu erkennen wußten und es festzuhalten wußten, innerhalb einer lichten Darstellung, nicht in einer schwärzlichen Salvator-Rosa-Malweise – das hebt einen Manzoni wie einen Stifter so hoch hinaus über das »Biedermeierische«, womit man sie manchmal zusammenwirft, als es sie entschieden vom Romantischen abtrennt.

Von jenen zarten Verhältnissen zwischen den Figuren ist es schwer, Beispiele anzuführen, weil das ganze Buch von ihnen wimmelt. Insbesondere die Gestalt der Lucia hat durch die Fülle solcher Züge einen wirklich raffaelischen Umriß bekommen. Ich erinnere die, welchen das Buch gegenwärtig ist, an solche Stellen, wie Lucias Auftrag an die Mutter, Renzo Kenntnis von ihrem Gelübde zu bringen, und ihr, zum letztenmal, Nachricht von ihm. »Fata mi saper che è sano – e poi non mi fate più saper nulla.« Oder jene Antwort des Mädchens, als man sie fragt, ob sie sich nie mit jemand über das Gelübde beraten habe. Sie habe es nicht für etwas Böses gehalten, daß man es beichten müsse – das geringe Gute aber, das man tun kann, brauche man doch nicht zu verbreiten.

Aus der gleichen Sphäre, in der das äußerst Zarte durch seine geistige Klarheit und Heiterkeit so völlig davor bewahrt ist, ins Sentimentale zu geraten, stammt jene die endliche Lösung herbeiführende Entscheidung des Paters: daß Lucia nichts habe geloben dürfen, was den Willensbereich eines andern berührt – womit wieder jene zarte italienisch-christliche Achtung vor der Grenze, ja Grenzliebe, triumphiert.

Mit welcher Hand aber sind dann die wirklich furchtbaren Züge hingesetzt: die Erscheinung des Weibes in der leeren Gasse, die Renzo als Vergifter denunziert; die Frau, die das letzte ihrer toten Kinder aus dem ausgestorbenen Haus trägt, der Karren mit den nackten Leichen, oder im Lazarett, kurz vor Ausbruch des lösenden Gewitters, der Irre auf dem sich bäumenden Pferd. Nur eine dichterische Hand, welche eben so stark als zart ist, konnte eine Komposition solchen Umfanges so zusammenhalten, wie diese zusammengehalten ist, daß es am Schluß erscheint, als sei alles, was wir miterlebt haben, nur auf diese grandiosen Vorgänge und Gegenüberstellungen des Schlusses angelegt gewesen: Don Rodrigo der Rache und Straflust Renzos ausgeliefert und zugleich durch die Majestät des Todes entrückt, die Liebenden nach einer letzten Prüfung vereinigt durch die Hände des schon vom Tode erfaßten Pater Cristoforo – als Weihegabe ihnen von dem Sterbenden übergeben jenes Brot der Vergebung, und als Legat an ihre Kinder, an die nächste Generation, an alle künftigen Mailänder dies eine Wort: »Dite loro che perdonino sempre, sempre! tutto! tutto!«

Was nun für ein Volk, dessen Größe in einem furchtbaren Realismus und dessen Adel in der Leidenschaft liegt, dieses Wort als letztes Vermächtnis seines großen Dichters bedeuten möge, dürfen wir nicht wagen, ganz verstehen zu wollen. Aber wir dürfen es, um sein Gewicht zu fühlen, vielleicht neben ein Wort stellen, das in ähnlicher Weise den so völlig anders gearteten Deutschen von ihrem großen Dichter zum Vermächtnis gelassen ist: »Wer immer strebend sich bemüht, den können wir erlösen.«

WERT UND EHRE DEUTSCHER SPRACHE

Denkt man über das Geschick und die Beschaffenheit unserer Sprache nach, so tritt dies entgegen: wir haben eine sehr hohe dichterische Sprache und sehr liebliche und ausdrucksstarke Volksdialekte, von denen die Sprache des Umgangs in allen deutschen Landschaften verschiedentlich angefärbt ist. Woran es uns mangelt, das ist die mittlere Sprache, nicht zu hoch, nicht zu niedrig, in der sich die Geselligkeit der Volksglieder untereinander auswirkt. Unsere Nachbarn, Nord und Süd, Ost und West, haben sie; wir allein sind ihrer entbehrend. In dieser mittleren Sprache aber faßt sich allezeit das Gesicht einer Nation zusammen; – noch einer nicht mehr gegenwärtigen Nation: die Miene der Römer erkennen wir in den Sprachen, die von der mittleren Römersprache abgeleitet sind. Die deutsche Nation aber hat für den Blick der andern kein Gesicht; davon kommt viel Mißtrauen, Unruhe, Nichtverstehen, geringe Würdigung, ja sogar Haß und Verachtung; aber das muß getragen werden, da es zum Schicksal gehört.

Die mittleren Sprachen der anderen besitzen eine glatte Fügung, in der das einzelne Wort nicht zu wuchtig noch zu grell hervortritt. An den Hörer soll gar nicht das Wort herandringen mit seiner magischen Eigenkraft, sondern die Verbindungen, das in jedem Wort Mitverstandene, das mimische Element der Rede. Nicht sowohl der Einzelne, der zu ihm redet, soll ihm zunächst fühlbar werden, als das gesellige Element, worin sich beide, der Redende und der Angeredete, zusammen wissen; von dem Einzelnen, der ihm gegenübersteht, nicht so sehr dessen Sich-Unterscheiden, nicht der individuelle Anspruch, der ja leicht zu Ablehnung herausfordert, sondern die Verflochtenheit, gemäß der ein jeder zu den Gruppierungen innerhalb der Gesamtheit, den Einrichtungen, den Unternehmungen in gewissen typischen Verhältnissen steht. Nicht so sehr das, was er für sich ist, soll in seiner

Sprache sich ausprägen, als das, was er vorstellt. In seinem Sprechen repräsentiert sich der Einzelne, in der ganzen Sprache repräsentiert sich die Gesamtheit. Es herrscht in einer solchen Umgangsrede zwischen den Worten ein Etwas, daß sie untereinander gleichsam Familie bilden, wobei sie alle gleichmäßig verzichten, ihr Tiefstes auszusagen. Ihre Anklänge und Wechselbezüge kommen mehr zur Geltung als ihr Urlaut.

Unsere gegenwärtige deutsche Verkehrssprache hingegen ist ein Konglomerat von Individualsprachen. In einer Individualsprache ringen die Worte um ihr höchstes Eigenleben, das sie nie völlig erlangen können, sie wollen sozusagen in ihr statisches Gleichgewicht zurück und schwanken in sich selber. Nur das Individuum mit seiner Magie vermag sie fallweise zu bändigen. Dies aber ist unübertragbar. Darum kann man deutsch nicht korrekt schreiben. Man kann nur individuell schreiben, oder man schreibt schon schlecht. An Stelle einer geselligen Sprache haben wir, da doch etwas da sein muß, eine Gebrauchssprache hervorgebracht, in der die Dialekte – wenn auch nicht alle gleichmäßig – zusammentraten; es ist wie ein See, dessen Wasser schal schmecken würde, brächten ihm nicht die immer zuströmenden Quellen etwas von ihrer Schmackhaftigkeit. Aber wie alles aus dem Ursprünglichen Abgezogene – wo nicht ein gewaltiger geistiger Schwung immer wieder dreinfährt – hat diese Verkehrssprache viele Laster. Sie will mehr und weniger, als sie kann; es stecken zu viele philosophische ausgebildete Begriffe in ihr, die nur durch eine unablässige Aufmerksamkeit treffend scharf erhalten werden könnten, so aber bald der Verwahrlosung anheimfallen, bald der Pedanterie oder der Affektation Nahrung geben. Bald macht sich eine Eigenbrötelei geltend, die auch niemals frei ist von Affektation, bald die Überlust am Annehmen fremder Naturen. Die Sprache ist voller zerriebener Eitelkeiten, falscher Titanismen, voller Schwächen, die sich für Stärken ausgeben möchten. Man mag hundert Bücher, Abhandlungen, Zeitungsblätter in die Hand nehmen, und wird in ihrer Sprache das Volk nicht finden, nicht seine Zufriedenheit mit sich selbst, das Behagliche, noch sein Tiefes, Starkes – noch das Einfache, welches das Höchste wäre; noch aber auch wird man aus dieser Bücher- und Zeitungssprache die Anschauung einer großen Nation gewinnen, ja nicht die Ahnung von ihrer Haltung, ihrer eigentlichen und eigenartigen Präsenz.

Wo aber ist dann die Nation zu finden? Einzig in den hohen Sprachdenkmälern und in den Volksdialekten. Die einen und die anderen stehen in Wechselbezug. In den Dialekten deutet der Naturlaut schattenhaft auf hohe Sprachgeburten, in den hohen Denkmälern blickt das Naturhafte hindurch – in beiden zusammen ist die Nation; aber wie unsicher und zerrissen ist dieser Zustand, wie bedarf er des Schlüssels der Vertrautheit, um einem solchen Volk ins Innere zu dringen!

Die poetische Sprache der Deutschen vermag in eine sehr erhabene Region aufzusteigen. Dort wo sie zuhöchst schwebt, in Goethes vorzüglichsten lyrischen Stücken, in Hölderlins letzten Elegien und Hymnen, dort wird sie kaum von einer der neueren Nationen erreicht – vielleicht, daß selbst Miltons Flügelschlag dahinter zurückbleibt. Hier wird jenes »Griechische« der deutschen Sprache wirksam, jenes Äußerste an freier Schönheit. Die »glatte« und die »rauhe« Fügung vermögen in dieser Region kaum mehr unterschieden zu werden, alles was dem Bereich der poetischen Rhetorik angehört, bleibt weit zurück; das Gehauchte, dem Volkslied Verwandte verbindet sich mit der höchsten Kühnheit, Erhabenheit und Wucht des Ausdrucks, die Spannung zwischen dem Sprachlaut, in dem »die Unmittelbarkeit des Kreatürlichen sich enthüllt«, und dem von höchster Besonnenheit gesetzten Sprachbild ist aufgehoben; wer in diese Region verstehend aufzusteigen vermag, weiß, wie die deutsche Sprache ihre Schwingen führt – auch in Prosa kann ein solches Höchstes zuweilen erreicht werden, es ist gleichfalls den Meistern vorbehalten: das Ende der »Wanderjahre« ist in einer solchen Prosa verfaßt, bei Novalis hie und da für Augenblicke erscheint diese letzte Meisterschaft, in Hölderlins Briefen der spätesten Zeit: da ist wirklich das Zauberische erreicht, die Gewalt der Worte und Wortverbindungen übersteigt alles, was ohne solche Beispiele geahnt werden könnte; die Sprache wirkt hier völlig als geisterhaftes Wunder, wie bei Rembrandt manchmal die Farbe, in Beethovens späten Werken der Ton.

Weit darunter ist die Region, in der wir leben. Unsere höchsten Dichter allein, möchte man sagen, gebrauchen unsere Sprache sprachgemäß – ob auch die Schriftsteller, bleibt schon fraglich. Die Zeitung, die öffentliche Rede, die Fassung der Gesetze und Anordnungen, all das ist in seiner Sprache schon verwahrlost; die wahre, zur zweiten Natur gewordene Aufmerksamkeit fehlt, es fehlt das Gefühl für das Richtige und Mögliche, es ist ein ewiges »das Kind mit dem Bad ausgießen«. Die Rückwirkung dessen auf die Nation ist gefährlich, ja verderblich; aber es spricht ja daraus auch schon der Zustand der Nation selber, jenes fieberhaft Unruhige und zugleich Gefesselte, Dumpf-Ängstliche.

Es ist eine sehr harte, finstere und gefährliche Zeit über uns gekommen. Sie ist wohl über ganz Europa gekommen, aber keines der anderen Völker hat so viele Fugen in seiner Rüstung, durch die das Gefährliche eindringt und sich bis ans Herz heranbohren kann. Wo das wahre Leben der Nationen immer wieder im Zueinanderstreben aller ihrer Glieder liegt, haben wir, schon entzwei-geteilt durch die Religion, zuerst noch, zu Ende des achtzehnten Jahrhunderts, alles Überkommene, sittlich-geistig Gebundene jäh auseinandertreten sehen mit dem Neuen, Individual-Geistigen, Verantwortungslosen; auseinandertreten dann allmählich die Geisteswissenschaften mit den Naturwissenschaften, auseinandertreten die Sprache, die alles vereinigen müßte, und jenes mathematisch übersprachliche Streben, von dem die Wissenschaften schicksalhaft ergriffen wurden, und dem nur Einzelne zu folgen vermögen; nun reißen neue Glaubensbegriffe, mit religiosem Eifer in die Massen geworfen, die Klassen der Gesellschaft auseinander – aber wie in einem Wirbelsturm überschäumende Querwellen die Wellen noch durchkreuzen, so jagt jetzt quer durch alles Denken hin, zerstäubend was sich ihm entgegenstellt, ein neuer Begriff von der alleinigen Gültigkeit der Gegenwart. Es ist der Zustand furchtbarer sinnlicher Gebundenheit, in welchen das neunzehnte Jahrhundert uns hineingeführt, woraus nun dieses Götzenbild »Gegenwart« hervorsteigt. Nur den ans Sinnliche völlig Hingegebenen, der sich aller Machtmittel des Geistes entäußert hat, bannt das Scheinbild des Augenblicks, der keine Vergangenheit und keine Zukunft hat. Allem höheren Denken immer lag das Wunder in der Gemeinschaft des Gegenwärtigen mit dem Vergangenen, im Fortleben der Toten in uns, dem einzig wir danken, daß die wechselnden Zeiten wahrhaft inhaltvoll sind und nicht »als ewiger Gleichklang sinnlos wiederholter Takte erscheinen«. Dem Denkenden ist, nach Kierkegaards Wort, das Gegenwärtige das Ewige – oder besser: das Ewige ist das Gegenwärtige und dieses ist das Inhaltvolle. »Der Augenblick bezeichnet das Gegenwärtige als ein solches, das keine Vergangenheit hat und keine Zukunft. Darin liegt ja eben die Unvollkommenheit des sinnlichen Lebens. Das Ewige bezeichnet auch das Gegenwärtige, das kein Vergangenes und kein Zukünftiges hat, und dies ist des Ewigen Vollkommenheit.« Nur mit dieser wahren Gegenwart hat die Sprache zu tun. Der Augenblick ist ihr nichts. Aber das Dahingegangene zu vergegenwärtigen, das ist ihre wahre Aufgabe. Das was nicht mehr ist, das was noch nicht ist, das was sein könnte; aber vor allem das was niemals war, das schlechthin Unmögliche und darum über alles Wirkliche, dies auszusprechen ist ihre Sache. Sie ist das uns gegebene Werkzeug, aus dem Schein zu der Wirklichkeit zu gelangen, und indem er spricht, bekennt der Mensch sich als das Wesen, das nicht zu vergessen vermag. Die Sprache ist ein großes Totenreich, unauslotbar tief; darum empfangen wir aus ihr das höchste Leben. Es ist unser zeitloses Schicksal in ihr, und die Übergewalt der Volksgemeinschaft über alles Einzelne.

Unmittelbar schreiten wir durch sie in das Volk hinein, das fühlen wir. Wie wir das erfassen können: die Seele eines Volkes, danach fahnden wir, und Zweifel versehrt uns wieder, ob einem solchen Begriff jemals die Anschauung abzuringen sei. Hier aber, in der Sprache, spricht uns ein Wirkliches an, durchdringt uns bis ins Mark: die Urkraft, daran wir teilhaben.

Unsere Gedanken über die wichtigsten Gegenstände unseres

Lebens bedürfen immer aufs neue der Klärung. Nichts aber ist so hoch, daß ihm nicht Pflege not täte. Das, von dem selbst die höchste bejahende Kraft ausgeht, muß immer aufs neue bejaht werden, und dies ist der Sinn eines jeden gegenwärtigen Geschlechtes: daß es das Leben des Hohen nicht unterbreche. – In diesem Buch sind die Gedanken von zwölf deutschen Männern über die deutsche Sprache zusammengestellt. Warum ihrer nicht mehr sind, sondern aus den letztverflossenen drei Jahrhunderten diese gewählt wurden – vertraue man, daß es nach reiflichem Nachdenken und genauer Prüfung geschehen ist. Auch Schiller, Hamann, Schopenhauer und viele andere haben schöne und tiefe Gedanken über das Geheimnis der Sprache an den Tag gegeben. Diese zwölf aber erschienen als die wahren Gewährsmänner über diesen hohen Gegenstand und vermöge ihrer Kraft als gegenwärtig.

An wen aber wenden sich diese Sammlungen? Wer wird mit diesen Vor- und Nachreden angesprochen? Ein Zweifel überfällt uns zuweilen, der nicht die Kalten und Widerstrebenden, nein, der uns selber und unsere Zustimmenden in Zweifel zieht, ob sie es wirklich sind, und wir mit ihnen, so wenige Sichtbare, so Verstreute, auf denen in solcher Zeit das in seinen Grundfesten wankende ungeheure Gebäude ruhen könne! Denn wir sind uns der Bedrohung des Ganzen bewußt. Einen letzten Glauben, es bestehe unversehrt wenngleich verborgen die Mitte der Nation und werde dies in Empfang nehmen, wollen wir nicht aufgeben.

HANS CAROSSA

Die Haltung dieses Dichters ist sehr zart und bescheiden, aber es geht von ihr eine besondere Kraft aus: ähnlich wie von der Haltung eines selbstvertrauenden Arztes, mit der er dort eintritt, wo auf ihn gewartet wird. In der Tat erfahren wir, daß diese Gedichte, Erzählungen, poetischen Selbstdarstellungen den Mußestunden eines um viele leidenden Menschen bemühten Arztes abgewonnen sind. Nicht aber wird uns der Dichter dadurch aufgehoben oder verringert; vor dem Arzt war dieses dichterische Wesen da; der naturgegebene Dichter hat erst den Arzt besonderer Art ermöglicht, dessen Blick auf die Menschen und ihr Dasein, auf die Häuser, die Tiere, den Fluß und das Feld von einer inneren Heilkraft erleuchtet wird.
Er ist nachdenklich, aber die Richtung seiner Nachdenklichkeit ist himmelwärts, nicht chaoswärts. Weltbegierig ist er nur so, daß er den eigenen Lebensweg sich mit dem poetischen Lichte erhellen will, vorwärts, seitwärts und rückwärts, bis in die Kindheit. Ein Strahl fällt dann auf die Begegnenden, sofern sie ein Teil seines Lebens sind. Dichtend entfernt er sich nicht von sich selbst, aber er tritt zu seinem Selbst in eine zauberhafte Verbindung, wie nur die seltenen Zwischenaugenblicke eines strengen Lebens sie ermöglichen, und die Menschenwelt baut sich ihm, der zwischen den Existenzen durchschreitet, geordnet auf, vermöge der schönen Ordnung und Ruhe in ihm selber. So empfangen wir aus seinen Aufzeichnungen die Gewißheit, daß die ewigen Ordnungen bestehen: Vater und Kind, Gatte und Gattin, Lehrer und Schüler, der Arzt und der Kranke, der Priester und der Heilsbedürftige: alle diese ewigen Verhältnisse stehen in seinen Büchern klar da, obwohl alles so bescheiden und leise vorübergeht.
Von seinen Büchern, ja von einem einzelnen Kapitel kann man sprechen wie von solchen geheimnisvoll wirkenden

Substanzen, dem Radium oder ähnlichen, wovon eine lebenfördernde Kraft ausgeht, deren Wirkungen wir kennen, aber nur einzelne – und wodurch wir fühlen, mit ganz dunklen Bereichen in Berührung gebracht zu sein; zugleich aber sind sie stillwirkend, verwandter den Kräften in der keimenden Saat oder in einer sich ausheilenden Baumrinde als denen, die im Gewitter zutage treten. Wollen wir aber ein Wort finden, wodurch sich das, was hier auf uns einwirkt, zusammenfassen ließe, so weiß ich kein anderes, als daß ich sie – in einer Welt, in der das Wort schön von sehr unsicherem Gebrauch geworden ist – mit Ernst wahrhaft schöne Bücher nenne.

AN DEN VERLEGER EUGEN RENTSCH

Bad Aussee, 15. XI. 28

Ich habe die Anthologie empfangen, die Sie und Eduard Korrodi mir zu schicken die Freundlichkeit hatten, und ich danke Ihnen sehr dafür.

Ich habe darin zu blättern angefangen, und das war ein eigenes Gefühl. Da sind nun vier oder fünf Geister, denen ich in ganz verschiedenen Phasen meines Lebens außerordentlich viel verdanke: nun sind sie landschaftlich zusammengeordnet, und ich sehe sie unter einem neuen Begriff: so viel schulde ich also der »kleinen« Schweiz – vielmehr nur einem Teil der Schweiz, dem deutschsprechenden. Zweimal im Leben ist mir Jacob Burckhardt recht gewaltig nahegekommen, zuerst, als ich ein ganz junger Mensch war, durch »Die Kultur der Renaissance in Italien«, das zweite Mal und noch tiefer durch die Vorträge über die »Griechische Kulturgeschichte«.

Da ist dann J. J. Bachofen. Ich war ein noch junger Mensch, als mir das gewaltige Mythenwerk, »Das Mutterrecht«, in die Hand kam. Nicht durch eine Zeittendenz – denn es war noch beträchtlich vor jener Entdeckung durch Schuler und Klages –, sondern durch die Hand eines ebenso einsamen als vieles wissenden, älteren Freundes. Es war noch ein Exemplar der völlig vergriffenen ersten Ausgabe von 1862, das er mir anvertraute und wieder anvertraute, einmal gar für mehrere Jahre; der durch die Witwe veranstaltete Neudruck von 1897 existierte noch nicht. Was das Buch mir bedeutete, läßt sich kaum sagen. Ich rechne diesen Mann seit damals wahrhaft zu meinen Lehrern und Wohltätern, und ausgelesen habe ich seine Bücher bis heute nicht. Und da ist Johannes von Müller, an dem und an Gibbon mir der Begriff des großen Geschichtschreibers aufgegangen ist, bevor ich Ranke kannte. Und da ist Keller und C. F. Meyer, und da ist, der mir heute mehr bedeutet als beide, der große Berner Gotthelf.

Und da ist wieder J. V. Widmann, der von Bern aus meinem jugendlichen Hervortreten mit so freundlichem, klugem

Wohlwollen begegnete; und da ist Lavater und Salomon Geßner, David Heß und Uli Braeker: was für alte und gute Freunde, im sanften humanen Morgenlicht jener einzigen Epoche. Einen so großen Raum meines Innern kann ich mit Schweizern bevölkern; ich erstaune. Und noch sind hier Namen, die ich öfter habe mit nachdrücklicher Achtung nennen gehört, wie den Andreas Heuslers, oder Eugen Hubers; dieses Buch aber verspricht mir die erste Begegnung mit dem Geist dieser Männer. Aber ich verliere mich in allzu persönlichen Erinnerungen und Erwartungen.

Eine solche Anthologie kann ein recht trockenes Produkt des Fleißes und der historischen Pietät sein, oder ein innerlich lebendiges, Leben ausströmendes Gebilde, alles kommt auf die Person des Herausgebers an und darauf, wie stark ihm künstlerische Eingebung bei seinem Werk zu Hilfe gekommen ist. Ich habe mich beeilt, das Nachwort des Herausgebers zu lesen, und mein Zutrauen zu dem Ganzen des Buches hat ein festes Fundament gewonnen. In diesem Nachwort tritt der künstlerisch begabte, eigenkräftige Mann, als den ich Korrodi kenne, mir in sehr zusammengefaßter Kraft entgegen.

Seine Gewissenhaftigkeit ist nicht die des Philologen, sondern eine bessere; seine Pietät nicht die des Historikers, sondern eine noch andere; seine ganze Haltung ist politisch, im geistigen Sinne. Er ist bewegt, weil es um das Gut der Heimat geht, er will ein Patrimonium helveticum erstellen, und doch nicht für die Landsleute allein; er handelt gewissenhaft und strenge, das Künstlerische belebt ihm die wählende Hand, das Kritische wägt ab und sichtet. – Ich danke ihm und danke Ihnen, und freue mich, daß das Buch entstanden ist; es wird ihm in der Schweiz nicht an Lesern fehlen, und nicht in Deutschland. Die Leute werden nicht danach greifen wie nach dem neuesten Roman oder der letzten Biographie, aber es wird länger bei ihnen bleiben, und es wird von den wenigen Büchern sein, die über diese Generation hinaus im Bücherschrank da sein werden; neu heranwachsende Menschen werden es finden, und ihre Lust am Geistigen wird von ihm geweckt und in eine gute Bahn gelenkt werden.

GOTTHOLD EPHRAIM LESSING

ZUM 22. JANUAR 1929

Die geistige Atmosphäre innerhalb dieser (um Grillparzers Worte zu gebrauchen) »wetterwendischen, in sich selber unklaren« Nation, der deutschen, ist in einer solchen Veränderung begriffen, daß es schwierig erscheint – was jedenfalls während der letzten hundert Jahre nicht für schwierig gegolten hätte –, über einen unbezweifelten Klassiker wie Lessing heute etwas auszusagen, worin zugleich das Verhältnis der Allgemeinheit zu ihm klar zum Ausdruck käme. Eine solche Schwierigkeit wäre für einen Franzosen oder Engländer unverständlich, denn dort pflegen auch die heftigsten politischen und sozialen Änderungen die geistigen Hauptverhältnisse unberührt zu lassen. Innerhalb der deutschen Sprachwelt aber sind wir im Zusammenhang mit dem, was geschehen ist, gewissermaßen in ein anderes Klima geraten, von wo aus zu dem sozusagen selbstverständlich Vorhandenen ganz neue Richtlinien gezogen werden müssen.
Trachtet man aber, in sich selber eine neutrale Ebene herzustellen, so erkennt man, daß die Erscheinung dieses außerordentlichen Menschen Lessing sich immer in der gleichen Entfernung von uns befindet – auf einer anderen Ebene zwar als wir selber, aber ohne daß die Distanz sich merklich verändert hätte. Historisch gesprochen, erkennen wir vielleicht mehr als zuvor seine Zusammenhänge mit dem achtzehnten Jahrhundert, dem er so völlig angehört, und darüber hinaus sogar mit dem sechzehnten, dem Jahrhundert des militanten Protestantismus und des militanten Gelehrtentums. Aber mit absoluten Maßstäben gemessen, ist er uns nahe, und gehört zu den Kräften, unter deren Einfluß wir stehen. Der Ton seiner Polemiken, die Vereinigung der Logik mit etwas Höherem, schwer zu Benennendem – das, was seine Logik so wenig trocken erscheinen läßt –; das Wenige und doch Bedeutende, das unser Gedächtnis von seinem Leben mitträgt; die Struktur seiner Stücke, der Rhythmus in ihnen, das Besondere und

Einmalige, herb Männliche, leuchtend Metallische; die merkwürdigen Worte, die gelegentlich über dunkle Gebiete unseres Denkens so blitzartig Licht auswerfen; dies alles ist da und trifft uns mit einer Kraft, der man alles absprechen kann, nur nicht, daß sie lebendig sei. Unsere Schulverfassung, die ja ihrem Geist nach auch schon fast hundert Jahre alt ist, gibt ihm einen imposanten Platz: sie macht aus ihm, mehr als aus einem anderen unserer geistigen Vorfahren, einen Gefährten der Jugend. Man kann zweifeln, wieweit sechzehnjährige Knaben imstande sind, durch solche Verkleidungen hindurch wie den »Laokoon« und die »Hamburgische Dramaturgie« das Großartige seines Charakters zu spüren, aber etwas bleibt von einer solchen Begegnung bei den Empfänglicheren. In einer viel sinnfälligeren Weise hält ihn das Theater am Leben.

Da sind diese drei Stücke: »Minna von Barnhelm«, »Emilia Galotti«, »Nathan der Weise«. Sie sind heute wirksam wie je. Es ist keine Phrase, wenn man sagt, daß durch ihr Wegfallen das Repertoire sehr fühlbar verarmen würde. Was sie stark macht, ist nicht die Erfindung allein und nicht die Charakteristik allein, sondern daß diese beiden ineinandergehen. Lessing hat ausgezeichnete Rollen geschrieben: darum erhalten die Schauspieler seine Stücke auf dem Theater. Aber diese Rollen stehen nicht für sich; sie stehen in Gruppen, und in diesen Gruppen liegt ein ungeheurer Kalkül: so machen die Rollen einander wechselweise noch stärker, als jede für sich schon wäre. Auskalkuliert ist alles an diesen Figuren, aber von einem Mann, dessen Genie die Logik und die Berechnung war. Shakespeare beiseite und Calderon beiseite; aber man nenne mir unter den Deutschen oder überhaupt unter den Modernen, die fürs Theater gearbeitet haben, einen, der es in sich gehabt hätte, aus der auskalkulierten Notwendigkeit, daß er eine Figur brauchte, die dem Odoardo einen Dolch in die Hand spiele, eine Gestalt wie die Orsina herauszuspinnen.

»Emilia« ist das kunstvollste dieser Produkte, im bedenklichen Sinn des Wortes auch, vor allem aber im positiven. Eine Gruppierung wie die: der Prinz, Marinelli, die Orsina, entspringt nur einem Kopf ersten Ranges. Daß der Schluß mit dem Virginiamotiv etwas Überhastetes und Künstliches hat, ist hundertmal ausgesprochen. Auch gegen die Sprache läßt sich alles sagen – hier ist nichts vom Hauchenden, Seelenhaften, das dann durch Goethe in die Sprache auch des Theaters kam, auch nichts vom finstern Naturlaut, den die Stürmer und Dränger aufbrachten; alle diese Figuren reden in scharfen Antithesen, in pointierten Wendungen, wie wenn sie alle Denker wären, – für diese Sprache aber läßt sich nur das eine sagen: sie hat ein solches geistiges Leben in sich, daß sie aus dem Stück etwas Unverwesliches gemacht hat.

»Nathan« hat man den Gipfel von Lessings poetischem Genie genannt; Friedrich Schlegel nannte es »Lessings Lessing, das Werk schlechthin unter seinen Werken« – andere nennen es ein schwaches Werk, das zwischen der Poesie und Philosophie im Leeren hänge. Das sind Urteile – es ist über wenige Menschen so viel Geistreiches und auch Gescheites gesagt worden wie über Lessing, – aber das Theater gibt die immerhin entscheidende Auskunft, daß »Nathan« auch heute lebt – wenngleich man dieses Stück, für mein Gefühl, nie so gespielt hat, wie es gespielt werden müßte; ganz als das geistreichste Lustspiel, das wir haben, ganz auf die unvergleichliche Gespanntheit dieses Dialoges hin, dies Einander-aufs-Wort-Lauern, Einander-die-Replik-Zuspielen, auf dies Fechten mit dem Verstand (und mit dem als Verstand maskierten Gemüt), wovon das ganze Stück bis in die Figuren der Mamelucken hinab erfüllt ist, fast wie das Stück eines der großen Spanier.

An dem Leben, das in der »Minna« steckt, wagt auch der Zweifel nicht zu zweifeln; hier ist auch die Sprache über dem Nörgeln, aus einem helleren gehämmerten Metall – voll Witz und näher sich herablassend zum Mimischen.

Aber bei scheinbar so großer Verschiedenheit sind sie alle drei innigst verwandt; sie sind wahrhaft die Kinder eines Vaters, und wie seine Polemik aus seinem tiefsten Selbst herauskam, so auch die Dialektik dieser Figuren. Jede von ihnen hat etwas von ihrem Urheber: wie er, stehen sie mitten in einer Nation von Grüblern als höchst ungrüblerische Naturen; den Genuß des Denkens kennen sie alle (das ist, wenn man will, das Unrealistische an ihnen), aber Denken und Handeln sind ihnen eins: das ist das Undeutsche an ihnen.

Er beeinflußte viele, aber in der Stille. Schillers Werden, vor allem der Mut zu den entscheidenden Jugendwerken, ist ohne ihn nicht denkbar; sein Einfluß auf Grillparzer ist versteckt, aber gleichfalls sehr groß: der Dialog Grillparzers, dort wo er am besten, am freiesten von Schiller ist, hat von ihm das Salz im Blut. Andererseits hat er die Iffland und Schroeder hervorgebracht und mit ihnen das ganze deutsche bürgerliche Schauspiel bis auf den heutigen – oder den gestrigen – Tag.

Seine Stücke sind er selbst: seine Wesenheit, Form geworden. So wie diese Figuren sich zueinander und zu sich selber verhalten, so elastisch, bündig, schlagkräftig, voll von einer unglaublichen Wachheit und Bewußtheit (aber ohne alles Zerfaserte und Bohrende), so war er selbst. So verlief diese ganze Existenz. Physiognomisch genommen, um Rudolf Kassner das Wort zu entlehnen, dem seine Arbeiten eine so große Tragweite gegeben haben, ist es eine Figur von solcher Geschlossenheit, wie die deutsche Literaturgeschichte keine zweite aufzuweisen hat. Das ganze männlich Freie, Trockene seiner Lebensführung; die Existenz als freier Gelehrter, als Rezensent, in einer so dumpfen, gebundenen Welt; die Lust am Umspringen, am Wechsel immer wieder (ohne jedes romantische Schweifen) – am Kampf, in dieser herrisch nüchternen Weise; die paar Freundschaften mit Männern, mit dem unglücklichen Ewald von Kleist, mit Moses Mendelssohn; die späte Brautschaft und Ehe, der tiefe Ernst darin und doch das Schwingende; die letzten Jahre als Bibliothekar in Wolfenbüttel, und der frühe Tod, auch er von einem fast römischen Stil in der Nüchternheit – die Abwesenheit gewollt jeder Repräsentation, lebenslang; die paar Details, die wir wissen: die eingestandene Liebe zum Spieltisch, das immer Traumlose seiner Nächte: alles geht zusammen zu einer imponierenden Einheit wie die Züge an einer römischen Porträtbüste.

Achtung zu fühlen, Achtung zuzuerkennen dort, wo er sie fühlte, das setzte sein Gemüt in Bewegung. Da ihm edle Juden, oder ein edler Jude, begegneten, bezeigte er den Juden

Achtung; er spricht durch den Mund des alten Galotti von jener »guten, unsers Mitleids, unsrer Hochachtung so würdigen Gattung der Wahnwitzigen«. Die Gesinnung im allgemeinen ist die des Jahrhunderts, aber im Ausdruck ist der ganze Lessing. In der Art, wie er Achtung zuerkannte (und wie er sie verweigerte), liegt das ganze Pathos des Menschen; ein schwingender Stahlstab, fix an einem granitenen Sockel, dem Verstand. Neben ihm, nach ihm, bricht der Schwall durch: der Überschwang des »Werther« (den er geringschätzte), der Überschwang der Stürmer und Dränger (die er mißachtete), Jean Paul, die Romantik, Hegel, Fichte, Schelling: das Ausschweifende des Geistes, mit dem diese »gedankenvolle, aber tatenarme« Nation auf die französische Ausschweifung des Handelns antwortete.

Er war von einem anderen Geschlecht; er zeigte eine Möglichkeit deutschen Wesens, die ohne Nachfolge blieb; er beherrschte den Stoff, statt sich von ihm beherrschen zu lassen. Seine Bedeutung für die Nation liegt in seinem Widerspruch zu ihr. Innerhalb eines Volkes, dessen größte Gefahr der gemachte Charakter ist, war er ein echter Charakter.

RUDOLF KASSNER

[NOTIZEN]

Das philosophische Lebenswerk Rudolf Kassners gehört unter denen der europäischen Denker zum Eigentümlichsten und Geschlossensten. Es baut sich auf aus einer Anzahl scheinbar nicht zusammenhängender Schriften, deren Titel ebenso unaufdringlich sind als ihr Gehalt bedeutend und neu ist. Systematik und feste Terminologie finden in dem Werke nicht statt; auf die Einheit des Werkes wird von seiten des Verfassers nirgends ausdrücklich hingewiesen, dessen Sinn jede Selbstinterpretation unter der Würde erscheinen dürfte. Trotzdem ist für den, der das Werk in seinem Zusammenhang übersieht, gerade die organische Einheit des Ganzen imponierend, und von ihr strömt Kraft aus.
Gemeinsam ist dem Kassnerschen Werk mit dem erst vor kurzem in seiner ganzen Tragweite erkannten Werk Kierkegaards vielleicht jene eigentümliche Dissimulation: der Wille, das Tiefe und Umfassende in einer solchen künstlerisch verdeckten Weise vorzubringen, als handle es sich um Einzelnes, Besonderes, ja gar um Unbedeutendes; eine philosophische Haltung von großer Bedeutsamkeit, – die Kontrasthaltung vielleicht zu der gefährlichen dynamischen Übersteigerung des späteren Nietzsche.
Arbeiten dieser Art sind durch die Dichtigkeit des geistigen Gewebes von einem schnellen Verständnis ausgeschlossen; eine spätere, wenngleich nicht ferne Zeit wird mit Staunen feststellen, daß von unserer nach neuen Inhalten und neuen Formen so begierigen Zeit so neue Inhalte in so neuen Formen unbeachtet bleiben konnten; ihr wird es nicht schwer sein, die eigentümliche Verknüpfung zu erkennen, in welcher die zartesten Fäden der gleichzeitigen europäischen Geistigkeit von einem völlig originalen Geist in dieser »Philosophie des Ausdrucks« zusammengewoben sind zu einem Kompendium der Lebensweisheit, allerdings einer, etwa im Vergleich zu den französischen Moralisten (mit Ausnahme Pascals) transzendierenden Lebensweisheit.

EINIGE WORTE
ALS VORREDE ZU ST.-J. PERSE »ANABASIS«

Wir sehen die französischen Dichter seit etwa vierzig Jahren in einem Kampf begriffen: wir müssen diesen Kampf und sein Ziel zu verstehen trachten – und wer sollte ihn verstehen, wenn nicht wir? – aber es tut kein gut, hier von Schulen zu reden, von Tendenzen, von ästhetischen Moden und Ähnlichem, womit die literarhistorische Kritik die Tatbestände zu verdunkeln pflegt. Es geht um die französische Sprache in ihrer geheimsten Funktion, und dieser Kampf ist alt. Der Volksgeist dieser aus drei Volkselementen so glücklich gemischten Nation ist lebhaft, aber nüchtern. Der Verstand regiert. Um die Mitte des siebzehnten Jahrhunderts wird diese Vorherrschaft des Verstandes gleichsam zum nationalen Grundgesetz erhoben. Malherbe siegt über Régnier, der verstandesmäßige Ton siegt über die emotionelle Schwingung. Das Gesetzmäßige wird für alle Zeit befestigt, das Unbewußte, das uns zu oft überflutet, wird hinabgedrückt. Die pragmatische Eindeutigkeit des Ausgesagten wird als Forderung statuiert, selbst der gleichnisweise Ausdruck, die Metapher, sehr strengen Einschränkungen unterworfen. Die Durchführung dieser Gesetze wird einer inappellablen Instanz unterstellt: dem guten Geschmack, einer Art von intellektualisiertem Gewissen.

Das geheimere Leben der Sprache aber, von dem eine zarte innerste Vitalität der Nation abhängt, setzt sich zur Wehr. Jener alte Kampf, den im sechzehnten Jahrhundert die Pléïade geführt hatte – Kampf um eine freie Syntax, um kühnere, vieldeutigere Metaphern, um eine Annäherung an die Musik der eigenen Epoche –, wir sehen ihn zu Ende des neunzehnten Jahrhunderts sich erneuern. Mallarmé ist der große Führer und Doktrinär dieser Bewegung (aber seine Doktrin gleicht seiner Poesie, sie vollzieht sich in Andeutung, und in ihr herrscht das Eliminieren der Präzision, des pragmatischen Zusammenhangs, und nur um so größer und nachhaltiger ist ihre Wirkung). Aber vor Mallarmé gehen Baudelaire und Rimbaud, und der majestätische Fluß, die geheime Polyphonie des einen sowie das wilde Durchbrechen der Ordnungen bei dem andern, bei beiden ist es ein Sich-Annähern an den Bereich der Musik, das sie als Brüder zu Mallarmé stellt. Denn dieser war ja schon fast ebensosehr Musiker als Dichter: kompositorisch ist zwischen ihm und Debussy kaum ein Unterschied zu erkennen.

Aber auch die Rhythmen Paul Claudels gehören hierher; jenes hymnische Element, das auch in einer Replik seiner Dramen oft in einer Zeile den Duft ganzer Welten heranführt. Und Valéry erscheint nur dem oberflächlichen Blick unter anderen Gesetzen stehend; und dies nur darum, weil seine Klarheit so groß ist, weil die Kurve seiner Sprache sich gewissermaßen mathematisch ausdrücken ließe: aber im Licht sind die gleichen Geheimnisse und Reichtümer wie im Dämmer.

Ihnen allen geht es darum – und welch eine Reihe der edelsten Namen haben wir aufgestellt –, die lyrische Inspiration aus dem Innern der Sprache selbst zu erneuern. Das kreative Individuum, von allzu gebahnten Ausdruckswegen umschlossen wie von Mauern, wirft sich in die Sprache selbst und sucht in ihr die Trunkenheit der Eingebung sich zu verschaffen und neue Zugänge ins Leben sich zu erschließen, gemäß jenen Ahnungen der Sinne, wenn sie sich von der Herrschaft des wachen Verstandes losreißen. Dies ist, dies war immer die lateinische Annäherung an das Unbewußte: sie geschieht nicht im halbträumerischen Sich-Verschwelgen des germanischen Geistes, wovon die englische wie die deutsche Poesie die gewaltigen Beispiele darbieten – sondern durch ein heftiges Sich-Hinüberwerfen, einen Taumel: durch ein Durcheinanderschütteln der Objekte, ein Brechen der Ordnungen. Es sind Saturnalien des Geistes. Neue Reflexe tauchen auf vor fast brechenden Augen, es ist eine Verjüngung ohnegleichen, ein eigentliches Mysterium. Hier führt auch ein Weg von dem »Bateau ivre« des Rimbaud zu den frühesten Versen Stefan Georges: beiden ist das gemein, was der Römer mit dem Wort »incantatio« umschrieb: die dunkle und gewalt-

same Selbstbezauberung durch die Magie der Worte und der Rhythmen.
Den tiefsten Tendenzen dieser Dichter schließt sich ein zeitgenössischer Lyriker an, dessen dichterisches Hauptwerk wir vorlegen. Diese »Anabasis« hat einen heroischen Hintergrund, und wo er sich uns aufhellt, tritt uns etwas von der strengen Zartheit Poussins entgegen. Der Vorgang selbst ist entkleidet des Historischen, des Sozialen, des Gedankenhaften. Jenes Präzise, das wir fast für synonym mit dem Französischen hielten, ist eliminiert. Minder aber als etwa bei Mallarmé ist mit der Musik rivalisiert: an Stelle jener spiegelnden sinnlich-vieldeutigen Wortmaterie, vermöge derer die Erscheinungen der Dinge wie in Musik eingefangen scheinen, berührt uns eine große Sprödigkeit und Härte. Die auf Reinheit und Strenge, auf die Herrschaft und die Selbstbeherrschung deutenden Worte: gerechte Waage, reines Salz, die reine Idee, das Reinigende, Heiligende des Salzes, les délices du sel – klingen immer wieder an. Die gewollten Härten der Übergänge, die rastlos abbrechenden Wendungen, das Launische in dem heraufbeschworenen Orient, all dies bildet eine Lektüre, die sich ebenso entzieht wie sie sich gibt. Aber die Ahnung entschleiert ein Werk voll Schönheit und Kraft – und in einer undefinierbaren Weise ein Werk aus dem Geist der Gegenwart – jener gespannten und heroischen Gegenwart Frankreichs, das neue Heilige hervorbringt und vor seinen südlichen Toren ein neues Kolonialreich gründet.
Ich spreche von dem Original des Herrn St.-J. Perse, nicht von der Übersetzung. Ein Werk dieser Art ist schlechthin unübersetzbar. Auch Baudelaire ist nie übersetzt worden, trotz sich immer wiederholender Versuche. Die Übersetzung kann in solchen Fällen keine andere Rolle spielen als die eines sehr genauen, gewissenhaften Referates. Immerhin bleibt eine gewisse Faszination in der Ordnung des Inhalts über: sonst wäre es nicht erklärlich, daß uns die Übersetzungen chinesischer Gedichte fesseln und entzücken können, Übersetzungen ins Englische oder ins Deutsche, die nicht einmal nach dem Original, sondern nach lateinischen Transkriptionen hergestellt sind.

ZU JOSEF NADLERS »LITERATURGESCHICHTE«

Nadler rechnet mit unzerstörbaren Lebensbegriffen, die unseren Reichtum ausmachen.
Kein Buch geschaffen, das mehr dazu täte, die Nation wahrhaft zu einigen – nur von einem außerhalb der Grenze Geborenen möglich
Er malt die Lebensluft. Die Gestalt: die Nation (nicht Ideen).

Er schildert fortwirkende Vergangenheit.
Landschaft und Tradition ergreifen die Einzelseele.
Religion – Grundstimmung – zwei Religionen zwei Grundstimmungen – katholisch-protestantisch
(Goethes, Hölderlins, Hardenbergs, Schillers Verhältnis zur Eucharistie)
Unter diesem liegen die Geheimnisse der Siedelung – es gibt römischen Boden – germanischen, keltischen Boden, slawischen Boden –
(Einleitung II »Sachsen und das Neusiedelland«.)

Nord-süddeutscher (Katholik)

Er sucht nach einer Idee worunter dies begreifen, die auseinanderfallenden Phänomene zusammenfassen, und eine Exaltation herbeiführen; er greift nach diesem: dem Intimsten.
Er wirft den Gedanken auf, daß große Sippen von dichterisch Veranlagten die geistige Nation geschaffen haben.

Nachweis der geschlossenen Volkskultur der Bayern in allen ihren Jahrhunderten.

Lebensluft der Nation. Keine Landschaft – keine Stadt von Murten bis Danzig, von Flensburg bis Graz
Kein Teil der Nation mehr als die Bayern

Man schlage auf: Georg Forster und die Mainzer – Hoffmann und Ostpreußen – Simon Dach und sein Kreis – Runge – Grimmelshausen – Scheffler – Böhme. Zieht einen heraus – es hängt Landschaft und Luft daran –
Wiener Theater achtzehntes Jahrhundert.

Das Ganze wie eine Atmosphäre, ein arbeitendes Gewölk. Nichts ist abgetan – nichts beendet. Die Tendenzen, die Notwendigkeiten – die Begegnungen, die gegebenen Gegensätze. In jedem Einzelnen das ihm Mitgegebene, Auferlegte – aus ihm herausbrechend bald als poetisches Werk, bald als Lehrgesinnung, bald als politische Schrift.
Die Lehrgesinnungen, die Folgen, – die Filiationen.
Das Dramatische innerhalb der Nation.

Einbezogen: Verläge – Zeitschriften – Vereinigungen –

Zusammenfassung des abgesplitterten deutschen Besitzes. Sudetenraum, Karpatenraum – Nordamerika.
Ein solches Buch besitzt keine andere Nation. Hier große Kulturpolitik.

Wo sonst fände man die geistigen Vertreter der Siebenbürger Sachsen, der Banater Schwaben.

Das Strategische: Front – Aufmarsch – Einbruch, deutsches Geschick trianguliert auf Eidgenossenschaft – Baltenland – Siebenbürgen. – Landschaften militärgeographisch gesehen (die beiden deutschen Ansiedlungslandschaften in Nordamerika) – Gefälle, Vorfeld

Niemand in unserer Zeit hat mehr für die Einigung der Nation getan.
Das Buch läßt nichts verlorengehen, es zeigt das Geistesleben der Nation als kontinuierlichen Prozeß der Selbst-Bewußtwerdung.
Fatalismus im größten Sinn, ohne Dumpfheit.
Politik und Geist völlig in Verbindung. Reflex auf Gervinus.

Die ersten Bände durchsehen, auf die Art achten, wie der Grundgedanke eingeführt und entwickelt wird.
(IV) Der Inhalt ist – eine Ergänzung von Gervinus – der Prozeß der Staatswerdung – und das Sicheingliedern des Geistigen.

Kühne Idee um Gestaltung zu ermöglichen –

Er hat die geistigen Leistungen auf ein letztes sie Bewirkendes zurückgeführt, das die Individuen überdauert und während sie historisch werden gegenwärtig bleibt wie das Dasein unserer Berge und Flüsse; man nenne das Mythologie – so ist es die faszinierendste und ermutigendste, die man sich denken kann.

Was den Reiz seiner Darstellung ausmacht ist das freudige Ideelle, das er über alle diese Existenzen von Schulmeistern, Pfarrern, Amtmännern, Schreibern ausgießt: hiezu das Wort Goethes (zu Eckermann) »Die Gegenwart hat wirklich etwas Absurdes. Der Abwesende ist eine ideale Person; die Gegenwärtigen kommen sich einander ganz trivial vor.«
Großartige Charakteristiken: Sebastian Franck, G. Arnold, Grimmelshausen, C. Brentano, die Droste,
zweiter Ordnung: Beat Muralt – Pückler-Muskau –.

Frei von diesem Begriff der Schulen und Gruppen: Realisten – Neoromantiker –

zum Ganzen. Meine Versuche, aus einem alten Konversationslexikon das jeweilige Deutschland so zu empfinden wie das heutige. Gesteigert während des Krieges.

Einzelnes: die Darstellung Grillparzers – die Charakteristik Rankes – die Analyse des »Faust«
Seine Interpretation der »Faust«-Dichtung: Das Fazit aus Burdachs Arbeit über Faust und Moses.

Zur Theorie oder These Nadlers:

Bedenklich Determinismus – alles Höhere des Menschen aus seinem Niedersten entwickeln – eine Art Freudianismus – dem Bedenklichen der Zeit verwandt –

Das Theorem, These, Ausgangspunkt ist fruchtbar, solange es sich um allgemeine Gesichtspunkte handelt – die anschaulich.

Sobald es sich des Individuums »bemächtigen will«, muß die Theorie falsch und entstellend werden: das höhere Recht des Individuums besteht in der Überwindung der Gebundenheiten. Es wäre Literaturgeschichte gegen die Stimme des aus höherem göttlichem Gesichtspunkt Gerechtfertigten.

Religiosität und Idealismus Nadlers stehen Auswirkungen dieses Standpunktes entgegen, aber in einem Fall wie Lessing treten sie z. B. kraß hervor – (Lessing grandiose Gestalt als Zwischenfigur)

Kritik seiner Wertungen, damit sie verständlich werden. Durch seine Wertungen entsteht ein Ausgleich zwischen den Zeiturteilen und dem Bleibenden.

Die einleitenden Seiten der Abschnitte.

Bedenkliches: über Goethe beim »Westöstlichen Divan«.

Exkurs darüber, daß er nicht eigentlich die künstlerische Qualität zum Maßstab nimmt, sondern die Stärke, mit der eine tiefste vitale Tendenz zum Durchbruch kommt (siehe Arno Holz oder Gottsched), sich zu einer Gedankentat zusammenfaßt.

Er scheint das produktive Individuum zu erniedrigen – und er erhöht es; dem übersteigerten individuellen Anspruch stellt er den Frieden dessen entgegen, der eine Funktion ist.

Über seine Sprache. Das etwas Aufgeregte, Enthusiastische – eines erregt aufzeigenden Lehrvortrages. Das Ungenaue zuweilen. Die Freiheit von Manier. Die stärkste Qualität: das Schlagende der Formulierung komplizierter Tatbestände.

Zweierlei steht aus: die Auseinandersetzung des Autors selber mit seinem Werk, und der Nation mit diesem Autor.

Welches ist das Verhalten des Publikums? wo ist das Forum – wo ist Beurteilung – wo ist der Kern der Nation.

Schluß: die Aufgabe Nadlers – das Buch immer wieder umzuschreiben, durchzukneten, zu verdichten – immer mit dem Gefühl, daß er für die ganze Nation arbeitet –

Er wird einen anderen Ton finden, durch große Konzentration, durch ein In-sich-gehen, durch eine dauernde Selbstprüfung –

Summa: es sei wie es sei, es ist ein bezauberndes Buch, darin zu lesen. Wer es aufschlägt ist ihm verfallen: es führt von einem zum anderen.

Die dankbare Verehrung seiner Leser wird ihn überall zu finden wissen.
Für mich existiert die deutsche Literargeschichte durch ihn –

IN MEMORIAM

ANDENKEN
EBERHARD VON BODENHAUSENS

Ehre. Seine starke Ehrliebe. Ausgleich dieser mit dem Gerechtigkeitsgefühl.
Worin er Ehre sieht. Allmähliche Überwindung der Überschätzung von Standes- und Amtsehre. (Student, Offizier, Beamter.)
Zarteste Empfindlichkeit für die Nuance des Unehrenhaften.
Berührung mit so vielen Sphären. – Er setzt immer mit einer höchsten Ehrung ein: dann wägt er, ob das Individuum dieser Ehre wert sei.
Der zweifelhafte Kreis neuer großstädtischer Existenzen; solche Individuen wie Harden. Rathenau. Der Kaiser. – Solche Figuren wie Pannwitz. Gefühl, was er solchen Menschen schuldig sei:
Bedeutung der Ehre im deutschen Leben. »Verbrecher aus verlorener Ehre«. Die Ehre in der »Geschichte vom braven Casperi«, in »Zwischen Himmel und Erde«, in »Maria Magdalena«.
Was vermag ihm als Gereiften noch die Ehre zu mehren? Anerkennung innerhalb der industriellen Tätigkeit.
Große Entschiedenheit: dann ist der Mann eben ein *Schuft*.
Jähes Brechen mit Menschen, aber Ringen mit seinem Gewissen.

R[odaun] 11. VII. 28

Anfang (an dritter Stelle)
Ich versuche das Bild dieses Mannes zu entwerfen, weniger in der Hoffnung, es zu einem lebendigen zu machen – dem steht viel entgegen vor allem meine mangelnde Kraft –, als um darauf hinzudeuten, daß es einen solchen Menschen überhaupt gegeben habe. (Welche Hindeutung nur für die, die ihn gekannt haben, völlig faßlich.)
Dann auch aus einem noch bescheideneren und noch wesentlicheren Grunde. Man nimmt den Zeitgeist, das Gesicht der

Zeit als etwas Gegebenes: aber nur in den Charakteren finden wir den wahren Gehalt der Zeit. Und den Sinn ihrer Konstellationen, ja die Individuen finden den höchsten Sinn nur in andern Individuen: ich bin vielleicht durch diese Freundschaft zu mir selbst gekommen.

Oder tiefer und allgemeiner gesprochen:

ein sittlich hohes Individuum schafft neue Bindungen – und in unkonventionellen Bahnen. Von ihm aus war ein anderes Deutschland da – und eine neue Möglichkeit.

Hohe Empfindlichkeit, höchste Forderung an sich selbst – dabei völlige Uneitelkeit.

Höchst unromantisch, und überhaupt unsentimental, Raschheit des Durchschauens eines Leer-gewordenen – großartige Resignation.

Sentimentalität höchstens im Schwernehmen: durch die Schwere des gütigen eigenen Handelns wollte er die Schwere des erlittenen Druckes aufwiegen.

So kommt Calvin in Rousseau wieder.

Allgemeines.

»Nicht allein Gesichtszüge sind bezeichnend für den Charakter; Stand, Gewohnheit, Besitztümer, Kleider, alles modifiziert, alles verhüllt ihn.« *Goethe.*

Welche Zeitimpulse waren in diesem Individuum mächtig? – durch die er Mitschuldiger alles Geschehens wurde. – Ja wir alle sind es –aber unsere Richter müssen erst auferstehen. Eine Generation muß der andern wesenhaft gegenübertreten – dann werden aus den Richtern Brüder und die Arbeit der Nation stellt sich in der Zeitfolge her.

zum Anfang (II)

Epoche. Was bedeutet es: ein solcher Mensch drückt den Gehalt seiner Epoche aus? – was bedeutet es demgegenüber, ob er Briefe oder Werke hinterläßt, in denen sein Wesen erkennbar bleibt? Uns ist ein Stück Zeit zum Durchleben gegeben: das ist die dritte Bedingung unseres Daseins – die erste ist das Individuum Leib-Geist, die zweite die Zugehörigkeit. – Was bedeutet demgegenüber das Überzeitliche – die Tradition –?

Wesen und Tun. Er meinte, man müsse alles mit ganzer Hingabe tun – mit ganzer Hingabe aber auch alles tun können. Dies führte ihn von der Verwaltungskarriere zur Industrie. Zugleich wollte er zur Kunst ein dienend souveränes Verhältnis festhalten.

Das Primäre eine sinnlich geistige Liebe zum Schönen: zum Reiz der Frauen – zum Schmuck.

Andererseits ausgehend vom Männlichen: das Haus – der Garten – das Grab. So das Ausbauen der Industrie, das Einbeziehen der Landschaft, die Härte im Annektieren. Auftraggeber für Architekten.

Wunderbar leicht Überlegenheit über Ideologien.

Höchster Wille zum Guten, Schönen – es zu erfassen im *Objekt* (in Mädi als Mutterschaft).

Gefühl der Scham beim Anhören eines Sternheimschen Stükkes – Zugleich Gefühl der Schuld – ob diese Scham begründet. Ungeheures Mitleben.

Das Aufsuchen der Stellung bei Krupp (als der *wichtigsten,* nicht der repräsentativsten Sphäre), Brief von 1906 über die Schwierigkeit für ihn.

die Stellung führt unmittelbar auf das Problem des Antagonism mit England.

Er lebte in einem *Europa* das *nicht* mehr ist.

Moment des Todes. Sogar unsere menschlichen Qualitäten, deren Wertung traditionell gesichert schien, sind problematisch geworden – es hat hier eine Umwertung viel radikalerer Art stattgefunden als die Nietzsche vorgenommen hat.

Selbst die ästhetischen Wertungen sind im Fundament erschüttert: darunter aber erhebt sich aus dem Schutt das Bleibende – wenngleich es sich nur als das Prekäre fühlt. –

Wir können ganze Literaturen durchlesen ohne etwas zu finden, das in uns vollkommen widerklingt.

»Vernunft wird Unsinn, Wohltat Plage« – alles noch Bestehende hat das Vorzeichen des Als-ob mit Ausnahme des Geldes –

Moment seines Todes und das dann Hereingebrochene (in seiner Familie und in der Welt) – Ähnlichkeit dieses Momentes mit dem eisigen Schrecken wenn ein großer Dampfer untergeht – all diese Maschinen für nichts sind: dies alles von einem der Passagiere mit kaltem Blut wahrgenommen – und all die Sorgen, Hoffnungen, Kombinationen dieser tausend Passagiere jäh auf Null reduziert –
diesen Gehalt der Katastrophe aufzufassen (wovor die Meisten durch glückliche Beschränktheit bewahrtgeblieben sind), diese Niobe-Situation zu erleben wäre er wohl fähig gewesen.
Vielleicht hätte er jenseits wieder Land erblickt: sein Blick auf Amerika war hoffnungsvoll, nicht befremdet. Sein Blick hätte China erfaßt – er wäre der Entwicklung seines Sohnes gefolgt . . .
Aber die leisures eines Zurückgezogenen wären ihm schwerlich offengestanden: die rechte und linke Presse, die Parteien – die Winterfeldts – die neue Generation, die Versöhnung mit Frankreich – die Fehlenden (wie Seckendorff und Marwitz) – mehr als alles der *Geist,* der *Hauch* der Zeit . . .
Bodenhausen gehörte einem andern Europa an: neues Verhältnis zu *Amerika,* zu *China,* zu *Afrika.*
Er kannte noch: The ideals of the East.
Schwierigkeit einer substantiellen Haltung diesen Phänomenen gegenüber – hier alles über Goethe hinaus – trotzdem die Anmerkungen zum »Westöstlichen Divan« höchst adäquat.

18. IX. 27

Seine Zweifel an Gott im Anfang des Krieges.
Die Frage Dostojewskis wegen des zu Tod gequälten Tieres.
»Als diese Frage, nur in anderer Form, Mill in seinen alten Tagen in den Kopf kam, erklärte er, er sei eher anzunehmen bereit, daß Gott nicht ganz allmächtig sei, als daß mit seinem Willen und Einverständnis derartig entsetzliche Dinge auf Erden geschähen.
[W.] James äußerte sich noch schärfer:

Er würde einen solchen Gott unter keinen Umständen für einen Gott anerkennen. – Wenn sich ein Mensch finden sollte, der wie Abraham selbst das Messer über seinem Kind erhöbe, so kann kein Zweifel mehr bestehen, er hat die Vernunft verleugnet und handelt in einem Anfall von Wahnsinn. Solcher Art waren alle Propheten. Gott befahl Hesekiel, Menschenunrat zu essen, und Hesekiel gehorchte und aß.«

Leo Schestow: »Tolstoi«.

Die Todesbereitschaft Bodenhausens:
»Ich würde 24 Stunden, oder vielleicht 2 Tage brauchen, mich umzustellen.«
Das Gewicht, das dieser Ausdruck *umstellen* bei ihm hat. Das gleiche Gewicht, mit dem er eine uneinig auseinandergehende Konferenz wieder *umstellte.*
Die Seelenverfassung, die dieser Todesbereitschaft zugrunde liegt. Der Nicht-Glaube – auch an den Positivismus. Hier (wie beim Agnostizismus meines Vaters) ergibt sich die furchtbare Bedingtheit des Individuums durch die Zeit, auch in bezug auf diese letzten überzeitlichen Dinge. Für ihn war kein Pietismus, kein Ausweg in die Mystik.
Die Rolle, welche die *Verzweiflung* auch in diesem Leben spielt. Das Hinüberwerfen der Schuld von sich auf das *Ganze,* auf die Ordnung.
So jene Worte über Gott im ersten Kriegsjahr. Aber es wird kein eigentlich religiöses Erlebnis daraus, kein »sich verloren fühlen« à la Tolstoi – sondern ein Weiterarbeiten. Er kauft in diesen Jahren Teppiche, chinesische Gefäße, Schmuck, Wein. Er pflanzt 10 000 Kirschbäume.
Gerade hier liegt das *Deutsche* in seinem Verhalten, das schwer zu erkennende leicht mißdeutete.
Eine stoische Haltung.
Carior diis homo quam sibi. (Devise Bachofens in seiner letzten Lebenszeit.)
Die Situation im Moment des Todes. Die Veränderung der Hauptstadt. Das Nicht-vorwärtskommen solcher Erscheinungen wie Pannwitz – das Vergebliche in alledem.

Er hatte Max Weber sterben sehen – das Vergebliche auch solcher Opfer –
Die Schwindelepoche –
Die Diskreditierung der Universitäten vorher: der Friedensschluß – die zerspaltene Nation – Aber alles Untergehende hat etwas Edles – schlimmer wäre das Weiterbestehende zu ertragen gewesen: das sture Fortarbeiten – die Arrangements –

Die ungeheure Auflösung auch der Vergangenheit.
Die Revision von 1870, von 1813 –

11. X. 28

Anfang
Zu Ende XIX zu Anfang XX begegnete Männern aller Sphären ein Mann – der starken Einfluß übte. Seine Beziehungen waren die verschiedenartigsten. Einigen begegnete er als Adeliger – der in der Industrie war – andern als Industrieller – der Güter besaß. Politikern als politische Kraft – Künstlern als Geist. Finanzleuten als Finanzmann. Der eigentliche Weltmann fehlte – aber es war ein Mann von großer Welt da. Die Begegnung war immer handelnd, eingreifend. Er veränderte Existenzen. Als Vorsitzender. Als Berater. Als Gutsherr.
Der Augenblick des vorzeitigen Todes konzentrierte diese Teilnahmen. Es wurde eine Einheit in der trauernden Vision. Erinnerung an die Verschiedenheit seiner Funktionen und Möglichkeiten. Die vieles umgreifende tiefe Wesensart konnte geahnt werden. Aber der Augenblick war furchtbar. In die allgemeine Auflösung wurde auch dieses entstehende Bild hineingerissen – wie alles *Geistige Höhere*.

Übergang auf die erhaltenden Freunde. Was ihnen diese Freundschaft im tiefsten – was überhaupt Freundschaft im tiefsten bedeutet. –
In solchen Charakteren wird die wahre Tendenz, der tiefere Gehalt der Epoche erfaßt.

Deutsche Einsamkeit.
Ein schönes Wort von Kohnstamm: »Manchmal muß ich mich wundern, daß ich es so schwer mit Menschen habe – die nicht meine Patienten sind.« Brief vom 25. X. 1916.
War das Leben eine untragbare Last geworden?
Unbeschreibliche Liebe zum Schönen und Ehrfurcht vor der Kunst, bei völliger klarer Schätzung der Künstler.
Das Denken an solche Menschen wie er war, ermöglicht das höhere Dasein.

– »ein Weiser in der Tat« –

Prozeß der inneren Läuterung, ganz bewußt. Das innere Verbrennen. Das Fertigwerden mit etwas, auf einem Spaziergang. 24 Stunden um sich auf den Tod zu bereiten.

Das Auf-sich-nehmen von Pflichtenkreisen, zur Prüfung und Läuterung der Kräfte. Aufsuchen des Lebendigsten.
Berührungen: Mit Forstpersonal, Waldarbeitern, Kutschern, Pastoren als Gutsherr.
mit Gelehrten, Museumsdirektoren, als Kunsthistoriker (Valentiner),
mit Verwaltungsbeamten als Beamter und Großgrundbesitzer, mit Fabrikdirektoren, Beamter als Direktor,
mit Diplomaten, Hochadeligen, hohen Beamten als Standesgenosse,
mit Ärzten und Kranken als Patient,
mit Künstlern, Dichtern, Schriftstellern, Redakteuren als Aufnehmender und Unterstützender,
mit Bankleuten, großen Faiseurs usf. als leitender Mann, mit Amerikanern, Holländern, Belgiern als Verhandelnder.
Ehrgeiz, Standesstolz usf. –
allmählich alles aufgehoben – Erfassung des Begriffes der wahren Ehre. Zugleich seine tatsächliche Macht auf dem letzten Punkt. Der Begriff des Edlen.

26. VII. 28

Fragen: inwieweit war er ein Aufnehmender – inwieweit ein geschlossener ablehnender Mensch? Welche Kraft zu behar-

ren hatten seine Vorurteile und worauf stützten sie sich, um diese Kraft zu haben?
Worin ruhte er aus?
Funktion von Goethes tiefsten Andeutungen und symbolischen Haltungen für solche Individuen.
Sein Aufnehmendes: die Strenge des Konfrontierens jeder geistigen Erscheinung (wenn er ihr das *hohe* Kriterium zuerkannte) mit dem eigenen Wollen und Vollbringen; die Bereitschaft zur Demut. Unbedingtes Verhältnis zum Schöpferischen.
Solche Erscheinungen konstituieren keinesfalls eine Auflösungsepoche. Sie gehören dem festen Kern der Nation an.
Wie er innerlich durchdrungen war, daß das tiefere Leben von *einerlei* Art ist.
Sein mutiges und gefaßtes Dasein innerhalb der Zerklüftung des Lebens – völlig unverzweifelt – aber müde: die Liebe zum Grab, das Kreisen der Gedanken ums Grab.

Er war gefühlvoll, aber ganz frei von Sentimentalität.
Hierzu: aus Wilbur L. Cross: »The life and times of L. Sterne«. »Sein [Sternes] ›Sentimentalismus‹ ist bis zu einem gewissen Grade auch der unsere. Der seine freilich spielte nur auf der Oberfläche, während der unsere sich in die Tiefen des Unterbewußtseins verkrochen hat. Das heißt: Sterne belustigte sich an übertriebenem oder an falscher Stelle auftretendem Gefühl, wobei er sich über diese Übertriebenheit oder Mißleitung klar war. In das heutige Drama und den heutigen Roman dagegen ist dieser Sentimentalismus einverwoben, ohne daß wir uns dessen bewußt sind. Wittern wir aber sein Vorhandensein, so tun wir, als ob er nicht da wäre – was eine Heuchelei bedeutet.«
»Er sieht das Große groß, das Kleine klein.«
Zu: Urteil. Hierin liegt die Fähigkeit ganze Lebenslagen zu überblicken, und von einem Vielerlei schnell die Summe zu ziehen. So sein Strich-drunter-machen – nichts mehr erwarten von einem Freund.

26 VII 28 in Bezug auf diese Darstellung.
aus: Ortega y Gasset »Geschichte als Wissenschaft.«
»Mein Leben ist Stück eines Ganzen, einer höheren Realität als es selber, sofern es in der Isolierung genommen wird, wie der Psychologe es zu nehmen pflegt. Ein Einzeldasein ist eine Abstraktion, erst im Zusammenleben gewinnt es seine Ganzheit. Begreife ich aber das Leben als Leben der Gemeinschaft, so erhebe ich mich über den Standpunkt meiner individuellen Existenz, in dessen immanenter Sphäre sich alles auf mich als den Mittelpunkt bezieht. Das intersubjektive Zusammenleben ist die erste Transzendenz jenseits des Unmittelbaren, Psychologischen. – Denn der Komplex aus Ich und Du führt eine eigene Existenz nach neuen Gesetzen, mit individueller Struktur. Aber dies intersubjektive Dasein und jedes seiner individuellen Elemente findet sich wieder einem dritten Organismus gegenüber: dem anonymen Leben, das weder individuell, noch interindividuell, sondern Kollektivleben ist. Wir sind eher soziologische als psychische Wesen.«
Sein Urteil immer frei, nie politisiert, immer politisch.
Ehrung – welche Art Ehrung ihm widerfahren konnte. Immer kritisches Verhalten. Ehrung durch die Arbeitsgenossen. Ehrung durch Untergebene. – Welche Ehre ihm tatsächlich widerfahren ist durch viele Einzelne: nicht vergessen zu werden. – Kraft der Selbstüberwindung. Das Verbrennen.

Die Epoche: too serious (wie Sterne von den Franzosen sagt), Affektation des Über-ernstes.
Urteil, immer wach über jede Replik, jede Gebärde, jeden Witz; über zarte unmerkliche Handlungen.
Lebenslust und Lust, das Leben auf sich zu nehmen.
Höhepunkt die Heidelberger Jahre. Aufsichnehmen der kunsthistorischen Aufgabe wie nebenbei.
Es muß das und das getan werden.

Seine Eigenschaften zarter als die traditionellen Tugenden und Laster – aber nicht weniger tief begründet. Das Einfache, Elementarische in ihm ausfinden.

Kraft des Behagens. Der Wein, in solchen Momenten. Höchste Liebe für Witz, Freiheit, Schönheit. Das Zu-viel des Auf-sich-nehmens. Nicht mehr Ertragen von Musik.

VII 28

Zum einleitenden Abschnitt:
inwiefern die Mitlebenden vorzüglich – die früheren Generationen nur indirekt – uns zur Erreichung unseres geistigen Lebenszieles (über welches die Stimme des Gewissens uns unzweideutig aufklärt) zugewiesen sind. Wir haben ganz andere Wege, Lebende zu verstehen – als Tote.
Gipfel: politische Aspiration.
Die rastlose Vereinigung des Unvereinbaren, die das Leben ist. – Seine Interessensphäre: das Machtleben der Nation – die Wahrung des Standes – die soziale Gerechtigkeit – die Werte der anderen Nationen – die Reinheit der Sprache:
Großer Sinn für Kollektivitäten.
Das Gebiet der Künste. Die Freude des Auges, Sinn für Tanz – Musik (Haydn »Schöpfung«), öffentliches Bauwesen.
Das Gebiet der Religion (der hohen Sittlichkeit).
Lektüre: historische Bildung.
Seine Erkenntnis, daß sein politischer Standpunkt nicht vorhanden – nur der geometrische Ort dafür. All sein Tun ein Abtragen für nicht gewährte politische Tätigkeit.

III. 28

Düstere Kindheit. Dauernder Druck davon ausgehend. Der Vater. Tante Amalie. Die Schwester. Druck des protestantischen unfreien Weltbildes. Die vielen Dinge, die man leisten *muß*. Die unfrohen Gegebenheiten. Versuch sich eine andere Welt aufzubauen.
Das Auf-sich-nehmen der Familiengründung. Wunsch nach Nachkommen. Die Anmut und Grazie in der Ehe.

28. IX.

Seine Art von Machtbegier. Zugleich fast eine Selbstaufopferung.
Güte – Fähigkeit zur Härte (dies entzieht sich dem Blick).

Erotik – Freundschaft – Geist.
Verhältnis zum Kunstwerk. Demut. Stolz. Empfindlichkeit.
Unterscheidungsvermögen eine Hauptkraft;
Fähigkeit die Rangordnung zu erkennen.
Wie dachte er über das Wichtigste: Woher die Autorität über die Massen kommen soll.
Sein Verschwinden, bevor das Tragische der Epoche hervortritt.
Parallel-Dasein mit einer Figur wie Max Weber. Nicht-Begegnung.
Bei ihm gab eines dem andern Raum: er lebte symbolisch.
Todesbereitschaft. Einkäufe für das Haus. Pflanzen von Kirschbäumen. Bestellung des Kellers – Sorge für das Grab.
Gespräch, immer nur in kurzen Pausen. Last der Arbeit.
Seine Haltung manchmal gleich der des Kungtse, der sich gegen Angreifer durch Gesang rettet.
Wie ertrug er die Widersprüche: vermöge des Übergeordneten, Gemeinsamen, Nicht-Seienden. So las er Goethe. Verworrenheit – Übertreibung – Furcht verhindert das Erlebnis.
Brief: »Ich habe nach dem 3ten Akt Macbeth das Theater verlassen müssen, weil es mich zu stark angriff.«
ebenso: »Schöpfung«.
Rechtzeitigkeit seines Todes, in Anbetracht des nun Hereinbrechenden.
Er wäre dem materiellen Zusammenbruch gewachsen gewesen.
Seine Elastizität hätte die ungeheure Umstellung aller Begriffe und Ordnungen, die Ironisierung alles für hoch Gehaltenen, die moralischen Rückwirkungen der Reue über Verfehltes vielleicht vertragen. –
Das Zweifelhaftwerden des durch Bücher Überlieferten überhaupt – die absolute Deshumanisierung.
Das eigentlich Religiöse in ihm wäre wohl der Verzweiflung ausgewichen –
aber es kann ein taedium vitae hervorgehen aus dem Flachen das nach oben kommt.

Aus der Gedächtnislosigkeit, aus dem Hinaufströmen der Grundsuppe, aus der Unmöglichkeit der Zusammenfassung – das sich vielleicht bis zum freiwilligen Tode verstärkt hätte. Denn hier ist eine Abwesenheit des Tröstenden, wie keine Epoche sie gekannt hat. –
Aber sein Blick auf diese Dinge wäre grandios gerecht gewesen.

Familiensinn. Der Vater. Die Tante. Die Schwester. Der Sohn.

Religion. Theismus. Schwankend geworden mit dem Kriege.
Verhältnis zu Zeitgenossen, sehr warm; Relationen wie zu Kohnstamm; andererseits zu Pannwitz. – Die Freunde. –
Sein Zutrauen zum Gehalt der Nation eigentlich unerschütterbar. Aber Geringschätzung des öffentlichen Stiles.
Politiker. Verhältnis zu Österreich. Verhältnis zum Monarchen. Qualitätssinn: Angewandt auf jede Situation; jede Lebensäußerung.

Es war in gewissen Momenten gleich denkbar, daß er headmaster einer Schule, Nachfolger Bodes oder Reichskanzler geworden wäre.

Sinnliche Empfänglichkeit. Sinn für Form.
Warum wurde er keine öffentliche Figur? Soll das Höchste zeitweise von *privaten* Figuren gelebt werden. Was wissen wir vom Gehalt des von uns gelebten Zeitraumes wirklich??
Der Übergang aus einem geistigen Beruf in einen nicht geistigen. (Heidelberg – Krupp.)
Gedanke an Schulgründung. Exkurs über den Deutschen als Lehrer. Exkurs über die zugrundeliegenden Erwägungen

und Einsichten, um so großen, tiefgehenden Verzicht vor sich selber zu rechtfertigen. Den Geist nicht gesondert von der Macht erblicken wollen.
Die Macht dort erkennen wo sie ist.
Scharfer Blick auf den Zustand der herrschenden Gruppe, und deren Verhältnis zum ökonomisch Mächtigen.
Es gibt keine Monarchen mehr. – Sich dem erwählten Herrn *unbedingt* geben.
Problem der Durchgeistigung der Macht. –
Seine Stufung: die Firma, die Industrie, das Vaterland. Sein Annexionismus.
»Das Becken von Briey brauchen wir eben.«
War aber diese Haltung sein Letztes?

Der Moment des Todes.
Die Erschütterung der pietas – für ihn der voll pietas war.
Exkurs: Es ist das höchste Geheimnis der Freundschaft – daß man durch sie in eine Kollektivität genommen wird. Unzweifelhaft sind die Ränder unserer Individualität nicht scharf umrissen – immer ruht der Mensch in Gemeinschaften aus, die höchsten sind die religiösen. –
Seelenverfassung (vermutliche) im letzten Lebensstadium.
Ahnendes Bewußtsein des Kommenden. Ahnung, über die konkreten Geschehnisse hinaus, einer annahenden geistigen Krise – sowie einer Synthese, die Geist, Kraft und Stoff vereinigt. Die Ahnung des Perspektivismus (wonach alles, auch das letzte geistige, zeitbedingt) – und als Gegenausschlag des Seelenpendels die Ahnung, es gebe Dinge, von denen die Seele wisse, ohne sie berühren zu können – es gebe Küsten welche dieser Kahn nie erreichen werde – man habe Gedankenkontinente ahnend angerührt, die zu betreten *dieser* individuellen Seele verwehrt sei – ist aber mit *dieser* Seele *alles* gesagt? Hier liegt es: nicht Seelenwanderung – aber wir sind nur ein Teil von etwas, das in uns lebt, aber nicht *nur* in uns – wir sind wie einer in einer wandernden Schar – dies: »Cherub und großer Herr ist unser Geist« – und auch die Gesinnung die Schröder in den geistlichen Gedichten ausspricht.

Indem wir teilhaben, und je gewaltiger wir teilhaben (z. B. an dem Geist Vergils wie Schröder) – so weit werden wir auch Teil jenes Lebenden Höheren: eines höheren Europa.
So ist auch das tiefste in der geistigen Freundschaft.
Bei Dilthey muß in Bezug auf [...]
»Gung-Du Dsi fragte den Mong Dsi und sprach:
Es sind doch alle in gleicher Weise Menschen. Wie kommts, daß manche große Menschen sind und manche kleine?
Mong Dsi sprach:
Wer dem Großen in sich folgt wird groß; wer dem Kleinen in sich folgt, wird klein.
Jener sprach:
Es sind doch alle in gleicher Weise Menschen. Wie kommt es, daß manche dem Großen in sich folgen und manche dem Kleinen?
Mong Dsi sprach:
Die Sinne des Gehörs und des Gesichts werden ohne das Denken von dem Sinnlichen umnachtet.
Das Gemüt ist der Sitz des Denkens. Wenn es denkt so erfüllt es seine Aufgabe, wenn es nicht denkt, so erfüllt es sie nicht.«

Geistiger Verkehr.
Goethe / Stifter / Ranke – W v. Polenz, einige wenige Zeitgenossen.
Den Vers für sein Grab wählte er sich selbst.

Seine Überzeugung von der Einheit des Ganzen: wenn Verzerrungen in der Sprache, die gleichen im Fühlen und Werten, die gleichen am Hof.
Ebenso die Einheitlichkeit der Aufgabe: seiner und des Monarchen, und des rodenden Arbeiters, und des Bergmanns.
Für ihn war das durch Wortübertreibung zerrissene Ganze eins.

2. VIII. 28

Güte. (Sterne)
Sein Urteil bezog sich auf Totalitäten.
Dazu gehört schneller Blick, die innere Waage, rassige Sicherheit, etwas Führerhaftes.
In einer ganz kleinen symbolischen Sache steckt oft alles, und the bulk wird dadurch annulliert. So funktionierte er bei geschäftlichen Entscheidungen.
Ich muß mich deutlich machen, wir urteilen immerfort über gewisse Seiten – Intelligenz, Brauchbarkeit –
Seine Teilnahme am Geistigen.
Goethe,
George / Schröder / Die Liebe für meine Arbeiten /
Historische Bildung: Burckhardt, Ranke, der »Loyola« von Gothein.
hier erwähnen: Dilthey / Burdach / Hölderlin
Was ihm diese Dinge waren.

Eigenschaften:
Gedächtnis / Aufmerksamkeit (schnelle präzise Waage) / Sensibilität (doch Unübertriebenheit) / *Aufrichtigkeit*
Pflichtgefühl:
alle Bilder wissen / alte Kruppsche Zahlenverzeichnisse / Pannwitz auf sich nehmen / Beamte versorgen.
Selbstkritik:
wie war es mit der Härte? / Härte gegen sich / Erkenntnis der Notwendigkeit der Härte –
Seine Existenz war ein optimum innerhalb einer gewissen Welt.
Musterhaft innerhalb dieser Ordnung.
»Wer etwas wirken will und keinen Erfolg hat, der suche den Grund bei sich selber.«
Was war in seinen Augen *Leistung*
Geläuterter Begriff von Erfolg.
Das Sittliche nicht beiseite geworfen.

Lieblinge: Goethe, Stifter, Tschuangtse.

THEATER

REPERTOIRE

Repertorium, so sagt der Wortsinn, soll eine Fundgrube sein, daraus Tag um Tag das Altbewährte hervorgenommen und ans Licht gestellt wird. Sechs Generationen nacheinander, von Lessing bis auf uns, haben ein deutsches Repertoire zusammengetragen, das je nach dem Ort und dem Zeitmoment verschieden gefärbt sein mag: aber es soll doch vom Orts- und vom Zeitgeist nur tingiert sein, nicht von ihm gestaltet. Seine Form und seinen Gehalt hat es von dem Jahrhundert deutschen Geistes empfangen, dem großen von 1750 bis 1850 währenden, und wer daran rührt und diesen Besitz dem launischen Moment unterworfen haben will, der ist offenbar des Glaubens, daß eine große Nation aus der Hand in den Mund lebe, wie ein Bettler, und ihm muß durch die Tat widersprochen und widerstanden werden.

Was von der deutschen Dichtung diesem Repertoire zugehört, kann hier nicht aufgezählt werden. Auch ist der Besitzstand kein stockender, sondern fließend wie alles, das lebt. Schillers Jugenddramen, den herrlichen »Don Carlos« eingeschlossen, haben für unser Geschlecht das Übergewicht über die, welche er kurz vor seinem zu frühen Tode verfertigt hat; vor fünfzig Jahren war es anders und könnte wieder anders werden. Einiges haben die letzten Zeiten dem lebendigen Theater zugewonnen: Büchners »Danton« und das von Leben strotzende Bruchstück »Wozzek« galten lange für »Buchdramen« und waren nur den Literaturbeflissenen bekannt; heute sind sie dem Repertoire einverleibt, man darf sagen, so sicher wie »Emilia Galotti« oder das »Käthchen von Heilbronn«, sicherer vielleicht als der »Prinz von Homburg« und der »Zerbrochene Krug«; es ist ein Etwas in diesen letztgenannten Werken, so groß ihr Autor auch als Dichter, fast einzig, dasteht, das mit der Bühne keine reine und dauernde Ehe eingehen kann. Anders ist es mit Shakespeares Lustspielen; sie waren das Entzücken unserer romantischen Dichter,

aber das Publikum blieb ihnen lange spröde, allmählich aber haben sie ihren Platz im Repertoire befestigt und gehören zum unkränkbaren Besitz, so gut als »Hamlet« oder »Julius Cäsar«. Mit den Lustspielen des Molière steht es wieder anders; zu Lessings Zeiten und noch zu denen des Weimarer Theaters unter Goethe waren sie ohne jeden Zweifel zum eisernen Bestande zu zählen; allmählich im Verlauf des neunzehnten Jahrhunderts schien es, als verlösche ihr Glanz; die alten Übersetzungen schienen hausbacken und altväterisch, die neuen waren glatt, aber unzulänglich neben dem Original und verräterisch gegen dieses; ihre Diktion legte sich wie Staub und Spinnweb über das herrliche, so gemüt- wie verstandreiche Leben, das in jenen Alexandrinern pulsiert. Jetzt ist Molière auf der deutschen Bühne im Aufleuchten wie eine frisch angefachte Kohle; es sind die Schauspieler, die nach solchen ewig gültigen, ihrer Kunst ergiebigen Gestalten aus sind, und sie ziehen den Dramaturgen wie den Nachdichter hinter sich her. So hat ja auch ein einziger, freilich gewaltiger Schauspieler, Kainz, seinerzeit Goethes halbvergessene »Stella« wieder ins Leben gerissen und die schönen Grillparzerschen Männergestalten: Rustan, Leon und den König in der »Jüdin von Toledo«, in seinem beredten Feuer wieder aufgeglüht in einer Epoche, die dem höheren Stil auf dem Theater scheinbar abgewandt war.
Viele Kräfte spielen hier gegeneinander; der Mann der Tagespolitik und der für den Tag Schreibende wollen nur den Spiegel des Augenblicks aus der Bühne machen, Pedanten und Historisten möchten sie zum Museum abdämpfen. Beide haben Unrecht, über ihren Meinungen muß ein reifer Verstand walten, der sich getraut, abzuwehren, aufzunehmen und wiederherzustellen.
Wunderbar hat Goethe das hier obwaltende geistige Verhältnis in zwei Strophen ausgesprochen; mögen sie gleich auf Anderes, auf Allgemeineres zielen – sie dürften gut über dem Schreibtisch des wahren Theaterdirektors an die Wand geschrieben stehen, daß sein Blick immer unter der so harten als zähen Arbeit auf sie fiele:

Laßt fahren hin das Allzuflüchtige!
Ihr sucht bei ihm vergebens Rat:
In dem Vergangnen lebt das Tüchtige,
Verewigt sich in schöner Tat.

Und so gewinnt sich das Lebendige
Durch Folg aus Folge neue Kraft;
Denn die Gesinnung, die beständige,
Sie macht allein den Menschen dauerhaft.

HUNDERTFÜNFZIG JAHRE BURGTHEATER

Über einen Abgrund von achtunddreißig Jahren ist die Erinnerung an jenes Haus am Michaelerplatz, jenen Bühnenraum, jenes geistreiche, zauberhafte Phänomen noch immer von der vollkommensten Lebendigkeit. Es müßte jeden Fremden erstaunen, könnte man ihm vor Augen bringen, in wie vielen Köpfen von nunmehr älteren oder schon alten Menschen tausend flüchtige Augenblickseindrücke lebendig geblieben sind, die zusammen jenes bezaubernde Bild ausmachen. Und es ist schwer, einem Fremden, einem Jüngeren oder sogar uns selbst klarzumachen, worin die Besonderheit dieses im Gedächtnis unverwischbar und zu einer völligen Einheit verschmolzenen Komplexes von Erinnerungsbildern besteht. Denn obwohl es eine Theatererinnerung ist, hat es wenig mit anderen Theatererinnerungen gemein. Der Schauder der Ergriffenheit, welchen die Leistung des schauspielerischen Genius hervorruft, hat einen gewissen Anteil an ihm, aber nicht den entscheidenden. Der große Schauspieler, den wir an uns vorübergehen sahen, die Duse, Salvini, die Sarah, – war von einer großen Einsamkeit umgeben. An der Erinnerung aber, die uns vor der Seele schwebt, ist Geselligkeit das beste Teil. Wir sehen kaum je das Bild eines einzelnen Schauspielers vor uns, sondern immer mehrere. Ihr Miteinander ist das Beste und Wichtigste an ihnen. Jede ihrer Gebärden ist voll Bezug: Bezug auf die Mitspielenden, zugleich aber auch Bezug auf die Zusehenden, auf das Haus, das so viele Elemente umschließt, so gesondert, so verbunden – von der Allerhöchsten Person bis zum Laufburschen oder Ladenjungen auf der Galerie. Ihre Gebärde ist nicht genialisch-großartig, sondern vor allem verbindlich; sie verbindet Spieler und Spieler, den Einzelnen mit dem Ganzen. Zwischen diesen zwanzig vorzüglichen Schauspielern herrscht eine ungeschriebene Übereinkunft, die ohnegleichen ist. Ihres Talentes sicher, ihrer Situation sicher, ihrer Wirkung sicher, erweisen sie einander unschätzbare Höflichkeiten der Gebärde und des Tones, geben sie einander unschätzbare Hilfen im Abwarten, im Einfallen, in der wechselseitigen Steigerung. Sie brauchen sich nicht zu verständigen, sie spielen ohne Regisseur, und doch wird ein Akzent der stärkste der Szene, eine Szene die stärkste des Aktes, ein Akt der stärkste des Stückes; und es ist so ausgeschlossen, daß ein Mitspieler versuchen könnte, den stärksten Akzent zu überbieten, wenn er nicht ihm zufällt, als es ausgeschlossen ist, daß Figuren eines Traumes sich stören könnten. Diese Schauspieler spielten nicht sich selbst, aber sie spielten auch nicht nur ihre Rollen. Zugleich mit den Rollen spielten sie ihre eigene Situation in dieser Stadt, die eine einzigartige, vollkommen scheinhafte und dabei großartige war. In einer Stadt, in der alles auf gesellschaftlichen Stufungen beruhte, spielten sie, indem sie sich selbst repräsentierten, die sonderbarste und dabei wirklichste Gesellschaftskomödie, zu welcher der Text von Bauernfeld oder Augier nur der Vorwand war. Es war das raffinierteste Theater auf dem Theater und zugleich die vollkommenste Balance zwischen schauspielerischen Kräften, die man sich denken kann.

[DAS SALZBURGER PROGRAMM]

Ein Programm, das ein Schillersches Drama oder Goethes »Faust« und daneben die Oper »Ariadne«, ein Mysterienspiel und »Die Fledermaus« umspannt, könnte leicht als unzusammenhängend, der bindenden Idee entbehrend erscheinen, sogar als platt opportunistisch: nur veranstaltet, um vielerlei Geschmacksrichtungen zu befriedigen, ohne höheren zusammenhaltenden Gedanken. Dennoch ist ein solcher Gedanke vorhanden: den süddeutschen (bayrisch-österreichischen) Theatergeist anschaulich zu machen, indem man theatralische Werke der verschiedensten Sphären vors Publikum bringt, deren Gemeinsames in der gemeinsamen Abstammung vom älteren süddeutschen Theaterwesen liegt: gleichsam Kinder einer Familie.

Jenes alte Theaterwesen wird der heutigen Welt allenfalls durch eine zufällig fortdauernde Erscheinung wie die Oberammergauer Passionsspiele bemerkbar – die aber anzusehen ist wie der letzte gerade noch sichtbare Pik eines versunkenen Archipels. Das süddeutsche Theaterspielen begann im Mittelalter, setzte sich fort durchs sechzehnte Jahrhundert, zog im siebzehnten Jahrhundert die Musik herbei (Jesuitendrama und Oper) und lief endlich ins Wiener volkstümliche Theater aus. Es ist somit weit älter als die modern-humanistische, von unseren Klassikern begründete »Nationalbühne«, ist nationaler Gesamtbesitz in weit tieferem, volkshafterem Sinne.

Mozarts Werk ist die Krone dieses Ganzen, sowohl das Tragische wie das Komische umschließende Theatralik. Was in Goethes »Faust« Theater ist, nicht Lyrik und Philosophie, ist Zusammensetzung von lauter solchen Elementen: Puppenspiel, katholisches Mysterium, opernhaftes Festspiel. Dieser »Faust« soll in Salzburg Erscheinung werden. Seine Situation zwischen Mozarts Dramen einerseits und etwa dem erneuerten »Jedermann«-Spiel anderseits ist auf dem Salzburger Boden ganz eindeutig. In Schillers großen Theaterstücken, seien es die »Räuber« oder »Wallenstein« oder die »Jungfrau von Orleans«, steckt im Tiefsten auch das deutsche volkstümliche, gleichsam naturhafte Theaterwesen, und das macht ihre unzerstörbare Stärke. Jeder dieser Stoffe hat schon vor Schiller auf der deutschen volkstümlichen Bühne gelebt. »Die Fledermaus« als geniales wienerisches Musiktheaterwerk konnte einbezogen werden, ebenso wie gelegentlich Nestroy oder Raimund, anderseits wird in den nächsten Jahren unzweifelhaft ein Glucksches oder Händelsches Hauptwerk erscheinen: der hohe Stil und der volkstümliche »vorstädtische« entspringen einer Wurzel. In der »Ariadne« wurde ein Stilversuch gewagt, der auf frühere Stufen zurückweist; darum durfte dieses Werk eingeschlossen werden, nachdem es seit einem Dezennium seine Geltung auf europäischen Bühnen erwiesen hat; einen Goldoni oder etwa einen Gozzi legitimiert das Bürgerrecht, das er im achtzehnten Jahrhundert im Wiener Theaterwesen erworben hat; ohne Gozzis Märchendramen wäre Raimund undenkbar, Goldoni in der Form, in der er gebracht werden wird, ist übrigens von wienerischen Text- und Musikelementen durchsetzt.

GEDANKEN ÜBER DAS HÖHERE SCHAUSPIEL IN MÜNCHEN

Für mich als Österreicher hat der Bestand eines traditionellen höheren Schauspiels in München noch ganz andere Bedeutung, als die Frage, ob Institutionen der gleichen Art etwa in Frankfurt oder Hamburg weitererhalten werden können. In München lebt das alte süddeutsche Theaterwesen fort, das in Wien zwischen 1780 und 1830 seine Blüte gehabt hat – und das, im Volkstümlichen wurzelnd, das höhere Bildungstheater gleichsam als ein Pfropfreis in sein starkes Wachstum aufgenommen hat. Im ganzen übrigen deutschen Bereich ist das Verhältnis das umgekehrte; die lebendige Tradition geht nicht weiter zurück als auf die Versuche unserer klassischen Literaturepoche, eine deutsche Nationalbühne herzustellen, und die Zusammenhänge mit dem siebzehnten Jahrhundert und über dieses hinüber mit dem Mittelalter sind abgerissen. Im bayrisch-österreichischen Theaterwesen aber sind diese Zusammenhänge lebendig, gleichsam unter der Haut sind sie immer da, so in München wie in Wien. Darum leben auch Nestroy und Raimund in München weiter, wie in Wien, und in Pocci hat die Raimundsche Poesie eine Luftwurzel geschlagen ins Münchnerische. Auch die Oper als eine grandiose und zugleich volkstümliche Mischform aus italienischen und deutschen Elementen, Mozarts Oper vor allem, die ganze Spielform Oper, Text und Musik, ist in München zuhause wie bei uns. Es ist kein Zufall, sondern wirksamer Ortsgeist, daß sich ein solches geschmücktes Prunktheater wie das teatro presso la residenza gerade in München lebendig und im Gebrauch erhalten hat. Wechselt dort das gesungene Lustspiel, »Figaro« und »Così fan tutte«, ab mit dem gesprochenen, steht auf der gleichen Bühne heute Leporello, Osmin, Figaro, morgen Gustav Waldau in einem Nestroy, einem Molière, einem modernen Konversationslustspiel, so ist das in der wahren Tradition, worin Theater zu einer lebendigen Einheit sich zusammenfaßt. In einem von glücklicher Hand belebten Singspiel von Sebastian Sailer konnte man im verflossenen Winter drei ausgezeichnete Mitglieder des Schauspiels ihre Rollen singen hören, wie nur je die Schauspieler einer Wandertruppe des siebzehnten oder achtzehnten Jahrhunderts. Darin lag nichts Künstliches, kein Experiment, sondern wahrer süddeutscher Theatergeist. Das Sprachliche aber des schwäbischen Singspiels bezwangen sie gleichfalls, wie Nachbarn die dem Nachbarn das Mundwerk abgelernt haben, hier dem westlichen Nachbarn, dem Schwaben, wie schon öfter dem östlichen, dem Österreicher. Im Sprachlichen bewahrt die Münchener Bühne eine größere Beweglichkeit, etwas Dialektnahes, das eine Lebenswurzel ist; hierin Wien verwandt, aber in der Färbung wieder verschieden. Die Freude am »Wie« des Gespräches ist hier stark, wie im Norden die Freude am zergliedernden »Was«. Hier läuft auch eine solche Mainlinie des Geschmackes, an welcher der übermäßige Einfluß Ibsens, später Strindbergs haltgemacht hat. Aber Goethes »Götz« und »Tasso«, Schillers herrliche Jugenddramen und der ganze Shakespeare – also der ganze Bestand des eigentlich hohen Repertoires, zieht Kraft daraus, wenn im gesprochenen Wort viel Farbe, im Zuhörer Sinn für die Farbe des Wortes lebendig ist. Das Verhältnis zum Wort auf der Bühne ist ein so unmittelbar sinnliches wie zur Gebärde. Alles andere aber, – die ganzen Tendenzen zu geistreicher überraschender Interpretation sind abgezogenes, nicht primäres Element.

In dem Verhältnis zu Berlin liegt die Schwierigkeit, nicht nur für München, sondern für alle diese deutschen Pflegestätten höheren Schauspieles, seien sie aus den alten höfischen oder aus den jüngeren städtischen Theatern hervorgegangen. In der jungen riesenhaften Großstadt und den weit älteren Städten mittleren Maßes stehen sich nicht etwa wie in Frankreich Provinz und Hauptstadt gegenüber, sondern die Antithese ist weit besonderer. Sie ist einzigartig, wie alles in der deutschen Situation. Berlin ist nicht die Hauptstadt – kein Münchener, kein Stuttgarter und kein Hamburger wird Berlin für seine Hauptstadt ansehen –, aber es ist die eine überwältigend große deutsche Stadt. Wer sie betritt, den umgibt mit einer

Kraft, die nicht zurückzuweisen ist, – weniger ein Stadtwesen als eine Epoche. Das Heute, das Heute-Allein dominiert in ihr. Der Anstoß, der davon ausgeht, ist ungeheuer und mitbestimmend für das gesamte deutsche Leben, die anziehende, alles absorbierende Kraft ist, zum Glück, nicht entfernt mit der von Paris zu vergleichen. Von der Kraft, mit der ein Köln, ein München, ein Leipzig diesem Berlin ihren Ortsgeist entgegenhalten, hängt für die deutsche Entwicklung unberechenbar viel ab. Hier springt der Quell eines inneren Reichtums, der für die anderen Nationen, wenn sie ihn gewahrwerden, fast erschreckend ist. Um die Universitäten steht es nun hierin kaum anders als um die höheren Theater: man muß hoffen, daß aus der Stadt selber und ihrer Landschaft so viel Kraft, Selbstvertrauen, Gefallen an sich selber aufsteige, als diese höheren Institutionen brauchen, um wahrhaft zu leben. Ein höheres Theater, um nun beim Theater zu bleiben, lebt nicht vermöge der Subvention, die Stadt oder Staat dem Herkommen nach in ihr Budget einstellen. Es lebt von der Vorliebe des städtischen Publikums für *sein* höheres Theater. Ein entschiedener Ortsgeschmack hat nichts Provinzielles. Provinziell wirkt vielmehr das unterscheidungslose Übernehmen der berlinischen Theatermode. Je mehr das Münchener Publikum von seinem ersten Theater fordert, je bestimmter es sich dem, was dort geleistet wird, wechselweise anschließt und widersetzt, desto sicherer werden sich die fühlen, denen die Leitung obliegt. Die riesenhafte Großstadt reißt an sich, experimentiert, verbraucht und wirft weg. Ein München, ein Hamburg, ein Wien müssen mit der Münze zahlen, die nur sie prägen und ausgeben: ein Theatergeist, an dem ein paar Jahrhunderte geformt haben; ein bestimmter Geschmack; eine beharrende Wärme, eine anhängliche Teilnahme.

DAS PUBLIKUM
DER SALZBURGER FESTSPIELE

Die Salzburger Festspiele wurden, mit einer einzigen Unterbrechung, seit 1920 abgehalten. Sie sind in diesem Jahrzehnt eine in Europa und Amerika berühmte Institution geworden, und man kann heute von ihrem Publikum sprechen, das sich aus wiederkehrenden und aus wechselnden Elementen zusammensetzt, aber im ganzen doch eine erkennbare Physiognomie gewonnen hat – über die Veränderungen hinweg, die von Jahr zu Jahr merklich werden.

Das Verhältnis zum Publikum aber ist die oberste Wirklichkeit beim Theater. Die »unbekannte Menge« ist nicht auf die Dauer unbekannt. Zwischen ihr und dem Theater ist ein Fluidum. Das Publikum beherrscht das Theater auf geheimnisvolle Weise, indem es seine Wurzeln nährt. Und wie der Erdboden zu gewisser Zeit gewissen Samen die größte Lebenskraft verleiht, andere gerade nur duldet, zu anderen Zeiten »anbaumüde« wird und des Wechsels bedarf, so verhält sich das Publikum zur theatralischen Darbietung.

In allen Ländern besteht heute eine Krise des Theaters, die zugleich eine geistige Krise des Publikums ist, aber die Auffassung dieser Krise selbst ist in jedem Land verschieden. In Deutschland, besonders in Berlin, betont man sie, zieht sie unaufhörlich in Diskussion und reflektiert über sie philosophisch und kulturpolitisch; in Paris, der Stadt des Traditionalismus, ist man eher bestrebt, sie zu verschleiern. In Amerika, dem Land der Hoffnung und des Aufschwunges, betrachtet man sie als Entfaltung neuer Kräfte, als Präludium einer neuen auch geistigen riesenhaften Entwicklung (und niemand kann sagen, daß diese Hoffnung nicht in Erfüllung gehen kann). Man kann nicht behaupten, daß Salzburg von dieser Krise unberührt bleibt, aber es gleicht jenem Punkt des Schiffes, der bei hohem Seegang den verhältnismäßig geringsten Schwankungen ausgesetzt ist, und das vermöge der höchst eigentümlichen Zusammensetzung seines Publikums. Denn das Publikum dieser

Festspiele ist die Synthese aus drei oder vielleicht vier ziemlich verschieden gearteten Zuschauergruppen, jede ein Publikum für sich, die unter sich gesellschaftlich und ihrem Geschmack, ja ihrer Weltanschauung nach ziemlich inkohärent wären – würden sie nicht durch eine gemeinsame Kraft, eben die Salzburger Festspielatmosphäre, vorübergehend zur Einheit zusammengehalten. Und die Festspiele werden meines Erachtens richtig geleitet sein und an Macht zunehmen, solange es ihrer Leitung gelingt (und bisher ist es, mit einem gewissen Tasten und gewissen Irrtümern, im ganzen gelungen), diese atmosphärische Einheit zu erhalten.

Es geht zunächst durch dieses Publikum die eine große Spaltung, daß es zur Hälfte großstädtisch, zur anderen nicht geringeren Hälfte ungroßstädtisch ist. Ich sage »ungroßstädtisch« und würde mich aufs äußerste scheuen, das Wort »provinziell« zu gebrauchen – um eines Nebenklanges willen, der mir durchaus nicht erwünscht wäre –, und ebensowenig schiene mir das Wort »ländlich« am Platze. Aber wenn ich mich der vielen Begegnungen mit Zuschauern erinnere, die eben ihr Leben in ungroßstädtischer Sphäre verbringen und die nach Salzburg kommen und vielleicht in dieser einzigen Woche im Jahr Theater und hohes Theater sehen wollen, so bedarf ich eines Ausdruckes, um sie zusammenzufassen: der Gutsbesitzer aus Oberösterreich oder aus Mecklenburg, der Ordenspriester aus Maria Laach oder aus Beuron, der Professor aus Gießen oder aus Greifswald, der Landpfarrer aus dem Lungau oder aus Oberfranken, der Handwerkermeister aus Steyr und der Gerichtsrat aus Gera – sie müssen in eine Einheit zusammengefaßt werden gegenüber der Familie, die zwischen der *season* in London und der Yachtreise nach Norwegen eine Woche Salzburg einschiebt, oder dem amerikanischen Ehepaar, das aus Paris kommend über Salzburg, Wien und Konstantinopel für den Herbst nach Kleinasien geht.

Beide Gruppen bestehen; aus beiden zusammen, in unzähligen Varietäten, besteht unser Publikum. In ihren unzähligen Individuen sind alle Spielarten der Aufnahmebereitschaft, des Theatersinnes, der Schaulust, der Musikalität verteilt, und die Kurven, mit denen man graphisch diese Empfänglichkeiten darzustellen versuchen könnte, haben nichts zu tun mit den Linien, welche etwa die sozialen oder nationalen Unterschiede darstellen würden; vielmehr würden sich diese Linien in jeder nur denkbaren Weise durchkreuzen. In Hinblick auf die, welche von Jahr zu Jahr in immer neuen Scharen auf dem Domplatz zusammenströmen, möchte man sagen, die Atmosphäre berühre sich in gewissem Sinn mit der von Oberammergau; in Hinblick auf die, welche um des »Fidelio«, um der Werke Mozarts willen kommen und wiederkommen, und unter welchen die Franzosen einen so ernst begeisterten Kern bilden, könnte man von einer Bayreuth verwandten Atmosphäre sprechen; und doch grenzt, so paradox es klingt, die Atmosphäre unserer Zuhörerschaft auch irgendwo an die des Broadway und des Kurfürstendammes, um damit das unbedingt Heutige zu bezeichnen.

Aber auch diese großstädtischen Elemente des Salzburger Publikums sind untereinander nichts weniger als homogen. Gerade in bezug auf Theater – da es sich denn um theatralische Veranstaltungen handelt – kommen sie aus Gewöhnungen und Übersättigungen, die unter sich so verschieden als möglich sind. Das heutige Berliner Theater ist ganz auf das Böse und Krasse gestellt; sonderbar mischt sich in ihm die finstere Verfassung, in der jedes Volk nach solchen Aufwühlungen und Schrecknissen eines verlorenen Krieges sich befindet, mit einer der Atmosphäre dieser Stadt eigenen Lust am Grotesken, an zur Schau getragener Kälte und am atemraubenden Tempo. Der Pariser kommt aus der Luft einer etwas ermüdeten Routine auf dem Gebiet des Theaters, und eine große und ernste Neugier nach dem »Anderen« erfüllt ihn, und das Land Beethovens, Wagners und Nietzsches ist für ihn immer die Heimat jenes »Anderen« (und nie vielleicht seit 1830 war diese Neugier oder Begierde nach dem Neuen stärker und ernsthafter). Dem Engländer bietet heute das Theater seiner Hauptstadt eine glänzende Wiedergeburt des Gesellschaftslustspieles aus der Zeit Karls II. Seine heutigen Komödiendichter von Oscar Wilde bis Noël Coward sind nicht weniger geistreich-frivol, ihre Figuren nicht weniger elegant und reizvoll (bei äußerster Herzenskälte) als die jener berühmten fernen Vorbilder: Congreve, Farquhar, Vanbrugh. Das Theaterwesen von New York endlich ist in voller Evolution. Noch jung genug, um von allen Seiten zu nehmen, jedem fremden Talent, jeder fremden Form eine Heimat zu geben, fängt es heute an, über die bloße Rezeptivität hinauszugehen: es fängt an, zu sondern und in diesem Sondern seine Originalität zu enthüllen und seinen Einfluß auszuüben: den Einfluß seiner weiten Horizonte, seiner Kraft und seines Kraftbewußtseins, seines zu unbekannten Formen und Aspirationen sich umbildenden Puritanertums.

Von so vielen Seiten her, aus allen Richtungen der Windrose, auch geistig, kommen die, denen in Salzburg eine vorübergehende Heimat geschaffen werden soll. Sie durch das Dargebotene zur Einheit, zu einem Publikum zusammenzubinden, scheint fast unmöglich. Und doch ist es durch ein Jahrzehnt gelungen: sonst bestünden die Festspiele nicht mehr. Hier ist nun die Stadt selbst, die Landschaft, von unendlicher Bedeutung. Sie ist weit mehr als Rahmen: der Geist dieser Stadt ist der Regent des Ganzen. Er ist so reich in sich, und so besonders, daß es möglich erscheint, jede theatralische Darbietung an ihm zu prüfen, wie an einem verläßlichen Probstein. Aus der Harmonie der einzelnen Darbietungen untereinander und aus ihrer Harmonie mit dem Begriff Salzburg ergibt sich klar, was aufzunehmen, was wegzulassen. Salzburg, als Geist genommen, schließt das Festliche ein, aber nicht nur das Heiter-Festliche. Wie wäre sonst der »Jedermann«, wie der »Fidelio« dort so stark? ein Schillersches Trauerspiel, Goethes »Iphigenie« dort so möglich, so da, wie kaum irgendwo auf deutschem Boden? – Es schließt das Heutige nicht aus, und wenn es dem scheinbar Gestrigen so viel Lebensraum gewährt, so ist es nur darum, weil es – selber übervoll mit dem Lebendigen scheinbar abgelebter Zeiten – das Gestrige als lebend erkennen läßt. Es schließt das Heitere ein, bis zum Burlesken, bis zum Schwankhaften; und Hans Sachs wie Nestroy und auch das Lustige von heute, von Musik umgeben, glanzvoll gespielt, haben in diesen Zyklen ihren berechtigten Platz. Was es ausschließt, wenn man es deutlich aussprechen soll, ist das Finstere ohne Hoffnung und Aufschwung, das innerlich Gewöhnliche, das völlig Weihelose.

ZUM PROGRAMM
DER SALZBURGER FESTSPIELE 1928

Das Programm der Salzburger Festspiele wechselt nicht. Es zielt nicht darauf hin, einen bestimmten Kunstgedanken zum Ausdruck zu bringen oder dieses oder jenes künstlerische Phänomen »wiederzubeleben«.
Dieses Programm besteht heute so, wie es von den Veranstaltern vor sieben Jahren erfaßt wurde: erfaßt als ein einfacher, aber unendlich inhaltsvoller Gedanke, dessen Inhalt sich von Jahr zu Jahr entfaltet. Der Gedanke ist dieser: den Reichtum und die Lebendigkeit des höheren deutschen Theaterwesens – wobei ein Grenzstrich zwischen dem rezitierten Drama und dem gesungenen, also der Oper, nicht gezogen wird – vor uns selber und vor unseren Gästen darzulegen. Wenn in der Spielfolge dieses Jahres der Mozart der »Zauberflöte« neben dem Schiller der »Räuber« steht, und der Beethoven des »Fidelio« neben dem Goethe der »Iphigenie«, so ist eine ungeheure Leistung der Nation in höchsten Hervorbringungen zusammengefaßt, so vor der Nation selbst wie vor dem Ausland. Nicht Totes wird geehrt, sondern Lebendiges bezeugt sich als lebendig. Das Programm, der leitende Gedanke, realisiert sich in der Tat, und braucht sich nicht selbst zu kommentieren. Zu Kommentaren wäre ein unbegrenzter Stoff gegeben: das Verhältnis, innerhalb der Nation und innerhalb Europas, des Überkommenen zum Heute, die Frage, was – für die ganze Nation, nicht nur für die unruhige einzelne Schicht der großstädtischen Intelligenz – als Gegenwart und was als der geistige Gehalt der Gegenwart anzusehen, all dies wäre der Stoff für bedeutende und weitreichende Kommentare; aber es ist nicht unsere Sache, unser eigenes Tun zu interpretieren. Dies bleibt anderen überlassen.

Das höhere Theaterwesen der Nation, insbesondere der südlichen Stämme, ist uralt und geht weit über das achtzehnte

Jahrhundert hinaus. Was man gemeinhin die Pflege des klassischen Repertoires nennt, umschreibt einen weit engeren Kreis als den, welchen allmählich auszufüllen in diesen Festspielen angestrebt wird. Mit der Aufführung des »Jedermann«-Spieles auf offenem Domplatz vor einer Zuschauermenge, in der einmal die Kluft zwischen Volk und Gebildeten wirklich ausgefüllt ist, ist zurückgegriffen in eine frühere Zeit, hinübergegriffen zugleich auf die Schichten der Zuhörer, die Zuhörer nicht nur, sondern Träger solcher Spiele waren, dreihundert Jahre lang bevor eine deutsche Nationalbühne von Gebildeten für Gebildete erträumt und errichtet wurde.

Ein ähnlicher Gedanke will im »Perchtenspiel« Leben gewinnen. In dem oberösterreichischen Dichter Richard Billinger ist eine große Sprachkraft an den Tag getreten. Seine Gedichte enthalten sprachgewordenes Bauernleben. Wie sie sprachlich sich über den Dialekt in eine hohe wirklich lyrische Region erheben und dabei doch nie in die unsinnliche rein gedankenhafte Region abirren – hierin dem Volkslied vergleichbar –, so ist es ihre dichterische Stärke, daß sie den Bauer und den Knecht, die Magd und das Kind, ja noch den Baum und den Brotlaib nicht beschreibend zu spiegeln versuchen, sondern diesen Wesen selber Sprache geben – aus ihnen heraus wie aus Masken reden. Hier liegt eine naive Dramatisierung, von der zur Ballade, zum völligen Drama nur ein Schritt ist. Wie aber im Salzburger »Jedermann« gleichsam der Ortsgeist selber mitspielt, in das Spiel sich der Laut der Kirchenglocken, die Andeutung der landesüblichen heiligen Bräuche und noch das Rauschen des nahen Brunnens einmischt, zu unsagbarem Gewinn, so ist dem Spiel Billingers sehr altes volkhaftes Kunstgut unmittelbar eingeflochten: die Perchtentänze aus dem Pinzgau. Die Perchten sind Naturwesen, von zweierlei Art; die »schönen« sind feenartig, doch auch leise hexenhaft, die bösen oder »schiechen« sind greuliche Kobolde, wahre Schreckwesen. Beiderlei Wesen leben seit einem Jahrtausend fort in nächtlichen Umzügen im Pinzgau. Diese Bräuche werden eher geheimgehalten als gezeigt. Sie ins öde Licht des Tages zu zerren, wie man alte Heiligtümer entheiligt ins Museum zerrt, hat nicht viel Sinn. Aber im Dämmerlicht der Dichtung dürfen sie wohl hervortreten. Aus einem Wesen wie Billinger tritt manches sehr Alte und sehr Geheime traumweise an den Tag. Er durfte auch, auf dem Heimatboden zumal, es wagen, das gewissermaßen Wirkliche solcher alter Bräuche in die Scheinwelt eines Bühnenspieles einzubeziehen. Zieht in diesem Sommer dies Spiel an den Zuschauern vorüber auf den gleichen Brettern wie die »Räuber« und die »Zauberflöte« – so werde gefühlt, daß von allen drei Bühnenwerken sich Fäden schlingen ins Volkswesen, zu den bleibenden Märchen, Lust- und Furchtmärchen der Kinderzeit, zum ewigen Aberglauben, zu einer nie zerstörbaren Gestaltenwelt.

[JULIUS MEIER-GRAEFE]

ZU SEINEM SECHZIGSTEN GEBURTSTAG

Was Meier-Graefes geistige Figur und Wirksamkeit so schwer definierbar macht, ist das gleiche, wodurch seine Gegenwart unter uns so erwärmend wirkt: daß bei ihm alles unmittelbare Funktion des Lebens ist, nichts abgeleitet und zusammengesetzt. Moderne Bilder wirkten auf ihn als Totalität, und er antwortete als Totalität; das war der Ausgang.
Von hier aus entwickelte sich alles weiter, bis er zu den subtilsten und höchsten Dingen gelangte: die Abhängigkeit eines Künstlers von seinen Lehrern, von der Epoche, von der Gesamheit der Tradition wirklich zu verstehen – eine Höhe der intuitiven Analyse, die dem bloßen Kunsthistoriker nie erreichbar ist. Darum bedeuten seine großen Darstellungen – der »Delacroix«, das Marées-Buch – wirklich Epoche.
Wie bei allen, die auf einem Gebiet Lebendiges hervorbringen, geht seine Wirkung weit über dieses Gebiet hinaus. Er hat sich eine sehr persönliche Ausdrucksweise geschaffen, die nun viele nach ihm gebrauchen – durch deren Rezeption aber in Tausenden von Köpfen das Verhältnis nicht nur zu Werken der Malerei, sondern zum Kunstwerk überhaupt eine neue Lebendigkeit gewonnen hat.
Es gibt wenige Zeitgenossen, denen man sich zu so viel Dank verpflichtet fühlt, und kaum einen, dem man diesen Dank mit ungemischterer Freude aussprechen würde.

[MAX LIEBERMANN]

ZU SEINEM ACHTZIGSTEN GEBURTSTAG

Eine große Geltung über die ganze Nation hin, und die von den Jahrzehnten nicht erschüttert, sondern bestätigt wird, muß ihre tiefere Ursache haben. Daß Liebermann ein vortrefflicher Maler ist, hätte nicht allein ihm die Stellung geschaffen, die er innehat; denn sein Ansehen geht weit über die Sphäre der Kunst, die er ausübt. Unsere zerfahrene Kultur bringt immer wieder Talente hervor, Hoffnungen, Ansprüche und scheinbare – nicht vollgültige – Individualitäten, aber sie hat äußerst selten einen ganzen Mann aufzuzeigen. Auf Liebermann ist aber eine Reihe von Wörtern anwendbar, welche fast aus dem Gebrauch gekommen sind: Tüchtigkeit, Besonnenheit, Ausdauer, stete Belehrbarkeit; das meiste aus sich machen; immer höher kommen. Er ist eine ganze und dabei gedrungene feste Figur; damit erinnert er an die deutschen Musikermeister der vor-romantischen Zeit.

Eine Nation ist aber nie so weit zerfahren, daß sie davon abkäme, nur das Tüchtige auf die Dauer als das für sie Brauchbare anzuerkennen. In einer Epoche, die zwischen allen Arten von Übertreibung schwankt, dahinter sich alle Arten von Schwäche verbergen, hat gerade die Mitte der Nation sehr gut gewußt, warum sie Liebermann Respekt erweist und wovor sie sich verneigt, wenn sie sich vor ihm verneigt.

GESCHICHTE

GESCHICHTLICHE GESTALT

»DER FREIHERR VOM STEIN«. DARGESTELLT VON RICARDA HUCH. »MARIA THERESIA«. VON HEINRICH KRETSCHMAYR

Die Geschichtswissenschaft ist in die Krise einbegriffen, in welcher das gesamte geistige Erbe des neunzehnten Jahrhunderts, und nicht dieses allein, in Frage steht. Jeder zusammenfassenden Darstellung traditioneller Art tritt der Zweifel gegenüber; ihre Stelle usurpiert die höchst subjektive geistreiche Klitterung in der Spenglerschen Manier. Ein großer Name, wie der Rankes, vor zwanzig, dreißig Jahren in jedermanns, auch des Halbgebildeten, Munde, wird kaum mehr oft genannt; seinem Werk wie seiner »Weltgeschichte«, Fragment wie sie ist, darf man vielleicht trotzdem prophezeien, daß sie mit erneuter großer Bedeutung hervortreten wird: denn die Verknüpfung großer politisch-religiöser Welttendenzen, von denen die europäischen nur ein Teil, zu grandiosen Konflikten, ist eben, was wir zu erleben anfangen; und davon ist dort die Darstellung meisterhaft, so der hellenistischen Welt wie der spätrömischen, dann der byzantinisch-islamischen. Dies aber aufzufassen, sind uns ganz andere Organe gegeben als den sieben oder acht Generationen vor uns; nur wer große universale Geschichte erlebt hat, kann Universalgeschichte verstehen.

Durch Gestalten aber spricht das zu uns, was einst geschehen ist, sei es im Weltbereich, sei es im Bereich des eigenen Volkes. Der großen Tendenzen, welche die Welt durchwalten, sind wenige; unter kaum veränderter Form machen sie sich immer wieder geltend; man hat es ausgesprochen, man habe in den Machthabern des gegenwärtigen Rußland Peter den Großen, ja Iwan IV. (den man den Schrecklichen nennt, der aber ein Dämon von folgereichem Wirken war) wiederkehrend zu erblicken; und so wird es sein, denn das gleiche bringt wieder das gleiche hervor, und es walten über der Menschenflut, welche die Länder bedeckt, solche Gegensätze wie über dem Meer, das immer wieder an der gleichen Stelle seine furchtbaren Strömungen und Wirbel ansetzt. Aber nur durch die Gestalt ergreift das Geschichtliche unser Gemüt, und so wie die Gestalten aus den früheren Zeiten sich verdunkeln oder ganz hinschwinden, so werden wir unmittelbar ärmer; hier gehen Provinzen verloren, die auf keiner Karte eingezeichnet sind.

Man muß schon unter den älteren der heute lebenden Deutschen sein, um die »vormärzliche« Zeit als eine noch lebensnahe, nicht völlig geschichtlich-ferne zu empfinden; uns sprachen unsere Väter von den Männern der napoleonischen, dann der darauffolgenden Restaurationszeit, endlich des Jahres 48 als von beinahe noch Lebendigen. Wo aber sind heute Gestalten hin wie die des Reichsfreiherrn vom Stein? Überdies: er war nicht Preuße; obwohl er, der Nassauer, Preußen seine ganze Kraft geweiht, Preußens Aufstieg für notwendig und heilsam erkannt hat, er wurzelt doch anderswo: im alten Reich, und mit seinen höchsten Wünschen und Ahnungen überwächst er eine preußisch-deutsche Zeit und deutet anderswohin wieder. So wurde sein Gedächtnis nicht einbezogen in die offiziöse Verherrlichung, die niemanden sonst überging, weit geringere nicht. Der Gefährte seiner großen Jahre freilich, Ernst Moritz Arndt, hat ihn, im Greisenalter viele Dezennien überblickend, liebevoll und lebensvoll für immer gezeichnet. Dies Büchlein aber: »Meine Wanderungen und Wandelungen mit dem Reichsfreiherrn vom Stein«, ist selber fast verschollen; aus der Büchersammlung seines Großvaters, in einem Landhaus verkramt, wird es dem einen oder andern Deutschen heute noch in die Hände kommen; und hat er dann die Muße, mehr als flüchtig hineinzusehen?

Der Mann aber war großartig, höchst eigenen Gepräges; wunderbar deutsch, von jener älteren Artung, die zu uns wieder spricht – wie sie denen, die dreißig Jahre vor uns waren, geschwiegen hat; höchst eingreifend und wirksam, letztlich aber scheinbar ohne Folge; ein bewegtes Leben, ein enttäuschtes Ende; nachher Verkennung und die Schmähung als Reaktionär: indem sich das höhere Individuum der noch unerkennbaren Zukunft verbindet, hält man es für den Schildträger der Vergangenheit. Ein solches Wesen für die Allgemeinheit darzustellen, bedurfte es der wahren historischen

Intuition, an der Geist und Charakter gleichen Teil haben. Es bedurfte eines Historikers von hohem Lebenssinn, der das einzelne Leben als Träger höchster schwebender Tendenzen faßlich zu machen weiß. Der Herausgeber einer »Kulturgeschichte in Einzeldarstellungen« hat die Aufgabe dem einzigen deutschen Autor übergeben, der ihr unbedingt gewachsen war: Ricarda Huch. Diese außerordentliche Frau ist kein zünftiger Historiker und sie gibt sich nicht dafür, aber sie ist eine große Darstellerin des Geschichtlichen. Sie schreibt Geistes-, Taten- und Leidensgeschichte. Es ist ihr scheinbar zunächst nur um die Gestalten, die Individuen zu tun; aber ihr Gemüt ergreift die Ideen und die Institutionen, und sie versteht den »Geist der Zeiten« heraufzubeschwören wie wenige. Ein großes sicheres Gefühl leitet sie darin, wie sie die Formen wählt, die Geschichte der Romantik in einer Kette von Essays darstellt, den wahren Seelengehalt des Dreißigjährigen Krieges in der Form eines Romans, Luthers geistige Person in einer absichtlich das Subjektive betonenden freien Form, anderes streng monographisch, so früher Wallensteins Gestalt, jetzt die des Freiherrn vom Stein.

Um eine solche Gestalt, die sie in die Mitte stellt, weiß sie einen weiten Rahmen zu ziehen. Der konnte hier nichts anderes sein als das ganze ältere Deutschland, erblickt in der Form des Heiligen Römischen Reiches. Sollte aber der Freiherr vom Stein mit Liebe dargestellt sein, dessen ganzes Dichten und Trachten mit dieser Staatsform noch verwoben war (obwohl ihr Untergang in die Mitte seines Lebens fällt) – so mußte auch diese alte Ordnung der Deutschen mit Liebe erfaßt werden, und erkannt, wie sie in unserem Bewußtsein halb schlummert halb wacht als eine einmal gewesene Staatsordnung nicht nur, sondern als eine machtvolle und milde Fassung des deutschen Wesens in der Welt. Wunderbar weiß Ricarda Huch auf den ersten Seiten ihres »Stein« dieses alte Heilige Reich heraufzubeschwören, damit uns der Begriff des reichsunmittelbaren Ritters noch einmal lebendig werde. Eines Dichters Zug ist hier, daß sie an die Gestalt Sickingens anknüpft. Seit achtzig Jahren hat niemand im protestantischen Deutschland diese Töne anzuschlagen gewagt; es war das Allgemeine, daß man des alten Reiches, auf dem unser Dasein fast durch ein Jahrtausend geruht hatte, gar nicht oder nur mit spöttischem Mitleid gedachte. Die Frage, ob Preußen in Deutschland aufgehen müsse, oder Deutschland in Preußen – in den Jahren nach 1871 oft und mit Leidenschaft gestellt –, schien für immer im letzteren Sinn beantwortet. Die letzte »großdeutsche« Generation, von deren Lippen sie immer wieder erklungen war, war dahingeschwunden. Die Frage aber nach dem Verbleiben Österreichs, das ein Teil, und der gewichtigste, dieses alten Reiches stets gewesen ist, verkettet sich unmittelbar mit jener.

Die geschichtliche Gestalt, so wie die mythische, lebt in der Landschaft fort. Eine große Landschaft ist es, die alte österreichische, weit hinein sich dehnend ins Slawische, ins Ungarische – ja überhaupt ohne feste Grenzen gegen den Osten –, darin die große Gestalt Maria Theresias sich vor allem lebend erhält. Aus tiefen Quellen wird ihr Leben gespeist; sie hat zuletzt die Gestalt ihres Sohnes bei weitem überwachsen, welche nur von der Idee der Französischen Revolution her, dann vom europäischen Liberalismus ihr scharfes Licht erhielt. Der Abglanz ihres Wesens ruhte zuerst auf ihren Kindern; noch Marie Antoinettens Leiden gab es einen großartigen Akzent: daß es die Tochter Maria Theresias war, die solches zu dulden hatte. Dann lag der Nachglanz auf der Dynastie; den Kaiser Franz Josef zuletzt umgab dies mit geschichtlicher Größe: er war der Urenkel der großen Kaiserin, durch sie Karls V., dann der des »letzten Ritters«, endlich Rudolfs von Habsburg, der unmittelbar auf die Hohenstaufen gefolgt war. Nun liegt ein letzter Nachglanz ihrer einstmaligen Gegenwart auf uns, der österreichischen Gemeinschaft. Ihr Name ist einer der wenigen auch unter der bäuerlichen Bevölkerung unvergessenen; nicht daß das Volk die deutlichste historische Erinnerung damit verbände, aber ein unbestimmtes und doch völlig wahres Ahnen von Größe, Macht, und dazu Mütterlichkeit. Ihr Bild ist noch stark: das der jungen Mutter mit dem Knaben im Arm, die sich die Hilfe der Ungarn heraufruft; das der früh gealterten, in der Witwenhaube, in einer so österreichischen Leibesfülle: wie sie die Armen und Kranken heimsucht, oder wie sie in der Stephanskirche in fünfstündigem Gebet auf den Knien liegt, von Gott die Abwendung eines abermaligen Krieges zu erbeten; oder wie sie im Nachtgewand von der Loge des Burgtheaters den Wienern eine freudige Nachricht zuruft. Der große Stil des Bauens, der unter ihrem Vater aufkam und unter ihr anhielt, dies Großräumige, Fürstliche und zugleich Heimliche – jenes Etwas des österreichischen Stiles, das im mächtig hingestreckten Schloß doch den behäbig hingesetzten Bauernhof, in diesem freilich auch wieder das Schloß fühlen ließ – scheint dem Volk ihr Wesen auszudrücken. In jedem solchen Schloß, ja geräumigen Landhaus oder »Stöckel« läßt die Überlieferung sie – wenigstens für eine Nacht – gehaust haben. Anekdoten mit diesen scharf geprägten, oft witzigen oft harten Aussprüchen, wie über Friedrich II., gehen weniger über sie um; sondern nur solche, worin ihre freudegebende, milde Erscheinung gleichsam von Auge zu Auge überliefert wird, wie die, welche Goethe in seiner Selbstbiographie uns aufbehalten hat: von ihrer Begegnung mit ihrem kaiserlichen Gatten am Main unweit Frankfurt.

Ihr Name ist groß in der Geschichte, aber ihre Denkmäler sind geringer, als der Name fordern würde. Das eherne und steinerne, das in Wien auf weitem Platz der Kaiserburg gegenüber errichtet ist, vermöchte die Aufmerksamkeit nicht zu fesseln, wenn es nicht ihren Namen trüge. Desgleichen das bändereiche Werk, das der Geschichtsschreiber Arneth ihrem Andenken gewidmet hat; es ist gründlich in der Forschung, entbehrt aber des geistigen Glanzes, wodurch die Darstellung eines großen Gegenstandes selber wieder zum hohen Wert für die Nachlebenden wird. Der Band in Rankes Werken, welcher die Aufschrift führt »Preußen und Österreich«, enttäuscht, wenn man ihn wieder zur Hand nimmt, gerade in bezug auf das, was man darin suchen würde: den Umriß ihrer großen Gestalt von der Hand des Meisters der Historiographie; doch enthält er jene bekannte »Relation« des preußischen Großkanzlers Fürst, eine der Charakteristiken, die ein

Zeitgenosse von ihr gegeben hat, vielleicht die politisch bedeutendste, nicht diejenige, in welcher das Einzigartige der Gestalt, das gleichsam Mythische, am lebendigsten ausgeprägt wäre. Eine Monographie von E. Guglia, vor etwa zehn Jahren erschienen, wird an Kraft des Geistes und des Gemütes bei weitem übertroffen durch die, welche uns seit diesem Frühjahr vorliegt und den Wiener Historiker Heinrich Kretschmayr zum Verfasser hat. Ihm war eine bestimmte Aufgabe gesetzt: Maria Theresias Wirken innerhalb einer Reihe darzustellen, welche überschrieben ist »Die deutschen Führer«. Daß Kretschmayrs Darstellung hiedurch beengt worden wäre, wird nicht fühlbar; im Gegenteil: hier war er angeregt und fühlte er sich berechtigt wie verpflichtet, alles Historische auch vom Standpunkt der Politik, das Gewesene als ein in die Gegenwart hinein Wirkendes anzuschauen; das ist eben das Auszeichnende solcher Reihen; dem Herausgeber ist in bezug auf die Wahl der Mitarbeiter und den Gegenstand, den meist er vorschlagen wird, eine beträchtliche, sozusagen politische Macht in die Hand gelegt.

Kretschmayrs Darstellung ist nirgends lastend; aber sie hat ein großes spezifisches Gewicht. In seine Kapitel von je vierzig bis fünfzig Seiten ist ein erstaunlicher Gehalt zusammengedrängt; die beiden Abschnitte »Lebensabend« und »Persönlichkeit« sind Leistungen einer hohen stilistischen Kraft; was an Forschung dabei vorausgesetzt (und wovon gewissermaßen die Spuren wieder verwischt sind), wird der Fachmann zu würdigen wissen; der Leser wird manche Seite zweimal lesen und sich beim zweitenmal erst recht bereichert fühlen.

Noch schwerer als die Leistung, den großen Stoff gedrängt und dabei mit vielen Ausblicken zu behandeln, fällt vielleicht die Zartheit ins Gewicht, mit welcher der groß hingestellten historischen Person der feine lebenatmende Umriß des einzigartigen Individuums gewahrt bleibt. Hier tritt das Gemüt des Darstellers hervor, welches für die historische Darstellung höheren Ranges ebenso wichtig ist wie der die Zusammenhänge erleuchtende Geist. Die geschichtlichen Dinge sind ganz sowohl zart als sie gewaltig sind. Von der Wucht geschichtlicher Personen ist fast leichter zu handeln als von ihrem Maß und Takt – welche zu fühlen das Gemüt selber maßvoll und zart angelegt sein muß. Hier treten die Seiten besonders schön hervor, auf welchen das politische Wirken der großen Frau unter den Begriff des »Mütterlichen« gebracht wird, das geniale Grundgefühl aufgezeigt wird, das sie, die unermüdlich Handelnde, nur im Handeln sich Beruhigende, hieß, »gerade dort stehenbleiben, wo stehenzubleiben politisches Gebot war«. Schön und knapp ist diese Fassung eines großen Gegensatzes: »Sie will als Mutter vollbringen, was ihr Gegner als erster Diener leisten will.«

Wie geistreich aber immer der Historiker von der Herrscherin und der Frau handelt, das wunderbare Ineinander des Herrschersinnes und des weiblichen Gefühles, der österreichischen Katholikin und der deutschen Fürstin, der unbedingten Gebieterin und der sorgenden Mutter uns vor die Augen bringt – so vermag doch von dem wahrhaft Gemischten, wodurch die Natur uns in ihren Lieblingsgeschöpfen grenzenlos überrascht und entzückt, kein Zeugnis den getreuen Begriff zu geben wie die unmittelbare Äußerung. So hat denn Kretschmayr seinem Buch einen Anhang gegeben, den wir um alles nicht missen möchten: Originalstellen aus den Denkschriften, Resolutionen und Briefen der Kaiserin; aus der ungeheuren Masse solchen Materials, wie es das Wiener Staatsarchiv bewahrt, eine knappe Auswahl. Es sind das oft ganz knappe Zettel, viele nur von drei oder zwei Zeilen, an ihre Minister gerichtet, an ihre Hofkammern, an den Hofkriegsrat; zuweilen die größten Angelegenheiten behandelnd, zuweilen ganz kleine Personalia: Strafen, Gnaden, Zurechtweisungen; so geringfügige Dinge darunter, wie die Besetzung einer Forstmeisterstelle. Alles in allem, wenn man es unter einen Begriff zusammenfassen wollte, so sind es Befehle der Herrin an ihre Diener; die nun ihrerseits wieder mächtige, gebietende Personen waren; es sind Reskripte des Monarchen an seine Ämter – es ist der oberste Wille, eingreifend in die große, viele Länder zusammenhaltende Regierungsmaschine. Welches Leben aber in all dem! welches Unmittelbare! welches Menschliche! Beklommenheit, Strenge, sich lösend in Milde; ein wunderbar uneitles, auf Gott ruhendes Selbstvertrauen, auch im Schwersten: und etwas Familiäres dabei, etwas Vertrauliches, Anheimelndes, wofür in der ganzen Welt, in der wir atmen, kein Beispiel möglich wäre. Nein, das ist nicht die »patriarchalische Grimasse«, hinter welcher der starre Absolutismus sich verbirgt: dies ist ein Ganzes, eine Seelenwelt, so einzig und einmalig wie es die Klosterwelt des dreizehnten Jahrhunderts war oder die Geisteswelt einer ionischen Stadt zu Platons Zeit. Welche Fülle des Herzens im Gebieten, welche Schönheit im Befehlen: aber dies deutet nicht nur auf ein wunderbares Individuum, auch auf eine wunderbare Welt. Auch was dieser Herrscherin dienend gegenübersteht, war ein Einmaliges. Sie mag hochbefähigte und sehr mittelmäßige Diener gehabt haben, auch stumpfe und eifersüchtige (in gewissen Grenzen, die sie zu ziehen wußte) – aber nimmt man es im großen: welche schöne Welt ungebrochener Menschen, welche wahrhaft menschliche Welt. (Man stelle dieser Gruppe die Gruppe von Gehilfen und Dienern gegenüber, mit welcher Napoleon hausen mußte.) Hier ergreift uns ein unnennbares Gefühl: welche weiten Lebensräume mit Herzenswärme erfüllt! Jene Paläste, jene Festräume, jene Stifte und Klöster: unser Fuß betritt ihren steinernen Boden – unsere Stimme hallt in ihren weiten Sälen: aber eine Wärme umfließt uns, die uns ins tiefste Innere dringt. Die Formen, in denen sich dies vollzog: Herrschen und Beherrschtwerden, sind dahin, und für immer. Was dieser Welt Mittelpunkt war, ein Wesen, wunderbare Einheit von Sendung und Begabung, ist geschichtliche Gestalt geworden: aber wir sind da, die Nachkommen der Nachkommen der von ihr mütterlich Beherrschten, unsere Lage in der Welt: zwischen dem großen Volksganzen, dem Geschichte und Sprache uns verbinden, und jenen anderen, ob entfremdet niemals ganz fremden Völkern, ist die gleiche geblieben. Unsere Aufgabe, mit der zu ringen ihr Leben war, diese große Aufgabe ist heute »noch gegeben wie einst«. Die Kraft aber, mit der eine Erscheinung wie die ihre in uns fortlebt, wird noch auf lange hinaus ein Maß unserer Seelenkraft sein.

GELEGENTLICHE ÄUSSERUNGEN

[GEORG REIMERS]

Wenn der Sinn dafür, was auf dem Theater und durchs Theater zu leisten, uns nicht völlig verlorengegangen ist, so verdanken wir dies nicht der seit zweihundertfünfzig Jahren ewig schwankenden und meist irregehenden literarischen Theorie, sondern dem Schauspieler.

Rodaun, Juni 1925

AN HANS BÖHM

Sehr geehrter Herr Doktor!
Für die Reihe von Bildern, welche das erste Theaterjahr der Reinhardtschen Wiener Bühne festhalten und die Sie mir zu senden so freundlich waren, danke ich Ihnen sehr.
Wenn man die Bühne liebt, so konnte man an photographischen Aufnahmen des Schauspielers auf der Szene bisher nicht viel Vergnügen finden. Dergleichen Aufnahmen in ihrer wachsfigurenhaften Starrheit verscheuchen sogar aus der Erinnerung das, was den eigentlichen Zauber der Bühne ausmacht: das zarte, ununterbrochene Fließen des mimischen Lebens. Bei Ihren Aufnahmen erscheint mir zum ersten Male ein Resultat erreicht. Jene schwer definierbaren Modifikationen der Gebärde, welche, von Geschlecht zu Geschlecht wechselnd, das Eigentliche des schauspielerischen Stils ausmachen, hier erscheinen sie zum ersten Male wirklich festgehalten. Hätten wir Bilder ähnlicher Art, ein Jahrhundert der deutschen Bühne umspannend, so wäre für die Theatergeschichte und darüber hinaus für die Kulturgeschichte viel gewonnen. Denn aus der Gebärde spricht der Geist einer Zeit aufs deutlichste. Man wird unwillkürlich darauf geführt, sich zu fragen, wodurch es Ihnen gelingen konnte, Ihre vielen Mitstrebenden so entschieden zu übertreffen, und erkennt als die Wurzel dieses Gelingens das gleiche Element, das jedem künstlerischen Vollbringen beigemischt ist: die angespannteste Aufmerksamkeit, für welche nichts unwichtig, auch nicht der Bruchteil einer Schwebung belanglos erscheint, und der es endlich gelingt, das Leben dort zu erfassen, wo es sich immer enthüllt, wenn der Sinn scharf genug ist, es dort aufzusuchen: im kaum mehr meßbaren Augenblick.
Ich bin, sehr geehrter Herr Doktor, mit den besten Grüßen
Ihr ergebener

Hofmannsthal

Rodaun bei Wien, am 20. Dezember 1925

[HOMMAGE À JACQUES RIVIÈRE]

Lorsque, il y a douze ou treize ans, son essai sur Ingres me tomba sous les yeux, je sus que désormais je retiendrais son nom et que je lirais tout ce qui serait signé de ce nom. Par ce seul essai il m'avait tout acquis à lui. Je savais que je me trouvais en présence d'un chef, d'un ami inconnu, d'un compagnon avec lequel je pouvais dialoguer en esprit sur les arts; mais je ne savais pas que l'homme dont je m'étais formé ce jugement était si jeune, beaucoup plus jeune que moi, et qu'une aussi grande sûreté, une flexibilité si humaine n'étaient pas l'effet de l'âge mûr, mais bien celui de dons exceptionnels. J'avais à faire à une méthode critique en art qui se distinguait nettement de celle des époques précédentes. Et j'étais frappé de voir combien, depuis le temps où Diderot écrivait sur Greuze, et Baudelaire sur Delacroix, en ce domaine de l'expression littéraire ce qui n'était que senti et perçu s'était, si j'ose dire, spiritualisé – à quel point s'interpénétraient l'intellectuel et le sensible.

A mesure que je prenais contact avec ses travaux, sa façon d'interpréter une œuvre d'art me paraissait toujours davantage émaner d'une personnalité heureuse et harmonieuse, telle d'ailleurs qu'elle se traduisait en son mode d'écrire tout particulièrement sympathique. Il ne juge pas, il n'enseigne pas, il ne décompose pas; il assiste à la naissance spirituelle d'un poème, d'une œuvre d'art, d'un tableau, cette naissance spirituelle qui se refait toujours devant les yeux de celui qui sait voir; il suit la ligne qui naît, il séjourne volontiers à l'intérieur du labyrinthe, et il le quitte serein: pendant tout le temps il avait tenu en mains le fil d'Ariane. Lorsqu'on réfléchit sur ce qu'il nous a dit d'une œuvre d'art et sur la façon dont il nous l'a communiqué, il semble qu'il ait, dans chaque cas, dit dout d'une fois, ainsi que dans une œuvre d'art tout existe simultanément.

Aujourd'hui, après tant d'années, je revois pour la première fois cet essai sur Ingres réuni à d'autres. Et c'est le livre d'un mort. Après ces années d'une séparation complète, j'aurais aimé par-dessus tout à faire sa connaissance; j'eusse recherché son entretien. A présent c'est tout juste si j'arrive avec ces quelques mots à rendre hommage à la mémoire d'un disparu.

[AN DIE THEATERGEMEINDE DES KULTURBUNDES]

Ich glaube, daß Sie auf dem rechten Wege sind, und die Gewähr dafür, daß Sie erreichen werden, was Sie sich vorsetzen, scheint mir schon in der Fassung zu liegen, die Sie Ihrem programmatischen Aufruf gegeben haben. Denn er trifft den springenden Punkt. Die Schwierigkeit des gegenwärtigen Theaterbetriebes liegt darin, daß dem Theater das Publikum als eine inerte Masse gegenübersteht und daß doch wieder die Führung des Theaters von den Reflexbewegungen dieser inerten Masse abhängt. Das Publikum zu einer Gemeinschaft zu binden, hat man neuerdings vielfach versucht; aber nur im ökonomischen, ungeistigen Gedankengang. Sie versuchen auf die ältere Bindung, die gesellschaftlich-geistige, zurückzugehen. Sie wollen gewisse Tendenzen, die in einer geistig belebten und für die Zeitbewegungen empfindlichen Minderheit fühlbar sind, mit Bewußtsein in den Kreislauf einschalten, ohne den ein lebendiges Theater nicht denkbar ist: in den Kreislauf zwischen dichterischer Produktion, theatralischer Darstellung und aufnehmender Menge. Ihr Plan scheint mir alles für sich zu haben und ich bitte Sie, über mich, soweit Sie meines Rates im einzelnen zu bedürfen glauben, allezeit zu verfügen.

[SCHEFFELS »EKKEHARD«]

Das Schöne an diesem Buch ist nicht ein solches, das vorwiegend für die Jugend bestimmt ist; aber es kann auch vom jugendlichen Gemüt aufgenommen werden. Für den gereiften Menschen ist es aber nicht weniger vorhanden; und durch seinen Gehalt und die Elemente, welche in ihm verbunden sind, wird es durch die ganze Breite der Nation hin noch lange wirksam bleiben.

Sein besonderes Schönes ruht darin, daß die zart und rein umrissenen Gestalten zugleich in eine ferne deutsche Vergangenheit gestellt sind und in eine völlig gegenwärtige deutsche Landschaft; und in eine solche, die durch ihre Lage besonders bedeutend ist: weil sie den Alpen naheliegt, zugleich auch dem größten deutschen See und dem Jünglingslauf des deutschen Stromes. Die ferne Zeit, in welcher die Handlung sich abspielt, ist die vorgotische: eine noch nicht sehnsüchtige, sondern volle und jugendliche des Mittelalters. In dem Helden des Buches nun wieder ist eine liebenswerte Jünglingsgestalt gezeichnet – es umfließt ihn aber auch der Schimmer geistiger Bedeutung, der sich, wenn auch schwach leuchtend, durch die Jahrhunderte erhalten hat. Es führen ferner von dieser Gestalt die Fäden zu zwei höchsten Bereichen: in die sagenhafte Vorzeit des eigenen Volkes und in das römisch-griechische Altertum, und die beiden Fäden sind in eins gedreht, so wie es wirklich mit unserer Bildung beschaffen ist.

So behält das Werk sein Bescheidenes (das mehr Lebensgewähr in sich hat als das Aufgeschmückte), weist aber durch seinen Schauplatz ins Große der Natur, durch geistige Berührungen, die es in uns wachruft, ins Große der geistigen Zusammenhänge.

[PANEUROPA]

1. Halten Sie das Zustandekommen der Vereinigten Staaten von Europa für notwendig? 2. Halten Sie es für möglich?

1. Neue übernationale Zusammenhänge herzustellen und die politische Form für sie zu finden, halte ich für das eine Notwendige.

2. Das Notwendige ist immer möglich. Das historische Geschehen vollzieht sich, indem ein kaum Geglaubtes von Wenigen so behandelt wird, als ließe es sich unmittelbar verwirklichen.

[DEUTSCHLAND UND EUROPA]

Einem beharrenden, auf Ausgleich statischer Mächte beruhenden Europa wäre nichts schwerer einzugliedern als Deutschland, das Land des Werdens und Sichselbersuchens.
Ein werdendes, sich selbst suchendes Europa ist auf Deutschland vor allem gewiesen, als auf das Land, welches in ungeheuren Umschwüngen nicht den Mut verliert.

im Juli 1926

[VERKANNTE DICHTER UNTER UNS?]

AN EDUARD KORRODI

Welch ein eigentümliches Thema werfen Sie da auf. Sie fragen mich, ob es nach meiner Meinung einen verkannten Dichter unter uns gebe – und Sie antworten mir selbst, indem Sie schreiben: Aber ist denn z. B. Emil Strauß nicht verkannt trotz seinem Bekanntsein? Völlig ja, muß ich Ihnen zustimmen. Und ist nicht, den Zürich vor kurzem zu Gast hatte, nicht Rudolf Alexander Schröder, füge ich nun hinzu, ich meine den Dichter jetzt, nicht den hochanerkannten Übersetzer, ist nicht der Dichter der »Deutschen Oden« und des »Elysium« ebensolch ein Verkannter? Aber ich gehe noch höher. Als ein beständig Verkannter, dessen Name doch nie völlig abstirbt, geht Immermann von einer Generation in die andere hinüber. Und Goethe selber? Er ist freilich immer da, dem Schein nach für die Nation, in der Tat für Einzelne – aber nie (oder nur für die wenigsten) in vollem Schein, sondern immer wechselnder fällt auf einen Teil seines Werkes der Schatten der Verkennung. Ein verkannter Dichter war für Generationen der Dichter des »Westöstlichen Divan«, verkannt ist heute der Dichter der »Pandora« wie der »Natürlichen Tochter«. – Daß Hölderlin heute mit solcher Gewalt als ein neues Element hereinbrechen kann, beruht – geheimnisvoll genug – auf einer fast hundertjährigen Verkennung. Als ich ein junger Mensch war, war Büchner ein vergessener Mensch! Der Autor eines vergessenen »Buchdramas«, »Danton«, und das Einzige, wodurch sein Name fortlebte, jenes Gedicht Herweghs auf seinen frühen Tod.

So scheint freilich, wenn man scharf zusieht, jenes Begriffspaar Verkennung und Anerkennung seine Konturen zu verlieren und sich aufzulösen wie Rauch. – Doch glaube ich den Sinn Ihrer Frage, und was Sie antrieb, sie einigen Künstlern zu stellen, ganz wohl zu verstehen. Sie gewahren in der geistigen Nation, im höheren Publikum eine allseitige Lockerung. Vom Publikum in der Einzahl kann überhaupt nicht mehr die Rede sein. Jeder Produzierende hat das seine, Anhänger, sein bißchen Notorietät, seine mehr oder minder angemaßte, ja wahnhafte »Welt«. Das alles vollzieht sich auf tausend Ebenen. Der Begriff der Anerkennung, die eine allseitige sein müßte, wenigstens für den Moment, ist nahezu aufgehoben. Und Sie fragen sich, ob denn der Gegenbegriff, jener tragisch wuchtige der Verkennung (wie er finster auf Hebbels Jugend lastete) noch als geltend anzusehen? Die Frage führt in ein ernstes Gebiet. In einer schwankenden, flatternden, alles berührenden, alles betastenden Welt einsam zu bleiben, Schicksal auf sich zu ziehen in der finsteren grandiosen Form der völligen Verkennung, dazu gehört eines, das seltenste: eine innere Großheit (und dies dunkle Urelement ist mit Künstlergröße nicht identisch, aber viel zu weit führt das hier, diese beiden Begriffe gegeneinander abzugrenzen). Auch solche Menschen gibt es in dieser Zeit. Indem ich drei Namen hinschreibe: Rudolf Pannwitz, Otto zur Linde, Ernst Fuhrmann, meine ich nicht, für diese Männer »einzutreten«. Dieser Begriff und das grandiose Verkanntsein dieser Männer gehören zwei Regionen an, die nicht miteinander kommunizieren.

Ich bin, lieber Doktor, mit den freundlichsten Grüßen immer Ihr

Hofmannsthal

[FÜNFZIG JAHRE STADTTHEATER IN MAGDEBURG]

Was nicht nur die dramatischen Dichter, sondern was das gesamte Geistesleben der Nation seit dem Ende des achtzehnten Jahrhunderts den deutschen Theatern in den mittleren und kleineren Städten schuldig geworden ist, könnte vielleicht nur der ermessen und aussagen, der zu einer Äußerung darüber gewiß nie aufgerufen werden wird: der Bewohner einer französischen oder italienischen Provinzstadt.

[DIE BESTEN BÜCHER DES JAHRES 1926]

Mit Vergnügen nenne ich Ihnen sechs sehr verschiedenartige Bücher, die mir im Verlauf der letzten Monate großen Eindruck gemacht haben:

1. Die unvergleichlichen drei Vorträge *Karl Vosslers: »Die romanischen Kulturen und der deutsche Geist«.* Ein wahres Muster von Weltblick, politischer Reife und einer zur höchsten Urbanität geläuterten, wieder ganz leicht und weltläufig gewordenen tiefen Gelehrsamkeit. (Erschienen in Form eines dünnen Buches im Verlag der Bremer Presse.)
2. Aus der schönen Publikationsreihe »Der Weltkreis« (Verlag der Universität Erlangen) *»Die Briefe des kaiserlichen Gesandten Busbeck aus dem Konstantinopel des XVI. Jahrhunderts«.*
3. *»Das Lebensbild Max Webers von seiner Gattin«* (Verlag J. C. Mohr, Tübingen). Die gehaltvolle Darstellung eines hohen geistigen Lebens.
4. Von den außerordentlichen Erzählungen *J. Conrads* die außerordentlichste, *»Jugend«,* mir seit Jahren bekannt, aber in einer schönen deutschen Übersetzung aufs neue wirksam wie nur je. (S. Fischer Verlag.)
5. Aus dem gleichen Verlag *Frank Harris: »Mein Leben«.*
6. *Carl J. Burckhardt: »Kleinasiatische Reise«,* der Bericht über eine im Jahre 1923 im Auftrage des Roten Kreuzes durchgeführte Mission, der in höchst eigentümlicher Weise den hohen Europäismus einer heraufziehenden Generation zum Ausdruck bringt. (Verlag der Bremer Presse.)

[AGNES SORMA]

Wer in sich, durch den langen Korridor der Jahre hindurchblickend, nach der Erscheinung dieser bezaubernden Frau sucht, wird vielleicht ihre Züge kaum mehr genau erblicken, ihre reizende frauenhafte Gestalt nur unbestimmt (nur die Ahnung einer unvergleichlichen Proportion), keine einzelne, im Gedächtnis erstarrte Gebärde (alles war wellenhaft, in beständigem Übergang) – nur dies eine: ihr Lächeln, das über jede ihrer Mienen schimmerte, sich verstärken konnte zu einer circehaften Zauberei und ganz ironisch und kühl werden; sie lächelte als Heroine, bis das Lächeln unter dem schrecklichen Schicksal erstarrte, aber nicht völlig schwand – und als Frau Alving sahen wir auf diesem wunderbaren Gesicht das Seltenste, das man sehen kann: das Lächeln der Verzweiflung.

[ALEXANDER MOISSI]

Moissi ist ein Schauspieler von so großer Eigentümlichkeit als nur je einer da war. Er gehört nicht zu den Schauspielern, deren Stärke die Verwandlung ist; gerade im Gegenteil liegt seine Macht darin, daß er seine Natur rein und zart zum Ausdruck bringt. Durch die Eigenart dieser Schauspielernatur hat er eine ganze Generation von Schauspielern aufs stärkste beeinflußt und das Publikum gezwungen, die Figuren des Dichters auf eine neue Weise zu sehen. Ja man kann sagen, wenn es möglich wäre, die Erinnerung an seine Person, und daß er überhaupt da war, im Gedächtnis der Menschen auszulöschen, so würden doch geistige Veränderungen fortbestehen, und sehr merkwürdige, die von seiner Besonderheit verursacht sind.

[DIE BESTEN BÜCHER DES JAHRES]

8. XII. 1928

1. Die zeitgeschichtlich und mehr als zeitgeschichtlich höchst bedeutende Rathenau-Biographie von *Harry Graf Kessler* (Verlag Hermann Klemm).
2. Die große Biographie Kaiser Franz Josef I. von *Josef Redlich* (Verlag für Kultur und Politik).
3. Die Darstellung chinesischer Zustände aus der jüngsten Vergangenheit von *André Malraux,* welche unter dem Titel *»Die Eroberer«* in deutscher Ausgabe im Verlage Kurt Vowinckel erschienen ist.

[»DAS SPEKTRUM EUROPAS« VON KEYSERLING]

EIN BRIEF AN DEN VERLEGER NIELS KAMPMANN

Ich danke Ihnen für das nicht gewöhnliche Vergnügen, das Sie mir durch die Zusendung des Keyserlingschen Buches bereitet haben. Das ist ein wirklich außerordentliches Buch, indem es Dinge von der größten Wichtigkeit, die sonst nur sehr vage und unsicher angefaßt werden, mit der größten Präzision behandelt und dabei mit einer inneren Freiheit und Leichtigkeit, wie nur ein sehr bedeutender und reifer Mensch solche Dinge behandeln kann. Es ist keine Kleinigkeit, seinen Geist in dieser Weise gleichzeitig gespannt und entspannt zu halten, einen so großen Gehalt wie nebenbei zu bieten und bei der Bewältigung eines so wichtigen Themas – und der *wirklichen* Bewältigung – mit solcher Grazie an den Humor der Leser zu appellieren und bei welchem Thema und in welcher Epoche bedürften wir mehr dieses Humors, um überhaupt existieren zu können? Ich danke Ihnen nochmals. Ich glaube, ebenso wie ich es wünsche, daß dieses Buch einen außerordentlichen Erfolg haben wird.

Hugo von Hofmannsthal

Geistige nicht prästiert werden. Meine Hoffnung geht darauf: das Drohende werde im letzten Augenblicke noch durch erweckte Einsicht abgewandt bleiben. Wenn ich hierzu beitragen könnte, auf welchem Wege immer, würde ich nicht zögern.

[FELIX SALTEN ZUM SECHZIGSTEN GEBURTSTAG]

F. S. Seit nun fast vierzig Jahren bezeichnen diese Initialen eine nie ausruhende Aktivität, das unablässige Reagieren einer einzigartigen, in kein Schema passenden künstlerischen Person auf das Dasein.

Schriftsteller, ja – das Beispiel eines Schriftstellers. Er war es als junger Bursch, und seine frühe Sicherheit war ebenso erstaunlich wie sein Temperament, und er ist es heute, und sein Temperament ist ebenso erstaunlich wie seine reife Sicherheit. Er hat viel und wenig »métier« – wie man es nehmen will. Er schreibt viel und leicht – oder vielleicht schwer, aber es wirkt als leicht –, aber niemals spürt man, daß sein métier stärker wird als er. Nicht um die Periode, nicht um das Gleichnis, nicht um die Pointe fühlen wir ihn bemüht; was seinen Stil stark macht, ist das unmittelbare Leben, der Rhythmus, der aus der inneren Bewegtheit kommt. Er mag manchmal ungerecht sein, von einem Eigenwillen, der verletzt – aber nur dicht am Kern des Ich, des wirklichen unverkünstelten egoistischen Ich kann so viel Lebendigkeit sich immer erneuern.

Künstler – durchaus, und aus der Wurzel, und leidenschaftlich. Aber selbst an diesen Novellen, an denen das Künstlerische, das konsequent Dichterische sehr stark ist, ein anderes ist stärker: die Spontaneität. Stärker als die hingestellten Figuren, stärker als die erfundene Handlung ist das Mitempfinden mit der Jugend, mit dem Alter, mit der Krankheit, mit der Gesundheit, das Mitempfinden des Stolzes, der Kraft, des Elends, des Tier-Seins.

Kritiker? Ein unermüdlicher, einer der berühmtesten und einflußreichsten. Aber vergeblich wird man in seinen Kritiken nach festen Maßstäben suchen, nach Grundsätzen, den festen Überzeugungen, den abstrahierten Erfahrungen, welche die Stärke der Kritik im engeren Sinne ausmachen. Seine negativen Kritiken (seltenes Phänomen) nehmen den bei weitem geringeren Raum ein – und auch sie sind nicht Anwendung einer Theorie, sondern reine Spontaneität. Das wenigst abstrakte Gehirn, das man sich vorstellen kann; die unmittelbarste Sensibilität, die man sich denken kann.

Politiker – ja und nein. Keine der Bindungen, keine der Starrheiten, welche diese Situation mit sich bringt. Und immer wieder doch, immer aufs neue Politiker, aus Temperament, aus Kampflust, aus Wille zur Entscheidung.

Ein Wiener – dieser berühmte Wiener Schriftsteller –, ja und nein. Er hat sich nie einer Formel untergeordnet, auch keiner wienerischen. Ein Bürger der Zeit vielleicht mehr als der Bürger eines Landes. Aber auch in der Zeit, wie im Raum, ist er nicht gebunden. Auch hier eignet ihm eine Art von Ubiquität: der Nur-Zeitgenosse, das ist eine von den beengenden Formeln, die ihm ferne sind.

Das Leben ist ein Kampf zwischen der puren Vitalität und den Formen. Das meinte Goethe, als er sagte, daß den Formen, allen, auch den höchsten, etwas Erstarrendes, Todbringendes innewohne. Wir sind immer in Gefahr, das Leben an die Institutionen zu verlieren, an die Abstraktionen, an die Worte (auch sie sind Formen). Die Initialen F. S. werden noch lange und oft die Zeichen der unmittelbaren, unbedingten Lebendigkeit sein. Eine Masse Erfahrung hat sich um sie angesammelt; aber sie ist jugendlich amalgamiert. Sie wirkt auf den, der sie trägt, nicht als Last, sondern als Reserve der Phantasie. Eine rhythmische Lebenskraft fast unvergleichlicher Art wirkt sich aus, heute wie vor zwanzig und vor vierzig Jahren, und die beiden Initialen bezeichnen einen nicht erkaltenden Herd primärer Lebenswärme.

[DAS DEUTSCHE HAUS DER COLUMBIA-UNIVERSITÄT]

Rodaun bei Wien, den 15. Januar 1929

Die wechselseitige Annäherung, ja die wechselseitige Durchdringung dieser beiden Geisteswelten, der europäischen und amerikanischen, ist heute die Aufgabe aller Aufgaben. Amerika ist nicht so jung, Europa nicht so ermüdet, als es scheint.

Zwei Geistesverfassungen, aus gemeinsamer Wurzel entsprungen, sind für drei Jahrhunderte – wie durch die Hand eines großen experimentierenden Biologen – den äußerst verschiedenen Existenzbedingungen, einem äußerst verschiedenen Geschichtsverlauf ausgesetzt worden: das Resultat ist eine Polarität, von der wir uns Unendliches versprechen dürfen. Dem ungeheuren Phänomen Asien steht heute ein doppeltes Europa gegenüber: diesseits und jenseits des Atlantischen Ozeans. Mögen Institute wie das Deutsche Haus der Columbia-Universität dazu beitragen, einen Hauptstrom europäischen Geistes, den deutschen, in die amerikanische Geistes- und Willenswelt einströmen zu machen und damit eine starke Gegenbewegung des amerikanischen Geistes auf uns herauszufordern.

BUCH DER FREUNDE

Der Mensch wird in der Welt nur das gewahr, was schon in ihm liegt; aber er braucht die Welt, um gewahr zu werden, was in ihm liegt; dazu aber sind Tätigkeit und Leiden nötig.

Die Liebe und ihre Umkehrung, der Haß, sind darum das eigentliche Medium des Lebens, weil sie allein aus den andern Individuen die Konsequenzen ziehen.

Die ahnende Jugend weiß die Welt mit Kräften erfüllt; aber es kommt ihr nicht bei, welche Rolle in der Welt die Schwäche in ihren verschiedenen Formen spielt.

In jedem Menschen wohnt eine eigene Unschuld.

Es ist ein entscheidender Unterschied, ob Menschen sich zu anderen als Zuschauer verhalten können, oder ob sie immer Mitleidende, Mitfreudige, Mitschuldige sind: diese sind die eigentlich Lebenden.

Sind wir nicht am ärmsten, wo wir am gesichertsten sind, am reichsten, wo wir am gefährdetsten sind – kommt es nicht darauf an, immer aufs neue die Gefährdung aufzusuchen; ist nicht ein Hauch des Todes und der Verwesung um alle die Anstalten, in denen das Leben gegen den Mechanismus des Lebens hintangesetzt wird, den Ämtern, öffentlichen Schulen, dem gesicherten Funktionieren der Geistlichen usf.?

Der einzelne Mensch hat als Kind teilgenommen an den Erinnerungen seiner Großeltern, nimmt als Greis teil an den Hoffnungen seiner Enkel; er umspannt fünf Geschlechter oder hundert bis hundertundzwanzig Jahre.

Man ist vielfache Person als vielfacher Schüler.

Erfahrung ist zwiefach zu beurteilen, je nachdem wie sie das Selbstbewußtsein hebt, inwiefern sie es unterdrückt.

Il n'y a rien qui rafraîchisse le sang comme d'avoir su éviter de faire une sottise. *La Bruyère*

Die meisten Menschen fühlen nicht, sie glauben zu fühlen; sie glauben nicht, sie glauben, daß sie glauben.

Diderot, Paradoxe sur le comédien

Der höhere Mensch lebt mit allen in Frieden, ohne wie alle zu handeln. Der niedere handelt genau wie alle und wird mit niemandem fertig. Dem Höheren ist leicht gedient, aber er wird schwer befriedigt. Der Niedrige fordert schweren Dienst und ist mit Billigem zufrieden. *Konfuzius*

Je ne crains que ce que j'estime.

Stendhal in der Vorrede zu ›De l'Amour‹

Man muß im Ganzen an jemanden glauben, um ihm im Einzelnen wahrhaft Zutrauen zu schenken.

Ein gewöhnlicher Verstand ist wie ein schlechter Jagdhund, der die Fährte eines Gedankens schnell annimmt und schnell wieder verliert; ein außerordentlicher Verstand ist wie ein Leithund, der unbeirrbar fest auf der Fährte bleibt, bis er das Lebendige ereilt hat.

Les uns disent que non, les autres disent que oui: et moi je dis que oui et non.

(Sganarelle über eine schwierige medizinische Frage)

Molière, Le médecin malgré lui

Es ist in den Menschen ebensoviel unbegreifliche Trägheit, als schädliche Aktivität zur unrechten Zeit und am unrechten Punkt.

Man schätzt diejenigen als etwas Seltenes, die ruhig und aufmerksam zuzuhören verstehen; ebenso selten ist ein wirklicher Leser, am seltensten einer, der seine Nebenmenschen auf sich wirken läßt, ohne den Eindruck unablässig durch seine innere Unruhe, Eitelkeit, Selbstsucht zu zerstören, ja zu vernichten.

Die Jugend ist so stark, als sie sich ahnt, und zugleich so zart und schwach, als sie sich gebärdet; das ist das Zweideutige an ihr und das Dämonische.

Gelten lassen ist schwerer, als sich begeistern.

Here lies a proof, that wit can never be
Defence enough against mortality.

Grabstein der Dichterin Aphra Behn,
einer Freundin von Pope und Dryden, in Westminster Abbey

Die Freunde sind nicht viele noch wenige; sondern die hinreichende Zahl.

Man kann sechzig Jahre alt geworden sein, ohne zu ahnen, was ein Charakter ist. Nichts ist verborgener als die Dinge, die wir beständig im Mund führen.

In Er-leben ist ein aktivischer Ursinn, wie in Er-reichen, Ereilen; aber niemand hört ihn mehr, und wir haben ein reines Passivum daraus gemacht.

Man überträgt (sagt irgendwo Hebbel) leicht seinen Respekt für das Element, worin jemand waltet, auf die Person. Er sagt es in besonderem Bezug auf Adam Müller und Gentz, trifft aber dabei etwas allgemein Wahres.

Der hundertäugige Argus war ein Mensch ohne Geschäfte, wie sein Name ausweist. Es ist daher kein Ruhm, daß ein Zuschauer von einigen Dingen besser urteilen kann, als die sie unter den Händen haben; und keine Schande für diese, ihre

Handgriffe nach den Beobachtungen eines Müßiggängers zu verbessern. *Hamann an seinen Bruder 1760*

Die wenigsten Leute haben auch nur einen Augenblick ihres Lebens wirklich gewollt, ebensowenig als geliebt.

Der Bildungsgang ist um so glücklicher, je mehr seine einzelnen Phasen den Charakter von Erlebnissen annehmen.

Bismarck (damals Gesandter in Paris) ließ dem ihm unbekannten Paul Lindau für die gelungene Übersetzung von ›désarmer‹ durch das neue Wort ›abrüsten‹ seine Hochachtung ausdrücken. Später übersandte er ihm noch eben dafür die Œuvres de Frédéric le Grand.

Der Töpfer haßt den Töpfer, der Baumeister den Baumeister, der Bettler neidet den Bettler und der Sänger den Sänger.

Hesiod

Man hat etwas weniger Freunde, als man annimmt, aber etwas mehr, als man kennt.

Betrachtet man den Zeitverlauf, so hält man schließlich in bezug auf menschliche Beziehungen nichts für unmöglich: keine Umgestaltung, kein Zurücknehmen, keinen Selbstwiderspruch. Was alle zusammenhält, der gemeine menschliche Zustand, der sich in alles finden kann, ist bei weitem das Stärkste.

Nicht der Täter wird unrein durch die Tat; nur die Tat durch den Täter.

Einen Sinn in Kindern auszubilden ist das Wichtigste: den, wahrzunehmen, daß das Göttliche sich unmittelbar in unserer Nähe offenbart. Vieles aber, das wir tun und gewähren lassen, zielt darauf ab, diesen Sinn durch Verhärtung abzutöten.

On ne s'imagine d'ordinaire Platon et Aristote qu'avec de grandes robes, et comme des personnages toujours graves et sérieux. C'étaient d'honnêtes gens qui riaient comme les autres avec leurs amis; et quand ils ont fait leurs *lois* et leurs traités de *politique,* ç'a été en se jouant et pour se divertir. C'était la partie la moins philosophe et la moins sérieuse de leur vie. La plus philosophe était de vivre simplement et tranquillement.

Pascal

Alles Behagen am Leben ist auf eine regelmäßige Wiederkehr der äußeren Dinge gegründet. Der Wechsel von Tag und Nacht, der Jahreszeiten, der Blüten und Früchte, und was uns sonst von Epoche zu Epoche entgegentritt, damit wir es genießen können und sollen, diese sind die eigentlichen Triebfedern des irdischen Lebens. Je offener wir für diese Genüsse sind, desto glücklicher fühlen wir uns.

Goethe, Dichtung und Wahrheit, 13. Buch

Wer älter wird, erkennt, daß man beständig schuldig bleibt, durch alle Lebensverhältnisse und Verkettungen hin; doch wohnt auch in jedem Menschen seine Art von Unschuld; die ist es, die ihn aufrecht hält, er weiß selbst nicht wie.

Daß sie ihre eigene Kraft kennen, das ist das Hinreißende an den Liebenden.

Situationen sind symbolisch; es ist die Schwäche der jetzigen Menschen, daß sie sie analytisch behandeln und dadurch das Zauberische auflösen.

Wodurch Aladdin groß ist, ist sein Wunsch, daß seine Seele Mark hat zu begehren. Und sollte ich in dieser Hinsicht etwas gegen ein Meisterstück einwenden, so wäre es, daß nicht stark und deutlich genug hervortritt, daß Aladdin eine berechtigte Individualität ist, daß wünschen und wünschen können, dummdreist wünschen, resolut zugreifen, unersättlich begehren eine Genialität ist, so groß wie eine andere. Man glaubt es vielleicht nicht, und doch werden in jeder Generation vielleicht nicht zehn Jünglinge geboren, die diesen blinden Mut, diesen Griff ins Unendliche haben. *Kierkegaard*

Mirabeau als Liebender wie als Politiker ist ein großartiger hinreißender Anblick und wäre eins nicht ohne das andere.

Die Umstände haben weniger Gewalt, uns glücklich oder unglücklich zu machen, als man denkt; aber die Vorwegnahme zukünftiger Umstände in der Phantasie eine ungeheure.

Il n'y a rien de violent à Paris comme ce qui doit être éphémère. *Balzac*

Angewöhnungen sind darum so schwer zu bekämpfen, weil sich in ihnen die Trägheit, die sonst jedem Tun entgegenwirkt, mit einem gewissen rhythmischen Tätigkeitssinn verbündet.

Wir sind so versessen auf Besitz und so beglückt über jedes Zeichen von Anhänglichkeit, daß wir auch an einem regelmäßig wiederkehrenden Fieber etwas wie Vergnügen empfinden können.

Je näher ein Mensch dem andern kommt, desto weniger vermag er ihn – außer er sieht ihn mit den Augen der Liebe – in seinem Treiben folgerichtig und in seinem Innern konsistent zu finden, und der andere vergilt ihm das. In der Tat ist aber auch Konsistenz nirgends außer im Produktiven.

Ich kann nur die Oberfläche der Leute auf meine Seite bringen, ihr Herz erhält man nur mit ihrem sinnlichen Vergnügen – davon bin ich so überzeugt, als ich lebe.

Lichtenberg, Beobachtungen über den Menschen

Ein Mann, der mit fünfunddreißig stirbt, ist auf jedem Punkt seines Lebens ein Mann, der mit fünfunddreißig stirbt. Das ist das, was Goethe die Entelechie nannte. *Moritz Heimann*

Niemand kennt sich, insofern er nur er selbst und nicht auch zugleich ein anderer ist. *Friedrich Schlegel über Lessing*

Menschen in bezug auf Menschen sind bloß immer komisch; das Tragische entsteht, wenn das Schicksal des Einzelnen, Einsamen sich einmischt und hinter den Gegenspielern verbirgt.

Wie gedankenlos ist man gegenüber dem, was andere trifft. Zum Beispiel das Schicksal eines großen Sängers, der in jungen Jahren seine Stimme verliert, ist von unausdenkbarer Härte. Er hat besessen, was ihn über alle hinaushob und zugleich allen angenehm machte. Er verliert es mit einem Schlag, und was übrigbleibt, ist eine leere Hülse, die vielleicht noch dreißig oder vierzig Jahre auf der Erde herumspazieren wird.

Die Menschen sind oft die Sklaven ihrer Willkür, auch in sich selber; aber es ist erstaunlich, wie selten sie ihren Willen anzusetzen wissen.

Krankengeschichten, aufgezeichnet von Janet, bringen in Evidenz, daß Glaubenskraft abnimmt bei geminderter Willensstärke. – Hier liegt die Wurzel des höheren Daseins.

C'est un malheur que les hommes ne puissent d'ordinaire posséder aucun talent sans avoir quelque envie d'abaisser les autres. S'ils ont la finesse, ils décrient la force; s'ils sont géomètres ou physiciens, ils écrivent contre la poésie et l'éloquence; et les gens du monde, qui ne pensent pas que ceux qui ont excellé dans quelque genre jugent mal d'un autre talent, se laissent prévenir par leurs décisions. Ainsi, quand la métaphysique ou l'algèbre sont à la mode, ce sont des métaphysiciens ou des algébristes qui font la réputation des poètes et des musiciens, ou tout au contraire; l'esprit dominant assujettit les autres à son tribunal, et la plupart du temps à ses erreurs.

Vauvenargues

Eine gewisse feinere transzendente Eitelkeit ist ein Element, ohne das wir nicht leben könnten. Wie ein gekrümmter Spiegel malt sie uns ein All, dessen belebende Mitte wir selber sind; ohne sie, fühlen wir, würden wir uns selber entstürzen ins Finstere, Weltlose.

I had none but divines to call upon me, to whom I said, if my ambition could have entered into their narrow hearts, they would not have been so humble; or if my delights had been once tasted by them, they would not have been so precise.

Aus einem Brief des Grafen von Essex,
geschrieben kurz vor seiner Hinrichtung

C'est la profonde ignorance qui inspire le ton dogmatique.
La Bruyère

Gar viele Menschen sind noch jetzt an ihm (Wieland) irre, weil sie sich vorstellen, der Vielseitige müsse gleichgültig und der Bewegliche wankelmütig sein. Man bedenkt nicht, daß der Charakter sich nur durchaus aufs Praktische beziehe. Nur in dem, was der Mensch tut, zu tun fortfährt, worauf er beharrt, darin zeigt er Charakter, und in diesem Sinn hat es keinen so festen, sich selbst immer gleichen Mann gegeben als Wieland. *Goethe*

Das Maß des Anstandes liegt bei der Wirklichkeit.

In jedes Menschen Charakter sitzt etwas, das sich nicht brechen läßt – das Knochengebäude des Charakters; und dieses ändern wollen, heißt immer, ein Schaf das Apportieren lehren. *Lichtenberg*

›Einen gelten lassen‹ und ›an einen glauben‹ sind Begriffe getrennter Sphären.

Ohne die Selbstliebe ist kein Leben möglich, auch nicht der leiseste Entschluß, nichts als Verzweiflung und Starrheit.

Napoleon während der Schlacht von Ligny zu zwei jungen Generalstabsoffizieren, die hinter ihm lachen und plaudern: Soyez donc plus sérieux devant tant de braves gens qui s'égorgent.

Jede Generation hätte triftige Gründe, die ihr vorgehende aufs höchste zu achten; aber es gehört nicht zur Ökonomie des Lebens, daß der nachfolgenden Generation selbst diese Gründe in einzelnen Individuen ins Bewußtsein treten müßten, geschweige denn im Ganzen.

Tempus divitiae meae, tempus ager meus.

Goethe in einem Brief an Fritz von Stein

Es gibt so viele Arten von Zwanzigjährigen, oder von Fünfzigjährigen, als es Arten von Freunden, Liebhabern oder Vätern gibt.

Le suffisant est celui en qui la pratique de certains détails, que l'on honore du nom d'affaires, se trouve jointe à une très-grande médiocrité d'esprit. *La Bruyère*

Die Eingebungen der Selbstsucht sind nach innen zu und nach außen nicht zu verdolmetschen. Es sind Chiffren, für die es keinen gemeinsamen Schlüssel gibt.

Ein gewisses Maß von Hochmut ist ein nützliches Ingrediens des Genies.

Menogenes, der Koch des großen Pompejus, sah wie der große Pompejus selbst aus. *Lichtenberg (nach Plinius)*

Es ist mit dem Ruhm ein eigenes Ding. Ein Holz brennt, weil es Stoff dazu in sich hat, und ein Mensch wird berühmt, weil der Stoff dazu in ihm vorhanden. Suchen läßt sich der Ruhm nicht, und alles Jagen danach ist eitel. Es kann sich wohl jemand durch kluges Benehmen und allerlei künstliche Mittel eine Art von Namen machen. Fehlt aber dabei das innere Juwel, so ist es eitel und hält nicht auf den andern Tag. Ebenso ist es mit der Gunst des Volkes. Er – Carl August – suchte sie nicht und tat den Leuten keineswegs schön; aber das Volk liebte ihn, weil es fühlte, daß er ein Herz für sie hatte.

Goethe zu Eckermann

Libertas est: qui pectus purum et firmum gestitat. *Ennius*

Was ist das Grundelement der Würde? Naivetät. Das Imponierende ohne Würde ist leicht beängstigend. Napoleon. Jenes: Il n'y a qu'un pas du sublime au ridicule, richtig, aber nur für ihn; sein Erhabenes war so beschaffen, daß es dem Sturz beständig nah war.

Frauen haben ein zartes Organ, den Ruhm rein aufzunehmen wie einen Duft des Himmels.

Je trouve plus poli d'admirer que de louer.

Madame de Grignan an Madame de Sévigné

Es ist etwas anderes, ob man eine Haltung, sei es welche immer, wirklich hat, oder ob man vor anderen oder sogar vor sich selber sie zu haben vorgibt.

Ein nobler großmütiger Mann, der glaubt, man dürfe nicht nobel sein, seine Freigebigkeit unterdrückt, alles aus Pflichtgefühl, ist wohl denkbar.

Qui nulli gravis exstiteram, dum vita manebat,
Hac functo aeternum sit mihi terra levis.

Zitat von Möser in den ›Patriotischen Phantasien‹

Eine Art von unablässiger indirekter Anerkennung ist ein Ingrediens, das dem geselligen Verkehr nie fehlen darf; die direkte Anerkennung ist schwerer zu ertragen: wer uns seine Anerkennung direkt äußert, gibt damit zu verstehen, daß er sich mit uns auf eine Stufe stellt, zumindest in der Lage ist, uns und unser Verdienst zu überblicken.

He (Captain Blifil) began to treat the opinions of his wife with that haughtiness and insolence, which none but those who deserve some contempt themselves can bestow and those only who deserve no contempt can bear. *H. Fielding*

Es ist nur ein geringer und scheinhafter Unterschied zwischen dem flüchtigen und geringfügigen Ruhm, den ein Schauspieler, und dem ›bleibenden Ruhm‹, den ein Dichter erwirbt.

Urteil einer alten Frau aus dem Volk über Lessing: Ne, smoket hat he neg, wän he man süs wat dogt harre! (Nein, geraucht hat er nicht, wenn er nur sonst was getaugt hätte!)
Carl Julius Weber, Briefe eines in Deutschland reisenden Deutschen

Autorität über sich erkennen ist ein Zeichen höherer Menschlichkeit.

Un homme partial est exposé à de petites mortifications; car, comme il est également impossible que ceux qu'il favorise vivent toujours heureux ou sages, et que ceux contre qui il se déclare soient toujours en faute ou malheureux, il naît de là qu'il lui arrive souvent de perdre contenance dans le public, ou par le mauvais succès de ses amis, ou par une nouvelle gloire qu'acquièrent ceux qu'il n'aime point. *La Bruyère*

Die Ich-Sucht vergeht sich nicht so sehr durch Taten, als durch Nicht-Verstehen.

In Hinsicht auf den Begriff ›Erfahrung‹ gibt es zwei unangenehme Sorten von Leuten: die, denen Erfahrung mangelt, und die, welche sich auf Erfahrung zu viel zugute tun.

Altkluge Kinder und unreife Greise sind in gewissen Weltzuständen genug da.

Es ist eine unangenehme, aber notwendige Kunst, die gemeinen Menschen durch Kälte von sich abzuhalten. ›Nur die

Kälte bändigt den Kot, daß er dir den Fuß nicht beschmutzt‹, sagt ein arabisches Sprichwort.

Es ist nicht genug, nur wahre Dinge zu sprechen; es ist außerdem nötig, nicht alle die zu sagen, welche wahr sind; weil man nur die Dinge bringen soll, welche zu enthüllen nützlich ist, und nicht die, welche nur verletzen würden, ohne etwas zu fruchten; und also wie die erste Regel ist ›mit Wahrheit zu sprechen‹, so ist die zweite ›mit Diskretion zu sprechen‹.

Pascal

Wer das Gesellschaftliche anders als symbolisch nimmt, geht fehl.

Frauen verraten vieles, das sie sonst geheim halten, durch ihren Anzug, woran nie das Geringste ganz ohne Überlegung hinzugetan oder weggelassen ist, auch nicht bei der ärmsten Magd. Daraus müßten sich anfangende Liebhaber, die nicht wissen, woran sie sind, manches herausfinden.

Die Eitelkeit steckt im Ausgangspunkt ebenso wie im vorgesetzten Ziel.

Junge Leute tragen im Geistigen oft eine Perücke, aber aus eigenem Haar.

Valmont: Voilà bien les hommes! tous également scélérats dans leurs projects, ce qu'ils mettent de faiblesse dans l'exécution, ils l'appellent probité.

Das ist das Furchtbare an der Schuld, daß sie der Furcht, dem größten Übel auf Erden, eine ungeheure Berechtigung unterschiebt.

Obgleich in der Empirie fast alles Einzelne unangenehm auf mich wirkt, so tut doch das Ganze sehr wohl, wenn man endlich zum Bewußtsein seiner eigenen Besonnenheit kommt.

Goethe, Reise in die Schweiz, 1797

Zola n'était pas un méchant homme, mais il vivait sous l'influence des événements. *Cézanne im Gespräch*

Partieller Selbsthaß allem Schiefen zugrunde liegend.

Es gibt viele Arten von Liebe, die berühmteste ist nicht die angenehmste. *Rudolf Pannwitz*

Allegorie ist ein großes Vehikel, das man nicht verachten soll. Was Freunde einander wirklich sind, ist eher an einem getauschten Zauberring und Zauberhorn klar zu machen als durch Psychologie.

Der Fleischhauer in Kaschau, der an seinem Hochzeitstag sich so fröhlich, so glücklich fühlt, daß er – bevor er zu seiner Frau hineingeht – sich den stärksten Ochsen herführen läßt und ihn kunstgerecht abschlägt, seinen Gefühlen Lauf zu lassen.

Kann wohl den Wert des Menschen jemand kennen,
der nicht in der Welt Hitze und Kälte erlitten hat?
Aus dem türkischen Spiegel des Kjatibi Rumi

Allez en avant et la foi vous viendra. *D'Alembert*

Es kann einer lange Haare haben, und es tut nichts; aber Absalom wird immer wieder durch seine Haare umkommen.

Das Unheil, das dich irgend einmal trifft, kommt aus einer Stunde, die du versäumt hast. *Napoleon*

Bedenkt man, daß wiederholte sittliche Spiegelungen das Vergangene nicht allein lebendig erhalten, sondern sogar zu einem höheren Leben emporsteigern – *Goethe*

Wirklichkeit ist die fable convenue der Philister.

Es ist etwas in uns, das über und hinter allen Altern ist und mit allen Altern spielt.

›She who is dead and sleepeth in this tomb
Had Rachel's comely face, and Leah's fruitful womb,
Sarah's obedience, Lydia's open heart,
And Martha's care, and Mary's better part.‹

Shakespeare, Grabschrift einer Frau

Im Anfang des Lebens ist man am subjektivsten und begreift am wenigsten die Subjektivität der anderen.

Wer ein allgemein anerkanntes sittliches Verhältnis für seinen Teil aus der Konvention heraushebt und negiert, auch ohne diese Negation auszusprechen, erzeugt einen Wirbel, in den er und was ihm in die Nähe kommt, hineingerissen wird.

Die Frauen sind geborene Französinnen, durch ihren Sinn für das Maß und ihren Hang zum Maßlosen.

Schmeichelhaftes mit Würde kann nur ein Mann in mittleren Jahren aussprechen.

Eine Art, uns selbst zu erziehen, ist die, daß wir einen Menschen, der für uns Autorität hat, herausfordern, sich über einen Gegenstand zu äußern, über den wir ihn anders urteilend wissen, als wir selber urteilen.

Jede neue bedeutende Bekanntschaft bewirkt Auseinanderfallen und neue Integration.

Nichts befriedigt unsere Eitelkeit mehr, als von jemand, dem wir große Achtung schuldig sind, mit Überzeugung auszusprechen, daß er diese oder jene Sache nicht verstehe.

Die Dummheit des Klugen, die Plumpheit des Feinen: wo wurzelt sie? In ungezügelter Nachahmungslust.

Snobs lesen die Geschichte der Salons des ancien régime, wie Kinder Märchen, mit allen fünf Sinnen.

Deutsche bei der Behandlung der gewöhnlichen zarteren Lebensverhältnisse, dem eigentlich Geselligen, schwanken immer zwischen dem Verwahrlosen und dem Verkünsteln.

Wer im Verkehr mit Menschen die Manieren einhält, lebt von seinen Zinsen, wer sich über sie hinwegsetzt, greift sein Kapital an.

Ein junger Mensch, auf der Opernstiege von einem alten Mann mehrmals in den Rücken gestoßen, gibt diesem eine derbe Ohrfeige. »Was werden Sie sagen, mein Herr«, ruft der Greis aus, »wenn Sie erfahren, daß ich blind bin!« *Beaumarchais*

Die Scham, von seinen eigensten Verhältnissen zu niemand reden zu wollen, ist eine Selbstwarnung des Gemütes; in jedes Geständnis, in jede Darstellung schleicht sich leicht die Verzerrung ein, und aus dem Zartesten, Unsagbaren wird im Handumdrehen das Gemeine.

Aufmerksamkeit und Liebe bedingen einander wechselseitig.

Es ist eine Fiktion, von einer europäischen Aristokratie im allgemeinen zu sprechen; in der Tat sind ein österreichischer Graf, ein preußischer Junker, ein principe Romano, ein polnischer Edelmann, ein Lord und ein Berner Patrizier höchst verschiedene Gebilde: aber als Postulat kann und soll man sehr wohl von einer europäischen Aristokratie sprechen.

Ein junger Ionier tritt in Athen in goldgesäumtem Purpurgewand auf. Man fragt ihn nach seiner Heimat, und er antwortet: »Ich bin reich.« *Athenaios*

Die Stärke patrizischer Erzogenheit liegt im Ablehnen.

Anekdote: Die reiche schöne Witwe mit den drei Freiern. In einer kalten Nacht, als die drei Herren nach einem Souper bei ihr im Schlitten abfahren, die Frage: Has Lord Peto got his coat? Womit sie offenbart, welchem sie den Vorzug gibt.

Die klassische Musik der Liebe ist in Dur, die romantische in Moll.

Die moderne Liebe ist schwache Melodie, überinstrumentiert.

In den höheren Formen des Verkehrs, auch in der Ehe, dürfte nichts als ein Festes, nicht einmal als ein Gegebenes hingenommen werden, sondern alles als das Geschenk jedes einzelnen, eine Welt umspannenden Augenblickes.

Die Wollust liebt die Mittel, nicht den Zweck.

Die Regeln des Anstandes, richtig verstanden, sind Wegweiser auch im Geistigen.

Österreichische Bauern, wenn sie höflich und freundlich sein wollen und im Reden weder das Du noch das Sie recht am Platz scheint, reden mit ›Wir‹ an. So noch mein Großvater zu mir als Kind.

De toutes les passions, celle qui est la plus inconnue à nous-mêmes, c'est la paresse; elle est la plus ardente et la plus maligne de toutes, quoique sa violence soit insensible.

La Rochefoucauld

Es gibt nicht zwei Menschen auf der Erde, die nicht durch eine teuflisch ausgedachte Indiskretion zu Todfeinden gemacht werden könnten.

Der Tröster prahlt leicht.

Das Problem des Familienlebens liegt darin, daß Menschen von verschiedenem Charakter und verschiedenen Lebensaltern durch eine gemeinsame Lebensführung allen leidlich ihr Recht werden soll.

Geliebte Menschen sind Skizzen zu möglichen Gemälden.

Es gibt nichts Selteneres in der Welt als Willen; und dennoch reicht das spärliche Maß von Willen, das den Menschen zugeteilt ist, um alle ihre Urteile umzubiegen.

Tous les vices à la mode passent pour vertus. *Molière*

Das Gesellschaftliche kann und darf man nur allegorisch nehmen. Hier läßt sich das ganze Gesellschaftliche der neueren Zeit (von La Bruyère und der Sévigné an) als eine große Mythologie zusammenfassen.

Es gibt so viele geistige Personen, als es Begegnungen gibt.

Eine Geliebte aufgeben, zeugt von erlahmter Phantasie.

Jede neue bedeutende Bekanntschaft zerlegt uns und setzt uns neu zusammen. Ist sie von der größten Bedeutung, so machen wir eine Regeneration durch.

Fremde in Athen, nach mehreren mit Plato vertraulich verbrachten Tagen, ersuchen diesen, sie nun ja zu seinem Namensvetter, dem berühmten Philosophen, zu führen.

Les plus grandes choses n'ont besoin que d'être dites simplement: elles se gâtent par l'emphase. Il faut dire noblement les plus petites: elles ne se soutiennent que par l'expression, le ton et la manière. *La Bruyère*

Kinder sind dadurch unterhaltend, daß sie leicht zu unterhalten sind.

Es gibt bei höheren Menschen eine fruchtbare Trägheit und eine unfruchtbare, und sie gehen in einer Region, die sich dem Blick entzieht, scheinbar ohne deutliche Grenze ineinander über.

Was die Liebe wechselweise fordert, ist plastische Kraft. Darum gibt es in der Liebe wie in der Kunst so viele verunglückte Entwürfe ohne die zureichende Kraft der Ausführung.

Ce qu'on fait simplement, est simple à faire.

Wladimir Ghika

Gesang ist darum wunderbar, weil er die Bändigung dessen ist, was sonst reines Organ der Selbstsucht: die menschliche Stimme.

Eine Frau erträgt es in gewissen Verhältnissen, daß ein Mann sie von seiner Liebe zu einer andern unterhält, aber es muß der ganze Akzent auf der Liebe liegen und nicht auf dem Gegenstand der Liebe.

Wer sich nach dem Frühling sehnt, darf nicht auf den Nußbaum schauen.

Philinen oder Manon Lescauts wird es immer und in allen Lebenslagen geben; aber die Aspasien sind selten genug; hier muß zu einer starken weiblichen Natur noch eine besondere Geistigkeit sich hinzufinden, aber eine solche, die nie auf eigene Hand agiert, sich vom Spiel der sinnlichen Anziehung nie entfernt, sondern die ganze Welt in dieses Spiel verflicht.

Degas, auf die Frage: Pourquoi est-ce que vous faites les femmes si laides, monsieur Degas? – Les femmes sont très laides, madame.

God fram'd her so, that to her husband she
As Eve should all the world of women be.

Sir Thomas Overbury,
Grabschrift einer Gattin

Menschen unserer verworrenen Epoche erleben ihr Eigentliches in Zwischenerlebnissen, unaufgeklärten Mißverständnissen, produktiven Zerstreutheiten.

Wer sich erkannt sieht, beginnt zu lieben oder zu hassen.

Rudolf Pannwitz

Der Sinn der Ehe ist wechselseitige Auflösung und Palingenesie. Wahre Ehe ist darum nur durch den Tod lösbar, ja eigentlich auch durch diesen nicht.

Übereinstimmung ohne Sympathie gibt ein widerwärtiges Verhältnis.

In einem Familienleben sollte durch ein fortwährendes leichtes Aussprechen der wichtigsten Bezüge die Atmosphäre beständig aufgehellt werden.

Die Manieren ruhen auf einer doppelten Grundlage: dem andern alle Aufmerksamkeit erweisen, sich selber nicht aufdrängen.

Wer wollte heftiger der Liebe nachjagen, als der wenig fähig ist, sie zu empfinden; er legt in die Welt den Mangel, der in ihm ist, und beklagt immer aufs neue die mangelhafte Gelegenheit.

Die an der Seele Defektuösen kennen und wittern einander.

Als man vor Kapellmeister Schwanenberg, einem Freund Salieris, das Gerücht erwähnte, Mozart sei von den Italienern vergiftet worden, replizierte S.: »Non ha fatto nulla, per meritar tal onore.«

Les hommes sont si nécessairement fous, que ce serait être fou par un autre tour de folie que de ne pas être fou. *Pascal*

Selbstliebe und Selbsthaß sind die tiefsten von den irdischen produktiven Kräften.

André Chénier, auf dem kleinen Karren zur Guillotine fahrend, indem er sich vor die Stirn schlägt: Il y avait pourtant quelque chose là dedans.

Marquis de P., den man zur Restaurationszeit fragte, was er während der Revolution getan habe: J'ai vécu, monsieur, c'est bien assez.

Freundschaft und Liebschaft ist ébauche der Ehe, die erste ihrer geistigen Seite nach, die zweite nach der mystischen Seite.

Es gibt solche Vorzüge in uns, die niemals im Resultat einer Leistung uns selber vor Augen treten, noch auch in der Reagenz der Welt uns fühlbar werden; und doch sind es die wertvollsten, und ihrer bewußt zu sein, würde den Lauf unseres Blutes beschwingen; diese Strahlen aufzufangen und zurückzugeben ist die zarteste Aufgabe der Freundschaft.

Des Menschen Alter, von innen gesehen, ist ewige Jugend.

Indem sie ihre Gedanken hinnehmen und hingeben, kommunizieren die Menschen wie in den Küssen und Umarmungen; wer einen Gedanken aufnimmt, empfängt nicht etwas, sondern jemanden.

Über dem Gedächtnis eines in der Fülle seiner Kraft verstorbenen Freundes hängt die Seele wie über einem Wasserfall, stürzt sich immer wieder mit der lebendigen Masse nach unten, sieht sie zerstäuben und zu Dunst werden, um wieder zum Scheitel aufzusteigen und sich aufs neue herabzustürzen.

Es gibt eine Stille des Herbstes bis in die Farben hinein.

Ist nun die Einsamkeit noch ein Wert in der Welt der Individualität? An sich nicht, sondern nur noch inmitten der Menschen.

Rudolf Kassner, Zahl und Gesicht

Ce que j'aime le mieux au monde: les feuillages, n'existe plus, et je souffre de tout mon cœur au milieu de ces paysages de pierre.

Charles-Louis Philippe

Die Musik verbindet, die Bräuche trennen. Durch die Verbindung entsteht die Freundschaft der Menschen untereinander, durch die Trennung die Achtung voreinander. Wenn die Musik zu große Bedeutung erlangt, gibt es Nachlässigkeit. Wenn die Bräuche zu sehr herrschen, entsteht Entfremdung.

Aus dem Buche Jo-Ki (dem Buch über die Musik)

Der Dichter ist nie in seiner Sache ganz. Der Fachmann immer.
Addison

Freude erfordert mehr Hingabe, mehr Mut als der Schmerz. Sich der Freude hingeben heißt, genau so weit das unbekannte Dunkle herausfordern.

Anekdote: Ein Mensch, der eine sehr finstere Jugend hatte (ich glaube Alphonse Karr). Bei einem Souper mit Freunden sagt seine Geliebte: Voyez comme ce sourire embellit Alphonse; comme il est jeune, ce sourire. – C'est qu'il a si peu servi, sagt er.

Im Gesicht von Kindern ist ein Letztes, das nur das Auge des Vaters oder der Mutter sieht.

Der Tod selbst ist für den, der nachdenkt, nichts so Ernstes wie die Ehe. *W. S. Landor*

Es gehört Glaubenskraft, also Genialität dazu, die dargebrachte Liebe zu erfassen.

Gegenwart ist die absolute Leidensseite der Existenz – aber nur ein Provisorium.

Die ganze Seele ist nie beisammen, außer in der Entzückung.

In der außerordentlichsten und einsamsten Art sich zu verhalten und in der erbärmlichsten geheimsten Lage hat jeder Tausende von Gefährten, von denen er nichts ahnt.

J'aime toutes les choses, mais j'aime surtout ce qui souffre. D'une belle jeune fille et de sa grand'mère, je préfère la grand'mère parce qu'elle est vieille, qu'elle souffre, et qu'elle va bientôt mourir. Je préfère la grand'mère parce que, comme je te le disais, mon cœur s'est habitué à vivre dans une haute atmosphère où il y a surtout de la bonté. Il y a eu, tout l'été dernier, une aïeule qui installait sa chaise au soleil en face de mon bureau, en haut des marches de la rue François-Miron, elle chauffait son pauvre sang froid et son visage et ses cheveux blancs. Une fois sa petite-fille est venue près d'elle jouer, l'amuser, l'agacer. Oh! mon ami, il fallait voir les gestes de défense de la vieille. Elle ne riait pas, elle se défendait de ce mouvement, avec un recul de son corps et de ses membres et une crispation de son visage. C'était pitoyable. Mon cœur en saignait de tristesse, de bonté et de bonheur. *Charles-Louis Philippe*

Wenn ein Mensch dahin ist, nimmt er ein Geheimnis mit sich: wie es ihm, gerade ihm – im geistigen Sinn zu leben möglich gewesen sei.

Wo ist dein Selbst zu finden? Immer in der tiefsten Bezauberung, die du erlitten hast.

Georg Büchner auf dem Totenbett hatte in seinen Delirien abwechselnd revolutionäre Gesichte, dazwischen ließ er mit feierlicher Stimme sich so vernehmen: »Wir haben nicht zu viel, wir haben ihrer zu wenig, denn durch den Schmerz gehen wir zu Gott ein. Wir sind Tod, Staub und Asche – wie dürfen wir klagen?«

Gott hat gesagt: Dem, der Gutes tut, vergelte ich es zehnfältig und mehr; wer Böses tut, den trifft Vergeltung, wenn ich ihm nicht vergebe; und wer sich mir eine Spanne nähern will, dem komme ich zwölf Ellen entgegen; wer im Schritt zu mir kommt, zu dem laufe ich; und wer voll Sünde, aber gläubig vor mir erscheint, vor dem erscheine ich, bereit, ihm zu vergeben.

Gott sagt: Ich war ein Schatz, den niemand kannte, und wollte bekannt werden. Da schuf ich den Menschen.

Eine Stunde Betrachtung ist besser als ein Jahr Andacht.

Das Streben nach Wissen ist ein göttliches Gebot für jeden Gläubigen; wer aber Unwürdigen Wissen mitteilt, hängt Perlen, Edelsteine und Gold Schweinen um den Hals.

Mohammed

Jede wahrhaft große geistige Erscheinung ist übermenschlich und macht für den, der sich ihr hingibt, alles übrige entbehrlich, bis ans Ende der Zeiten; das ist die Wurzel der durch ein Individuum geoffenbarten Religionen und ihres Anspruches auf Orthodoxie.

Die wenig Zusammenhang in sich selber fühlen, reden vom Festhalten an den Ideen. Die Ideen sind aber nichts, woran man festhalten könnte; sie sind ein Jenseitiges, das sich uns in höchsten Augenblicken enthüllt und sich wieder entzieht.

Der Mensch steckt voller Absichten; er kennt sie nicht, aber sie sind die geheimen Triebfedern seines Handelns.

Mythisch ist alles Erdichtete, woran du als Lebender Anteil hast. Im Mythischen ist jedes Ding durch einen Doppelsinn, der sein Gegensinn ist, getragen: Tod = Leben, Schlangenkampf = Liebesumarmung. Darum ist im Mythischen alles im Gleichgewicht.

– – als Drittes dann die innere Landschaft, die die Seele aus ihrem Zustand vor der Geburt mit in die Welt bringt, die das Wesen und die Farbe des Traumes bestimmt, des Traumes in der weitesten Bedeutung, wie überhaupt die heimlichen und unbewußten Richtwege des Geistes, die sein Klima sind, seine eigentliche Heimat. Nicht etwa nur Phantasiegestaltung von Meer und Gebirge, Höhle, Park, Urwald, das paradiesisch Ideale der unreifen Sehnsucht, der Aus- und Zuflucht alles Ungenügens an der Gegenwart, ist unter der inneren Landschaft zu verstehen, vielmehr ist sie der Kristall des wahren Lebens selbst, der Ort, wo seine Gesetze diktiert werden, und wo sein wirkliches Schicksal erzeugt wird, von dem das in der sogenannten Wirklichkeit sich abspielende vielleicht bloß Spiegelung ist. *Jakob Wassermann*

Das Innere eines Menschen wird schließlich ein in einen harten Stein getriebenes Labyrinth, von dem er allein den Ausweg ins Freie zu kennen glaubt, – aber er glaubt nur.

Nicht daß einer alles wisse, kann verlangt werden, sondern daß er, indem er um eins weiß, um alles wisse.

Der Geist sucht das Wirkliche, der Ungeist haftet am Unwirklichen.

So göttlich ist die Welt eingerichtet, daß jeder an seiner Stelle, an seinem Ort, zu seiner Zeit, alles übrige gleichwägt.
Goethe

In der Gegenwart, die uns umgibt, ist nicht weniger Fiktives als in der Vergangenheit, deren Abspiegelung wir Geschichte nennen. Indem wir das eine Fiktive durch das andere interpretieren, entsteht erst etwas, das der Mühe wert ist.

Das Gute allein ist auf die Dauer beachtenswert. *Immermann*

Was ein Ding ist, wäre schwer zu sagen, aber man kann sagen, daß die Menschen sich darüber einig sind und den Begriff nicht auf das, was ertastbar ist, beschränken.

Seinen Kopf nicht anfüllen, sondern stärken. *Lichtenberg*

Die immer erstaunliche Wirklichkeit springt dort ein, wo vernünftige Notwendigkeit zur Begründung eines Geschehenen nicht ausreicht.

Die einzige Gleichheit, die vor dem tiefer eindringenden Blick besteht, ist die Gleichheit des Gegensätzlichen.

Der Mystiker stellt die Hingabe am höchsten, gleichgültig ob ans Gute oder ans Böse; aber das Böse hat nicht die Kraft der Hinnahme, die hat nur das Gute. *Moritz Heimann*

Die Gründlichkeit der Welt verschmäht die Maße,
in denen sich der Hang zur Dinglichkeit verrät...
Theodor Däubler

Zu denken, daß alle Himmel und Unterwelten aller Religionen aus dem menschlichen Innern erbaut sind: auf die Kraft der Projektion nach außen kommt alles an.

Der Adler kann nicht vom flachen Boden wegfliegen; er muß mühselig auf einen Fels oder Baumstrunk hüpfen: von dort aber schwingt er sich zu den Sternen.

Im Bereich der Einbildung ist das Unbekannte allmächtig.
Napoleon

Nicht in der Weltgeschichte, wie die Professoren-Philosophie es wähnt, ist Plan und Ganzheit, sondern im Leben des Einzelnen. *Schopenhauer*

Alles Geglaubte besteht, und nur dieses.

Si la pauvreté est la mère des crimes, le défaut d'esprit en est le père. *La Bruyère*

Fünf Schicksale leiten den Menschen: seine geistige Natur, sein Körper, sein Volk, seine Heimat, die Epoche: sich über alle fünf zu erheben, ist das Göttliche.

Jeder starke Eindruck bringt Freiheit und Bindung; darum formen uns unsere Eindrücke.

Es hat keinen Zweck, daß das Individuum sich im Geistigen bescheiden stelle; die ganze Mitwelt, alle Vergangenheit in ihr eingeschlossen, ist genau der Raum, den es braucht, um ganz zu existieren.

Alles Gelebte schmeckt sonderbar und gräßlich wie Brackwasser: Tod und Leben gemischt.

Was Geist ist, erfaßt nur der Bedrängte.

Magie ist Weisheit, praktisch geworden. Auch unbewußte Weisheit kann praktisch werden. (Für gewöhnlich wird nur das Praktischwerden des Verstandes wahrgenommen.)

Zu jedem Höheren ist Zusammensetzung gefordert. Der höhere Mensch ist die Vereinigung mehrerer Menschen, das höhere Dichterwerk verlangt, um hervorgebracht zu werden, mehrere Dichter in einem.

An unseren Gedanken hat der Wille weit mehr Anteil als der Verstand.

– wie das Erhabene von Dämmerung und Nacht, wo sich die Gestalten vereinigen, gar leicht erzeugt wird, so wird es dagegen vom Tage verscheucht, der alles sondert und trennt, und so muß es auch durch jede wachsende Bildung vernichtet werden, wenn es nicht glücklich genug ist, sich zu dem Schönen zu flüchten und sich innig mit ihm zu vereinigen, wodurch denn beide gleich unsterblich und unverwüstlich sind. *Goethe*

Darum sollen wir Gott anbeten, welcher nur im Geiste, das ist in dem innersten Grunde des Menschen, verehrt werden kann.

J. B. van Helmont

Aus welcher Ursache auch etwas aus dem Nichtsein in das Sein übertritt, gleichviel, ein dichterisches Erschaffen findet dabei alleweil statt. *Plato*

Eine einzelne Handlung oder Begebenheit interessiert nicht, weil sie erklärbar oder wahrscheinlich, sondern weil sie wahr ist. *Goethe*

Die Möglichkeit, gewisse tiefe Fragen zu stellen, könnte sich in uns ausbilden durch die Ahnung, daß sie beantwortet werden könnten, durch Begegnungen, ja die Antizipation von Begegnungen.

Wie viel Kräfte mag es geben, deren Existenz wir nicht einmal ahnen, weil es keine Beziehung zwischen den Ideen gibt, die wir durch unsere fünf Sinne erlangen, und denen, welche wir durch andere Sinne erlangen könnten. *Lessing*

Die Welt will einen jeden aus ihm selbst herausreißen und wieder zu ihm selbst bringen.

Wissen ist wenig; im rechten Bezug zu wissen ist viel, im rechten Punkt zu wissen ist alles.

La bêtise n'est pas d'un côté et l'esprit de l'autre. C'est comme le vice et la vertu; malin quil les distingue. *Flaubert*

Gott gibt uns die Seele; aber das Genie müssen wir durch Erziehung bekommen. Ein Knabe, dessen ganze Seelenkräfte man soviel als möglich beständig in einerlei Verhältnissen ausbildet und erweitert, dem man angewöhnt, alles, was er täglich zu seinem kleinen Wissen hinzulernt, mit dem, was er gestern bereits wußte, zu vergleichen, den man lehrt, sich ebenso leicht von dem Besonderen zum Allgemeinen zu erheben, als von dem Allgemeinen zum Besonderen wieder herabzulassen: der Knabe wird ein Genie werden oder man kann nichts in der Welt werden. *Lessing*

Einer gilt mir für dreißigtausend, doch die Unzähligen für nichts. *Heraklit*

Die Menschen werden Dich nicht immer verstehen; und die Dir am nächsten zu stehen behaupten, die werden am meisten Dich verleugnen; ich seh in die Zukunft, da sie rufen werden: »Steiniget ihn!« Jetzt, wo Deine eigene Begeisterung gleich einem Löwen sich an Dich schmiegt und Dich bewacht, da wagt sich die Gemeinheit nicht an Dich. *Bettina an Goethe*

Der Geist entfaltet seine größte Kraft corps à corps mit dem Sinnlichen.

Wer die höchste Unwirklichkeit erfaßt, wird die höchste Wirklichkeit gestalten.

Es muß einen Stern geben, auf dem das vor einem Jahr Vergangene Gegenwart ist, auf einem das vor einem Jahrhundert Vergangene, auf einem die Zeit der Kreuzzüge und so fort, alles in einer lückenlosen Kette, so steht dann vor dem Auge der Ewigkeit alles nebeneinander, wie die Blumen in einem Garten.

Der Geist besiegt die Materie. Ihre stärkste Waffe im Kampf mit ihm ist ihre Flüchtigkeit.

Es ist nichts im Innern wesentlich, das nicht zugleich im Äußern wahrgenommen wird.

Jede Idee entbindet sich durch ihr contrarium: Königtum in der Bedrängnis, sei es Friedrich II., sei es Ludwig XVI., jetzt Geistesgewalt durch das Überwuchten der militärischen, technischen, ökonomischen Materie.

Man kann ein stumpfes und ein feines Gefühl von der Zeit in sich tragen, so wie ein wirksames und ein unvermögendes Gefühl vom Raum.

Man muß über das Gefühl der Gegenwart hinwegkommen, wie in der Musik über das Hören der Klangfarben der Instrumente.

Eine große Nation bringt zwar immer aufs neue Dichter und Denker hervor, die ihr geistiges Wesen repräsentieren; aber die meisten sind Objekte dieses Geisteslebens, nur äußerst wenige sind Subjekte desselben.

Ein Ding ist eine unausdeutbare Deutbarkeit.

Der geistlose und der geistreiche Gelehrte sind beide gefährlich: der geistlose vermehrt die lastende Materie in der Welt unter dem Vorwand geistigen Tuns, der Geistreiche opfert leicht das Oberste dem Niedrigeren auf.

Denke ich mich und was immer Zweites dazu – und wär es die Landkarte von Griechenland – so sehe ich wie durch ein Fenster in mich hinein.

Starke Phantasie ist konservativ.

Wir haben im ganzen Leben, besonders in der Sphäre des geistigen Verkehrs, die unrichtige Angewohnheit, daß wir den andern Menschen vieles von dem leihen, was uns eigen ist, ganz als müßte das so sein. Da sie nun außerdem ihr Eigenes vor uns erscheinen lassen, so entstehen, indem wir aus beiden Teilen eine Einheit zu schaffen suchen, eigentlich Monstra, ähnlich denen, die in einem winkligen Haus durch den Schein einer Laterne halb aus Schatten, halb aus wirklichen Gegenständen erzeugt werden. Es gibt keine nützlichere aber auch schwierigere Operation, als dieses unbewußt Geliehene von der Erscheinung des anderen wieder abzuziehen. Erst dadurch aber machen wir begreifliche Menschen aus ihnen – oder kürzer ausgedrückt: Der Mensch glaubt die Menschen zu verstehen, wenn er zu einer vermuteten unbegrenzten Analogie mit seinem Selbst noch einiges diesem Selbst Widersprechende hinzu addiert. Es ist Sache der Erfahrung, mit Menschen operieren zu können, die man sich vom Kern aus verschieden vom eigenen Selbst vorzustellen hat.

Rien n'est simple de ce qui s'offre à l'âme, et l'âme ne s'offre jamais simple à aucun sujet. *Pascal*

Reifer werden heißt schärfer trennen, inniger verbinden.

Vielleicht die seltsamste Berührung zwischen dem Realen und dem Irrealen ist das wirkliche Unheil, das falsche Begriffe anrichten.

Der mittelmäßige Mensch hält zu knapp nach dem richtigen Gedanken inne; daher die vielen Halbwahrheiten in der Welt.

Unvergeistigte Gedanklichkeit ist ein ganz guter gesprächsweiser Ausdruck für den gegenwärtigen Geisteszustand, wie er in den zahllosen Broschüren und ephemeren Büchern zutage tritt.

Embryos haben den Umriß von Riesen, aber nicht die Kräfte.

Die Philosophie ist die Richterin eines Zeitalters; es steht schlimm, wenn sie statt dessen sein Ausdruck ist.

Rudolf Pannwitz

Was ist Kultur? Zu wissen, was einen angeht, und zu wissen, was einen zu wissen angeht.

Toute débauche parfaite a besoin d'un parfait loisir.

Baudelaire

Es muß erlaubt sein, sich mit der eigenen geistigen Person zu beschäftigen, wenn eine wirkliche Neugierde den Antrieb bildet.

Das Fremde zu schauen hindert die Fremdheit, das Vertraute zu erkennen verwehrt die Vertrautheit.

Betrachtet man die Wielandsche Auffassung der Antike und die Nietzschesche nebeneinander, ebenso die von Winckelmann und von Jacob Burckhardt, so erkennt man, daß wir etwa noch mehr als die andern Nationen die Antike als einen magischen Spiegel behandeln, aus dem wir unsere eigene Gestalt in fremder, gereinigter Erscheinung zu empfangen hoffen.

Daß wir sie überschätzen, dazu ward die Vergangenheit unserem Gedächtnis einverleibt.

Gegenwart anerkenne dort, wo du Gestaltung empfängst.

Über Oeser. – Seine Werke gaben immer etwas zu sinnen und wurden vollständig durch einen Begriff, da sie es der Kunst und der Ausführung nach nicht sein konnten. *Goethe*

Das Fragende in den menschlichen Gesichtern ist Geist, die Behauptungen sind Behauptungen der Materie.

Wie man empfindet, so will man empfunden sein.

Im Höchstvergeistigten noch ist es die Naivetät, das irrational Körperhafte, wodurch das Geistige Bestand hat.

Wir sehen von unsern eigenen Gedanken nur das nächste Stück, wie die Kurzsichtigen von dem Feldweg vor ihren Augen, nicht aber, wohin er sich am jenseitigen Abhang des Tales fortsetzt.

Daß der Mund küßt, ißt und redet, sollte für sich allein, die am Greifbaren haften, darauf bringen, daß wir durchaus dem Unbegreiflichen gegenüberstehen.

Wenn man wissen könnte, wie viele homogene Massen (zu diesen rechnet er die elektrische, die magnetische Materie) die materielle Welt enthielte, so könnte man auch wissen, wie viele Sinne möglich wären. *Lessing*

Je mehr der Gelehrte oder Denker sich dem Künstler nähert, ohne ihn doch zu erreichen, ein desto bedenklicheres Phänomen ist er.

Die gefährlichste Sorte von Dummheit ist ein scharfer Verstand.

Der Mensch versteht alles, nur das völlig Einfache nicht. *Grillparzer*

Nur zwischen dem Nicht-Seienden gibt es Ähnlichkeiten, dem Nicht-Menschlichen der Menschen usf. – das Seiende ist immer einzig.

Geist ist überwundene Wirklichkeit. Was sich von der Wirklichkeit absentiert, ist nicht Geist.

Die Einfälle sind wahre Zeugungen des schöpferischen Augenblicks, und sie gleichen ihm, ihrem Vater, von Angesicht und Wuchs, ja sie perpetuieren sein, des völlig entschwundenen, Andenken.

La ressource de ceux qui n'imaginent pas est de toujours conter. *Vauvenargues*

Generelle Kenntnis ist entfernte Kenntnis, das Wissen besteht aus Einzelheiten, ebenso wie das Glück. Nur wer auf das genaueste in die Manieren, die Absichten und die Charaktere in allen ihren Verzweigungen eindringt und sie zu unterscheiden weiß, ist der einzig weise und vernünftige Mensch, und auf diese Unterscheidung ist alle Kunst gegründet.

William Blake

Gute Gedanken muß man auch von rückwärts anschauen können. *Novalis*

Perspektivismus: Der Gebrauch, den wir von den Wahrheiten anderer Zeiten machen, ist ein uneigentlicher, der sein Analogon in der Nach-Descartesschen Mathematik findet.

Um überhaupt nur zu sehen, muß man den Sand aus den Augen kriegen, den die Gegenwart beständig hineinstreut.

Kant, Fichte und Hegel sind in gewisser Weise der Ausdruck einer desequilibrierten bürgerlichen Welt.

Nicht: vieles zu kennen, aber: vieles miteinander in Berührung zu bringen, ist eine Vorstufe des Schöpferischen.

Indem man von der Wirklichkeit irgend etwas Zusammenfassendes aussagt, nähert man sie schon dem Traum, vielmehr der Poesie.

Aus lauter Leeren ist die Fülle der menschlichen Existenz aufgebaut.

Die besten Augenblicke sind die, in denen sich das Individuum über seine Situation im Dasein klar wird; das Gefühl kann sich steigern bis zum Magischen, und es ist ohne alles Selbstsüchtige, ohne ein Trachten.

Wer Geist hat, braucht sein Leben lang, sich in seine Elemente auseinanderzulösen; das Genie baut aus diesen eine neue Welt.

Wunderbar ist der Übergang im Denken, der es möglich macht, das für uns individuell Fürchterliche fast freudig zu betrachten.

Die Ereignisse sind Wellen, die den Geist bedrohen, aber auch tragen.

Was ist innere Freiheit? Im Einzelnen zugleich das Allgemeine und Notwendige zu erkennen.

Als der heilige Antonius von Padua vor seinem Ende sah, wie einer der Brüder ihm die letzte Ölung herbeibrachte, sagte er lächelnd zu ihm: »Damit bin ich schon innen gesalbt.«

De la Haye, Vita di S. Antonio

Der Glaube hat nur einen Gegenstand, ebenso der Unglaube. Beide gehen auf das Ganze.

Serpens nisi serpentem comederit non fit draco.

Daß er sich als Materie zu Höherem fühle, ist das Letzte, was dem Menschen bleibt, wenn er sich verwirft.

Die Tiefe muß man verstecken. Wo? An der Oberfläche.

Die Welt läßt sich die Niederträchtigen gefallen, aber nur der Außerordentliche tut ihr genug. Die dazwischen haben einen schweren Stand und leicht ein böses Gewissen.

Die einfachen Charaktere, nicht die zusammengesetzten, sind schwer zu verstehen.

Die gefährlichsten unserer Vorurteile herrschen in uns selber gegen uns selber. Sie aufzulösen ist das Schöpferische.

Die Wirklichkeit steht immer gleich nahe.

Der gefährlichste Gegner der Kraft ist die Schwäche.

Es braucht ein ganzes Leben, um einzusehen, wie dinglich – objektiv – sich die Dinge, wie menschlich – subjektiv – die Menschen verhalten.

Nicht durch den kategorischen Imperativ, den man immer im Munde führt, hat Kant auf ganze Generationen gewaltig gewirkt, sondern durch den Kritizismus, in dem das Scheue, Weltlose der Deutschen seinen abstrakten Ausdruck fand.

Die Formen beleben und töten.

Auch dies gehört zur inneren Freiheit; der Jüngling in uns muß vom Mann hinweggeräumt werden, der Mann vom Greis, die Jungfrau von der reifen Frau: es ist nur *ein* Priester im Heiligtum.

Das Lebendige fließt, aber das Fließende ist nicht die Form des Lebens. *Rudolf Pannwitz*

Auch um die Unterschiede zwischen uns und andern zu erkennen, bedarf es des erhöhten Augenblickes.

Es gibt ein Enthusiastisches aus Schwäche und eines aus Stärke; das erste ist der Sentimentalität verwandt, das andere ist ihr entgegengesetzt.

Der Weg des Übermaßes führt zum Palast der Weisheit.
William Blake

Der feste Wille ist die Absicht; bei wem der stark ist, dem gelingt das Streben. Stark aber ist dessen Wille, der auf die Frage: »Wer kann wohl, wenn man vier Unermeßliche Zeitfolgen und hunderttausend Weltalter hindurch in einer Hölle gemartert war, noch hoffen ein Erwachter zu werden?!« – *»Ich!«* zu erwidern vermag. *Sārasaṅgaho des Siddhahatto. XII. Jahrh.*

Wer sich des Guten nicht erinnert, hofft nicht. *Goethe*

Auch im Leid wird der Gläubige wahrhaft an seinem Ort sein, auch im verzweifelten Augenblick.

Wenn Liebe einen ›Zweck‹ hat, transzendent gesprochen, so müßte es der sein, daß in ihrer Glut der beständig in innerste Teile auseinanderfallende Mensch zu einer Einheit zusammengeschmolzen wird.

Daß für ihn der Reichtum des sittlich Möglichen in Gestalten, nicht in Begriffen sich innerlich darstelle, dadurch unterscheidet sich, der den Tempel der Bildung betreten hat, von dem im Vorhof Verweilenden.

Seid behutsam in sechs Fällen: Wenn ihr sprecht, sprecht die Wahrheit; wenn ihr etwas versprecht, haltet es; bezahlt eure Schulden; seid keusch in Gedanken und in Werken; meidet jede Gewalt; und flieht alles Böse.

Möglichst viel schweigen und dabei heiter bleiben.

Unwürdig des Gläubigen ist jedes leere Geschwätz.

Mohammed

Wo der Wille nur erwacht, dort ist schon fast etwas erreicht.

Eine Flaumfeder kann einen Kieselstein rund schleifen, wofern sie von der Hand der Liebe geführt wird.

Die Seele ist unter allen Giften das stärkste. *Novalis*

Der Schmerz ist verschiedener Art, je nach dem Willen, ihn aufzunehmen. Es gibt ein Schmerzempfinden nach oben wie nach unten.

Schöpfung und Darstellung sind Gegensätze, obwohl meist verbunden; ihre wahre Einheit ist nur im Kultus.

Rudolf Pannwitz

Die Zeremonie ist das geistige Werk des Körpers.

Durch Glauben wird Leben erst zum Leben, auch in seinen zartesten Gliedern.

Ein Kunstwerk ist eine umständliche und ausgebreitete Handlung, durch die ein Charakter erkennbar wird.

Das Schöne, auch in der Kunst, ist ohne Scham nicht denkbar.

Der Geist kann harmonisch sein und der Körper ohne Mißbildung – und doch ein gewisser Geist des Körpers fehlen.

Alter Wein ist mehr als Greis und gewinnt den Duft wieder, der auf ihm schwebte, da er weniger war als Kind: ungeboren.

Die Gegenwart oktroyiert Formen. Diesen Bannkreis zu überschreiten und andere Formen zu gewinnen, ist das Schöpferische.

Innerhalb der engsten Schranke, der besondersten Aufgabe ist mehr Freiheit, als an dem unbegrenzten Unort, den der moderne Sinn sich als Tummelplatz dieser imaginiert.

Geistige Deutsche werden schwer und spät zum eigentlichen Leben geboren; sie machen dann eine zweite Geburt durch, an der viele sterben.

Hic libertatem nostri posuere parentes. *Schweizer Inschrift*

Der Großstaat ist in der Geschichte vorhanden zur Erreichung großer äußerer Zwecke, zur Festhaltung und Sicherung gewisser Kulturen, die sonst untergingen, zur Vorwärtsbringung passiver Teile der Bevölkerung, welche, als Kleinstaat sich selbst überlassen, verkümmern würden, zur ruhigen Ausbildung großer kollektiver Kräfte. *Jacob Burckhardt*

Was den Staat nach innen betrifft, so ist er nicht entstanden durch Abdikation der individuellen Egoismen, sondern er *ist* diese Abdikation, er *ist* ihre Ausgleichung, so daß möglichst viele Interessen und Egoismen dauernd ihre Rechnung dabei finden und zuletzt ihr Dasein mit dem seinigen völlig verflechten. *Jacob Burckhardt*

Ein Gedanke, auf den man nicht leicht kommt und der doch zu vielem den Schlüssel gibt, ist dieser: es verberge sich in jeder Epoche aufs neue unter der Maske des besonders Kraftvollen das sonderlich Schwache.

Die Menschheit gelangt zu Neuschöpfungen unsäglich schwer und hegt darum die einmal entwickelten Formen als ein heiliges Erbstück. Darum knüpfte Cäsar mit gutem Bedacht an Servius Tullius in ähnlicher Weise an, wie später Karl der Große an ihn angeknüpft hat und Napoleon an Karl den Großen wenigstens anzuknüpfen versuchte. *Theodor Mommsen*

Ein kurzes Siegesfest nur ist der Wahrheit beschieden, zwischen den beiden langen Zeiträumen, wo sie als paradox verdammt und als trivial geringgeschätzt wird. *Schopenhauer*

Wenn die Deutschen jetzt das Geistige in die Politik einbeziehen wollen, so müssen sie vor allem lernen, zwei Begriffe scharf zu trennen, deren einer sich aufs Nächste, der andere aufs Höchste bezieht: Zweck und Ziel.

Die Verzweiflung einer Epoche würde sich darin aussprechen, wenn es ihr nicht mehr der Mühe wert erschiene, sich mit der Vergangenheit zu beschäftigen.

In der gegenwärtigen Geistesverwirrung sind Elemente von jedem deutschen Unsinn seit dem sechzehnten Jahrhundert in Umlauf.

Es gehört zum glückseligsten Schicksal eines Volkes, eine einzige große und rhythmisch waltende Naturgewalt in der Mitte des Daseins zu haben. Das war für die alten Ägypter der Nil. Sie empfingen den Segen und das Brot, den Mythos, die Rechtsbelehrung und den Lebensrhythmus aus einer milden Hand. Darum waren sie so heiter-ernst, wie niemand nach ihnen, und überwanden Tod und Leben eins durchs andere.

Vergewaltigung der Natur ist ein starkes Ingrediens unserer Kultur seit hundert Jahren.

Der Gegenwart entflieht, wer unter die Bauern geht. Der Bauer und die Gegenwart liegen in einem gesunden ewigen Streit, und über der Natur und den Sternen schwebt eine unverwelkliche Zeit, die nichts von der schalen Gegenwart weiß.

Die nationale Mystik ist Bespiegelung des Selbst, in ein Totem verlegt.

Man weiß ebenso Weniges und Ungenaues von dem Volksganzen, dem man zugehört, als von dem eigenen Leib.

Das Volk übt zeitweise eine Art von Ostrazismus, wenn es gewisse Stände und Klassen zum Gegenstand der Anklage macht, es deutet dabei aber auf eine höhere Wahrheit hin: nur die Gesamtheit der Produktiven bildet das Volk.

Les institutions périssent par leur victoire. *Montesquieu*

Alle nationale Politik führt letzten Endes in ein unvermittelbares Element, in den Idiotismus, das Wort in seinem Ursinn verstanden.

Pierre le Grand a marié la Russie à l'Europe, de là votre malheur, dont voici le gémissement éternel: Nec sine te nec tecum vivere possum. *Joseph de Maistre*

Das Vergnügen am Kennenlernen vergangener Zeiten hat mehr sinnlichen Zusatz, als wir denken würden; es ist damit wie mit dem Reisen.

Die Völker sprechen so verschiedene Sprachen, daß sie einander weder beleidigen noch genugtun können.

Womit Völker einander beikommen, ist das Geringste an ihnen, und dies noch durch einen Zerrspiegel zurückgeworfen.

Griechen machen aus einem kleinen Fonds das meiste, Deutsche aus riesigem das wenigste.

Das Anthropozentrische ist auch eine Art von Chauvinismus.

Der Witz der Franzosen ist überraschende gefällige Art, eine Wahrheit scharf auszusprechen. Der Deutsche irrt sehr, wenn er annimmt und behauptet, jener gebe den Witz an Stelle der Wahrheit, es sei unter dem Witz die Unwahrheit oder nichts verborgen. So meint es Voltaire in seinen Witzen über Gott und die Kirche; so ist die Antwort Rodins zu verstehen: die deutschen Barbaren verführen mit der Kathedrale von Reims nicht anders, als die französischen Restauratoren jahraus, jahrein an allen Kathedralen von Frankreich.

Es ist uns leicht, die plumpe Albernheit einer überlebten Epoche aus alten Dokumenten, die damals der ›Zeit‹ dienten, ihr huldigten, in ihr schwelgten, mit dem ersten Blick zu durchschauen; und ein schneller Ekel heißt uns den Blick wieder abwenden. Wie aber wird uns zumute, wenn uns für das Treiben der Gegenwart plötzlich der Star gestochen und allmählich das Auge sehend wird, wir die gleiche unbegreifliche Schalheit, läppische Nichtigkeit und unsägliche Zerfahrenheit in Kraft erblicken, ja die völlige Identität unserer jetzigen Philister mit den vormärzlichen oder den gelehrten und ungelehrten Rüpeln des XVIII. – und das Ganze uns wie ein ekles, stagnierendes Gewässer zu umgeben scheint, ein unsterblicher Sumpf, den kein Herrscher jemals trocken legen wird!

Nach der Lektüre eines Nekrologes auf Dehmel

Deutsche tun sich viel auf die Tiefe zugute, die nur ein anderes Wort ist für nicht realisierte Form. Nach ihnen müßte uns die Natur ohne Haut, als wandelnde Abgründe und Wirbel, herumgehen lassen.

Der Philosoph – das Wort im antiken Sinn und im Sinn des achtzehnten Jahrhunderts gebraucht – hat einen guten Stand sowohl in einer grandiosen als in einer erbärmlichen Epoche: von beiden wird er sich abheben. Aber eine Epoche, die sich selber annulliert, annulliert auch ihn.

Die Zeiten folgen einander. Was für die eine eine Errungenschaft war, ist für die andere ein schales Selbstverständliches. Wer seine Zeit nicht erfaßt, hat verspielt.

Das größte Bedürfnis eines Staates ist das einer mutigen Obrigkeit. *Goethe*

Der moralische Sieger ist es, der sich am leichtesten zu Tode siegt.

Kabinette mögen einander betrügen; politische Maschinen mögen gegeneinander gerückt werden, bis eine die andere zersprengt. Nicht so rücken Vaterländer gegen einander; sie liegen ruhig neben einander und stehen sich als Familien bei. Vaterländer gegen Vaterländer im Blutkampf ist der ärgste Barbarismus der menschlichen Sprache. *Herder*

Jedes Volk besitzt von der Welt so viel, als es sich geistig anzueignen vermag. Die Deutschen im Mittelalter und das Imperium Romanum.

Was den Staat betrifft, so ist die Form der Regierung von sehr geringer Bedeutung, obwohl halbgebildete Leute anders denken. Das große Ziel der Staatskunst sollte Dauer sein, indem sie weit wertvoller ist als Freiheit. *Machiavelli*

Die modernen Italiener haben vielleicht größere Schwierigkeiten, sich in ihrem Innern wahrhaft als Nation zusammenzufinden, als die Deutschen; sie sind noch gar nicht auf dem Punkt angelangt, wo sie allgemein das Problematische ihrer nationalen Existenz erkennen können; dazu gehört eine tiefere Reflexion, als deren sie heute fähig wären. Hier wird der italienische Süden, immer die Heimstätte des philosophischen Denkens, eine große Rolle zu spielen haben. Es ist kein Zufall und nichts Geringes, daß die Denker von Thomas von Aquino und Giordano Bruno an bis auf Giambattista Vico, Galiani und letztlich Benedetto Croce, alle aus dem Süden der Halbinsel stammen.

Im Nationalen herrscht Idiosynkrasie; jeder glaubt um die Nation ein Letztes zu wissen, wie er glaubt um sich selber ein Letztes zu wissen. Würde man ihn aber fragen, was dieses sei, so würde er antworten wie Augustinus auf die Frage nach dem Wesen der Zeit: Wenn man mich nicht fragt, so weiß ich es; fragt man mich aber, so weiß ich es nicht.

Das achtzehnte Jahrhundert hatte eine wahre Popularphilosophie, an deren Stelle das neunzehnte einen Hexenbrei aus allen denkbaren Gedanken und Meinungen gesetzt hat. Aus diesem wieder das Höhere und für die Epoche Wertvolle zu destillieren, scheint die Aufgabe zu sein, der sich die gegenwärtige Generation unterziehen muß.

In früheren Epochen war die sentimentalische Affektation vorherrschend, in den gegenwärtigen ist es die realistische.

Die Antike hat keine pathetischere Figur als Hannibal. Verlassen und verraten von dem Volk, für das er handelte, hat er es schließlich seinen Todfeinden überlassen müssen, sein Bild für die Jahrtausende hinzustellen, und ist trotzdem unsterblich geworden.

En politique, les grands créateurs ne sont pas ceux qui conçoivent, ce sont ceux qui exécutent.

Vandal, L'avènement de Napoléon

Dem Franzosen macht die Eitelkeit die Augen klar und die Welt deutlich und merkwürdig.
Der Deutsche hat die Eitelkeit nicht dicht an der Haut sitzen, sondern ein Stück weiter außen, so modifiziert er durch sie die Dinge, anstatt sein Verhalten zu ihnen.

Allgegenwart der Vergangenheit zu ahnen ist ein deutscher Sinn, eine Gabe des latenten großen deutschen Wesens.

Politik ist Kunst des Umganges auf höherer Stufe.

Politik ist Verständigung über das Wirkliche.

Jedes Überbleibsel von Kaiser und Reich rührt mich, wo ich es erblicke. Dieser Staat war doch der einzige, welcher auf ganz geistigen und friedlichen Grundlagen ruhte. *Immermann*

Vieles wird nicht gewagt, weil es schwer erscheint; vieles erscheint nur darum schwer, weil es nicht gewagt wird. *Kaunitz*

In der Politik muß man nichts für unmöglich halten, indem ein gewandter Mann alles durchsetzen kann. *Kaunitz*

Der Deutsche hat eine ungeheure Sachlichkeit und ein sehr geringes Verhältnis zu den Dingen.

Jede Epoche hat ihre eigene Sentimentalität, ihre Art, gewisse Schichten des Empfindens zu übersteigern. Die Sentimentalität der Gegenwart ist ichsüchtig und lieblos; sie übertreibt nicht die Liebesgefühle, sondern das Ich-Gefühl.

Die Deutschen haben wenig Begabung für Schauspielkunst, aber viel Schauspielerei; wenig Sinn und Geschmack für Rhetorik, aber viel Übertreibung; wenig Anlage fürs Soziale, aber unendlich viele gesellschaftliche Hemmungen.

Die Franzosen setzen das Gesellige, die Welt der Reflexe als die absolute Wirklichkeit, an der zu zweifeln niemand absurd genug sein könnte.

Eine Klasse, die im Staat geherrscht hat, muß entweder vernichtet und zum bloßen Schatten ihrer selbst gemacht werden, oder sie wird schaden.

Der Staat ist eine Allianz der vorangegangenen Generationen mit den nachfolgenden und umgekehrt. *Adam Müller*

Die große Folgerichtigkeit in ihrer Geschichte ist der eherne Sockel, auf dem das Selbstgefühl der Engländer ruht.

Daß von einem Wesen wie Wagner, im Grund einem Theatraliker höchsten Stils, ein Konflikt ausgehen konnte, der die ganze Kultur durchriß und auch heute nichts weniger als beruhigt ist, zeigt eine große Seite des deutschen Geisteswesens: daß ihnen wie den Griechen im Geistigen die Fächer und Abteilungen nichts gelten.

Die Elemente sind stets die gleichen – woran doch erkennen wir den Menschen unserer Zeit, den, der um der Zeit willen unser Genosse ist? Zeitgeist in schönem Sinn ist ein Einatmen einer ganz frischen Luft – in welcher die Ewigkeit vorbeiweht.

Ihr Geistigstes haben die Franzosen auf dem Grenzstreifen zwischen Katholizismus und Ketzertum gegeben.

Hinter den Rücken des Geldwesens zu gelangen, ist vielleicht der Sinn der moralischen und sogar religiösen Revolution, in der wir zu stehen scheinen.

Les journaux sont les cimetières des idées. *Proudhon*

Es ist hart, sich mit einer herrschenden Gesellschaft herumzuschlagen, aber härter, eine nicht vorhandene postulieren zu müssen.

Es ist allenfalls möglich, zu imaginieren, was vergangene Epochen in ihr Denken einschlossen, nicht aber, was sie ausschlossen.

Die Eitelkeit der Deutschen hat sich bei der Armut des gesellschaftlichen Lebens in Selbstgerechtigkeit und Sentimentalität pervertiert.

Ein Wiener spricht den Namen eines ausländischen Malers in der Weise aus, wie er ihn von Gebildeten glaubt gehört zu haben; er kommt unter Landsleute des Malers, er verbesert seine Aussprache nach der ihrigen, er kommt wieder zurück unter Wiener und gibt seine richtige Aussprache auf, anbequemt sich der falschen. Das alles halb aus Höflichkeit, halb aus Unlust, einen Widerstand zu überwinden. Ein Preuße spricht den Namen falsch; er kommt unter Leute, die ihn richtig sprechen; wenn er den Unterschied bemerkt, so bleibt er doch bei seiner Aussprache, und er wird den andern, sooft das Wort vorkommt, einen ungeduldigen Blick geben, ja vielleicht wird er sie schulmeistern und betonen, daß er den Namen so spreche, wie er geschrieben werde, also richtig. Stärke und Schwäche in einem.

Politik ist Magie. Wer die Mächte aufzurufen weiß, dem gehorchen sie.

Wir müssen überhaupt suchen, den Ausdruck ›Glück‹ aus dem Völkerleben loszuwerden und durch einen andern zu ersetzen, während wir den Ausdruck ›Unglück‹ beizubehalten haben. ›Glück‹ ist ein entweihtes, durch gemeinen Gebrauch abgeschliffenes Wort. *Jacob Burckhardt*

Will meine Zeit mich bestreiten,
Ich laß es ruhig geschehn.
Ich komme aus anderen Zeiten
Und hoffe in andre zu gehn.

Grillparzer

Jedes wirkliche Kunstwerk ist der Grundriß zum einzigen Tempel auf Erden.

Goethe kann als Grundlage der Bildung eine ganze Kultur ersetzen.

Wir haben keine neuere Literatur. Wir haben Goethe und Ansätze.

Es ist das Paradoxon der literarischen Existenz, daß das in der Zeit stehende Publikum nach anderer Nahrung Verlangen trägt als das überzeitliche.

Jede Darstellung eines Seienden ist schon Indiskretion; dieses primäre *vitium* durch eine Gegenwirkung, die man nicht anders als religiös nennen kann, zu sühnen, ist der Sinn jeder höheren Bemühung in der Kunst.

Für den Produzierenden gibt es keine ernstere Prüfung, als zu erkennen, ob das, was ihn von Schritt zu Schritt nötigt und warnt, sein wahrer Genius oder die feige Stimme seiner Unzulänglichkeiten ist: ob er, indem er die Form gewinnt, seinem Höchsten oder dem Niedrigsten gehorcht.

Den höchsten dichterischen Produkten wird eine Art von religiöser Funktion zugebilligt; auf wie verschiedenen Wegen dies erreicht werden kann, zeigen Goethes symbolische Dichtungen und Dostojewskis Romane.

Malerei verwandelt den Raum in Zeit, Musik die Zeit in Raum.

Die Menschen verlangen, daß ein Dichtwerk sie anspreche, zu ihnen rede, sich mit ihnen gemein mache. Das tun die höheren Werke der Kunst nicht, ebensowenig als die Natur sich mit den Menschen gemein macht; sie ist da und führt den Menschen über sich hinaus – wenn er gesammelt und bereit dazu ist.

Goethe sagt von seinen Romanen, ihr Stil sei ›höfliche Andeutung‹.

Die dichterische Aufgabe ist Reinigung, Gliederung, Artikulation des Lebensstoffes. Im Leben herrscht das gräßlich Widersinnige, ein furchtbares Wüten der Materie – als Erblichkeit, innerer Zwang, Dummheit, Bosheit, innerlichste Niedertracht –, im Geistigen eine Zerfahrenheit, Inkonsistenz bis ins Unglaubliche – das ist der Augiasstall, der immer wieder gereinigt und in einen Tempel verwandelt werden will.

Ce qu'il faut, c'est refaire le Poussin sur nature, tout est là.
Cézanne

Ein Autor, ob er will oder nicht, kämpft immer mit der ganzen Mitwelt. Er lernt alle Widerstände der Epoche fühlen, aber er wird bei seinen Lebzeiten nie erfahren, ob die Gewichte, die ihn zu erdrücken drohten, aus Eisen oder aus Papier waren.

Racine était un romantique pour les gens de son temps. Pour tous les temps il est classique, c'est-à-dire parfait.
Delacroix

Das Schwierige im Leben ist, daß im Menschen Vernunft und Leidenschaft zugleich wohnen und er beide in sich, so gut es geht, übereinbringen muß. Desgleichen ist in der poetischen Darstellung dies das Schwierige: einen schönen Übergang vom Leidenschaftlichen zum Rationellen herzustellen.

›Daphnis und Chloe‹, übersetzt von Courier: Es ist eine bewunderungswürdige Tagesklarheit in dieser Darstellung. Sie ist von der höchsten Milde, aller Schatten wird Reflex. Welcher Künstler überhaupt das noch verstünde! *Goethe*

Niemand ist von Haus aus weniger Psychologe als der Novellist. Er betrachtet die Charaktere als das Allgemeine und die Situation als das Besondere.

Formenverwandtschaft: des Dostojewski'schen Romans mit der griechischen Tragödie;
des Rechnerischen bei Kleist und bei Poe;
der Novalis'schen Intuition von Leib – Geist mit der gleichen Intuition bei Tolstoi und Dostojewski.

Geist und Gestaltung im Kunstwerk beglaubigen einander wechselseitig.

Das deutsche Publikum:
Im Grunde völlig gleichgültig gegen alle Form, und nur voll unersättlichen Durstes nach Stoff, verlangt auch das feinere Publikum von dem Künstler nichts als interessante Individualität. *Friedrich Schlegel*

Es ist heutzutage fast kein anderes Mittel da, auf Menschen zu wirken und im höheren Sinn in der Welt gesellig zu leben, als eben das Privatgespräch und die Reflexion darin. *Solger*

Was Ibsen gehindert hat, aus seinen Stoffen Komödien zu machen, war eine nordisch-protestantische Steifigkeit und Ungeselligkeit.

Einen Besucher gemahnte der fünfundsechzigjährige Goethe an den Apollo vom Belvedere, an einen Pfau und an die Ruinen des Heidelberger Schlosses, alles gleichzeitig.
Biedermann, Gespräche mit Goethe

Der berühmte Autor lebt nur in einer anderen Form von Ungekanntheit, als der Autor, von dem niemand redet.

Mit den geistigen Hervorbringungen einer Epoche, die hervorragendsten ausgenommen, ist eigentlich noch nichts getan, es müßte erst etwas getan werden.

Jeder Stoff führt an jedem Punkt ins Unendliche.

Ist nicht die Verzweiflung des gegenwärtigen Zeitalters der verlorengegangene Glaube an die Form?

Le poète est celui qui émeut: il y a deux manières d'émouvoir. Peindre parfaitement des choses capables de donner une très petite quantité d'émotion, alors on la leur fait rendre toute: La Fontaine peignant la belette ne pouvant sortir du grenier. Peindre plus ou moins bien une chose capable de donner une très grande quantité d'émotion:
Voltaire peignant la position de Mérope et ce qu'elle fait dans la tragédie de ce nom.
Je crois que si je lisais attentivement (et avec ce sentiment du mauvais et du faux dans les sentiments, très exercé, en poète) Mérope et la fable du pauvre bûcheron tout chargé de ramée, les quinze premiers vers de cette fable me donneraient beaucoup plus d'émotion que toute la tragédie. *Stendhal*

Die größte Achtung, die ein Autor für sein Publikum haben kann, ist, daß er niemals bringt, was man erwartet, sondern was er selbst, auf der jedesmaligen Stufe eigener und fremder Bildung, für recht und nützlich hält. *Goethe*

Grillparzer und Hebbel mußten einander so hart verkennen, weil sie – beide über der Epoche stehend – zu ihr das entgegengesetzte Verhältnis nahmen. Hebbel, als der nördliche Deutsche, wollte sie geistig bewältigen und zur Erfüllung bringen, Grillparzer, als deutscher Orientale, sich ihr entwinden. Schließlich erschien dem Grillparzer Hebbel beinahe als Journalist, diesem jener als Dilettant.

Der Künstler gibt im Werk und im Umgang am meisten Gehalt, wo er am meisten Form und Nuance gibt.

Man muß der Natur darin nachstreben, daß sie keine Zwischenglieder, keine Nebensachen, kein Provisorium kennt, sondern jedes Ding als Hauptsache behandelt.

Was man in der dichterischen Darstellung das Plastische nennt, die eigentliche Gestaltung, hat seine Wurzel in der Gerechtigkeit.

Die Eigenschaft, die ein niedriger Literat an einem höheren am wenigsten zu schätzen weiß, weil er sie gar nicht kennt, ja nicht zu ahnen vermag: ist die Ausdauer, das eigentliche zähe Wollen des Höheren.

Im Dilettantismus ist der Keim einer sittlichen Verderbnis.

Der Hauptunterschied zwischen den Menschen im Leben und den erdichteten Figuren ist dieser, daß die Dichter es sich alle Mühe kosten lassen, den Figuren Zusammenhang und innere Einheit zu geben, während die Lebenden in der Inkohärenz bis ans Äußerste gehen dürfen, da ja die Physis sie zusammenhält.

Was dem gewöhnlichen Beschauer schon Form ist, das ist dem Kenner noch Stoff; der echte Kunstgenuß entspringt nur aus dem liebevoll hingegebenen Vertiefen in das Kunstwerk, dem Suchen nach seiner geistigsten Form, deren Existenz der gewöhnliche Beschauer höchstens ahnt. *Otto Ludwig*

Grillparzer war der seltsamen Meinung, eine in Prosa verfaßte Dichtung sei nur halb eine Dichtung zu nennen.

Die modernen psychologischen Dichter approfondieren, was übergangen werden sollte, und nehmen oberflächlich, was tief genommen werden müßte.

Talent ist nicht Leistung, Glieder sind kein Tanz.

On peut traduire et indiquer les choses les plus subtiles en appliquant ce vers de Boileau:
›D'un mot mis en sa place enseigna le pouvoir.‹
Il n'est point besoin du vocabulaire bizarre, compliqué, nombreux et chinois qu'on nous impose aujourd'hui sous le nom d'écriture artiste, pour fixer toutes les nuances de la pensée; mais il faut discerner avec une extrême lucidité toutes les modifications de la valeur d'un mot, suivant la place qu'il occupe. Ayons moins de noms, de verbes et d'adjectifs au sens presque insaisissables, mais plus de phrases différentes, diversement construites, ingénieusement coupées, pleines de sonorités et de rythmes savants. *Maupassant*

Das Geistige eines Kunstwerkes besteht nicht darin, über was es spricht, sondern zu wem es spricht. *Moritz Heimann*

Auf der höchsten Stufe der Kunst herrscht Nacktheit, Selbstentblößung, ihr Gegengewicht ist höchster Ernst, völlige Erfülltheit. Wo dieser Zustand intermittiert, ein Auge nach außen blinzt, ist Schamlosigkeit.

Die modernen Maler legen alles auf den Reiz an; und der Reiz ist gerade, was die große Kunst völlig ausschließt.
Müller-Hofmann im Gespräch

Daß Goethe nicht gut Griechisch konnte und nie ein echtes griechisches Bildwerk mit Augen gesehen hat, ist seltsam zu denken.

Daß sie bei großem Tiefsinn die naive Seele eines Jünglings malen, macht die Aphorismen von Novalis so bezaubernd.

Das Schöne kann allein
Der Gegenstand von unsrer Liebe sein;
Die große Kunst ist nur, vom Stoff es abzuscheiden.
Wieland

Elle était pleine de grâce pour se mette au lit, pour se déshabiller. J'aurais voulu qu'un Albane la vît alors, pour la dessiner.

Napoleon über Josephine

L'étude du beau est un duel oû l'artiste crie de frayeur avant d'être vaincu. *Baudelaire*

Was ist Hogarth und alle Karikatur anderes, als der Triumph des Formlosen über die Form? *Goethe*

Gemalte Phantastereien sind nichts Mögliches; das legitime Objekt der höheren malerischen Phantasie ist der menschliche Körper.

Jedes ausgesprochene Wort supponiert den Hörer, jedes geschriebene den Leser: diesen mitzuschaffen ist der verhüllte, aber größere Teil der schriftstellerischen Leistung.

Daß wir ein Wort wie Grazie haben, gibt uns die Möglichkeit, das Wort Anmut für die höhere oder strengere Sprache aufzubewahren. Die Franzosen haben übrigens auch ihre Fremdwörter und drücken mit ihnen sehr schön die Schwebungen der Bedeutung aus; z. B. inclination neben inclinaison.

Charaktere ohne Handlung sind lahm, Handlungen ohne Charaktere blind.

Wende des achtzehnten zum neunzehnten Jahrhundert. Letztes Gewahrwerden der Natur mit dem Herzen: Novalis. Erstes Gewahrwerden des Ökonomischen mit den Augen des Geistes: Immermann.

Das Wort *Sehnsucht* hörte man früher unter den Deutschen bis zum Verdruß; jetzt ist es seit einigen Dezennien wie verschwunden.

Jede Dichtung, die nicht übertreibt, ist wahr, und alles, was einen dauernden, tiefen Eindruck macht, ist nicht übertrieben. *Goethe*

Das eigentliche Dichterische hält sich gleich weit vom Herzlosen und vom Empfindsamen.

Die Schwierigkeit des Schreibens in den heutigen Zeitungen ist die, daß man nicht weiß, zu wem man redet. (Früher kannte man, wenn nicht die Individuen, doch den Kreis, die Klasse oder Gruppe nach Bildung oder Gesinnung.)

Philologen vergessen, daß wir, mit Goethe zu reden, das Urteil am eigentlichsten durch die Produktionen der Gegenwart zu schärfen vermögen; Journalisten wiederum fehlt die Einsicht, daß nichts Höheres für den Augenblick da ist, noch vom Augenblick aus erfaßt werden kann, und die weitere, daß Folge, Stufung, Gliederung alles und die einzelne Erscheinung eigentlich nichts ist.

Was gut sein soll, muß immer ›gleich‹ sein, denn ›gleich‹ ist die göttlichste aller Kategorien und verdient geehrt zu werden wie in der Römersprache ›ex templo‹, weil es der Ausgangspunkt des Göttlichen im Leben ist; was nicht gleich geschieht, ist vom Übel. *Kierkegaard*

Beim gegenwärtigen Literaturzustand ist durch Konversation mehr zu erreichen als durch Publikation.

Von Goethes Sprüchen in Prosa geht heute vielleicht mehr Lehrkraft aus als von sämtlichen deutschen Universitäten.

Die meisten Leute, indem sie den sogenannten geistigen Beschäftigungen nachgehen, als da sind das Lesen und das Schreiben (nicht das Briefschreiben, sondern das Schreiben als Autor), tun da gar nicht das, was sie zu tun meinen: denn weder verschönern sie ihre Bildung – Bildung ›erweitern‹, wie man zu sagen pflegt, ist ein häßliches Unding –, noch schärfen sie ihre Begriffe, noch bereichern sie ihre Erfahrung, sondern sie leisten nicht mehr und nichts Wesentlicheres als Buben, die am Rand eines Weihers herumstochern, Steine in trübe Wasser werfen usf., kurz ein geschäftiges Nichts.

Kein Stück der Oberfläche einer Figur kann geschaffen werden, außer vom innersten Kern aus.

Die Literarhistoriker machen ein ungeheures Wesen aus gewissen Äußerlichkeiten, aber sie übersehen dabei, worauf es dem einzelnen Künstler im besonderen Fall angekommen ist. Racine legt alles auf innere Entscheidungen an; was sollten ihm da Shakespeares bunte und wechselnde Schauplätze; die vier Wände eines fürstlichen Gemaches, würdig aber fast kahl, sind genau bis zum Symbolischen das, was er braucht.

Ein Kunstwerk ist eine umständliche und ausgebreitete Handlung, durch die ein Charakter, der des Autors, erkennbar wird.

Tiefsinn der Sprache, daß sie ›eitles‹ Beginnen ein Beginnen nennt, dem aus Notwendigkeit die Wirkung versagt bleibt. Sie weist auf die Wurzel der Eitelkeit, die tiefer liegt als in der geselligen Sphäre.

Merkt man Lessings Stücken nicht an, daß er stets traumlos schlief und daß er ein Spieler war?

La durée n'est promise qu'à ceux des écrivains capables d'offrir aux successives générations des nourritures renouvelées, car chaque génération apporte une faim différente.

André Gide

Novalis' Bemerkung, daß Goethes Betrachtungen des Lichts, der Verwandlung der Pflanze usw. Bestätigungen sind, daß auch der vollkommene Lehrvortrag in das Gebiet des Künstlers gehört.

Wahre Sprachliebe ist nicht möglich ohne Sprachverleugnung.

Der gewöhnliche Erzähler erzählt, wie etwas beiläufig geschehen könnte. Der gute Erzähler läßt etwas vor unseren Augen wie gegenwärtig geschehen. Der Meister erzählt, als geschähe etwas längst Geschehenes aufs neue.

Flaubert ist ein sehr bedeutender Autor. Vergleicht man ihn aber mit Goethe oder mit Dostojewski, so erscheint die Ironie als ein zu sehr vorwaltendes Element seiner Poesie.

Französische Prosa auf ihrer höchsten Stufe ist im Geistigen sinnlicher und im Sinnlichen geistiger, als die deutsche auf ihrer gegenwärtigen Stufe.

Der gute Geschmack ist die Fähigkeit, fortwährend der Übertreibung entgegenzuwirken.

Lessingsche Figuren gehen in der Delikatesse bis zur Grobheit, das ist das Deutsche an ihnen. Eine Figur wie Valmont (in den Liaisons dangereuses) geht im Niederträchtigen bis zur Delikatesse, das ist Französisch.

Goldoni: dichterische Hand, aber Eingeweide eines Philisters.

Die Leute, die nicht schreiben, haben einen Vorzug: sie kompromittieren sich nicht. *Goethe*

Sollte ich zwei Bücher nennen, die, ohne der hohen Poesie anzugehören, eine wahre Unerschöpflichkeit des menschlichen Gehaltes aufweisen, so würde ich sagen: La Bruyères ›Caractères‹ und Goethes Autobiographie. Ein drittes wäre der ›Samuel Johnson‹ von Boswell.

Un auteur est un homme qui trouve dans des livres tout ce qui lui trotte par la tête. *Alte Vorrede zum Gil Blas*

In Wielands geistigem Leben in der ersten idealen Phase ist viel Hölderlinsches, in der zweiten humoristischen Phase viel Jean Paulsches.

Gewaltsames Fortziehen der Verhältnisse zu einer Handlung, mit deren Gedanken man sich bloß zu spielen erlaubt hatte – (H. v. Kleists Brief an W. v. Zenge 14. 4. 1801) ist die unwillkürlich selbstkritische Formel, die auf Kleists eigenes Verhalten und auf das aller seiner Figuren zielt.

Dichten – feindre – to feign.

Das jetzige Ausmalen von Dichter- und Künstlerleben hat eine sehr ungesunde Quelle; besser man begnüge sich mit den Werken, worin z. B. Gluck den Eindruck der Größe und des ruhigen Stolzes, Haydn den des Glücks und der Herzensgüte macht. *Jacob Burckhardt*

Jede Hingabe ans Deskriptive führt zur Übertreibung.

Goethe ist oder sollte sein der geometrische Ort für den Deutschen zur Welt, nicht ein Standpunkt, aber ein Punkt, auf den bezogen andere Punkte Figuren werden. *Rudolf Pannwitz*

Franzosen bringt die Phraseologie des ›Wilhelm Meister‹ zur Verzweiflung. Sie finden sie künstlich und gemacht bis zur Unerträglichkeit.

Ein Buch wie das zweibändige Leben Winckelmanns von Justi ist darum merkwürdig, weil es vortrefflich ist.

Lebt man beständig in einer Welt, die stumpf für die Sprache und durch das Wort kaum zu erschüttern ist, so gerät man um so mehr in Gefahr, durch Ausgesprochenes die Einzelnen zu verletzen und sich durch Reden der Verkennung auszusetzen.

Balzac ist die größte Annäherung des französischen Geistes an deutsche Denk- und Darstellungsweise, Goethe in der zweiten Lebenshälfte folgt der entsprechenden umgekehrten Tendenz.

Attribut des Genies: de coordonner, d'assembler les rapports, de les voir plus justes et étendus. *Delacroix*

Dostojewski ist ein gewaltiger Dichter, aber in Turgenjeff ist die vollkommenste Magie des Künstlerischen.

In jedem Sprachausdruck ist ein Unnaives, das geht uns leicht ein, geht aber auch leicht weg wie ein Nebel; und ein Naives, an dem stoßen wir uns, aber so wie an einem lebenden Leib.

M. Joubert über Le Sage: On peut dire des romans de Le Sage qu'ils ont l'air d'être écrits dans un café par un joueur de dominos en sortant de la comédie.

Das Plastische entsteht nicht durch Schauen, sondern durch Identifikation.

Die Fragmente des Novalis können geistige heroische Landschaften vorstellen, in welchen die Zeit besiegt ist.

Ein Mensch wird um so sprachgewaltiger sein, aus einer je tieferen Einsamkeit er kommt; umgekehrt, der geselligste Mensch, der Engel der Geselligkeit, müßte schweigen und blicken.

Goethe ist nicht der Quell von diesem und jenem in unserer neueren Literatur, sondern er ist ein Bergmassiv, und das Quellgebiet von all und jedem in ihr.

An Goethe kann man sich bilden, wofern man sich an ihm nicht verwirrt; an der deutschen Literatur kann man sich nicht bilden, nur verwirren.

Kein Wort ist unter den Deutschen so außer Gebrauch gekommen wie das Wort ›Geschmack‹! – es wäre denn von Hausgerät oder Kleidern die Rede. Und doch nennt der Lateiner einen Mann, der zu schmecken versteht, einen Weisen.

Der übelste Stil entsteht, wenn man etwas nachahmt und gleichzeitig kundgeben will, daß man sich diesem Nachgeahmten überlegen fühle.

›Die Palette auffrischen‹ ist ein guter Ausdruck in der malerischen Kunstsprache.

Certains auteurs, parlant de leurs ouvrages, disent: Mon livre, mon commentaire, mon histoire, etc. – Ils sentent leurs bourgeois, qui ont pignon sur rue et toujours un ›chez moi‹ à la bouche. Ils feraient mieux de dire: Notre livre, notre commentaire, notre histoire, etc. –, vu que d'ordinaire il y a plus en cela du bien d'autrui que du leur. *Pascal*

Wer selbst auf dem Punkte der Existenz steht, um welchen der Dichter sich spielend dreht, dem können die Gaukeleien der Poesie, welche aus dem Gebiet der Wahrheit ins Gebiet der Lüge schwankt, weder genugtun, weil er es besser weiß, noch können sie ihn ergötzen, weil er zu nah steht und es vor seinem Auge kein Ganzes wird.

Goethe an Carl August über Egmont

J'ai toujours reconnu l'esprit des jeunes gens, au détail qu'ils faisaient d'une pièce nouvelle qu'ils venaient d'entendre; et j'ai remarqué que tous ceux qui s'en acquittaient le mieux, ont été ceux qui depuis ont acquis le plus de réputation dans leurs emplois. Tant il est vrai qu'au fond l'esprit des affaires et le véritable esprit des belles lettres est le même. *Voltaire*

Franzosen äußern zuweilen, daß sie uns um ein so vielsagendes und unübersetzbares Wort wie *Sehnsucht* beneiden; aber sie wissen nicht, wie sehr bei den neueren Deutschen der zarte schwebende Begriff durch plumpen Mißbrauch in Mißkredit gekommen ist.

Geistreicher und schöner als Sprachkritik wäre ein Versuch, sich der Sprache auf magische Weise zu entwinden, wie es in der Liebe der Fall ist.

Die Mischung des Beschreibenden mit dem Enthusiastischen gibt ein unleidliches Genre.

Hebbels Gedichte sind eine grandiose Lebenskristallisation. Im ganzen, nicht im einzelnen, haben sie etwas von der Antike.

Daß wir Deutschen das uns Umgebende als ein Wirkendes – die ›Wirklichkeit‹ bezeichnen, die lateinischen Europäer als die ›Dinglichkeit‹, zeigt die fundamentale Verschiedenheit des Geistes, und daß jene und wir in ganz verschiedener Weise auf dieser Welt zu Hause sind.

Le premier mérite d'un tableau, c'est d'être une fête pour l'œil. *Delacroix*

Die Natur durchsetzt alles mit dem Geheimnis des Nichtverstehens: dieses waltet noch zwischen dem geistigen Produkt und dem eigenen Erzeuger.

Zu GOETHES ›NOVELLE‹: Dort, wo eine hohe Form erreicht ist, erscheint dem mittelmäßigen Leser der Stoff, das Eigentliche, verflüchtigt – wo es doch gereinigt ist; der kunstgemäße Leser kommt auf seine Rechnung, wie der reine, naive.

In den schlechten Erzählungen erfolgen die Beschwörungen der Geister mit kunstvollen und besonderen Formeln, in den besten Berichten mit den einfachsten Elementen der Rede, einzelnen Wörtern, ja Silben.

Entre autres choses, ce qui fait le grand peintre, c'est la combinaison hardie d'accessoires qui augmente l'impression. Ces nuages qui volent dans le même sens que le cavalier emporté par son cheval, les plis de son manteau qui l'enveloppent ou flottent autour des flancs de sa monture. Cette association puissante……. car, qu'est-ce que composer? C'est associer avec puissance. *Delacroix*

Die Regel nützt nur dem, der sie entbehren kann; den aber verdirbt sie, der sich in ihr weise glaubt; jede Regel ist ein Rätsel, das durch andere Rätsel forthilft. *Arnim*

Das einzige Dichterische, was ich in Bürgers Darstellung anerkenne, ist Leben. Aber Leben ist nur ein Element der Schönheit und nicht Schönheit selbst.

Friedrich an August Wilhelm Schlegel

Wir suchen überall das Unbedingte und finden überall nur Dinge. *Novalis*

Daß wir für zwei so auseinanderklaffende Begriffe, ja Begriffe verschiedener Ordnung, als wofür die Franzosen einmal chair, das andre Mal viande setzen, das eine Wort Fleisch gebrauchen, zeigt von einem stumpfen Arbeiten der sinnlichen Phantasie.

Was es auf sich hat, ein Wort in seiner eigentlichen, körperhaften Verwendung zu hören, das wir immer nur in halb oder ganz übertragenem Sinn zu hören gewohnt sind, das sieht man aus dem großen Eindruck, den es auf Goethe machte, als er im Nibelungenlied auf diesen Vers stieß:

Es war der große Siegfried, der aus dem Grase sprang,
Es ragete ihm vom Herzen eine Speerstange lang.

Einem den Rang ablaufen, eigentlich den Rank ablaufen, heißt auf der Senne des Bogens laufen und dadurch zuvorkommen; in die Schanze schlagen, kommt von chance und heißt etwas in einem gewagten Spiel einsetzen.

Die Anspielung ist eine niedrige rhetorische Form, welche in der höheren Rede darum nicht stattfinden kann, weil diese durch und durch Anspielung auf Unmittelbares ist.

In Gottfried Keller ist ein beständiger Gebrauch der anmutigen Ironie, der schließlich ungeduldig macht.

Kann uns die Komödie schmackhaft sein ohne einen Hauch von Mystizismus?

Von denen, die wirklich ihr Schicksal zur Schauspielerei gedrängt hat, sind die heroischen und tragischen Schauspieler auf der Flucht vor dem Ich, die komischen auf der Flucht vor der Welt.

L'avilissement des mots est une de ces bizarreries de mœurs qui, pour être expliquée, voudrait des volumes. Écrivez à un avoué en le qualifiant *d'homme de loi,* vous l'aurez offensé tout autant que vous offenseriez un négociant en gros de denrées coloniales à qui vous adresseriez ainsi votre lettre: – Monsieur un tel, épicier. Un assez grand nombre de gens du monde qui devraient savoir, puisque c'est là toute leur science, ces délicatesses du savoir-vivre, ignorent encore que la qualification *d'homme de lettres* est la plus cruelle injure qu'on puisse faire à un auteur. *Balzac*
So bei uns mit der Bezeichnung Journalist u. a.

Vorzug der französischen Sprache, daß sie von den sinnlichen Abstraktis ungezwungen den Plural bilden kann: les fatigues, les vides, les noirs.

Der Dialekt erlaubt keine eigene Sprache, aber eine eigene Stimme.

Das Determinierende an Hebbel, daß er zu wenig von dem hatte, was die Griechen αἰδως nannten. Beim Dichter liegt dies in der Sprache. Das Verhältnis zur Sprache ist angeboren. Hebbel und Sophokles, polare Gegensätze.

Claudel über den Stil von Baudelaire: C'est un extraordinaire mélange du style racinien et du style journaliste de son temps.

Es ist sehr bedeutungsvoll, daß wir kein Wort aufbringen für *sobre* im lobenden Sinn, ein Wort, das in der Ästhetik der Franzosen immer wiederkehrt und mit dem größten Gewicht; mit ›nüchtern‹ verbindet der Deutsche seltsamerweise keinen angenehmen Sinn. – Auf Grund dieser Armut im Sprachgebrauch konnte dann freilich das Exzentrische, Einmalige erblühen, wie die wunderbare Wortverbindung ›heilig nüchtern‹ bei Hölderlin.

Nur der das Zarteste schafft, kann das Stärkste schaffen.

Böcklin ist Poussin, vergröbert und sentimentalisiert.

Goethes Bedeutung für die deutsche Literatur ist freilich ungeheuer; hat er aber eine ähnliche oder überhaupt irgendwelche Bedeutung für das gegenwärtige deutsche Volk? Wer getraut sich zu antworten? Die Franzosen sind ein Volk, das unter seinem geistigen Reiter dahingeht und dem sanften Zügeldruck folgt – oder es nimmt einmal die Zügel zwischen die Kinnladen und geht durch; das deutsche geht hinterm Zügel, und man weiß nicht, ob überhaupt ein Reiter im Sattel sitzt.

Das Genie bringt Übereinstimmung hervor zwischen der Welt, in der es lebt, und der Welt, die in ihm lebt.

Goethes Werke verbinden die Geselligkeit mit der Einsamkeit.

Die Poesie auf ihrer höchsten Stufe zeigt auf ein Etwas hin, auf dem alles Geschehen ruht und das geheimer ist als Kausalität: daß Hektor und Achilles nicht vorher aufeinandertreffen als zu dem einen entscheidenden Kampf, das läßt sich nicht begründen; es läßt sich nur hinstellen.

Indem wir ein chinesisches Gedicht in einer englischen oder deutschen Transkription genießen, empfangen wir einen Gehalt, von dem wir wissen, daß er in keiner Weise von der Form abzutrennen ist, im Wege einer formlosen, entfernten Hindeutung auf eine Form, vermöge welcher jener Gehalt erst existent wird. Wir trinken also einen gespiegelten Wein, indem wir eine gespiegelte Schale an die Lippen führen. Wenn wir dennoch trunken werden, ist dann nicht die Wirkung, die wir unter so merkwürdigen Umständen erfahren und welche wir in die höchste Kategorie setzen, eine solche, die uns durch das religiöse Organ zugemittelt wird?

Sehr weitführende Bemerkungen von Goethe in den Tagebüchern unterm 16. XI. 1808:
Betrachtungen über den Reflex von oben oder außen gegen das Untere und Innere der Dichtkunst. Z. E. die Götter im Homer nur ein Reflex der Helden; so in den Religionen die anthropomorphistischen Reflexe auf unzählige Weise. Doppelte Welt, die daraus entsteht, die allein Lieblichkeit hat, wie denn auch die Liebe einen solchen Reflex bildet. Und die Nibelungen so furchtbar, weil es eine Dichtung ohne Reflex ist; und die Helden wie eherne Wesen nur durch und für sich existieren.

Die bedeutenden Deutschen scheinen immer unter Wasser zu schwimmen, nur Goethe wie ein einsamer Delphin streicht auf der spiegelnden Oberfläche dahin.

Die Welt hat ihre Unschuld verloren, und ohne Unschuld schafft und genießt man kein Kunstwerk.
Die Losung unserer Tage ist Kritik. Weber ist ein kritischer Komponist.
Die Musik ist die einzige Kunst, welche die Neueren *erfunden* haben. *Grillparzer*

In der Jugend findet man das sogenannte Interessante merkwürdig, im reiferen Alter das Gute.

Naturalismus entfernt sich von der Natur, weil er, um die Oberfläche nachzumachen, das innere Beziehungsreiche, das eigentliche Mysterium der Natur, vernachlässigen muß.

An einem Kunstwerke höherer Ordnung, ebenso wie beim organischen Gebilde, ist nicht die einzelne Form das Wunderbarste, sondern das Hervortreten einer Form aus der anderen.

Tous les rapports dont le style est composé sont autant de vérités aussi utiles et peut-être plus précieuses pour l'esprit humain que celles qui peuvent faire le fond du sujet.

Buffon

Wenn Geister vom höchsten Rang, wie Goethe und Lionardo, sich herablassen, zu spielen, dann, aber nur dann entstehen Gebilde wie das Märchen von der Lilie und der Schlange oder das Gemach mit den verschlungenen Reblauben im Mailänder Kastell.

Die reinste Poesie ist ein völliges Außer-sich-sein, die vollkommenste Prosa ein völliges Zu-sich-kommen. Das letztere ist vielleicht noch seltener als das erstere.

Nur von dem scheinbar ganz am Tag Liegenden, mit Händen zu Greifenden kann die hohe Wirkung des Geheimnisses ausgehen.

Herrliches Wort von Poussin, am Ende seines Lebens:

Je n'ai rien négligé.

AUFZEICHNUNGEN

TAGEBUCHBLATT

13. VII. 19

Ein Bursch trägt ein geschlachtetes Lamm auf dem Rücken vorbei, dabei fällt mir etwas ein, das mir einmal G. B. erzählt hat, der zeitweise Ibsen sehr nahestand. »Wir hatten einmal Lammsbraten gegessen und ich sagte: Das Lamm ist doch das edelste Wild. Gewiß, antwortete Ibsen. Ich habe einmal daran gedacht, ein Schauspiel über das Lamm zu schreiben. Ein Mann ist todkrank; er kann sich nur dann erholen, wenn sein Blut erneuert wird. Man überführt dann frisches Blut aus den Adern eines Lammes zu den seinen, und er genest. Seither träumt er immer davon, jenes Lamm wiederzusehen, dem er das Leben schuldet. Er findet es zuletzt in der Gestalt einer Frau wieder. Er liebt sie. Muß er sie denn nicht lieben? -- Nur geschieht es nicht häufig, daß man ein Weib trifft, das ein Lamm ist.« Es findet sich nicht leicht in allen Werken Ibsens zusammen etwas so Zartes, außer vielleicht an ein paar Stellen in »Peer Gynt«.

Goethe zu Benjamin Constant über die katholisierenden Elemente im »Faust«, merkwürdig genug:
--- et Goethe dit: J'aime mieux que le catholicisme me fasse du mal que si on m'empêchait de m'en servir pour rendre mes pièces plus intéressantes. Um sich mit solcher disinvoltura auszudrücken, muß Goethe das gehabt haben, was er ein anderes Mal in bezug auf ein recht eigentümliches Gespräch mit Lord Bristol seinen französischen Tag nannte; das heißt, manchmal gab es ihm eine viel freiere und lässigere Haltung, wenn er sich der fremden Sprache über Geistiges bediente.

Den verschiedenen geistigen Epochen fehlt es immer wieder und immer in neuer Form am Ernst. Daß das Unernste sich für ernst nimmt, das ist das Um und Auf jeder neuen Literatengeneration.

Im Petronius (»Satirae« Cap. 48) wird von der Sibylle in Cumae erzählt, sie sei eingeschlossen in eine Glasflasche und wenn die Knaben ihr zurufen: Was willst du, Sibylle? antwortet sie: Ich will sterben.

Das Wort ist mächtiger als der es spricht.

Eine unwillkommene Botschaft empfängt ihren Dank schneller als eine willkommene; denn Worte gehen nicht so schnell aus dem Mund, als Tränen aus dem Aug schießen.

Etwas merkwürdig Tiefes steht, wo man es vielleicht nicht vermuten würde, in einem Gespräch zwischen Frau Flut und Frau Reich in den »Lustigen Weibern«. – Frau Flut: Was denkt er von uns? Frau Reich: Ja, das weiß ich nicht! Es entzweit mich fast mit meiner eigenen Ehrbarkeit; ich komme mir selbst wie eine mir unbekannte Person vor; denn gewiß, wäre ihm nicht eine mir selber unbekannte Seite an mir bekannt, er hätte mich nie mit solcher Wut geentert.

AUS EINEM UNGEDRUCKTEN BUCH

Der Mensch ist begierig nach vorgestellten Erlebnissen, aber er weigert sich, seine gehabten Erlebnisse zu erkennen.

Es handelt sich nicht darum, uns in der Sprache, sondern die Sprache in uns auszuprägen.

Die Pflanze in uns ists, die mit unsäglichem Grauen und Staunen das Mysterium der Ortsveränderung jedesmal durchmacht wie einen Tod.

Das geliebte Wesen ist immer nur der Docht in der Liebesflamme.

Das Geld, die Krankheit, die Zukunft: Verkleidungen des Nichts.

Das, was den großen Künstler ausmacht, ist ein großer Wille, aber ein Wille, der gewollt wird, nicht der will.

AUFZEICHNUNGEN AUS DEM NACHLASS

[Ein * kennzeichnet die mutmaßliche, im Datum nicht gesicherte, Einordnung der folgenden Aufzeichnungen bzw. Gruppe von Aufzeichnungen.]

1889

Rückblick und Ausblick. – Nervöse Abspannung, Abneigung gegen Theater, Gesellschaft, Lektüre infolge der andauernden Hitze bis Ende Juni. Das Aufreibende des wochenlangen Stadtparkbesuches, des fortwährenden Verkehres mit Erwachsenen; der Bemühung, dem Gespräche über Gesellschaft, Wissenschaft, Politik zu folgen. Das gefährliche Spiel mit der Gefahr geistiger Überreizung (Ankauf der Bücher von Lombroso, Krafft-Ebing, Interesse für Psychiatrie). Sehnsucht nach der Ruhe und Einsamkeit der Ferien. – Die ersten 10 Tage in der Fusch ganz der körperlichen und geistigen Erholung gewidmet. Versuch der Abfassung eines märchenartigen Feuilletons scheitert an der nebelhaften Stofflosigkeit des Vorwurfs und an meiner leidigen Gewohnheit des Ausmalens und Erschöpfenwollens. Strobl sehnlich erwartend, entwerfe ich den Plan einer Fußreise über Salzburg dahin.

14. November. – Anfang der Studien zu ›Demetrius‹.

Mai. – Wo Selbstbewußtsein Recht, da ist es Pflicht.

Oratorischer	naiver Geist
Byron	Goethe
erhebt das Individuum	erfaßt das Universum
sieht nur eine Seite (Satire)	übersieht das Ganze (Drama)
heftig	plastisch
artet in rhetorische Heftigkeit aus	wird flach und kalt

Die großen Typen der Poesie (hero worship): Achill, Ulysses, Quixote, König Artus, Hamlet (Basarow, Neschdanoff etc.), Faust, Werther (Siegwart etc.), Manfred (Lara, Sardanapal)...

Die beste Auffassung der Gegenwart ist die künstlerische, wie ein Buch oder ein Bild.

Fusch, Samstag 5. [Juli]. – Turgenjew, ›Gedichte in Prosa‹. Die Gedichte in Prosa, reine Lyrik, lose Gedanken, kleine Bilder, Allegorien. Ein Schimmer von Subjektivität über allem. Das Aufgreifen des Alltäglichen, die meisterhaften kleinen Naturskizzen erinnern an die Spätromantiker, die Stimmung von Eichendorff. Heine, Helmer etwas variiert. Idee, das Leben dieses Sommers auch mit solchem Schnörkel- und Rankenornament zu umgeben, eine Art lyrisches Prosatagebuch, etwa ›Gedanken‹ oder ›Eindrücke‹ oder ›Träume‹.

* Man ficht und spricht heute schneller als vor 100 Jahren. Sogar von Demosthenes zu Cicero läßt sich die Entwicklung zum Telegraphenstil, zur mangelhaften Verknüpfung der Sätze, zur Wirkung durch abgerissene bedeutende Wörter beobachten.

22. IX. – Wenn dir eine Wahrheit aus dir selbst klar geworden ist, wirst du sie in allem, was andere wahr fanden, angedeutet oder mitgeahnt finden. Worte, Ansichten und Systeme laufen in letzter Linie auf den Ausdruck der Individualität heraus und alles Verstehen auf die Erkenntnis der Individualitäten und sympathische Anregung.

27. XI. – Schönheit der Form bannt und erhält den Stimmungszauber wie das Gefäß den Wein: ein Aphorisma, einst lebhaft gefühlt, kann uns unverständlich werden; die abgeschlossene Form soll es organisch, lebensfähig machen.

* Ich stand einmal vor meinem Bücherschrank – verlockende Interieurs, aber ich suche eine heiße Seele. – Auch wenn ich dein vergesse, denk ich dein.

12. XII. – Ich habe mich immer von außen in den Kern der Dinge hineingelebt; ich glaube, es gibt eine Naivetät, die man zwar nicht lernen aber erwerben kann, die Naivetät der Gerechten. Poetae nascuntur, vielleicht, aber schaffend erkennen wir unsre Kraft und gehend erkennen wir den Weg.

18. XII. – Bildung der Sprache: der naive Genius erfindet das Wort, das Gefäß (πνεῦμα für Seele, zum Beispiel), die Spekulation gießt ihm den Gedankeninhalt ein.

Leben ist Bewußtsein, Seelenleben höheren Sinnes: Erkenntnis des Zusammenhangs der Dinge. Förderer dieser Erkenntnis:
a) für das Individuum: Dichter, Philosoph
b) für das Volksbewußtsein: Politiker, Redner, Apostel
c) für die Menschheit: Religionsstifter

Weihnachten. – Heute Hebbels Tagebücher begonnen, nachdem ich seinen Briefwechsel vorige Woche gelesen: der hauptsächlichste Nutzen solcher Bücher vielleicht der, daß wir auf den Wert dessen aufmerksam werden, was in uns dämmert. Wir gehen auf staubverhüllten Perlen.

Es gibt etwas, was ich *Meiningerei* in der Poesie nennen möchte, das Gegenstück des historischen Romans: der Kultus der historischen Lokalitäten, der äußerlichen Analogie und der falsch genannten »poetischen« Situationen: Mondnacht, ein alter Mann, der laut aus der Bibel liest, ein blondes junges Mädchen neben ihm; das ist vielleicht ein Genrebild, aber kein Gedicht, es sagt gar nichts; Erde aus dem Tal Josaphat auf ein Grab geworfen (L. A. Frankl bei der Leiche Hammers), ein Dolch, den Kleopatra – Heliogabal und Robespierre getragen und dergleichen Versatzstücke des Historismus (manchmal sogar bei Heine, dann Frankl, Grün, Freiligrath, *nie* Uhland, dafür aber Baumbach, Sturm etc. etc.), sind alles Poesie ohne Innerlichkeit, also gar keine Poesie. (Man darf nicht Dinge, sondern nur Vorgänge durch Metaphern illustrieren.)

Ein jedes Ding ist nur sich selbst vergleichbar,
Das reinste Bild nur ohne Bild erreichbar.

29. XII. – Wir verstehen nur uns selbst, und an uns selbst nur das Gegenwärtige, und auch den gegenwärtigen Gedanken nur so lang, als wir ihn denken, als er flüssig ist. Kreislauf der Kunst: erkennend schaffen, Gewordenes erkennen – –.

Tragische Situation eines Menschen, der sich mit erfundenen Freuden umgeben hat, um sich beneiden zu lassen, und nun allein gelassen wird.

Das Rührendste sind kleine Leiden eines großen Menschen.

Ich habe eine eigentümliche Scheu davor, einen starken Eindruck zu bekennen; was mich am tiefsten berührt, behandle ich oft so obenhin, daß viele Leute irregeführt werden. Es ist das eine Art Eitelkeit, sich nie überwältigt zu zeigen, die mir übrigens viel Freude verderben wird.
Ich *muß* ein Glück erleben, weil ich die Fähigkeit habe, es zu empfinden.

Symbolismus. Wahl der Eigennamen. Warum stilisiert Heine eine gewisse Liebesstimmung durch Cleopatra, andere durch Judith oder deutsches Bauernmädchen? Geliebte = Vignette für ein Kapitel im Tagebuch unserer Stimmungen. – Symbolisten haben für etwas Selbstverständliches eine Formel gefunden.

* Aphorismen. – Ideen wachsen so nah beieinander. – Die Menschen, die uns am besten verstehen, können uns am schlechtesten trösten. – Naturalismus ist objektive Lyrik. Psychologie ist individuelle Chemie. – Entgegengesetzte Parteien bestehen oft aus unbewußten Anhängern derselben Richtung, nur in verschiedenen Stadien. – Das beste Mittel, immer wieder begehrt zu werden, ist, sich nie ganz geben.

Ideen zu Gedichten. – Ghasel ›Egoismus‹ (Anwendung *moderner* Situationen)

Es war ein Märchenglaube
Ein Glaube für Kinder und Frauen

Römisch: Sympathie-Zauber; ähnlich der Liebesbann, den ich über dich ausspreche, ohne daß du es ahnst. Blume mit Lied, diese das Produkt der Natur, Mondnacht, Waldweben, jene[s] der Stadt, flüsternder tausend Seelen etc.

* Ghasel: Sich mit dem Fragmentarischen, zufällig Zugefallenen begnügen. Die Blume kann sich auch keine heißeren Sonnen und keinen üppigeren Boden wünschen als sie eben hat.

* Macht des Gebetes, der Zauberformel als poetischer Stoff. Liebeszauber. Indische Vorstellung vom Soma. Es *ist* eine Macht in dem vertrauend ausgesprochenen Wort.

1891

1.I. – In der Tiefe der Erde gleicht sich Winter- und Sommerwärme; je tiefer man in das Wesentliche der Kunst eindringt, desto einheitlicher, unwandelbarer erscheint sie, unbeschadet des Wandels in ihren Formen.

8.I. – Heute gab mir Professor v. Zitkovsky den Prolog zurück, den ich dem Direktor für die Grillparzerfeier vorgelegt hatte. »Das Ding«, sagte er, »zeigt von großem Fleiß und hie und da ist ihm auch nicht alles Geschick abzusprechen, formell kann ich es sogar teilweise loben... hm... hüten Sie sich vor der Phrase« – – etc. Kommentar überflüssig.

10.I. – Diese Woche an einem »philosophischen« (aber nicht didaktischen) Gedicht gearbeitet, das die Idee darstellt, wie kein Mensch das Leben ertragen könnte, wenn er die Bedingungen, unheilvollen Folgen und grenzenlosen Pflichten, die jeder Stand, ja die bloße Existenz auferlegen, in ihren feinsten Verzweigungen durchschauen könnte.
Ein paar Szenen des ersten Aktes von ›Anna‹.
9 Uhr abds. mit brennendem Kopf und fiebernd das Gedicht ›Lebenssünde‹ beendigt. Daß ich es in diesem Zustand und der Erregung des Schaffens für gut halte, beweist nichts. Die Idee ist jedenfalls tief und wahr, denn sie ist mir unter veränderten Gesichtspunkten und neuen Gestalten immer wieder gekommen. Die Stimmung hätte mich, wenn ich hätte historisieren wollen, unbedingt zu Kassandra oder einem der großen jüdischen Propheten und zum Untergang von Sodom geführt; historische Behandlung hätte aber gewiß die Wirkung getötet.

11.I. –

C'est nous qui sommes l'histoire!!!
Ein neuer Glaube, ein neues Geschlecht,
Ein neues Erkennen, ein neues Recht.

müssen; ich glaube, Farben sind verschieden gebrochenes Licht, so wären auch alle Verschiedenheiten der Erscheinungswelt nur verschieden klar erkannte Seiten einer Wahrheit.

Amiels Versinken in die Unendlichkeit der Ursachen; verwandt damit das willenlose Hinfluten des modernen Menschen in der Empfindung. Demgegenüber Pflicht sich zu beschränken, im Schaffen und Denken mit dem Fragmentarischen sich zu begnügen, auch das Gefühl zu begrenzen. (Hebbels Tagebücher im Gegensatz zu Amiels Journal.)

Den Philosophen kümmert, was die Menschen dachten, den Physiologen warum und den Dichter wie (freilich jeden jedes, aber das eine eben zumeist).

4. II. – Vielleicht täglich gehen wir an dem Buch vorüber, das uns eine Lebensauffassung, an der Frau, die uns eine große Liebe schenken könnte, vielleicht auch täglich an dem Mann, den wir tödlich hassen, an dem Philosophen, über dessen Lehren wir verzweifeln müßten. Wer wills abwägen, obs Gewinn oder Verlust ist?

7. II. – Ein Aphorismus ist eine Banalität zum ersten Male ausgesprochen.

Der Schneider der Zukunft wird nicht das Kleid nach der Individualität der Frau komponieren, sondern für das fertige eine Trägerin, eine lanceuse, deren künstlerische Eigenart dem Werk entspricht, suchen.

Berufsdilettantismus: Vorliebe für das Werdende, Flutende, den anklingenden Ton, die kaum gefühlte Stimmung; Abneigung gegen Ansichten, Grundsätze, gegen eigentliche Kunst, überhaupt gegen alle Form; will göttlicher als Gott sein, der ja, indem er seinen Ideen in der Schöpfung feste Form gab, damit eigentlich in eine Lüge verfiel, denn jedes Gewordene, Feste ist eine Lüge. Das Halbe, Fragmentarische aber, ist eigentlich menschliches Gebiet: Beruf, Gesinnung, Neigung, Gewohnheit, Eigenart, Geschmack, ja Kultur und Epoche, alles dies macht uns einseitig und beschränkt uns in gewissem Sinne, aber diese Beschränkung ist uns wohltätig (tätigen Mannes Behagen ist Parteilichkeit), verwandt damit die Stil- und Kulturlosigkeit des gegenwärtigen Deutschland; die Glaubenslosigkeit der Gegenwart und der damit empfundene Aberglaube, das Anempfinden jedes Glaubens. Charakteristisch für eine romantische Zeit. Jede der bisherigen romantischen Epochen erzeugte einen neuen Glauben und dieser eine neue Gesellschaft; die Romantik der Antike das katholische Christentum und den Feudalstaat; die Romantik der Renaissance den protestantischen Glauben mit dem starken Familien- und Klassensinn und der bürgerlichen Gesellschaft.

9. II. – Der erste Dichter war der, welcher seine Geliebte Blume und seinen Feind Tier nannte.

Positive Kritik: man braucht nichts Schlechtes zu loben, aber man soll das Gute suchen. Poeta nascitur! Dichter und Nichtdichter scheiden ist gerade so unmöglich, wie die 7 Regenbogenfarben trennen, oder sagen: hier hört das Tier auf und hier fängt die Pflanze an. Was wir »Dichter« nennen, ist etwas willkürlich Abgegrenztes, wie gut und böse, warm und kalt, groß und klein, billig und teuer; jeder Wechsel in den Zeitverhältnissen kann da, wie Mikroskop oder Fernrohr, alle Proportionen verrücken; wo bleibt dann der »Dichter von Gottes Gnaden«? In der Natur gibt es nichts Festes, Begrenztes, nur Übergänge.

15. II. – Klassische Walpurgisnacht: gerade die verwirrende Fülle der Spukgestalten bringt eine unvergleichliche Wirkung hervor, indem sich um und in uns alles zu drehen scheint, die Vorstellungen ineinanderfließen und das Ganze in eine Art bewegter Dämmerung verschwimmt, aus deren wallender Unbestimmtheit unsre Erregung willkürlich Lamien und Sphingen, Empusen, Greifen, Sirenen und derglei-

chen Spuk formt, auflöst und wieder formt. Wie das menschliche Interesse an Faust im zweiten Teil abnimmt, wie universale Interessen uns seine vertraute Gesellschaft rauben, das hab ich immer wie ein persönliches Leid empfunden; eine solche schmerzliche Entfremdung mag in einem gewissen Zeitpunkt zwischen Goethe selbst und seine Freunde getreten sein.

17. II. – Nero: der gekrönte Schutzpatron des Dilettanten- und Halbkünstlertums, daher die Anziehungskraft. Die naturwissenschaftliche Lebensanschauung, die sich nicht um das Gewordene, zu groß oder klein, gut oder schlimm Erstarrte, sondern um das Werdende, um die Naturgesetze des Entstehens kümmert, mußte von Deutschland ausgehen, dessen Sprachgeist schon das Werden vorzugsweise darstellt.

23. II. –

Hermann Bahr ›Kritik der Moderne‹	Bourget ›Essais de psychologie‹
polemisch teilnehmend	kritisch analysierend
geht vom Allgemeinen aus	läuft ins Allgemeine aus
sieht das Werdende, Gährende	sieht das Absterbende, Faulende

24. II. – Fiaker, der Gondoliere Wiens.

3. III. – Zusammenhang der Vorherrschaft des rhetorischen Klassizismus mit seiner Symmetrie und seinen Antithesen und der dualistischen Weltanschauung (Trennung von Gott und Welt, Geist und Körper etc.). (Ein Einungskünstler täte not. Goethe, ›Wahlverwandtschaften‹)

Die neue Kunst will nicht die wahre heißen, auch nicht die ewige oder einzige oder große: sondern nur die lebendige. Wer etwas Ganzes, Wahres, Lebendiges tut, auf welchem Gebiet immer, wird auch für das Allgemeine wirken.

15. III. – Um ein Olympier zu werden, wie Goethe und Victor Hugo, muß man lang leben; jedes Lebensalter der Nachgeborenen muß einen Anknüpfungspunkt im Leben des großen Mannes finden, er muß ganz ein Jüngling, ganz ein Mann, ganz ein Greis gewesen sein, ja der Jüngling, der Mann, der Greis seines Volkes κατ' ἐξοχήν.

21. III. – Die französische Thesenkomödie ist Fleurettfechten mit Mouche und Plastron; man stößt und pariert, bekennt die touches und einer markiert den Besiegten; aber es geht doch kein Stoß ins Fleisch und man denkt immer, wenn es ernst wäre, und jeder die letzte Kraft daran setzte, wärs doch vielleicht anders ausgegangen.

Wie aus den einzelnen Stimmen und Instrumenten die Harmonie, so wird aus einer Summe gleichzeitiger oder rasch aufeinanderfolgender Eindrücke ein Ganzes, ein Totaleindruck, der weniger Vorstellung als Empfindung ist, ein unbestimmtes Parfum, die eigentliche Seelennahrung.

1. Die Sprache (sowohl die gesprochene als die gedachte, denn wir denken heute schon fast mehr in Worten und algebraischen Formeln als in Bildern und Empfindungen) lehrt uns, aus der Alleinheit der Erscheinungen einzelnes herauszuheben, zu sondern; durch diese willkürlichen Trennungen entsteht in uns der Begriff wirklicher Verschiedenheit und es kostet uns Mühe, zur Verwischung dieser Klassifikationen zurückzufinden und uns zu erinnern, daß gut und böse, Licht und Dunkel, Tier und Pflanze nichts von der Natur Gegebenes, sondern etwas willkürlich Herausgeschiedenes sind.
2. Unserm unklaren Gedanken bietet sich, da wir mit Ererbtem, Anempfundenem und Anerzogenem erfüllt sind, sofort eine fertige Ausdrucksform; wir sprechen ihn biblisch oder philosophisch aus, rhetorisch oder plaudernd, im Stile Goethes, Schopenhauers oder eines ephemeren Feuilletonisten, wir lassen ihn als echte Dilettanten in einer beliebigen historischen oder Charaktermaske am Liebhabertheater spielen; wir geben ihm die beinahe richtige Form, aber nur beinahe; es

bleibt immer ein Rest, der nicht aufgeht, eine Lüge. Also gehören auch die Gedanken, die wir selbständig ahnen, gar nicht uns, denn wir sehen sie unbewußt durch das angeeignete Medium eines anderen, und der andere in uns spricht sie aus. Die Menschen sind also nur abgeschwächte Umbildungen der großen Geister, die in ihnen weiterdenken, ihre Lebensgedanken variieren. Daher die vielen unnützen Bücher.

7. IV. – Stimmung ist die Gesamtheit der augenblicklichen Vorstellungen, ist relatives Bewußtsein der Welt: je nach der Stimmung denken wir über das Geringste und Höchste anders, es gibt überhaupt keinen Vorstellungsinhalt, der nicht durch die Stimmung beeinflußt, vergrößert, verwischt, verzerrt, verklärt, begehrenswert, gleichgiltig, drohend, lind, dunkel, licht, weich, glatt, etc. etc. gemalt wird. Der Gott des Satten und der Gott des Hungernden sind zweierlei, zweierlei ist heiß und kalt für den Indianer und den Europäer, zweierlei der Klang jedes Namens, der Anblick jedes Buchstabens für den Renaissancemenschen und uns etc. etc.

11. IV. – Ibsenbankett im Kaiserhof nach den ›Kronprätendenten‹.

12. IV. – 9te Symphonie. Mir wird die innere Verwandtschaft der drei großen oratorischen Geister des Jahrhunderts, Schiller, Beethoven und Byron, immer deutlicher. Alle drei bewegen sich in großen Abstraktionen, Freiheit, Glück, Menschheit und lieben die starken, unvermittelten Kontraste. Allen dreien fehlt das Verständnis für den Zusammenhang aller Dinge, sie stellen Gott der Welt, dem Menschen die Natur als Gegensätze gegenüber. Während ein wahrer Künstler auf uns unscheinbaren aber unzerstörbar bestimmenden Einfluß hat, reißen sie uns mit sich fort, ihre Wirkung ist tief aufregend aber flüchtig. Sie wählen immer den stärksten und darum nicht immer den richtigsten Ausdruck. Gemeinsam ist Schiller und Beethoven die Lebensbejahung im freudig stolzen Betonen des Errungenen, der Güter der Zivilisation, ihr Glaube

an die unbegrenzte Vervollkommnungsfähigkeit der Menschheit. Alle drei drängt es, das Unendliche zu gestalten, Unsagbares auszudrücken, sie scheitern am Wollen des Übergroßen wie die Romantiker am Wollen des Übertiefen, der letzten Empfindung. Ihnen erwächst nicht aus der Empfindung der subjektiv-vollendete Ausdruck der Empfindung, sondern sie entlehnen ihn dem Verstande, der Weltanschauung, schmücken ihn mit biblischen und antiken Wendungen; ihre Stimme zu verstärken, rufen sie die Ereignisse der Geschichte, die Ergebnisse der Forschung, den ganzen Besitz der Menschheit in einem großen Chor zusammen. Auf eine Verherrlichung der Universalkultur, der Menschengröße läuft ihre Kunst hinaus. In der neunten Symphonie die Verbindung reiner Instrumentalmusik mit der »Ode an die Freude« und einem eigenen Rezitativ des Komponisten, diese Kombination von Motiven, dies Heraustreten des Dichters aus dem Werk, dieses Reflektieren eines Teiles über den anderen (»O Freunde, nicht diese Töne, sondern laßt uns angenehmere anstimmen und freudenvollere«) alles Züge, die in der Romantik ihre volle Ausbildung finden werden.

16. IV. – Premiere der ›Wildente‹. Ibsens Stücke verlieren, wie die Goethes, bei der Aufführung; die auf engen Raum zusammengedrängten feinen Züge der Charakteristik verwischen sich; manches läßt die Ausführung vermissen, scheint auf einen dem Drama zugrundeliegenden Roman hinzuweisen.

18. IV. – Vormittag bei Ibsen. In der falschen Eleganz eines Hotelzimmers war mir die kleine, hilflose Gestalt mit den bezwingenden Augen und der Meisterstirn doppelt rührend. Er spricht selbst wenig, sehr leise und äußert seine Ansichten schüchtern, halb fragend, wie einen Vorschlag. Mag sein, daß dieser Eindruck des Hilflosen und Weltfremden durch seine Schwerhörigkeit, die er nicht gerne merken läßt, noch verstärkt wird. Er hört aufmerksam, wie prüfend zu, und wenn man glaubt, mit ein paar gestammelten Phrasen auszukommen, steht man gleich wie einem Abgrund gegenüber. Er

dankte mir für ein Gedicht, das ich ihm mit ein paar Blumen geschickt hatte. Ich suchte ihm flüchtig auseinanderzusetzen, wie sich in uns jungen Leuten allmählich die Verehrung für seine Werke gebildet hätte, während uns sein Name, wie der des Homer, mehr als ein Symbol denn als eines Menschen Name erschienen sei; wie sich dann allmählich aus dem Mythos ein greifbares Wesen, eine lebendige Persönlichkeit herausgeschält hätte, der wir mit um so größerer Begeisterung unsere dankbare Verehrung darzubringen bestrebt gewesen wären, als es uns Jungen in Wien immer an einem Manne gefehlt habe, den man mehr als achten, zu dem man hinaufblikken könne. – »Und ist das notwendig? Ich glaube, es ist besser, seine Individualität auszubilden« – sagte er hastig, wie ablehnend. Ich wollte ihn fragen, ob denn jeder sicher sei, eine Individualität, des Ausbildens wert, zu besitzen, stellte ihm aber lieber vor, daß man uns eben diese Selbsterziehung zum Individuum durch eine tote und unphilosophische Bildung sehr erschwere und daß wir in ihm ja den Mann sähen, dem wir die Kraft zu manchem rühmlichen Entschluß, uns selber von Anempfundenem zu befreien, dankten. Er fragte dann nach verschiedenen äußeren Verhältnissen, riet mir, einen Teil meiner Studienzeit in Berlin zu verbringen, und dankte mir schließlich wirklich herzlich für mein Gedicht und meine freundliche Gesinnung. Ich glaube nicht, daß wir einander verstanden haben; meine Antworten sprachen von einem jungen Geschlecht, das ihn als Führer zur Selbstbefreiung verehrt und dem es vor allem um die innere Klarheit zu tuen ist, während seine Fragen offenbar auf eine Vereinigung junger Künstler, denen es nur am Schaffen liegt, hinzuzielen schienen, die er in uns zu sehen glaubt.

21. IV. – Zola, die Freude an der Kraft; Goethe, die Erkenntnis der Form.

25. IV. – Dr. Hofmann sagte mir übrigens, als ich von der Naivetät des Genies sprach, die uns allen abgeht, ein Wort, das trösten und stärken müßte, wenn es nur gewiß wahr wäre: »Wir kennen einen konventionellen Typus des genialen

Menschen, das Genie von 1780 oder von 1830, und das war oder scheint uns allerdings naiv; aber wissen wir denn, wie das Genie von *heute* aussieht, und müssen wir nicht vielmehr voraussetzen, daß es anders aussehen und eben darum verkannt werden wird?«

27. IV. – Heute im Caféhaus Hermann Bahr vorgestellt.

28. IV. – Als wir (es war ein Dienstag) zu Wieninger kamen, war Bahr schon da, ich setzte mich neben ihn, und wir waren gleich in ein lebhaftes und gewissermaßen vertrauliches Gespräch verwickelt; ich hatte allerdings ja den Vorteil, daß ich aus seiner ›Kritik der Moderne‹ genug von seinen Neigungen und dem Stil seines Geistes wußte, um schnell über das Tasten und Sich-zu-orientieren-Suchen des ersten Gespräches hinwegzukommen, und er sprach dann, auch wenn er mit allen sprach, eigentlich für mich; ich glaube, ich gefalle ihm ebenso gut als er mir; beim Auseinandergehen vor seinem Haus auf dem stockfinsteren Franziskanerplatz, versprach er unaufgefordert, mich zu besuchen.

Ich bin selbstbewußt, aber nicht anmaßend, sondern geneigt, andere anzuerkennen und eher zu überschätzen; Wohlwollen ist vielleicht überhaupt ein Kriterium egoistischer und glücklicher Naturen, Anmaßung und Mißgunst Reaktion gegen Druck und Verkennung (Goethe – Hebbel).

In geistigen Dingen gibt es kein Gleichstehen; wen ich eingeholt habe, dem bin ich auch schon voraus (ein Buch *ganz* verstanden, ist manchmal mehr wert, als es geschrieben zu haben). Es ist die schöne Folge des Glückes und Erfolges, daß wir durch den Wert anderer nicht gedemütigt, sondern angeregt und gehoben werden.

1. V. – Mittags bei Bahr, abends mit ihm im Theater an der Wien; ob an seiner Naivetät nicht doch etwas Gemachtes ist, etwas von dem Forcierten des Menschen, der sich davor fürchtet, gewöhnlich zu sein, statt wie ich nach seinen Bü-

chern glaubte, rücksichtslose Bejahung einer wirklichen Eigenart??

5. V. – Gedanken und Entwürfe. Über Historie und Historiker zu schreiben, etwa ›Zur Kritik des Jahrhunderts ohne Stil‹; Gruppenbilder: die *Dichter* der Historie (Carlyle, Michelet), die Deterministen (Hegel, Taine, Zola, Brandes), Geschichte als Kritik der Überlieferung (Buckle, Hugo), die Kleinmaler (Freytag, Thierry) usf.

La pleine c'est le rêve, la montagne c'est le drame; la rue c'est l'épopée und der Wald ist das Märchen. Das könnte Amiel geschrieben haben. So wird man vielleicht einmal schreiben, in 3, 4 Sprachen zugleich, mit allem Raffinement neuer Interpunktionszeichen, eingestreuter Musiknoten, wechselnder Orthographie, mit griechischen und japanischen Buchstaben auf farbigem Papier, eine Orgie der Decadence!

Wir erscheinen uns selbst als strahlenbrechende Prismen, den andern als Sammellinsen (unser Selbst ist für uns Medium, durch welches wir die Farbe der Dinge zu erkennen glauben, für die andern etwas Einförmiges, Selbstfärbiges: Individualität; wir schließen aus dem Eindruck auf die Außenwelt, die andern aus dem Eindruck, den wir empfangen, auf unsere aufnehmende Substanz).

21. V. – In der Zwischenzeit den Aufsatz über Amiel angefangen, in den sich, wie immer, alle Ideen hineindrängen, die bei mir gerade flüssig sind.

Mit Dubray die Übersetzung von ›Jenseits von Gut und Böse‹ begonnen. In Nietzsche ist die freudige Klarheit der Zerstörung wie in einem hellen Sturm der Kordilleren oder in dem reinen Lodern großer Flammen.

Der beste Kritiker ist der, welcher nichts in ein Buch hinein und doch alles herausliest. Darum kann ich kein guter Kritiker sein.

Es ist sonderbar, zu bedenken, daß ich fast ausschließlich mit Menschen verkehre, die, wenn sie meine innersten Gedanken in ihrer ganzen Tragweite verstehen könnten, mich für einen Narren oder einen Verbrecher halten müßten.

22. V. – Ein deutscher Dichter, der in Rom verhungert; seinen Hut und das Manuskript seines Romans hat er versetzt und kann es nicht auslösen; seine Gedichte schreibt er auf den weißen Rand zerknitterter Zeitungen, die er auf der Straße findet, und kann sie nicht wegschicken, weil ihm das Geld für die Briefmarken fehlt. Dabei werden seine Verse auf dem schmutzigen, zerknitterten Papier immer farbenglühender; er wühlt in Gold und Purpur; in seiner Phantasie ruft der Hunger eine Art Fata Morgana von üppigen Formen, schwellenden Früchten und Blumengewinden hervor. Sein letztes Gedicht, auf ein weggeworfenes Tramwaybillet gekritzelt, ist eine Vision des Lebens in Rubensschen Formen (Symbol für ein Allgemein-Menschliches).

Liebe als Zustand, Kunsttrieb ohne Objekt.

Jede Lüge, das heißt jede Wahrheit, ist erstarrte Stimmung; konservierte Stimmung, die nur ein Recht hatte, mit den andern zu strömen und zu verrinnen.

25. V. – Mit Bahr im Volksgarten, fast 3 Stunden. Er sprach, ich hörte zu; Brantôme, Bahr, Barrès, Bandello, Bourget. Boccaccio: das alliteriert äußerlich und innerlich.

27. V. – Im 148. Aphorisma Nietzsches (›Jenseits von Gut und Böse‹) liegt der Stoff zu einem Lustspiel: den Nächsten zu einer guten Meinung verführen und dann an diese Meinung gläubig glauben; wer tut es in diesem Kunststück den Weibern gleich?

28. V. – Abends bei Griensteidl, Schwarzkopf, Bahr und ich, dann Felix Dörmann, Baron Korff und Dr. Kulka. Ein Bericht über einen Symbolistenabend in Paris bringt uns auf

Maeterlinck; Bahr erzählt den Inhalt der ›Aveugles‹; Schwarzkopf nennt das meisterhafte Skizzen in neuer Form, kann es aber kein Stück nennen, weil das Publikum es nie soweit bringen werde, leugnet, daß es Dichter gebe, die beim Schreiben nur an sich und hundert auserwählte Menschen, gar nicht ans Publikum dächten.

31. V. – Alleinsein ist Gottesdienst, Gesellschaft Pantomime. –

Bei mir ist jetzt der herrschende Gedanke (νόημα πρυτανεῦον) die Wirksamkeit des Zufalls, der Tyché (›Sünde des Lebens‹, Ghasele: »In der ärmsten« und »Zufall ist, was«. Drama der sterbenden Frau, die erkennt, wie frevelhaft-zufällig die verhängnisvollste Verbindung sich schließt).
Ich sehe aber von weitem schon den Ausweg aus dieser Epoche schimmern, das Jenseits, wo sich der Zufall als Notwendigkeit darstellt, die überindividuelle Darstellung.

2 Unwandelbare: der eine, weil er in eine Hornhaut gehüllt ist, an der jede Lanze zersplittert; der andere, weil sein neblig molluskenhaftes Wesen jedes Geschoß durchläßt und sich wieder schließt (Symbol: der Mensch, der alles abweist und der, welcher alles auf-, aber nichts annimmt).

Jeder Mensch schreibt seine eigene Biographie; Künstler sein, heißt, sie verstehen und gekürzt herausgeben.

Künstler untereinander verstehen sich nicht als Künstler, sondern als Handwerker. (Am Tempel der Kunst trägt die Außenseite des Portals die mystischen Zeichen der Schöpfung und Begeisterung, die Innenseite Winkelmaß, Brille, Zirkel und Lineal.) Künstler lieben vollendete Kunstwerke nicht so sehr wie Fragmente, Skizzen, Entwürfe und Studien, weil sie aus solchen am meisten fürs Handwerk lernen können.

»C'est à travers l'art qu'on apprend à jouir de la nature.«
Selber erzeugt und erzieht und verschönt und erhöht die Natur sich.
Aber genießen sich selbst, lernet sie erst durch die Kunst.

5. VI. – Er liebt die Katzen, spanische Zigeunerinnen und heiße flimmerde Luft mit scharfen, schwarzblauen Schatten; ich die blonden Engländerinnen, verschwimmenden Nebel und unbestimmtes träumerisches Licht.

Die wachen Worte: eine angeschlagene Saite des Bewußtseins, die nachklingt. Das gesellschaftliche Fangeballspielen mit dem Schlagwort.

8. VI. – Amiels Tagebücher beendet: Man verläßt das Buch mit unsäglicher Sehnsucht nach Begrenztem, nach scharfen Konturen, nach greifbarer, gemeiner Deutlichkeit.

9. VI. – Die 2 Töchter der Gärtnerin: die eine bindet reiche farbensprühende Huysums, Mohn und Jasmin, offene reife Rosen und überquellende Nelken, nickende Halme darüber und tanzende Margueriten, ein duftendes Bacchanal; die andere langstielige Orchideen, zwei oder drei, starr aufragend, mit schwülen, verklingenden Farben, mit langen seltsam gewundenen Griffeln, zitternden Purpurfäden und fiebergrellen Tupfen, Pantherflecken, lauernden Kelchen, traurige, verführerische und grausame Blumen, die einzigen, welche töten. (Schwarzer Samt, weißer Lack und Delfter Porzellan)

10. VI. – Menschen führen einander durch ihre Seelen wie Potemkin die Kaiserin Katharina durch Taurien.

12. VI. – Wir malen nie ein Ding, sondern immer den Eindruck, den ein Ding in uns macht: das Bild eines Bildes.

13. VI. – Mikrokosmos: eine Menagerie von Seelen. Das Wesen des Steines ist Schwere, des Sturmes Bewegung, der Pflanze Keimen, des Raubtiers Kampf... in uns aber ist alles zugleich: Schwere und Bewegung, Mordlust und stilles Keimen, Möwenflug, Eisenklirren, schwingende Saiten, Blumenseele, Austernseele, Pantherseele...

16. VI. – ›Des Esseintes‹: Homer in malvenfarbiges mattes Leder gebunden, geschöpftes Papier, am Rücken: ›Le Roman de Troies‹ und ›Le Roman d'Ulysse‹.
Ein weißgoldener Rokokobeichtstuhl als Toilettetisch.

Wir sprechen entweder, um unser Inneres auszudrücken oder, um einen Glauben über uns zu verbreiten, uns in Szene zu setzen, sehr selten, um ein Ding auszudrücken, ein Urteil zu bilden.

»Du sprichst vergebens viel, um zu versagen
Der andre hört von allem nur das Nein.«

Logik unterscheidet sehr recht Argumente κατ' ἄνθρωπον, die uns etwas angehen, und κατ' ἀληθείαν, die uns nichts angehen.

Volumnia – Coriolan. Worte sind der ohnmächtige Text zur Harmonie oder Disharmonie der Seelen.

Vom Gefühltwerden zum Bewußtwerden, vom Bewußtwerden zum Verstandenwerden und vom Verstandenwerden zum Ausgedrücktwerden, das ist die via dolorosa der Gedanken, mit Geißelung, Dornenkrönung und Schändung.

17. VI. – Ingres zu Delacroix: »Le dessin, monsieur, c'est l'honnêteté!«... Ehrliche Poesie...

νόημα πρυτανεῦον
Wir haben kein Bewußtsein über den Augenblick hinaus, weil jede unsrer Seelen nur einen Augenblick lebt. Das Gedächtnis gehört nur dem Körper: er reproduziert scheinbar das Vergangene, d.h. er erzeugt ein ähnliches Neues in der Stimmung: Mein Ich von *gestern* geht mich so wenig an wie das Ich Napoleons oder Goethes.

21. VI. – »Niemand lügt soviel wie der Entrüstete.« Aristoteles: ὁ βίος ἐν τῇ κινήσει ἐστίν.
Gewohnheit ist erstarrtes Wollen. Solon: Γηράσκω δ' ἀεὶ δι-

δασκόμενος – – ἵνα εἰδῶς ἀποθάνω. (Goethe mit dem Tartarenbogen im Eckermann.) Die Vornehmheit der Affektlosen, die jetzt Ziel werden will, war schon einmal erreicht und überwunden: sie war Stil in der griechischen Philosophie, wurde Manier in der byzantinischen Etikette.

22. VI. – Schopenhauer III. Buch: Rechtfertigung der Darstellung des Häßlichen, weil es als Objekt des willenlosen Erkennens ein Schönes, reiner Ausdruck einer Idee, sein kann.

Pastell. Im Betstuhl der Kopf einer jungen Frau, aschblondes Haar, Hut aus 2 offenen Magnolien mit einer fraise écrasée Schleife zwischen schwarzer Gotik und 2 steifen Lilienstengeln; vor ihrem Gesichtchen ein Weihrauchschleier, und der durchsichtige Hauch zweier großer Kerzenflammen.

25. VI. – Wir erinnern uns ohne Willkür besser und klarer an das, was unserer gegenwärtigen Stimmung entspricht, als an Widersprechendes. Wir machen uns vor uns selbst konsequent scheinen.

Der ganz freie Mensch wird eine Furcht nicht fühlen: die vor der Lächerlichkeit – und eine Achtung: die vor dem eigenen Gestern.

Schmeichlern Gehör geben, heißt sich eine Rolle einreden lassen: das ist die Gefahr.

1. VII. – Unser Fehler ist ein Vermengen der Beobachtungs- und Darstellungstechnik.

2. VII. – Details sollen sein wie jener Blitz bei Dickens, bei dessen Licht man »harrows and ploughs left alone in the fields« sah.

Aus einem Brief Jacobsens.

Hitze: das Funkeln der Telephondrähte in der Luft; der heiße Hauch, wenn man ans Fenster tritt; die zahllosen Mücken an den Bogenlampen; das laue Wasser in angelaufenen Krügen; der riesige blaßgelbe Mond; der schwüle Morgen ohne Tau.

Man sucht oft einen Gedanken, aber keinen bestimmten, wie man im Gewühl nach irgend einem Bekannten sucht.

Warum lieben wir die vielen Gedanken unseres Inneren? Wie der Häuptling, der sich des Hortes freut, der funkelnden Spangen, der gewundenen Reifen, weil sie ihm Mannen werben und Macht bedeuten? Oder wie der Raritätensammler, der an der seltenen Schnecke Gefallen hat, an Wendeltreppe und Seepferdchen, Talisman und Kaurigürtel? Oder wie wir alles Wechselnde und Rätselhafte lieben, die Seifenblasen, das Echo, murmelndes Wasser, fallende Blüten, die im Teich lange stille Kreise ziehen, – lieben wir ihr rätselhaftes Auftauchen, ihr Wechseln und Wimmeln und ihr rätselhaftes Zergehen?

6. VII. – Die starken Stimmungen der Übergänge, die wir gewöhnlich ersticken, weil wir sie für krank halten.

Nietzsche ist die Temperatur, in der sich meine Gedanken kristallisieren; Hebbel die Dämmerung, bei der sich unbekannte Kräfte in mir regen.

8. VII. – Moralität der Tageszeiten. Morgen: Unlust, Gereiztheit. Nach Tisch: Verdauungsfieber, Lust zu schlagen und zu schreien, plötzliches, sprungweises Handeln.

6.–11. VII. – Naßkalter Nebel; leise rieselnder Regen, abtropfende Blätter; an ›Gestern‹ gearbeitet.
Lektüre: Andersen Märchen, Turgenjew ›Adeliges Nest‹, Nietzsche ›Menschliches Allzumenschliches‹; Maupassant ›Fort comme la mort‹; Strindberg ›Vater‹; offenes Wort über die österreichische Armee; von Exzellenz Laszowska Blackwoods Magazine geliehen: darin ein Aufsatz über Telepathie by Reginald Courtenay D(octor) D(ivinitatis), late bishop of Jamaica.

12.–14. VII. – Grade. Helena und Faust 1. als phantastische Begebenheit, 2. als Allegorie, 3. wieder als Märchen verstanden (Mallarmé: jedes Buch hat einen dreifachen Sinn). Die Gespensterfurcht einer Bäuerin, der Rationalismus der Bourgeoisie, der Gespensterglaube Schopenhauers. Die prunkende Uniform Murats, die elegante Einfachheit Talleyrands, der Prunk Napoleons.

14.–18. VII. – Aufenthalt in Salzburg.

15. IX. – Die kleinen Ereignisse des inneren Lebens verlieren bei jeder Wiederholung an Duft und Farbe. Wir konsumieren in jedem Alter das gleiche Maß Empfindungen, aber um es hervorzurufen, bedarf es immer stärkerer Akkumulatoren in äußeren Objekten (Weihnachtsbaum, Anfang und Ende der Ferien).

15.–24. IX. – »Die starken Stimmungen der Übergänge«; unterdrücktes Unbehagen; das Wiedersehen mit der »Literatur«; ›Gestern‹ vollendet.

22. IX. – Unser Beschluß, unser Leben zu systematisieren; der Ekel vor dem Caféhaus; das intime Theater. Plan. La vie entrevue.

24.–30. IX. – Bahr in Wien. Abendspaziergänge.

2. X. – Ein Essay: Boulanger.

4. X.[1] – Idee für ›Pflicht‹: Der Mann dekretiert die Stimmungen, er *gibt* sie, ὥσπερ θεοὶ δίδουσι, die Frau empfängt die geschaffenen, und sehnt sich nach neuen Suggestionen; sie kann das Leben nicht stilisieren, oder nur trüb, traurig und ängstigend.

a) Symbol: Landleben inhaltsleer empfunden, Vater häßlich, alternd, störend.
b) Ausdruck: Sehnsucht nach der Sensation vergangener Bü-

[1] Quer zur Seite nachträglich: (νόημα πρυτανεῦον) ›Der Tod des Tizian‹, Episode des großen Propheten.

cher, nach Emotionen, die der andere gestempelt. Mann soll Künstler, schöpferischer Interpret des Lebens sein. In ihr aufspringendes Verlangen nach Sensationen, das seine Gegenwart lähmt und erstickt: Musik zu hören, Wagner, Berlioz, laut aufzuschreien, sich zu wälzen in Blumen, auf Fellen, Efeu im Haar, in die Nacht hinauszulaufen, zu segeln, zu reiten, schwellende, reife Früchte zu betasten und kalte, runde, glatte Statuen, nackten Marmor... Er vertröstet sie, wenn erst die schwere Zeit vorüber, mit »Zerstreuungen«: Verstehst du denn nicht, daß mich das anekelt, diese starren konventionellen, toten Freuden... ich will nicht, daß sich meine Lebensorgane bis zur Unempfindlichkeit abstumpfen, ich weiß, daß sich der Grottenolm das Licht nicht mehr ersehnt und auch glücklich ist, ich will nicht entbehren lernen, weil das eine Selbsttötung und eine Degradation ist. Ihr müßt uns einen Lebensinhalt geben, denn euch gibt, was wir nicht haben, die Arbeit. Aber liebes Kind, die ist leer und tot! So habt ihr die Pflicht, sie zu galvanisieren, den Punkt zu suchen, wo sie in Lebendiges mündet, ihre Seele zu erzwingen. Weh dem, der an einem toten Werk schafft! Weh der Zivilisation, die ohne tote Dinge nicht bestehen kann!
Licht auslöschen! Sie plündern!

5. X. – Abendstimmung: ein Bild im Stile des Böcklin. Kentauren heimkehrend, schwere goldene Waffen, Najaden im Schilf.

8. X. – Die Männer der französischen Revolution: unreife Atome des Volkskörpers, vom Blutstrom aus Arm oder Bein fortgerissen und ins Gehirn gespült.
Züge für ein Revolutionsdrama: die Verführung zum Fälschen durch die Hast der Ereignisse, den aufregenden Lärm der Versammlung, die Wucht der Entscheidungen. Das Improvisieren der rhetorischen Phrase (Stelle bei Eckermann über die pathetische Lüge bei Shakespeare und Rubens). Die Brutalität durch die hohe potentielle Energie. Die Umstilisierung der nervösen Instinkte in gemeinnützige heroische Absichten.
Goethes Beinamen: der große Harmoniarch.

10. X. – Liebe als Kunsttrieb: das geliebte Objekt als Akkumulator der angehäuften Fähigkeit schön zu stilisieren (Prytanie des Barrès, die Herrenstimmung: Andrea, ›Gespräch‹).

15. X. – Reaktion gegen die Objektivität. Wenn wir unsre Lehrer und Weisen lange nach historischen, objektiven Gesichtspunkten gewählt haben, jeden zur Erkenntnis bestimmter Gruppen, bestimmter Farben, seiner Lokalfarben, so verlangt es uns bisweilen nach einem, dem wir alles entlehnen, alle Farben, die ganze Beleuchtung, alle Formen und Perspektiven, durch dessen Medium wir sogar dritte Dinge schauen wollen, an den wir uns hingeben, uns aufgeben und ausruhen. Nietzsche/Alkibiades.

21. X. – Nietzsches Philosophie verführt wie die Poesie: sie individualisiert Allgemeines in willkürlichen historischen Personen.

Dichter ein umgekehrter Midas: was er Erstarrtes berührt, erweckt er zum Leben.

3. XI. – Revolutionsdrama: Camille Desmoulins gegen die Überschätzung der Vergangenheit; heute sind die Iden des März, hier ist Rom, hier Brutus und Cassius. – Der letzte Akt in St. Lazare: Sieg der Form, Sieg der Ehrfurcht, Apotheose der Idee der Vornehmheit, die nur eine Metamorphose keine Vernichtung erleiden kann. (νόημα πρυτανεῦον Horaz und Sophokles; »Maßhalten ist alles«, »Im Vorübergehen«).

4. XII – ›Wille zur Macht‹ und ›Der Roman des inneren Lebens‹.

* Der Wille zur Macht. – (Das künstliche Leben geht aus der Resignation des Strebens zur Beherrschung und Erkenntnis hervor.) Überall Kampf sehen; das Heranfluten der nächsten Ereignisse, éternelle débâcle. Überwindung des Lebens im Durchleben, Durchmachen, Durcharbeiten, Durchschauen,

Austasten, Durchzweifeln. Ziel: Harmoniarchie. – Die elastischen Feinde: reiche Seelen, die ihre Formel wechseln; Geister, die uns kompliziert sehen machen und das Problematische und Inkommensurable in uns rege machen. Funktionen: Kraft, sich zu begrenzen; Kunst, alles als Waffe zu brauchen; Kunst, sich einen Hintergrund zu schaffen; Streben, zu klassifizieren, zu gruppieren, zu formulieren (wer übersieht, beherrscht); Menschen auf ihre Formel (Grundstimmung) zurückzuführen – den Geist zwingen, seinen Namen zu nennen, durch dessen Aussprechen man ihn bannen kann.
Stufenleiter a: Hamlet, die Helden Turgenjews/Amiel/Claude Larcher/Philippe/Renan, Nietzsche: jeder von ihnen stirbt und wird im nächsten wiedergeboren.
Stufenleiter b:

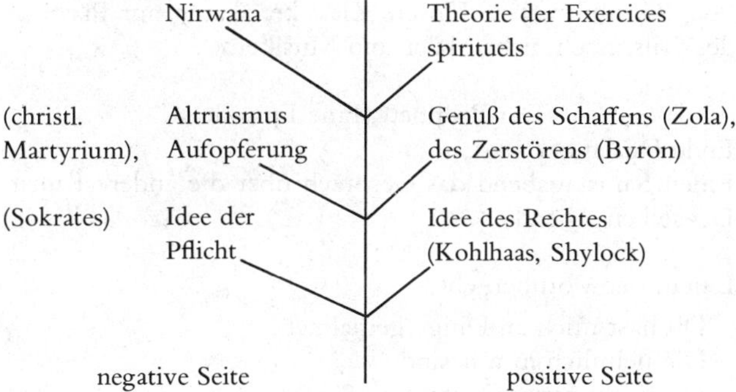

Zur Technik des Hintergrundes: »Ihm« ist der Hintergrund, was dem äußeren Menschen seine Akzidenzen: Vermögen, Haus, Pferd, Waffe, Kleidung... Bestandteile des Hintergrundes:
a) das eigene Selbst mit falschen Beleuchtungen, verschobenen Perspektiven, unterstrichenen Stellen und übermalten Stellen. Ausnützung jeder Stärke und jeder Schwäche; jedes Ding muß zur Ausfallspforte werden, um die sich die ganze Mannschaft zusammendrängt. Wenn eine Ungeschicklich-

keit begangen worden ist, muß sie sogleich Gegenstand der Analyse werden.
b) die anderen Menschen: konstruierte Feinde, konstruierte Bewunderer; Akkumulatoren für eigene Gedanken; Partner für erfundene Gespräche. Puppen zur Exposition von Stimmungen.

16. XII. – Anatole France: Typische Dilettantenbildung mit der Unausgeglichenheit der herangezogenen historischen Beispiele je nach zufälliger Vorliebe.

* Das Erwachen des Gedächtnisses (Hypermnesie) im Traum, in Krankheit, Gefahr, in der Sterbestunde.

21. XII. – Stefan George. (Baudelaire, Verlaine, Mallarmé, Poe, Swinburne.) – »Unsere Klassiker waren nur Plastiker des Stils, noch nicht Maler und Musiker.«

›Der Prophet‹ (Eine Episode)

Ende Dezember 1891.
Einen Samstagabend das Gespräch über die andere Kunst.
Denselben Abend:

Einem der Vorübergeht

Du hast mich an Dinge gemahnet
Die heimlich in mir sind
Du warst für die Saiten der Seele
Der nächtige flüsternde Wind.

Und wie das rätselhafte
Das Rufen der atmenden Nacht
Wenn draußen die Wolken gleiten
Und man aus dem Traum erwacht…

Zu weicher blauer Weite
Die enge Nähe schwillt
Die Pappeln vor dem Monde
Ein Zittern aufwärtsquillt.

Den nächsten Morgen: ›Hymnen‹.

Der Besuch am Weihnachtsabend: Tee, das polnische Buch. ›l'Ermitage‹. Fingierte Abreise; Gespräche mit Bahr; »Symbolistenstreit«. Stefanstag: »... an meine Abreise ist vorläufig nicht zu denken und wann kommen Sie?«
Gleichzeitig:

»Soll nun der Mund, der von des Eises Bruch
Zum neuen Reife längst erstarkt im Wehe,
Sich klagend öffnen und nach welchem Spruch
Dem Kinde – unterbrich mich nicht, ich flehe!
Du reichst die Hand, die Segel wehn im Porte,
Es geht in tollen Winden auf ein Riff.
Bedenke dich und sage sanfte Worte
Zum Fremdling, den dein weiter Blick ergriff.«

Inzwischen wachsende Angst; das Bedürfnis, den Abwesenden zu schmähen.

Der Prophet

In einer Halle hat er mich empfangen,
Die rätselhaft mich ängstet mit Gewalt,
Von süßen Düften widerlich durchwallt.
Da hängen fremde Vögel, bunte Schlangen.
Das Tor fällt zu, des Lebens Laut verhallt,
Der Seele Atmen hemmt ein dumpfes Bangen,
Ein Zaubertrunk hält jeden Sinn befangen
Und alles flüchtet, hilflos, ohne Halt.
Er aber ist nicht wie er immer war,
Sein Auge bannt und fremd ist Stirn und Haar.
Von seinen Worten, den unscheinbar leisen,
Geht eine Herrschaft aus und ein Verführen,
Er macht die leere Luft beengend kreisen
Und er kann töten, ohne zu berühren.

1892

Jänner 1892.
Montag 4. »Ihr dauerndes Schweigen (Ihr Vergessen schon?) ist mir nicht verständlich. Oder bekamen Sie meinen Brief nicht? Ich erlaubte mir in Ihre Wohnung zu gehen, um zu erfahren, ob Sie fort oder in der Stadt sind.«

Mein ungeschriebener Brief.

Mittwoch 6. der akademische Spaziergang (Schwindgasse); Samstag: ›l'Après-midi d'un faune‹, ›Pilgerfahrten‹, Bitte um ein Rendezvous für Sonntag; Sonntag [10.] der übergebene Brief.

Meine Antwort. (??)
Was kann ich Ihnen sagen? was darf ich erwidern, der Ihr Bekenntnis, ein Bekennen vor sich hin und für sich selbst, vernommen, ein zufällig aufgefangenes mehr denn Gabe und Geschenk.
Und ich? was kann ich geben als mich selbst. Mein Wesen gießt den Wein des jungen Lebens aus.
Wer nehmen kann, nimmt.
Ich glaube, daß ein Mensch dem andern sehr viel sein kann: Leuchte, Schlüssel, Saat, Gift. Aber ich sehe keine Schuld und kein Verdienst, und was kann der Wille dort helfen, wo Tyche rätselhaft wirkt?
Ihre große Krise soll enden, weil sie es will.
Will mich Ihr Sinn, der selbst den Weg weiter weiß, mit den Zügen des Heilenden schmücken: er darf es, wenn er muß, und er muß, wenn er kann.
Ich hätte Sie gerne gestützt, Ihnen zu danken, daß Sie mir Tiefen gezeigt haben; aber Sie stehen gern, wo Ihnen schwindelt, und lieben stolz das Grauen vor inneren Abgründen, die nur wenige sehen können. Und auch ich kann lieben, was mich ängstet.

?

* Prolog zu einer phantastischen Komödie.
Die Hexe, die mit dem Fürsten Cantacuzeno von Sparta nach Irland fliegt (Insel des Erne Sees) und jeden Abend von Teufeln vor ihm Theater spielen läßt. Wie er den Namen Gottes ausspricht, zerstäubt das Theater. (Tomaso Tomasi bei Bülow, ›Italienische Novellen‹).

20.–27. II. – Eleonora Duse (Fédora, Nora, Kameliendame), ihre Legende machen; sie mit dem Ahasveros-Mythus verweben, sie kann einem fremd und doch Sinn und Seele eines ganzen Lebens sein; sie heimlich begleiten: aus dem Theater, im Mond, auf den Corso von Sevilla, auf die Piazetta in Venedig, auf das Meeresufer hinaustreten; die Frau, die eine Anzahl ihrer Gebärden ins Leben hinübertrüge...

18. III. – Der Stoizismus des Horaz. (Philosophie des Pierrot, »Im Vorübergehen«)
4 Affekte (πάθη): Bekümmernis, Furcht, lärmende Freude (ἡδονή, laetitia), Begierde.
Ziel: ἀπάθεια. μόνος ὁ σοφός ἐλεύθερος.
Maximen: ἔχω, οὐκ ἔχομαι. Sibi res non se rebus subicere.
βίος θεωρετικός. – βίος πρακτεικός seu πολιτικός.

Französisches Revolutionsdrama: Der heimliche Herr, der die Vorgänge als Erkennender beherrscht: man erlebt in allen Erlebnissen nur sich selbst; was einem sonst noch begegnet, erlebt man nicht, weil man es nicht versteht. »Sie überwinden nicht, sie gehn vorbei.« ›Anatol, Agonie‹.

20. III. – Alte Zettel: In Balzac Ansätze zur Jules Verne'schen Romantik der Wissenschaft.

Bewegung, Welle ist Leben. Das Festland, die starren Inseln der toten Dinge, welche vor dem Anschlagen fragender Wellen immer kleiner werden.

Leute, die etwas zu fingieren gewohnt sind, verheimlichen es aus einer Art Scham, wenn es ihnen wirklich begegnet.

Die Griechen Goethes. Die Griechen von Nietzsche. Die Griechen von Chénier.

Geschwindigkeit des Lichtes: der Stern, wo man jetzt gerade dem Gastmahl des Heliogabal zusehen kann...

19. IV. – Neurasthenische Poesie: die Poesie der Angst, die alles stilisiert. Der unendliche Inhalt einer schlaflosen Nacht; Poesie der langen Fieber, wo Traum und Realität ineinanderrinnt (Romantik).

29. IV. – »Im Vorübergehen.« Sein Leitmotiv: selbstgenügsame Harmonie, feine glatte pedanteske σωφροσύνη, ein graziöser resignierter Tanz: Menuett. – Ihr Leitmotiv: Zigeunermusik, aufwühlend, ein Windstoß von Sehnen, Verlangen und Fragen:

»la beauté est une promesse de bonheur« (Stendhal)
»in Tiefen, die du nicht kennst, rauscht
der Strom des Lebens«, »Gänschen schwimmt vergnügt darüber.« (Eichendorff)
»Du hast mich an Dinge gemahnet,
die heimlich in mir sind...«

Die Resignierten, die immer das Ende vorauswissen, mit der nie gestillten Sehnsucht nach dem Unerwarteten, Stendhals: soif de l'imprévu.

Symbolismus: »Un paysage est un état de l'âme« (Amiel).

3. V. – Im Hades. Am Strand, den die Unbegrabenen nicht überschreiten dürfen. Die Seele eines Jünglings, für den keine Totenopfer gebracht worden sind. Die Seele einer jungen Frau, die Totenblumen im Haar, den Krug im Arm; wie sie ängstlich-graziös die dunkle Felsentreppe heruntersteigt.
Er liegt träumend am Schilf; weiter oben sind die, die das Wasser des Styx getrunken haben und wahnsinnig geworden sind. (Episode 1. die wahnsinnigen Schatten, 2. die Danaiden, Schilderung der Hochzeitsnacht).
Gespräch: Er hat sie einmal geliebt. Sie erzählt ihr Leben. Sie

will jetzt bei ihm bleiben. Er, bitter und resigniert: »geh, geh, ich bleibe lieber allein am flüsternden Schilf.« Vielleicht deus ex machina: Hermes Psychopompos, der beide in das Reich der guten stillen Schatten führt.
Dekoration: murmelndes Wasser, zwischen Felsen, schwarze Bäume; hinter der Wölbung fahlgrüner Himmel.

16. VI. – Einer, der in der Natur sich selber sucht, nicht das äußerliche Gleichnis, sondern das innere lebendige Erlebnis seiner selbst; einer, dem der menschliche Geist ebenso sinnlos geworden ist wie das Gesicht, wenn man es im Spiegel starr ansieht, oder die Worte, wenn man ihren Klang *begreifen* will; einer, der zu den Gebärden der Liebe, zur Mystik der Sinne flüchtet vor der Angst und Einsamkeit, wenn sie nebeneinander sitzen und keiner dem andern etwas sein kann.

21. VI. – Bacchos. Tragödie (nach Euripides ›Bacchai‹). Der König. Er hat den heiter gesitteten Kult des Dionysos eingeführt (Pentheus). Die Königin, den Naturdämonen nahe verwandt; im thrakischen Wald gefunden; sie hat die unsagbare Grazie und naive Schönheit der reinen Naturwesen; sie fühlt das herannahende Gewitter; ihr Haar wird feucht und sprüht Funken; aus einem Geschlecht von königlichen Priestern des Dionysos-Sabazios-Zagreus; in mystischen orgiastischen Bräuchen herangewachsen, dem jung verstorbenen Adonis verwandt... Kern ihres Lebens ist das Unlogische; leidenschaftliches Aufgehen in der Empfindung. Sie leidet unter einem dunklen Heimweh nach dem Unbewußtsein. Sie hat dem Menschenleben gegenüber das θαυμάζειν; sie sieht das Leben als tragisches, rätselhaftes Geschick. Sie sieht die unbewußten Epochen (ein Tag = 1 000 Jahre). Die ungeheure Verantwortlichkeit in allem; sie leidet an dem Nichtverstehenkönnen, an der Ohnmacht der Vernunft gegen die niedere Seele. Ihre sklavische Demut vor dem Mann, katzenhafte câlinerie; Selbstquälerei. »Ein unnütz Leben ist ein früher Tod; dies Frauenschicksal ist vor allem meins.« – Pentheus: er ist ein kleiner König (Weimar); er ist Choreg, Bauherr und Gärtner; die Hymne, die er einem Knabenchor mit der Lyra

begleitet; die schöne Platane mit dem Halsband; sein Dionysos ist der Soter, der Freund der Chariten und Musen (μελπόμενος) der Anthios, Dendrytes = der durch Feuchte befruchtende, der Thesmophoros; μελπόμενος = εὐαρμοστός. Sie kann sich nie mit dem à-peu-près der Empfindungen begnügen; sie weckt in ihm die ohnmächtige Sehnsucht nach dem Schaffen; sie nennt sich schlecht, alle Natur gut: den spiegelnden Teich, den rauschenden Wind, die schwellende Rebe. Sie *will* leben und unter ihrer ängstlichen Analyse zerbröckelt das Leben. Sie hat die Angst des Lebens (Maeterlinck), die panische Angst in der Mittagsschwüle; sie kennt die Zeichen des Todes auf Sommerblumen und den Gesichtern der Menschen; sie spricht mit der webenden Nacht. Sie hat noch die alten Gewänder (βασσαραι), deren rotes Gelb und Purpurblau halbvergessene Dinge suggerieren; sie denkt an die Bekken und Geigen im Eichenwald, in denen die tiefe Traurigkeit der Erde tönte; der verbotene berauschende Dampf; die Dinge in der Truhe, deren Anblick den Wahnsinn brachte. Ihr kleines Kind ist gestorben; sie fühlt, daß irgend etwas Verwandt-Dämonisches sie bedroht; in der dunkeln, schwül stürmischen Nacht ist Pentheus mit ihr allein. – Ihre steigende Angst, endlich eine wahnsinnige Trunkenheit; sie hört im Sturm die Cymbeln, die Stimmen der Mänaden. Ihm graut vor ihr; sie ist ihm unverständlich fremd, wie ein stummes Tier, eine Sphinx. Sie klammert sich an ihn: küsse mich, betäube mich, berausche mich. – 2 Nebenfiguren: ein vielwandernder Sophist, ein junger Flötenspieler. Lob der Musik (Stimmung: man fühlt das Halbgedachte; Marseillaise...).

Montaigne. ›Que philosopher...‹, einer der sich selbst überlebt (oder in der Hand des Todes sein Leben als abgeschlossen und vergangen erblickt), und über sein verlorenes, unverstandes, zweckloses Leben weint. (Aus solchen Stimmungen ist der ›Tor und der Tod‹ entstanden. Mai 1894.)

* Schillerscher Stil im Drama: die Reklame des Ereignisses.

Juni. – Mérimée. Das Unwahre am Schreiben; Scheu vor dem Enthüllen der Seele. Wer darf schreiben und hat Stil dabei? Sulla, der seine Mémoiren schreibt. Staatsmann: Sully. Sidney: Madrigale und galante Sonette.

Unvornehm: Schiller, Rousseau, Bourget, die ganze Autoanalyse, das Auf-die-Gasse-Schreien der Leiden ungriechisch schamlos.

Beim Bacchoskult: die Dinge, die niemand ansehen darf, ohne wahnsinnig zu werden (... in einer Truhe das Herz des Dionysos Zagreus).
Die verbotenen Tiefen der Leidenschaft. Das maßlose Wühlen im Schmerz.

Dr. Faust, ein Puppenspiel. Kein eigentlich böser Geist, δαιμων, in Faust, unruhig freundlich wirksam; Pierrot als Diener; reflektiert nicht, lebt. Das weltlich wirre Treiben, die Existenz ohne Stil: Artus' Tafelrunde oder Kaiser Maximilians Hof.
Ein Vorgang am See von Cumae. Die, die eine Lösung des Lebens gefunden haben...
1. Der große Sophist und Psychagog, der wandert (Ahasver, Rattenfänger von Hameln)
2. Kaiser Diocletianus (= Faust Tyrannos)
3. Horaz
4. Ein Bacchoszug rauscht vorüber: der dionysische Mensch; Verherrlichung der Leidenschaft und der Musik. –
Im Elysium: Faust, Pierrot, Charon in der lautlos auf schwarzem Wasser hingleitenden Barke: Schemen um sie, selig schwebende, die das erlösende Wort gefunden (werde was du bist); die in sich den Sinn des Lebens tragen; Baumgeister harmonisch keimend; Mystiker, die den Herrn in sich aufgenommen haben; Proteus, aufgelöst in Weben und Wehen, »ein Teil der schaffenden Natur«.

Ein deutsches Gedicht auf die Motive des deutschen poetischen Geistes gründen (J. Grimm, Vilmar).

Der Sinn des Lebens.
Dialoge in der Manier des Platon aus Athen.

Die Lehren des Schreibtisches: Horaz

Tolstoi, ›Anna Karenina‹, letzte Seite; Photographien der Duse: Proteusexistenz.

Das Zimmer des jungen Arztes im Cottage: Cosmopolitism.

Mein lichtes Zimmer mit grünen Jalousien, vielen Blumen, blühenden Kirschenzweigen, weißen Gardinen.

Die Villa der kleinen Bashkirtseff in Hietzing; sie ist eine Lösung des Problems: sie ist mit der großen Sehnsucht in der Seele jung gestorben.

Das Verschwimmen in Musik: August K., der alte Baron Dubois; Dämmerung. Telepathie. Die tiefen Probleme der Nerven: die Lebensangst; die heimlichen Epochen; das Bacchantisch-Naturverwandte.

De Quincey, ›Paradis artificiels‹. Der eine, der blaß und schweigsam abends immer allein ausgeht, die anderen wissen nicht wohin.

Ihre Theorie: es muß Klänge, Worte, Farbenverbindungen geben, die in uns Dinge erwecken, gegen die alles Irdische sinnlos und des Erhaltens unwert erscheint.

13. VII. – Die neue Technik.
Amiel: »Tout paysage est un état de l'âme.« Das heißt auch: jede Sensation findet ihren feinsten und eigensten Ausdruck nur in einem bestimmten Milieu; erste Liebe ist eine hellgrüne Frühlingslandschaft zwischen weißen Gardinen durchgesehen (Jean Paul); Ungeduld eine Landschaft ganz aus Metall mit heißer vibrierender Luft (Manier des Baudelaire); unbe-

stimmte Sehnsucht das Rauschen der Bäume und das unbestimmte Wehen der Nacht (Eichendorff); es gibt namenlose Stimmungen, die man nur durch ein Bild suggerieren kann: die Stimmung der klaren hohen Berge (Zarathustra), der stillen Zimmer, der feucht kalten Gewölbe (Maeterlinck, E. T. A. Hoffmann).
Definition der Poesie bei Hebbel: Vollendetstes Gedicht muß einen Zustand bis ins Tiefste ausschöpfen. (Poesie soll die dunkelsten Zustände durch Melodien lösen.) Die symbolistische Reaktion gegen die flache Epik kommt von lyrischen Grundbedürfnissen her. Unsere Klassiker waren nur Plastiker des Stils, noch nicht Maler und Musiker.
ὑπείπω – dicendo suggerere
ὑποτίθεσθαι – erraten lassen
Symbolistische Technik eine Unterstützung, wie die Instrumentation gegenüber symphonischen Gedanken, wie Bemalung bei Holzskulpturen, reine Farbe gegenüber Zeichnung. Photographie/Naturalismus verzichten auf die Mitwirkung der Suggestion (der Farbe), welche sie durch Genauigkeit ersetzen wollen.

* Eine ungeheure Ästhetik, die alles enthielte: die Kunst, sich an alten Frauen zu erfreuen; die Kunst, Bauernmädchen ihr Geheimnis zu entlocken; die Kunst zu reimen (gehe/verschmähe/die Treue./Die Reue kommt nach) (wo der Reim die naive Frucht des ganzen Wortes, nicht eine Borte angenäht); die Kunst, im Aufenthalt zu wechseln.

14. VII. – Philosophie der Brutalität. Stilisieren der insipiden Gegenwart durch Brutalität ins Heroisch-Aufgeregte, Verzerrte, Lärmende.

Paul Verlaine, der sich im Kasten verbirgt, dann mit der Hetzpeitsche auf seine junge Frau losspringt.

»Besoin de crier et de dire des saletés; besoin d'éloigner les autres par des insultes, besoin d'étonner et de terrifier.«

Bedürfnis, Abgründe um sich und in sich zu machen

23. VII. – ›Es regnet seit 3 Tagen und 3 Nächten.‹ Der 3te Abend: das Tal in violettem Dunkel. Aus der Ferne schimmernd der frische Schnee der Berge.
Wagnermotive: das Rauschen des heiligen Rhein, der Hornruf Siegfrieds.
Draußen tiefes feuchtes Dunkel, von einem lauen Wind bewegt, die Knechte stehen auf den Wegen und horchen in die Nacht hinaus auf das Brausen der angeschwollenen Bäche.

24.–25. VII. [92?] – Die kleinen Quellen die (offenen) bebenden Adern des Gartens, die Sonne, die klein und golden übers Dach klettert zwischen dem Rauchfang und den dunklen Blättern der Eberesche durch, der Wald voll schwebender Lichter und Schatten, abends mein kühles weißes Bett und draußen die blaue Sternennacht, das Atmen der Kerzen in der lauen Luft, mein Stock und die Bücher: Dante und Homer, darin die sieben göttlichen Tugenden mit frommen Kinderstimmen lateinisch singen und die Nausikaa Ball spielt

Dies alles ist bevor ich schlafen gehe.
Groß ist die Nacht, das schauerliche Dunkel
Will durch die kleinen Fenster wehn und wandern
In einem stummen Strom: wie durch das Leere.
Die Kerzen haben Angst und leuchten bebend.
Doch draußen starren schwarze Riesentannen
Zu unserm Schutz empor und wehren ab
Den ungeheuren Schwarm von großen Pfauen,
Die mit den dunkelblauen Schweifen lautlos
Herniederschweben wollen, die gestirnten,
Herniederdringen wollen durch das Dunkel.
Doch zu des kühlen Bettes Füßen liegt
Mein Stock und bebt als ob er trunken wäre
Und angefüllt mit Zauberei und Kühnheit.
Er ist auch angefüllt mit großem Wissen,
Sein Rohr ist voll von Wunder wie die Flöte,
Denn er hat einen Tag in sich gesogen.

Er sah die Morgensonne klein und golden
– Ertrinken könnte sie in einem Eimer –
Hinüberklettern zwischen First und Rauchfang
Und sah sie sinken und mit Glut und Blinken
Im Untergang die halbe Welt erfüllen.
Die wundervolle Ferne, die zu denken,
Zu denken daß sie da ist, schon ein Traum ist,
Ein königlicher Traum, indes die Kerzen
So schauern und mit kleinem Mund aus Flammen
Lautlos den Duft der Dunkelheit verzehren,
Den kühl gewordnen Duft des Sonnentages
(Der Sommerblumen und der kleinen Wasser,
Der offnen Adern die im Garten beben.)
Ein königlicher Traum, ein tiefes Wunder,
Das uns beim Sonnenuntergang durchblitzt,
Dies Denken an das Dasein großer Fernen.
So voll von Wundern ist das ganze Leben,
Nur also dicht verwachsen ineinander,
Daß eins des andern Mund und Augen zudeckt.
Wo aber eines einen Mund bekommt,
Da offenbart es, wie verwunschne Bäume,
Wenn eine Wunde ihnen Stimme gibt,
So eine namenlose Wunderwelt
Als nur in jenen Zauberbüchern wohnt,
Darinnen an der Paradiesestür
Die Tugenden mit frommen Kinderstimmen
Zu drei und vieren auf lateinisch singen
Und niederschauen auf das lichte Meer
Mit vielen Inseln, eine aber heißt,
Die mit dem Duft die blaue, Scheria.
Da wirft die Königstochter ihren Ball
Mit schmalen Händen, wenn es Abend wird:
Dies alles ist bevor ich schlafen gehe.

4. VIII. – Gioconda: Typus der »chercheuse«. Das Trauerspiel der Empfindlichkeit, wie ›Macbeth‹ das Trauerspiel des Ehrgeizes: ›Hamlet‹ das der Willensschwäche.

1.IX.–7.X. Reise durch Südfrankreich und Oberitalien. Reflexion: Mir fehlt Unmittelbarkeit im Erleben.

November. – Besuch bei Alfred Berger. ›Erfahrung‹. Die Dinge des Lebens weben schattenhaft um uns, bis sie unser Blut getrunken haben: dann bekommen sie lebendige Körper.

Unnütze Sehnsucht und Suchen. Jacobsen (Niels Lyhne, Marie Grubbe); ›Notre Cœur‹, »impossibilité de s'emballer«: Robert Ehrhardt ›Waldfräulein‹; meine Gioconda, die durch Suggestion belebte Puppe Pierrot Magus.

11.XI. – Mögliche Essays. Wille zur Macht.
a) Nietzsche b) Rubens c) Marie B[ashkirtseff]
d) Bahr e) Goethe-Tyrannos d) Rothschild

22.XI. Träumereien und Träume
Beim Nachhausgehen von der Duse. – Auf dunkelblauem Winterhimmel mit kleinem fernem Mond ein Wallen von Wolken wie milchiger Rauch, die endlich den Mond trichterförmig umschließen. Ich sehe fest auf den Mond und vergesse auf meine Füße und den Boden. Mir ist, als glitte ich unter demselben Mond weit über ein stilles Meer in frischer mutiger Luft.

Alice Morrison als Gespenst einer Prinzessin in einem Schloß; ihre schlanke Hoheit, ihr Nicken, ihr Zuhören, ihr Niederknieen, mit dem Hund zu spielen. Erinnerungen an † Mrs. Acton-Gablenz: Verhältnis zum Mann. Sie umgeben mit einem ganzen Gastmahl von Gespenstern, die eine geheimnisvolle orientalische Sprache sprechen, aber europäische Kleidung.

Traumtod. 23. XI. 1/212 Uhr nachts. Kerze ausgeblasen; Zimmer sinkt in Nacht. Draußen blinkt weißes beschneites Gartenhausdach, auf dem sich Fensterkreuz abzeichnet. Traum: Augen aufschlagen; liege auf demselben Bett. Fenster erinnern an Schiffsluken. Draußen Bäume scheinen zu versinken. Zimmer steigt lautlos langsam auf, auf. Traumfähigkeit, gleichzeitig im Zimmer zu sein und durch den Fußboden durchzuschauen. Unten schlafende Stadt. Unendlich bedeutungsvolle Punkte, ganz anders wie die Wirklichkeit; Gegenden, die ich nie gesehen habe, von denen ich aber weiß, sie sind dies und das. Park auf Terrasse (Modenapark); kleine Vorstadtgasse – Vaterhaus; Laufen ans Fenster, sehnsüchtig: Überbeugen. Sturz.

Sehnsucht. Ihr Wesen das unbestimmt Schweifende. Ihr Reiz durch keine konkrete Vorstellung zu ersetzen, auch nicht durch die lieblichste, wünschenswerteste.

Dezember. – Alles, was sich selbst stark und unverstört auslebt, ist schön.

Ich sage gern: »das Leben leben« statt lieben, arbeiten, zweifeln, kämpfen, zerstören, sich verteidigen etc. … weil meinem Leben eben der besondere (wirkliche) Inhalt fehlt.

* Zug (1. Samuelis 12). Der Richter fragt: hab ich von jemandes Hand ein Geschenk genommen und mir die Augen blenden lassen? – In diesem Augenblick wird er blind.

22. XII. – Eine Eröffnungsszene. Der alte Vater, der fühlt, daß er bald sterben muß; er versteht eine Menge nicht mehr, nichts ist mehr lustig, nichts hat Glut und Glanz. Die Tochter will ihn trösten. Liebes Kind, es gibt keinen anderen Trost als Zärtlichkeit oder Betäubung. Deine Mutter war einmal traurig, weil ihr Bruder erschlagen worden war. Ich wollte sie trösten: so bist Du geboren worden, ein Kind des Trostes, der leise bebenden Wehmut. Sie (die Tochter) hat die Gabe zu schweigen bis zum letzten Augenblick.

Einer, die aus Verzweiflung sterbend ist, sagen, daß die Gründe ihrer Verzweiflung weggeräumt sind: es dringt zuviel auf sie ein, tausend Bilder des Lebens, tausend Fibern beben nach schönen Möglichkeiten, sie schreit nur auf: Gnade, Gnade!

* Kreuzwege
Die versäumten Dinge...
Szene aus ›Peer Gynt‹, wo ihn die ungedachten Gedanken, die unausgesprochenen Worte, die ungeweinten Tränen, die versäumten Werke vorwurfsvoll umschweben.

* [Ibsen]. – Am stärksten, beiläufig gesagt, der Suggestionsapparat in der ›Frau vom Meere‹, wo das unheimliche Meer, das Erschrecken, das Lautlose, mit dem sich alles vollzieht, die Angst vor einem Unabwendbaren, das Stehen unter einem lähmenden Bann ganz die eigentliche Lebensangst, das »Medusenhafte des Lebens« im Maeterlinckschen Stil über uns wirft, viel mehr als das was gesagt wird.

1892–1893

* Eine Darstellung einer Revolution: erst Einzelschicksale dürftig, voll Anstrengung, dann die Masse, massenhaft verwühlend und verwüstend, nach dem solonischen Wort »jeder für sich gehen sie des Fuchses Wege, vereint sind sie betäubten Verstandes«.

1893

3. I. – Catull. »Gesunde Sinnlichkeit der Antike.« Hymenaeus: der Körper nicht das rätselhaft Hereinbrechende, das teuflisch Problematische, sondern nach ruhigen Bauernregeln wie ein Obstbaum gepflegt, gepfropft und gepflückt.

Der Faun als Personifikation gewisser täppisch boshafter Triebe in uns: Lust am Erschrecken, am Versteckenspielen, am wilden Springen und trunkenen Schreien.

Ende Februar. – Lebende Bilder im Palais Todesco. ›Prolog‹ und ›Epilog‹. – Prytanie der Künstlichkeit. – Wache Gedanken: 1. ›Die Rose und der Schreibtisch‹, 2. eine Novelle, die in Avignon spielen (oder beginnen) soll. Bestandstücke: das Haus gegenüber der Papstburg, dessen Fassade von Michelangelo herrühren soll. Links von der finsteren schwarzgrünen Tür ein Antiquitätenladen (sensitive Erziehung: Aufsatz über Swinburne), rechts ein Blumenladen (die ›Töchter der Gärtnerin‹, ›The sensitive plant‹); der Bronzetürklopfer: ein Baum, in dessen Zweigen der Teufel hockt, am Stamm halten sich Adam und Eva. – Daran zu knüpfen die Komödiantennovelle: Duse (Arles, Marseille, Venedig); Zug aus ihrer Kindheit, sich nachts auf den Boden der Kammer legen, wo schwarze Greifen und eiserne Kröten hocken.

März. – Eine naive Kosmogonie schreiben: der Demiurgos (Platon, Timäus) als Handwerker, wie er in das Gerüste der Himmel die Welt einbaut.

Autopsie: Repräsentation, Schein, Form, Lüge; Gabe und Hang, etwas vorzustellen; etwas zu tuen, was etwas gleich schaut, was einen Namen hat; Herrschaft der raffinierten Phrase.

Es gibt Fragen in uns, auf die wir nie Antwort erhalten, weil sie bei geändertem Körper nicht mehr wiederkommen, Konflikte, die sterben, Abgründe, die sich an der Oberfläche schließen und vielleicht einmal ein vages Unbehagen hervorrufen.

Begriff der »Grundstimmung« einer künstlerischen Individualität (1891–92):
1. Was jeder ist, projiziert er nach außen: Wille zur Erkenntnis, zum Leben, zur Macht etc. Was jeden am deutlichsten beseelt, dünkt ihm, die Welt zu beseelen.
2. Kritik und Symbolik, die beiden sich ergänzenden Kugelschalen a) Kritik ist Ausdruck des Verständlichen, in abstracto Darstellbaren an der eigenen Individualität, insofern man nur *diese* inneren Besitztümer, wo sie sich an anderen finden, lebendig erfaßt und hervorhebt.
b) Symbolik, der Rest, der nicht aufgeht, der Keimboden der reinen Subjektivität pflegt in Symbolen, Andeutungen (ὑπειπεῖν, suggerieren) ausgedrückt zu werden, einer Art persönlichen Musik, eben der »Grundstimmung«.

»Symbolismus« Form des künstlerischen Grundtriebes, des Triebes, dem Geschaffenen die letzte Deutlichkeit, den göttlichen Hauch des Lebens, zu geben (la chair im ›Oeuvre‹).

* Bacchantinnen (nach Motiven des Euripides). 2. Variante. Tragödie des jungen Lichtdieners; spielt am Wald: Dekoration, das Böcklinsche Heiligtum des Herakles. Er ersticht sie als Richter und Priester, an ihrer Bahre fällt er ohnmächtig nieder und verbringt dann eine rätselhafte Zeit wahnsinnig im dionysischen Wald: wie er zurückkommt, antwortet er auf keine Frage.

April. – Sinn des Lebens. Im ›Tod des Tizian‹ in subjektiver Bedeutung gebraucht: Lebendigkeit, gegen Öde, Neurasthenie, Langeweile. – Jetzt objektiv???

* – Abraham a Santa Clara, ›Merks Wien‹. »Die Gestalt des Todes bildet er zu einer gleichsam menschlichen Persönlichkeit aus und steigert den Charakter kalt lächelnder und verachtungsvoller Ironie zu dramatischer Lebendigkeit. Hierin freilich hatten ihm die Totentänze vorgearbeitet« (W. Scherer).

9. IV. – ›Tor und Tod‹. Beim Vorübergehen dieser lebendigen Toten hat er die Wallung von Schwindel, das θαυμάζειν, wobei man plötzlich über die ganze Existenz staunt. Das Leben kommt ihm einen Augenblick vor wie ein Traum, eine Fata Morgana, eine Sinnestäuschung. Dann erkennt er diesen Phantasmen, an die ihn tiefe Gefühle knüpfen, die höchste aller wirklichen Realitäten zu. (Lösung des absoluten Idealismus.)

Sonntag, 23. IV. – ›Der Tor und der Tod‹ vollendet und bei Hofmann vorgelesen. – Bedürfnis dramatisch-theatralischer Gestaltung.

* Stunden. – Stunden des tiefen Mitfühlens. –
Für mich das Leben ein Wunder: dessen Formen noch ohne Rücksicht auf Inhalt lauter Venerabilia; diesem Zustand entspringen solche Darstellungen des reinen Sinnenlebens, der Seelenverfassungen wie meine Prosagedichte. Gerechtigkeit? ein Sinn? nicht bloßes Bestaunen dessen das da ist; vor- und nachher treten die Stunden heran. Es gibt Stunden, wo man unsäglich zusammenwächst. Pantomime, wie der Zauberwind weht und die 3 sich die Hand reichen. – Der für jetzt verbotene Park am Weg beim Auszug. Erwägung: das muß doch etwas anderes sein, wenn man erst erfahren ist und auf was zurückschauen kann. – Gegenstück. Der heimkehrende Lanzknecht des Böcklin.

* Naturzustand. – Mythische Lebendigkeit, wo für uns starre Allegorien. Metaphern lebendige Ausgeburten der musikalischen Phantasie: Frevel, Unnatur, Zerreißen der heiligen Nabelschnur dort empfunden, wo für uns Selbstverständlich-

keit, Naivetät. Flammendiebstahl, Flamme vor Regendämon schützen. Verschiedene Baumindividualitäten. Alles das erzählen in der allegorischen Stundengeschichte die Möbel dem Menschen; die bauchige Glasflasche, der hochbeinige Tisch, aus dem Herzen der Esche geschnitten. – Der tragische Grundmythos: die in Individuen zerstückelte Welt sehnt sich nach Einheit, Dionysos Zagreus will wiedergeboren werden.

Mai. – Jens Peter Jacobsen. – Großer Vorzug von Jacobsen: er ist nie langweilig, weil er kondensiert Stimmung gibt. – Was er zuerst dargestellt hat: das Doppeltsehen, gleichzeitig real und stilisiert. Bigum die Seeschlacht der Kinder.
In den alten psychologischen Romanen (›Werther‹, ›Adolphe‹, ›Manon Lescaut‹) wird der Inhalt des Seelenlebens dargestellt, bei Jacobsen die Form davon, psychiatrisch genau beobachtet; das Sichdurchkreuzen, das Aufflackern und Abirren der Gedanken, die Unlogik, das Brodeln und Wallen der Seele.
Der schnelle Ekel, das Verwelken und Glanzloswerden der Dinge, die Farbenfreude und Farbensehnsucht – neuropathischer Idealismus.
Er schildert eigentlich unschilderbare Dinge, Mächte. Alter, wo man aufhört, zu glauben, daß es noch rückständige Offenbarungen gibt; dieses Alter bricht nicht immer heftig herein, es überkriecht einen manchmal unmerklich. Das ist auch eines der Probleme, die sich mitten im Leben drohend aufrichten.
Im ›Werther‹ wird das Gefühl des Helden in den Vordergrund gerückt, bei Shakespeare seine Leidenschaften, hier seine Phantasie und Sensibilität, in gewissen englischen Romanen das moralisierende Bewußtsein, das Gewissen bei Ibsen.
Hat Shakespeare je eine Figur von verschiedenen Beobachtern ganz verschieden (ungerecht) charakterisieren lassen?
Von allen Seeleneigenschaften, die, die wir der Pflanze am leichtesten zuschreiben können, sind: Phantasie (stilles Träumen und Sehnen) und Sensibilität (Zusammenschauern, Sich-Ausdehnen, Sich-Zuneigen, Sich-Ranken).

Das Pflanzenhafte: Lyhnes Starren in den goldenen Roggen in seltsamer vegetativer Ergriffenheit.

Dialoge über die Kunst.
Grundgedanken der einzelnen.

I. Beschäftigung mit der Schönheit = die Freude des Daseins. Triumph der Schönheit. Laus artis et artificum.
II. Der Sinn des künstlerischen Lebens; philosophische Rechtfertigung.
III. Kunst und Kritik, die ergänzenden Hälften des künstlerischen Lebens.
IV. Die Kunst als Äußerung des Machtstrebens. Die Duse (Stil steckt an: geistige, sentimentale Moden) Als Beispiel des Unvollkommenen, vielleicht höchst Vollkommenen Hermann Bahr. Unvollkommen, da er viel von sich an das Leben verliert; vollkommen insofern als vieles Rohe und Gemeine vielleicht eine Hieroglyphenschrift, die seiner Seele Wunder erzählt, ähnlich die Bauten König Ludwig II.
V. Eklektizismus und Originalität in uns gemischt. Unsere Kunst eine nachschaffende. Wir wohnen in verlassenen Zyklopenbauten, die wir ausgehöhlt haben: Maeterlinck – Shakespeare, Witzblätter (Gil Blas): byzantinisch-hieratische Kokotte; Don-Juan-Pantomime; schon das Mysterienhafte im ›Faust‹ so eine Spielerei: Puppenspiele des Maurice Bouchor, ›Tobias‹, Böcklins Mythologie.
VI. Hereindämmern einer anderen Weltanschauung. Sehnsucht danach (›Midas Garten‹, Preislied Tannhäuser im Venusberg), Furcht davor; Furcht vor dem Leben: Turgenjew ›Visionen‹.

Zu I. A. Das Entstehen des metaphorischen Ausdruckes ist ein geheimnisvolles Ding: der Anschauung eines Vorgangs substituiert sich plötzlich unwillkürlich die Anschauung eines andern nur in der Idee verwandten Bildlicheren, Körperlicheren. – Heine als Sprachkünstler. – Einfluß der Sprache auf das Denken. – Sprache ist überhaupt nur Bild. Manche, erstarrt wie Hieroglyphen, haben nur Münzwert, manche lebendig, wirken direkt auf die Nerven.

Dichterische Produktion das Weben in einer keimenden, formentauschenden Gedankenwelt, einem mystischen Geheimdienst zu vergleichen. Odysseus und die Schatten: Priester gibt Wein des Lebens aus. – Ibsensche Menschen sehnen sich nach Künstlichkeit, Kunstverklärtheit des Lebens: Julian, Hedda. – Potenziertes Existenzgefühl bei Heine romantisch märchenhaft als Hervorquellen, Hervortanzen von Geisterwelt: Funken aus Rosen, Blumen aus Tränen, Gestalten aus Höhlen, aus Bildern, aus dem Wasser. Sehnsucht bei ihm indisch. Bemerkung von Beer-Hofmann: man müßte Heine malen, indem man die Symbole übersetzt: sehnende Lotosblume – badende Frau.

Makart als Leitourgos – Pompschöpfer. Lauter Teppiche, Pfauen, Marmorteiche, nackte Frauen, Festzug, goldene Galeeren darauf Königinnen mit wundervollen Namen, Wagners szenische Bilder als sein Midasreich. Das König-Midas-Gefühl. Sehnsucht nach Erdgeruch. Das künstliche Reich ist eine Art Totenreich. Das Gefühl bei Wagner ausgedrückt: Tannhäuser im Venusberg, Versöhnung beider Ideale im Preislied Walthers.

II. – Poet – Mythenbildner: er humanisiert die Phänomene der Welt. Mythenbildung bei Jacobsen, Swinburne, Heine (Dirne Glück und Frau Unglück). – Shakespeare gestaltet die Idee des Mörders, des Eifersüchtigen, des Unentschlossenen. – Was uns das Leben versprochen hat, wollen wir dem Leben halten! Kunst die Antwort des Menschen auf die undurchdringliche Rücksichtslosigkeit der Natur. Kunst expliziert alles, schon die Mythologie Explikation des unheimlichen Naturwaltens.

Formlosigkeit in einem Kunstwerk (V. Essay). – Man weiß nicht, was man damit anfangen soll. Form hinterläßt Harmonie, Befriedigung wie Trostrede gelöstes Problem; gibt eine Ahnung der kosmischen Harmonie, befriedigt kosmogonische Triebe (Semper).

Scheinbare Formlosigkeit: a) Kompositionsweise der mittelalterlichen Maler, ist aber oft Mikrokosmos (ähnlich in der Poesie Frau Welt und dergleichen) b) bei den Japanern.

* Kunstdialog. – Vages Personifizieren, In-Gestalten-Pressen, moderne Mythenbildung ist die Arbeit des *jungen* Dichters (meine Gestalt des Todes in der ›Ballade vom kranken Kind‹).

* Ästhetismus
Die Grundlage des Ästhetischen ist Sittlichkeit. –
Über geistige Verhältnisse in der neueren Zeit.
Shaftesbury – Voltaire Periode der Überschätzung des Verstandes. 1830–1880 Victor Hugo – Zola Periode der Überschätzung der Sinne. – Wie entwickelt sich Lebens- und Weltgefühl? Der Sinn junger Leute auf das Abstrakte gerichtet. Die übrigen im Gemeinen, ohne Bewußtsein ihrer Seele.

29. Mai. – Meisterhaft für einen die Psychologie einer Generation anstrebenden Roman der Anfang von den ›Confessions d'un enfant du siècle‹.

Technik des Romans: einmal durchzuführen:
1. Wie man an künstliche Begeisterung im Augenblick ganz ehrlich glaubt,
2. ja sogar später darauf Gedankenketten gründet.

»Während ich hier schreibe, habe ich ein seltenes reines Glücksgefühl. Durch die psychologische Technik des Stendhal zum Schauen angeleitet, sehe ich eine Anzahl Charaktere meiner Umgebung auf einmal plastisch darstellbar, das Schattenhafte fällt ab, dabei denke ich gleichzeitig an die tief innere Freude des Gestaltens, im Gestalten Erlebens, Begreifens (da die Gestalten meine Nächsten sind, ist das künstlerische Begreifen zugleich ein Sichauseinandersetzen mit Lebensproblemen, ein Klarwerden), denke aber auch zugleich an die äußeren Freuden, sehe die Freunde, denen ich vorlese.«
Gewisse Dinge will man nicht anschauen, man taucht in sie unter: erst allmählich sucht man sie in Harmonie zu der Gesamtentwicklung zu bringen: so bei mir der »Künstlerberuf«; das sind »tätige Vorurteile«; man zieht ein Kostüm an, er-

greift sophistisch eine Rolle und dann wird einem das Kostüm Haut und die Rolle Geist.
Abhandlung Schopenhauers über Zufall und Vorsehung!

* Die eigentümlichen Geräusche in der Stadt in Sommernächten. Das verhallende gellende Kirren wie von einer über die leeren Plätze hinjagenden Reiterschar, nackten Wilden, die sich kirrend im Sattel zurückwerfen. Plötzlich jagt ein Wagen donnernd über die Straße. Wie ein ferner Ruf. 2 die sich nachlaufen, ein Schuß? Bartholomäusnachtstimmung.

›Visionen‹ von Turgenjew. Ein dumpfer gestaltloser Feind bedroht und ängstet die den Dichter tragende Fee.

Lebensangst. Zweifel an der Existenzberechtigung der Kunst gegenüber dem Elend der Welt.

Von der Bank der Liebe sieht man ins schönste Leben: Man sieht das wundervolle Leben des Lichts, des duftenden und flimmernden, des glänzend atmenden und des verschwebenden Lichts. Hintergrund: dunkle Ostadesche Flußlandschaft, in geheimnisvolle dunkelblaue Ferne auslaufend, das lebendige Aufragen der Bäume, ihr Wurzeln, ihr Duft!

Tragödie. Antiker Geist: Einer, der wünscht, daß ihn die Götter beneiden und verderben, weil er sich sagt, daß die diesen Neid erweckende Verfassung ein so hohes Glücksgefühl enthalten muß, daß sie allein vor allen anderen Dingen würdig ist, gewünscht und angestrebt zu werden. (Türkisches Sprichwort: wenn das Haus fertig ist, kommt der Tod). Er selbst ist ein neidloser Mensch, kann sich kaum vorstellen, um was man jemand beneiden könne. Es muß jedenfalls etwas sein, das man selbst gehabt hat, wie man nur auf eine Frau wirklich eifersüchtig ist, die man einmal besessen hat. Wie er endlich auf der Höhe angelangt ist, von der er stürzen soll, wie Fremde anfangen, ihn vor dem Neid der Götter zu warnen, begreift er das gar nicht, denn *innerlich* war er um nichts gewaltiger geworden. Sterbend verachtet er die Götter, hört auf, an sie zu glauben. Grundgedanke: Das Leben hält dem Ohr seine Versprechungen, dem Herzen nicht (Macbeth). (Figur: Polykrates?)

νόημα πρυτανεῦον. Man wird am Kothurn nicht größer. Alle Weisheit der Welt macht die Seele nicht reicher.

Tragödie: einer der sich reich und mächtig lügt und dem dabei einsam in seiner inneren Blöße schauert.

Einer der Grundgedanken meiner lyrischen Gedichte: Vorfrühling, Weihnachtsglocken. Spaziergang, wo Wind, Geläute, Himmelsgewölbe mit vielerlei menschlichem Inhalt, selbst dämonisch fühllos, erfüllt sind. Ähnliches in alten Möbeln, Büchern, Bildern.

Nachteile des Verkehres mit sehr vielen Menschen. Man erdrückt und zerstört alle wirkliche Intimität, Traulichkeit; viel miteinander erlebt zu haben, ist ein Band zwischen Menschen und gibt einem für den andern Macht und Reiz.

Ob die Farbengebung in ›Tod des Tizian‹ nicht Gustave Doré ist? In bläulichem Hintergrund der Teich mit Schwänen, weißer Mondesstreifen, der marmorweiße Faun unterm schwarzen Lorbeer – eher von Beers.

Juni. – Die Sehnsucht aus sich herausreißen! Sie in ein Kunstwerk pressen, wie in eine Truhe und den Deckel zuschlagen!
Die Neueren (Sudermann) setzen statt der shakespearischen kontrastierenden Grundtriebe kontrastierende Umstände.

20. Juni. – Kritik der Phantasie (Harry Gomperz). Das Unreale, überwiegend Symbolische an unserer Lebensweise. Was wir tuen, bedeutet meistens nur, *ist* nicht. Kaiser, der unterschreibt, Inspektor, der Berichte prüft. Hauptquelle des *Undramatischen* dieses Symbolische.

Wie für Michelet Leben und Lebenswerk (›Histoire de France‹) in eins zusammenrinnen, so will Berger den Tod des Kleist erzählen.

Für mich: Bedürfnis nach lebendiger Tatsächlichkeit drängt zum Volksliedton, zum Drama.

Gespräch mit Dr. Flesch (Semmering Ende Juni 1893).
Aufgabe des Künstlers, die Lebensprobleme darzustellen, nicht sie zu lösen.
Seele des Kunstwerks, symphonischer Zusammenhang; daher hat der Charakter des Helden an sich kein *Eigenleben.*
Wichtigstes, die Gewinnung individueller Werte; ohne diesen Halt kein Konflikt möglich; zwischen Mollusken kann kein Kampf sein.
Bahrs Hypothese. Der französische Symbolismus ist künstlerische Transfiguration der Wirklichkeit, der englische Hinausflüchten in ein Traumland.

* ›Bacchen‹ des Euripides zu erneuern.
Bacchos hat schmachtendes Aussehen, weibliche Züge, rote Lippen wie eine giftige Blume (Beschreibung des Schlangendämons La Nochosch in der Pantomime Richards).

Juli. – Ein Hauptinhalt Goethescher Poesie sind die inneren Erlebnisse ästhetischer Entwicklung.

Das Gedicht, wie das Rauschen des Wasserfalls in den Traum hineinspielt.

* Szene einer Komödie Marie B.
Die kleine Addah mit der Wortarmut, wo jedes Wort wie eine reife Frucht vom Baum fällt. Das Kind lacht und weint unmäßig bei unscheinbaren Dingen im Tiefsten ergriffen. Was ist Glück: Obst, Tanzen, Schlaf. Sie verlangt vom Übersinnlichen sinnliche Befriedigung, vom Wachen die Unbefangenheit des Schlafes.

Fusch, Anfang Juli. – Behagen im Bad. Badezimmer mit offenem Fenster; Sommerwind spielt mit dem Vorhang; die laue kleine Kammer erfüllt von Dämmerung und den unruhigen Reflexen des Lichts auf dem Wasser; gegenüber die Dorfkirche, Orgel, Chor, Klingel; 2 kleine Katzen.

Fusch, 14. VII. – Takt (im weitesten Sinn) gegen sich selbst: nie den augenblicklichen Zweck, nie die Stimmung des Augenblicks außer acht lassen: alles zur Harmonie stimmen. Nach außen hin: alles zur Blüte bringen, die Menschen einander von der besten lebendigen Seite zuführen, einen durch den anderen heben.

2. September. – Gegen Abend ein Brief von Dubray. »ne concevez de cette faiblesse putride des hommes ni trop de rancœur contre eux ni trop d'orgueil pour vous. Au fond nous ne valons pas grand' chose ni les uns ni les autres. Vous verrez pis que ce qui vous arrive en ce moment. Insensiblement vous en arriverez où j'en suis. Ce ne sont pas les hommes que je méprise: c'est la condition humaine, chose vile. Les hommes... mon Dieu, ce sont des compagnons de chaîne dans ce bagne qu'on appelle l'existence. Je les plains et moi avec eux.»
Das ist die Stellung der Dichter zum Leben: Goethe Idee der ›Mitschuldigen‹. Victor Hugo ›Après une lecture de Dante‹ (in den ›Voix intérieures‹), wo das Inferno des Dante als Dämonologie der eigenen Seele des Dichters aufgefaßt wird. Ob Lenbach je einen Verbrecher gemalt hat? Das Schlangenmädchen ist etwas Ähnliches. Dürer malt den Teufel, Goya Gespenster. Ebenso der Principe des Macchiavelli.

Spaziergang in Salzburg, Ende September.
Die Landstraße, Ahorn und Platanen beiderseits, rechts läuft ein Park, im Schatten des Parks ein Lebenslohn, verfrüht, nicht was das Ende der Wanderung verheißt: Erfahrung. Über der Mauer auf dem Abendhimmel die Silhouette der Bergstadt; links und rechts rechteckige Weiher; an einer Stelle tritt der Fluß mit Rasenbänken, Weiden und Geschiebe idyllisch hinrauschend an die Straße.

Oktober. – Simulant, der einmal das wirklich erlebt, was er oft erlogen, fühlt sich dann gewissermaßen betrogen, um ein Recht gebracht; ähnliches Verhältnis zwischen antizipierten und erlebten Empfindungen in einer sehr raffinierten Kultur.

Der große moderne Roman müßte die Mächte des modernen Lebens in keinem kleinlichen, sondern einem höchst gedrungenen dantesken Stil darstellen. Beispiele solcher rücksichtsloser grausamer Gedrungenheit die »mots« von Gavarni; z. B. eine alte Bettlerin zu einem Wohltäter: Dieu vous bénisse, monsieur, et préserve vos fils de mes filles.
Balzac hat zuweilen diesen großen Ton: z. B. »On est une canaille, mais on a du cœur!... Veux tu vent-mille francs? On s'exterminera le tempérament pour les gagner« (›Ménage de garçon‹).

6. X. – Gespräch mit Josef in Döbling:
Eine vorwegnehmende Seele, welche in den hundert anderen Seelen immer wie eine Sehnsucht nach einer im Traum verlebten Vergangenheit erweckt.
»Warum bemächtigt sich des Kindersinns« etc.

November. – Meine (unsere) ganze Kunstentwicklung von Berger charakterisiert. Empfinden nicht Naturvorgänge, sondern Kunstwerke als erstvorhandene, natürlich gegebene. Kommen durch die Kunst zu uns; füllen Schemata (Sonett, Schicksalstragödie, Pantomime) mit *entsprechendem* Inhalt aus; entsprechen kann der Form im tiefsten Sinn aber nur jenes Organische, dessen Schale eben ein Kunstwerk ist; so erst kommen wir dazu, unser Erlebtes zu gestalten.

Caféhausgespräch. Arthur, Richard, ich, Leo Fanjung. Schematische Darstellung menschlicher Schicksale. Kontrapunkt in der dramatischen Konzeption. Einer stirbt an dem starken Atemzug, mit dem er ein Licht ausbläst. Einer schlägt einer Statue den Kopf ab, der im Fallen ihn erschlägt. Biene stirbt im Stechen. Schemata von Dramen?? Im Augenblick eines

Erlebnisses wird man rings um sich her lauter analoge Schicksale gewahr (Browning!!). Schicksaltragödie. Humanisierung des Zufalls. Ödipus, Amgiad und Assad (›Tausend und eine Nacht‹). Zwillingsbrüder, der eine vor dem anderen verborgen, die sich unter dem Zwang ihrer Entwicklung entgegenstreben. Der Grundtrieb der Seele, das innere Schicksal, operiert in zweierlei Weise a) bewußt, b) (hauptsächlich) instinktiv vorwegnehmend, blind drängend.

Bahr spielt mit den Weltanschauungen der Menschen wie die Meerkatzen in der Hexenküche mit der gläsernen Welt.

Darstellung bei Richard. – Es ist für Augenblicke, als würde die Schale der Erde unter einem zu Kristall und...

Stimmung, das organische physiologische Ebben und Fluten der einzige Regulator der états d'âme, die sich selbst zusammenhängend und logisch interpretieren, insofern diese Menschendarstellung erdennäher als die, wo der logische Lebenslauf an und für sich gesetzt wird.

* Bahr. – Einfluß des Verkehrs mit Schauspielern: Stimmung machen, durch Regie einen Charakter *herausbringen,* angewandt auf das reale Leben.

* Victor Hugo empfing alles Vage von seinem Genie, alles Präzise von Shakespeare, der Geschichte und der bildenden Kunst.

14. XII. – Die meisten Menschen wissen nicht, was sie erlebt haben, nicht worüber sie hinaus sind, nicht was ihnen homogen ist, nichts; sie führen ein Schattendasein.
Es ist im Menschen ein makrokosmischer Trieb, zu werden wie Gott, sich von außen, durch Anempfindung, des Alls zu bemächtigen. Bergers »phantasierte Gefühle«; ein anderer, der individualitätsbildende geht von innen.

Dogmen als Postulate. Das instinktmäßig als wahr Empfundene gelten lassen, bis es vor dem Verstand gerechtfertigt, der großen Einheit eingefügt, oder bis es als leere Schale weggeworfen werden darf (Gruss).

Dezember. – Schema

Schamhaftigkeit	Schamlosigkeit
Kunst	Philosophie
Symbol	Wort
.	.
.	.
Frauentypus:	Frauentypus: chercheuse
d'Annunzio: L'Innocente	Marie B[ashkirtseff] (nicht ganz)
John Ford: Broken heart	
Gyges: Rhodope	Mary de Witte

17. XII. – Wahr ist, woran man zu glauben vermag; worin das Denkbedürfnis, das Dürsten nach Sinn ohne Rest aufgeht.

Das Leben ist des Lebens tiefster Sinn.

Mein ganzes Leben hat gesagt: Ich will über alles spotten, was ich nicht verstehe, lieber als daß ich löge als ob ich es verstünde.

Alle Wahrheiten, die formulierten und die nur dunkel gefühlten, verhalten sich zur Wahrheit wie die Trümmer eines Spiegels zu dem ganzen großen Spiegel: sie sind dasselbe.

Die Realität ist kein Raritätenkabinett voll Exempel, um uns die innere Welt verstehen zu lehren, sondern sie ist ganz dasselbe auf einer andern Stufe der Phänomenalität. Deshalb sind metaphysische und physische Probleme untereinander zu betrachten nicht wie Ding und Bild, sondern wie 2 Erscheinungsformen desselben Dinges.

Es gibt nur eine Wahrheit, aber verschiedene Brennpunkte, in die sich ihre Strahlen sammeln lassen, verschiedene imaginäre Zentren des Daseins.

Eine Wahrheit als Wahrheit fassen, als Ding an sich, nicht als Allegorie, wie schwer, wie spät kommt das.

* Innerer Vorgang: Sich für einen Buddha, allmächtigen Träumer, Weltträger, Kosmophoros halten. Da steigt leise Angst um das Leben einer geliebten Person auf und bringt das außen Waltende, das Überindividuelle zur Geltung. Freilich kommt die Erwägung: Auch was sich da ängstet, ist nur mein Hirn. – Aber immerhin bleiben ahnungsvolle Zweifel.

* Richard Dehmel, Dichter.
Larven von Gefühlen, Urwesen, unfertig aus dem Bauch der Natur geschnitten. Fähigkeit *nicht* zu sehen, sondern dumpfen Wesen hineinzukriechen.
Rausch kommt schüttelnd über ihn vor den Ideen, diesen nackten, mehr als nackten, denn er hat ihnen die Haut heruntergerissen.
Er sieht nichts als den Stirnbogen von böcklinschen Meerdämonen.

»von Deinen heilgen Seelenblicken
Glänzt meiner Sinne dumpfe Flur
Mir löst ein menschliches Entzücken
Die rohen Ketten der Natur.«

Empfindungen, dessen irdische Brust zu enge, Augen zu dumpf, Blut zu dünn,
Herz jagt ihn aus Träumen auf, schlimme Tagträume.

Dehmel. – Teppich von rückwärts, Erde von innen, von Wurzelwelt, Meergrund, Mutterboden der Kräfte aus gesehen, Triebleben von innen, unter dem Stirnbogen vom vibrierenden Kern aus.
Er suggeriert nicht den Eindruck, sondern das Sein von etwas, nicht Empfindungen, sondern einen Zustand, versetzt mitten in ein Gefühlszentrum.

Richard Dehmel
Wir ziehen uns auf einen Knollen, unsern pathetischen Kern zurück, während wir uns mit Hilfe der phantasierten Gefühle

zu einem makrokosmischen Riesenschwamm angesogen hatten.

Es muß im Gedankenleben etwas Adäquates geben diesen Schichten der Entwicklung: 1. Region der Keime, 2. Stamm aufwärts treibend, 3. Krone im Wind wehend, im Teich gespiegelt.

Den Empfindungen soll man sagen: Du scheinst nicht, du erinnerst nicht, du verkündest nicht, du *bist;* sonst kommt man um den Inhalt des Lebens.

* Die ›Divina Commedia‹ ein großer Roman, wie die von Bulwer und Sealsfield.

Die ganze Größe Roms und des Papsttums ahnt man aus der Art wie Dante über ihren Verfall klagt.

Begriff des Glücks bei Dante. Konzentration, intensiver Selbstbesitz, Unverstörtheit.

Goethe – ästhetische Erlebnisse. Dante – die psychophysischen Erlebnisse des nach Erkennen Strebenden. Der mystische Akt des Erkennens bei ihm ausgedrückt durch gnadenvolle Entrückung im Traum, in Bewußtlosigkeit.

1893–1894

* Unser Leben gegen das der Antike gehalten: die Bereitung der Speisen verhüllt, die Arme haben wenig zu tuen, wie Gäste in unseren Gärten, unsern Lauben, schwer mit einem Einzelnen zu reden, so erfüllt seinen Kopf das Ungeheuere, zerrt an ihm die Welt mit Flug von vielerlei Vögeln, er hat keinen klaren Gedanken wie ein Betrunkener. Aber dafür ungeheuere Synthese: den fernen Meeren nicht wahrhaft fern, eigentlich von nichts wirklich geschieden: die Entfernung Fiktion, das Vorbeigleiten an Weingärten, Landstraßen, ärmlichen Flußufern, Schluchten, Hochtälern, wieder meernahen Ebenen – schwer, in dieser Verworrenheit ein reines und leichtes Lied zu hören.
Nur das Gold lieben sie noch wie früher stark, von vielen Dingen ist kaum der Name geblieben wie der Name einer fremdartigen Blume.
Die Geschichte ist das Inventar der Formen menschlicher Beziehungen.

* »Und doch!« das ist für mich das Wichtigste. Das ist einer, der auch morden kann. Elend: jeder ist in sich eingekerkert, an den Pflug seines Lebens gespannt, im ergastulum seines Leibes steckend. Der Dichter würde, um dieses zu gestalten, die Vorgänge auflösen. Etwas so menschlich Großes, Generelles wie das »Und doch« kann er schon kaum herausbringen.

Das Drama ist die vornehmste Kunstform, weil darin am meisten verschwiegen wird. In steinerne Figuren, Gobelins, Kameen, goldene Becher und Erde eingemauert. Auch lebendige Menschen und Edelsteine in Tempelmauern: gesehen im Augenblick wo sie noch leben.
Wie das Leben aus dem Kerker reißen? in Martyrien (Nero). Mütter, die im Kindbett sterben, Jünglinge in der Schlacht.

* Ein Brand als Bild des Dramas.
Das Weiterspringen der Flamme von Objekt zu Objekt, das Abblättern der Hüllen, grelle Herausschälen des Kernes, momentane Zusammenschweißen getrennter Dinge, starke Offenbaren und Zutagetreten der Individualitäten im Todeskampf (Baum, Dach, Kirchturm). – Einheit der Handlung solang als die Flamme dauert; Teile: Einzelnhandlungen, die zerstörten Objekte. – Die untergehenden Individuen nähren die Flamme, die Seele des Dramas. – ›Nibelungen‹ von Hebbel: wie das Feuer weiterfrißt von Haupt zu Haupt springt, auch das Kind Otnit nicht verschont.

* 2 heilige Arbeiten: das Auflösen und das Bilden von Begriffen: letzteres heißt, einen Zauber üben, Gott näher werden. Dienst des Orpheus.

In das phantastische Tagebuch eine innere Entwicklung, symphonischen Sinn bringen, auch ein Buch als ganzes muß komponiert sein.

* Prosagedicht. – Liebende, die einander nicht angehören, verbindet ein metaphysisches Band. Sie sind Vater und Mutter eines ungebornen Kindes.

* Poe. – Es ist sehr sonderbar, wenn einer in so starren Dingen das Bild seiner Vision der Welt findet, da doch im Dasein alles gleitet und fließt. Und es ist selber charakteristisch.

* Alle Fabeln und alle Naturphänomene um uns sind verschleierter Ausdruck der Wahrheit, darum so verwandt.

Wien: als großes verfallenes Felsennest; paradiesische Ruinen; Stadt mit wenigen Wachen.

* Maeterlinck
Gegenstand der Darstellung ist ein höchst Allgemeines, Nahes und schwer zu Fassendes: wie die guten und schlechten Stunden ineinanderspielen in einem höchst *durchsichtigen* Ge-

wissen. Menschen, die sich über nichts hinwegsetzen, denen das Gemeine weder nützen noch schaden kann. – Die Figuren sagen Allgemeinheiten über sich selbst, wie man sie in einem leichten Rausch sagt.

* Herodot lesen!
Einem ist prophezeit, ein Dach wird ihn erschlagen. Das treibt ihn in die Berge und an den Strand des Meeres; solche Umgebung entwickelt seine Seele kühn und groß. Schließlich erschlägt ihn eine vom Adler fallengelassene Schildkröte. Um aber Wahrheit in sein durch das Orakel aus seiner Bahn gebogenes Leben zu bringen, wird er ein ganzer Mensch. Zuerst hat er Sehnsucht nach allen möglichen verlorenen Gütern der Welt.

Ein Rätsel. Liebe zu einem; kommst du nahe, vergeht es, wüßtest nicht einmal was damit zu reden.

Die nicht Geliebte, die im Traum als kleines Mädchen zurückkommt, unsäglich reizend.

* Hebbel und E. Th. A. Hoffmann. – Als der tiefsinnige Bauernknabe Hebbel in die Literatur kam, empfing er aus den Händen der Romantiker, eingeschlossen in eine Zauberlaterne, ein eigentümlich verdichtetes und verzerrtes Weltbild.

Wenn Newton das Weltgesetz nicht an einem fallenden Apfel erkannt hätte, sondern am Fall von Dachziegeln, deren letzter ihn erschlagen.

… so gehen wir umher in dieser Stadt,
die Kronenwächter des versunknen Reichs,
letzte Wissende, letzte Träger eines adeligen Bluts.

Einen andern durch tiefbohrende Interpretation seines tiefsten Wesens und Schicksals wahnsinnig machen, daß er aufspringt und den Redenden erwürgt.

* Boten Gottes
Die Stunde vorher: Sehnsucht des Morgens; die nachher: Anbetung der Schönheit, tiefer Sinn der Möbel, Bergbecken hält See etc.
Was aus eigenstem Holz ist, kennt man am wenigsten.
Schichten aufeinander in der Menschenseele. Eine verdeckt die andere, zuweilen klarer Blick hinunter, telegraphische Verbindung. Fühlen der Einheit von Krone bis Wurzel.
Uns graut vor der Erde, aus der wir kommen, und sehnen uns doch hinein zurück.

* Gedicht. – Wonnen des Denkens. Sich loswinden aus den Banden der Begriffe. (Carlyle: Durch Nichtdenken hören wir auf, uns über das Leben zu wundern. Um uns herum starr geworden und jeden unsrer Begriffe wie in eine Schale einschließend, liegt eine Rinde von Überlieferungen, Hörensagen, bloßen Worten. Der Riese Jean Paul, der Macht hat, den Banden des Hörensagens zu entkommen.) Und dann das Bilden neuer Begriffe, mächtiger vielbeschwörender Zauberworte, deren letztes, einfachstes Gott weiß, Gott ist.

1894

4. I. – Schlagworte »fin de siècle«, »fin de race«. Erscheinungen wie Marie G[omperz], Anatole France, oder anderseits die Yvette Guilbert und diese ganze Lyrik des Bruant und Xanrof geben deutlich den Begriff der Zersetzung.

›Der Tor und der Tod‹.
Worin liegt eigentlich die Heilung? Daß der Tod das erste wahrhaftige Ding ist, das ihm begegnet, das erste Ding, dessen tiefe Wahrhaftigkeit er zu fassen imstande ist. Ein Ende aller Lügen, Relativitäten und Gaukelspiele. Davon strahlt dann auf alles andere Verklärung aus.

* Zustand: als wären meine Pulse geöffnet und leise ränne mein Blut mit dem Leben hinaus und mischte sich mit dem Blut der Wiesen, der Bäume, der Bäche.

* Grundstimmung der »Alkestis«: das unsäglich Wundervolle des Lebens.
τὸ μὲν θαυμάζειν πρῷτον καὶ μέγιστον εἶναι (alter Philosoph) Verwunderung der Grundakkord erwachender Epochen.

* Wir sind mit unsrem Ich von Vor-zehn-Jahren nicht näher, unmittelbarer eins als mit dem *Leib* unserer Mutter. Ewige *physische* Kontinuität.

Den Gedanken scharf fassen: wir sind eins mit allem, was ist und was je war, kein Nebending, von *nichts* ausgeschlossen.

Samstag, 6. I. – 5 o'clock tea bei Gabriele. Das Rokoko-Puppenzimmer. Fräulein Titi. Sie hat so etwas Süßes, Lautloses. Schwebendes; sie hat mir eine halbe Stunde lang gefallen.

Sonntag, 7. I. – Mit Elsa Cantacuzène zu Golz hinausgegangen. Keine so schöne Nacht wie das erste Mal, keine so scharfgeschnittene silberne Mondsichel hinter schwarzgezackten Bäumen, nicht am Rande der Stadt dieses Glitzern und Scheinen von vielen Lichtern durch den Dunst der Nacht. Sie erzählt mir ihre Liebesgeschichte zu Ende. Das Jahr am Altenburger Hof. Das Nervenfieber. Alles ganz gewöhnlich, nur sehr schwer, die konkreten Menschen in diese Situation hineinzudenken. Ich lasse sie draußen und fahre herein in die Oper (›Meistersinger‹).

Montag, 8. I. – Bei Gallenbergs. Beide Schwestern haben wunderschöne, aristokratische, liebe Hände; die Baronin Diller einen entzückenden, ovalen kleinen Kopf wie die Frauen des Lionardo. Nachhaus mit Elsa C[antacuzène]. Warum erinnert mich irgend etwas an ihrem Wesen an Stefan George? Irgend etwas, das mir unheimlich ist, als ob es Gewalt über mich haben wollte. Dann macht mich ihre Nachgiebigkeit, fast Unterwürfigkeit, tyrannisch, sprunghaft und affektiert. Ich sage ihr Adieu.

Sonntag, 14. I. – Mit Beer-Hofmann in Döbling, nicht empfangen. Beide stumpf, singen am Heimweg unsinnige Verse.

Montag, [15. I.]. – Erzählungen in Versen schreiben. Metrum suchen; die innere Originalität ohne Behauptung der äußeren undenkbar.

Donnerstag, 18. I. – Bei Berger. Über englisches Theater. Zauber Baco. Virginia des Webster. – Vorschlag, ›Alkestis‹ des Euripides zu bearbeiten, aus maskenhafter Starrheit zu lösen. Abends zu Andrian; lesen uns gegenseitig Verse vor.

Physiologie des Traumes
Verhältnis des Traumes zum Kunstwerk: strenge Ökonomie, suggestive Charakteristik; Bewußtsein des Scheines.

Gertrud. Phantastisches Tagebuchblatt
In ihrem Zimmer steht ihr Bild als Blinde, ›Licht‹ von Gabriel Max. In diesem Sich-zur-Schau-Stellen in einer symbolischen Figur liegt etwas die Scham Verletzendes, als ob man tiefe leidenschaftliche Lieder vor fremden Menschen sänge. – Max läßt auch »Du hast die schönsten Augen« durch blinde Musikanten spielen. – Wie sie von der Kälte draußen redet, der Hundekälte und dabei eine Gebärde hat wie ein sich Hinrecken zur wohltuenden weichen Flamme.

Februar. – Das *Schöngeistige* in der deutschen Kultur. – Alle Romane von Tieck – Wilbrandt; erst seit 1890 anders.
Solche Gesellschaftstypen wie: Rahel Varnhagen, Josephine Wertheimstein, Alfred Berger, Dr. Grünberg, Addah Pinelli, die Schwestern Schleinitz; Joseph Löwenthal, Richard Engländer, Elsa Cantacuzène, Gisela Hess (?), Lady Paget, Eckstein, Hausner...

Billroth, Mensch in großem Stil; Arzt der Renaissance; Gartenmusik für seinen Tod bei Brahms bestellt; er wußte, was ihm die Dinge waren, als: Segelwind, schöne Landschaft, Musik, Philosophie, schöne Frauen, Wein, der Tod; aus ganzem Holz geschnitten.

* Türmer sieht über Wien. Sieht: Billroth, in seinem Garten die von Brahms für ihn komponierte Todesmusik anhörend. Kleine Häuser in der Magdalenenstraße. Poldy Andrian, hoch in seiner Mansarde an Hyazinth und Narziß denkend. Die Stadt kein sinnloser Steinhaufen: Kuppeln, Springbrunnen, Klöster, Wälle, alte Kanonen, Prater; anderseits Gotik, Stiegen, Fluß, Kahlenberg, alles wie eine Geschichte geordnet.

Sonntag, 18. [II.]. – Trudel: ich habe alle Unbefangenheit ihr gegenüber verloren und allen Mut. Ich habe fortwährend die Empfindung, eine Tote einen steilen Berg hinauftragen zu müssen. Sie erinnert mich zu sehr an Marie Gomperz. Plötzlich hat sie einen viel zu großen, wachsgelben, wie aus Talg-

stein geschnittenen Kopf, etwas Grauenhaftes. Ich stehe auf und gehe fort. Nelly ahnt, daß ich irgend jemandem wehgetan habe, ist in ihrer Weise ängstlich bemüht, wenigstens jede Möglichkeit eines Einflusses ihrerseits abzustumpfen.
Ich lasse mich von Dr. Hartmann seiner Frau vorstellen. Sie hat ein smaragdgrünes Samtkleid an und ich verliebe mich in sie. Sie kokettiert freilich auch mit mir, aber mit wem nicht? Am Heimweg macht mir Joseph wegen Trudel richtige Vorwürfe.

Sonntag, 25. [II.]. – Bei Lieben. Ich muß um 1/210 fortgehen, ›Alkestis‹ vorlesen. Letzte Szene ergibt sich als zu ändernd.

1. III. Epoche. Die Literaturentwicklung 1860–90 eine große Zerstörung des Begriffes Seele. Am Ende steht Barrès und Huysmans (›A Rebours‹). Auflösung der Seele in tausend Einzeln-sensationen. Das Gemüt rettet sich in die Lyrik (Symbolismus).

Destruktion des Willens – die Russen, der Herrschaft über sich – Bourget, der Weltanschauung – Renanismus, der teilnehmenden Gefühle – Barrès. Rest: etwas Vegetatives – Maeterlinck. Avidité de sentir sentir – Bahr, Studium der eigenen Nerven – Julius Pap: ›Unsere Jugend‹.

11. III. nachts. – Hofmann hat ein paar Klingersche Radierungen aus Berlin. Beim Nachhausgehen Gedanke der Einwirkung; durch uns hindurch webt das Sein sein ungeheures Gewebe. Ihm kommt es darauf an, daß Dinge sind, daß Ideen sich offenbaren.
Der chinesische Glockenbaum (›Siesta‹ von Klinger), Symbol für Gott weiß was, wirkt in meiner Seele wie die Geisterhand im versperrten Zimmer und macht geheimnisvolle Schriftzeichen, die weiß Gott welche Geister einmal aus dem Busch rufen.

Garten des Lebens, in dem alle gegenwärtigen und *zukünftigen* Mitspieler versammelt. Auf der Mauer sitzt der Tod.

Montag, 26. [III.] – Abends bei Richard, dann mit Walzel und seiner verstimmend häßlichen jungen Frau, einer äffischen Berliner Jüdin soupiert. Dann im Caféhaus Salten, Kraus, unerquicklich. Gehe mit Richard nach Haus; es regnet; gehen unter dem Schwibbogen des Hotel Munsch auf und ab. Reden von der Wechseldurchdringung des Kunstschaffens und des inneren Erlebens. »Wer die Kunst suchen geht, wird sich selber finden«, das habe ich ins Stammbuch der Cantacuzène geschrieben. Ein Problem für Menschen unserer Art von unheimlichem fremdartigem Reiz: auf alle Zusammenhänge mit Menschen und Dingen verzichten, sich auf seine Bedeutung für sich und an sich prüfen, »in seines Wesens Kern zurückwachsen«. Hieher gehören: Idee Dubrays in Tunis, Biskra etc. einsam zu leben.
Typus der Bajadere.
Romanfragment von Hebbel ›Ein Leiden unserer Zeit‹ (hinter der ›Julia‹ gedruckt).

Mittwoch, 28. [III.] – Bei Felix zu Tisch, mit Nelly und Joseph. Nelly erzählt von Lenbachs Besuch in Döbling. Er geht jetzt zu Bismarck nach Friedrichsruhe; dann kommt die Duse auf 3 Wochen zu ihm als Gast. Großer Herr; baut jetzt auch (ein Museum oder so etwas); in München selbst fehlts an einem Kreis nahestehender Menschen. Seine durchdringenden Augen, von denen alle Menschen reden. Ob ich mir ihm gegenüber unwahr, *hohl* und *spitz* vorkäme? und ihm so erschiene?

März. – Zustände. Ideen. Dilettantengarten, Künstlergarten: 2 Allegorien.
Beeinflussung. Wie bildende Kunst auf meine Poesie wirkt.
Öde Zeit: ich krieche wie ein dumpfer Maulwurf unterhalb des Gartens meines Lebens im Lichtlosen hin, höre nur oben Wasser plätschern, Menschen gehen, *alle meine* Menschen (unheimliches dieser geschlossenen Zahl, auch die Zukünftigen sind mitgerechnet).
Symbolismus im weiten Sinn. Die uneingestandenen Seelenvorgänge, die ins Kunstwerk eingewebt werden.

Donnerstag, 3. V. Christi Himmelfahrt. – Mit Poldy und Richard von Sievering über Felder, Brachland, Hecken, dann mit der Zahnradbahn auf den Kahlenberg. Oben Gewitter. Weit im Hintergrund stumme breite Blitze wie ein Aufwehen des Vorhangs. Hinter dem Regenschleier die Lichter der Stadt: man ahnt etwas Orientalisches, Gefährliches, Tückisches; etwas Verträumtes mit vielen Müßiggängern an Springbrunnen und Feigenbäumen. Etwas von der Stimmung der 3 halbwüchsigen levantinischen Mädchen mit kurzen Kleidern und krausem Haar und schwarzen Schleierhüten, die immer so planlos in den Straßen und Gärten herumschlendern.

13. Mai. Pfingstsonntag (mit Richard). – Vom Rosenhügel gegen Tivoli zugehend, mit Betrunkenen, Handwerkern, kleinen armen Leuten; Wind wühlt im grünen Feld in silbrigen und dunklen Wellen. Richard steht auf einem Isolierschemel. Er soll ins Leben. Was wir für ein verzweifeltes (exasperiertes) Künstlergeschlecht sind, schwimmen durch den tönenden verworrenen Sturm der Zeit, »zwischen den Zähnen die Krone der Kunst«. Die hinter uns kommen, werden größer sein als wir, aber wir sind doch seit den Stürmern und Drängern wieder die *ersten ganzen Künstler*. Wie merkwürdig auch das wieder ist, daß wir vielllei cht in *Wien* die letzten denkenden, die letzten ganzen, beseelten Menschen überhaupt sind, daß dann vielleicht eine große Barbarei kommt, eine slavisch-jüdische, sinnliche Welt. Das zerstörte Wien zu denken: alle Mauern verfallen, der innere Leib der Stadt bloßgelegt, die Wunden mit unendlichem Schlingkraut übersponnen, überall lichtgrüne Baumwipfel, Stille, plätscherndes Wasser, alles Leben tot; welch wundervolle Fern- und Durchsichten! Und Wächter zu sein in einem der Trajanstürme vor der Karlskirche, der noch aufrecht steht und mit Gedanken, die hier keiner mehr versteht, zwischen den Ruinen herumzugehen.

Mitte Mai. – Ich bin fast den ganzen Tag heimlich schläfrig (weil ich jetzt früh aufstehe): das ist ein seltsames Gefühl, ein

Nicht-völlig-in-der-Welt-Stehen, von einem außer-lebendigen Element umfangen, gleichsam mit offenen Augen in einem unbedeckten Grab neben der Landstraße des Lebens liegend, dabei und doch nicht dabei, teilnehmend und doch entrückt; oder wie die Erscheinung des Herrn zu Emmaus zwischen Grab und ewigem Verschwinden.

Ich weiß oft nicht, ob ich über etwas nachdenke oder innerlich einen nachmache, der über etwas nachdenkt.

Mittwoch früh, 16. [?] V. [94?] – Schwarzenberggarten: neben mir das junge Ehepaar mit dem rothaarigen kleinen Mädchen, das Ball spielt. Wie oft eine kleine Sache, Sonnenschein durch lichte Blätter, Art wie eine Frau ihren Handrücken streichelt, ganze fernliegende Gemütszustände, ja Lebensverfassung für einen Augenblick aufschließt und dann wieder verlöschen läßt.

Sonntag, 25. Juni in Mödling. – Sonnenuntergang auf der Meiereiwiese. Das Glasartige der glänzenden bewaldeten Hügel; das tiefstehende Sonnenlicht scheint zwischen die Stämme, bedeckt den Boden im Wald mit rötlicher Helle; später auf dem orangegelben Himmel wie mit Tusch hingeworfen, die schwarzen Schatten der Bäume, nicht wie bei Sonnenlicht die körperlichen, von bläulicher Luft umwebten Schatten der Dinge.
Der kleine Platz vor dem Gasthaus, Stufen; eine Gaslaterne; ein einspänniger Bauernwagen, Gartengitter, das Ganze erfüllt von impressionistischem violettem Dämmerungston.
Kleine Villa; aus dem smaragdgrünen dichten kurzgeschornen Gras wachsen Stöcke mit dunkelroten Rosen und Stäbe mit blauen Glaskugeln: das hat so sehr die Stimmung eines Liebesaufenthalts, daß mir Arthurs Novelle, das Leben der zwei an dem See einfällt.
Ausfahrt: bergauf, wo die silberne Mondscheibe zwischen den Zweigen einer Pappel heruntergleitet, dann, wie wir eben fahren, rollt sie über dem verworren schwarzen Wipfelwerk eines üppigen Parks hin.

Maximilians Standpunkt gegenüber der verwirrenden Vielheit und schmerzenden Tragik des Daseins, goethisch: beschauen, Gesetze ahnen, höher begreifen.

»Ob ich wechsle ob ich bleibe
Was ich denke was ich treibe«

Juni. – Prolog zu meinen Jugendsachen. Der den grünen Reben den Kopf abbeißt: saugt alle Kraft der Erde in sich und fühlt sich (antiromantisch doch) allem Tiefsten und Geheimnisvollsten verwandt, wie die Generation nach dem Naturalismus.
Das höchst Seltsame der reellen Dinge in den ›Idées et Sensations‹ der Brüder Goncourt durch einfache Notizen sehr ausgedrückt, z. B. 2 ägyptische Mumien im holländischen Museum, wie ihre fahlen leeren Gesichter allmählich Leben und Charakter bekommen.
Meine Jugend, wie wenn einer aus so starken Träumen erwacht, daß sie ihm noch immer in den Sinnen liegen; daher dieser seltsame Mangel an Unmittelbarkeit. Diese unglaubliche Tätigkeit der antizipierenden Phantasie (in der ›Idylle‹ ausgedrückt).

Sobald der Orpheus Neanias tot ist und die Schatten von seinem Blut getrunken haben, kommt die wütende Bezauberung des Lebens über sie: einer wirft sich zur Erde, beißt in grüne Reben und saugt ihnen ihr unreifes Blut mit glühenden Lippen aus.

Prolog zum Band Einakter ›Komödie der Seele‹.
Schattenland des ungelebten Lebens; am Blut des zerfetzten Orpheus trinken sich die Gestalten lebendig.
Details: geschminkte Schatten, Schatten die an Verschiedenes erinnern. Das Leben schickt seine Mänaden mit krummen Messern aus, den Orpheus zu zerfleischen, der umhergeht und auf einer Leier, die gedämpft und seltsam tönt, diesen Schatten vorspielt.

Von der Leier des Orpheus Neanias strömt nicht solche Musik, in welcher das Leben seiner selbst bewußt wird und in eignem Fühlen wühlt, sondern sehnsüchtige Musik der Lebenserwartung.

* Über Berger. Das Grundelement des inneren Lebens ist ein fortwährendes Übertragen aus dem Ästhetischen und Sozialen ins Sittliche. Dies Grundelement ist schauspielerisch, daher die dämonische Anziehungskraft der Schauspielkunst. Er hat dies mimische Grundelement in Shakespeare aufgedeckt. Das Gegenelement ist die Wahrhaftigkeit.

* Berger. Er hat ein Wissen um das Erlebnis, das dem Kunstschaffen zugrunde liegt. Und also um die Stellung der Phantasie im Leben. Fühlen ist Kunst, nicht Natur, und die Lehrerin in dieser Kunst ist vor allem die Poesie. Seine Hörer: sie alle sitzen hier, um einen Menschen reden zu hören, für den die Phantasie noch existiert, eine Macht ist.

* Einige begreifen das Leben aus der Liebe. Andere aus dem Nachdenken. Ich vielleicht am Traum.

Juni. – Englischer Ästhetismus als Element unserer Kultur. I. Erstes Entgegentreten: als Sonderbarkeit, wohl etwa Affektation, Kostümtragen etc. II. Oscar Wilde, ›Intentions‹: starker narkotischer Zauber, sophistisch verführerisch, unelegant paradoxal, Reaktion gegen englischen Utilitarismus. III. Ruskin, Pater, Madox Brown, Rossetti, Burne-Jones – die tiefen Zusammenhänge mit Seelenleben; das Ganze als Versuch einer inneren Kultur.

Vernon Lee ›Euphorion, being studies of the Antique and Mediaeval in the Renaissance‹. – Dilettant der Renaissance, aemulus philosophiae, aus der er geheime Kräfte zu saugen strebt; seine subtilen Studien gehen auf die Seele von Städten aus dem Begreifen von Dialekt und Architektur und Daraus-Ziehen größten Genusses durch Wahl von Freunden, Dienern und Geliebten. Unter alledem aber ahnt er Tieferes.

Juli. – Zuweilen kommen niegeliebte Frauen
Im Traum als kleine Mädchen uns entgegen.

Er ging aus, einen mächtigen Zauberer zu bestehen und fand einen alten Mann, der sich vor dem Sterben fürchtete.

Dem Poldy seine Idee von »Volk« ist in den Stücken von Maeterlinck: Prinzen, Bettler, Beginen, Findelkinder, alles unstet, findet sein Schicksal auf der Gasse.

Das merkwürdige Band der Dinge ist, daß sie sind.

* Walter Pater ›Imaginary portraits‹
Der Künstler im Leben: als Spiegel (actual life reflected in various degrees of idealisation, Erzieher, Erheiterer, sonderbare Seele.

Sein und Bedeuten. Die Seele der Dinge, etwas das aus den Dingen uns mit Liebesblick anschaut, mit einem Ausdruck über allen Worten.

21. August. – In der Früh kalt. Im Garten. Dann Segelwind. Wir segeln mit Fred und Michi. Wie wir aussteigen, steht die Baronin Karg da, mit verweinten Augen: Edgar kommt erst in vierzehn Tagen, vielleicht drei Wochen. Ich geh nachhaus und schreib ihm einen Brief. Nach dem Essen sitzen wir auf der Brücke der Bootshütte. Es geht ein starker Wind und wird wieder unfreundlich. Trotzdem gehen wir auf der Gilgenerstraße zur Überfuhr. Die Michi läuft nebenher und redet. In Wolfgang in der Kirche. Während wir nachhaus gehen, wird es unsagbar schön, der Dunst rötet sich leise, im duftigen Abendhimmel verschwimmen sieben Raben, auf dem dunkelblauen Grund der fernen Berge stehen die nahen Bäume schwarzgrün. Wir begegnen die Kargs, und später recht traurig und vom Leben erdrückt, die verrückte Frau: »A schöne Frau haben's!« Nach dem Tee läuft uns die Lisl davon, in den Garten, auf die Brücke, in ein Boot. Vor Frost schauernd und lachend in der wundervollen weißen Mondnacht.

Ich geh dann noch allein auf den Friedhof, und auf die Brücke, unter der die weißglühende Ischl in die kalte milchige Nebelferne hineinrauscht. Den Hausner find ich nicht mehr.

26. XI. – Viel Stalldienst. Um 4 Uhr früh aufstehen. Die Dragoner und die Pferde wie tot im Stroh schlafend.

Heute war im Kasernhof Schnee, dann taute es und war Kot und ein Wind, wie im März. »*Mein* Frühling«, sagte ich vor mich hin und hatte fast bis zum Weinen das Bewußtsein der Vergänglichkeit des Lebens.

25. XII. – Nachts Schnee, im Café Arthur – Über den kommt jetzt das Leben. Er redet über seine Geliebte, die Adele Sandrock. Wie diese Frau für ihn notwendig war, um zur tiefen Wahrhaftigkeit der inneren Anschauung zu gelangen. Diese Frau und der Tod, als Offenbarer des Lebens. Ihr bewußtes Ich und das traumhafte, das schauspielerische, wissen voneinander nichts. Die Äußerungen des bewußten sind sprunghaft, gemein, ohne Zusammenhang, lassen ein höchst verstümmeltes Weltbild erraten. Sie vermag sich über nichts zu wundern. Alle Eindrücke fallen und versinken lautlos wie in tiefem Wasser. Offenbar dringen die Erfahrungen in das andere Ich hinüber und kommen dort zu einem komplexen Ausdruck (ähnlich wie bei musikalischen Virtuosen). Diese Spaltung des Ich scheint die Daseinsform des reproduzierenden Genies zu sein. Daher die verächtliche Bezeichnung »denkender Schauspieler«; das sind schlechte Dilettanten, denen das Organ fehlt. *Vis* comica sive tragica, eine Sache für sich wie ingenium militare oder virtutes quae ad munera publica gerenda pertinent.

1894–1895

* Walter Crane, ›Paper-Hangings‹, in ›Studio‹ IV. Band [1894]. Das Ornamentale als das Letzte in der Kunst. Alle Erlebnisse ihres realen Inhalts entkleidet und nur mehr die abgezogene Gebärde der Wesen beachtet (solches schon vielfach in der Art wie Swinburne die menschlichen Motive als stabil verwendet).

Vom Standpunkt der Natur sind die Kinder (die zur Fortpflanzung noch unreifen) die einzig berechtigten Individuen.

* Künstler Browning

… This world's no blot for us,
Nor blank; it means intensely, and means good:
To find its meaning is my meat and drink.
[›Fra Filippo Lippi‹]

Cleon der Dichter sagt:

I stand, myself. Refer this to the gods
Whose gift alone it is! which, shall I dare
(All pride apart) upon the absurd pretext
That such a gift by chance lay in my hand,
Discourse of lightly or depreciate?

––– explain not, let this be!
This is life's height.
––– You and I –
Why care by what meanders we are here
I' the centre of the labyrinth? ›In a balcony‹

* Garten des Lebens. – Schon beim Eintreten dunkelt es, am Ende verwirren sich in der gelben Dämmerung die Gesichter so sehr, daß es Angst macht. In einer kahlen Ecke ein Rudel Frauen, die aussehen und leise anrufen mit aller sehnsüchtigen

Bitternis des Versäumten. Mit diesem Gefühl tritt er hinaus, die Tür fällt hinter ihm zu, er steht an dem schwarzen Wassergraben, jenseits sitzt der Tod und wirft ihm mit einem Blick die unnennbare Angst ins Herz. Alles versinkt hinter ihm, er weiß aber nicht, ob er in das Wasser hinein muß oder anders sterben.
In seiner Todesangst ist ihm, als könnte er das ganze Leben wieder von sich geben in einem Ballen. – Trotzdem eine kühne Grabschrift.
Vielleicht den Triumph der Künstler unserer Zeit danebenstellen.

* Gesehen: hier hängt man öfter ein erfreuliches Bild an Schnüren in die obere Mitte eines großen Spiegels.
Eine Kokotte oder Dame in einem Straßenkleid von schwarzem Samt mit weißen Tupfen, eine weiße Tüllmasche um den Hals, das Kleid lang nachschleppend.

Vorgestellt: das Musikzimmer im oberen Stockwerk: auf dem Fensterbrett Pelargonien, ein unten ausgebauchter Mahagonischubladkasten, in welchem die alten Briefe aufgehoben sind. Auf diesem eine Biskuitgruppe. Alte gelbe Seidensessel. Armleuchter an der Wand. Eine Tür auf den Balkon, wo man in die Abendlandschaft hinaussieht. Die schönste Musik erklingt, bevor eine edle Gesellschaft auseinandergeht, um sich vielleicht nie mehr wiederzusehen. Das ist kein wollüstiges Wühlen in Tönen, sondern das gemeinsame Edle verschlingt sich und fliegt leicht nach aufwärts.

* Worte sind versiegelte Gefängnisse des göttlichen πνεῦμα, der Wahrheit.
Götzendienst, Anbetung eines εἴδολον, Sinnbildes, das einmal für einen Menschen lebendig war, Mirakel gewirkt hat, durchflammende Offenbarung des göttlichen Geheimnisses der Welt gewesen ist; solche εἴδολα sind die Begriffe der Sprache. Sie sind für gewöhnlich nicht heiliger als Götzenbilder, nicht wahrhaftiger »reich« als eine vergrabene Urne, nicht wahrhaftiger »stark« als ein vergrabenes Schwert.

Alles was ist, ist, Sein und Bedeuten ist eins; folglich ist alles Seiende Symbol.

* Schau nicht zu starr auf das bunte Gewebe des Lebens, sonst siehst du die sich kreuzenden Fäden und nicht das Bild, sondern bedenk, wie diese Figuren doch zugleich mit dir erregt werden.

Einen, der den Freund verlor, tröstet ein bunter Fisch, grausamer als Kinder sind die Geliebten, den Ruhm verkünden sonderbare junge Menschen in der Nacht, die, gerührt von dem Tanz, den du den Tänzerinnen beigebracht hast, dunkelnde Länder aufzuschließen gedenken und nicht mehr zurückzukehren (= nur völlig verwandelt); wie eine Schauspielerin redet die Frau, auf Spiegeln fährt das Schiff des Glükkes.

* Shakespearesche Diktion. – »Gesteigertes Leben«, von ihren Reden sagen die Personen selbst solches aus, wie wir nur von den Reden großer Schauspieler aussagen würden.

»Spricht sie von Frieden dünkt mich ihre Zunge
Schickt Krieg zum Kerker: redet sie vom Krieg
Weckt Caesarn sie aus seinem Römergrabe
Den Krieg von ihrem Mund verschönt zu hören«

(Edward III.)

* Daran erkennest Du das junge Leben
Das immer lüstern ist sich zu verwunden
Und in der Trunkenheit sich hinzugeben.

Auf einem See in der Nacht von unendlich weit mehrere Menschen hell auflachen hören.

* Verwandtschaft der schönen Dinge besteht.
a) lieblich wie jene Brüder
b) grauenvoll wie jene auf Lesbos
Verwandtschaft der schönen Dinge in der Zeit, und tiefer Sinn davon: die Bilderbücher von Crane
Verwandtschaft derer von verschiedenen Zeiten:

dieses Element mit der Nicolette Aucassin uns sein parage (mit den platonischen Jünglingen, mit den lebendigen jungen Herren).
So umschweben uns die parallelen Gebärden der Unzähligen, unzählige Gesichter beugen sich mit uns Wasser [zu] trinken, greifen mit uns in die Zweige. In einem unsichtbaren verzauberten Weltgarten wandeln wir.

* Hölderlin
Die frühen Gedichte: riesige Jünglinge umgeben ihn: der Sonnengott, der Fluß, der Gott der Jugend, der Genius der Kühnheit, Jünglinge, denen Sehnsucht und Bescheidenheit nicht unbekannt ist, und doch mit so gewaltigen Händen wie der Wind.

* Über Wien: Einleitung.
Ich will über diese gegenwärtige Zeit reden. Aber es freut mich, so davon zu reden, als ob sie schon vergangen wäre. Was ist Zeit. Während einer in einem Turm saß und Spinnweben zählte, ging Griechenland unter. Hier schickt es sich, an die Vergänglichkeit zu denken, denn die Zukunft dieser Stadt ist sehr unsicher.
Wenn einer von diesen Leuten ins Ausland kommt, wird er gewahr, wie reich das ist, was er zuhaus erfahren hat. Es war in früheren Zeiten einfacher, die Städte zu lieben, in denen man geboren war.
Ein Grundzug der Leute: sich zu vergeuden: ein Nest von ineinander verwühlten Geschicken.

* Ein Kreis in Wien.
Die Idee, daß nichts Schönes tot sein und verloren gehen könne. Die Idee: il faut glisser ne pas appuyer. Leben und Traum (Kunstwerk) gegeneinander abgewogen.
Eine Tendenz: jedes Geschöpf in die Zeit zurückverfolgen, wo es lebendig war: beim Bernstein zu bedenken, wie er als Harz von einem grünenden Baum geträufelt ist.
Disposition: Allgemeines: es bildet sich ein Kreis: da geht das Gespräch vom Allgemeinen immer ins Einzelne, vom Einzelnen ins Allgemeine.

1895

1. Jänner. – Ein sehr schöner Tag. Bei Schönberger zu Mittag gegessen, dann im offenen Wagen nach Heiligenkreuz. Die Berge weiß mit schwarzen Bäumen, etwas Kühnes wie Klingersche Radierung, darüber zartblauer Himmel. Am Weg ein Leichenbegängnis. Die zugeschlossenen Villen und öden Gärten. In Heiligenkreuz Schneebreughelstimmung. Das Ende der Welt. Hinter den ockergelben Mauern und Warttürmen des Stifts abschließende sanfte Hügel, über deren Hänge Schlitten fahren mit Leuten drin mit Pelzmützen und hellgelben Tüchern. Im Hof des Klosters ein paar laut und seltsam lachende Mädeln. In der Mitte eine barocke Säule mit Heiligen, ringsum weltliche Laternen aufgesteckt, wie von Prunkschlitten abgenommen. Auf dem Glockenturm steht eine geschnitzte Gems gegen den Himmel. Mit der Nacht ziehen dunkle Wolken herauf. Nur die weiße Straße führt heraus, in die Föhrenhügel eingeschnitten. Wir gehen bergauf und sind sehr seltsam wie von fernem Flammenwiderschein beleuchtet, gleichzeitig schauerlich und auch heroisch und großartig. Dieses Halbgötterhafte lag auch früher in dem Lachen der fremden Mädeln. Dann zurück zu der Tini. Allerlei Menschen im Schankzimmer. Ihre Anmut darunter. Sie denkt übers Glück nach. Ein Buch möchte sie wissen, das ihr gefiele (›Le Rouge et le Noir‹).

Dreikönigstag. – Am Abend vorher viel Schnee in den Straßen. Eine etwas sehnsüchtige Lust, irgendwo hinauszugehen. Edgar zum letzten Mal gesehen. Fahre um 4 Uhr nach Mödling, von dort in einem offenen Bauernschlitten gegen Laxenburg in der Dämmerung. Dann zum Schönberger. Der Tini ihre Menschen. Der schmutzig-blonde, glotzende, 40jährige verheiratete Mann. Beim Gehen auf den Bahnhof sind die Felsen von der Klause unsäglich schön. Ich verstehe den Winter noch viel zu wenig. Um 9 Uhr in Wien. Gehe zu der alten Todesco. Dort nur der Warsberg. Sie reden vom Papst. Das ist eine sehr große Schönheit der Seele, ein Glück, daß er lebt. Warsberg über Dalmatien. Im Sommer hingehen. Die Schönheit des frühen Morgens in diesen Buchten. Der Menschen. Man muß diese Reise (und dann von dort nach Ravenna oder Tarent) aus dem Gesichtspunkt der römischen Kaiserzeit machen. Diokletian legte die wundervollste Macht der Erde wie einen lästigen Mantel ab und ging in dieses Land, wo die Berge sehr merkwürdig sind, legte sich einen Garten an und ein Grab. Dann noch einen Augenblick ins Café. Einige sitzen da und reden über Träume. Der Dichter ist der große Träumer im aktiven Sinn, der im Schaffen dem Traum gleicht. Die Schichten des Vorstellungsblockes »Gefühl« durchschaut er und legt sie auseinander, oder läßt ihre Platten vereint und doch selbständig schwingen. Eckstein redet noch von der Maria Aegyptiaca.

8. I. – Bahr. Aktäon. Zersprengende Überfülle des Daseins. Nicht mehr schlafen können. Umhergehen. Weinen. Eine veränderte Stimme. Die Gestalt der Dilly für ihn. Ihre Betrunkenheit in der Sylvesternacht. Ihr Zusammentreffen mit B., beiden versagt die Stimme. Für einen solchen Zustand, wie schal wie nichtssagend alle Kunst. Eine Erregtheit, die in den Gebärden eines armen Dienstmannes das Rührend-Schöne spürt. Linie der Hüften von solcher Schönheit, daß sie mit Schwindel und Todesangst erfüllt. »An die Schönheit.« Durch die vollkommene Schönheit wird das ganze Dasein *entsühnt*. Die Markuskirche als einen Springbrunn seiner Liebe empfinden, ebenso den frühen Morgen in Dalmatien.

17. I. – Ein hoher erregter Zustand. Von allen Seiten strömen in Wellen die Elemente des kugelförmigen Daseins ein. Aktäon. Der Krieg der Japaner tritt wimmelnd nahe: Einige, die in einem Obstgarten lagern. Tote auf einem öden Schlachtfeld auf einer Felsenlehne. Gruppen, die sich am Flußufer umzingeln. 2 Freunde, ein Jüngling, ein zweiter, fast ein Knabe. Tiere: Wüstenmäuse mit großen Ohren und kindischen altklugen Augen. Elche.

Die Holländer vernichten die königlichen Geschlechter auf Batavia.

Die Ideallandschaft: tiefer Fluß zwischen steilen Uferhängen, auf denen Städte, Weingärten, Landstraßen: das Leben.

20. I. – Was suchen wir in den Menschen: Vereinigung der zerrissenen Stücke des Dionysos Zagreus, ein teilweises Sterben ohne Schmerz. Dieses »Stirb und werde« (›West-Östlicher Diwan‹).
In den 3 Engel-Sälen bei Volkssängern: ein rührender Kosmos die traurigen Gesichter der Menschen, die müde Stimme und die lascive Deklamation einer Sängerin, die leeren Sessel; der 30 Jahre alte Saal. In solchen Dingen findet die Seele sich selber wie in der Musik. Mit solchen Erlebnissen müssen die bewußtlosen Jahre der Frau von W[ertheimstein] angefüllt gewesen sein.
Garten des Lebens.
Motti bei Bulwer: »Der Mensch zu Gast im Hause des Schicksals« (›Hippokrates‹).

27. Jänner. – Eine Zeitlang den Bahr, Poldy, Richard oft gesehen. ›Der Garten der Erkenntnis‹ vollendet und vorgelesen.
Wesen der Tragödie. Ob ihr die Komödie überhaupt als koordiniert gegenüberzustellen ist. Vielleicht wird die Zukunft die Komödie hervorbringen, während die Kurve der Tragödie im absteigenden Ast ist. Tragikomödie. Das Hebbelsche Lachen aus tollem Grauen. Das Lachen des von Ziegen zu Tode gekitzelten Bauern im ›Simplizius‹.
Der junge Japaner, der sich nach den sinnreichen Geschossen (Schrapnells, Granate, Stahlgranate; Zeitzündung, Zündung durch Aufschlag, Durchschlag) eine gesteigerte düstere Vorstellung von europäischen Seelen macht; als müde überaus kluge, traurige Halbgötter – Gleichzeitiges Welt-Theater. Der Kaiser von China. Junge japanische Offiziere

Ende Jänner. – Tauwetter. Abends fängt es an. Mit einem sehr starken lauen Wind. Auf den verlassenen Eisplätzen schwanken die Bogenlichter und nur ein paar Menschen laufen noch dort herum, bis auch über die die Sehnsucht kommt, die in den dunklen kahlen Bäumen weht.

der Dichter: ὁ πάμβιας

3. Februar. – Triumph einiger Künstler unserer Zeit. Die auf dem Wagen: 3 knien mit nackten weißen bebenden Armen und gesenkten Köpfen um ein mystisches Becken und beten das Leben an; in dem mystischen Becken sind die einander durchwogenden und einander hervorrufenden Ideen der Dinge. Ihre Gesichter sind einwärts gewendet, denn sie haben das Medusenhafte, daß man am Leben stirbt; der Wahnsinn der unbegreiflichen Fülle und Hilflosigkeit des Daseins. Andere liegen lässig und werfen einander »unsägliche Worte« zu wie abgerissene Hyazinthenblüten.

Samstag 16. II. – Es ist kein Schlaf so starr und tief und in keinen leuchtet der Traum so unreell und traumhaft hinein, wie zuweilen ins Leben das Leben selbst: heute in einem Glas kalten Wassers die aufgelöste Glut von Granatkernen, dann der verschneite Schwarzenberggarten mit seinen wesenlosen Erinnerungen an Mainachmittage, daraus sprach sehr stark dieses große Rätselhafte des Lebens, daß alle Dinge für sich sind und doch voll Beziehung aufeinander.

Todesangst: sehr großes Unglück gibt auch leeren Menschen vorübergehend die Allüren der Größe.

* Worte – Talismane – Engel und Boten Gottes.
Solche Talismane läßt der Zaubergarten des Lebens zurück, sie haben Kraft über die Welt.
Die Vokale (ihre individuelle Intonation nach der Stimmung) sind große Dämonen.
Die Talismane sind die Ideen der Dinge: sie liegen in den Worten, Gebärden, die wir unbeobachtet in die Nacht wer-

fen, gewissen Bildern, die wir anstarren (sehr blasse Infantinnen mit roten Haaren, stechenden ängstlichen Augen, deren feine beringte Finger hilflos auf dem steifen starrseidenen Reifrock liegen).

Das junge Mädchen im Haus der Frau von Wertheimstein. Sie hat gar nichts erlebt. Die unendliche Vielheit der Formen kommt ihr entgegen. Dadurch empfindet sie das Schattenhafte so sehr stark. »Dreams within a dream.« Sie geht immer im Garten mit ihm herum und kommt in eine schwindelnde Trunkenheit. Der Tod der alten Frau.

* Wir leben in einem abgeleiteten Zustand. Alles die Nachschwingungen eines primären erhöhten Daseins. Bilder, Worte, Bücher, Altäre, Landschaften: Talismane unseres Verlangens, die unserer Seele ihr erhöhtes Selbst verkleidet vorspiegeln.

Hominem amare: sicut qui velit fontem amplexu retinere.

* Poldys Buch. Die Bücher Altare, altae arae, aufgestellt wie die mit dem flammenden Herzen oder der Pietà in der Mitte oder einem Buddha und Kerzen, künstliches Feuerlicht herum. So wie das Badetuch Alexanders des Großen. Auf den Altären wird die Gottheit in einer mystischen Gebärde dargestellt; nur die kann die sehnsüchtigen Augen befriedigen. Andere Altäre für die jungen Leute: die Duse, die Auslagen, die Häuser wo die Menschen wohnen, der Ronacher, die *meisten Bücher* nicht. Wie die Namen der fremden Städte rufen! Teheran! Bagdad!
Gebärden die Bücher: so die Gebärden der Menschen von Giotto, ihrer Hunde, Schlangen – das Lächeln der Dionea.

Letzte Tage April, erste Mai. – Genesung. Oft in der Brühl, mit Richard, allein. Frühlingsbäume. Einmal einen ganzen Tag in den Vorgärten vertändelt, den 4ten Mai. Gegen Abend eine Wallfahrt von Gottscheern. Viele junge Mädchen. Zuletzt ein paar alte Bettler. Eine blasse Wöchnerin oder ein bleichsüchtiges Mädel auf einem hohen dreispännigen Packwagen, wie ein verwundetes Tier. Bei der Wallfahrt fällt uns ein, zusammen eine Reise zu machen. Längs einer ganz blühenden Küste auf einem ganz dunklen Meer, und dann gegen Ravenna. Tini und ihre Mutter, dazwischen das Leben. Und vieleicht findet sie das Glück nicht und sitzt mit dürren Augen da wie die verhexte Junge auf dem Wagen, die vielleicht Gott nicht finden kann. –

Alles Erniedrigende und das Vornehmmachende liegt im Leben.

5. V. – Leben eines Dichters. Eine Art Ordensregel.
Ein halb Jahr in einem Tierpark, ein halb Jahr in einer Kleinkinderbewahranstalt, ein halb Jahr bei einem Blumenzüchter.
Reisen: dann Missio in saeculum, Wirksamkeit.
Alles dies beginnt erst, *nachdem* er aus dem gemeinsamen Leben mit Jünglingen entlassen worden ist.

* (das bezieht sich auf den Winter 1894–95) Poldys Buch. Das Buch über die eleusinischen Mysterien von Taylor. »Das Märchen der 672. Nacht«. Herrschaft des Narcissos, des heiligen Sebastian, der Prinzen Amgiad und Assad. νοήματα πρυτανεύοντα: die Schönheit der Seelen, die heilige Schönheit der Jugend, die höchste der Kinder, bei denen die Seele noch nicht tief und schwer in der ὕλη steckt.
ruunt animae, ruunt ––
Die Menschen suchen ihre Seele und finden dafür das Leben.

* »Garten der Erkenntnis«: eine ganze Stadt vom Standpunkt eines einzelnen als Erlebnismöglichkeit gefaßt.

* Das deutsche Narcissusbuch. – Es sind wundervolle Augenblicke wo sich eine ganze Generation in verschiedenen Ländern im gleichen Symbol findet. Dieses drückt einen vorübergehenden Zustand aus: plötzlich wurde das Traumhafte des Weltzustandes erkannt (ähnliche Stimmung findet sich bei d'Annunzio), man gab sich Rechenschaft über das, was

man im äußeren Leben fortwährend gesucht hatte. Man war einen Moment lang nicht imstand, sich mystisch in ein Ding zu verlieben, die Dichter legten ihre Kronen ab und besannen sich nur darauf, daß sie Jünglinge waren. Es gibt in Gesprächen solche Augenblicke: alle sehen sich mit trunkenem Einverständnis an, etwas über alle Worte Großes wissen sie gemeinsam. Es gibt solche Augenblicke in großen Gruppen von trunkenen Menschen. Warum nicht in der ganzen Generation.

* Gedicht. In der Nacht der von Leichtigkeit und Funkeln umflossenen Geliebten gedenken, wie die Spinne aus dem Dunkel heraus auf Beute wartet.

Der Vater. Er muß selbst den Commis Voyageur mitbringen, dessen Hartherzigkeit die Magd zum frühzeitigen Entbinden bringt.

Göding, 19. V. – Kaiser Maximilian. Der tätige Kaiser hat eine Vision des untätigen (Otto III.).

* Kaiser Maximilian und das fahrende Fräulein. Er zählt seine Jagden auf; das Reden mit 7 Hauptleuten in ihren Sprachen; das Schwert der Gerechtigkeit, Kriegskunst. Sie liegt in ihrem blonden Haar und gibt nicht recht acht. Sie hat sich den Kaiser gedacht als einen der immer betet, mit rubinenen Kreuzen auf den goldenen Handschuhen. – Bibel.

Poldys Buch. Wer es goutiert. Alle, die alle geltenden Dinge nicht achten.

Göding, 25. V. – Im Garten Gethsemane. Ganz verlassen sein. Ganz unzugänglich diese Schlafenden.

Göding, 28. V. – R. Browning
Das Verhältnis der dramatis personae von Browning zu denen von Shakespeare ähnlich dem von radierten Figuren zu Figuren eines Gemäldes. An diesen ist jeder Punkt definiert,

an jenen der Phantasie viel auszuführen überlassen. Die bei Shakespeare absolute Menschen, bei Browning mehr das Relative, eine bestimmte Gebärde, die Durchkreuzung der Schicksalslinien, ein Abenteuer. Browning arbeitet ohne definierten Hintergrund, Shakespeare nie, zumindest hat er einen phantastisch definierten.

Die Welt der Worte eine Scheinwelt, in sich geschlossen, wie die der Farben, und der Welt der Phänomene *koordiniert*. Daher keine »Unzulänglichkeit« des Ausdrucks denkbar, es handelt sich um ein Transponieren.

28. V. – Poesie (Malerei): mit Worten (Farben) ausdrücken, was sich im Leben in tausend anderen Medien komplex äußert. Das Leben transponieren. Daher der photographierte Dialog so falsch wie in ein Bild eingesetzte Edelsteine.

Biologisch – auch im Geistigen ist die Entwicklung des Individuums eine abgekürzte Wiederholung der Entwicklungsgeschichte seiner Ahnenreihe.

Wien, 5. VI. – Problem κατ' ἐξοχήν des Browning: einen denkenden Menschen (Künstler, Weltintriganten, Philosophen, Arzt) als ästhetische Einheit, bestimmte Farben- und Tonvaleur erfassen.

Theophr. Paracelsus über den geheimnisvollen Regenten unseres Lebens: »unser Geist, der nicht in uns wohnet und seinen Stuhl in die oberen Sterne setzt«.
das wahre Ich, das große Ich
Die wirklichen Vorgänge des *transzendenten* Weltlaufes sind über unsere Phantasie hinausgehend und werden durch die kühnsten Bilder in ein unzulänglich banales Medium hinuntergezogen.

il faut glisser ne pas appuyer la vie

Großes Freskobild: der übermäßige Tiefsinn im Erforschen der Weltgesetze
wahrhaft König sein zu wollen
eine Frau wahrhaft besitzen zu wollen.

Ich sehe zwei Epochen, wie durch offene Säulengänge in einen Garten und jenseits wieder in einen ganz fremden: eine Epoche wo ich Angst habe, durch das Leben dem großen kosmischen Ahnen entrissen zu werden, die zweite wo mir davor grauen wird, für kosmisches Schweben das dunkle heiße Leben zu verlassen. Ängstlich fragt auch Dante: »wann wird das sein, daß ich, von allem Irdischen entbunden, *ganz allein* die lichte stumme Stiege gehe«. Persephoneia; »Der Tor und der Tod«.

Wien, 6. VI. – Gedanke. Eine Novelle, deren Held sich sucht, jenes große Ich, »das nicht in uns wohnet und seinen Stuhl in die oberen Sterne setzt«; eine Geschichte, die ihren Schwerpunkt in der transzendentalen Welt hätte. Ekstatische Momente der Erhöhung (Ergreifen des Genius), Momente der Verlassenheit, auch ein Beschleichen und ahnendes Schauen, wie Aktäon durch die Büsche die Schönheit der Göttin beschleicht.

Sehr große Depression. Abends Spaziergang im Wald, Birken, schwarzes Wasser, Sumpfgräser, alles tot, ich mir selber so nichts, so unheimlich. Alles Leben von mir gefallen.

Am 14. [VI.] abends. – Kühl, hell und windig. Ich habe Wein getrunken. Bin dann ein Stück auf der Straße gegen Mutenitz sehr schnell gegangen. Plötzlich unter einer großen Pappel stehengeblieben und hinaufgeschaut. Das Haltlose in mir, dieser Wirbel, eine ganze durcheinanderfliegende Welt, plötzlich wie mit straff gefangenem Anker an die Ruhe dieses Baumes gebunden, der riesig in das dunkle Blau schweigend hineinwächst. Dieser Baum ist für mein Leben etwas Unverlierbares. In mir der Kosmos, alle Säfte aller lebendigen und toten Dinge höchst individuell schwingend, ebenso in dem Baum.

Herzog von Reichstadt. – Idee: ein höchst seltsamer Steckling aus dem Stamm des Cäsaren, des Komödianten, des Renaissancemenschen, dem Baume Österreich aufgepfropft, um daran melancholisch und schön abzusterben. Wenn er Ball spielt, Blumen gießt, ausfährt und in der Ferne die Sonne untergeht, oder etwas Glorreiches sich rührt, dieses innerliche »ça me regarde!«

16. VI. – Mutter, Tochter und das Leben (als Vorrede eine Radierung, den gleichen Gegenstand behandelnd). – Das muß ausgedrückt werden: wie verzaubert die Dinge werden, die durch unser Leben gegangen sind, und wie tröstlich und lieblich die unberührten sind.

22. VI. – Nachtübung. Der Dragoner Schmidt stärker als ich. Das Benehmen der Pferde in der Nacht.
23. um 5 Uhr früh nach Wien. Nur die Eltern. Um halb 8 Uhr abends zurück. Sonnenuntergang. (Im Halbschlaf und großer aufgeregter Müdigkeit eine Täuschung, als ob mehrere Sonnenuntergänge nacheinander gewesen wären, an verschiedenen Stellen des westlichen Horizontes.) Eine Landschaft voll Traurigkeit, zuunterst ein Steinbruch mit Geleise, darauf ein verlassener Lastzug. Oberhalb ein Karrenweg. Zuoberst am Rand des Hanges eine Linie von Apfelbäumen. An den Dragoner Schmidt gedacht. Eine phantastische Komödie, des Starken und des Schwachen, Verträumten, dem Unmittelbarkeit fehlt und der zuletzt doch quasi der Stärkere bleibt.

* Der Cadet. – Er braucht immer jemand den er lieben kann, wenn die Menschen zu schwach sind, ist es die Sache hinter ihnen. Der Gefreite und der andere beim Einsteigen; dahinter Österreich und das Jungsein in Österreich, etwas Junges (Herzog von Reichstadt) das gleichzeitig uralt ist, pervers ehrwürdig, wie Königinnen.
Die Wachtmeistersfrau. Der Fechtlehrer (der wird ihm aber widerlich). Die Kokotte. Die kleinen englischen Mädchen. Der alte Jud.
Nach einer Periode, wo er in tausend kleinen Nuancen den

anderen vaguement zuwider wird und die er Stich für Stich fühlt, einer ganz schlechten Periode, kommt das Zurückfahren in der Eisenbahn. (Das schmerzliche sehnsüchtige Feuer der 2 untergehenden Sonnen.)

Göding, 4. VII. – Gedanke der Unvergänglichkeit alles Gewesenen in einer größeren Komposition auszudrücken.
Dem Stern ein längst Gewesenes heute gegenwärtig
dem Kind ein Märchen quasi
dem Ergriffenen die Spuren Michelangelos in der Sistina
eine Stadt als ein unendlich komplex Fortlebendes
planetae loquuntur
infans loquitur
urbs quaedam antiquissima loquitur
poeta loquitur

Göding, 7. VII. – Scheinen – früher: »formal« erleben; *Reiz* des Theaters.
Bedeuten – später: *durchsetzen;* dynastischer Sinn.

Göding, 8. VII. – Unsere Epoche eine entsagende, ablehnende. Große Forderungen, denen wir nicht nachkommen, in der Ferne. Über das Wohinaus eine allgemeine Unklarheit. Kein Gegenwartssinn, Verlogenheit, resultiert zumeist aus dem fortgesetzten ehrerbietigen Gebrauch von Begriffen, denen eine lebendige Achtung versagt ist. Eine entmutigende Literatur. 1860–90. In Frankreich zersetzend, in Deutschland formal konservativ, dadurch halbwahr, demoralisierend, in England zu scharfes Auseinandergehen, paradox und verdorben.

Deutsche mit einem großen Verhältnis zur Welt: Theophrastus Paracelsus, Hutten, Hamann (?), Nietzsche.

Österreich: Unser Tisch in Göding: Starhemberg, 2 Taxis, ein Pereira, Fürstenberg, Dobřensky, Gorayski, Haugwitz. (Eleganz, pervertierte καλοκαγαθία) Obst; Pferde; Gelehrsamkeit; Weiber. In einer anderen Schicht: Studenten, jüdische, katholische, slavische Gruppen (Ausdruck, Wirkung). Wurzelgeschichte: die Eltern der Studenten. An Richard ein eigentlicher Mangel des Weltmännischen, menschliche Wirkung nicht angestrebt oder allenfalls in indirekter Weise (zumeist auf Frauen), mehr formal als wesentlich.

Göding, 9. VII. – Schön. Im Wald absitzen, sie grasen führen, wie Pagen, die lieben befreundeten Pferde, die ihre Köpfe heben und den Duft einziehen. Dann kommt ein gewaltiger Regen. Ganz naß werden, bis auf die Haut, das Gefühl seines Leibes in der Nässe. Ein Glücksgefühl. Hier mit der Geliebten zu sein. Einen blauen Fleck am gequetschten Arm wieder heilen fühlen, als animalischer Triumph des gesunden Leibes. Eine Berauschung.

Ästhetismus I (ältere Gedanken mitverflochten)
Große Anfänge, jetzige Depravation. – Ein Kreislauf, sich wechselseitig steigernd, befruchtend-verderblich, zwischen England–Belgien–Frankreich. – Künste neigen sich einander zu, entfernen sich vom Publikum, verderben schwächere Talente, welche die Emotion beim Genießen zum Nachproduzieren treibt. Ähnlicher Zustand in Deutschland seit 1890. – Die erste Wirkung von England (Rossetti); anderseits Gautier (holländische Maler, drapierte farbige Antike usw.); Swinburne ein Höhepunkt; jetzt das Raffinement der jungen halben Talente. – Pater, schon *morbide* Ausschreitung der Kritik, dieses Verfolgen in die vagen, dem Kunstschaffen zugrundeliegenden Emotionen (?).
Weiterer Ausblick: Wenn die Denkenden sich so verträumen, empfängt die Menge *nichts,* denn das Raffinement dringt nicht nieder, es bleibt nichts davon übrig. Hinter solchen Generationen folgen ganz leere Generationen, hinter großen efforts große innere Sicherheit, leicht herb und ablehnend, starke (tragische) Atmosphäre. –

Ästhetismus II
Welt der Khnopff, Mallarmé, lüsterne unheimliche Heiligtümer, Tempel aus Steinen, Gold und lebendigen weißen

Körpern; eine Dämonologie, leichtfertig zusammengeknüpft aus spontanen Eindrücken und fremden Symbolen. Das nackte helle Rot und die Nackenlinie assyrischer Königinnen. Aber All-in-einem, ein großes traumhaftes Zusammennehmen aller Geschöpfe.

Göding, 12. VII. – Inhalt einer kurzen Zeit. Gewitter, dunkel, Staub im Wind, in den Bäumen wie Gießbäche, wie ein Furchtbares, das näher kommt und heraustreten wird. In den Heukegel knien, dahinter Wolken das Ungeheuere, rechts und links gepeitschte Bäume wie davor fliehend, hinten die ruhige Landschaft traumhaft fern. Dann nach der Berauschung umkehren, den Heukegel verweht fahlgelber Wind, ich geh in die traumhaft regungslose Allee hinein: ein neuer Lebensabschnitt, ein ungeheures Hinter-sich-Lassen.

Künstler leben multas vitas pro singulis sibi fingentes.

G., 14. VII. – Lebensweg; führt zu immer stärkerer Magie. Magie, Fähigkeit, Verhältnisse mit Zauberblick zu ergreifen, Gabe, das Chaos durch Liebe zu beleben. Chaos als totes dumpfes Hinlungern der Dinge im Halblicht.

Die Ideen sind vermöge der Realitäten für uns existent (= für uns geweckt, entbunden, weil in uns wie Granatapfel all in eins), aber nicht in den Realitäten zu finden.

Lebensweg. Steigerung der Magie darstellen. Auf der höchsten Terrasse eritis sicut Deus, fähig, aus allem etwas zu machen, denn für Gott, der die Welt ist, ist keine Bildung schlechter Stoff. Dies so ausdrücken: der so weit Gestiegene greift mit Fingern in die Erde, wie durch Wasser, Wasser aber ballt sich ihm wie Kristall, Fernes zieht er heran (Menschen und Tiere durch eine Allee heran), schwebt in der Luft Früchten zu, liegt im Rasen wie am Rücken schwimmend; Vergangenes zieht er an sich; tief ergreift ihn die Idee der Bewegung (Beispiel: wie die Schlange links, der Engel rechts gegeneinander harmonieren auf dem Sündenfallsbild von Michelange-

lo, solche Visionen hat er fortwährend), auch fortwährend enthüllen ihm seine eigenen Bewegungen ihre großen *Architypen*.
Als Einleitung halbwacher Morgentraum mit undeutlich bewußter Wohnung: in einem Lusthaus im Wald quer über den Rasenweg, bei offenem Fenster, zu ebener Erde; oder auf einer kleinen Insel in der Bucht, dahinter die ungeheuern Berge, oder auf der höchsten Terrasse über den Wipfeln der niederen, unter der der See liegt.

Ein Traum von großen Magiern. Darunter Pereira, Grotthuss verklärt, ihr Lächeln, ihre Augen wie merkwürdige lebendige pulsierende fühlende Edelsteine. Der eine Magier zieht die anderen Verklärten heran und freut sich an ihren Gesichtern, ihren Fingern, ihren Nüstern.

* II. Traum von großer Magie
Die Erde durchsichtige Gruft – Bäume aufwärtsstrebende Kraft – Wasser Sehnsucht, Drang.
Die Idee aller Dinge: Auf Wiesen; das Spiel, Verliebtheit, Melusine, was im Leben so eingesprengt, durcheinandergesprengt, nichts unedel, aber eins dem andern Hemmung.

Göding, 19. VII. – Bad in der March. – Die ruhigste Landschaft, durch bläuliche Hügel und Pappelalleen begrenzt. Der Fluß in die Wiese eingeschnitten. Über die steilen Ufer schauen weiße Ziegen, steht der goldne Dunst. Am Ufer nackt flußaufwärts laufen, riesige hölzerne Reifen rollend, um sich mit ihnen hineinzuwerfen und abwärts zu treiben. Tief streifende Schwalben. Die Schatten der Laufenden auf dem Wehr. Unsere Pferde ruhig auf der Wiese.

Singspiel. Die Prinzessin, die auf den verzauberten Berg steigt, um ihre Brüder zu retten und sich nicht umdrehen darf. Alle Zaubergestalten, die ihr begegnen, von ganz gewöhnlichen Menschen in gewöhnlichen Kleidern dargestellt, wie im Traum.

23. [?] VII. – Das Ungeheure des Lebens ist nur durch Zutätigkeit erträglich zu machen; immer nur betrachtet, lähmt es.

26. VII. – Unheimlich: ein Quell, der zu seinen Anfängen zurückgeht, ein kinderloser Mann, der sein Leben in seine Eltern eingießen will.

Dem Geliebten zuliebe leben. Gott zuliebe leben. Dem All zuliebe leben. Wenn sich die das Dasein erhöhenden Einzelnoffenbarungen zum Kreis schließen, ist die Liebe Gottes da. Nicht mehr die Blumen, nicht mehr das Ich-sein, nicht mehr die θαύματα τοῦ ἔρωτος, sondern der Herr in den Blumen, der Herr im Ich, der Herr in der Venus. (Aurelie in ›Wilhelm Meister‹, ihre erste Erzählung)

1. VIII. – Im Leben gefangen sein.

Die Elemente. Der beschwerliche Staub, die mühseligen Steine, die traurigen Straßen , die harten Dämme, die Tücke der Pferde und des eigenen Körpers.

Leben und sich ausleben nur im Kampf mit den widerstrebenden Mächten. So lehrt mich mein Pferd den Wert des Vermögens, der Unabhängigkeit. Sehnsucht, Haß, Demütigung... sind die Einstellungen des seelischen Augapfels zum Erkennen der eigenen Lage im universellen Koordinatensystem und des Verhältnisses zu den anderen Geschöpfen. Vorher geht man in Gedanken leichtfertig mit den Wesen um wie mit *Marionetten.* (Scheinhaftes Leben.)

Göding, 2. VIII. – ›Wilhelm Meisters Lehrjahre‹.
2 große Epochen: die schweifende, die absichtliche, erstere gebraucht in einer dumpfen Antizipation die späteren termini im voraus. – Erstere hat etwas von Kinderkomödie; leichtfertiger Gebrauch der Worte Glück, Ich, Menschen. Leichtfertige Opposition, allmähliche Einsicht in den Wert des Bestehenden. – Der Übergang bei mir Edgar, Militärjahr, neue Berufswahl. – Das gutmütige Suchen (Wilhelm Meister), das

schlechte, sterile Suchen (Tini?). – Lili für mich in der ersten Epoche eine Vorahnung der zweiten.

Form das Erhaltende; Welt = in Formen gefangenes, gerettetes Chaos.

Sommer 95. – Dialog über die Funktion des Dichters in der Ökonomie des Ganzen.

Göding, 3. VIII. – In schlechten frühern Zeiten schon vorherrschender Gebrauch dieses Wortes: das Wirkliche. Jetzt diesem Geheimnisvollen immer näher kommen, mit ehrfurchtsvollen Schritten. Der Gedanke an das *Wirkliche* führt mein Wirkliches in *einen* Schauer zusammen.

Der Beweis daß einer ein Dichter ist: daß alle seine Gedanken ausgehen! (»Toutes mes pensées s'entrejoignent et s'entreaiment!«)

Teßwitz, 22. VIII. – Prinzessin auf dem verzauberten Berg. Zum Schluß ist sie sehr müd und verliebt sich in einen Lümmel. *Ereignis* (τυχη) glorifiziert. Wie sie aus dem Nichtigen alle Glorie des Lebens herausfühlt. Dieses »ich scheine mir verlebt und doch so neu«. – Ganz zum Schluß kommt sie in einen Gemüsegarten, sie meint sehr große Gräber, merkwürdige Türme stünden hier herum. Dies ist der Garten des Todes. Sie will dem Tod alles Erlebte hinwerfen, damit er ihr nur das nackte Leben zum Weitersuchen läßt.

Hatzenbach, 5. IX. – Das Widerspiel vom ›Wilhelm Meister‹ sind die Romane, worin sich unreife Menschen leichtfertig »ausleben«. – Von diesem Buch aus erscheint die Trennung zwischen Denken und Zutätigkeit aufgehoben.

Es ist ja möglich, daß demoralisierendes Unglück, schlagendes und schleichendes, le malheur hébétant, über uns einmal kommt: da wollen wir uns erinnern, oft die Welt genossen zu haben, das Leben der Toten, die mit uns im Bett liegen und sich bücken, wenn wir uns bücken, die Nacht, und Sternennähe und Sternenferne, die Geliebten, und die Liebe derer, die sich untereinander lieben, das Kindliche der Kinder, und den Geschmack roher Weizenkörner in der heißen Sonne, die Himbeeren und alle Dinge.

12. X. [95?] – Venezianischer Carneval. – Der Abend bei der Tini, die Wallfahrer, Bettler (kleines Mädel und Bettler und die Mama und Bettler); die Aquariumatmosphäre des Lebens: nichts fest, alles an den Rändern magisch, ineinander lebendig überrinnend, alles in der Luft, dem Geist Gottes. Der übermäßig große Bettler auf der Stiege bei Richard.

Dieses Wort darüber: »so lüstert nu je eine Gestalt nach der andern / und von der begehrenden Lust wird eine Gestalt von der andern schwanger / und bringet eine die andere zum Wesen / daß also die Ewigkeit in einer immerwährenden Magia stehet«, Jacob Böhme (Von der Menschwerdung).
Jeder Augenblick trächtig mit potentiellen neuen Geschöpfen.

*Venezianer Bilder. Diese Idee: daß die Farben an sich nichts sind sondern nur Medien für die Offenbarung des *durchgehenden* Lichtes. (So auch die Menschen nichts *in se.*)

Venedig, Mitte Oktober. –
Viel wunderbarer wohnt Gott in des Menschen Leib als ein König in einem noch so wundervollen Palast.

1895–1896

* Fragment: ›Innere Feste‹
Meine eigene Produktion in der Poldyzeit
Das Eigene in einem geheimnisvollen Spiegel anschauen (›Märchen der 672. Nacht‹).
Narcissusmotiv, endlich ertrinken in dem spiegelnden Dasein, die Seele hergeben, die Welt dafür empfangen, welch ein Gastmal des Lebens, welche Grotten des lebenbeherrschenden Traumes, welch ein Garten der Erkenntnis.

Es waren Tage, da nichts tot zu sein schien,
und wieder Abgründe der Erschöpfung

Ein anderes Fragment, zu nennen ›Begegnungen‹.

* Ein Abschied. Der Sklave der Tänzerinnen wirst Du sein, Du wirst einem Gaukler nachlaufen und Dich in einen verlieben, der eine schöne Stimme hat: einer wird Dich haben, weil er ein schönes Schiff hat und einer, weil er einen schönen Garten hat.
Ich aber werde ins Land gehen, ich habe ein Landhaus in der Nähe eines kleinen Flusses: nachts werde ich die Sterne anschauen und mich erinnern, versuchen mich zu erinnern, daß sie sich nach derselben Notwendigkeit bewegen, nach der die Bewegungen meiner Seele erfolgen. Ich werde den 2 kleinen Söhnen meines Bruders Masken aus Kürbisschalen schnitzen und ihnen die Geschichten von Sindbad und von den Prinzen Amgiad und Assad erzählen. Wenn sie aber anfangen werden, an dem Duft der unruhigen Nächte mehr Gefallen zu finden als an meinen Reden, und wenn ihre Augen sich vergrößern und gegen den Winkel zu drängen werden, sobald von einigen Leuten die Rede ist, werde ich ganz für mich leben.

* Der Dichter.
Er schwankt in der Beurteilung seiner selbst immerfort, je nach den Urteilen der andern; sucht manchmal zu ergründen, was eigentlich an ihm dran ist.
Eignet sich leicht die Weise des andern an, etwas anzusehen (Carlos – Clavigo); ja entwickelt die von dem andern angedeutete Ansicht sogleich aufs entschiedenste weiter.

1896

* Nacht.
Jetzt hab ich Dir das abgerungen, daß mir das eine Tal von Wolken voll war, das andere hell; darauf antwort ich Dir mit Taten, die auf sich selber vergessen, oder gar nicht. *Gerecht werden.*
Das Leben reiß ich aus seinen Kerkern! (in Martyrien, Mütter, die im Kindbett sterben, Jünglinge in der Schlacht). Der Kaufpreis für das Begreifen dieser Nacht zahlen, wie der Tod der Preis, der für das Geborenwerden gezahlt wird.

8. IV. – Dulden ohne zu beschönigen. Art, eine freundliche Gesinnung auszusprechen. Nimmt eigene Beschränktheit als ein Gegebenes. Einwirkung völlig überflüssig. Steht dem Leben mit Vertrauen gegenüber.
Die beiden Kinder halten uns an der Gegenwart fest.

Das Verhältnis des Künstlers zum Jüngling (Zitat aus Platon in dem Aufsatz über Emerson, ›Trésor des humbles‹) die Verzerrung davon in ›Dorian Gray‹. ›Dorian Gray‹: die wirklichen Erlebnisse Wildes werfen unheimliche Beleuchtung auf das Buch, eine ängstliche Realität.

Tlumacz, 8. V. – Wann wird sich mir wieder meine Welt aufbauen, aus der die Träume verbannt sind, mit ihren Hügeln, ihren Straßen und Flüssen, der herrlichste Garten, mit den bunten Gewändern der seligen Götter umhängt.
Das Land, wo in den Fichtenwipfeln Kinder sitzen, die Weisheit reden, wo die Freunde, fern voneinander, doch füreinander da sind, alle das Gleitende begreifen, und aus ihren Worten alle Gemeinheit weggewichen ist, ihre Worte schuldlos und einfach sind wie zweijährige edle Pferde oder wie junge Diener, die hinter den Ochsen gehen mit halblangem Haar und blauen Augen.

Wo ich dann meinen Weg gehen werde, vielleicht redend, vielleicht auch nur den Worten eines großen Dichters nachdenkend, die sich auf einen völlig entschwundenen Zustand der Welt beziehen, wohl wissend, daß dies alles das gleiche ist.
Dies ist eine der 7 Hymnen, welche sich auf die Gegenwart beziehen.

* Die Sprache
Sie ist das große Werkzeug der Erkenntnis, sie ist das große Werkzeug der Verkennung. In ihren schwebenden Bildern verbirgt der Geist sich vor sich selber. Sie scheint uns alle zu verbinden, und doch reden wir jeder eine andere.
Immer nennt sie sich selber mit einem weiblichen Wort. Jedes Wort ist doch auch ein Ereignis, schwingt fort und fort. Ihre Denkmäler sind die einzigen wirklichen: an ihnen scheint das Individuelle so unwichtig wie der Eindruck einer Vogelklaue auf ungeheueren Kreideklippen.
Niemand darf sich rühmen ihr zu gebieten: aber wer sich ihr nur in großem Sinn hingibt, wer ihr nur wahrhaftig entgegenstrebt, dem gibt sie schon ein überirdisch Licht. Sie ist so abgegriffen wie schlechte Münzen und doch so rein wie der frische Bruch eines Bergkristalls.
Sie scheint mitten ins Denken hineinzuführen und führt in Wahrheit hinaus:
Sie umstellt das Denken mit unsichtbaren Netzen, und kein Geist kann sich ihr je entschwingen.
Redend genießen wir uns selbst, redend entfremden wir uns uns selbst.
Wenn sie wie ebbendes Meer zurücktritt, das nackte Gerüste Leben entblößt – solche Augenblicke ertragen wir kaum.
Wer ihre Macht *um* sich einschränkt, der wird sie in sich anschwellen fühlen, vor ihr ist kein Entrinnen; sie ist das Gedächtnis selbst, um sie nicht zu sehen, muß man den Kopf in die Falten ihres eigenen Mantels drücken. Sie redet aus jedem Mund anders und verrät unerbittlich die Seele.
In ihr vollziehen sich die Erlebnisse der Seele: sie lehrt erst Fühlen.

Keiner kann sich rühmen, ihr zu gebieten, aber ihrer traumhaft bewußt zu werden, ihr zu dienen, ist erhaben und fürchterlich, denn: allen Sinn hat sie schon in sich und wer in ihre Gewölbe hinabsteigt, dem weht aus ihren Schachten ein solches Wissen entgegen, daß er verstummt wie ein Stummer.
Alle Weisheit der vergangenen Völker liegt in ihr, alle Gesichte der Verzückten, alle Verknüpfungen, die die Tiefsinnigen gefunden haben, alle Regungen, welche die Liebenden durchgefühlt haben: sie ist voll unerträglicher Weisheit und gibt sich jedem Kind und jedem Narren hin.

* Macht der Worte im allgemeinen.
Eine Gruppe von Menschen steht häufig für einige Zeit unter dem Bann eines Wortes. Von Kulturkreisen (Bayreuth) gehen gewisse Worte aus.
Worte sind im Kleinen was die ästhetische Weltanschauung im Großen: sich gegen den dumpfen Drang, den ein Erlebnis erregt, dadurch wehren, daß man sie sich spiegelt, ein Bild davon macht.
Diejenigen, welche keine fremden Worte annehmen, die mit starker Hand wie eine Pflugschar in schwerem Boden den Griffel führen.
Es ist töricht zu denken, daß ein Dichter je seinen Beruf, Worte zu machen, verlassen könnte. (So auch die ›Farbenlehre‹ zu verstehen.) Wenn er schweigt und ein Heiliger wird, so wird er auch ein Dichter-Heiliger sein und kontemplieren, ja selbst Askese wird er so fassen: sich selbst *sehen* oder das Feuer *sehen,* in welchem er verbrennt. So der Dichter, der den Lear darstellt, er stellt einen Menschen mit Phantasie dar, der ein ungeheueres Bild seines Schmerzes in sich trägt und sich daran, ausmalend, mit den Elementen und den anderen Schicksalen in Opposition setzend, berauscht. »Welch Schauspiel aber ach ein Schauspiel nur« – in hoher Resignation, nicht in Ungeduld gesprochen.

* Einfluß. Erziehung.
Lorenzo Medici wünscht, daß die jungen Adeligen im Baufach etc. dilettieren, um sie der Politik zu entwöhnen.

Anschauung der Bauwerke der Renaissance als Mittel zur Erziehung; dynamisch, nicht statisch zu erfassen. Auf denselben Wegen, auf welchen die blühende Harmonie gefunden wurde, liegt der Fall, in einem Hinausgehen der Elemente über sich selbst. Der von Michelangelo angebahnte Charakter freudloser Großartigkeit.

* Ausgabe von Goethes Werken letzter Hand. Ein Kunstwerk! Wie sein Leben ein bewußt komponiertes Kunstwerk ist.
Wie die fehlenden Elemente herbeigezogen sind: die französische Kultur (›Rameaus Neffe‹ und die Anmerkungen), das große Orientalische.
Über Goethe als Ganzes denkt niemand nach, weil jeder eine Biographie gelesen hat. Auch das schlechte Zerreißen in Stücke: der Jüngling, der in Italien, der Greis. Gerade, daß er alles durcheinander war, ist wertvoll, wie immer das Polyphone, kindlich und weise, materiell und sublim, haltlos und höchst besonnen. Sein Stil als Symptom der Entwicklung.
Die Worte an sich sind nichts: wie wir sie brauchen, um das Unsägliche zu verschleiern, darin liegt alles. Die Worte der verschiedenen Epochen. Gegenwart!
Der philologische Kram legt sich zwischen die Menschen und den Dichter.
Es ist niemand berufen, über Goethe zu reden. Selbst die Herausgabe der Briefe und Gespräche nicht unbedingt zu loben: die Wiederholung (ohne die herbeiführenden Umstände) entwertet, verödet.
Meine geliebten 40 Bände, wie kleine Hausgötter. Wie sie immer wieder vollzählig zusammenkommen. Ihr Zusammenkommen hat etwas Olympisches. Die wundervolle Polyphonie: wo der eine das Lob der Wolken enthält, der andere die Geschichte von der Frau des Brahmen, ein anderer das über der Tänzerin Grab, einer die Gelegenheitsgedichte, einer die römischen Elegien, jener eine die Geschichte der Farbenlehre, jener wo der Begriff der Gegenwart herrscht. Wie sie oft auseinanderwandern, am Pferd, in Italien, in den Gärten der Freunde, im Schiff.

Das größte ist: das Ende stilisieren = über den Tod triumphieren, das hat Sokrates getan und noch großartiger, mythischer und zugleich komplizierter Goethe.

Hölderlin: etwas absichtlich Dunkles wie der *gelesene* Pindar. Pindar als Rolle. Pindar singt. *Er* (Hölderlin) *ist* ein Dichter.

* Betrachtungen über Goethes Stil.
Die Welt ist zu groß. Man kann ihr nicht immer mit eigenen Worten beikommen. Die fremden Stile als Abbreviaturen: der altdeutsche, der ossiansche, der antikisierende, der an den Amtsstil angelehnte, der maniriert goethesche.

* Goethes Farbenlehre.
Würmer mißfärbig, Meertiere bis gelbrot gesteigert.
An niedrigeren Organismen die Elementarfarben unverarbeitet, am Menschen höchste Synthese; an den Säugetieren gemischte, durch organische Kochung bezwungene Farben; man kann sagen, je edler ein Geschöpf ist, desto mehr ist alles Stoffartige in ihm verarbeitet.
Hier sind Leiden und Taten vorhanden, die sich in einer Weise durchdringen, wie dies in keinem andern Reich möglich.

»Wär nicht das Auge sonnenhaft
Wie könnten wir das Licht erblicken
Lebt nicht in uns des Gottes eigne Kraft
Wie könnt uns Göttliches entzücken?«

Das Dasein offenbart sich als Schauspiel dem Denkorgan, aber auch die ganze Natur dem besonderen Sinn des Auges durch die Farbe. Vom Tanz des Lebens alle anderen Offenbarungen abgeblendet. Denkenden Menschen hat sich schon längst das Kombinieren von Tragödien als ein ähnlicher Akt erschlossen. (Shakespeares Seelenlehre geht aufs Ganze wie die Farbenlehre). Im Dramatischen hatte Goethe nicht das mächtige Organ, unerbittlich aufs Ganze zu gehen, hier haftet etwas Weichliches an.

* An der Wahrheit, dem tragischen Element des Daseins, ist seinem Genie durch seine Lebensführung zuviel entzogen

worden, das muß sich auf anderem Wege wieder herstellen. Wie Bleichsüchtige Erde essen.

* Notiz zu den eigenen Gedichten
Sei es versucht, der Weltempfindung des Dichters nachzugehen: ›Nox portentis gravida‹ scheint die Welt in drei völlig unzusammenhängende Reiche auseinanderzureißen: das Reich der von nichts wissenden Natur, fälschlich das »ewig Heitere« genannt;
das Unschuldvolle anderseits: »Sind nicht wir vor allen andern…«

* Notiz zu den eigenen Gedichten
Ein zweimal wiederkehrender Ausdruck: von den Falten und Spalten unserer Seele scheint anzudeuten, daß ein heidnischer Zustand für uns nur als etwas Erobertes herzustellen ist, das andere, problematische, dem Tod verwandte Gesinnungen erst hinunterschlucken, durch seine Poren und Spalten hindurchlassen mußte.

12. VII. – Gedichte. Folgendes: Das Durcheinanderspielen von allem: ich dichte über Richards Geliebte, wir gehen im Salzburger Museum, wo die Wiesen, die Wasserfälle, die Abende in Kunst umgesetzt liegen. Triumphierender Grundgedanke: alles kann dazu gebracht werden, sich selbst zu genießen.

Schöne Reise: mit dem Freund, Begegnung der Familie: deren schöne Töchter keine Ringe an den Fingern, deren große rauhhaarige Windhunde keine Halsbänder haben: großes Gespräch wie offene Schluchten voll Glück, wie Landstraßen, an deren offenen Rasthäusern die Weisen sitzen und die Jungen fechten und Orgel spielen…
Mein Freund ist so schön, daß er den Herrn der Erde entzükken müßte.

Aussee, August. – Motiv. Einer erzählt einem andern ein Geheimnis, in dieser Situation: Sie sind am Bicycle hinter den

andern zurückgeblieben und es wird schon Nacht. Die Straße führt zwischen der tief eingeschnittenen heftig rauschenden Traun und dem Wald mit Holzwegen, Marterln, frischen Holzschlägen. Der eine eilt sich wegen einer Frau, die er noch in dieser Nacht zu treffen sicher ist, und malt sich im voraus diese Begegnung; der andere muß hinter ihm herjagen, erzählt unterbrochen, stoßweise keuchend, manchmal ins Leere, wenn sie zu weit voneinander gekommen sind, manchmal rollen die Räder nebeneinander her und die Worte klingen plötzlich so überdeutlich wie im Wetterleuchten hie und da überdeutlich die Kapellen, Bauernhöfe und Scheunen auf der jenseitigen Lehne, der Eisenbahndamm und ein großes Wehr dastehen.
Die Frauen (an welche der eine denkt, und die, von welcher der andere erzählt) sind Schauspielerinnen. Kontrast ihrer Existenzen und der Landschaft.

Oktober. – Erleben geht hervor aus einem Widerstreit des Willens mit dem Gang der Ereignisse.

* Solche Personen wie Maeterlinck, Richard Engländer – wie erwärmtes Wasser, dünnere Luft, streben sie nach den oberen Schichten. Was sie an Freiheit gewinnen, geht ihnen an Konsistenz ab. Sie stellen das Unbestimmte dar: Menschen, allenfalls junge Menschen, alte Menschen. Zwischen diesen Schichten und dem Gemeinen, den Sinkstoffen, liegt das wahre Gebiet der Kunst.
Die Sachen von Schnitzler schweben auf und ab wie Wolken von beleuchteten Atomen in solch einem Gefäß.
Engländer schwankt an der Grenze eines Zustandes hin, den Schiller definiert hat (›Anmut und Würde‹): »... die poetisierende Einbildungskraft sinkt zuweilen auch ganz zu dem Stoff zurück, aus dem sie sich losgewickelt hatte...« und früher: »... dadurch, daß man der Materie Form erteilt: denn der Geist kann nichts als was Form ist, sein eigen nennen.«

* Bergers Buch: es übt eine für den Augenblick fast erstikkende Wirkung, weil es deutlich macht, daß Dichter nie einen

Aufschluß über etwas anderes als Dichter und Wesen der verwandtesten Art geben können. Denen ist dann κόσμος wahrhaft κόσμος, Kunstwerk und Dasein (= Welt) völlig eins.
Nietzsches Einfluß in dem Herleiten von allem aus dem *mimischen* Instinkt.

* τὸ δὲ ἔσχατον κορυφοῦται, βασιλεῦσι Pindar.
... wo für uns, als für die Könige, der höchste Gipfel wuchs.

›Tausend und eine Nacht‹. Rolle des Buches in meinem Leben. Es wird nie geheimnislos. Wie jener Bazar in Konstantinopel, den keiner ganz kennt. Wie ich die einzelnen Geschichten erfahre: von Richard, Poldy, von der Geliebten Richards.

Unser Frühling: die unheimliche und erhabene Freigeisterei.

Engländer: so ein Buch schreibt nur einer, dem die Welt glücklich und schön umhängt ist mit den Gewändern der Götter.

* Tragischer Charakter. Das zerbrochene Herz. Die, welche zu schweigen versteht. Ins Schlimme gewendet, ist sie fähig, ein unbewußt zugefügtes Übel schweigend zu dulden, um wenn es zu spät ist, sich an ihrem unschuldigen Peiniger durch dessen unerbittliche Gewissensqual zu rächen. Die boshafte Agnes zu Weihnachten.

* Energie
Frau Lydia Escher, die Geliebte des Malers Stauffer, ermordet sich, indem sie den Kopf in ein Schaff Wasser steckt. Sie hat ein viereckiges männisches Kinn, eine gerade Stirn und fleischige Wangen.

Geschicklichkeit: etwas können.
Nach der Heumahd wird verglichen, wer die gleichmäßigsten Streifen hinter seiner Sense gelassen hat.

1897

Fusch, 23. VI. – Künstlern wie Sterbenden ist an keinem Menschen besonders viel gelegen.

Ich weiß keine Art von Kunst zu rechtfertigen als diese: die sich aus der Tiefe her der Oberfläche – des Lebens bemächtigt. –

Maupassant. Die häufigen Schilderungen der Furcht. Hier läuft das Stoffliche mit der formalen Beherrschung des Lebensschauspiels davon. Diesem Phänomen entgegenzustellen: a. den Ausgang Goethes, wo *alles* der Form unterworfen wird, b. der Auszug Tolstois, der überhaupt aufhört Künstler zu sein und auf ganz folgerichtige Weise.

Varese, 31. VIII. – Eine tragische Szene.
Erobernde Königin, eine Tochter Timurs, wird sie die alte Fürstenfamilie begnadigen? Beratung ohne alles Genrehafte. Chor düster zusammen in den Käfig gesperrt, bald alle Stimmen des eroberten ahnenreichen erfahrungsreichen Landes dringen aus ihm, alles geht aus dem Anfangsbild hervor. Das Fürstenhaus halbbarbarisch mit Diadochenelementen.

Synchronismus. – Frühjahr. Mit Brahm und Hirschfeld (die ich Herbst vorher kennengelernt) mehrmals zusammen. Premiere der ›Königskinder‹.
Ich lerne Bycicle-fahren. Lange in der Brühl. Schöne Fahrt ins Höllental. Da sagt Gerty im Gras liegend: Wo ist der Prinz, der kommt und sich zu mir legt? Sie zeichnet mich. Die singenden Männer auf der Straße (Bänkelsänger im ›Kleinen Welttheater‹).
Fusch. Zuerst Dissertation; dann Verse (›Kleines Welttheater‹). Die 4 Schwestern Speyer. Poldy 14 Tage bei mir. Dann

Hansl. In Salzburg Richard und Paula. Diese nahe vor ihrer Entbindung. Richard erzählt mir den Stoff von ›Fischers List und Glück‹ an einem dunklen Abend, auf dem Salzburg-Ischler Bahnhof auf- und abgehend. Er erzählt auch von der Ischler Überschwemmung. Nennt es eine der glücklichsten Zeiten seines Lebens. Wie die Paula in dem kleinen Haus gewohnt hat, ungewiß ob es ein Bub oder ein Mädel sein wird. – Die Lisl taucht auf (von Berchtesgaden) mit dem Tenoristen Fumagalli. Sie ist unerfreulich.

Ich fahre an einem heißen wolkenlosen Nachmittag (noch mit entzündeten Augen) über Berchtesgaden und Hirschbühel (bei Vollmond) nach St. Martin. Den nächsten Morgen nach Lofer. Mit einem Einspänner nach St. Johann. Den dritten Tag mit der Bahn nach Innsbruck, fahre den Brenner hinab, hinter mir ein Gewitter, schlafe in Sterzing. Den vierten Tag nach Toblach. Bleibe dort den Sonntag, treffe Moriz Kuffner, fahre gegen Abend unter großen dunkelnden Wolken bis Cortina.

Den 6ten Tag in großem Regen nach Pieve. Klettere abends an den Abhängen der schönlinigen befestigten Hügel herum. Den Morgen des 7ten Tages, hinter mir die glänzenden Dolomiten, steil hinab, nach Longarone, nach Belluno, zuletzt nach Feltre. Den 7ten Tag von Feltre durch hügelige Landschaft nach Maser (Villa mit Fresken von Veronese), abends nach Castelfranco, nachts nach Vicenza. Den 8ten Tag in Vicenza. Schwüle Nacht mit unaufhörlichen stummen Blitzen. Monte-Berico.

Den 9ten Tag nach Verona. Lese ›Sogno d'un mattino di primavera‹. Gehobene Stimmung fängt an. Den 10ten Tag nach Desenzano, schlafe in Salò. Den 11ten Tag mit Rad nach Brescia, abends mit der Bahn nach Bergamo. Den 12ten Tag von Bergamo nach Lecco, mit dem Rad nach Como (Regenbogen, gegenüber das Berner Oberland hinter einem funkelnden Gewitter auftauchend). Den 13ten Tag von Como nach Varese.

Varese: die ersten 3 Tage: ›Die Frau im Fenster‹, dann den Prolog dazu. Dann: der Dichter, Der Diener, der Wahnsinnige, der Arzt fürs ›Kleine Welttheater‹.

Inzwischen der Hansl bei mir und ein Ausflug nach den borromäischen Inseln. Nach der Abreise von Hans: ›Die junge Frau‹ (jetzt ›Die Hochzeit der Sobeide‹) in 4–5 Tagen. Die 3te Verwandlung wird nicht ganz beendet.
– September Varese – Mailand.

* ›Welttheater‹
Dichter.
die Worte wie die Könige des Meeres
flutend aus kristallenen Häusern

<table>
<tr>
<td>Klugheit des Vogelstellers
Kraft des Pflügers
Trunkenheit und weise
übererfahrene Klarheit</td>
<td>}</td>
<td>aber alles so zusammengedrängt
so ändert er sich schneller
als die Wolke</td>
</tr>
</table>

Bildhauer starrt vielleicht als Schätzesucher nach goldenen Geräten an dem Boden des Flusses, wird dann erst die gleitenden Schätze gewahr

Ronsard »Et les propos douteux de ton dernier adieu«
Welt vor mir oder meine innere projiziert, wer weiß
Worte sind mein Stoff
wie Meerkönige tauchen sie mir auf
an ihrer einem ganz ergründet
zög ich der Erde Riesenbäume, ja die Milchstraße nach
ein Gewitter, ein Wesen, ein Anblick erregt mich dumpf: was erlöst mich: ein Wort!

* Wahnsinniger (nennt sich selbst neuen Aktäon).
Er sagt: Komm, lieber Diener und beuge Deine Flamme über den Spiegel. Jetzt, indem ich Narzissus sage, ist schon Narzissus da, kaum wegzuhalten.
Er steht leicht, fast hängend, in der Betrachtung der Wolken verloren. Seine Bewegungen sind von einer unbeschreiblichen Güte und Anmut, läßt sich nieder, mit Steinen zu spielen.
Charaktere. Daß gewisse Sachen für sie existieren (oder nicht), das bestimmt viel vom Charakter der Menschen.

Ein Dichter: gibt sich selber Rechenschaft, woher er seine Motive hat. So ich das Aktäonmotiv aus einer gewissen überreichen Zeit des Bahr.

Geschichte des Offiziers. Die Stiftsdame in Salzburg. Beim Weggehen sieht er von der Stiege in dem kleinen Bauernspiegel die entsetzliche Enttäuschung, fast Verzweiflung ihres müden Gesichtes, sobald sie allein ist. Auch durch das Tagebuch des verstorbenen Kadetten kommt er sich so beladen vor, daß er dem so viel bedeutet hat. Ebenso von den Schicksalen aller dieser kraftlosen Menschen in Salzburg: Fürstin Tini, Franzi, Franchetti, Hausner, Irène Mittag.

* Die Diener des Tyrannen: der junge Ermordete, die 2 Mörder und die Mörder der Mörder. 2 Szenen.

Dichter destillieren Parfums aus Leichen.

Erwachsene sprechen mit Kindern mit herabgelassener Stimme (demissa voce).

Ein sehr junger Verliebter wird daran erkannt, daß er bei der Beschreibung eines Festes in Tränen ausbricht.

* Kinder in einem Garten. Ein Mädchen mit einem Seidentuch Schmetterlinge fangend, läßt dann jeden wieder fallen.
Ein ganz kleines Mädchen: sie begehrt
zuerst einen Krug }
dann ein Tier } aus Wachs

Lionardo schwebt vor das völlige Überwinden der Materie wie in dem zornigen Neptun, der ist ganz wie zornige Musik.

Das Gemenge der Worte schwebt im Gleichgewicht wie das Kräftesystem der Welt.

Die Welt der in Wesen ausgedrückte Traum Gottes. Die gesamte poetische Überlieferung: das Abbild davon durch Kochung dem menschlichen Wesen angenähert.

* Die sich mit dem Zusammenstellen von Dichtungen abgeben, scheinen Dir keinen rechten Platz unter den Lebenden zu haben. Du begreifst den regierenden Herrn, den Diener, den Athleten und Ballwerfer, den Reisenden, den Geistlichen, den Soldaten, die Tänzerin, allenfalls den Musiker. Mit allen hast Du etwas gemein. Mit dem Dichter meinst Du nichts gemein zu haben. Denn Du achtest es für das Wesen des Lebens, daß es stumm ist und daß auf jedem Ding sein Preis stehet, als auf dem Ruhen die Müdigkeit. Dir scheint es nichts auszumachen, daß noch geredet werde. Auch fürchtest Du, durch die Lebensluft der Bücher wie ein Schauspieler zu werden, dem eigenen Leben entfremdet.
Dies scheinen Dir die Güter des Lebens und ihre Reihenfolge: Gesundheit, ein schöner Leib, Reichtum, Geselligkeit mit Freunden und Ruhen unter ihnen. Die vieles zu wissen meinen, scheinen Dir eben des wahren Wissens entbehrend, ohne Kern. Und doch ist das Lesen der Bücher ein Spiel und hat mehr mit dem Leben zu tuen als unter Wasser schwimmen, auf hohen Bergen schlafen, in den Spiegel zu schauen, das Lächeln der Frauen auf sich zu fühlen und die Stolzen hinter sich treten zu heißen.

1897–1899

*Begegnung
Zuvorderst ein Jüngling, er greift mit der linken Hand wie beim Tanz über die linke Schulter zurück und führt ein zweifelhaftes Wesen mit flammendem Haar, geschwollnen Lidern, dieser reicht die rechte einem kaum mehr menschlichen zurück, endlich einer, an dem die Natur zu hängen scheint.
Der Letzte:

er schien mit seinem ungestalten Fuß
die Weiden und das Ufer mitzuziehn

Nur daß es große Mächte waren wußte ich, und sich auf ihn lehnten wie der Kaiser auf einen schönen Lieblingssklaven.

Baby: Poesie lesen, weil es der würdigste Ausdruck von Gedanken über das Dasein ist. Die Poesie besitzen und sich nicht vor dem Leben fürchten!

* Der Dichter: an eine von ihm selbst geschaffene Gestalt (im Tone Jesaia). Ihre Hilflosigkeit, Füße von Lehm und doch intensive Liebe: sie ist die erste Keimzelle; in ihr regt sich sein Leben; dadurch daß sie ist, ist sie doch großen edelmütigen Fürsten verwandter als Gold, Bäume und Sterne es sind: nimmt an Schmerzen teil, entsiegelt ihm das Dasein, trägt einen Teil von seiner Seele mit in die Ingründe des Lebens hinein.

* Ich will kein eigenes Haus
da stünde das Bette, aus dem ich die Frau vertrieb
da hinge das Geweih des Elches, den ich geschossen
habe in der so völlig entschwundenen Zeit
da stünden die Särge meiner Väter
da lägen die Puppen meiner Kinder
da läge die Muschel der nie wieder gesehenen Insel

ich müßte aufstehen und ins Dorf herunter, in die Fenster der Bauernhäuser sehen, wo die Frauen alt geworden sind und ihre Töchter ihnen ähnlich und unähnlich. Mir lieb, daß sie anderen gehören, daß sie meine Umarmungen vergessen haben. Oben drücke ich zu sehr auf mir.

Des Kindes Garten gegen Abend: die Raupe kriecht hervor, wär ich klein genug, wäre es ein würdiger Feind, da steh ich auf, es ist nur ein kleines Grauen, ich bin ja tausendmal größer als meine Soldaten, die Bäume mit den Fledermäusen begrenzen meine Welt.

* Alkestis des Euripides
Allegorischer Sinn: junge Ideale schwinden uns aus dem Sinn wie Tote, dann bringt sie ein starker genialer Gott aus den Armen des Todes zurück und legt sie vor uns hin; wir sind bewegt, die Fremde scheint uns an eine geliebte Tote zu erinnern und wir können nicht fassen, daß sie es selbst ist.

* 11ter Juli. – Buch von Pierre Louys. Jene Art von Kritik, welche alles auf seine absoluten Grundlagen zurückführt. Man kommt bei solchen Büchern bald dahin, daß sie keine Geheimnisse mehr für einen haben.
Das Schildern der Vergangenheit: nur Verlaine hat den großen Stil wie man es tuen darf (›Temps de Louis Racine‹, »les Romains indolents... moyen âge énorme et délicat«). Das Sinnliche: es ist ein notwendiges Element jeder Darstellung. An sich ist es nichts, ist ebenso wenig in Worten darstellbar wie das innere Leben der Musik. Es ist ein stummes eigenes Reich.

Ästhetische Weltanschauung: der Kern davon ist (wie in ›Dorian Gray‹) eine Hypnotisierung durch das Unmenschliche, das im Künstler-sein steckt.
Ein gutes Kunstwerk muß in seinem Innern die tiefe Stille des Tempels haben, in der die Geheimnisse des Lebens sich offenbaren: aber aus seinen hundert ehernen Toren muß es den Leser unmittelbar ins Leben entlassen.

* Erbschaft und Besitz
Realisierung überkommener Formen
Marie Mecklenburg die engl. Ästheten
Überkommene Worte und geistliche Übungen: der Wagnerkreis
Übergang
das Erbe eines ganzen Volkes. Was davon lebendig ist? Immer nur das, was für eine Gruppe von Lebenden lebt. Solche Geisterbanner sind immer vorhanden. Solange ich lebe, lebt Paracelsus, lebt Eckhardt. Die Romantiker gaben vielen Schatten Existenz.

* Novelle: Die Herzogin.
Die Leute wie die Herzogin oder die englischen Ästheten wollen überkommene Kunst realisieren, – die anderen, die auf dem rechten Weg sind, wollen aus dem amorphen Leben das herausreißen, was für Nachfolgende wieder Kunst wird.

Brief an 2 Schauspieler. Euer Beruf ist es, die Einzigkeit der Situationen darzulegen, das wogegen die lyrische Darstellung verfehlt; wenn man an Euch denkt, erinnert man sich, ihr vollkommenen bewußtlosen Dichter, daß die in Worten gegebenen Darstellungen des Lebens unvollkommen sind, weil sie andere Möglichkeiten offen lassen.

* ›Clavigo‹ lesen und dabei Phrase für Phrase in ein gegenwärtiges Wiener kleinbürgerliches Milieu und dessen Sprache übertragen – wo gewohnheitsmäßig am Gesagten keine dialektische und keine innerliche Kritik geübt wird.

* Der Reisende. Ein junger Herr, der ehrlich sagen will, wie es ihm vorkommt. Höchstes Ideal von Gesellschaft, wo Erfahrungen ausgetauscht werden: bald sind sie in Erzählungen eingekleidet, bald werden sie unmittelbar auszusprechen gesucht. 2 Typen von Erzählern – Maupassant – Kessler.
Richard, wenn er sehr ungeduldig ist, kann nur im Reisebuch blättern. Vom Reisen geht die größte Erleichterung unsres

Lebens aus. Pindar vermischt die Bezeichnungen der schönsten der irdischen Städte mit den Nymphen gleichen Namens.
Diese Steigerung: ein angelehntes Gartentor kann neugierig – fröhlich machen. Steigerung: ein See mit fröhlichen wechselnden Ufern, ein Garten, lang im Besitz eines Geschlechtes: der giardino Giusti. Eine Landschaft, auf Einquartierungen. Immer Schwereres, Vielfältigeres: eine kleine Stadt (Castelfranco), eine größere (Salzburg, Arles), ein Land, ja ein Kontinent (Mexiko).

* Vor der Reise. Ein schartiges Messer wo nahe dem Stadttor schleifen lassen. Eine schöne Quelle finden. Einen erquicklichen Trunk tuen. Ein halb verfallenes Schloß besehen, nach der Glanzzeit streben und sie in Gedanken wieder verfließen lassen. Einen neuen Menschen anziehen. Einem alten halbvergessenen Märchen die Deutung finden. Ein Spiel zu richtigem Ende führen, daß Anfang und Ende schon zusammenkommen, so daß es scheinen möchte, als wäre der Weg umsonst gewesen.

1898

Lugano, 24. VIII. – Ich weiß was sie tun. In dem Geräusch des Sees, dem Anschlagen der Wellen, die sich brechen, dem Aufstampfen der angehängten Kähne ist meine ganze frühe Jugend, die 14 Jahre in Strobl. Die frühreifen Liebesgeschichten, der tiefe halb unbewußte Zusammenhang mit der Natur. Das Heraufkommen vom Gewitter. Das Fangen von Libellen und Schmetterlingen am Steinbruch. Das Nachhauskommen bei Nacht im Posthaus, in den letzten Jahren der Topf mit Preiselbeeren, Briefe vom Papa in Eile gelesen. In früheren Jahren: das Aufwachen in der Nacht vor einer Landpartie. Das Nichteinschlafenkönnen wegen der Alice: die Gedanken und Hoffnungen an eine Fahrt ins Schilf oder an das Auslöschen der Lampe im Lesezimmer geknüpft. Das Herumsitzen an Regentagen. Die Musik im Balkonzimmer, Hinausschauen auf schwarze Wolken und Sonnenuntergang. Bootfahren in der Nacht, eine Hand im Wasser. Segeln gegen Abend. Herunterkommen in der Früh, wenn schon Wind ist, aufgeregt vom Gespräch über Bücher. Mit Edgar Anziehen zum Tanzen, Handschuhe, mit Fred. Unten erleuchtet.
Der See: Schrattvilla: es drückt sich ihm ein für immer, von solcher Stufe das Herabkommen der Geliebten zu erwarten.
Einer macht sich Gesetze aus aufgefangenen Reden.

* Stefan George.
›Algabal‹. Ein Gemüt wendet sich von der Welt ab, findet den einzigen Genuß in diesem Abwenden, dieser Verachtung. Steigert die Gebärde der Verachtung bis zur kalten Grausamkeit. Umgibt sich mit den vom Leben Unberührten, denen voraus das Leben längst entwichen.
›Jahr der Seele‹. Ein Gemüt ruht im Ewig-Wechselnden aus. Kreisend bringt die Welt ihm einige Augenblicke entgegen.
›Pilgerfahrten‹. Ein Gemüt zieht in die Welt, suchend. Es sind

jene Jahre, da eine bestimmte Landschaft, eine vereinzelte Begegnung, ein einzelner Mondschein die Geheimnisse des Daseins zu entsiegeln scheinen, da es scheint, als müßten Wege gegangen werden (»und wandernd nimmer suchen irgend Ziele«): Poldy: 1001 Nacht. Unendlichkeit des Bazars, Warten auf das Nachtwerden wie ein Sesam-öffne-dich. Ein Parkgitter. Ein Vorhang. Ein Gesicht.
Im Ganzen: Hier wird viel vereinigt: die Freude eines muschelförmigen Gestades und das Sehnen in einer hochgewölbten von Orgel dröhnenden Kirche. Das Einsam-sein und der Genuß der Heimat.
Leitender Gedanke: Zucht.

1899

Ischl, 26. VIII. – Motiv: der treue Johannes. Ein Wesen wie die Lili. Sie sieht die Gefahren für ihren Geliebten voraus, geht ihnen entgegen und zieht sich jedesmal etwas Entsetzliches, Untilgbares zu. Zum Schluß ist sie verstummt: kann nicht leben und nicht sterben, nicht einmal bei ihm bleiben.

1900

Bei Rouen auf dem Hügel über der Seine, den 2ten Mai abends. – Hier spricht sich sehr stark das Ergreifende und Sehnsuchterregende aus, das auf Kinder, auf Unentschiedene, auf Ausgeschlossene (Offiziere) die in sich geschlossenen Existenzen [ausüben], die ein Heim nicht nur haben sondern auch besitzen. Kleine Schrift mit einigen von Gertys Perlen in den Grundstein unseres kleinen Hauses einzuschließen. Mein fortwährendes Verlangen nach einem Haus: als Kind Häuser bauend; später Stiegen, Eingänge träumend; großer Eindruck des Hausbaues in dem Buch ›Sigismund Rüstig‹.

* Jüngling und die Spinne
Unter den Weisheiten und Geständnissen der Spinne dieses: eine wahre Braut ist zu erkennen daran, daß es nicht ihre Stimme, nicht ihr Lächeln, nicht ihre Küsse sind, was das Höchste ist, sondern die von ihr ausgehende essentia, die dich in Zeiten großer Abwesenheit badet, so daß du in der Braut ihrer Welt traumweis lebst.

* Versuch über das Märchen
Indem ich mich über mein Leben beuge und mich bestrebe, es darzustellen, so ist es voller Form und entzieht sich doch der Form.
Ich erlebe nichts einzelnes: alles ziehet einander herbei.
Es ist durchaus Allegorie, die der Interpretation spottet. Es ist Märchen.
Aus einer solchen Ansehung des Lebens geht auch eine Art Begreifen der Worte hervor: die gleichmäßig, durchgehend schön und bedeutend erscheinen, wenn man sie mit genug kindlichen Augen betrachtet, insbesondere die Worte der Liebkosungen, die finsteren Worte des Zornes und der absichtlich aufgewühlten Einsamkeit, die wie sinnlos in die Höhe taumelnden Worte, solche Worte wie die der edlen Sterbenden: ich bin ganz bei Bewußtsein.

Das Märchengemäße im Leben: die Unbegreiflichkeiten des Entschlusses.
Vergangenes nicht verloren, Gegenwärtiges ohne sichere Gewalt –

1901

Über ›Maß für Maß‹.
Sensibilität eines älteren Dichters so verfeinert, daß er, überfüllt mit Erfahrung, die intimsten Relationen zwischen sich berührenden Dingen aufs äußerste zu spüren imstande ist.
In der Tat weist dieses Stück eine so verwirrende Fülle von Relationen, entstanden durch die luxuriöse Verschlingung aller Fäden, auf.
Was für Kombinationen: Lucio-Isabella. Herzog-Kerkermeister. Mariana-Isabella.
Und das ganze auf eine gröbere Stickerei aufgestickt.
Wieviel Landschaft – – das Lied – der Tod –

21. VIII. – Alte Rüster steht hier, wirft leise Schatten über das sonnige Stoppelfeld, genug mir, um mein Buch zu lesen: Schicksal hervorzurufen, daran ich Anteil habe, ahnend schaudernd, lieblich freundlich. Grillen unter mir, Saal und Korridor erfüllend, aufeinander horchend, bald naht ihnen der Tod.

Drüben schreiten Bauern hinab
haben ein Leben, das ich nie gekannt
und wissen nicht darum
ich träume ihr Leben wie sie's nie gelebt
bäurisch verkleidet
o Kinderzeit, die Anteil hat an der ganzen Welt!

1902

Rodaun, Juni. – Geschichte des japanischen Offiziers. Motto: The whole man must move at once.
Er sieht den Kontrast so: japanische Charaktere: der Adlige, der Lehrer, der Bettler, der Handwerker, und japanische Situationen: Lehrstunde, Freudengarten, Theehaus, Totenbett, alles so nett und abgeschliffen wie Medaillen. Dagegen das europäische Wesen so dumpf vielbeinig – vielrümpfig, jeder einzelne ein Rattenkönig: mit einem Teil seines Leibes der Liebsten im Schoß liegend, mit einem Teil in Todesgedanken wühlend, mit einem Geld zählend. In keiner Lust voll aufgehend, gleichzeitig immer die Befriedigung einer andern suchend. Auch ihre ungeheueren steinernen Häuser in den überfüllten Städten das Symbol solcher unheimlicher Promiskuität. Ebenso ihre Bücher.
Die japanischen Situationen in jener entmischten Prägnanz zu fassen...

18. VI. – Über Charakter im Leben und im Drama.
Tiefes Wort, von Lichtenberg aus Addisons Spectator aufgegriffen: The whole man must move together.

Der Dramatiker muß die vermischten Charaktere des Lebens zerlegen wie der Bergkristall das Licht zerlegt.

Berger nennt die vereinfachten Charaktere des Dramas: kontrapunktische Notwendigkeiten.
Man könnte sagen: es gibt keine Charaktere: es gibt Schicksale und deren Signaturen: die Gesichter.

Es ist das Resultat einer ersten Erkenntnis, daß das Leben im ganzen ein Traum ist; das Resultat einer zweiten Erkenntnis, daß alles Leben im einzelnen aus Phantasmen zusammengesetzt ist: daß Besitz, Rang, Macht, Weisheit, Reichtum,

Charakter, Persönlichkeit nicht Realien sondern Luftspiegelungen sind. Freilich sind diese Luftspiegelungen und ihresgleichen, die sittlichen Mächte, wiederum das eigentlich Wirkliche. Aufgeschrieben am 18. Juni 1902 nach einem Gespräch mit Berger im roten Salon der Gräfin Thun.

Salzburg, 29. VI. – Über einige Vorteile der Lektüre älterer Bücher. Furchtbare Folge der die Gegenwart erfüllenden Gedächtnislosigkeit: die Urteilslosigkeit über Leistungen, ja über Qualitäten. Dabei eine Unsicherheit, unterdrückte Bangigkeit, latenter Nihilismus, durch das fortwährende Aussprechen von Relativitäten, in betrunkener Anmaßung. Alle diese geistigen Prozesse lassen Pathologie zu. Jemand wie Moeller-Bruck wirkt wie Gift, Darmintoxikation.

laudator temporis acti. Vorteile bei der Lektüre älterer Bücher. Man kommuniziert mit einer früheren Generation, mit Verhältnissen, von welchen zwar die Entwicklung der unsrigen ihren Ausgang genommen hat – die sich zu der unsrigen als Väter und Großväter verhalten – in welchen aber gerade das, wozu die unsrigen ausgewachsen sind, noch unterdrückt, weicher, präformiert ist: wir sind in diesen Verhältnissen fremd und daheim, genießen alle Vorteile dessen, der auf heimischem Boden bleibt und sind doch des Drucks der Gegenwart ledig. So, wenn wir als heutige Österreicher ein Buch der *älteren großdeutschen Gesinnung* lesen.
Feinheit der Metaphern im Stile Jacob Grimms: daß es unausgeführte Gleichnisse sind: er läßt das eigentliche Gleichniswort aus, so daß die Phantasie an dessen Stelle einen allgemeineren zusammenhaltenderen Begriff zu setzen die Freiheit behält: z. B. sagt er von Schillers Sprache (›Rede auf Schiller‹), »Schiller hielt in ihr (der deutschen Sprache) völlig und glänzend Haus«.

* Vortrag über Goethes stilisierte Dramen.
Dichter herbeigerufen in der Meinung, daß man übers Flötenspiel den Flötenspieler befragen müsse.
In der Tat soll man den Dichter innerhalb der Werke suchen,

nicht rund herum um die Werke. »Gedichte sind gemalte Fensterscheiben«. Das biographisch Philologische ist abzuweisen. Denn: es gibt keine andere Kunstperiode, in der sich die sogenannte Bildung und die eigentliche Kunst so befremdet und abgeneigt gegenüber gestanden hätten, als wir das in der Gegenwart mit Augen sehen (Nietzsche, ›Geburt der Tragödie‹).
Goethes Unfähigkeit für das Trauerspiel, sobald die Epoche naiver Produktion vorüber.
Die Griechen werfen dem Schauspieler eine verallgemeinernde Maske um, so Goethe seinen Figuren das Typische, die Idealität. Welches ist die Wurzel der Idealität der Figuren: a) ihre gleichbleibende Reflexionsfähigkeit (sie charakterisieren sich damit als apollinische epische Konzeptionen), b) ihre Sprache (N. B. Goethe: jedes Ding, jede Beschäftigung und Gedankenfolge verlangt ihre eigene Form). Goethe redet nicht aus den Figuren heraus, sondern durch sie hindurch. Bleibt neben ihnen, den Wechselnden, sich seiner selbst, als des Dauer Verleihenden bewußt. Sprache ist ihm der Seelenzustand geradezu.

»Worte sind der Seele Bild, Worte sind der Seele Schatten,
Künden herbe, deuten mild, was wir haben, was wir hatten«

Die Sprache fließt diesen Figuren en relief aus dem Munde. Das eigentlich mimische, Affekt auslösende Element fehlt ganz. Wagners Sprache hievon das gerade Gegenteil: bei ihm reden die Figuren so sehr aus sich heraus als möglich.

Eugenie das Töchterchen, ein Gegenstand von Goethes Erziehung. Er lehrt sie die Natur rein auffassen wie Julie von Egloffstein. Lehrt sie im Sprechen die Keuschheit des Ausdrucks zu wahren, wie Ulrike technische oder Coteriewörter wohl zu verstehen, aber nie zu gebrauchen.

Für Goethe wirklich dramatisches Schaffen ohne pathologische Teilnahme undenkbar. Er sucht in dramatischen Gestaltungen nicht den dionysischen Genuß, gibt den Figuren vielmehr Idealität durch die Maske der stilisierten Sprache, entfernt sie von sich, verhängt ihnen ihr Gesicht.

Figuren: welche zur Situation in einem überlegenen Verhältnis stehen, und in solchem stehen hier die Figuren, wenn auch leidend, wie z. B. Tasso, indem sie sich am Leiden bilden, wenn auch widerwillig. »Den Fels umklammernd, an dem ich scheitern sollte«: dies der Ausdruck untragischer innerer Freiheit. »Und sinkt mein Kahn, sinkt er zu neuen Meeren.«

Hebbel: Das Tragische muß als ein von vornherein mit Notwendigkeit Bedingtes, als ein wie der Tod mit dem Leben selbst Gesetztes und gar nicht zu Umgehendes auftreten. –

* Gespräch über den Reichtum (zu verschmelzen mit dem Begriff »Masse« aus Sombarts Buch).
Der Reiche: nach Erzählung der Geschichte vom letzten Contarin. So wie jener an seiner Armut, glaube ich an meinem Reichtum haften zu sollen. Ich kann mich nicht zu dem Gedanken bringen, daß *irgend etwas anders würde,* wenn ich von meinem Geld einen andern Gebrauch machte. Für Individuen würde sich etwas verändern: aber darin kann ich nichts sehen. Der andre: Mit einem Wort, Sie sind der traurige Teil einer Welt, – eines ungestalten Chaos – dessen Mächte – die Masse, die Summe – Ihren Horizont verfinstern, ohne daß Sie zu derselben in irgendwelches sittliche oder religiöse Verhältnis zu treten imstande wären. Ihre Weltanschauung ist gräßlich, und: die Finsternis Ihrer Seele, die Trübung Ihrer Sinne ist der körperliche Niederschlag davon. Der Reiche: Mir erscheint jeder, der etwas tut, etwas Nichtiges zu tuen: eine Art schauspielerischer Handlung auszuüben. Glücklich wäre derjenige, der in einer solchen symbolischen, unzulänglichen Handlung aufginge, wie der wahrhaft Gläubige in der Phantasie. Es ist der Fluch der Reichen, gefangener zu sein als die Gefangenen der Armut.

* Brief eines japanischen Edelmannes an einen österreichischen Diplomaten. Furchtbar, Euch leben zuzusehen. Wie Fürsten der Finsternis, die um ein Feuer hocken, gräßlich vor sich hinstarrend: die Liebenden, ihr ewig sinnlos Opfer ja-

gend. Die Geizigen. Die Sammler. Die Ehrgeizigen. – Und alles ist nichts... Das Beste, was Ihr Euch bewahrt, ist eine mühsame contenance. Furchtbar Eure Häuser, Gräber der Lebenden. Furchtbar Eure Wissenschaften (– Wirbelpunkt Mauthner). Eure Art zu reisen. Eure Überlastung mit Vergangenheit ohne Liebe dafür. Eure Dichter wie Schwimmer in der Sündflut, die einzelnes zwischen den Zähnen halten und herüberretten wollen. Eure Journalisten. Was lebt: die Worte leben, cauchemars leben. Ihr seid von Eurer Kultur mehr besessen als Ihr sie besitzt. Wie Sklaven, die Branntwein eines ganzen Kellers austrinken.

Unser Leben hat Harmonie (wir sind Brüder alle einer Familie): das Horn, mit dem der Trompeter zusammenbringt, redet noch von dem heimatlichen Berg; Fujiyama blickt ins Haus des Sterbenden. Der Feldherr betrachtet mit Rührung das seidene Oberkleid, an dem eine arme Frau gestickt hat. Gehe hinaus und sieh die Sterne. Atme den unausdenkbaren Duft einer Blume und in Deinem Herzen wird Japan wieder aufgehen.

Auch Ihr seid nicht ohne göttliche Momente. Ich erinnere mich gewisser Abendstunden.

In uns ist eine heilige Flamme. In Euch ein dämonisch flakkerndes Feuer, Ihr wißt nicht, was Euch vorwärtstreibt. Es ist kein Unsinn, wenn unsere Holzschnitte Euch als Horde von Teufeln darstellen.

Das was der Europäer nicht hat: so dasitzen in der Erwartung wie der zusammengekauerte Fuchs dasitzt. So sich niederbeugen in der Höflichkeit wie die Geisha sich niederbeugt. So in tiefes Nachdenken versinken, völlig sich vergessen, wie der Fromme. Der Japaner ist in der Reinlichkeit des Sittlichen den Blumen und Tieren verwandt. Mit einer sorglichen Äffin, einer behaglich ernsten spielenden Kröte, einer schlanken Katze. So im Stolz auffahren wie der Samurai auffährt, so daß allen das Wort der Erwiderung auf den Lippen erstirbt. Er ist in sich gegenwärtig wie in der Spitze eines schlanken Degens. Der japanische Angler angelt mit Leib und Seele, saugt Flußlandschaft in sich; der Soldat, der Räuber ist ganz

Schwert, bluttrunkenes Auge, gesträubtes Haar; der Büßende ist ganz Buße, hinschmelzend unter eines Kindes Auge.

Diese Europäer in ihrer wulstigen Teufelserscheinung haben etwas so Unentschiedenes, Schlaffes.

1902–1903

* Übereinstimmung
Man sollte keine greifbaren Spuren von Kultur verlangen. Man verkennt vielleicht die unermeßliche Geistigkeit dieser Dinge. Wo zwei knien und ein dritter sie segnet, wo einer sterbend »Argos« vor Augen hat – wo einer, in sich auf etwas verzichtend, des Freundes denkt, vor dem er sich freuen wird, es zu berichten, da ist Übereinstimmung, da ist ein mehr als sinnliches für-einander Da-sein.

* Die Pflicht des Geheimnisses gilt auch von solchen, die Briefe, Geständnisse, Tagebücher überliefern. Wie sehr entmutigen sie, indem sie nur das Gewöhnliche zu überliefern vermögen.
Die Literaturgeschichte sollte ein Arsenal voll Himmelsleitern sein, voll Steinen, die von wundervollen Brunnen gewälzt wurden.

* Kleine Aufsätze
Betrachtung und Genuß. Stumpfheit überwinden. Orte Tür durch erhabenes Andenken, durch phantastische Möglichkeiten in der Vergangenheit, durch Erlebnisse Nahestehender. Man kann also Kunstwerke, Berichte, Tatsachen genießen lernen. Durch Maler sehen lernen. Erhabenheit eines Heumandels, einer Straße, eines Gasometers. Man sieht, daß die größten Maler nicht ausgewählt haben, sondern niedergeworfen waren von der Schönheit jedes entgegenkommenden Dinges: ein Steinbruch mit Holzgeländer (Bellini).

Aufsatz: Die Realisierung eines toten Ideals. Marie Mecklenburg, der Wagnerkreis. Die überkommenen Worte: schattenhaft.
Wahres Denken (zum Unterschied von schattenhaftem oder künstlichem Denken). Fruchtbare Gedanken. Der Denker

(wie Renan und Maeterlinck), bei dem jeder Gedanke als Erlebnis gefühlt werden kann: hier brachte das Tal von Nazareth Trost, hier zeigte der Augenaufschlag einer Freundin ihm lachende Abgründe.
Man liest nur Gedanken und sieht doch eine Seele sich bewegen. Die stärkste Wirkung der Bücher geht vom Geist hinter den Worten aus.
Das nötige Verschweigen.

1903

16. I. – Aus dem ›Upanishad‹.
Der Mensch. Wie von altersher gesagt worden ist: Der Mensch ist in Wahrheit gebildet aus Verlangen. Wie sein Verlangen ist, so ist sein Wille, wie sein Wille ist, so handelt er, und welches Werk er immer tun mag, dem wird er gleich.

* Cortina. – Verteidigung der Elektra – verteufelt human – Die Unterschiede sind ungeheuer. Dort der riesige Raum. Hier die Nußschale. Stopft man in dieses ○ von Sog die Helme nur... Dort ein Chor, der sang wie das Brausen der Brandung. Die Gestalt vergrößert. Ein einzelnes Armerecken unendlich bedeutungsvoll. Der Schauer des Mythos mit dem Meerwind herwehend, mit den Wolken oben hängend. Wir müssen uns den Schauer des Mythos *neu* schaffen. Aus dem Blut wieder Schatten aufsteigen lassen. Gestalten der Goetheschen Iphigenie nur leicht getaucht in ihr Geschick. Erleben es nur gleichnishaft. Wie Goethe überhaupt das Tragische fernlag.

Ich habe die Gestalten nicht berührt. Nur den Mantel von Worten, den ihr bronzenes Dasein umhat, habe ich anders gefaltet, so daß die advokatorischen Stellen ins Dunkel gebracht sind und die poetischen ans Gemüt sprechend im Licht ausgebreitet.

Uns sind tragische Figuren wie Taucher, die wir in die Abgründe des Lebens hinablassen – magische Figuren sind sie wie der Schlüssel Salomonis, die uns die Kreise der Hölle aufschließen.

Verteidigung der Elektra.
Wenn Philologen, Altertumskenner etc. für die unbedingte Erhaltung des Alten sorgen, so muß auch eine Instanz da sein, die unbedingt für das Lebendige sorgt.

Die Wiederholungen, Weitschweifigkeiten, pragmatischen Stellen des alten Textes mochten genußreich sein für ein stofflich mitdenkendes Publikum, mochten gemildert sein durch rhythmische, musikalische Schönheiten. Ich verschließe mich der Herrlichkeit einer Stelle wie der nachfolgenden nicht (Elektra über den toten Orest klagend, mit dem Chor), für uns ist die Vertrautheit mit dem Mythos eine große avantage. Wir können mit den Figuren hantieren wie mit Engel und Teufel, mit Aschenbrödel und der bösen Stiefmutter. Alle Aufmerksamkeit können wir dem außerhalb des Pragmatischen liegenden geben, dem über dem Gebirge lagernden Dunstkreis des Lebens: jenem »Stirb und werde!« der Mystik des Leidens und Tuens, Maeterlincksche Welt...

Über alles dies aber richtet mein Gefühl und das der wenigen, die in diesen Dingen ein Urteil haben, nicht aber was in den Gazetten vorgebracht wird.

* Große Landschaft. Ein rückwärts ansteigender Berg *muß* einen Wasserfall zwischen Pinien hinausgießen: das ist so wie man einer Nebenfigur ihr Seelenleben irgendwo muß durchschimmern sehen.
Wie die Figuren des Dramas lauter Regungen *einer* Seele sind: Abgründe dieser Seele, efforts dieser Seele, Starrheiten dieser Seele, ihre Schatten Ungelöstes – des Dramas Ganzes ein unaussprechlich dumpfes Wollen zur Schönheit – so auch die Landschaft. Vordergründe sind es, von denen die Seele weg will und zu denen – wenn traumhaft weit weg aus Fernen sich zurücksehnend – sie zurückwill, verklärte Vordergründe dann: Hohlweg, Ruine, Leuchtturm mit Landzunge, Casino, Terrasse der Villa Medici. Ein Vordergrund allein, Dickicht mit Quellen. Eiche und Höhle: das ist nicht große Landschaft. Im Dickicht kann sie gebrütet werden wie Waldtauben dort brüten. Große Landschaft braucht den Himmel, Sonnenuntergang, dessen prometheische riesige Szene Gebirge, Bucht und Meer sind.
Wär ich reich, baute ich eine Villa (›Domain of Arnheim‹).

* Symbol und realistische Behandlung
Daß die Heldin, oder Braut des Helden etc. die *schönste* Frau, ist symbolisch. Lange wurde diese Schönheit als Attribut einer auch anderweitig charakterisierten Figur geführt. So hat allmählich die psychologisch ausgeführte Figur den *Helden* (Heros) der epischen Darstellung ersetzt.
Bedient man sich des Symbols (z. B. im »Orest« der Furien) so hat jede Kleinmalerei des Inneren aufzuhören: denn dieses Innere ist ja in die symbolischen Gestalten hinausprojiziert.

Ad Symbol. Wir sind im Gleichnishaften dort am tiefsten befangen, wo wir es am mindesten ahnen: wenn wir sagen: einer ist tiefer in einen Gedanken, eine Materie eingedrungen und meinen, er müsse darum dem Kern, einer verborgenen Tür zur Herrlichkeit oder dergleichen am nächsten sein.

Rodaun 7. VIII. – Arbeitsperiode (ferner: Der Park, Große Landschaft bei Hebbel)
Diese Zeit gleicht der vom vorigen Jahr. Immer, wenn ich zu arbeiten imstand bin, flößt mir auch das Buch, das ich gerade lese, ein sehr starkes Interesse ein. Es besteht aber gar kein – intelligibler – Zusammenhang zwischen der Lektüre und der Arbeit. So lese ich jetzt, während ich an der ›Elektra‹ arbeite, die Erzählungen von E. A. Poe. Ich lese sie morgens auf dem Weg ins Bad nach Perchtoldsdorf und auf dem Rückweg. (Voriges Jahr las ich während der Badezeit die Königsdramen von Shakespeare und die Essays von Bacon, woraus dann der ›Brief des Lord Chandos‹ entstand.)

* Hebbel.
Wenn er schrieb »Nackender der sein Gewand findet«, so sehen wir den ›Demetrius‹ hindurchglühen.
Die Realitäten und die daraus entsprungenen Gestalten sind uns gleichzeitig gegenwärtig: wir genießen die Werke als Erlebnisse: Moloch spüren wir so wie die Faser des bogenspannenden Armes den Pfeilschuß spürt und die Erlebnisse, jeder Druck, jede Beklemmung wird uns Bild, Gestalt. Hier vollzieht sich etwas Ungeheueres. (Wir Toten)

Wenn die Judith sagt: »Weißt du eine Frucht, die sich selbst essen kann«, so spüren wir die Qual, welche die einsamen Jahre, wo kein Empfangender da war, erfüllte.

* [›Brief an John Hackmann‹]
Selten sind die höchsten Augenblicke, in denen uns gegeben ist, die nackte Seelenhaftigkeit eines Körperlichen zu fühlen: einer Wange, eines bedruckten Buches, in dessen Seiten wir zum ersten Mal etwas Ergreifendes lesen: und gleich wieder sinken wir zurück in eine dumpfe Niedrigkeit: wo uns das Leibliche nur Stoff vom unendlichen Stoff ist und uns durch seine Stofflichkeit zermalmt, sich uns tödlich auf die Brust legt – mit der entsetzlichen Vertauschbarkeit, daß wir jedes andre Stück seinesgleichen dafür einsetzen konnten (so in der entsetzlichen Geschichte aus den ›Contes drolatiques‹, wo der Prinz den Edelmann im Nebengemach eines Gelages seiner (des Edelmanns) eigene Frau genießen läßt, ohne daß der weiß, daß sie es ist – nachher ohne daß er weiß ob sie wußte, daß es ihr Mann war, mit den unausdenkbaren Konsequenzen davon in der Seele des Mannes und der Frau).

* Große Männer
Ich las zufällig die Tagebücher von G[rillparzer] und nahm wenige Tage darauf die Briefe von H[ebbel] in die Hand. Zufällig las ich dann ein Geschwätz über G. wie er gewesen wäre, was ihm gefehlt hätte. Aber wir wissen ja gar nichts von diesen Menschen. Was eben diese Dokumente geben, ist gerade das ganz Unzugängliche: es ist wie die Bewegungen von Spinnen oder Tieren in einem Aquarium, das für uns unbegreifliche Wiederholen von Bewegungen, krampfhafte sich Hinwerfen nach einer bestimmten Richtung, dann wieder undurchsichtige Daliegen (während uns die ganze Welt offen scheint). Diese eherne Gebundenheit ist die Kehrseite des Schöpferischen. Diese Wesen sind ebensogut erschrekkend als erhebend. Bei H. die furchtbare Gewalt, die seine Mission über ihn hat. Bei G. das qualvolle Suchen nach einem bestimmten inneren Zustand. Solche Wesen sind recht die Signatur unserer Zeit. Es ist als schriebe so in Chiffren die Zeit

an andere Zeiten ihr letztes Wort. Das Persönliche ist das Furchtbare: welche Albernheit und welche Verwegenheit, sich immer wieder damit abzugeben: aber das Unpersönliche, Überpersönliche (das Weltgefühl H.'s, das Lebensgefühl G.'s) das ist es, da liegts.

Ein anderer kleiner Aufsatz: Das Ich-Erlebnis, öffentlich Sprechen, das sonderbare davon: es führt zu einer blitzschnellen Selbstanalyse in Bezug auf alle Probleme des Daseins; der Parteiangehörige, der Standesvertreter kann eigentlich allein öffentlich sprechen:, das Individuum nicht. Es verflüchtigt sich dann: denn es muß mit jedem separat Verträge schließen. Einleitend: Goethes minutenlanges Stocken bei einer Rede in Ilmenau. Mein völliges Verlieren meines Selbst bei einer Messe.

1903–1905

* Kesslers Entwicklung: er fühlt Schönheit, begegnet Künstlern, sieht in das Getriebe der rivalisierenden Bestrebungen: wird sich da und dort über einzelnes klar (den verwirrten Knoten Naturalismus – stilisierte Kunst löst er sich zu seiner eigenen Befriedigung auf) – und endlich schießt das alles zusammen.
Ausgang des Aufsatzes. Warum ist Kessler kein Künstler? Er wäre etwa kein großer und so ist er etwas mehr: er ist ein Künstler in lebendigem Material: verschafft Seelen einen Anblick, führt Erscheinungen einander zu. Er kennt wohl etwa jenes Intimste, worauf es für den einzelnen ankommt, warum der einzelne eine Frau wählt. Erwarte von Kessler: Anleitung, fremde Charaktere zu genießen.

* Der Leser (Winterphantasie). – I. Der Leser der Gedichte. II. Der Leser der vielen Bücher. III. Der Leser im Grünen.
Der Leser der vielen Bücher. Schlußstimmung: Es ist nahe daran, daß sich ihm etwas Unsagbares auftut, über dem Rand des Horizonts zwischen Schlafen und Wachen: er liest und liest, und die Schmerzen, die Verworrenheiten der Figuren berühren nur die Tasten seiner Seele...
Es gibt Momente, wo ihm ahnt, daß alles was ihn drückt, sein Fleisch, seine Bedrücktheit, seine Eltern, seine Epoche, seine Widersprüche, daß das alles sich ins Glorreiche wenden kann... er ahnt eine Verfassung, in der er nie mehr nach einem Buch greifen würde, so in seinem Gleichgewicht würde er sein, so alles in sich selber tragen, – da trübt sich wieder die innere Helle, der trockene Durst quillt auf, und wie der Krebskranke nach dem Taschenspiegel, wie der Greis nach den Spielkarten, wie der Wollüstige nach den Brüsten (wie Richard Wagner nach der Betätigung im äußeren Leben – siehe Briefwechsel Wesendonck) greift er wieder nach den Büchern...

Was ihn treibt, ist ungeheuere Neugierde: er liest nicht wie ein Lernender, er liest auch nicht wie ein Skeptiker, er taumelt von Buch zu Buch, wie Don Juan von Frau zu Frau: manchmal graut ihm vor der Inkommensurabilität seiner Reise, vor dem teuflischen wahnwitzigen Heißhunger, vor dem Folgelosen, Konsequenzlosen, Sterilen des Ganzen: er lehnt wie ein Trinker an einer lugubren Wand, vor der sich plötzlich ein Todesabgrund auftut, aber dann – wie vor dem Trinker die Flasche – zeigt sich das neue Buch, und er beugt sich darüber, vergißt sich.
Ein Buch: ein Wesen: individuum est ineffabile.

Der Leser. Ich gebe mich hin! wie er mich mitreißt, Tamburlaine, wie er auf den gekrümmten Bajazet steigt, sich in den Thron wirft von dem Nacken des Getretenen aus, wie er einen Akt Purpur trägt, dann Schwarz, wie er seine beiden Könige peitscht... Ich werde Peele, ich werde sie alle lesen, nein, ich werde morgen Frank Wedekind lesen. Wedekind – Edward, der im Kot steht und zertrampelt wird –: es ist eine gewisse Affinität.
I. Ich sehe den vor mir, der ein unübertrefflicher Leser für gewisse Bücher war, ein Virtuos des Lesens, wie A. ein Virtuos auf der Flöte ist und N. auf der Oboe d'amour.
II. Wenn ich nicht irre, kannte ich einmal den Leser aus Leidenschaft. Er wohnte schlecht, aber Stöße von Büchern lagen um ihn, und sie gehörten ihm. Er berechnete, was er hätte beim Antiquar für das ersparte ärztliche Honorar kaufen können.
Der Leser: Er hat unglaubliche Träume, ganz unrealisierbare, unaussprechliche: die Harmonie von alledem zu finden...
(Motto: of this infinitude of matter the sole purpose is to afford infinite springs at which the soul may allay the thirst to know.)

Der Leser.
Bücher im Grünen, solche zu Schiffe zu lesen. Solche inmitten der Intrigen, solche in den Stunden der Absonderung. Solche, die Dein Aug auf schwere dumpfe Existenzen lenken. Solche,

die den Triumph der Überlegenheit zeigen. Spiegel, die Dir das Weite immer nah und das Nahe immer weit zeigen: die Wirklichkeit greifst Du ja ohnedies. Ich möchte Dir nie ein völlig überflüssiges Buch in die Hand gegeben haben. Auch nie eines zu früh oder zu spät. Manchmal sollst Du Dich dem Schöpfer nahe fühlen – Kessler – manchmal dem Geschöpf – Balzac –.

Der Leser: das weiß ich, das Buch, das ich heute mitnehme, wird nie so gelebt haben als unter dieser Umarmung. Soll ich Ovid mitnehmen? nein, zu wenig Landschaft darin, oder ›Tausend und eine Nacht‹ oder ›Unter den Hügeln‹, aber diese Künstlichkeit, oder die griechische Anthologie?

Wie froh bin ich: hier zu sitzen: es ist nicht mein Haus, ist nicht zu nahe den Leuten, ist kein Weg den ich zu oft gemacht.
Wie froh bin ich, kein Dozent zu sein und kein Beamter: ganz anders müßten die in diese Landschaft treten…

1904

Venedig, 24. I. – Über Kritik.
Wir wollen nicht die Grenze ziehen zwischen Schaffenden und Nicht-Schaffenden. Wir wollen über die Kritik sprechen, die auch aus dem Mund der Schaffenden hervorgeht, und wollen der Kritik nichts vorwerfen als Mangel an Scharfsinn.
Falsch: jedes Kunstwerk als definitiv anzusehen, immer zu sagen: Er hat das aufgegeben, er wendet sich jenem zu, er sieht nur das; er meint also das und das; – falsch das Definitive; falsch: alle billigen Antithesen wie »Kunst« und »Leben«, Ästhet und Gegenteil von Ästhet. Richtig: die Kunstwerke als fortlaufende Emanation einer Persönlichkeit ansehen, als »heures«, Beleuchtungen, die eine Seele auf die Welt wirft (Wort von Courbet). Richtig: jeden Übergang und insbesondere alle unterirdischen Übergänge für möglich zu halten. Richtig: das Bestreben nach individuellem Stil zu begreifen als die einzige Möglichkeit, sich ewig zu fühlen. Richtig: die Produktion als eine dunkle Angelegenheit zwischen dem Einzelnen und dem verworrenen Dasein anzusehen. Richtig: alle Künstler als Bringer von Harmonie zu sehen und die ungeheuren Abstufungen der Begabung zu genießen wie das Spiel der sich brechenden Meereswellen, ohne jede einzelne mit Namen nennen zu wollen.

10. VI. – »The whole man must move together!« (Addison). Beispiel: in der Angelegenheit mit Kraus ist es mir klar geworden: ich kann zuweilen handeln so wie man im Traum selbst im Wandschrank verborgen sich zusieht, wie man im Zimmer drin in luftloser Gebundenheit handelt und leidet.

20. VI. – Shelley. – Im Val d'Arno ist der Wasserfall, in dem Shelley nackt badete, dann wieder herausstieg, Herodot lesen, und wieder ins Wasser sprang. – Kurz vor seinem Tod

häuften sich bei Shelley die Gesichte und Erscheinungen. Eines Abends kam eine Gestalt, in schwarzem Mantel, einen Schleier übers Gesicht, und winkte ihm mit unbeschreiblicher Gewalt, zu folgen. Dann enthüllte sie sich: es war seine eigene Gestalt. Das Gesicht nahm einen bösen Ausdruck an: Siete soddisfatto... sagten die Lippen der Erscheinung. Dann ging sie hinaus. – Ein anderes Mal sah er, eingeschlummert, das Meer vor sich: aus der dunklen drohenden Flut hob sich Byrons verstorbene kleine Tochter Allegretta, winkte ihm zu, klatschte in die kleinen Hände und tauchte wieder unter.

17. VII. – ›Elektra‹. – Der erste Einfall kam mir anfangs September 1901. Ich las damals, um für die ›Pompilia‹ gewisses zu lernen, den ›Richard III.‹ und die ›Elektra‹ von Sophokles. Sogleich verwandelte sich die Gestalt dieser Elektra in eine andere. Auch das Ende stand sogleich da: daß sie nicht mehr weiterleben kann, daß, wenn der Streich gefallen ist, ihr Leben und ihr Eingeweide ihr entstürzen muß, wie der Drohne, wenn sie die Königin befruchtet hat, mit dem befruchtenden Stachel zugleich Eingeweide und Leben entstürzen. Die Verwandtschaft und der Gegensatz zu Hamlet waren mir auffallend. Als Stil schwebte mir vor, etwas Gegensätzliches zur ›Iphigenie‹ zu machen, etwas worauf das Wort nicht passe: »dieses gräcisierende Produkt erschien mir beim erneuten Lesen verteufelt human« (Goethe an Schiller).
Ich dachte für die ›Elektra‹ an die Sandrock. Anfang Mai 1903 sah ich die Eysoldt im ›Nachtasyl‹ und dann bei einem Frühstück. Ich versprach gleich bei diesem Frühstück Reinhardt, ihm eine ›Elektra‹ für sein Theater und für die Eysoldt zu machen. – In Cortina (Juni) und Grundlsee (Anfang Juli) versuchte ich ernstlich anzufangen. Es kam aber fast nichts zustande. Erst in Rodaun, Ende Juli bis gegen 18. August, entstand das meiste. Es war aber ein Arbeiten mit unsicherer, fast immer matter Stimmung. Ende August fuhr ich nach Weimar, las dort Kessler einiges daraus vor. Im halben September wurde dann das Ganze notdürftig fertig, Teile des Schlusses und der Klytämnestra-Szene noch unterm Abschreiben hin-

eingeflickt. – Schnitzler und einige andere, so wie die meisten Leute vom Theater, waren unsicher darüber, ob die Eysoldt die Rolle spielen könne. – Den 30. Oktober war die erste Aufführung im Kleinen Theater. Den Erfolg bemerkte man erst am darauffolgenden Abend, als im Deutschen Theater bei der Erstaufführung von ›Rose Bernd‹ von Hauptmann vielfach gesagt wurde, der gestrige Abend hätte für die meisten Leute den heutigen totgeschlagen.

›Das gerettete Venedig‹. – Im Sommer 1901 las ich ›Venice preserved‹ von Otway, übrigens nicht zum erstenmal. Beim Spazierengehen im Wald kam mir der Gedanke, eine Novelle aus dem Stoff zu machen. Sie sollte enthalten: die Jugendgeschichte von Jaffier und Belvidera (wie er, halb als Pflegesohn, als der Sohn einer entfernt Verwandten im Haus des Priuli aufwuchs; wie sich zwischen den beiden eine unschuldige Jugendliebe entspann und sie anfingen, sich zu küssen. Wie Belvidera nach dem Tod ihrer Mutter das bereute und schwor, lieber sollte eine giftige Schlange sie berühren, als seine Lippen. Wie den Tag nach diesem Schwur, im Garten der Villa am Brenta-Kanal, eine Schlange unter der Steinbank hervorschießt und ihren Zahn in Belvideras herabhängende linke Hand drückt. Wie Jaffier dazukommt, sich über die Hand stürzt und die Wunde aussaugt, Belvidera darin den Wink des Himmels sieht, sie dürfe, ja sie müsse ihm ganz gehören). Ferner sollte die Novelle enthalten einen nächtlichen Brand in Venedig, gesehen aus dem Haus der Kurtisane Aquilina.

26. VII. – Im August 1902 (während ich an dem Brief des Lord Chandos schrieb) kam der Stoff mit großer Lebhaftigkeit wieder und ich schrieb ein ziemlich genaues Szenarium nieder. – Ende September 1902 ging ich nach Rom; ich wollte dort ›Das Leben ein Traum‹ machen. Statt dessen geriet ich, am 15. Tag meines Aufenthaltes, in diesen anderen Stoff, schrieb den I. Aufzug in etwa 12 Tagen auf der Terrasse des Hotel Hassler (Trinità dei Monti); mußte wegen Mamas Operation nach Wien zurück, von dort den 2. November

nach Venedig. Schrieb dort 2.–11. November den 2ten Aufzug, 13.–19. einen Teil des 3ten, fuhr wegen großer Kälte nach Rodaun zurück, begann die Arbeit wieder Ende November, vollendete ein paar Tage nach Weihnachten den 5ten Akt. – 6. Jänner 1903 las ich das Stück vor. – Sogleich ergab sich die Notwendigkeit einiger Veränderungen: insbes. 2. und 3. Aufzug. Frühjahr, Sommer, Herbst, Winter kam nicht viel davon zustande. (November 1903 hatte ich Brahm das Stück bruchstückweise vorgelesen, mit Erzählung des zu Verändernden.) Mai 1904 vor der Reise nach Holland machte ich die Veränderungen des I. Aufzuges, in der Fusch 15. VII.–30. VII. die viel einschneidenderen von II. und III. Die Reinschrift vollendet in Aussee am Ramgut den 8. VIII. 1904. – Zum erstenmal aufgeführt am Lessingtheater in Berlin, den 21. Jänner 1905, mit geringem Erfolg.

* Aufenthalt in Fusch. – Folgende Arbeiten und Pläne beschäftigten mich in diesen Tagen aufsteigend wie leuchtende Wolkeninseln hinter den Bergen her, aus dem Abgrund der Halbvergessenheit.
Das ›gerettete Venedig‹ wurde den 25. [VII.] beendigt.
›Orest in Delphi‹. Den Stil des Ganzen mehr gesehen. Wald und Höhle: erhabene Stämme, dichte Finsternis bildend, draußen, unten, die Welt.
Die Gruppe der Amphiktyonen, die Jungfrau zur Qual der Weissagung zwingend, Klage erhebend über den Frevler.
›Pentheus‹. Das ganze Szenarium dazu gefunden. In 2 Aufzügen. Die Handlung hat mit den ›Bacchen‹ des Euripides nun fast nichts mehr zu tuen. – ›Das Leben ein Traum‹. Die entscheidende Wendung gefunden, daß er im Kerker von den Aufrührern erschlagen wird, statt seiner jener Mörder Wenzeslas, als Sigismund in den Kampf zieht. – Zu den ›Abenteuern des Gomez Arias‹ einiges notiert. Ferner entworfen eine Anzahl ›Briefe des kaiserlichen Verwandten Gallienus‹.

Freitag 29. VII. nachmittags bis Samstag 30. VII. nachmittags schöne 24 Stunden im Hotel Europe, Salzburg, mit Bahr, dem ich alle Arbeiten und Stoffe erzähle.

Sonntag 31. bei strahlendem Wetter mit der Lokalbahn nach St. Lorenz; von dort zu Rad nach Mondsee, wo ich frühstükke. Von dort nach Fürberg. Hier vor dem Essen ein wundervolles Bad aus einer Schiffhütte. Riesige weichgeformte Wolkeninseln segeln ganz niedrig unter dem glühenden Himmel hin, verdunkeln für Augenblicke den See, kühlen die Luft, eine herrliche Stunde. Dann esse ich und fahre weiter in großer Glut über Lueg zur Fähre, St. Wolfgang, gehe einen Augenblick in die kühle schöne alte Kirche, dann nach Ischl, von da per Bahn nach Aussee.
Vom 2. August – 25. August das Sommerleben auf dem Ramgut. Es ist der wundervolle regenlose Sommer, wie vielleicht seit Jahrhunderten keiner da war. Im unteren Land ist furchtbare Dürre. Täglich sind in allen Ländern große Brände von Dörfern und Wäldern. Auch der berühmte Wald von Fontainebleau brennt zum größten Teil. Aus der Elbe und andern fast vertrockneten Flüssen steigen die »Hungersteine«. Einer trägt die Jahreszahl 1484 und die Inschrift: »Wenn ihr mich sehen werdet, werdet ihr weinen.«

Vom 25. IX.–31. X. Rodaun. – Die ersten Tage klingt das Vorlesen von Richards Stück nach. Etwa 5ten fange ich an, am IIten Akt ›Ödipus‹ zu arbeiten. Es bereichert sich indessen dieser Akt, auch der provisorisch abgeschlossene erste.

Bahr erzählt mir die Anekdote von dem Selbstmord des jungen Heinz Lang, geschehen auf Zureden Peter Altenbergs. Ich notiere diesen und den folgenden Tag viel zu einer Komödie: ›Die Seelen‹, diesen Stoff behandelnd.

Meine mich sehr fesselnde Lektüre ist der Roman ›Jagd nach Liebe‹ von Heinrich Mann. Daneben Kierkegaard ›Entweder Oder‹ mit Hinblick auf meine Gestalten der Antigone und des Kreon. Ferner: Diderot ›Briefe an Demoiselle Voland‹.

Rodaun, 30. IX. – Zwei Vorfälle aus dem Wiener »Seelen«kreise, der um den Dichter Peter Altenberg gruppiert ist.

Anfang 1904 ging es Altenberg psychisch und pekuniär sehr schlecht. Es wurde in einem Haus des Kreises eine Versammlung der Freunde einberufen, um zu beraten, wie ihm zu helfen wäre. Altenberg selbst, in einem Fauteuil, etwas abseits der anderen, aber im gleichen Zimmer, wohnt der Beratung bei. Er verdeckt das Gesicht mit der Hand. »Ich bin ein Bettler und ein Sterbender«, murmelt er vor sich hin, »was wollt ihr von mir? Laßt mich ruhig sterben.« Verschiedene erheben sich und bringen Anträge vor, wie für seine Gesundheit und sein Auskommen zu sorgen wäre. Er winkt ab, dann wieder, zitternd im Fieber, scheint er gar nichts zu achten. Da steht die hübscheste Frau des Kreises auf: die junge zarte Frau des Architekten Loos. »Ich liebe Altenberg mehr als ihr alle«, sagt sie, »ich liebe seine Seele und die Gebärden seiner Seele. Und ich weiß nichts Schöneres, als ihn so sterben zu sehen, in einem Winkel, mit einer dürftigen Decke zugedeckt. O rührt nicht an das Wunder dieses Sterbens. Pauvre Lélian! wer wollte ihn um die Schönheit seines Endes bringen?« – Da schnellt Altenberg wütend aus seinem Fauteuil auf: »Dumme Gans«, schreit er sie an, »verfluchte dumme Gans! ich will nicht sterben! ich will leben! ich will ein warmes Zimmer mit einem Gasofen, einen amerikanischen Schaukelstuhl, eine Rente, Orange Jam, Kraftsuppe, Filets mignon; ich will leben!« –

Die Frau des Architekten Loos ist die Tochter des Cafétiers in der casa piccola, eines schwindelhaft weiterkommenden Menschen. Sie ist bildhübsch, blond, zart; hat einen entzükkenden Augenaufschlag und eine unvergleichliche Art, hingebend zuzuhören. Sie kokettiert schamlos, aber mit jedem nur bis an eine gewisse Grenze. In diese verliebt sich unglücklicherweise der fünfzehnjährige Gymnasiast Heinz Lang, Sohn der Frau Marie Lang, ein ungewöhnlich begabter und leidenschaftlicher junger Mensch. Die Frau geht mit ihm so weit, daß er sich sagen muß, sie wünsche, ihm allein zu gehören. Er zwingt sie, ihrem Mann alles zu sagen und von diesem die Freiheit zu fordern. Ihr gefällt die »Szene« die sich daraus machen läßt, sie gesteht dem Mann alles ein, verlangt, er solle sie mit dem Burschen fortlassen. Der Mann schlägt ihrs ab, lacht sie aus. Sie ist sogleich umgestimmt, schreibt an den Burschen einen Abschiedsbrief, gibt ihm seine Freiheit zurück. Der Bursch, völlig zerstört, ratlos, läuft mit dem Brief in der Hand zu Peter Altenberg, den er aufs höchste verehrt: »Was soll ich tuen?« Altenberg erwidert ihm: »Was Sie tuen *sollten*? sich erschießen. Was Sie tuen werden? Weiterleben. Ruhig. Weil Sie ebenso feig sind wie ich, so feig wie die ganze Generation, innerlich ausgehöhlt, ein Lügner, wie ich. Deshalb werden Sie weiterleben und später einmal vielleicht der dritte oder vierte Liebhaber der Frau werden.« – Darauf geht der Bursch nach Hause und erschießt sich.

Von gewissen Existenzen unserer Zeit (für welche ein Beispiel der anmaßende Edelmann) kann man sagen, daß in ihnen nicht sie selbst, sondern ihre verstorbenen Vorfahren wirksam sind: aus ihnen kommen Reden und Gebärden Verstorbener heraus, wie die Reden und Gebärden der Rolle aus einem Schauspieler.

11. X. – Was war der Tod des Antinous? Gab er sich dem Geliebten zum Opfer, um einer aufs höchste getriebenen Schauspielerei durch den Tod Wahrheit zu erzwingen? Glaubte er, daß die Lüge, wenn sie bis zum Äußersten getrieben wird, eine Falltür auftut ins Jenseits – der Lüge?

»Und sinkt mein Kahn, sinkt er zu neuen Meeren.«

Paradoxon des Schauspielers. – Die Duse kann heute nur mehr sich selbst spielen, d. h. sie spielt in jeder Rolle die durch Liebe und Leiden wundervoll gewordene reife Frau, d. h. sie bringt nun jede Rolle ins Allgemeine.

23. X. – Aufeinanderfolgende Generationen. – Die zärtliche Liebe meines väterlichen Großvaters zu seinen kleinen Besitztümern: den Bildern, die er auf dem Mailänder Markt zusammengekauft hatte, chinesischen Vasen, alten Stoffen, Schnitzereien, dem ganzen Inhalt des Glaskastens. Er war der Erwerber dieses ganzen Gewebes von Gefühlen, Begierden, Zärtlichkeiten, Behaglichkeiten. Mein Vater erbte dieses

Ganze und trug es in sich noch verschönert durch die Erinnerung an seinen Vater. Er ging abends in der Wohnung auf und ab, hob die Lampe zu dem und jenem Bild, ließ die tiefen Farbentöne aufleuchten, den alten geschnitzten Rahmen flimmern; stand in der Tür und sah auf den Glaskasten hin, durch dessen gebogene Scheiben von Marienglas die kleinen Dinge aus Porzellan und Email, die Ketten und Dosen ihre Reflexe warfen. In mir ist dies alles auch, zum zweitenmal vererbt: ich kann zuweilen die Dinge mit dieser Zärtlichkeit ansehen: die Blattpflanzen im Stiegenhaus, ihr Grün und ihre Schatten auf der blaßgelben getünchten Wand und darüber die Töne der gedunkelten alten Familienporträts in ihren verjährten Rahmen; die kleine Meißner Teekanne auf dem Gesims des alten bemalten Ofens; die Stiche an den Wänden; die Reihen der Bücher nebeneinander in ihren verschiedenen Einbänden; ich kann mir manchmal wünschen, sie zu vermehren, ein Zimmer einzurichten mit Empiremöbeln, viel Porzellan und guten Stichen, oder die in der Familie verstreuten alten Bilder zurückzukaufen, und vieles dergleichen in meiner Hand zu vereinigen: aber...

* In Theaterstücken à la Sardou spielt der *Moment* eine zu große Rolle, die *Koinzidenz*. Dies verletzt, weil Dichtung (wie Musik) eine rhythmische Überwindung der Zeit ist, so wie Skulpturen und Malerei eine rhythmische Überwindung des Raumes.

Definition in einem französischen Buch, der beiden Hauptgattungen von Theaterstücken, die es gibt: die einen, worin das Leben durch Bewegung (Scribe, Sardou), die andern, worin die Bewegung durch das Leben (Ibsen, Kleist etc.) erzeugt wird.

1905

II. – Bahr erzählt aus einem Gespräch mit der Duse. Sie haßt Wagner aus dem Briefwechsel mit Mathilde Wesendonck. »Da nennt er sich Tristan und sie Isolde. Aber Tristan ist gestorben, *gestorben* und Wagner hat weitergelebt und aus dem Tristan eine Oper gemacht und die Oper aufführen lassen, und ist dagesessen und hat sich ins Notizbuch geschrieben: Tantième für Tristan 300 Thaler und wieder 300 Thaler«... Welcher gräßliche Drang in ihr, sich selbst zu verwunden, zu demütigen, zu beschmutzen, der sie das so sagen, so sehen macht.

9. II. – Edgar im Krankenhaus Ortmann. Er liest jetzt und denkt und träumt viel. Manchmal sind seine halbwachen Träume (er fiebert fast unaufhörlich) von einer fast schmerzenden Schönheit. Manchmal kommen gewisse Träume und gewisse Begebenheiten seines Lebens immer wieder, als wollten sie eine Botschaft anbringen und könnten sich ihrer nicht deutlich entledigen. So diese Erinnerung: Er ist als Kadett auf der »Saïda«, die im Hafen von Bombay liegt. Er hat Wache auf Deck. Er geht auf und nieder und atmet den Duft der Gärten, den der Landwind herüberträgt. Vorher waren indische Händler an Bord, mit demütigen Gebärden und Anreden voll wunderbarer Übertreibungen. Er ist nicht schläfrig, auch nicht schlaftrunken, sondern ganz wach. Er geht rasch auf und ab, mit rhythmischer Raschheit. Und er weiß: er ist ein Prinz, und seine Kadettenjacke, dieser Dienst, dieses Da-wachen-Müssen, alles dies ist nur ein Schein und wird sich gleich auflösen. Gleich wird der Deckoffizier, der dort steht mit seiner Schärpe, auf ihn zugehn und die entscheidenden Worte sagen: »Hoheit, die Zeit ist um...«

Donnerstag, 9ten März früh nehme ich in Triest den Dampfer, fahre bis Zara. Dort abends eine weiche südliche Luft.

Nächsten Tag mit dem Handelsschiff nach Sebenico, von dort per Bahn nach Spalato, Südwind, aber schneidend kalt. Nachts mit dem ungarischen Eildampfer nach Gravosa. Ragusa. Spaziergänge: der schönste auf einer Straße ins Omblatal hinein, bis wo der Omblafluß aus dem Berg stürzt. Den Berg hinan, auf Steinstiegen, zwischen Mauern. – Auf die Halbinsel Lapad, wo große Ölgärten sind, mit steinernen eingesetzten Wegen, weiter dann Föhrenwald mit kleinen Wiesen. Es ist noch alles kahl, nur Mandelbäume blühen da und dort.

10. IV. – Goethe. Daß Goethe etwas wie den Gang zu den Müttern – wenn er es einmal *hatte* – so hinsetzen konnte, leichten Herzens, anekdotisch – nur bloß um zu motivieren, wie Helena und Altertum für den Faust Gegenwart werden könne – schwer zu fassen ist das! Hebbels Gedanke, daß Goethe der Gräfin ein Letztes, Höchstes schuldig geblieben sei (aus Egoismus des Individuums) (in einem Epigramm).

* Königtum. Man kann Königtum, wie alles, zweifach anschauen: real und symbolisch. Die menschlichen Bezüge sind Ausgeburten der mythengebärenden Phantasie:
Königtum: im Werk Stefan Georges, im ›Garten der Erkenntnis‹.

13. IV. – Wachsende Schamhaftigkeit. Wie ich ganz jung war, konnte ich meinen Eltern ein erregtes Gedicht, ganz frisch entstanden, vorlesen, nicht nur vor mehreren Menschen (das ist leichter), sondern meiner Mutter allein, oder meinem Vater allein oder beiden zusammen. Jetzt vermöchte ichs nicht.

Leben. – Ich war im drüberen Garten, der ganz verwildert, und dachte: Vielleicht einmal werde ich diesen Garten pflegen, diese Bäume rein und gesund halten, schöne Beete graben lassen. Dann wird mein Vater und meine Mutter tot sein und – wenn auch meine Kinder dasein werden – wird mir sein, als täte ich dies ins Leere. Was man im Schatten seiner Eltern tut, ist wie ein Pfeil, den man in die Ewigkeit abschießt. Was man unter den Augen seiner Kinder tut, wie ein Pfeil zum Spielen, abgeschossen, und gleich fällt er wieder kraftlos nieder.

Sinnlichkeit. – Es gibt keine größere, alles durchdringendere Sinnlichkeit als die Kierkegaards. Wie in einem solchen Gleichnis:
Wie die kunstverständige Köchin bei einem Gerichte, in dem vorher eine Menge Zutaten miteinander gemischt sind, sagt: es muß noch ein ganz klein bißchen Zimt hinein... so bei der Leitung des Ganzen... (›Buch des Richters‹ S. 99)

Grundlsee, 17. August – 3. September lese hier im feuchten Wald, unterm Ahorn, auf schönen Wegen zum ersten Mal ›Buch der Bilder‹ von Rilke, ferner von Mirabeau ›Lettres écrites du donjon de Vincennes‹, ferner die Biographie des Choderlos de Laclos (wovon später vieles in die Gestalt des Kreon übergeht), ferner Emerson ›Essays‹, Kassner ›Indischer Idealismus‹ und anderes.
Tage wachsender innerer Fülle. Zum Schluß zwei oder drei finstere stürmende Regentage.

* R. Schröder: Die Dichter sind die einzig Religiösen unserer Epoche: sie halten sich an das, woran sie zu glauben vermögen. Ferner ist ihnen die überwältigende Masse ein Anlaß zu Erhebungen. –
Der innere Wohllaut, dem der Schmuck eine Befleckung wäre.

* Meine antiken Stücke haben es alle drei mit der Auflösung des Individualbegriffes zu tun. In der »Elektra« wird das Individuum in der empirischen Weise aufgelöst, indem eben der Inhalt seines Lebens es von innen her zersprengt, wie das sich zu Eis umbildende Wasser einen irdenen Krug. Elektra ist nicht mehr Elektra, weil sie eben ganz und gar Elektra zu sein sich weihte. Das Individuum kann nur scheinhaft dort bestehen bleiben, wo ein Kompromiß zwischen dem Gemeinen und dem Individuellen geschlossen wird.

23. IX. – Reichtum. – Einen Park haben mit vielfach verzweigten Teichen, Wasserstraßen ganz überwölbt von Bäumen, Inseln, so dicht bevölkert mit weißen und schwarzen Schwänen, rosigen Flamingos und Pelikanen wie die graugrünen Wässer wimmeln von alten dunklen und schimmernden Fischen (ähnlich der Park von Rothschild in Ferrières).

Die Bibliothek eines Dichters müßte zum Beispiel ein Buch über Geigenbau und eines über Geigenspiel enthalten, damit er die Gruppe von Ausdrücken, die das Bilden des Tones und die darin enthaltenen Reichtümer und Verschiedenheiten offenbaren, sich daraus aneignen könnte. Ebenso Bücher über Baukunst, Forstwirtschaft, über das Leben der Tiere. Ferner über das stumme Leben der Gesteine und Erze, alle die reichen Worte über das, wie sie einander durchwachsen, wie Kristalle anschießen, sich bilden und entbilden.

IX. – Weltzustand. – Während ich hier in Lueg am Rande des Waldes über dem leuchtenden See sitze und schreibe, ereignet sich in der Welt dieses: In Venezuela läßt der Diktator Castro in den überfüllten Gefängnissen erwürgen und zu Tode martern: die Leiche eines Verbrechers bleibt an den lebenden jungen Obersten X. so lange angekettet, bis der Oberst wahnsinnig wird. In Baku schießen seit acht Tagen die Armenier und Tartaren aufeinander, werfen Frauen und Kinder in die Flammen der Häuser, das Ganze erleuchten auf Meilen die roten Riesenflammen der brennenden Petroleumlager. In irgendeinem skandinavischen Gefängnis sitzt zugleich der ungeheuere zwanzigfache Mörder Nordlund und zermalmt die Riesenkräfte seines Willens an der stumpfen leeren Kerkermauer, die er anstiert. Und die Gefängnisse! die unschuldig Verurteilten! und die sogenannten Schuldigen! und die Armenviertel von London und New York...

30. X. – Temps paniques (›Légende des siècles‹) – eine versunkene große Zeit.

»L'absence des géants attriste les lions«.

Das ist ein großer französischer Vers. Dagegen halten:

»Nichtinsel du mit leichter Hügelkette
Europens letztem Bergast angeknüpft.«

1. XI. – Einer tötet eine Geliebte nach der anderen, immer weil sie zwischen ihm und der Liebe steht. (Semiramis?)
Agaue, die Mutter des Pentheus. Stets litt ihre Seele darunter, daß das Opfertier (das Pferd, das sie alle Jahre auf dem Grab ihres Mannes opferte) gezwungen stirbt: sie lechzt nach dem Opfer, dessen Darbringung zugleich eine Huldigung für das bezeichnete Opfer wäre, worin dieses den Tod hinnähme aus der Hand des Hierophanten wie einer einen Triumph.
Die erste Szene zwischen Pentheus, seiner Mutter und ihren Frauen spielt in der schwersten Stunde des Mittags.

4. XI. – Otto Ludwig war ein Kontrapunktiker ohne Musik. (Die Romantiker eher Musiker ohne Kontrapunkt.)

Das kluge Kind: »Kannst du einen Stern anrühren?« fragt man es. »Ja«, sagt es, neigt sich und berührt die Erde.

Der stärkste Begriff des endenden achtzehnten Jahrhunderts war der Begriff: Tugend.

* Alten Mannes Sehnsucht nach dem Sommer. Bäume, aus deren Wipfel das Mondlicht fällt ohne Wissen von dem Tod; Schatten und Helle wechseln ohne Ahnung: es ist halt nichts. Wo Wasser fließt und nicht flüstert: dies ist vergeblich. Wo nicht das Dunkel, das über einer Talseite liegt, der Todesschatten ist. Der Friedhof harmlos. Noch abends Lust ins Bad zu steigen, und mit dem tiefen Bach zu ringen.

* Hermann Bang. Dieser Däne Hermann Bang drückt einiges so aus wie kein zweiter es vermag. Das An-die-Wand-gedrückt-Werden – das Schwächersein. Und er sieht Dinge, auf die fast niemand achtet. Die Erzählung von Kellnern.
Um aber schnell zum Stärksten zu kommen: ›Der Mord der Tiere‹. Das ist *Mystik*. Er lebt. Der beste deutsche Roman zerfließt über einem Roman von ihm. Wir sind überaus reich.

›Der Mord der Tiere‹. Hier ist ein Fühlen des Jenseits. Und ein Jenseits des Fühlens. Auf uns alle drückt das Dasein, aber jeder lebt nur Einzelnes, als ein Schmerz und eine Schönheit.
›Der Mord der Tiere‹. Das Ungeheure ist, daß einem der Mensch ebenso leid tut wie die Tiere und das künstlerische Ungeheure, daß nichts daraus gemacht ist. Es ist, wenn man das gelesen hat, ganz albern zu denken, etwas bleibt oder etwas bleibt nicht. Warum sollen die Bücher nicht vergehen, da die wundervollen Regungen vergehen. Bleibt Balzac. Vergessen wir nicht die Stimme unsrer Mutter. Bleibt Balzac. Diese Stelle von den Löwen geht nach. Man sagt sich: ich muß etwas Trauriges erlebt haben. Oder geträumt. Nein sagt man sich: einen fürchterlichen Zusammenhang im Leben habe ich begriffen. Es hing mit Pferden zusammen. Nein mit andern Tieren. Und es sind 5 Zeilen.

* Diese Rundschau.
Es ist in diesen Blättern durchaus nur vom Erlebnis die Rede: vom niedrigsten bis zum höheren.
Der Geist hierin charakterisiert sich negativ. Die Epoche redet aus ihm.
Diese Blätter werden immer zweierlei Leser haben. Den literarischen und den naiven – welcher aber ein höchst bewußter sein wird – ein höchst sensibler. Auf eine geistige Elite sind diese Blätter orientiert. Sie reden für einen idealen Leser.
Dies scheinbar indiskrete an *alles* Tasten: dies ist die eigentliche Form: nur so wird das Netz so feinmaschig, daß auch das völlig Unscheinbare erfaßt werden kann.

* Diese Rundschau.
Wird nicht dies mehr und mehr zu unserer Aufgabe: den Dualismus völlig und überall zu überwinden (auf dem Wege wie Kleist und Mörike die nackte Seele im Bade überraschten). Ferner auch das Leben im Tod, den Tod im Leben zu finden (Rembrandt, Dostojewski, H. Stehr), ferner auch die Lust aller Schmerzen zu finden: dieses Abweiden der Qual (Elektra, Jaffier, die Stoffe von H. Bang) ist eine der unheimlichsten Konquistadorentaten unserer Zeit: (bei Bang: Ich

weiß nicht, ob das Qualen sind oder leise Entzückungen, es geht so ineinander über).

Diese Rundschau
»Geist auf Gleitendem zu ruhen«
Der Philister könnte erschrecken, weil alles wovon ich rede nur auf Augenblicke abzielt. Aber es ist unsere ganze Sache, den Geist des Sinnlichen und die Ewigkeit des Augenblicklichen zu fühlen. Philistertun und -treiben (Phantasielosigkeit) zielt immer auf Stabilität ab. Und doch ist alles Große von entsetzlicher Rapidität. Das Tun Napoleons wie ein Übergang von der Adler-Spannung auf seinem jungen Gesicht zu dem fast weiblichen Lächeln der Totenmaske. Die Blüte Athens von der Rapidität eines Fiebers. Goethe nur 24 Stunden wohl.
Alle »Werke« sind Abfälle: das Streben ist alles. Wie wenn man einen Rubens anschaut und von ihm aus, aus seiner Sinnlichkeit, direkt in die Welt des Ideals auffliegt (Fromentin S. 37).
Was wir *machen* ist gleich. Wir lügen nicht. Wir fühlen den Sturz des Daseins. Wir setzen nichts voraus. Wir spinnen aus uns selber den Faden, der uns über den Abgrund trägt, und zuweilen sind wir selig wie Wölkchen am Abendhimmel. Wir schaffen uns einer am anderen unsere Sprache, beleben einer den andern.
Wir tragen in uns einen Blick, ein Leiden, ein Gesicht, einen Ton. Jeder einzelne vermag das, was er gemacht hat wieder aufzulösen, es wieder unendlich zu machen. Wir sind die, deren Mund nicht stumm ist.

* Diese Rundschau.
Vergangene Seelen und vergangen-gegenwärtige bilden sich durch indirekte Medien (Medien zweiten Grades) heraus eine neue Existenz.
Wodurch legitimieren sich die hier Vereinigten als die »Hinaufgelangten«. Sich fühlen in dem Stande der Erwählten. Und: nichts von sich fern fühlen...
Gefahr des Literarischen: es kann eine Art Verkalkung bedeu-

ten – aber: Segen des Literarischen: es kann nie mit dem Schlagwort und der Phrase zusammen existieren. Es ist bestimmt durch den Begriff Stil, also inneren Wurf, innere Geste, Wahrheit.
Gegenstände: das Erlebnis – die Ehe.
Der Künstler empfindet immer seine Stärke woanders als in sich.
Begriff des Identischen: im Arbeiten leitet er allein. Was geschieht hier eigentlich? wird nur geredet? das wäre fürchterlich. – Das Unscheinbare, was jedem von seinem Stilgefühl diktiert wird, darin liegts.
Das Bedeutendste wird manchmal das Unausgedrückte sein – dieses wird als ein schlechthin Unendliches wirken: der Stachel des Unendlichen, wie manchmal ein schwerer Abend.

Die Wissenschaften. Hier spricht das dumpfe Gefühl, daß nichts über den Einzelnen hinausgeht – daher dürfen Märchen und exakte Forschungen nebeneinanderstehen.

* Diese Rundschau. – Schreiben ist auch *Sein*. So ist in ein Blatt Schreiben auch Zusammensein. Einer analysiert eine Krankheit, ein anderer erzählt Reisen. Es ist etwas Gemeinsames.
Schreiben = Sein. Was einer berührt, machts nicht aus: es ist immer der Schwung, die Haltung, wie ers berührt.

* Vorrede zu eigenen jugendlichen Werken.
Es hat jede Zeit ihre Naivetät: das ist es, was wir an ihr spüren: ihr Gesicht – die Bruchfläche, mit der sie dem kommenden Unbekannten zugekehrt ist.
So spüren wir die Naivetät der Romantiker: eine Hoffnungsfreudigkeit, trunkene Leichtfertigkeit, ein Leichtnehmen von 3/4 des Lebens als dem »Philister« zugehörig.
Die Naivetät der 40er 50er Jahre ist das Schalten mit nur wissenschaftlichen Begriffen, ein gewisser Dünkel –
Hier nun ist ein sich überjung Schminken, eine kindische Traurigkeit ein Ausgewähltsein.

14. V. – »Nachahmung«: Abhängigkeit der höheren Stufe. Bacon, wo er den Aristoteles nachahmt, sagt darüber (in der Widmung des betreffenden Buches an Lord Mountjoye): »And yet perchance some that will compare my lines with Aristotle's lines, will muse by what art, or rather by what relation, I could draw these conceits out of that place. But I, that should know best, do freely acknowledge, that I had my light from him; for where he gave me not matter to perfect, at the least he gave me occasion to invent.«

8. VI. – Für das Leben und für den Tod kann man sich die Lenden gürten. Aber das ist das Unfaßbare, daß sie beide zugleich da sind.

»Figuren«, die wir schaffen, sind wie Taucher, die wir in den Meeresabgrund hinablassen, sind magische Figuren, die uns die Kreise der Geisterwelt aufschließen.

4. VII. – »O Lieber, ist nicht das Geld zum Beleben da?« (aus einem Dialog von Novalis).

»Freunde, der Boden ist arm, wir müssen reichlichen Samen ausstreuen, daß uns doch nur mäßige Ernte gedeihe« (idem).

»Man kann die Kunst auf doppelte Weise hassen. Erstens indem man sie haßt, zweitens indem man sie in den Grenzen der Vernunft liebt« (Oscar Wilde).

5. VII. – »Warum liest du hier, statt nur zu schauen, zu schlummern und vor dich hin zu träumen?« – »Dieses Buch treibt die aus dieser Landschaft quellenden Erregungen in die Höhe wie einen Springquell und fängt sie wieder auf.«

* ›Benvenuto Cellini‹. Es ist schön, dieses Buch hier zu lesen. Es stellt dar die Einsamkeit des Arbeitenden. Ihm kann nichts geschehen, auch im Gefängnis nicht. Aus ihm heraus quellen Visionen, die aus der Materie seiner Kunst sind. Er trägt sich (das Futteral für Goldschmiedsvisionen) durch dick und dünn, klettert über Berge, fährt auf Fähren durch Seen, alles rinnt ab.
Hier in dieser Landschaft, die aussieht, als hat ein allmächtiger Goldschmied sie geschaffen: die getriebenen Berge, das Meer wie ein Schild, die Bäume aus Bronze. Dieses Buch treibt die aus dieser Landschaft quellenden Erregungen in die Höhe wie einen zerschäumenden Springquell und fängt sie in porphyrener Schale wieder auf.

25. VII. – L'âme de l'humanité crée la légende – das gilt von der Gegenwart wie von abgelebten Zeiten.

* Je weniger gesellig ein Volk noch ist, desto mehr wird es sich zu der Sprache anders verhalten, als sich die geselligen Völker zu ihr verhalten: die von ihr einen gleichsam selbstverständlichen Gebrauch machen; es wird auf früher Stufe ein magisches, auf später ein kritisches Verhältnis zur Sprache haben. – Inwiefern die Chinesen zugleich ein geselliges und ein religiöses Volk sind, und ihr Verhältnis zu ihrer Sprache.

Ende Juli, Lueg. – Lese in den Stürmern und Drängern. Einzelne ihrer Worte sind von großer Kraft: Schubart über sich selbst: Marder und Geier, »Feldteufel und Kobold liefen in mir wie unter Babels Ruinen durcheinander.«

Lueg, 20. VIII. – Gegenüber der eigentümlichen Trennung, Feindseligkeit von Dichten und Leben, die Ibsen vielmals ausspricht, jene uns näherstehende Auffassung zu setzen, wie in einem Brief Immermann sie ausspricht:
Ist Dichten etwas anderes als Leben in höchster Potenz (und weiß man beim Leben, wo es hinaus will)?

21. VIII. – Stoff zu einer Novelle (ausgehend von dem Schicksal der Fanny Geißmaier, später verehelichten Iwan). – Ein armes Mädchen ergibt sich einem Mann, dessen ganzes Leben sie auszufüllen glaubt. Unerfahren und leichtgläubig, genügen ihr die spärlichen Auskünfte über den Gebrauch, den er vom größten Teil des Tages, getrennt von ihr, macht. Eines Abends wird sie gebeten, eine Freundin vom Theater abzuholen, sieht den Geliebten die Stiege herunterkommen, eine Frau am Arm. Er ist verheiratet, war es schon die ganze Zeit, schon als er sie kennenlernte, sie verführte.
Variante: Ein Mann verheimlicht vor einer an Stand und Erziehung, nicht aber an Seele, unter ihm stehenden Geliebten sein Schicksal, das aber nur ein eingebildetes Schicksal ist, unter dessen Last er dahinkeucht, dessen überspannte Beziehungen ihm jeden Augenblick zusammenzubrechen drohen. Den Menschen, mit denen er in diesen künstlichen Beziehungen steht, verheimlicht er durchaus jene andere wahre Beziehung, er gerät mit einem geistig merkwürdigen, unglücklich angelegten Mädchen in eine Art Brautschaft, an deren Bestand aber diese selbst wieder im Innersten zu glauben nicht die Kraft hat. Diese Verhältnisse, welche nur in der Luft, nicht in der Erde wurzeln, machen ihn immer unglücklicher. Vorsätzlich und nicht unschuldig hat er sich selbst zur Gesellschaft des Sisyphus und der Danaiden verurteilt. Indessen hat seine Geliebte jenes andere Verhältnis entdeckt, ist darüber fast zugrunde gegangen, – hat sich wie ein verwundetes Tier seinen Nachstellungen entzogen. Er findet sie wieder in einem neuen Verhältnis. Nun wird ihm offenbart, was er verloren hat. Er muß sie, nicht ohne Verschulden und Kampf, zurückgewinnen.
Fortsetzung des Schicksals der Fanny Geißmaier.
Sie lebt, nach überstandener Verzeiflung, ganz für das Kind. Indessen ist sie Köchin, dann Kindermädchen bei Lili, in deren schlimme Eheverhältnisse verstrickt. Zurückgekehrt, indes das Kind unter guter Aufsicht war, lernt sie das Gewerbe einer Hebamme, unterzieht sich den Prüfungen. Indessen hat sich ihr, fast noch mehr dem Kinde als ihr, ein Mann genähert, der, obwohl von gutem Aussehen, ihr unter ihrem

Stand erscheint, besonders wenn sie ihn mit dem ersten vergleicht. Obwohl in städtischem Dienst zeitweilig, aber in diesem unzufrieden und fremd, ist er ein Bauer. Dieses Verhältnis führt zur Ehe. Für ihn ist sie die Wienerin, die Welterfahrene, ja selbst die Energischere. Er führt sie in seine Heimat; sie findet die Mutter, die Schwägerinnen, hübsche Cousinen, im Dorf eine ausgebreitete Liebes- und Gasterei-Wirtschaft. Eine Cousine, die im Haus wohnt, hat die Gewohnheit, den Bauer mittags und abends zu küssen. Wenn gebraten oder gebacken worden ist, so muß das halbe Dorf daran beteiligt werden. Unter den fremden Bräuchen, der fremden Sprache fühlt sie sich halb verloren. Die Tochter, nun schon vierzehnjährig, kommt in eine vornehme Klosterschule. Iwan ist der größte Bauer des Dorfes: zu ihm kommen, wenn die Zeit zum Schnitt ist, über hundert junge Mädel und Bursche, das Korn schneiden, wofür er den Zigeuner mit einem Stück Land ablohnt, indes der Zigeuner von der Dorfjugend mit diesem Arbeitstag für das sonntägliche Aufspielen zum Tanz entschädigt wird.
Hier muß sie erleben, daß das Kind ihr im Kloster erkrankt und nach wenig Tagen stirbt. Der Mann macht dem Kind eine Leichenfeier »wie einer Gräfin«.

* Rodauner Anfänge. – Gespräch über die Sprache der Wissenschaft. Die Lexica [?] haben als habituellen Zustand: a whistfulness of mind, the feeling that there is »so much to know« rather as a longing after what is unattainable than a hope to apprehend.
Ibidem: Stelle bei Goethe, wo er sich des bereicherten Wortschatzes freut; desgleichen, wo er Farbenlehre als Berührung der Sprache ansieht.

Leben, diesem begrifflich beikommen.

* Leben? Was ist nun Leben? Leben ist die Bindung aller Elemente durch alle Elemente. Ich denke immer kühnere Gedanken: sogleich fühlen sich laue Freunde von mir losgelöst, gleichgiltige Gesichter vollziehen sich zur Grimasse, ich

selbst setze den Fuß leichter auf die Erde, denke gleichgiltiger von meinem Lebensunterhalt, kühner von meinem Tode.
Die Grenzen: Wo setzt das *Leben* ein? Herr Schröder ohne sein Ohr. Das Ohr ohne Herrn Schröder. Der Kranke der sich langsam zersetzt. Aus dem Töne seines früheren Ich hervordringen wie Schrei des verirrten Wanderers. Was liebt man an einem anderen? *Züge:* Kontur an Füßchen. Wie, wenn ein zweiter diesen Kontur auch hätte und die paar übrigen Züge, die ausreichen, um für jenen Liebenden das Entscheidende auszumachen. So wäre jener zweite also der eine. So lebt die Frau mit dem Doppelgänger, der geistig intakt ist, indeß der Wirkliche dahinsiecht, sich verwandelt. (Ein Fleck, gereizt, wird Auge. Ein Nerv, gezuckt, setzt das ganze System in Bewegung.)

10. IX. – Überschrift für ein Buch ›literarische Unterhaltungen und Aufsätze‹.
»Ein Köhlerjunge wird immer besser von seinem Handwerk sprechen als eine Akademie und alle Duhamels der Welt.«
(›Rameaus Neffe‹)
Desgleichen: »The mathematics afford no more absolute demonstrations than the sentiment of his art yields the artist.«
(E. Poe)

In den Schriften Stifters alle Fremdworte vermieden.

Rodin sagt über die birmanischen Tänzerinnen: »Ihre Bewegungen sind richtig. Ich kann das nicht weiter erklären. Eine falsche Bewegung ist dasselbe was ein falscher Ton in der Musik ist. Und fast alle Bewegungen, die man sieht, sind falsch.«
(Desgleichen die ungeheuere Seltenheit wirklich richtig gezeichneter Gemüts- und Seelenbewegung in Romanen. Fast alles forciert. Hier die unvergleichliche Richtigkeit und Strenge Goethescher Zeichnung, nur durch große Aufmerksamkeit zu erfassen. Ein aufmerksames Lesen seltenste Kunst.)

11. IX. – Leichtgläubigkeit der Leute in unseren niedern Ständen. – Ein Hochstapler erwirbt von einer Geheimratswitwe für ein Darlehen die Mitteilung über geheimnisvolle, niemandem bekannte, höchsten Ertrag verheißende metallische Lager in Montenegro. Er bewegt sich auf Grund dieser Kenntnis als »Bergwerksbesitzer«, gründet in vielen Städten Filialen, deren Leiter Kaution stellen müssen. So zieht er einen jungen Mann in Stuttgart an sich, der darüber in eine schwierige Lage gegenüber seinem Vater gerät. Um diesen lästigen Kompagnon loszuwerden, rät der Schwindler Klemm dem jungen Menschen, sich eines scheinbar verzweifelten, aber sicheren Mittels dem Vater gegenüber zu bedienen. Es gäbe an der linken Brustseite eine Stelle, wo man sich eine Wunde mit scheinbar höchster Gefahr aber in Wirklichkeit ungefährlich beibringen könne – das werde seinen Eindruck auf den Vater nicht verfehlen. Der junge Mann – tuts und bricht zwar nicht tot aber lebensgefährlich verletzt zusammen. Indessen hat sich Klemm nach einer anderen Stadt verzogen, wo er zahlreichen Mädchen und Witwen gefährlich wird.

Der Bauer pflügt mit zwei Kühen ein steiniges steiles unergiebiges Feld. Damit die Kühe einen geraden Strich gehn, läuft links und rechts je eine erbärmliche Weibsgestalt mit einem Stecken: auf der einen Seite die alte Mutter des Bauern, mit wilden Strähnen weißen Haares, dürren braunen Armen; auf der anderen Seite, halbnackt, mit nackten Oberschenkeln, behängt mit Lumpen, immerfort schwätzend und lachend, rastlos vom Schweif der Kuh zum Kopf und wieder zurück springend, eine schwachsinnige Halbschwester. Der Bauer flucht, sooft ihm der Pflug einen Stein aufreißt, und wirft Steine nach den zwei Weibern. Diese drei Geschöpfe bewohnen allein den Hof.

Der Mensch wandelt immer zwischen zwei Unendlichkeiten: dessen was sein könnte und dessen was ist, was er besitzt und zugleich nicht besitzt – denn muß nicht selbst eine genossene Stunde, ein einst geliebtes Gesicht, eine betretene Landschaft in ihm wieder hervorgerufen werden durch fremde innere oder äußere Gewalt, damit er sich ihrer erfreue.

Meinen Phantasiebildern wohnt, selbst höchst traumhaften, etwas Aneignendes an, ein Vor- oder Nachgefühl von Besitz, selbst wo es sich um Landschaft handelt.

Die Halbträume einer unruhigen stürmischen Nacht, worin der Herbst von irgendwo hereinzubrechen schien, gingen wunderbar ineinander über. Zuerst setzte sich das Gefühl: es wird Herbst, in die großartigste Situation um. Es war, in altaïscher Hochebene, felsumrandeten riesigen Triften, der ungeheuerste patriarchalische Herdenbesitz im Aufbruch nach unten begriffen. Ich bin nahe, wo farbige Knechte das Hauptgezelt des Patriarchen abbrechen: die Zeltgurten aus Leder sind das kunstreichste schönste Geflecht, das mir je vor Augen gekommen. Dann ist ein Hinabsteigen vorbei, doch bin ich allein herabgestiegen und befinde mich unterhalb des gewaltigen Gebirges in der wunderbarsten Umgebung. Es ist der Markusplatz, doch in einen hohen sonnigen Buchenwald umgewandelt; die Gebäude sind zertrümmert, aber ihr Ruin ist strahlend und fröhlich; zwischen den Buchen stehen Brunnen, Trümmer von Säulen; die Trümmer der Markuskirche sind hinter mir, werfen aber goldene und blaue Lichter durch das Ganze, und das Ganze *gehört* mir.
(Dieses Halbtraumes halbwillkürliche Fortsetzung: Ich bin in Venedig in einem Hotel und mir zugleich der Nachbarschaft dieses Buchenwaldes, dieser fröhlichen Trümmerstätte bewußt. Da rauscht es wie Wipfel und Wellen zugleich und endlich bringen tausende murmelnde Wellen in der Morgensonne aus sich das unzerstörte steinerne schimmernde Venedig hervor und ich weiß: sie haben es wieder zusammengefügt.)

11. IX., Lueg. – Das Folgende ging mir heute früh durch den Kopf und ist vielleicht dem Prolog zum ›Abenteurer‹ einzufügen:
Es ist doch unberechenbar viel, einer südlicheren sinnlicheren Welt anzugehören als die eigentlichen Deutschen. Einen Kuß, der einen weiblichen Leib von obenher wie eine Rute biegt, ja fast umwirft, nicht als etwas tief Fremdes, fast Unheimliches zu empfinden.

Traum des Knaben. (›Dämmerung und nächtliches Gewitter‹(?)). – Er badet in niedrigem, leise fließendem Wasser, taucht, vermählt sich dem Boden, wird selbst zu verschiedenen Erden, die sich sondern in schwere dunkle moorige und funkelnde goldige, aus diesen hebt sich eine ganz goldene kleine Gestalt, es ist sein Vater, steigt aber gleich wieder in die Erde hinab. (Er ist ein uneheliches Kind und kennt seinen Vater nicht.)

* Knaben am Fenster
Ich liebe nicht die Dichter. Sie sind mir nicht liebenswert. Ich liebe durch sie mich selber. Rasend sehne ich mich nach der Vergangenheit. Nur die Vergangenheit ist was wert. Wenn ein Mädchen mir sich geben würde, so wäre es ein verlockender Zwiespalt, ob man durch Demut oder durch Zufügen von Qualen sie stärker genießt.

Bei Fluß denkt der andere an das Segelboot.

Es kommt mir fast unanständig vor, wenn ich ihre Gesichter spüre. Mörike, Hebbel. Sie stehen mit mir zugleich vor der nackten Natur.

Rodaun, 24. IX. – Lionardo: Wenn ich glauben werde, daß ich zu leben gelernt habe, werde ich zu sterben gelernt haben.

Ich arbeite an dem Vortrag ›Der Dichter und diese Zeit‹. In den Briefen zur ästhetischen ›Erziehung des Menschengeschlechtes‹ finde ich die Überschrift dazu: »Ich möchte nicht gern in einem andern Jahrhundert leben und für ein anderes gearbeitet haben. Man ist ebensogut Zeitbürger, als man Staatsbürger ist.«

30. IX. – Den Empedokles oder eine andere sizilianische Figur aus jener Zeit furchtbarsten *Wechsels* (jäheste Schicksalsstürze der Tyrannen, der Städte, der Staaten) müßte ich zum Gegenstand eines Dramas machen, wenn mir je der immer gegenwärtige Gedanke der Vergänglichkeit mit besonders entsetzlicher Gewalt ins Leben träte.

1. X. – Schema der ›Rodauner Anfänge‹:
das erste Gespräch: Lionardo oder über die Kunstsprache und Sprache der Wissenschaft –
das zweite: Das ›Jahr der Seele‹ oder Kunst und Leben (Abgrenzung unserer Epoche gegen die Romantiker) –
das dritte: Ottilie oder die Realisierung des Höchsten.
(mit Rudolf Schröder, im Sommer 1906)

Das Gehen von Kindern. Die Art, wie sie ein Zimmer betreten. Es liegt die Erwartung unbegrenzter Möglichkeiten darin.

Die Wege der Menschen. – Ein Gefangener, Festgehaltener, der in schlaflosen Nächten überdächte, wie alle Menschen unaufhörlich in Bewegung sind, auf eine Stadt zu, in der Stadt auf ein Haus, auf ein Gesicht zu, wieder hinweg, einen neuen Weg und so fort ohne Ende. Die Wege der Menschen müßten im Kopf dieses Schlaflosen seltsame Figuren bilden, aus verschlungenen verkreuzten in sich zurückkehrenden Linien.

»The whole man must move at once« – schön und wahr. Gäbe es nicht für bedeutende produktive Menschen noch eine geheimnisvollere gleichwahre Möglichkeit: Getrennt marschieren und vereinigt schlagen?

Hauptfehler der massenhaft getriebenen mittelmäßigen Kritik unserer Epoche, daß ihr das eigentliche Kritische fehlt, nämlich die Fähigkeit, die Elemente, aus denen die Kunstwerke zusammengesetzt sind, sondernd zu erkennen. Das Bedürfnis der Zeit greift nach vielem und amalgamiert sich aus jedem nur besondere Stoffe. Der Kritiker, der hier sich äußert, ohne zu zerlegen, geht immer fehl.

Leben. Die wahre Lebenskunst lernt man erst in reiferem Alter noch nicht einmal ausüben, sondern nur ahnen. Das Heben der Lebensinhalte aus der dumpfen Materie in die Sphäre der höheren reineren Bewußtheit. Dies kann sich auf jeden unscheinbarsten Moment des Lebens beziehen. Man kann je-

den von ihnen gleichsam in seinem anderen Zustand, seinem eigentlichen Weltzusammenhange wie einen Rubin aufglühen sehen. Wie Ottilie in den ›Wahlverwandtschaften‹ ihren Eduard vor sich sieht: in einem mäßig erhellten Raume bildhaft und doch lebendig sich bewegen, so müßte man sich selbst und seine Umgebenden erblicken können und die Gegenwart zu diesem abgeschiedenen mäßig erhellten, ohne Schmuck unsäglich schönen Raum erheben. Wie dies mit dem sittlichen Handeln verknüpft ist – diesen Weg zu finden, ihn immer wieder zu wandeln, darin liegt die eigentliche Kunst des Lebens. Auch die entferntesten Schicksale, die fremdesten Lebensäußerungen müßte man in diesem Medium erblicken können, wodurch sie sich auf ein zusammengefaßtes und völlig beruhigtes Ich bezögen. Denn nur die in der Liebe gesammelte Seele bringt einen solchen verklärten Raum hervor.
(Ruskin lesen, es muß dort viel über den Übergang vom Ästhetischen zum Sittlichen zu finden sein.)

8. X. – (Den ›Phantasus‹ zu lesen angefangen: der ›Blonde Eckbert‹.) Das Grausige tritt mit Tieck zum ersten Mal als bewußtes Kunstelement auf. Nachzudenken über das chemische Verhältnis, in welchem die vollkommene Sinnlichkeit zum Grausigen steht. Mir ahnt, daß sie es auflöst. Dies klarmachen. Nachlesen Tieck, E. Th. A. Hoffmann, das Buch der Huch über Ausbreitung und Verfall der Romantik.
Der Lebenspunkt der Geschichte vom blonden Eckbert ist sein Ausruf: In welcher entsetzlichen Einsamkeit habe ich mein Leben verbracht.

10. X. – Sonderbarer endlos wiederholter Vorwurf meinen ersten Produkten gegenüber, daß sie aus einer egoistischen, ästhetischen Einsamkeit, einer unmenschlichen, der Sympathie baren Natur hervorgehen. In ›Gestern‹ und ›Tor und Tod‹ handelt es sich eben gerade um das Finden eines höheren Verhältnisses zu den Menschen. Man muß diese Gedichte so oberflächlich als möglich auffassen, um das nicht herauszufühlen. Es wäre auch sonderbar, wenn es mir an Verhältnis zu

den Menschen fehlen sollte. Das Gefährliche und Verwirrende meiner Jugend war, daß zu viele solcher Verhältnisse da waren, zu subtile, und ihre Objekte zum Teil Menschen, die irrationale Brüche waren. Meine Phantasie und mein Gemüt waren in Gefahr, sich an den fremden Existenzen, mit denen sie sich beladen hatten, zu überheben, wie Fohlen, wenn sie zu früh vor den Pflug gespannt werden.
Auch wüßte ich nicht, woher mir das menschenfeindliche Element gekommen sein sollte. Meine beiden Großväter, der Notar und der Seidenfabrikant, waren, jeder nach seiner Art, rechtliche, gesellige, in allen menschlichen Verhältnissen heimische Männer. Meine Großmütter waren zwei merkwürdige Frauen: die italienische die Urbanität selber, und die deutsche eine Frau, in deren Kopf die Privatverhältnisse von Tausenden von Menschen Platz hatten, die sich mindestens mit der Phantasie in zahllose Existenzen mischte. Meine Mutter konnte an Leuten, die sie nur dem Namen nach und aus Erzählungen kannte, einen unglaublichen Anteil nehmen: fremde Schicksale konnten bei ihrer geheimnisvoll erregbaren Natur die schönste Lebhaftigkeit in ihr entfesseln und die schwersten Verdüsterungen verursachen. Wie mein Vater aus seinem Amt die Verhältnisse von zahllosen Menschen, Gutsherren, Finanzleuten, Agenten, Geldjuden, Beamten, Politikern in sich herumträgt und soviel Widersprechendes ebenso scharf auffaßt als mit Humor sich gefallen läßt, ist unvergleichlich, und dazu ist noch seine liebste Lektüre das Lesen von Memoiren, Selbstbiographien, historischen Charakteristiken, von denen er jährlich seine zweihundert Bände hinter sich bringt, so daß er die Porträts von soviel Menschen vielleicht in sich trägt wie Browning oder Dickens, – wo soll da der Einsame, Weltscheue herkommen?

Ich will auf diesen Blättern aufschreiben die Menschen und ihre Schicksale, die Vollkommenheiten, die Erfüllungen, die Ausgleichungen. Menschen, die vom hohen Dichter als vollkommene lebendige Wesen geschaffen sind, sollen mir gleich sein mit den Menschen, die mir begegnet sind oder von denen ich durch andere Menschen oder aus der Zeitung oder aus Büchern erfahre.

Eduard (der Baron aus den ›Wahlverwandtschaften‹) erfüllt sich, da er der Geliebten, vom Schicksal ihm Verflochtenen, nachsterben will: zunächst scheint es ihm nicht gegeben zu sein, und er sagt sich, daß auch zu einem solchen Tode, wie Ottiliens, Genialität gehöre – aber es ist ihm doch gegeben und er stirbt und wird mit seiner Vorausgegangenen vereinigt.
Zelter, der Musiker und Freund Goethes, hatte die Vollkommenheit der Empfindung. Wenn er eine Sonate von Haydn spielte, schienen ihm die Finger länger und empfindungsstärker zu werden, sein Auge wurde größer, sein Mund ging anders auf und zu. Von ihm wird noch vieles aufzuschreiben sein, auch die Anekdote von Haydn, die er Goethe erzählt und wobei diesem die Tränen über die Wangen laufen, sobald ich sie finde.

Hier ist sie, sie steht beim Kanzler Müller 25. XI. 1823: »Einst befragt, warum seine Messen so fröhlich und fast lustig? antwortete Haydn: weil, wenn ich den lieben Gott denke, ich immer so unbeschreiblich froh werde. – Als ich dies Goethen erzählte, liefen ihm die hellen Tränen die Wangen hinab.«
Tiecks Vollkommenheit war sein Lesen eigener und fremder Werke. Er las in Weimar den ›Clavigo‹ so, daß niemand wagte aufzustehen und die Kerzen zu putzen.
Ich finde dies Wort in den ›Geheimnissen‹ von Goethe:

»Von der Gewalt, die alle Wesen bindet,
Befreit der Mensch sich, der sich überwindet.«

[In späterer Schrift:] Auf diesem Gedanken ist eigentlich die ›Frau ohne Schatten‹ aufgebaut.
Aber dies ist wiederum nur Auserwählten gegeben, den Punkt zu betreten, wo die Prüfung über sie kommt. Es sind Stufen und Grade der Einweihung auch hierin. Aber der einfache Mensch, der eines ganzen Herzens ist, kann im innersten Kreise der Geweihten stehen und ahnt es nicht.

1906. – Blumen. Im Mai hatten wir im Garten viel Tulpen. Wir stellten zusammen in eine große Vase weißen gefüllten Flieder, dazwischen Vergißmeinnicht, blaßrosa Tulpen und weiße Narzissen. – Im Juni nach der Taufe hatten wir schöne Vasen mit spanischer Iris, bräunlich und tiefblau, mit Akelei und gestreiftem Binsengras. – Im Oktober die letzten starken Farben: große Dahlien, eine samtig rotbraun, fast schwarz, eine tiefviolett, dazu hellere braunrot. Aus diesen steigen hervor Gladiolen rot ins Bläuliche, eine fast blau, eine stark geschwungene, sich über den Rand lehnend, rosa, fast weiß. Zwischen ihnen sind zarte rispige Montbretien, feuerfarb. Links hängt aus dem Gefäß (das selbst die Farben herbstlicher Blätter hat und braune Schnecken als Henkel) ein tiefgrüner Efeuzweig, rechts eine gelbrote Ranke von wildem Wein, im Herzen des Buketts ist das einzige Weiß, eine üppige Traube von Tuberosen. – Wie weit ist dieses üppige, gegens Elfenbein gehende Weiß von dem unberührten Weiß jener Narzissen und des Flieders im Mai. Und damals wäre es keinem eingefallen, ein Grün als Farbe zu den Blumen zu fügen. Nur überwunden, blaß streifig war es im Innern mancher weißen Tulpenblüten; jetzt ist das dunkle leidenschaftliche Grün dieses Efeuzweiges fast die ergreifendste Farbe unter allen.

Große Callablüten mit der großen gelblichroten Blütendolde, Imantophyllum, Flieder weiß und lila, und blaßrosa gefüllte Tulpen; zunächst dem Imantophyllum hellgelbe Tulpen.

* Schauspieler.
Sie erinnern die Ausführung von Kleist: wir sind dem Bären nicht gewachsen – wir sind auf dem Weg zwischen der Marionette und der Gottheit.
Sie haben die Sprache ihres Körpers wie der Dichter die Worte hat – aber ihre Situation ist seltsamer: da ihre Gebärden ein gebärdenloses Volk vertreten sollen.
Zu sinnlicher Vollkommenheit streben die Gestalten Goethes, Dantes.
Individuelle Gebärde ist alles, was ihnen gegeben ist: solche, die aus der gesteigertsten Bewußtheit unserer Stellung im Dasein hervorgehen: wie auf den fallenden Stein, die in Drähten hängende Puppe das Universum wirkt, so muß eine Welt

ihre Bewegungen bestimmen. Sie sind Deutsche, das Volk der Möglichkeiten spricht aus ihren Gebärden. Die englischen Gebärden haben race, die französischen vollendeten Anstand, die italienischen reizende, malende Sinnlichkeit. Die ihrigen werden nichts als individuelle Wahrheit haben dürfen. Keine Gesellschaft steht hinter ihren Gebärden: wie der Prinz in der ›Emilia‹ sich bewegt. – Sie müssen alles aus sich schöpfen. Sie haben keine andern als geistige Hilfsmittel. Die theatralische Gebärde ist unmöglich geworden – die rastlose Ausbildung ihres Geistes – Umsetzung dieser in Körperliches, das ist ihre Asketik.

Rede an junge Schauspieler.
Die Epoche ist neu. Die repräsentierende Gebärde des Adels ist überlebt. Es handelt sich um die individuelle Gebärde. Die Konvention ist unmöglich. Die einzige Richtschnur kann der Takt geben, die Feinfühligkeit, der äußerste Lebensverstand. War eine leere Gebärde von der Konvention aus erträglich, so ist sie in unserer Atmosphäre ganz und gar unerträglich. Es gibt keine Nebenfiguren.

Das Schöpferische im Schauspieler: eine Gebärde, in der der Leib einen seiner tausend Bezüge zum All enthüllt. Eine solche Gebärde ist sogleich ewig. Eine Gestalt ist ein Block aus Gebärden, die dicht übereinander liegen.
Der Schauspieler Hermann Müller. Im Frühjahr sah man ihn im Tiergarten stehen, entrückt, ohne die Vorübergehenden zu erkennen, mit gehobenen Nüstern den Saftduft in der Luft einziehend, minutenlang, einem hingegebenen Tier gleich.

Anrede an junge Schauspieler.
Bleiben Sie sich bewußt, daß Sie das Leben einer neuen Generation zu tragen haben. Daß Sie zugleich leben und schaffen, daß Sie Ihren Weg durch die Luft auf dem Faden machen müssen, den Sie aus Ihrem Leib spinnen, das ist das Tragische an Ihnen, aber wollten Sie untragisch leben in einer Welt deren innerste Lebensflamme das Tragische ist.

Reflexion über den Schauspieler, unterm Arbeiten.
Wie die Figuren sich immer tiefer enthüllen, unter dem Druck des Tragischen die Masken fallen lassen, zuerst die Maske des Gemeinen, dann die Maske der Individualität, wie der glühende Hauch alle diese Larven verzehrt: hier ist das Feld für die ungeheuere Aufgabe des Schauspielers, die Verwandlung. Die Leidenschaften: Die Gier, die Zerrüttung, die Verlorenheit; der Wünschende, der Versteinerte, dies sind die neuen Charaktermasken. Die Duse ist nicht imstand, andre als diese zu spielen.

*Anrede an Schauspieler.
Lernen Sie die Genüsse dessen kennen, der in der tragischen Atmosphäre steht und nicht das Wort im Munde hat. Ich weiß kaum etwas Wundervolleres als das Zuhören der Walküre, als das Fortgehen der Duse als Hedda Gabler, indes die andern reden und sie zwischen der Lebensatmosphäre der andern herumflattert, nirgend findet, wo sie ruhen kann, dann vor der Schwelle des Jenseits letzte Worte ruft –
Manchmal finde ich den den größeren Zauberer, der in der tragischen Atmosphäre stumm steht, als den, der die Mittel sich zu berauschen erst aus der Erregung seiner Rede zieht. Fühlen Sie wie immer eines das andere ruft.
Ihr Schicksal ist der Autor. So wie des Autors Schicksal die Muttersprache.

* Goethe.
In gewissen gewaltigen Gedichten des ›West-Östlichen Diwans‹ ist sicherlich der Anstoß von Michelangelo. Ob er sich mit diesem viel oder wenig beschäftigt hat, bleibt dahingestellt. (Ein mächtiges Gewahrwerden berichtet die italienische Reise): das ganz Große, wenn es nur einmal in die Seele eingedrungen, füllt vermöge seiner reinen Natur aufsteigend die obersten Räume und wird sich zur günstigen Stunde zu wolkenhaft getürmten schwebenden Paradiesen verdichten.

*Gespräch über die ›Novelle‹.
Wir wollen einander in der schwierigsten Kunst des Lesens weiterbringen, die wir nun schon seit 30 Jahren hoffentlich nicht ganz vergeblich treiben. – ›Novelle‹. – Hier sehen wir Gestalten und wir sehen sie ein Abenteuer bestehen. Ja, sie sind nur insofern sie das Abenteuer bestehen: was wäre uns Honorio ohne den Tiger, was das Kind ohne den Löwen, ohne sein Flötenspiel. So tritt uns hier auf der höchsten Stufe etwas entgegen, was mich auf der niedrigsten Stufe immer gefesselt hat. Einfachste älteste Erzählungen verschmelzen die Figur und das Geschehnis zu eins: ich frage nicht, ob den König die Leiber zweier Erhängter nicht stören: ich frage nicht, ob durch die Steinpforte auch einer wandert, dessen Schicksal die Pforte nicht regiert – – Gestalt und Abenteuer wird mir eins: immer läßt der König den Totenkopf auftragen, immer wandert der Knabe durch die Pforte. Dagegen alle neuere Erzählung von der handelnden Person die Erlebnisse abfallen läßt: es wird uns wie im Leben das Gefühl der Person so stark vermittelt wie ein Strom, worin dann nur die Erlebnisse wie Holzstücke treiben – indessen es sich doch gerade darum handelt, Handlungen aus den gehaltreichen Tiefen des Menschen hervorzurufen. So sehe ich noch Immermann, noch Keller auf dem richtigen Wege.

* Über Goethes ›Novelle‹.
Es ist hier ein Abdestilliertes von den natürlichen und menschlichen Dingen genommen, gleichsam das, was der schwingende musikalische Ton in seinem Verhältnis zu den unbegrenzt vielen Geräuschen ist. So ist die Landschaft behandelt, so fürstlicher Rang, so Honorios Gefühl für die Fürstin. So endlich des Löwen Majestät und Güte. Dadurch ist ermöglicht, daß diese Elemente wie Tonfiguren in der Sonate nebeneinander bestehen bleiben, auch wo sie zu schweigen scheinen.
Es ist etwas Ungeheueres realisiert: die Harmonie menschlichen Strebens mit der Natur. Nichts von Auflehnung und nichts von Resignation. Es ist alles verwendet, wie auf uns das ferne Dorf, die im Vorübergehen erblickte edle Gestalt, die durch Tradition überkommene edle Gebärde wirkt.

Die Zauberkraft der Distanz: wie eine Glimmerstufe von weitem gesehen, eine orientalische Sage, dürftig überliefert.
Nur wer die Nähe aller Dinge so genossen hat wie der, der Werther schuf, kann aus der Entfernung einen solchen zauberhaften Reiz ziehen.
Als ein fortrollender Grundton ein großartiges Hinnehmen des Verfalls.

Vorher – Es handelt sich nicht darum, Fremdes herbeizubringen, sondern zu sehen, was da ist. Wie wenigen schließt sich das auf.
Nachher. So sehen wir ein Werk, das geringere Kräfte nie hätten schaffen können. Es scheint aus einer anderen Ordnung der Dinge als die pathetischen Erzeugnisse der Einbildungskraft. Um es zu beachten, gehört eine gewisse Reife. Das Werk gleicht einem Gipfel der Alpen, selten sichtbar: wer ihn aber erblickte, hat den Edelstein gesehen, der in den Himmel hineinwächst.

Die Bändigung möglicher Leidenschaften des Honorio = der Bändigung des Löwen (die Frau sagt zu Honorio überwinde zuerst dich selbst) – hier öffnet sich ein unendlicher Horizont.
Jede Kraft stürzt geradezu auf ihr Ziel: es ist ihr nicht bestimmt, es zu erreichen, sondern nur durch ihren Schwung.

Der Schauplatz ist *gegeben;* wir kennen ihn nicht wie Traumland, noch Land der Sehnsucht, eben wie Land unseres tätigsten Lebens.

Symbolisch für Honorio der große Lebensprozeß durchgeführt. In der Jugend glauben wir nicht ertragen zu können, wenn nicht alles zu etwas, schließlich alles zum Höchsten führte – allmählich entwindet uns die Welt dieses Wollen, das Einzelne, Glied auf Glied, überwältigt uns.

12. X. – Natur und Menschen. – Das Nächste entgeht uns. Wie wenig weiß ich vom Leben der Tiere. Wo sind überall die alten Bäume hin? Die Buchen, die Tannen, die Fichten, alles ist sechzigjährig, höchstens achtzigjährig. Wo sind die alten Bäume? Alles zu Brennholz und Bauholz verbraucht für die einzelnen Höfe, die spärlichen Dörfer, die paar Städte? Es muß doch so sein.
Wie wir aus der Natur nehmen: wie Robinson aus dem angeschwemmten Wrack nahm, was er brauchen konnte. Aus der Erde das Metall und machen ein Horn draus. Aus dem Stein den Kristall und brauchen seine harte Gewalt für die Schwäche unserer Augen. Von einem Baum die Rinde gegens Fieber. Ein Künstler sucht sich den rosigen Ton für seine kleinen Figuren aus dem Flußbett. Wie einfach wars früher. Jetzt betreiben wirs ungeheuerlich. Impfen die Todeskrankheiten auf Tiere zu Tausenden. Das Hermelin, der Zobel, der Reiher sind fast ausgemordet. Das Indische Meer hat fast keine Perlen mehr.

20. XI. – Über die wahre Kunst des Lesens. Ihre wahre Grundlage wäre Charakterologie. Sie setzt Reife voraus (cf. Weininger Kap. IX u. XIII).

23. [XI]. – Ein Aufsatz: Vorschlag, den Namen Romantik außer Gebrauch zu setzen. (Motivierung: Mit dem Worte Romantik haben die Dichter jener Epoche sich selbst eine Atmosphäre suggeriert, worin aber das, worauf es einzig ankommt, das Einzelne, Nie-wiederkehrende, das Besonderste verschleiert wird. Das Vage, Unzulängliche, in allen Gleiche, das Unbestimmte, das worüber sich viele verständigen konnten, drängt sich vor und verschleiert die Idee jedes Einzelnen.)

Aus Hölderlin (nicht ohne Bezug auf gewisse meiner tragischen Gestalten).

»Die Blindesten aber
Sind Göttersöhne, denn es kennet der Mensch
Sein Haus, und dem Tier ward, wo
Es bauen solle, doch jenen ist

Der Fehl, daß sie nicht wissen, wohin?
In die unerfahrene Seele gegeben. (›Der Rhein‹)

[06?] Das Geld: seine Funktion völlig analog der Funktion und Existenz der Götter in der homerischen Welt.
Die relative Freiheit, die es der Betätigung seelischer Eigenschaften zwischendurch läßt.
Sein undefiniertes Dasein: es ist irgendwo, dort wo es ist, herrscht Glanz; dieser Olymp influenziert alles Denken.
Seine Geheimlehre: die Bankiers seine Priester – aber seine Essenz so schwer faßbar, seine Gesetze so unklar.
Die Götter: unerkannt fliegen sie da und dort hin, treten plötzlich hervor; ihre Teilnahme beglänzt alles, ihr Haß verdüstert; Athena – Poseidon; wie das Geld Existenzen wie Mirabeau, Beaumarchais, Marat preßt und wieder entläßt.

* Epoche. – Es gibt geistig sinnliche Gefahren, welche andere Epochen kaum zu definieren die Möglichkeit gefunden hätten. – Während frühere Epochen mit ungeduldig vorwärts strebender Vernunft gegen die Natur herausstrebten – haben wir ihr allzusehr erlaubt, sich gegen uns hereinzubewegen. – Selbst unsere Bequemlichkeiten beherrschen uns. – Übermäßiges Anschwellen der aneignenden Fähigkeiten: wogegen – zum unvermeidlichen Ausgleich – Engsein, Egoism, starres Wortwesen in der Lebensführung. – Auflösung der Stände. Auflösung eines eigentlichen Zeitgefühls (Hereinströmen der Vergangenheit, überbreites Hereinströmen unübersehbarer Gegenwart). Auflösung des europäischen Gefühles. Auflösung der Begriffe, Umbildung der Dialektik. – Beiläufig: es ist keine Nation so vergeßlich in ihren philosophischen, ihren ästhetischen Anschauungen und dabei keine so gedankenlos, ja leblos konservativ, die französische macht Revolution und Reaktion durch, die englische ist eine beständige Evolution bei scheinbar beständiger Gleichförmigkeit.

1907

Jänner. – Über das öffentliche Sprechen. Schwierigkeiten insbesondere für den Deutschen.

17. I. – Ich versuche hier aufzuzeichnen die Beobachtungen, die dahin führen sollen, zu erkennen, wie dem menschlichen Tun und Leiden immer ein Eigentliches zugrunde liegt, das selten erkannt wird: z. B. in meinem Vortrag ›Der Dichter und diese Zeit‹ versuche ich das auszuführen: wie die Dichter um ihrer selbst willen, um einer geheimen seelischen Lust willen dichten und nicht um dessen willen, was sie hervorbringen wollen, noch um des Ranges willen, den sie dadurch einnehmen können.

Die St. Denis ist die sensibelste Person, die ich kenne, und dies unter der Kontrolle des klarsten Verstandes. Der Anblick von Prag war ihr unerträglich durch den finsteren katholischen Geist, der daraus spricht, und sie fuhr in 14 Tagen nur einmal für eine Stunde aus. Gestern, im Park von Schönbrunn, wollte sie auf die öden, gefängnishaften großen Vorstadthäuser, die man in der Ferne sieht, keinen Augenblick hinsehen. – Ihre vollständige Ablehnung Swinburnes, weil in seiner Poesie, wie sie sagt, der Fluß des Daseins unterbunden ist, den zu fühlen ihre ganze Seligkeit ist. – Ihre Erklärung, warum sie trotzdem die erstarrten Dinge liebt: Edelsteine, Prunkgewänder, ist mir entfallen.

29. I. – Über das Schöpferische: »Wo immer Gedanken das Fliehende zum Stehen bringen, das Ungestaltete gestalten, da ist Ideenbildung« (Chamberlain über Kant).
Ein platonischer Terminus: γένεσις εἰς οὐσίαν: Erzeugung zum Sein.

Februar. – Einsamkeit. – Indem ich an Rudolf Borchardt schreiben will, setze ich mir vor, ihm von der Einsamkeit zu sprechen, von welcher ich mich und meine Arbeiten umgeben fühle. Dies könnte klingen wie Heuchelei, aber es wird mir zugleich klar: daß es wirklich verschiedene Einsamkeiten gibt, ja daß einem jedem Freund gegenüber eine neue Einsamkeit innewird, deren schwarze Gewässer eben von dem Licht dieses neuen Leuchtturmes bestrichen werden.

Begegnungen. – Die zartesten Individuen: jede Beziehung zwischen zwei Menschen ist ein Individuum, ein Daimonion. Manchmal heftet ein solches einen unbeschreiblichen Blick auf uns aus dem Dunkel, manchmal ein unbestimmtes aber tränenüberströmtes Gesicht, manchmal fühlen wir eines sich von uns entfernen wie durch einen langen düsteren Korridor. Sie haben Erinnerungen, die wir nicht teilen, und ihr Wille ist meist stärker als unser bewußter Wille.

Individualität. – Vorgestern zum Tee bei Marie Taxis mit Franz Liechtenstein, dem früheren Botschafter in Petersburg. Die Fürstin erzählt (sehr gut) von dem Buch eines amerikanischen Arztes: ›Dissociations of a personality‹, das ich mir gleich kommen lassen will.
Es scheint der wahre Inhalt ganzer Schicksale: ihre Individualität gewissermaßen krampfhaft festzuhalten. So verstehe ich Kriemhilds Leben nach Siegfrieds Tod (bis an ihren Tod, nach vollzogener Rache): sie sagt: sein Hund ist ihm nachgestorben – ich nicht – also schändet der Hund mein Leben, wofern ich es nicht seinem Tod identisch mache. So wird sie gezwungen, ihre Individualität mit Zähnen und Krallen festzuhalten.

* Jede Trennung ist schon Allegorie. Auch das Gegeneinanderstellen von Oedipus und Kreon ist Allegorie. Der Tod ist mitten im Leben.

März. – Über einer sexualpsychologischen Abhandlung finde ich eine Stelle aus den Upanishads, die den ganzen Inhalt von meinem ›Dominik Heintls letzter Tag‹ ausdrückt. »Diese Welt war am Anfang der Âtman einzig und allein. Er begehrte: ›Möge ich ein Weib haben! möge ich mich fortpflanzen! möge ich Reichtum haben! möge ich ein Werk vollbringen!‹ soweit nämlich reicht das Begehren.«

Lese jetzt (aufmerksam gemacht durch Harry Kessler) das Leben der Julie de l'Espinasse und ihre Briefe. Merkwürdige Situation ihrer ersten Jugend. Sie war die illegitime, aber im Haus aufgezogene Tochter einer Gräfin d'Albon. Der Vater, Graf de Vichy, heiratete später die Tochter der Gräfin d'Albon, also Juliens Schwester. Im Hause dieser Schwester und des Schwagers, der ihr Vater war, lebte sie dann mehrere Jahre. Es waren diese Schwester und vor allem dieser Schwager, welche sich aus Erbteilungsgründen ihrer Legitimierung aufs heftigste entgegengesetzt und sie verhindert hatten.

Selbstkritische Dialoge. Gespräch über den ›Dominik Heintl‹. Der Motivenjäger durchblickt die Verwendung von ›Jedermann‹ fürs Szenarium, gelegentlich ›Volpone‹, verwebt mit dem Motiv ›Dr. Jekyll und Mr. Hyde‹. – Der Anerkennende findet, das alles sei organisiert, es sei ihm jenes Kriterium des mysteriösen »Lebens« zuzusprechen.

Welsberg, etwa den 18. Juli. – Erinnerung schöner Tage.
a) Abenteurer und Sängerin.
b) Der junge Ödipus
c) Das steile Ufer. Die Buchen. Der See verbindend und trennend. Unten fuhren Boote hin. Ein einsamer Spaziergänger sang Siegfrieds Hornruf. Letzte schönste Sommertage. Oben saß einer, der schrieb. Alte Bauern Aussicht genießend. Waldtaube. Der Schreibende duckte sich: ihm war, als lenke er mit dem Erfinden, dem Aussprechen des innersten Lebens diese ganze Landschaft. Er sah den jungen Helden in seinem Schmerz. (Er fühlte, und davon schrieb er nichts, wie alle Geschöpfe um ihn litten. Alle Geschöpfe sangen: deine Schmerzen sind unser Glück.) Er ließ ihn mit Wolken und Schicksal umdunkelt sein. Die Gedanken, die Bilder lagen irgendwo,

flogen von irgendwelchen Nestern her auf, wie Drachen fliegend mit blitzendem Gefieder. Das Ganze, das er hinschrieb, nahm irgend etwas von der Landschaft an. Er brauchte sich nicht mehr zu rühren und genoß alles. Seine eigene Jugend berührte ihn, mit der Schnauze aus dem Dickicht hervorkriechend. Er ließ die Feder fallen, legte die Blätter zusammen und war selig wie ein Geomant. Du bist nichts (sagte jemand Dunkler, Unsichtbarer), du bist niemand, du kannst nichts bewegen – aber das war nur lustig in diesem Augenblick.

* Über Sinnlichkeit. Gedichte der Noailles. 1001 nuits. ›Chansons de Bilitis‹. ›Roi Pausole‹. Maeterlinck und Lerberghe (= die sinnlichen Atome der Angst, der Beklommenheit). Nur durch die Sinne sind wir des Daseins versichert: aber nur das Seelenhafte des Sinnlichen besitzen wir. Rapidität. Die Möglichkeit solcher Liebesverhältnisse wie in ›Lysis‹ ist nur durch kurze Zeit gegeben. Schon wenn der Jüngere über 17, wirds unmöglich.

* Sinnlichkeit: Das Wort darüber bei Gide. Die Deutschen ein sinnliches Volk. Das Sinnliche bei Novalis, bei Jean Paul. Beispiele: ein Tag Albanos im ›Titan‹. Die Deutschen messen (allzu leicht) die Quantität des Gefühles, die Franzosen die Qualität (Stendhal).

* Die Tänzerin. –

mimisch: } Vasenbild
Orpheus (Zusammensinken, Abschiedsblick)

ohne Musik: Der Tod und das Mädchen, ein Ganzes des Daseins so wie Maeterlincks frühe Dramen.
Bacchisch = Walzer
Windgöttin aus der Primavera, die abgebogenen Hände nach vor- und rückwärts.

Allgemeines: nie zu weit ins Charakteristische (meint: ein Märchen, das Euch an nichts und an alles erinnern kann). – Ein Schreiten wie über beblümte Wiesen; ein Zurückwerfen des Kopfes und zuckendes Erstarren; ein Fliehen;

das Wort kann nur wie ein geblendeter Schmetterling darin herumflattern.
Das was sie mit ihrem Körper macht, scheint immer unmöglich, unbegreiflich. Es ist nur aus einer ganzen Natur heraus möglich. Das einzelne Wort, die einzelne Gebärde ist nichts wert. Wir ertragen keine minder komplizierte Botschaft mehr als die eines ganzen Wesens. Dies auch auf geistigem Gebiet: Beethoven, Nietzsche. Die ganzen Hieroglyphen wollen wir lesen.

* Über Farbe. – Davon, daß die Richtigkeit der *valeurs* alles ist, und dies ein Welt-ganzes – genau *wie* das in Worten Festzulegende.
Bleistiftstriche so wie Worte: Hineinschneiden in den Raum, um dem Nichts ein Gesicht zu geben.
Das genzenlos Relative der Farbe: jede Farbe existiert nur durch ihre Nachbarschaft.

Diese Rundschau. – Das Schöne an Deutschland: daß hier noch Wege von allem zu allem führen. Man kann nie wissen, von welchem Punkt aus die Welt aus der Angel gehoben werden wird: Ineinandergehen von Ästhetik und Moral, Neurologie – (die wieder als Seelenzustand von *Kant* dependiert) – Stil – und Lebensführung.

* Ein großer Herr.
Ich erinnere mich genau meiner ersten Begegnung mit dem Fürsten L. Er kniete auf dem Fußboden, vielmehr er lag auf den Knien und stützte sich mit den Händen, um einen Benedetto da Majano anzuschauen. Seine Konversation war nicht absolut außerordentlich, aber sie war im höchsten Grad *nourrie.* Man hatte den Gedanken, daß immer dahinter noch etwas war, daß er ohne die geringste Mühe noch mehr, noch Tieferes sagen könnte als er vorbrachte. Er war höchste Gelassenheit. Er saß irgendwo in voller Ruhe, und man konnte nicht ganz nahe an ihn heran. Etwas zwang mich an die gebauschten Gewänder michelangelesker Gestalten zu denken. Noch etwas drängte die Gestalt auf: daß jede Regung *möglicherweise*

aus ihm herauskommen konnte. Hingabe, Verzweiflung, Hochmut, selbst eine sordide Sache. Die Unberührbarkeit der Person drängte sich mir stark auf. – Solche Figuren am ehesten in Österreich und England und Spanien (Don Ignacio de Antuno).
Man nennt snobs diejenigen, welche dieses fühlen. Aber es ist das doch auch eine Sprache, in der das Göttliche zu uns redet.

* Über Kraft und Schwäche in Gedichten.
Alle guten Gedichte haben Kraft in sich, Vitalität (z. B. George, auch Eichendorff, Platen), in irgend einem Punkt eine Überlegenheit, Meisterschaft, Bewältigung des Lebens. Dies ist die condicio sine qua non. Autorität und Autor haben dieselbe Wurzel. Dies deutet darauf hin, daß hier ein Unbedingtes zugrunde liegen muß. So wenn mir Maurice Barrès den Taygetos beschreibt, spüre ich Wesenheit. So bei Lehrmeinungen spüre ich, ob es substantiell ist oder nicht. Bei einem Menschen spür ich, das könnte er niemals begehen (eine bassesse, einen Verrat). Gewisse Bücher enthalten direkt Taktloses, Verletzendes, z. B. der Roman von Schnitzler – bei anderen sind Lücken, Undichtigkeiten im Verhältnis zur Welt, die einen erschrecken wegen der plötzlich aufklaffenden Gedankenlosigkeit und Roheit. (Ein Wort bei Hebbel, Tagebücher, letztes Lebensjahr: die Deutschen würden gern glauben, daß der Schinderhannes die Oden von Klopstock verfaßt.)

* Rhythmus.
Rhythmus und Reim, ein Aufsatz. Darin zitieren: Goethe ›Pandora‹

Als er tot lag
jener Hirt stürzt
auch mein Glück hier
nun die Rach rast...

ferner ähnlicher Rhythmus aus ›Liedern von Traum und Tod‹. Ferner: das Besondere von Rhythmus und Reim bei Meyer (nach oben reißend), bei Mörike, bei Droste.
Dichterische Schönheit: jenes bei Keller strahlende Element:

daß nirgends trübe Unreinigkeit zurückbleibt, daß es *hinter* den Katastrophen wieder rein und schön wird, daß auch Resignation daliegt wie ein anmutiger Garten (Figura Leu), daß die Finsternis des Lebens nur wie Wolken, die der Landschaft tiefere durchsichtigere Schattentöne geben, dies findet sich auf einer höchsten Stufe bei Goethe, z. B. im Schluß der ›Wahlverwandtschaften‹. Auch an einzelnen Stellen sehr stark, wie z. B. ›Pandora‹: Phileros will Selbstmord begehen, schwimmt aber dennoch, die ihn zu retten eilten, baden nun gaukelnd mit ihm, es wird ein allgemeines Fest daraus und dies alles erfahren wir aus dem Mund der Eos, als welche ein doch fremdes unteilnehmendes Element ist, bloß die Morgenröte, aber hier höchst teilnehmend. Das ›Märchen‹, wo alles einander fördert ist auch wie die Natur infinita infinitis modis.

1907–1908

* Monolog. Was sind deine Figuren? sind es Geister? Das ist zuviel, ist ein zu großes Wort. Und doch ist der vazierende Hofmeister ein Geist, ein Dämon unserer Zeit (und da die Zeit doch nur eine Erscheinungsform für eben eine bestimmte unter den möglichen Menschenwelten ist..). Es ist derselbe Geist, der in den Büchern von Kassner waltet und dort sagt: Alles ist überall und nirgends – es kommt auf alles und auf nichts an. Und Elektra ist gleichfalls ein Geist, ein exteriorisiertes, materialisiertes Wesen, abgesprengt von mir, von dem Weltwesen in mir, und Kreon gleichfalls: eine mit Gesicht versehene Tendenz, Gemütsverfassung.

* Zweistimmiger Monolog anschließend an ›Erinnerung schöner Tage‹. Immer noch die Vorwürfe der Wortkunst. Immer der Vorwurf, wenn ich von den Tänzerinnen, dem Lügner, dem Schauspieler, dem Narren, dem Gärtner spreche, so spreche ich von mir. Aber vergeßt ihr denn, daß ich indem ich von mir spreche, eigentlich von euch spreche, nämlich von dem Unscheinbaren in euch, denn was ihr als Kinder hattet da ihr alles liebtet, dem was eure Entscheidungen versteckt beeinflußt, dem was ihr hinter eurem Rücken begeht (›Psychopathologie des Alltagslebens‹), dem was doch eigentlich das Element ist, in welchem ihr atmet.

1908

Jänner. – Verschwendung. – Inhaltsangabe eines Dramas von Granville Barker in der ›Schaubühne‹. Ein Mensch, der erkennt, daß er seine Kräfte vergeudet hat: an unsichere Unternehmungen, an die Feigheit und Dummheit der Menschen etc., zum Schluß rechnet er darauf: seine Geliebte, die von ihm schwanger ist, wird ihm ein Kind gebären – das scheint ihm die Rettung, der Ausweg. Da läßt sie sich von einem zweifelhaften Arzt das Kind abtreiben. Auch dieser Samen vergeudet.

Ich gestalte mir das Szenarium eines ähnlichen Stückes (es ist eine Art Gegenstück zu ›D. Heintl‹). Im I. Aufzug eine Art Gastmahl des Timon von Athen. Man erkennt, daß er zuviel von seiner Kraft hergibt. Der Egoismus und die Mattherzigkeit sind um ihn gruppiert. – Die Geliebte: eine völlig unbewußte Komödiantin, sie hat ein Engelsgesicht, aber den Charakter Kreons. Sie begeht den Mord an dem Kind mit einer finsteren Großartigkeit. Sie glaubt des Geliebten *wahrstes* Interesse zu vertreten.

20. I. – Semiramis. – Die Grundidee (ich sehe sie klarer nach einem Gespräch gestern abend mit Beer-Hofmann). Sie ist darauf gestellt, daß sie von dem, der sie umarmt, verlangen muß, daß er mehr als ein Mensch ist, und ihm nie verzeihen kann, daß er nur ein Mensch ist. Es hätte sie ein Gott, ein Allumfasser, umarmen müssen (Motiv der Alkmene, doch scheint mir Kleist es nicht klar erfaßt zu haben). – Szene nachts zwischen ihr und der Erscheinung des Ninus, ihres ersten Mannes. Der Tote erscheint ihr gegenüber, der Unersättlichen, Gierigen, als der Besitzende.

Jänner. – In meinem Stück ›Der Verschwender‹ spielt der zweideutige Arzt eine große Rolle. Es ist ein Arzt, der es zu nichts gebracht hat, weil er alles mit zweideutigem Blick ansieht. Man könnte sagen, er haßt die Menschen. Er ist es, der die verbotene Operation vornimmt. Er telefoniert aus dem Krankenzimmer der Sterbenden an den Verschwender. Der Verschwender ist hier nahe daran, sich den Tod geben zu wollen. Er erinnert sich eines Arztes, der wohl imstande wäre, ihm Gift zu verschaffen. Er erinnert sich des Gesichtes. Indem tritt dieser Arzt herein. (Es ist derselbe, sie haben sich einmal am Sterbebett eines Selbstmörders gesehen.) Der Arzt (eingestehend, daß die Geliebte an der Operation gestorben ist): Der Tod ist ein ebensolches Mysterium, wie die Liebe. Man kann sich in die Süßigkeit dieses *ganz* persönlichen Mysteriums vertiefen. Wenn schon Ästhet, dann ist dies doch der einzige verlockende Gegenstand.

Zu den Gegenständen, die in den ›Rodauner Anfängen‹ behandelt werden sollen. Gefährlichkeit der Schlagworte wissenschaftlicher Art. Das Wort vom Kampf ums Dasein kann einem jungen Menschen, in dessen Seele es fällt, den Blick, mit dem er das Tierreich gewahr werden soll, von innen heraus beirren und vergiften. Wie anders wirken geheime Gesetze, jenes große Gesetz durchkreuzend, auf die Seele ein, wie sie in dem wundervollen Gespräch sich offenbaren, das Goethe mit Eckermann über die Vögel führt und worin Eckermann seine Beobachtungen entwickelt über das Brüten untergeschobener Jungen, ja das Füttern von fremden Jungen durch solche Ältere, die sie nicht gebrütet haben. (Dies, da es sich um die Gefährlichkeit von Schlagworten handelt, anschließend an den Dialog über Sentenzen, Maximen etc.)

Letzte Tage April: Fahre nach Triest, nehme den Lloyddampfer nach Patras. Kühle, dann von Brindisi ab, schwüle gedeckte, graue Tage. Ein paar Stunden auf Korfu.
1ter–11ter Mai, Griechenland. 8 Tage in Athen. Eleusis. Fahrt durch den Isthmus nach Ithea. Sturm im Golf von Korinth. Beruhigter Abend. Die Bucht von Ithea, die heiligste Landschaft, die ich je gesehen. Hinauf nach Delphi in wolkigem Mondschein. 2 Tage in Delphi. Den 9ten über Arachowa

nach dem Hosios Lukas. Den 10ten hinab nach Chaeronea an die Bahn; nachmittags durch Attika nach Athen. Den 11ten per Bahn zurück nach Patras, um Mitternacht zu Schiff. Ankunft in Triest den 14ten, fahre den gleichen Abend noch nach Venedig. Indessen bricht eine sehr heiße Zeit herein. Eine Woche in Venedig.

* Attika. – Es ist die Erinnerung an ein Licht, wie man es nie und nirgends gesehen hat. Ein Licht von einer Klugheit, einer Feinheit. Dagegen das Licht von Venedig zu üppig und das Licht von Neapel hart und alles andere Licht bleiern. Und es ist die Erinnerung an Duft von einer Mischung, wie man ihn nie gefühlt hat. Duft des Meeres, Duft der Pinien, Akazien, Orangenblüten, Rosen, Thymian, Duft von Getreidefeldern. Nichts erweckt Sehnsucht, alles ist Gegenwart. Blüten und Götter, alles ist hier. Da sind diese Grabmäler. Da sind die Korai. Da sind die Jungfrauen des Erechtheion.

Fusch, 18. VII. – Jedes Erlebnis hat ein Eigentliches – einen Kern den wir schlechterdings *nie* fassen können: wie unzählbare Häutchen bei der Zwiebel liegts darüber, und daran halten wir uns. – Nach diesem *Eigentlichen* zu suchen – verlockt es Naturen wie Kleist. Das wars, was Goethe meinte, als er sagte, es gäbe Menschen, die meinten, man könne noch mehr als ins Schwarze der Scheibe treffen, in ein »eigentliches« Schwarzes.

St. Moritz, August. – Gladys Deacon. Sie ist jetzt etwa 25. Ist und bleibt immer in gewissem Sinn die glänzendste Person, die ich je gesehen habe. Ihre Augen wie blaues Feuer. Ihre Kühnheit, gelegentlich auch Frechheit im Sprechen, ist womöglich noch gewachsen. Sie hat immer unter 25 Menschen die alleinige Führung des Gesprächs. Schmeichelt, insultiert, durchdringt.. Die Raschheit und Elastizität ihres Geistes ist erstaunlich. Sie hat manchmal etwas von einem lasziven jungen Gott in Mädchenkleidern. Über Helene Nostitz sagte sie (sehr richtig): Das ist eine Frau, die in bewundernswerter Weise ihre Individualität wahrt, ohne den Mund aufzumachen. – Eine ihrer Repliken, als ihre Mutter sie mitten in einer schon angefangenen Geschichte unterbricht: »Maman, on étouffe bien un nouveau-né, mais on n'étrangle pas un adolescent« (eigentlich shakespearisch).

Addison über den Abstand zwischen seinen Fähigkeiten, wenn er sie redend auszugeben gezwungen ist oder wenn er sie schreibend ausgibt: »Ich habe nicht mehr als 9 pence in der Tasche, aber ich vermag sehr wohl einen Scheck auf 1000 Pfund auszustellen.«

Anekdote: Einer steigt einen Berg hinauf, freut sich auf die Aussicht vom Gipfel. Bei der letzten Wendung des Weges sieht er, daß die kleine Felsklippe, die den Gipfel bildet, ganz von Menschen besetzt ist: alte und junge Männer, Frauen, Halberwachsene. Er sieht die ganze Gesellschaft mit lebhaften Gebärden sich gegenseitig das Panorama zeigen, die Namen der Berge nennen und im Genuß der Gegend schwelgen. Vor Ekel vor dem trivialen Geschwätz, das er wird hören müssen, ist er nahe daran, umzukehren. Immerhin klettert er hinauf, mischt sich unter sie: es bleibt bei der gleichen Lebhaftigkeit alles mäuschenstill: es sind Taubstumme.

* Subalternen Naturen verzerrt sich ihr Selbstbewußtsein, wenn sie es an den Tag treten lassen, sogleich: es wirkt als Anmaßung.

1909

April. – Alte Redensart »Français plus que hommes au venir, moins que femmes à la retraite« (zitiert in Houssaye ›Waterloo‹).
Auf dem Plateau des Mont St-Jean (Waterloo) benutzt ein französischer Infanterist eine Zeitlang den Körper eines schwerverwundeten englischen Offiziers als Deckung, hinter der liegend er schießt, bis er seine letzte Patrone verschossen hat. Zwischendurch plaudert er lebhaft mit dem Verwundeten. Schließlich sagt er: »Adieu, mon ami, vous pouvez être content: nous filons.«

»Si jeunesse savait, – si vieillesse pouvait!«
(Memoiren des poln. Obersten Chlapowski)

Mai oder Juni. – Träumte eine Reihe von Aphorismen, die ich gedruckt vor mir sah. Das letzte, unterste in der Reihe, zuletzt abgelesene, konnte ich mir im Aufwachen gerade noch merken; es hieß:
Manieren. Wer im Verkehr mit Menschen die Manieren einhält, lebt von seinen Zinsen, wer sich über sie hinwegsetzt, greift sein Kapital an.

Aussee, 27. VIII. – Das Schöpferische: (Einfälle mitten in der Nacht vom 26ten zum 27. August, nach einer Autofahrt an den Traun- und Attersee) als Aufsatz an erste Stelle der Prosaschriften III zu stellen, neben den Dialog ›Furcht‹.
Das Schöpferische ist eine dämonische Kraft. Wir sind ihrer versichert, ohne daß sie immer bei uns wäre. Ist sie bei uns, dann ist auch Mut und eine magische Unbesiegbarkeit da.
Jeder hat um sich seine schöpferische Kraft als eine Atmosphäre. Sie löst alles Dunkle auf, läßt nichts Starres bestehen, anerkennt keine Grenzen. Vermöge des Schöpferischen ergibt sich jede Hemmung als ein lösbares Geheimnis. Mit seiner Atmosphäre ist das Ich ohne Schranken.

Besitz – Freunde – Feinde – Zeitgeist – dies sind die Formen des unschöpferischen erstarrten Denkens. Der Wechsel, die Unstätheit, der Widerspruch gehören hiezu.
Daß eine Zeit den Raffael über alle Meister stellt, ihn fast für eine Gottheit ansieht, eine andere ihn tief unter Michelangelo, Lionardo, Rembrandt, ja unter Velasquez stellt – und daß beide *recht* haben, nur sich selber ausdrücken, das vermag der Geist in schöpferischem Zustand sich aufzulösen.
Desgleichen: die Anteilnahme, die ich an einer Produktion wie der Wassermanns zu nehmen vermag, mir analysieren.
Desgleichen die Freunde: hier liegt ein Geheimnis, jeweils eine Figur, die durch Gleichnisse redet.

Haltung und Gebärde. Gewisse Menschen haben einen sehr scharfen Sinn für alles, was Menschen sprechen – aber gewisse Menschen sehen, wie Menschen sich halten und bewegen. Diese beiden Welten bewegen sich durcheinander. Noch seltenere Menschen haben das stärkste Gefühl für die Stärke der Güte bei den anderen Menschen. Es gibt Menschen, die sich fortwährend der eigenen Haltung und der aller anderen bewußt sind.

Kunst des Nicht-lesens. Hier käme es darauf an, eine erhöhte Sensibilität für point de départs zu gewinnen. Im Anfang liegt das Ganze prädestiniert. Und 999 unter tausend Anfängen sind unmöglich. Der Anfang entschleiert die Gebärde des Schreibenden. Seine Unmöglichkeiten sind zahllos: er wendet sich an unmögliche Zuhörer, oder er statuiert eine unmögliche Stimmung, unmögliche Interessen. Der Anfang eines wahren Kunstwerkes ist göttlich wie der Schwung eines wundervollen Vogels, wie ein Traumübergang. Die Natur ist alles mit einem Mal. Das Geisteswerk ist überall einzig. Nothingness is law. Montaigne, Addison, Voltaire, Kleist: ihre Anfänge.

Aussee, 1. IX. – Produktivität. – Fälle des Lebens, gesteigert bis zur Ehrfurcht vor allem Lebendigen. Aus jedem Verhältnis abfließend neue schöne Verhältnisse, wie Ringe aus Ringen, sich fortpflanzend. Jedes Zusammensein eine Sphäre, ein Wesen.

Ende August. – Über das Darstellbare und das Darzustellende. Goethes Weisheit und Reife aufs neue erkannt an seinen kleineren prosaischen Schriften. Kritische Betrachtungen dieser Art müssen die Aufgabe schöner wohlgestimmter Stunden sein.

Hypochondrien (wovon der gegenwärtige Lebensmoment frei) eigentlich allgewaltig, Schicht unter Schicht: sie sammeln sich an den Schlagworten, an den falschen Meinungen wie Gewölk an den Bergen. (So wäre jener geplante Dialog über Sentenzen und Schlagworte umzuformen). Sie machen einen herankommenden im Augenblick Unbequemen zur Fratze. Zuviel Voraussicht, zu viel Bestimmen-wollen.

Das Gefürchtete wird lieblich. Religion der Heiterkeit. Anekdotisches einflechten.

Aussee, 19. IX. – Sein und Schein. Das Geistige, das einmal realisiert wurde, ist immer gleichmäßig vorhanden, ob es geachtet wird oder nicht. Aus der Erkenntnis solcher Verhältnisse, aus dem darüber Klarsein, wie es mit diesen Dingen steht, resultiert Beruhigung.

München, 4. X. – Das Lebensgeniale in *Casanova* – daß er das Vergängliche immerfort unbeachtet läßt, jedesmal, bei jedem Abenteuer, sei es mit einer Magd, so handelt, als hätte alles andere zu existieren aufgehört – und nur für *diese* Sache sei im Leben Raum – und das *jedesmal* de bonne foi – wodurch die Beschmutzung wegfällt, das trübe Durchscheinen des Todes, das »es is eh nix wert«.

Ein Tag. München, 5. Oktober. – Nicht gut aufgewacht, beim Fensteraufmachen gleich gefühlt, daß Südwind ist. Hitze wie im Sommer, ein stechender Glanz des Himmels, über den kleine schöngeformte Wolken hinjagen. Ein weni-

ges an der Komödie gearbeitet. Manches für später verstanden und (schwach) halluziniert: insbesondere freudige und menschenfreundliche Zustände des Kapitäns. Dann in die Pinakothek gegangen. Gleich in den Rubenssaal. Das große ›Jüngste Gericht‹ abermals (wie schon vorige Woche) sehr stark gefühlt. Desgleichen (zum ersten Mal) das Bild ›Silen und sein Gefolge‹. Hier ein Faun (neben der Alten mit dem weißen Kopftuch), der im Gesichtsausdruck zu dem Typus der Verdammten auf dem andern Bild überleitet, dabei aber durchaus behaglich bleibt. Das trunkene Vorwärtstaumeln (das Wort ist zu stark für die fast willenlose Aktion) des Silen – ohne bestimmte Richtung. Trotzdem *ist* eine Bewegungsrichtung in dem Bild, gegeben durch den Flötenspieler (links rückwärts) und das Kind rechts – zu welcher Richtung sich Silen indifferent verhält (welche Indifferenz durch das gleichfalls ganz indifferente Hindernis, die wundervolle auf dem Boden liegende säugende oder gesaugt-werdende Faunenmutter, akzentuiert wird) – und der gegenüber der oben erwähnte Faun und die Alte (Mann und Frau, Hüttenbewohner?) als retardierende Gruppe wirken, indem sie dem Vorüberziehenden Früchte ihres Weingartens anbieten. Der Neger folgt der unbestimmten Bewegung des Silen, den er stützen will, dabei in sonderbarer Weise eine Falte aus dem schlaffen Fleisch der Alten quetschend. (Ähnlich analysierte ich mir vergangene Woche vor dem Bild die Bewegungsmotive des bethlehemitischen Kindermordes.)
Die Gesichter der seligen Frauen in der aus Leibern gebildeten aufsteigenden Säule des jüngsten Gerichtes denn doch mehr als animalische Plazidität. Die Grenzen Rubens' in diesen Dingen – ja wohl – aber sie liegen weit.
Kann in solchen Momenten schattenhaft nachzuckend ahnen, wie dem Mann zumute gewesen sein mag, als er konzipierte. (Klingt anmaßender als der Sinn davon für mich ist.) Fromentin nachlesen, desgl. Burckhardt über Rubens.
Aß zu Mittag, sprach auf dem Gang ein paar Worte mit Tschudi über Frau von Mendelssohn. Ging zu Alfred Heymel hinüber, las ihm und Gitta den zweiten Akt der Komischen Oper vor. Die Frau ist sehr schön und kann sehr gewinnend

und anmutig sein, auch merkwürdig, doch intermittiert dies alles sehr. Schlug ein Gedichtenbuch auf, das bei ihnen herumlag. Ging auf mein Zimmer, konnte einiges über die Figuren nachdenken und fühlen. (*Geduld* ein wichtiges Element im Charakter des Kapitäns. Geduld starker Menschen. Geduld als potentieller Mut.) Dachte über das nach, was mir vorgestern abends Stauffenberg über die Fürstin Lichnowsky gesagt hat: Daß Sprache überhaupt eine ihr nicht gemäße (wenngleich die einzige zur Verfügung stehende) Form, sich zu äußern. Kann ich verstehen. Es führt mich weiter: Sprechen ist ein ungeheurer Kompromiß, für jedermann – nur wird dies selten bewußt, weil es das *allgemeine* Verständigungsmittel darstellt.

Las in James ›The varieties of religious experience‹, über Konversion, bis 1/2 5, dachte: Komödie hat das Zusammensein – das Koexistieren der Menschen zum Gegenstand, worin nun freilich auch Mystisches liegt. Der Weg umgekehrt vom Mystischen, sofern er sich nicht in absoluter Einsamkeit vollzieht (sondern Mysterium der Masse, Massenbekehrung) zur Komik ist nicht weit. Dachte an den jetzt viel beredeten öffentlichen Bekehrungsfall der Schauspielerin Wangel.
Fuhr mit Heymel aus in einem kleinen Dogcart. Gutes Reitpferd, in der Gabel eingespannt. Fuhren nach Pullach, wo eine schöne Terrasse über der Isar. Im Westen stieg schwarzes Gewölk herauf. Als wir in die Stadt zurückkamen, war es dunkel und fing lauwarm zu regnen an, ohne daß das Befremdliche, Gespannte der Südluft sich löste.
Ging in mein Zimmer, las weiter in dem Buch von James und schrieb dieses und das Vorhergehende auf.

1910

31. I. – Auf einem Ball fragt man den Prinzen von Ligne ob er sich langweile. »Je ne m'ennuie jamais, ce sont les autres que m'ennuient«, antwortet er höflich.

»– – – C'était dans le monde un homme d'un esprit animé, dont la gaîté était aimable et redoutable – c'est ce qu'il faut que toute gaîté soit dans ce monde, qui vous mépriserait, si, tout en l'amusant, vous ne le faisiez pas trembler un peu« (Barbey d'Aurevilly). Geistreich und falsch, d.h. wahr unter bestimmten Umständen

Rodaun, Sommer. – Reflexion: Worin das eigentlich Gefährliche, Zerstörende der Reflexion besteht, das ist zu subtil, um jemals verstanden zu werden als aus der Erfahrung. Es ist ein Prozeß, der sich im Bruchteil einer Zehntelsekunde vollzieht: ähnlich der optischen Reflexion: ein Strahl dringt nicht ein, sondern wird zurückgeworfen.

Rodaun, 4. XI. – Vieles in meinem früheren Leben als Irrtümer ansehen. Aus Fehlern nicht Eigenschaften machen, Irrtümer nicht wie Verhängnis betrachten.

Bildung des Geistes. Ein Freimachen. An den geistigen Werken das *Unmittelbare* spüren, das lebendige darin: mit dem darin handelnden Geist mithandeln.

Aus Goethe, ›Aristeia der Mutter‹.
– – Sie meinte, das Herz und mithin endlich das ganze Schicksal des Menschen entwickle sich oft an Begebenheiten, die äußerlich so klein erscheinen, daß man ihrer gar nicht erwähnt, und innerlich so gelenk und heimlich arbeiten, daß man es kaum empfindet.

Goethe, über sich selbst, fragmentarisch.
Ich habe niemals einen präsumtuoseren Menschen gekannt als mich selbst und daß ich das sage, zeigt schon daß wahr ist, was ich sage. Niemals glaubte ich, daß etwas zu erreichen wäre, immer dacht' ich, ich hätt' es schon. Man hätte mir eine Krone aufsetzen können und ich hätte gedacht, das verstehe sich von selbst. Und doch war ich gerade dadurch nur ein Mensch wie andere. Aber daß ich das über meine Kräfte Ergriffene durchzuarbeiten, daß über mein Verdienst Erhaltene zu verdienen suchte, dadurch unterschied ich mich bloß von einem wahrhaft Wahnsinnigen.
Wie wahr, an mir selbst erfunden.

Ähnlichkeit: Die Figur der Marschallin im ›Rosenkavalier‹ mit dem Hans Sachs in ›Meistersingern‹. Verzichtet und vermählt die Jungen. Bildet das geistige Band des Ganzen, ist Hauptfigur und doch nicht Held.

* Die Menschen kommen zusammen um des Teufels willen; sie sind einsam um Gottes willen.

Aussee, um den 15. September. – Die Wege und die Begegnungen (Gespräch, eines Abends, auf einem Schloß). Die Fürstin. Der junge Arzt. Der Legationsrat. Die Cousine, Stiftsdame.
Disposition. Von Wegen, die sich begegnen: Napoleon, Beethoven. Von Schicksal die Rede. Der Fürst: wenn ich nur das Wort nicht müßte nennen hören. Was hab ich mich in meiner Jugend damit abgequält. Die Geschichte von den ausgetauschten Kindern. Die Figuren der Lebenswege: Amgiad und Assad. Später bin ich skeptischer geworden.
Eugénie vor den Tuilerien, desgleichen keine Stimme des Blutes. Die Cousine warf ein, aber es könne doch einer dem andern zum Schicksal werden: Ein Mann für eine Frau, eine Frau für einen Mann. Der Arzt war zurückhaltend, ihm schien das alles gering gegen das Spiel der Kräfte im Innern. Immerhin, sagt der Legationsrat, denkt an unsern Vetter mit der jungen Person, der Försterstochter. Wie er sich vergnügt,

mit ihr nach Indien reist, zurückkommt, alles in Bewegung setzt. Schüsse ins Zimmer etc. Oder Herr und Diener. Ich kenne keine präzisere Schicksalslinie als die des Dieners Baptist. – 1. Hälfte bis wo ihn Dumouriez Eitelkeit in die Höhe wirft. Reflexionen. 2. Hälfte. Eine Pause.

1911

Rodaun, 25. Februar. – ›Die Frau ohne Schatten‹ (erster Einfall). Phantastisch-komische Oper im Stil des Gozzi.
Im Mittelpunkt eine bizarre Figur wie Strauss' Frau.
Die Frau ohne Schatten. Die Frau, die ihre Kinder aufgeopfert hat, um schön zu bleiben (und ihre Stimme zu erhalten). Am Schluß bringen Genien der Frau ihren Schatten und das Kind kommt in einem goldnen Kästchen den Fluß herabgeschwommen.
Neid auf alle Wesen, die Schatten werfen. Der Schatten eines kreisenden Sperbers. Bizarrer Haß gegen den gutmütigen Mann.
Die Frau eine Königin von Serendib. Zweigeteilte Götter- und Dämonenwelt.
Die Elemente der ›Zauberflöte‹: Knaben. Priester. Damen der Königin der Nacht. Tiere. Fackeln. Tempeleingang.
Auf einer Insel? Oder: an einem Flusse, analog der Situation in Goethes ›Märchen‹.

(erster Einfall oder beiläufig so 5. VII. 1912)
26. II. Die Frau ohne Schatten, phantast. Oper.

Smeraldine – Arlekin.
Sie will schön bleiben. Er täppisch und gut. Sie gibt ihr Kind her, einer als Fischhändlerin verkleideten bösen Fee. (Der Schatten als Zugabe.) Die Kaiserin, einer Fee Tochter, hat ihr Kind verloren. Des Kindes Seele für sie in Vögeln, Blumen. Man verschafft ihr das fremde Kind. Schließlich gibt sie es der rechten Mutter zurück. – Wer sich überwindet.
Eine Szene, wo die beiden Frauen einander gegenübertreten, durch ein Wasser getrennt.
Das Fackelschiff der Kaiserin-Fee. – Salomonis Urteil.

Mai. – Napoleon auf dem Krankenbett: »Zu denken, daß es mich jetzt mehr Anspannung meiner Willenskraft kostet, meine Augenlider aufzubringen, als damals, eine Schlacht zu schlagen.«

17. VI. – Die Erinnerung an die Duse fixiert sich mehr und mehr: es ist die an die tragische Tänzerin. Der Blick auf die Türklinke, die Lövborgs Hand berührt hat, als er für immer fortging; das Abwerfen des Schleiers vom Gesicht als Frau vom Meere; in der ›Kameliendame‹ bei dem ›Lo giuro‹ das Finden der Mitte.

17. VI. – Viel und lebhaft an Ingres gedacht. Insbesondere an die Odalisken, die liegende und die sitzende, den Homer, an Thetis bei Zeus, an das Bain turc und die Angélique. Die Süßigkeit seiner Linie, die bezaubernde Sinnlichkeit dieses Malers, der für akademisch und kalt gilt.

26. VI. – Der Schwermütige – der Fröhliche (ähnlich jenen beiden schönen Gedichten von Milton). Der Schwermütige bittet, es möge ihm jenes »millenarische« Gefühl verbleiben, das »Andere«, Dunkle immer nahe, immer alles in einem zu fühlen, er antizipiert die Todesstunde: an tiefen Wassern, beim Besuch von Unglücklichen. – Der Fröhliche wünscht, es möge sich ihm immer eines vors andere stellen, eines sich durchs andere abdämpfen, eines sich dem anderen substituieren. – Wie man nichts halten kann…

27. VI. – Ein Mann starb jetzt, der vor sechs Jahren vom Blitz getroffen wurde, seit damals war er herzkrank, litt an Angstgefühlen bei jedem Gewitter, jetzt starb er, während ein Gewitter heraufzog.

Ein Jüngling wird Kartäuser, weil seinen Freund, mit dem er Hand in Hand unter einem großen Baum gestanden hat, der Blitz erschlägt. (›Anton Reiser‹)

Juni. – Ein Chinese. – P[aul] Z[ifferer] erzählte, ihm habe ein deutscher Offizier, der die »Strafexpedition« durch China, nach dem Boxeraufstand, mitmachte, das Folgende erzählt: Der Offizier sieht eine Reihe von Männern, die zum Tod verurteilt sind, auf einem Feld aufgestellt. Der Henker mit dem Schwert verrichtet seine Arbeit an einem nach dem andern. Keinen brauchen die Gehilfen des Henkers zu binden oder auch nur zu halten; wie es an ihn kommt, stellt sich jeder mit gespreizten Beinen, die Hände oberm Knie aufgestemmt, und neigt den Nacken nach vorne, ihn dem Schwert anbietend. Einer der letzten in der Reihe, an den es noch lange nicht kommt, liest mit tiefer Aufmerksamkeit in einem Buch. Der Offizier reitet zu ihm, fragt ihn: »Was liest du?« Der Mann sieht auf, fragt zurück: »Warum störst du mich?« Der Offizier fragt: »Wie kannst du *jetzt* lesen?« Der Mann sagt: »Ich weiß, jede gelesene Zeile ist Gewinn.« Der Offizier reitet zu dem General, der die Exekution anbefohlen hat, und bittet so lange, bis er den Mann freibekommt, reitet zurück mit dem schriftlichen Freilassungsbefehl, weist ihn dem, der die Exekution kommandiert, vor und darf hin und den Mann aus der Reihe austreten lassen. Sagt ihm: »Du bist begnadigt, kannst gehen.« Der Mann klappt das Buch zu, sieht ihm scharf in die Augen und sagt: »Du hast recht getan. Deine Seele wird von dieser Stunde großen Gewinn haben« – nickt ihm zu und geht querfeldein.

»An appreciation« (als Kunstwort für eine Form des Essays) – eine »Anerkennung«, schöner Terminus, ins Deutsche ohne Preziosität nicht übersetzbar.

Aussee, 25. VIII. – Hemmung.
Der Tanz macht beglückend frei. Enthüllt Freiheit, Identität. Der Lebende gegenüber dem Tänzer gehemmt. Inneres Verbot. Dagegen die Wonne des ungehemmten Zueinander. (Entschiedene Prädilektion, worauf Glückseligkeit beruht.) Wer nicht so liebt, niemals so geliebt sich fühlt – er müßte verzweifeln. Aber unendlich sind die Kunstgriffe der Natur, um ihre Geschöpfe vor Verzweiflung zu bewahren und uner-

schöpflich ihr Vermögen, alles wieder ins Gleichgewicht zu setzen.
Wir sind überall, immerfort gehemmt und immerfort kommen wir über Hemmungen hinweg. Sie gehören mit zu unseren fruchtbarsten Lebensbedingungen. S'ingénier pour les vaincre. Das Meer trennend, aber verbindend. Der Berg dräuend, aber kräftigend. Überall der partielle Tod die Wurzel des Lebens. Aus Hindernissen Belebung. So auch das innere Verbot: es zwingt zu neuen Wegen. Neue Zärtlichkeit. Unendliche Variabilität. Nicht Hingabe das Wünschenswerteste, sondern Ringen um Hingabe.

In jeder großen Trennung liegt ein Keim von Wahnsinn, man muß sich hüten, ihn nachdenklich auszubrüten und zu pflegen. (Goethe)

In der Reihe der Aufsätze: ›Furcht‹. ›Duse‹. ›St. Denis‹. (Duse als das eigentlich Unfromme. St. Denis als das eigentlich Fromme.) Pantomime. ›Hemmung‹. ›Anstand‹. ›Manieren‹. ›Über Zeichnungen v. L. v. Hofmann‹. ›Über Ingres‹. ›Brief über Van Gogh‹. ›Griech. Reise‹. (α) Hosios (β) in dem Wanderer: beängstigendes Alleinsein. Er sagt: da hinten ist ein Quell. Ich trinke dann aus diesem. Jähes Staunen über das Ich das primäre Erlebnis. γ) Jungfrauen). – ›Die Ehe‹ als Gegenpol zu ›Furcht‹, worin das grausig Einsame des Künstlerdaseins. In der Ehe das überschwänglich Hilfreiche, Lastenabnehmende. Goethe: Tod der Ehe. N. B. nicht mit einer Tänzerin verheiratet sein. Cf. Schopenhauer über Frau oder Dame. Gute Frauen (eine Schloßbewohnerin).

Aussee, 26. VIII. – Traum (in Welsberg). Verleugnen: die Süßigkeit ein geliebtes Wesen zu verleugnen – dies einzumischen in jenen Traum, worin die Verleugnung Christi durch Petrus. (Die Situation: O. verleugnet H. gegenüber D. B.)

Eisenbahnfahrt Aussee Gastein 1. IX. –
Ein Gedanke von großer Tragweite, noch brüchig, unabgegrenzt.

Aus allen Verhältnissen entwickelt sich durchaus das Unerwartete, Heterogene: so aus dem Verhältnis zu Grete Wiesenthal die Sorge um Erwins Gesundheit, ein Auf-sich-Nehmen dieses Wesens und seiner Probleme.

Wie wenn man in einem Traum begriffen wäre, eine Felswand hinabzuklettern, um in der Schlucht eine verwundete Löwin zu verfolgen: da wird einem – so als ob es sich von selbst verstünde – plötzlich ein Kind in die Arme gelegt und nun geht es um dies Kind u.s.f. Dies *so als ob es sich von selbst verstünde*, ist, was niedrige Naturen gewaltsam von sich abzuwehren suchen, mit einem: »was geht das mich an? wie kommt dies zu dem?« –

10. XII. – Figuren.
Der Komponist Busoni. Das Gequälte und Quälerische im Aug. Die Art, wie er Frauen die Hand küßt, hoch oben, oder indem er beide Hände in seine nimmt; auch einem fünfjährigen kleinen Mädchen. Ist vielleicht der größte Klavierspieler dieser Zeit.

Eine, die laut denkt, ohne es zu wissen. Zuweilen denkt sie voraus: antizipiert das, was später kommt.

Einer, der meint, die anderen (die Geliebte) müßten alles verstehen, was in ihm vorgeht, mit allen abstrusen Zwischengliedern des Gefühls.

G. Das liebevolle Schauen. Wie sie ein Gesicht, ein Bild lange betrachtet, einen Menschen um eines Zuges im Gesicht willen liebgewinnt.

* Vortrag. Anstößig ist alles Produktive. Nietzsche, ›Unzeitgemäße Betrachtungen I.‹, Talent als Existenzbedingung: Preisgegebenheit, Isolierung, Verzweiflung. Andererseits: das höchst Zeitgemäße: das Analogon zu den kontemporanen Zweifeln an der Sprache (›Brief‹) corollar hiezu die Bemühungen um Ballett und Pantomime.
Jugendzustand: eine Maske abreißen, das Wesen der Dinge erkennen – Halluzinationen des Wirklichen.

1911–1912

* Homer:
Die Figur des Odysseus. Hier ist aus der Analyse dieser Figur der Begriff des Heros abzuleiten, der sich von der viel greifbareren, dürerischen Kontur des germanischen Helden sehr unterscheidet. Er ist keineswegs ein shakespearischer Charakter; er ist weder durch sozialen Rang noch durch das Ambiente seiner Person, noch durch das Alter eines reifen Mannes irgend bedingt. Er taugt für die Arbeit eines Ruderknechtes und Jägers ebenso wie in die Situation eines gefangenen Sklaven, eines Liebhabers, eines bescheidenen Gastes, eines Händlers, eines Lügners... (Ankunft in Ithaka: Szene mit der als Hirt verkleideten Athene) – Was ihm dennoch den Schwerpunkt gibt, ihn zusammenhält, ist keineswegs Würde im mittelalterlichen Sinn, sondern ein viel Dämonischeres, eine Materie den Göttern verwandt. – so sind die Korai aus dem Perserschutt der Akropolis den Göttinnen wesensverwandt.
Die Welt: die Erwähnung Athens in Gesang VII (Athene fliegt nach der Erechtheusstadt) – Struktur des Gedichtes: das Aufhören knapp und jäh, indes durch die Weissagung des Teiresias in XI ein wunderbarer Ausblick auf das milde heroische Lebensende. – Die sieben Jahre bei der Kalypso als eine geheimnisvoll hieratisch behandelte Leere, wie gewisse Flächen der archaischen Statuen. – Die Totenwelt: das höchst Un-Danteske.

1912

Winter 1911–12. – Gelegentlich der Lektüre des Ur-Meisters (cf. Reflexionen über den ›West-Östlichen Diwan‹) Prozeß dieser Umbildung.
Wenn wir reifer werden, erkennen wir im Menschen ein Aufhebendes, das immer und überall am Werke ist, gegenüber dem schlechthin Schöpferischen. – Wo das Schöpferische sich wahllos verhält, auf jedem Punkt zu leben ermöglicht, die eigentlich absurde Vorliebe des Geschöpfes trägt und durchführt, von dem Allgemeinen einen zufällig besetzten Anteil als den einzig in Betracht kommenden vindiziert, setzt das Aufhebende ein allmähliches Zurücktreten des Individuums durch, ein geringeres Interessiertwerden durch das Eigene – Goethes Vergessen der eigenen Jünglings- und Knabenjahre (Bedauern über die verbrannten Briefe der Jugendfreunde).

* Gespräch mit der Tänzerin: Sind wir nicht auch so Marionetten, daß etwas (die Liebe) auf uns spielt, und die Glieder schleudern macht, so daß einer kommt, begierig mit uns, die gewisse Pantomime zu machen… Gleich darauf: Wie dumm Sie sind, Hugo, wie niedrig. Kennen Sie das Göttliche nicht.

Semmering, 5. II. (3 Tage auf dem Semmering mit Erwin [Lang] und Gretl [Wiesenthal].) Versuch über die Komödie.
Komödien aus zweiter Hand noch unerträglichere, non-existentia als die Versuche auf dem Gebiet der Tragödie. Die Materie scheint zarter und der Verderbnis noch rascher ausgesetzt. Die Komödie bezieht sich immer auf das Soziale. Nur das *relative* Menschliche ist komisch. Shakespeares komische Figuren und poetische Komödien keine eigentliche Komödie. In der eigentlichen Komödie ist die Idee komisch, d. h. sozial. An Shakespeare geknüpft: ›Weh dem der lügt‹. Mo-

lière vereinigt die Elemente des Komischen. Kontur, kom. Charakteristik, Witz, komische Idee. Begegnen wir einem vereinzelten Element (die Contours seiner Farce bei Courteline, sein Witz bei Marivaux), so erkennen wir erst, was dazu gehörte, die Elemente beisammen zu haben und sie *so* zu mischen. Kleist hob, wo er den ›Amphitryon‹ änderte, das Komische auf. – ›Zerbrochener Krug‹, Freytags ›Journalisten‹. Was steht hinter Molière: Terenz, hinter diesem Menander.

Versuch über die Komödie. Ibsens beste Schöpfungen wahre Tragikomödien: ›Hedda Gabler‹, ›Die Wildente‹, ›Solness‹ saltare comoediam: Jenes Eigentliche, welches erst aus der Szene ein geformtes Gebilde, eine Tanzfigur macht. Die obligaten Vermählungen am Schluß haben desgleichen etwas von einer Tanzfigur.

Die Komödie muß Theaterspiel enthalten: ihre Abstammung von der commedia dell'arte und dem alten Mimus liegt darin, daß sie den eisernen Vorrat an Motiven und Gesten in sich schließt, als: klug zuhören, dumm zuhören, stolzieren, vor Furcht scheppern; prahlen, klein beigeben; lügen, ertappt werden; bramarbasieren, zu Kreuz kriechen usf. usf.: – verleumden (Sbrigani ›Monsieur de Pourceaugnac‹, II).

Über Komödie. In George Dandin durchaus prägnanteste Beispiele für *symbolische* Situation. Dies sind nicht einmalige Situationen sondern typische, in denen sich das Verhältnis zwischen den Figuren kristallisiert. Deswegen braucht ihre Herbeiführung keinerlei spezielle Motivierung, sondern nur die aller allgemeinste.

9. II. – Stoff und Gestaltung.
Das Barrikadenbild von Delacroix, das einzige seiner Bilder, auf welchem modernes Kostüm vorkommt – und welches sehr wohl nach der Erinnerung gemalt oder komponiert sein könnte, denn er hatte zwei Revolutionen miterlebt – beruht auf einem Gedicht von Aug. Barbier, in welchem alle auf dem Bild festgehaltenen Gestalten vorkommen.

5. Juli. – Auf der Rückfahrt von Oslawan in der Zeitung gelesen (Waldviertler Bote): Ein Feldwebel-Rechnungsführer eines Infanterieregimentes macht mit seiner Geliebten einen mehrtägigen Ausflug. Eines Abends sind sie ohne Geld, streifen die Nacht im Wald herum, bei strömendem Regen, angetrunken; bei Tagesgrauen beschließen sie, zusammen zu sterben. Er gibt einen Schuß auf sie ab, sieht sie fallen, hängt sich an seinem Hosenträger auf; sie ist nur verwundet, der Schmerz macht sie nüchtern, sie springt hin, schneidet ihn ab. Er, dem es mit dem Sterben Ernst ist, wird wütend, schießt noch zweimal auf sie, bearbeitet sie mit dem Säbel, daß sie sich blutend vor ihm ins Dickicht rettet. Nun knüpft er den Hosenträger wieder zusammen und hängt sich abermals auf. Sie hat sich indessen bis zu einem Bauernhaus geschleppt, bringt Leute auf die Beine, führt sie zu jener Stelle im Wald zurück, findet den Mann schon blau, aber noch lebend, schneidet ihn wieder ab und bringt ihn mit Hilfe der Leute zum Leben zurück. Was für Menschen!

Aussee, den 13. Juli. – Im Wald, unterm Lesen von Bettinens Briefen. – Silvia. Sie kennt das Schlechte an den Menschen recht wohl, läßt es aber so hingehen und gibt sich mit den Leuten ab. Dies Verhalten von ihr, wie Rudolf es gewahr wird, macht ihn irre an ihr.

Aussee, 25. VII. – Der arme blinde Infanteriehauptmann, der sich nicht erschießt: trotz seiner quälenden Leiden, um der Familie seine Besoldung zu erhalten – und O. Haas-Heye, der, wenn er sich im Garten aufdecken läßt und mit seiner Frau Forellen ißt, einen Schirm aus Blumen anrichtet, damit ihn seine Taglöhner nicht essen sehen.

5. VIII. – Die Anekdote von Friedrich Wilhelm IV. (bei Varnhagen, Tagebücher III), wie der König das Gesuch eines geachteten jüdischen Landarztes zu Gesicht bekommt, der bittet, seinen Namen so weiterschreiben zu dürfen, wie er ihn zu schreiben gewohnt ist (wogegen die Kommission ihm eine ältere Schreibart, deutlicher jüdisch, aufzwingen will). Der

König, unterrichtet über die Verdienste des Mannes, in einer großmütigen Wallung, will sogleich selber dem Gesuch die Genehmigung beifügen, seine Feder ist unbrauchbar, er wirft sie weg, verlangt eine andre, die ihm gebracht wird. Die neue Feder paßt ihm wiedrum nicht. Indessen tritt ein Rat zum Vortrag ein, ein Adjutant meldet ihm etwas, das ihn verdrießt, inzwischen hat man die dritte Feder herbeigebracht. »Ei was!« ruft der König, inzwischen zornig geworden, »der verdammte Jude soll sich schreiben, wie ihn's die Vorschrift heißt!« und wirft das Gesuch zu den übrigen. – Ähnlich die Mutter Anton Reisers, die den Knaben, als der Vater ihn ungerecht schlägt, diesem mit Gewalt unter zornigem Weinen und Streiten entreißen will, aber weil dies nicht gelingt, dann gleichfalls auf das Kind losschlägt. (›Anton Reiser‹ I. Teil)

München, 3. IX. – Gedanke:
das allmähliche Eingeschränktwerden. Wunsch und Glaube, die ganze Welt zu sehen, auf nichts zu verzichten, allmählich nur die schon geliebten Landschaften wieder[zu]sehen – bang, als gelte es Lichter zu behüten, immer wieder anzuzünden. So mit den Menschen: die Freunde erhalten: mit den Freunden das geheimnisvolle Wesen, das von je 2 Menschen ausgeht, am Leben erhalten.

München, 6. X. – Die Bewegung eines kleinen Kindes, das gegen den Arm seines Gespielen schlägt, weil dieser Arm gegen ihn geschlagen – und die Schläge zwischen Asien und Europa, Xerxes und Alexander, Rom und die Parther, die Kreuzzüge und die Eroberung von Byzanz durch die Türken – es ist ein Gleiches darin.

München, Oktober. – Zeitungsnotiz aus Rußland. Der Postmeister eines Dorfes kommt zu einer armen Frau, die mit ihren drei kleinen Kindern abseits des Dorfes wohnt. »Hier ist die Quittung über 500 Rubel, die dein Mann dir aus Amerika schickt. Du wirst sie unterschreiben.« Sie ahnt Böses, will zuerst das Geld sehen, sieht an seinem Blick, wie ers meint, fürchtet sich, weint, gibt die Unterschrift. »Wegen deiner

Sanftmütigkeit«, sagt er jetzt, »habe ich zwar Mitleid mit dir, aber sterben mußt du, denn du könntest mich verraten. Doch werde ich dich eines schnellen unblutigen Todes sterben lassen; ich habe Messer und Strick zu mir gesteckt, das böse blutige Messer soll dich nicht töten, sondern der feste, glatte Strick dir schnell hinüberhelfen.« Er fesselt die Frau, knebelt ihr den Mund, die Kinder sind stumm vor Angst, er befestigt den Strick an einem Balken der Zimmerdecke, seift ihn ein. »Jetzt probiere ich, ob die Schlinge schnell und straff zuläuft, das tu ich aus Mitleid mit dir.« Er steigt auf einen Stuhl und probiert die Schlinge mit den Händen, beugt sich dabei weit vor, die Hände sind in der Schlinge gefangen, der Stuhl kippt um, der Strick hat sich unlöslich zusammengezogen, reißt ihm die Arme nach oben, er hängt in ohnmächtiger Wut, wird besinnungslos, bleibt die ganze Nacht so, die gefesselte Frau drei Schritte von ihm – bis am nächsten Morgen Leute beide finden.

Memoiren des Schauspielers Christ. – Seine Frau sah öfters im Traum Leute tot, die die gleiche Nacht wirklich starben in genau der gleichen Stellung und Umgebung, als sie sie gesehen hatte. So einen Musiker (in Petersburg), den sie tot auf der Erde liegen sah, das Gesicht mit einem weißen Tuch umbunden, ein wenig Stroh unterm Kopf, in einem rot tapezierten Zimmer.

18. XII. – Ingres
Nichts ist schwerer zum Stehen zu bringen als die körperliche Schönheit. Alles können wir in gediegenem Zustand finden: die Schwermut, die Verirrungen, sogar die Erhabenheit – nur nicht die Schönheit. Zur Schönheit bieten sich uns vielerlei Führer an: die lasziven, die vagen, die unernsten sind uns unerträglich, an ihrer Hand verwirren wir uns. Von wie vielen Momenten können wir sagen, daß sie der Schönheit geweiht waren? ohne die Verwirrung des Zurückdenkens oder Vorauswünschens, der Anspielung, des Gleichnisses, der Verlegenheit. Nur die ernsten Führer sind es wert, daß wir ihnen folgen. Milton, Dante, Ingres. Ingres: das angeblich Akade-

mische in der Tat höchste Sinnlichkeit – die beiden Jungfrauen vor dem Thron des vergötterten Homer. In diesem ruhigen Maler finde ich die Beglückung, die von Tänzen ausgeht. Schwer die Schönheit zu finden – sie gleitet beständig ab von der Gestalt, so von der Wirklichkeit der Griechen aufsteigend die Vision ihres Daseins.

Baruzi, ›La Volonté de Métamorphose‹, S. 92:
»Un frisson aigu qui nous traversait nous a avertis, un jour, de notre affinité individuelle avec certaines lignes, graciles ou robustes, que près de nous ce corps, puis cet autre, agitent, de telle sorte que jamais le dessin ne s'en achève. Aussitôt une curiosité de maîtriser ces lignes, de les incurver à notre gré, puis, nous amincissant, de nous couler en elles et que leur brusquerie nous emporte, nous a envahis. Tout se passe comme si notre fascination, c'était, à notre insu, de remonter en elles, jusqu'au point caché où elles naissent et où toute leur loi se décide.«

1913

1. II. – Fürstin Olga Dietrichstein, geborene Dolgoruki. Sah sie nur einmal in einer Soirée bei Taxis, wollte sie immer besuchen, versäumte es immer, sie war viel krank, nun ist sie völlig verändert, ist *böse* geworden, schlägt ihre Leute, will die Kinder nicht sehen. Sie liebt, seit Jahren, ihren Arzt, Steinlechner, einen gewöhnlichen Menschen, der mit einer Colloredo (Schwester der Fürstin Schönburg) verheiratet ist. Hielt diese Liebe geheim, auch vor ihm. Ihr Aufleuchten, wenn von ihm die Rede war, ihr Fragen: ob man ihn gesehen – ob mit seiner Frau – ob er glücklich ausgesehen habe... usf., verriet sie für einige wenige Menschen. – Sie hatte den schönsten Gang – den zartesten, schwebendsten, scheuesten – so wollte sie an dem Erlebnis, an dem Geständnis, an der Preisgabe *vorbei*gehen, das hätte sie vielleicht können, in ein Kloster – aber das Kloster war kein Ziel für ihre Geistesart, sie saß da, trank Tee, brütete vor sich hin, las in den Reden Buddhas, brütete immer über diesem: wie man an dem, was da steht, vorbeikommen könne – nun ist sie einer völlig gerechten Krankheit verfallen. Sie war von einer leidenden Schönheit, eine Stirn wie die Duse, eine weiße Strähne in dem dunklen Haar, ein unsagbar scheuer Blick.

7. III. – Ein Tauber, der nur hört, wenn ein Diener, den er zu diesem Zweck mit sich führt, die große Trommel schlägt.

Komödie – zwei miteinander verwandte Charaktere verknüpfend: den durch Zuviel-Wollen zerstreuten Frauenjäger (an Carl Seilern denken) und eine ihm ähnliche Figur in der intellektuellen anstatt der sensuellen Sphäre.

Stürbe ich demnächst, so würde mir vielleicht leid tun, ein großes schönes Bauernhaus, freiliegend auf einem Hügel, wenn man von Ischl gegen Strobl fährt rechts, niemals betreten zu haben.

11. XI. – »Ich muß bald sterben«, sagt einer, »mir ist in meinem Haus und Garten nichts mehr fremd in dieser letzten Zeit.«

»Je vereinigter die Menschen sind, desto vereinigter, desto vollständiger und persönlicher fließt jeder Naturkörper, jede Erscheinung in sie ein – daher kommt jenen frühern Menschen alles menschlich, bekannt und gesellig vor – –« Novalis ›Lehrlinge zu Sais‹.

Die Tänzerin: haucht in die eigenen Glieder Musik, um sie zu entfalten: alles an ihr müsse dienen können, beschirmen sogar, beschwören, sich betend zusammenziehen.

Wandschirme. Zwei Wandschirme, Kunstarbeiten einer jungen Frau. Naturgeschöpfe, angeordnet. Ein Mann weiß nicht durch das Medium der Liebe zu vereinigen.
»Endlich begegnete er einem Quell und Blumen, die einen Weg für eine Geisterfamilie bereiteten.«
Das hold Dienende aller Naturgeschöpfe dem Mann verborgen.
»Ein Alkahest scheint über die Sinne der Menschen ausgegossen [zu] sein. Nur augenblicklich scheinen ihre Wünsche, ihre Gedanken sich zu verdichten. So entstehen ihre Ahndungen, aber nach kurzen Zeiten schwimmt alles wieder wie vorher vor ihren Blicken.«
In der Natur ist ein unsagbares Herübergreifen, sich Herüberlehnen vom einen zum andren: der Mann getraut sich nicht, daran zu glauben, darum ist es in den Kunstwerken so selten.
Der Mann, als Höchstes, auch weiblich.
Es sagen viele, daß sie sich an der Natur freuen: aber vielen ist es nur ein Ausschweifen. Wenige durchleben etwas wie die Mutter ihr Kind durchlebt. Der durchlebt, der in andren ist, ohne sich aus sich zu entfernen.

14. XI. – Die junge Frau und die Nixe im Baum.
Der Mann auf Arbeit: in der Schottergrube – beim Holzfällen. Die Frau zuhaus: eine Uhr – tönernes Geschirr – ein Fisch

in einem Glas. Steine, Federn. Ihr Blick in die Natur vertraulich: sie sieht ein Dienen, eine Geselligkeit in der Natur, die sonst verborgen ist: ihre Vermutungen über das Weben der Naturwesen.
Des Mannes Gedankenanstoß ist: seine Frau könne unmöglich die richtige Art, über die Dinge zu denken, haben; auf dem Wege seiner Frau komme man den Dingen nicht bei. Man müsse ihnen ganz anders zu *Leibe*. Die Frau fühlt den Zwiespalt: aber fast auch wie etwas Heiliges. Sie weiß wohl: je näher man zueinander rückt, desto größer wird die Welt.

1914

Semmering, 1. IV. – In letzter Zeit fiel mir die Ähnlichkeit zwischen Heinrich von Kleist und E. Poe auf, in ihren Aufsätzen, den Gebrauch, den sie von ihrem (dichterischen) Scharfsinn im Hinblick auf das Leben machen.

Die Einschränkung der Möglichkeiten des Individuums durch die engeren Grenzen des Volksgeistes. Ein Shakespeare aus den Bulgaren, den Rumänen hervorgehend ist nicht denkbar, kaum aus den Dänen oder Norwegern. Durch ein Individuum wie Walt Whitman dokumentiert sich die nordamerikanische Nation und ihre Größe.

Mir träumte diesen Winter, ich gehöre zwei verschiedenen Zeitaltern an und muß immer von einem zum andern fliegen, über ein Meer oder einen Meeresarm. Hier sind in der Luft Netze gespannt. Ich fliege, gerate in Gewölk, die Namen: Antonius! Lepidus! blitzen mir entgegen (wie Feldgeschrei), da bin ich schon gegen das Netz geprallt, stürze tief hinunter, finde mich unten zusammen mit Meerestieren, Krabben, Langusten, die gleich mir gefangen sind. Die Fischer greifen nach uns.

Im Herbst in München träumte mir, ich trete aus meinem Schlafzimmer auf den großen Korridor (des Hauses, früher Palast oder Amtsgebäude, jetzt improvisiertes Gefängnis der französischen Revolution – das ich bewohne) und bin mir bewußt, daß dies der letzte Tag meines Lebens ist: ich bin zum Tode verurteilt. Der Korridor ist groß, luftig, an jedem zweiten Fenster steht ein Schreibtisch; die Schreiber sind mit der Erledigung von Todesurteilen und dem, was damit zusammenhängt, eifrig beschäftigt. Ich fühle mich wohl, frei – ohne jede Beklommenheit, und weiß, daß mich dieses Gefühl bis zum letzten Augenblick nicht verlassen wird. Ein Beamter tritt auf mich zu, fragt mich in halb geschäftsmäßigem Ton etwas, das ich durch ein Nicken beantworte. Er veranlaßt, daß jemand von einem Schreibtisch aufsteht, jemanden zu holen, damit mein Wunsch erfüllt werde. Inzwischen gewinne ich – ohne daß ein Spiegel da ist – irgendwie einen vollen Blick über meine Erscheinung (die mit meinem wirklichen Aussehen keine Übereinstimmung hat) ich sehe mich über mittelgroß, ziemlich beleibt, kraftvoll, in einem langen braunen Rock; den Mann, der heute am frühen Nachmittag sterben wird – sehe ihn ohne Wehmut, mit völlig freiem Gemüt. Nun kommt der Schreiber zurück, hinter ihm meine Frau. (Es ist ein Wesen, dessen Gesicht ich nie gesehen habe, doch im Traum mir so vertraut, wie nur die Frau, mit der man zehn Jahre gelebt hat.) Sie ist brünett, mittelgroß, hat ein ovales, ernstes, aber durchaus nicht leidendes Gesicht, eine unvergeßliche Haltung der Schultern, wunderschöne Hände. Der Schreiber und der andere Beamte treten in ein Fenster, kehren uns absichtlich den Rücken. Ein Blick genügt, um einander zu sagen, wie es steht. Sie tut einen halben Schritt, wie um in meine Arme zu fallen, blitzschnell sagen wir uns beide und verstehen es ohne ein Wort, daß wir uns jetzt nicht umarmen dürfen, ohne völlig und unrettbar die Fassung zu verlieren, ein Augenblick, in dem sich unsere Blicke verschränken, enthält wirklich und wahrhaftig den Inhalt von Jahren, dann winkt sie dem Schreiber und geht ihm voran den Korridor zurück. Ich fühle, daß ich ihr nicht nachsehen *kann*, drehe mich gegen das Fenster, durch das die grelle Sonne hereinscheint.

Aussee, 7. VII. – Liebenswürdige Schwäche. – Die Fürstin Lichnowsky geb. Thun (Memoiren der Gräfin Lulu Thürheim) pflegte zu ihren Freundinnen zu sagen: »Erzählt mir nichts, was ich nicht weitersagen darf; wenn ich zu einem Kranken komme, den ich unterhalten muß, so steh ich nicht dafür ein, daß ich diskret sein kann.«

12. X. – Das steinerne Herz.
Die furchtbare Gewalt der *Lüge,* wie sie sich in diesem Krieg

offenbart – bis zum Nicht-mehr-aufkommen-Können der Wahrheit. (Silvia!)
Der Verführer: ein großer Herr, maßlos eitel, umgeben von Parasiten, Pfaffen, Advokaten, Baumeistern, Dichtern; immerfort von sich redend, halb F. S. halb Lanckoroński; er nimmt dem andern immer das Wort aus dem Mund, kommt unablässig auf sein Verdienst, seine Frömmigkeit zurück. (Jener Graf Sporck in der Biographie Ferdinand Schwarzenbergs von Wolf). Er ist auch Frömmler: hart gegen seine Bedienten, kriechend nach oben, mit Falschheit brüderlich.

2. XI. – Die Schlacht in Westflandern dauert an. In Polen ist seit gestern eine neue Schlacht im Gange, in Galizien und Bukowina halten die Unsern stand, in Serbien ist unser Angriff im Vorschreiten. Gestern hat die Türkei im Schwarzen Meer die Feindseligkeiten gegen Rußland begonnen.

Immermanns ›Reisejournal‹ (worin ich abends blättere): Vor Hildesheim stand ein Kruzifix am Wege und rechts und links befand sich ein Betschemel. Über dem einen war zu lesen »Der Tugend«, über dem anderen »Der Verirrung«. – Es war also jedem nach Pflicht und Gewissen seine Stelle angezeigt.

Seit Kriegsbeginn (26ter Juli) habe ich, soviel ich mich erinnern kann, noch nicht geträumt.

8. XI. – In der geschichtlichen Darstellung ist nur das Detail eigentlich interessant; die Geschichte der Schlacht von Waterloo auf 500 Seiten (Houssaye), die des 18ten Brumaire auf doppelt so vielen (Vandal).

1915

10. III. – Physiognomie. – Cicero Tuscul. IV. 37. »Als in einer Gesellschaft Zopyrus, welcher aus dem Äußeren die Natur jedes Menschen zu erkennen behauptete, dem Sokrates viele Fehler zuschrieb, wurde er von den Anwesenden, welche jene Fehler des Sokrates nicht kannten, verspottet, von Sokrates selbst aber unterstützt, da dieser bekannte, daß er von Natur zu denselben geneigt sei, diese Neigung aber überwunden habe« (zitiert bei Hamann ›Magie und sokratische Denkwürdigkeiten‹).

* Kritik und Kritiklosigkeit im Aufnehmen einer Nachricht. Der Mensch ist eine Aufnahmestation, als solche qualitativ bestimmt.

* Ad Aufsatz ›Gräber‹: Kraft ist Glaube. Das allmähliche Hervortreten des Glaubens im Individuum, unbewußter Glaube. – Die Gräber ihre letzten Häuser. – An den Gräbern stehend: die Stärkung des Geistigen in der Welt.

Über geistige Bildung und ihr Verhältnis zur Seele: daß neue Aufgaben erst erkannt werden müssen – daß das sittliche Erlebnis Schritt halten muß mit der geistigen Bereicherung.

Krakau, 1. VI. Gedanken zum Festspiel. – Glaube: »Im tiefsten Gewölbe schläft die Einheit der wirkenden Kräfte: sie schafft den Kronjuwelen Kraft, sie darf sie enthüllen; ihr Wesen, nur in Krisen hervorzutreten. Ihre Göttlichkeit: unmittelbare Sendung vom höchsten Thron; nur ich vermag sie hier zu halten; mehr als irdische Kraft umwittert sie.«

Zum Festspiel: Wer glaubt, dem wird die Welt anders: das Wasser trägt wie eine Brücke, das Feste wird durchsichtig, die stummen Tiere sprechen, die Einsamkeit ist voll Stimmen.

Krakau. Juni. – Höflichkeit. Ihre Notwendigkeit in einem Staat wie Österreich. Fundamental. Die Völker nebeneinander. Mögliches Verhalten der österreichischen Militärbehörden in Russ.-Polen, (mit Ausnahmen) unmögliches der preußischen, sozusagen prinzipiell.
In meinen Arbeiten. Das Alkestis-Thema. (Der König) Höflichkeit der Shakespeareschen Figuren. Demgegenüber bei Racine, da ist es etwas anderes, Deferenz, Gefühl für Rang und Distanz, Convenu.
Gefahren der Unhöflichkeit. Amtsüberhebung. Generalstabsdünkel. Höflichkeit, bei uns, ist unbewußt gewordene Staatsraison. Volkshöflichkeit. Die Steirer, Tiroler. Die Slaven.
Der Wiener mehr zeremoniös als höflich.

Krakau. Für den Aufsatz. Unsere Nationen. Das Wertvollste in jedem Pathos ist Mitschwingen der Naivetät = der Materie.
Ihre Leiber – also ihre Seelen.

* Schröder – Borchardt – Hofmannsthal verbindend: das Problem des Seins und Werdens. In ›Gestern‹, ›Tor und Tod‹ das Sein als Beharrendes dem Wechsel entgegengestellt. Wendung des Problems in der ›Elektra‹: Treue = Hingabe. – Antithese: Kreon – Ödipus – wer ist fähig zur Hingabe.
Borchardt – vor allem die ›Herbstsonette‹; Schröder: ›Die Zwillingsbrüder‹.

19. VI. – Ein ganz eigenartiges »Familienfest« der Santal (Nordindien) besteht darin, daß sich einmal im Jahre die ganze Familie in ihrem eigenen Hause einschließt, jeder einzelne sich die Ohren mit Werg verstopft, so daß kein Laut zu ihm dringen kann, und auf ein gegebenes Zeichen alle, Vater, Mutter, Söhne, Töchter, Schwestern, Vettern, Onkel und Tanten, einander die gröbsten und gemeinsten Schimpfworte zurufen, die ihre Erfindungskraft nur aufzubringen vermag. Keins vermag natürlich zu verstehen, was das andere sagt. Man schreit so laut und so lange, bis man vor Erschöpfung

anhalten muß. Über den Ursprung dieser sonderbaren Gewohnheit, die bereits auf ein hohes Alter zurückblicken soll, vermögen die Santal nichts Näheres anzugeben (Buschan ›Die Sitten der Völker‹).

(Für den Malteser [in ›Andreas‹])
Beständige Wiedergeburt aus sich selber, Bestand durch Verwandlung.

Mors illi Venus est, sola est in morte voluptas.
Ut possit nasci, appetit ante mori.
Ipsa sibi proles suus est pater et suus heres
Nutrix ipsa sui, semper alumna sibi.
Ipsa quidem, sed non eadem, quia et ipsa nec ipsa est
Aeternam vitam mortis adepta bono.

Lactantius de Ave Phoenice

31. VII. – Eine der schlimmsten Erfahrungen des reiferen Alters ist die, daß man niemanden vorwärtsbringen kann, außer sich selbst.

Korai: die Idee des Zirkularen in ihrem beängstigenden und belebenden Aspekt.

* Die Säule. – Ein Sandkorn – und Glaube, und die Welt der Griechen ist da. Gerade aus dem Sandkorn ist sie aufzurichten, – nicht aus einem Klumpen Lehm. Das Sandkorn und die Luft, ein Sandkorn zu einem Sandkorn: das sind Burgen, Akropoleis, – unten Sklaven, getürmt alles durch Saitenklang, Maß, alles Einschließen, wahre Synthese – wunderbares Beharren in der Welt – trotz allem Möglichen was die Welt noch enthalten könne – – wahre Unsterblichkeit, wahre ewige Gegenwart.

* Wenn das Haus durchsichtig wird, gehören die Sterne mit zum Fest.

November. – Takt. – Der Mangel an Takt bei den Deutschen. Mutmaßliche Ursachen. Fehlen des Sinnes für Form. Schiller: Die Deutschen sind nur moralisch zu rühren, nicht ästhetisch. (Fundamentaler Unterschied vom Österreicher.)

Großer Ernst dieser Fragen jetzt. Die ungeschickten Versuche die Neutralen zu beeinflussen. Hölderlins Gedichte als rührende Geständnisse. Die Figur des deutschen Musikers in Balzacs ›Cousin Pons‹. Dreißigjähriger Krieg. Schröders Gedichte.

* Eine Figur (Rilke): ein Mensch, der sich immer an zu viele hergibt, sich vielen zuliebe aufgibt und moralisch verloren wäre, wenn die anderen sich zusammentäten und kollationieren würden. Eine bis zur Narrheit eifersüchtige Frau müßte die Triebfeder dieser Komödie sein. Diese könnte den Namen haben ›Ein Wort zuviel‹, der mir vor Jahren einmal einfiel.

* Analogie zwischen ›Tor und Tod‹ und Andrians ›Garten der Erkenntnis‹ (beide 1893–94 entstanden): in einem der Wiedergeburtsprozeß klar projiziert, im anderen ein verfehlter solcher Prozeß. – In bezug auf beide Werke: die Wirklichkeit steht immer gleich nahe.

16. IV. – Den ›Dépit amoureux‹ von Molière wieder gelesen. Das ist von einem Glanz und einer Frische, die unglaublich sind. Gleich im I. Akt die Szene der beiden Liebhaber, deren jeder sich für den Begünstigten halten muß. Alle Szenen der beiden Lakaien. Ich glaube, es ist dieses Stück, von dem ich gelesen habe, daß Victor Hugo daran die wunderbar farbige Diktion und den Schwung der Alexandriner hervorhebt. Wirklich ist der Vers, bei derselben Prägnanz und Schlagkraft, vielleicht in keinem späteren Stück so farbig und funkelnd in den Wendungen. Es ist diese unsägliche Verve, die jedem, auch den halbimprovisierten Stücken von Molière einen so unerreichbaren Rang gibt, dieselbe Qualität, die mich vor zwei Monaten in Berlin an den ›Fâcheux‹ so begeisterte. Sich unterhalten, von Szene zu Szene, nur so kann ein Lustspiel entstehen.

17. IV. – Den ›Joueur‹ des Regnard gelesen, nicht zum erstenmal. Nach dem Molière ist es von einer unleidlichen Trockenheit und, im Detail, Gewöhnlichkeit; nicht nur die

Szene, das morceau, sondern vor allem die einzelne Replik, der einzelne Vers stehen so unvergleichlich hinter dem Molière zurück. Es scheint mir auch sehr fraglich, ob der *Spieler* als solcher überhaupt eine mögliche Charakterfigur, geschweige denn komische Figur. Die eigentliche Betätigung des Spielers ist doch das Spielen und das was dabei in ihm vorgeht; dieses aber ist ebenso undarstellbar als z. B. der hysterische Anfall bei der Hysterischen. – Ein ähnlicher Einwand läßt sich gegen den ›Zerstreuten‹ machen, die Zerstreutheit scheint mir mehr das reizvolle Ingrediens einer komischen Figur als das eigentliche Substrat für eine solche bilden zu können. Der Zerstreute, wenn er nur immer zerstreut und nichts als zerstreut ist, gleicht zu sehr einem Geistesgestörten (oder Zerrütteten) und ist der Gegenstand ganz anderer Gefühle als der Lächerlichkeit. Die Zerstreutheit kann ein guter Zusatz sein, womit man eine gewisse durch die Situation herbeigeführte Zerrüttung einer geistig schwachen oder leidenschaftlichen Figur gut und komisch zum Ausdruck bringen kann.

Die Nebenfiguren sind nicht gut, hier der ewig tanzende und pfeifende Chevalier, dort (im ›Joueur‹) der gaunerhafte Marquis mit seinem Refrain.

Überhaupt muß man Regnard studieren, um zu erkennen, wie übervortrefflich in allem und jedem Molière ist.

Regnards Stärke war die poetische Posse, wie ›Les folies amoureuses‹; hier ist er von unübertrefflicher Verve und einer reizenden Anmut. (Siehe über dieses Stück Stendhal Tagebuch 1800–1805.) – Lessing scheint von Regnard nur die eigentlichen Charakterkomödien gekannt zu haben.

›Der Zerstreute‹. Schwach, daß die meisten Züge von Zerstreutheit anekdotisch erzählt anstatt in die Handlung gebracht sind. Sonderbar, daß er die Figur des zerstreuten Ménalque bei La Bruyère nicht besser benutzt hat. (Er hat sie zwar sichtlich benutzt, aber nicht gut.) – Dieser Zerstreute ist entweder gar zu zahm oder gar zu absurd. Überhaupt ist Regnard in der regelmäßigen Komödie ziemlich schwach, dagegen in der phantastischen Farce sehr gut. – In Akt II Sz. IV schickt der Zerstreute seinen Diener weg, Degen und Handschuhe suchen, die er beide bei sich hat (die Handschuhe wohl im Gürtel). Der Diener läßt sich wegschicken, kommt wieder und bemerkt dann erst, daß L[éandre] beides bei sich hat. Durch diesen Zug ist alles aufgehoben, der Diener ebenso zerstreut wie der Herr. Nein, hier wie im ›Spieler‹, Regnard hat kein Geschick, eine Handlung zu führen, die Figuren kommen und gehen absichtlich, und es ist eine matte, aus Geistesschwäche stammende Absichtlichkeit, nicht wie bei Molière eine witzige. – Der Diener hat übrigens – und nicht nur gegen seinen Herrn – eine unbegreifliche Insolenz.

Im Mai gelesen: ›Les fourberies de Scapin‹, ›Amphitryon‹, ›Tartuffe‹, ›Le Misanthrope‹, ›L'Ecole des Maris‹.
Diese fourberies de Scapin sind recht gewöhnliche Gaunerstreiche, es scheint mir eines der mindest inspirierten Stücke von Molière. Gut ist die Szene des Alten mit dem berühmten »Que diable allait-il faire dans cette galère?«
›Amphitryon‹. – Ist der ›Tartuffe‹ das stärkste, der ›Misanthrop‹ das edelste, die ›Schule der Frauen‹ das lustigste und die ›Heirat wider Willen‹ das philosophischste von Molières Stücken, so ist der ›Amphitryon‹ sicherlich das anmutigste. Es ist eine Verve darin in den rein komischen Szenen (den Verwechslungsszenen), die ohnegleichen ist, in den Szenen aber, die das Sentimentale streifen, ein Glanz des Ausdrucks, eine Kunst der Andeutung, eine schwebende Zartheit, die für mein Gefühl alles hinter sich läßt, was das 18. Jahrhundert auf diesem Gebiet hervorgebracht hat. Mit unvergleichlichem Takt ist die Schlußwendung gebracht, con disinvoltura (wie meine Großmutter gerne sagte) und doch ohne Frechheit, vollkommen aus der Zeit, höfisch, und doch untadelhaft. Denkt man sich Ähnliches aus dem 18., so bekommt es daneben etwas leise Äffisches, auch Bübisches, die Grazie wird mièvrerie, die zarte Weltweisheit allzu bewußte Altklugheit usf.
Die Vortrefflichkeit von Dichtern und Schriftstellern wie Molière, La Fontaine, La Bruyère, Boileau, Sévigné ist für den Deutschen (unserer Zeit) nicht in die Augen springend; man muß sie sich klarmachen, und dazu gehört Freiheit von Vorurteil und Anmaßung.

Gespräch über Molière mit Andrian, Warschau, Juli 1916: Nicht in den Gestalten liegt bei Molière das Eigentliche, sondern in den Relationen. Das Verhältnis von Freund zu Freund, vom Verehrer zur Geliebten, vom Pedanten zu seinem Publikum, vom vernünftigen Mann zum Schrullenhaften, dies ist mit einer Komplettheit und einem Reichtum der Skala dargestellt, worein man sich vertiefen muß, um urteilen und nach Gebühr bewundern zu können.

Juli. – Ich bin allein und beginne Verschiedenes auf eigene Hand, das eigentlich durch Übereinstimmung aller in einer Generation unternommen werden sollte: das Repertorium der deutschen Bühne neu wiederaufzubauen, die dramatische Musik auf ein anderes Gebiet zu führen. Der geistige Zusammenhang in diesen Versuchen wird von wenigen erkannt.

1916. – Ein alter Schurke, wenn man ihm ins Gesicht unmäßig schmeichelt, schlägt die Augen nieder und sieht dann aus wie ein junges Mädchen.

Aussee, Ende Juli. – Stellt man sich die gleiche Szene wechselweise in dramatischer und in erzählender Form behandelt vor, so ergeben sich die merkwürdigsten Unterschiede hinsichtlich dessen, was im Betragen der Figuren in der einen Form möglich, ja reizvoll, in der anderen Form ganz und gar unmöglich ist. In der Erzählung können sich reizende Inkonsequenzen finden, die im Dramatischen unmöglich sind und die Form glattweg aufheben würden. (Das gleiche Verhältnis sehr schlagend zwischen der Komödie und dem komischen Roman.)

Ende Juli. – ›Wilhelm Meisters Wanderjahre‹. – Die Interessen, für die der Autor unseren Geist in Bewegung setzen will, sind ganz geistig, von der abstraktesten (entsagenden) Art. Das Ganze aber hat, in den Erzählungen und auch sonst, eine Fülle von Ingredienzien aus der Sphäre des Sinnlich-Vitalen, die das eigentliche Gebiet der Poesie bildet, als da sind: Landleben, Herrschaftliches; Wohlleben, Bequemlichkeit; merkantiles und industrielles Aufblühen (wir fühlen, daß wir in diesen Dingen an einem Anfang stehen); Leben junger Mädchen, ihre Selbständigkeit, Hausfräulichkeit; Brautstand; Fremde, schnell ins Vertrauen gezogen, Hausgäste; Vater und Sohn als Vertraute und Rivalen; kostbare und kunstvolle Handarbeit, Toilettekünste; gemeinsames Lesen, Musizieren, Kahnfahrten, Schlittschuhlaufen, usf. usf. – Schwächer aber die Teile, wo auch das Sinnfällige systematisiert und schematisiert erscheint, im letzten Drittel. Immerhin aber ist möglich, daß in alledem, auch in der Zusammenfügung der Teile weit Tieferes steckt, als ich zu erfassen imstand bin.

Inwiefern jede literarische Betätigung als eine soziale Handlung aufzufassen, ein Ermutigen, Besänftigen, Aufdecken, Zudecken, Hinweisen, Abweisen, Verbinden, Auseinanderhalten wessen? der menschlichen Willenskräfte durch das Medium des Geistes. (Unter Willenskräften die aktuellen sowie die potentiellen verstanden.)

* Dichterische Gestalten sind wie lebende Wesen: in welchem Punkt du sie triffst nicht fest, sondern spielend über unendlicher Tiefe.

* Jedes höhere Streben ist, noch außerhalb vom Selbst zu erscheinen: sei es durch Taten, sei es durch Werke.

VIII. – Der ›Don Juan‹ nimmt für mich unter den Molièreschen Komödien eine Stelle ganz für sich ein. Er scheint mir mit einer besonderen, dunkleren Farbenskala gemalt als alle anderen. Er ist viel weniger ein Stück als die anderen, eher eine dialogisierte Novelle. (Vielleicht war die spanische Vorlage eine Novelle, kein Drama – ist das möglich?) – Akt III. Sz. 1: Frappant die Art, wie Sganarelle seinen Herrn zu einem Rededuell herausfordert (»car cet habit me donne de l'esprit, et je me sens en humeur de disputer contre vous«): das Publikum will die komische Figur disputieren, Witze machen hören. Das Ganze aber großartig angewendet, um das Innere

Don Juans zu enthüllen. So gesehen, bekommt die Konvention durch ihn geradezu etwas sehr Imposantes, was durch keine subtilere, motivierte Herbeiführung gerade dieses Gespräches zu erreichen gewesen wäre. – Schön (und ganz entgegen dem 18.), wie der gesunde Menschenverstand, in Sganarelle verkörpert, für Gott und gegen die Arithmetik plädiert; von einer reizenden Schelmerei dann wieder, wie er mitten im Fluß seiner Argumente abbricht mit »oh dame! interrompez-moi donc si vous voulez. Je ne saurais disputer, si l'on ne m'interrompte«.
Ebenso genial, wie er dann fortfährt und durch ein richtiges lazzi (sein Auf-die-Nase-Fallen) die schönste und richtigste Argumentation unterbricht.
Es wäre der Mühe wert, alle die Figuren, die Molière mit dem Namen Sganarelle genannt hat, nebeneinanderzustellen und zu prüfen, wieweit nicht doch eine Art von Einheit darin steckt. (In dieser Figur ist das gallische Element, das Antigermanische verkörpert ohne jeden Zweifel, das gleiche, das am Ende Figaro heißt und die Revolution einleitet.)
Die Aufeinanderfolge der Szenen des 3. Aufzuges (die Disputation zwischen Don Juan und Sganarelle, die Episode des Bettlers, die Episode mit den Räubern und den Brüdern Elvirens und die Einladung der Statue) ist das schönste Beispiel für das Phantastische mit ganz scharfem Kontur, ohne jede Romantik.
Was man von Molière lernen kann, ist das Reinhalten der einzelnen Szene. (Vieles andere kann man bewundern, ohne es ihm ablernen zu können.)

* ad Molière. Die Arbeiten »zweiten Ranges«: »Si l'on croit qu'il y ait beaucoup plus d'hommes capables de faire ›Pourceaugnac‹ que ›le Misanthrope‹, on se trompe« (Diderot).

8. VIII. – Poussin. Das beständige Vor-Augen-Haben der Alten. Begründung: ihre Höhe, Strenge. Ihr Stehen unter dem Schicksal. (Verbindung des Christentums damit: als Beleuchtung: All-Liebe als Licht. Unmöglichkeit, ohne All-Erbarmen, All-Verzeihen zu existieren.) Nie das Innen ohne das

Außen statuieren, nie das Außen ohne das Innen. Erste Muse das eheliche Glück: hier zuerst geahnt: daß Ewigkeit ins Körperliche zu legen sei. Ein Mundvoll Wein. Ein Mundvoll Milch. Weiterhin: Glück zu entbehren, ohne ärmer zu werden.

21. IX. – Brief Poussins. Höchster Wunsch: das Reich des Traumes nicht zu verlassen, während man sich im Reich des Lebens bewegt. (Endpunkt: jenes »Je n'ai rien négligé«.) Das über sich Aufgeklärtwerden durch die Liebe: Ahnung gewinnen von der Magie, die man ausübt; strenge Pflichten, welche diese auferlegt »... Strenger Dienste tägliche Bewahrung...«. Die Heiligung einer Kerze, eines Waschbeckens... Die Auseinandersetzung mit der Habsucht und dem Trachten nach irdischem Besitz.

Der Grundgedanke: wo hält die Liebe zur göttlichen Schönheit inne auf dem Weg nach dem Urquell alles Schönen, und hält sich an die menschlichen Leiber und die Landschaften? Sie empfängt ihre Regel von der Vernunft, worin die Antike und das Christentum mit inbegriffen.

Im wahren Werk ist kein Teil ohne Bezug auf Höheres, stufenförmig. Wo der Bezug fehlt, tritt das Partielle ein, das Charakteristische substituiert sich dem Schönen. Die Schwärzen; anstatt daß alles Reflex des Höchsten. Das Werk als Ganzes ein Tempel.
Das Direkte und das Indirekte. Zum Betrachter sprechen wollen oder von ihm weg, gleichsam beten. Im Zuviel, auch des Wollens der Wahrheit, ein Vergehen.

* ad: Brief der Frau von Grignan: über den Chinesen. Auf die Frage, ob er etwas Ehrwürdigeres kenne als unsere Kirchen, unsere Feierlichkeiten, Revuen, – die Einheit aller dieser Dinge, die pompöse Einheit, die im König kulminiert, gab er eine ausweichende Antwort: er erwiderte, daß die Vergänglichkeit, ja Flüchtigkeit dieser Dinge ihm nicht möglich mache, ihre Kostbarkeit sehr zu genießen: daß für ihn die Idee der

Kostbarkeit nur mit der Dauer, ja der Ewigkeit verbunden sein könne: es kam heraus, daß er ein Dorf mit dem Bangawerbaum, der uralten Reisgenossenschaft mit ihren Riten für *zeremoniöser* halte als diesen Hof; Begriff der Zeremonie: daß einer, etwas tuend, sich eingesetzt fühle in die unendliche Reihe derer, die vor ihm und nach ihm das Gleiche taten und tun werden: in deren Namen er symbolisch handelt. Anknüpfung des Chinesen mit einem strengen Mönchsorden. Disputationen. Verträglichkeit.

* Dialog über das Zeitgemäße.
Das Zeitgemäße ist auch durch den Ort mitbestimmt. In unserem Österreich ist das eigentliche Volk kein schwerer trüber Bodensatz: Es ist ein Durcheinander von Leuten, die einmal etwas waren, von Leuten, die zusammenhängen mit Besserem, die den Besseren spielen. Es hat wie transparente Schatten, nicht glanzlose. Das Glanzlose, Trübe als Element der Heimatkunst ist mir rätselhaft. Wir wollen nicht immer von dem schlesischen Elend hören. Wir sehen in der Natur das Glänzende, Geformte, wir sehen im Leben – von Goethe, von Keller ganz zu schweigen – die muntere Geste, den leichtfertigen Rausch, die witzige Replik. Wir stehen auf dem Boden des Meier Helmbrecht und des Nestroy. Man ist verflucht philiströs und pedantisch heutzutage. Aber die Wienerin, – der Wiener (ich kenn ihna – san sö net der Aff aus Schönbrunn mit blauem Arsch), die Landschaft, der Rhythmus, alles lächelt mir zu. Unsere Hebammen haben mehr Witz wie der ganze Ibsen. Kunst ist keine Predigt, keine Gerührtheit – alles das schmeckt nach den Pedanten – sondern einer, der unverschämt genug ist, den Wurstel zu machen.
Goethe ist wie die Bibel, man kann alles aus ihm herauslesen und sich ganz wohl eine verbrecherische Theorie daraus nehmen.

1917

10. VI. – Anbetung des Leeren
– vielleicht als Fortsetzung einer Art von introspektiver Biographie, zu jenem Fragment: der Zeichendeuter. So überleitend: Befragt, was jetzt die Höhe seines Lebens ausmache, gab er zur Antwort: die Gewißheit des Gleichgewichtes. Z. B. die Wahrheit der Farben: daß Braun die Farbe des Leibes der Erde. Schärfer befragt, was ihm der Gegenstand der Anbetung sei, erwiderte er.
Jenes Wort aus dem Tao-te-king: Erweisen wir Verehrung der Leere, denn sie gewährt die Nützlichkeit des Rades und die Harmonie der Laute.
Jenes okkulte Verhältnis in mir zu einem Unerreichlichen, Non-existenz einer Landschaft, Non-existenz eines Mythos, Non-existenz einer Atmosphäre, vermöge welcher ich zu einem infiniten Etwas in einer infiniten Haltung stehe: diese Leere ist der Gegenstand meines unberührbarsten integersten Glaubens, und die anderswo beleidigte Sehnsucht kehrt immer wieder zu einem Flug über diese dunklen Rezeptakel des ewigen Lebens zurück. Es sind nicht Teiche, es sind nicht Höhlen: sie gleichen dem Tal, wenn man es als ein Gefäß auffaßt. Sie sind die untere Stufe, wenn man in einem Stufenlande auf der oberen Stufe wäre. Berge vor dem Meer, wie auf der Poussinlandschaft. Polyphem. Sie sind Beschattetes ohne Wände. Das hinter dem Kletternden. Sie sind im dämmernden Haus das nächste Zimmer oder wieder das zurückliegende Zimmer: ebenso gemahnt die fremde Wohnung an sie, in die man hineinsieht; aber faßt man ins Auge: eigene oder fremde Wohnung, frühere Zeit oder Kinderzeit, ich erinner mich oder wo bin ich? so ist Ablenkung. Oder auch ein frisches Grab. Desgleichen die Fremdheit des Wanderers in dem Tal. Die Nicht-gemeinsamkeit seines Daseins. Aber faßt man seine Trauer, oder Heimweh, oder Müdigkeit ins Auge, so ist Ablenkung. Alles in der Welt ist nur Ablenkung, sogar die

Sonne. Aber mit der Erde hat es zu tun. Es möchte sich von ihr nicht lösen. Aber über alles geht ihre Wirklichkeit. Diese ist so, daß man das Buch wegschieben muß, worin man liest, oder einen Zweig abbrechen. Ich spüre daß ich darauf lossteuere, wo nicht hinzukommen ist – oder dazugebe: wo nichts dazuzugeben ist. Mein Glaube daran ist wie ein Hinblick auf Juwelen aus Jade, auf in-Sattel-Steigen und Herrschen, ich lasse es nur wie in zeitweiliger Verträumtheit los. Es ist keine Initiation notwendig: es gehört kein Opfer dazu, eher eine Umdrehung.

Indem ich gehe und stehe, verübe ich nicht beständig die Zeremonie der Anbetung des Leeren: indem ich meine Aufmerksamkeit von der Welt des Trachtens ablöse – von der Ablenkung ablenke. Die Bedeutung der Zeremonie: sie ist eine Gebärde, in der das Individuum für seine Vorgänger und Nachfolger sich gebärdet –
Die Zeremonie geziemt niemals dem Persönlichen – diesem würde Direktheit ziemen. In der Zeremonie ist der, an den sie sich richtet, mit dem, vor dem sie geübt wird, in eins zusammengenommen: der die Zeremonie Ausübende ist der Mensch für die Menschheit, er ist immer allein: die Zeremonie gilt immer dem Leeren, denn sie gilt der Höhe, vermöge eines Umfassens und beiseite-Bringens der Höhe: das Angeredete tritt ab, in den hintern Abgrund.
Die Zeremonie ist das geistige Werk des Körpers: sie liegt im Anblicken der Sonne, im Niederlegen auf die Erde.
L'Empereur: Renversant le visage, j'adore la hauteur; étendant les deux bras, j'embrasse l'étendue – je conjoins la profondeur: Tu es partout et cependant tu n'as ni haut ni bas / ni mesure ni étendue ni apparence. Je suis présent devant le Vide.
Ahnung der Wage und des Gleichgewichtes in alledem.

21. VI. – Fragmente und Figuren.
Der Vater an seinen Sohn (vom Jenseits). – Du sahest ängstlich auf mich – ich fühlte, daß ich dir nichts mehr mitteilen würde: nun enteilend, nahm ich deine Ähnlichkeit mit mir

wahr. Ich verlor mich in mir: ich dachte mich nach rückwärts und empfing eine Versicherung meiner Unzerstörbarkeit. Ich gewahrte das Unzulängliche als Zulängliches.
Und während ich immer bedrohter war und immer geängstigter – ich bemerkte, wie du angstvoll auf meine Hand schautest – empfing ich durch alles dieses hindurch eine Herrlichkeit, die mein Ich war.
Die Ahnung deiner Gegenwart quälte mich und ich versuchte in meine Hand, über die du dich beugtest, meine Abmahnung und meine eigene Beruhigung zu legen: ich komprimierte meine Hand zu einem lesbaren Zeichen –
Anfang: Deine Verzweiflung an meinem Sterbebett war irrig. Ich ging immer tiefer in mich, als du mich so einsam wähntest. Darum streifte ich dich mit einem fremden Blick.

29. VI. – Claudel. Höchst eigentümliche Prosa. Er zügelt gleichsam durch das scharfe Abstraktum, durch den terminus technicus den Schwung des Satzes, hält das Überströmende im Zaum, ja das Hinströmende, durch ein plötzliches Gefrierenmachen.
idem. Les Muses. »O mon âme! le poème n'est point fait de ces lettres que je plante comme des clous, mais du blanc qui reste sur le papier«. (Hier ist jene Vorstellung des Leeren, die mich verfolgt.)
»Il est de certaines sensations délicieuses dont le vague n'exclut pas l'intensité, et il n'est pas de pointe plus acérée que l'Infini.« (Baudelaire.)

* Das indianische Drama ›Die Opferung des Gefangenen‹ ist die Zeremonie des Marterpfahls ins Poetische erhoben.

Aussee, Juli. – Die Gesellschaft in einer Komödie behandeln, wie Poussin die Landschaft behandelt hat.

Die Ausschwingung des komödienhaften Anschauens führt zur Karikatur.

Zwei Stufen der Subjektivität. Des höheren Subjektiven ist erst eine von der Erfahrung durchtränkte Produktivität fähig.

7. VII. (von einem älteren Zettel). – Sich den eigentlich wirksamen Gehalt der Wissenschaften aneignen wollen, ohne einen adäquaten Fortschritt in der Lebensweisheit gemacht zu haben, ist so verkehrt, als wollte man Stiefel auf den bloßen Fuß anziehen.
Hier liegt die Rechtfertigung der ästhetischen Erziehung: sie vermittelt das Geistige (so auch die Frömmigkeit).
Das fließende Medium zwischen den Erkenntnissen ist der Gegenstand der ästhetischen Erziehung.

21. VII. – Realismus in der neueren französischen Literatur; Balzac: die Straßen und Häuser. Der mystische Charakter der Dinge bei Flaubert. Übergewalt der Dinge in der ›Salammbô‹: der Zaïmph.

* Volk. Das Volk wie die Gesellschaft muß immer wieder postuliert werden. – Der Begriff des Volkes ist schattenhafter geworden, weil sein rechter Gegensatz fehlt: von Großen, wie im 17. oder 18., können wir nicht sprechen, und die Reichen sind ein erbärmlicher Gegensatz. – Und doch ist der Name Volk nicht hinfällig: die Menschen, unter denen man sich gewöhnlich bewegt, mögen aus dem Volk hervorgegangen sein, aber sie sind nicht Volk. – Triffst du auf Menschen, unter welchen dir das Leben ein ganz anderes Schwergewicht zu haben scheint, welche im Ertragen des Schweren das gewöhnliche Menschenlos sehen, die das Ärgste mit ruhiger Fassung hinnehmen, sich auch über den Tod keine übertriebenen und aufgeregten Gedanken machen, bei denen das Wort näher beim Gefühl, der Gedanke näher bei der Handlung zu sitzen scheint, deren Urteil dich Punkt für Punkt über die Wirklichkeit belehren, deren Mangel an Dialektik dich überraschen, dann aber tiefsinniger als du vorher warst machen wird, in deren Umkreis dir das Geschehen in der Welt minder verworren und selbst das Leiden sinnvoller erschei-

nen wird, in deren Gesellschaft dich vor dir selbst zu behaupten, dir mitzutun schwerer sein wird als ihre Zuneigung zu gewinnen, die dich durch ihre Leichtgläubigkeit öfter lächeln machen und durch ihre ungelernte Vornehmheit zuweilen beschämen werden – unter denen du zu Hause und fremd zugleich eine Art Heimweh nach einem Zustand des Geistes empfindest, der dir wohl nicht fremd aber so unzugänglich ist als das verlorene Paradies, so wisse: du bist unterm Volk.

* Gegenstand des Nachdenkens. Es gibt strenggenommen keinen Gegenstand des Nachdenkens, denn der Gegenstand wird von der inneren Verfassung jedesmal neu statuiert und ist jedesmal die ganze Welt. (Insofern ist der menschliche Geist ein »schaffender Spiegel«.)

* Beschreibung des Unmöglichen. Die wunderbarsten poetischen Sätze sind solche, die mit einer großen physischen Bestimmtheit und Deutlichkeit etwas physisch Unmögliches beschreibend hinstellen: sie sind wahrhaftige Schöpfungen durch das Wort. – Hier ist ein solcher Satz aus den Paralipomena zu den ›Lehrlingen von Sais‹: »Lange währte seine Reise. Die Mühseligkeiten waren groß. Endlich begegnete er einem Quell und Blumen, die einen Weg für eine Geisterfamilie bereiteten.«

* Der Gedanke, daß alles Zukünftige schon daliegt, wie die Nymphe im Bade: läßt man das Wasser ab, so tritt die Gestalt hervor.

Zum ›Wilhelm Meister‹. – Der Lehrbrief: Zusammenhang dessen, was in einzelnen Momenten der Einsicht gewonnen wurde.

Jede Gewohnheit wird ihre Anhänger haben, bei denen sie für gerecht gilt – während sie vor der Idee niemals bestehen wird.

28. VII. – Frauen forschen lange und aufmerksam im Spiegel, Männer forschen lange und aufmerksam in Büchern; das Ziel ist das gleiche: sich schöner werden zu sehen.

20. VIII. – Was ein Moderner anstreben und gewinnen könnte, wenn er Molière studiert, übersetzt und allenfalls bearbeitet, ergibt sich am besten aus folgender Analogie: wie Proust in seinen ›Erinnerungen an Manet‹ erzählt, machte Manet, als er die ›Petits cavaliers‹ im Louvre kopierte, die man dem Velazquez zuschreibt, die Bemerkung: »Gottlob, das ist reinliche Arbeit, das verekelt einem gründlich allen Mischmasch und alle Saucen.« Er fügte hinzu: »Alles was unnötig ist, ist mir ein Greuel; aber die Schwierigkeit ist, nur das zu sehen, was notwendig ist. Die Sudelküche der Malerei hat uns verdorben. Wie kann man sich davon freimachen? Wer wird uns von den verhaßten Zwischentönen befreien, uns die Einfachheit und Helligkeit wieder schenken?«
ad Molière: »Es gehört zur logischen Rhetorik die Opposition des Einfachen, Natürlichen und Populären gegen das Zusammengesetzte, Künstliche und Individuelle« (Novalis).

Im ›Misanthrope‹ ist der ganze Dialog Kritik, von Anfang bis zu Ende: Alceste kritisiert Célimène, oder Philinthe kritisiert Alceste, oder dieser ihn, oder Alceste die Höflinge oder einen einzelnen Höfling, oder diese (mit Célimène) kritisieren Abwesende, oder Alceste kritisiert sie wegen dieser Kritik; oder Eliante kritisiert Alcestes Liebe zu Célimène, oder dieser selbst kritisiert seine Liebe; Arsinoé kommt um Célimène zu kritisieren, und diese gibt ihr ihre Kritik zurück usf. usf.

Kritik ist nur eine der Formen des Indirekten.

In der Situation Molières zwischen der hohen und der niederen Komödie ist ein immer wiederkehrender Zustand ausgeprägt.

Die zarte gebrochene Linie im ›Don Juan‹. Das Ganze durch den Geist zusammengehalten. Das Romantische in der Anlage völlig unromantisch dargestellt. – ›Tasso‹ und ›Der Misanthrop‹ zwischen Komödie und Tragödie.

Molières einzige Tochter, nicht hübsch, aber klug. Die Mutter will sie im Kloster lassen, sie widerstrebt, läßt sich von einem Herrn Rachel de Montalant entführen. Ihr Wort: »J'ai quinze ans et demi, mais n'en dites rien à maman.«

* Lessing ist in der Komödie ein Meister des Indirekten. Die Handlung in der ›Minna‹ wird nur dadurch möglich, daß er die Hauptfiguren fast beständig auseinanderhält und alles, was zwischen ihnen liegt, zum Reflex macht, durch die Nebenpersonen.

* Molière. – Die Finten: das beiderseitige Geständnis (jeder meint etwas anderes – Beispiel in den ›Mitschuldigen‹), das Gespräch gereizter Liebender geht bis zu einem Punkt, von wo es sich dann zum Gegenteil wendet. – Parallelismus der Dienstboten. Der Monolog als fingierter Dialog. Die coups de scène der commedia dell'arte. – Was man von Molière lernen kann, ist die Reinheit der Szenenführung.

Stoff: Ein Mann, ein harter undurchsichtiger Mensch, haust mit einer Frau, die eine dissoziierte Person ist. Ihre veränderten »Zustände« läßt er hervortreten, je nach seinen finsteren, grüblerischen und bis ans Dämonische gehenden Launen.

18. VIII. – Lessing: sein eigener Charakter im Tempelherrn, im Odoardo Galotti, im Tellheim, auch im Mellefont.

XII. – Zur Komödie: Sollte man nicht sagen, daß die ›Mitschuldigen‹ aus dem gleichen Fonds geschöpft sind wie die Komödien von Beaumarchais?

* Ein Mörder. Der Typus Neugebauer: das Wesen mit der hohen Meinung von sich selbst. Das Edelschwätzen eine

Notwendigkeit bei ihm, keine Falschheit. In dem Schwätzen glaubt er das Unsagbare zu enthüllen. Es gibt zwischen ihm und der Welt ein Spiel, das nie aufgehen kann – und das den meisten Menschen aus Gnade zu spielen erspart bleibt.

* In Erwartung der Zukunft. Ein Gespräch.
Motto: Das tiefste Thema der Weltgeschichte ist der Kampf des Glaubens mit dem Unglauben.
Man muß vereinigen, es ist Zeit zu vereinigen (L. Tolstoi).
Das *Schöne.* Ich glaube, der Weg zum Schönen ist in Österreich gleichsam kürzer als anderswo. Die Philisterphrase ausgelassen. Die Begriffsphrase ebenso.
Vorher: Klage über die geistige Zerrissenheit. Mangel an einheitlichem Kulturdurchschnitt der Gegenwart nicht faßbar. Auslassen der Krisen. Mangel an Rechtssinn: das tief Untragische. Hier Michael Kohlhaas als komisch empfunden. Unmöglichkeit, mit dem eigenen Pathos irgendwo anzuknüpfen. Es fehlt an geistiger Schönheit. Erster: Lob des Schweigens. Andere Stimme: dies aufnehmend: es muß durch den Feuerofen des Mechanismus hindurch –

* Die Tänzerin trug ein kurzgeschürztes Gewand und das Haar hinaufgenommen; Arme, Beine und Hals waren nackt, und sie glich einem von Jugend berauschten Pan, einem vor Sehnsucht schwermütigen jungen Gott oder einem von allen Geräuschen des Waldes geängstigten Mädchen. Wellenhaft glitt sie aus einer Gestalt in die andere, und das Zerfließen, das Hinübergleiten war nicht minder schön, als die horchenden, die fliehenden, die geduckten, die mänadischen, die erstarrten Gestalten. Wer nur die in sich gekauerte Nymphe sah, eine einzige abwehrende Linie des Rückens, des angstvoll weggewandten Halses, die furchtsam zur Notwehr gespreizten Finger, und nun auf die, die das Auge noch vor sich sah, den Satyr, den flötenspielenden, einspringen sah, ein wildes Sichhinauswerfen aus dem Raum, den wider den Verfolgenden trunken zurückgeworfenen Kopf, die fröhlich rhythmisch emporgeworfenen Kniee: dem war, als drehte er die schönste der antiken Vasen in entzückten Händen.

* Eitelkeit und Ähnliches. Schiefe Situationen sind das Peinlichste, was es gibt. F[elix] S[alten] ist ein schiefer Mensch; jede Situation, in die man mit ihm kommt, ist schief. Er verleugnet und propagiert, lehnt ab und schließt sich an, alles jedesmal umspringend. Le fin mot: sein Denken ist nicht gesund. Eine Nuance von Eitelkeit: nichts an sich hervorheben, auch nicht in falscher Bescheidenheit von sich reden. Aber: eine Feldherrenallüre in den geistigen Dingen annehmen, sagen: ich lehne innerlich ab… ich verlange von mir… ein Gesicht outrieren, eine ernstere Sprache annehmen – versuchen eine innere Gebirgslandschaft ahnen zu lassen, deren Abgründe und Gipfel imposant sind.
Alle Menschen denken verschieden.
Große Gedanken: daß nur große Menschen sie haben können. Sie können nur in einer eigenen und gereinigten Sprache gedacht werden – ihre Empfängnis ist sprachlos: Aperçu.

* Eitelkeit: sie kann in einer beständigen, eifervollen Preisgabe seiner selbst (sogar Anklage) bestehen und in einer beständigen Wahrung seiner selbst. Sie ist die Phantasmagorie, die uns gegen die beständige Nähe des Todes immun macht. Sich ihrer zu entkleiden ist reinstes Glück. Die Einsamkeit ist ihr unzugänglich: darum ist die wahre Einsamkeit schon Gebet. (Aber in dieser Eitelkeit ist zugleich ein Metaphysisches: eine Art, das Universum zu suchen und zu spiegeln.??)

* Niemand hat eine Ahnung, wie eng und wie fiktiv der Kreis ist, in dem er etwas bedeutet.

* Der Chinese. – Wer weit zurückreichende Ahnen hat, und von diesen lebendige Überlieferung, unterliegt nicht dem Schein der aufeinanderfolgenden Epochen.

Ruhe des Chinesen gegenüber dem Überschätzen des Moments bei den Franzosen.

Einem Volk von vollkommener Verfassung sind die Jahrhunderte wie Jahreszeiten.

* Die in der *Epoche* liegenden Widersprüche über die Vergangenheit – über die Tugend (über gut und böse) – über den großen Mann und die Menge – über den Begriff des Volkes.

Eine vertraute Landschaft ist wie der Brief eines Verstorbenen, den wir allmählich entziffern, um erst als reife Menschen zu erkennen, daß er die Summe dessen enthält, was wir aus uns entwickeln können.

Die Bildung, die wir uns selbst und unseren Kindern geben, hat eine verborgene Klausel: daß wir von der Einheit des Geistigen überzeugt sind.

So wie das poetische Produkt, ist auch die menschliche Individualität einer mehrfachen Deutung fähig, deren jede beanspruchen darf, wahr zu sein.

Deutsche Literatur: Das Rätselhafte an ihrem Verlauf, keine Ausbildung der Formen, keine genres.

* Ihr würdet die Fehler nicht machen – wenn ein Objekt auftauchte, ihr würdet nicht verfehlen, seine großen Zusammenhänge zu erkennen: ich nenne euch ein Objekt: Goethe.

I. 18. – Der neidische Literat. Man würde denken, er liest mit Fanatismus die Werke dessen, den er angreift, den er beneidet.
Er liest sie, würde man denken, um sich darüber zu erheben, um ihre Schwächen auszufühlen, um ihre Spannweite nachzurechnen. Keine Spur von alledem, denn es fehlt ihm an Aufmerksamkeit, welche eine Vorstufe der Liebe ist. Er ist ein Komplice jener Welt, in welcher die Menschen die Unermeßlichkeit ihrer Anzahl zur Entschuldigung für ihre Verworrenheit nehmen.

VII. – Die heilige Theresa stand am Küchenherd und war im Begriffe, Fische in Öl auszubacken, als sie den Zustand der visionären Ergriffenheit sich annahen fühlte: sie gab sich dem Zustand hin, aber nur insoweit, daß ihr darüber die Fische in der Pfanne nicht verkamen (Baumann ›L'immolé‹).

Inneres Sehen. Zitat aus Galton ›Inquiries into human faculty and its developments‹ bei Bahr ›Expressionismus‹: »Es ergab sich, daß manche mit dem Auge des Geistes mehr sehen, als das Auge des Leibes jemals sehen kann; das geistige Bild enthält zuweilen mehr, als ein sinnliches jemals enthalten kann. Sie können nämlich mit dem Auge des Geistes auf einmal sehen, was sie sonst bloß nacheinander sehen: sie sehen mit dem Auge des Geistes alle vier Seiten des Würfels, eine ganze Kugel auf einen Blick. Sie sehen also mit dem Auge des Geistes sozusagen rundherum. Ja das geht so weit, daß manche mit dem Auge des Geistes sogar sich selbst erblicken können und imstande sind, sich in ihrem Zimmer mit Frau und Kind bei Tisch und dabei auch noch was an der Wand hinter ihrem Rücken hängt zusammen zu sehen.«

VII. – Hat man je daran gedacht, daß ›Leonce und Lena‹ von Büchner eine höchst eigentümliche Transkription der Mussetschen poetischen Komödie ist, so wie diese der Shakespeareschen?

Erkenntnis der Bedeutung Louis' XIV. Ob es sich um das eigene oder fremde Völker handelt: schließlich wird das Urteil des Einzelnen und der vox populi übereinstimmen.

Arnims ›Kronenwächter‹ (ältere Notiz, aus dem Exemplar [1906]). – Es ist dies eines der tiefstdurchdachten Kunstwerke. – Eine wundervolle indirekte Charakteristik: kein Haschen nach dem Umriß, dem Relief. Der Autor scheint allein um den Fluß der Vorgänge, die Verwebung der Situationen besorgt, und die Figuren malen sich, indem sie in den schnell wechselnden Situationen sich ganz individuell verhalten: so trägt Berthold das Bürgerliche scheinbar ganz wohl, und handelt doch unbürgerlich, es zieht ihn in die andere Welt, mit der eigenen ist er ohne Kontakt, er tut Dinge so als ob sein Blut aus ihm heraus handelte (das Projekt, die Stadt reichsunmittelbar zu machen); so ist Apollonias schwankendes Verhalten von höchster Kunst, so ist Anna mit kaum merklichen Strichen gezeichnet, wo sie in der Lebensluft existiert; durch Unterlassungen mehr als durch Handlungen ist sie dargestellt. – Mit höchster Kunst das Handeln der Kronenwächter ideal und zugleich fast grotesk gemalt: in der Tat so wirken alte Kräfte in der Zeit. Kaiser Max als Figur. Episoden: Herzog Ulrich, Doktor Faust. (Aber: Fehlen des eigentlichen Mittelpunkts.)

VIII. – Theaterdekorationen sind allegorisch, epische Schauplätze real und symbolisch.

X. – Calderon. – Dieses Trauerspiel ›Drei Vergeltungen in einer‹ hat mir einen sehr großen dauernden Eindruck gemacht. Don Lope der Jüngere, Edelmann und Räuber, ganz hart und scharf konturiert; solche Männer, durchaus männlich, hat nur das spanische Theater. Der Mann bei Shakespeare ist mehr

Naturwesen, aber dieses Scharfe, Starke, essentiell Männliche haben nur diese spanischen Figuren. Wunderbar solche Szenen wie die zwischen Don Mendo und Doña Beatriz bei ihrer Wiederbegegnung, wo beide mit verdeckten Worten auf etwas hindeuten, das sie sich auszusprechen scheuen. Eigentliche höchste *Kunst* des Dialogs, die Shakespeare nicht kennt. Die Szene der Violante knapp vor dem schrecklichen scharf abschneidenden Ende, ganz musikhaft, unsäglich schön.

X. – ›Gil Perez der Galicianer‹. Englisch gelesen in der Übersetzung von Fitzgerald. (Blankverse, dazwischen Prosa beim Gracioso.) Keines der guten Stücke, was den Bau betrifft. Aber wieder eine solche wunderbare Mannsfigur. Die Hauptszene, wo Gil Perez den gegen ihn instruierenden Oberrichter in seiner Amtsstube überfällt und aus den Akten ein ihn belastendes falsches Zeugnis herausreißt, unübertrefflich, ganz in der Art wie die besten Szenen des ›Richter von Zalamea‹ – auch im inneren Gehalt verwandt. In solchen Glanzszenen ist der Dialog von einer Knappheit und metallischen Kraft wie nichts bei Shakespeare.

X. – ›Das Liebchen des Gomez Arias‹. Nach siebzehn Jahren lese ich dieses Stück wieder. Es hatte mir eine sehr starke Erinnerung hinterlassen, die der erste Akt mir nicht rechtfertigt. – Alles in allem macht es mir nicht so großen Eindruck als ich erwartet hätte. Doch wäre eine wirkungsvolle Bearbeitung durchaus nötig. (Ich muß damals Notizen gemacht haben, erinnere mich einzelner Züge.) – Grandios ist die Verruchtheit des Gomez Arias, dieses Küssen und Verkaufen, wie Judas. – Schön, wie die Ballade durchschimmert, von der eine Strophe gesungen wird. – Auch die große Vorwurfsrede der Dorotea, balladenartig, mit dem Refrain: »Señor Gomez Arias – meinen Jammer sieh – laß mich nicht gefangen in Benamegi.« Eine Figur wie Gomez Arias streift ans Tierhafte, an die Wolfs- oder Bärenmaske. Großartig dann der contraposto am Schluß: die Königin, stärker als ihr Geschlecht, die Schwäche des Geschlechtes an dem Frevler rächend.

XI. – ›Der Verborgene und die Verkappte‹. Dies ist eines der berühmtesten von den Lustspielen. Ich konnte keine Qualität darin finden, die an ›Dame Kobold‹ heranreichen würde. Zu viel Verkleidung, zu viele Verstecke.

›Stille Wasser sind tief‹ (›Guardate del agua mansa‹) gelesen in der englischen Übersetzung von Fitzgerald. Einige hübsche, sehr lebendige Lustspielszenen, das Ganze ist aber eine Gelegenheitsarbeit, den Mittelpunkt bildet die Beschreibung des Einzuges der Königin, die wechselweise den Figuren in den Mund gelegt ist. (Der Einzug war 1649, das Stück muß aus dem gleichen Jahr sein; die Königin ist Doña Maria Anna de Austria, vierzehn Jahre alt, Tochter Kaiser Ferdinands III.) Eine sehr gute Landjunker-Figur, Don Torribio. Hübsch der Gegensatz zwischen der lebhaften koketten Schwester und der anderen, scheinbar stillen, die sich nicht demaskiert, aber keck handelt, davon der Titel.

Aus und zu dem Buch der Tausendundeinen Nacht, – in einem Gedicht »von guten und schlechten Tagen«:
»und Leichen steigen und schwimmen einher auf der Oberfläche der Flut, – während Perlen liegen, beleuchtet kaum von des Meeresgrundes blassem Schein«;
aus dem Vers eines Fischers, der Unglück hat:
»... nicht Geschaffenen klage: es wäre der Ruf – um Erbarmen an den, der erbarmungslos ...«

* Balzac in ›Physiologie‹ Oberfläche.
Aber es gehört ebensoviel Kunst dazu, ohne Gemeinheit die Oberfläche der Dinge zu behaupten als so tief zu sein wie ›Seraphita‹ – die gemeine Oberflächlichkeit ist widerlich.

* Nestroy. Das Stilisieren der Reichen wie Spielkartenfiguren: Herzdame, Piquebub – aber wie soll man denn darstellen als durch solches Stilisieren (z. B. es sind verkleidete ordinäre Kerls oder ideale Liebende). Sind nicht unsere Vorstellungen von den Helden des Plutarch auch mehr oder minder Spielkartenfiguren.

* Kinder, die sich rückerinnern sind wie kleine bezaubernde Greise, die von ihrer Zukunft plaudern.

* Kern des Romans, daß man erst durch Begegnungen erkennen lernt, wer – den Kräften nach – man ist, welcher Region man angehört.
Novelle: einer, der immer ein verschiedener ist, demnach verschiedene Gestaltungen des einen Wesens, das er als Liebender zu rufen und zu bannen vermag. Selbstanklagen dieses Individuums. Als Alter so unreif, ja lächerlich zu sein – so kalt und fremd gegen Freunde, so zutraulich gegen Fremde. »So machen es alle.« – Indem er einen Gewissen (Lenardo = Rilke) kritisiert in seinem haltlosen Tun, nimmt er doch dann auf dem Landsitz genau jenes Lenardo Situation und Haltung an. – Es handelt sich um das Schöpferische.

* Schriftsteller: Manches Nichts erinnert an etwas Wirkliches, wie ein gedunsenes schlechtes Gesicht an ein gutes, aus der Entfernung.
Das was entscheidet, was das Bizarre – auch wieder das Allgemeingiltige am vollkommenen Werk ausmacht – immer anders fortgeht als das gemeine Werk ginge – dieses Entscheidende kommt von so weit her – ist aber vorne nur Geschmack.

* Über die mehreren Naturen in einem Menschen und daß sie so gut Frieden halten als Krieg miteinander führen können. Beispiele der Dissociation: Der Vers von Goethe über seine Ahnen.

* Kein Erlebnis wird den Menschen so rücksichtslos aufgedrängt als das der Zugehörigkeit zu einer bestimmten Zeit.

* Takt – den wunderbarsten Takt hat die Natur in ihrer unaufhörlichen Chiffernsprache, den Tieren. Die wundervolle Übereinstimmung bei einem Reh zwischen der Intellektualität, der horchenden neugierigen Weise, der bestimmten Geschlechtlichkeit, der Aufmerksamkeit auf alles – der Abstand

vom Reh zum hinbrütenden Raubtier – die Singvögel, die unaufhörliche Sprache, dies sich Hergeben in der kleinen Geschäftigkeit, Gesprächigkeit, die Unsichtbarkeit des Geschlechtes.

* Wir vermöchten wohl aus uns selbst den reinsten Inhalt unserer Zeit hervorzubringen, denn der scheinbare Inhalt einer Zeit ist nur eine Fratze, ein verzogenes Bild – so die romantische und die Philisterzeit 1810-30 –, während Goethes Geist rein und groß atmet.

* Takt. Es könnte sein, daß einem Autor gerade das am meisten übelgenommen wird, daß er Takt hat. Jedes Pathos, selbst das der Zudringlichkeit, wird geehrt, jede sich brüstende Schwäche, – aber das Ausbiegen, das analog der wohlerzogenen Dame…

1919

I. – Lessing, – wodurch »interessant«? was Deutsche sonst nicht sind. Wodurch reizt er zum Nachdenken, zum Beobachten? Wodurch wird gerade sein gewöhnliches nüchternes Leben interessant? Man möchte sagen: etwas Russisches. – Hat er je eine Landschaft auch nur *gesehen*? Das Rastlose – Gegensatz zum Russischen. Spieler, Spekulant. Die letzte Zeit und der Tod. Unendlich »sobre«. – Die Arbeiten: keine Kluft zwischen der Intention und der Materie. Der ganze Mensch in allem. Weniger gewollte Haltung als Goethe. »Gar keine Schwelgerei.« Gar kein dandysme (à la Stendhal und Mérimée). Kälte – aber welcher Art? Seine »Wahrheit«. Was aller Schriftstellerei zugrunde liegt. – Was heißt dies: »wir sind da«?

I. – Zu weit ins Innere: Unmitteilbarkeit des Individuums, Idiosynkrasie; zu weit ins Äußere: Gemeinheit, Trivialität. In der Mitte liegt das Mitteilbare, Mitteilenswerte.

III. – Ist der Dichter nicht ein Täter, den wir durchs Schlüsselloch belauschen?

III. – Eine gute Erzählung hat den magischen Goldgrund, der noch mehr ist als der blaue Hintergrund der Ferne.
Problematisches Verhältnis der Franzosen zu ihren drei großen Dichtern des 19. Jahrhunderts: Balzac, Hugo (namentlich dem Dramatiker) und Flaubert. Durchaus problematisch auch das Verhältnis zu Chateaubriand, und nicht ganz unproblematisch das zu Stendhal. Dagegen Baudelaire als Verbindung mit dem klassischen Geist neuerdings empfunden.

16. III. – Brief des Gefangenen: eine Art Synthese aus Mirabeaus Briefen – ein ungeheurer Brief: alles enthaltend: höchste Liebe, gesteigert zur Menschheitsliebe, Umarmung eines Kameraden in seinem Kind – (Volker!). Antizipation der Zu-

kunft und des Nichts; halluzinierte Wollust. Ein Alptraum bis ins Nichts führend. Die Zellengenossen Philister (cf. Leuss: ›Aus dem Zuchthause‹).
»Un sommeil bas inerte gêné. Un oubli détestable.«
Scham wegen alles Unzulänglichen – alles Verfehlten – sein Volk nicht genug in sich getragen zu haben. – Als der letzte der Ankläger kam das Kind, mit blutender Hand, anzuklagen – daß ich das Entscheidende nicht mitgegeben hatte. Er bittet sie um Verzeihung. Ah! choses non atteintes.

IV. – Ancien régime: Die Antwort, die Herr von Bougainville dem Marineminister Berrien gab, der, wegen der allgemein schlechten Lage, der Kolonie Kanada die erbetene Hilfe versagte mit den Worten: »Monsieur, quand la maison brûle, on ne s'occupe pas des écuries« – »On ne vous dira pas, Monsieur«, antwortete Bougainville, »que vous parlez comme un cheval.« Nur ein Edelmann des ancien régime und ein Franzose des 18. konnte diese Antwort geben, oder ein Athener des 4. Jahrhunderts (bei Villers, Briefe I).

* Die Anekdoten des Chamfort sind reizend, aber daß er sie alle aufschreiben konnte, degradiert ihn.

IV. Die nackten Ideen kann man nicht prästieren; das Höhere der Welt wird nur an den Individuen faßlich und an den Ordnungen unter den Menschen.

Betrachtet man das 18. Jahrhundert als das Jugendalter des jetzigen Deutschen, so war es eine gefährliche Jugend. Sie war eingeengt und schal und angetan, das Selbstgefühl zu untergraben und den Geist am Leben zu desinteressieren, ja aus dem Leben wegzuschrecken. Der ›Anton Reiser‹, ›Jung-Stilling‹, Winckelmanns und Lessings Leben sind ihre traurigen Dokumente, ›Werther‹ und ›Wilhelm Meister‹ ihr verklärtes Abbild in einem Zauberspiegel.

IV. – Notizbuch: Aphorismen in Gruppen. Studien, darunter: ad me ipsum. Anekdoten. – In den Studien: über die Komödie, insbesondere Molière, Lessing.

28. IV. – Im Halbschlaf. Ein Kistchen halbvoll mit Asche. Man sagt mir: das ist Goethes verbrannter Roman, der dritte, schönste. Die hellgraue lockere Asche sah eigentümlich aus: man kannte ihr an, daß Myriaden geistiger Zeichen eben erst in sie zerfallen waren.

V. – Alles Gelebte ist in der Erinnerung von einer Sonderbarkeit, die dem Traum nahekommt; seine Wiederannäherung zieht an und stößt ab, – in ihr mischt sich Tod und Leben wie süßes und salziges Wasser an der Mündung der Flüsse.

Goethes naturwissenschaftliche Schriften sind wahrhaftige Palingenesie der Sprache.

Ferleiten, 19. Juli. – »Die reine Opernform, welche vielleicht die günstigste aller dramatischen bleibt...« (Goethe ›Tag- und Jahreshefte‹ 1789).

28. VII. – Goethe (gelegentlich ›Hermann und Dorothea‹ 1797, an Meyer): »Der Gegenstand selbst ist äußerst glücklich, ein Sujet wie man es in seinem Leben vielleicht nicht zweimal findet, wie denn überhaupt die Gegenstände zu wahren Kunstwerken seltner gefunden werden als man denkt, deswegen auch die Alten beständig sich nur in einem gewissen Kreis bewegen.«

31. VII. Der Franzose hat seine Geschichte im Blut und in den Nerven, der Engländer ruht auf ihr, der Spanier erinnert sich ihrer, der neue Italiener affektiert sie, der Deutsche ahnt die seine in den besten und finstersten Momenten. Der Russe freilich hat keine und will keine haben.

23. XI. – Wie wenig kennt ein 60er? Landschaft – Zeitgenossen – die eigenen Kinder – Realitäten; fremde Sprachen: das Unberührbare. Das Einzige: intimste Erinnerungen, fast unbegreiflicher Art, Verlegenheiten.

28. XI. – In Novalis ist Romantik, also beginnendes 19. Jahrhundert. Es ist darin aber auch der zarteste Blütenstaub des 18., im Moment des Verwehens.

Der Grundzug in Novalis' Fragmenten ist ein ins Höchste gehobener Genußtrieb.

Aus ›Wilhelm Meisters Wanderjahren‹: Schöne Situationen: sogleich in bedeutende Gespräche und eine bedeutende Situation verwickelt; aufgeweckt aus einem bedeutenden Traum zum Anschauen des Sternhimmels, – die Möglichkeiten des Märchens erreicht durch Synthese des Lebens.

XII. – Es ist dem Menschen gegeben, daß er sich auf das Leben und auf den Tod einstellen kann; beides in einem zu müssen, das ist das Schwere und Bemühende.

* Ob die Deutschen im Ganzen die geistigen Dinge zu ernst nehmen oder zu wenig ernst, das bleibt eine offene Frage.

XII. – Verwandtschaft des Claudelschen Dramas mit dem von Hebbel: insofern es den Geschichtsprozeß in seinen unauflöslichen Elementen darstellen will.

Der Familienzug in den Gedanken ein und desselben Menschen, seien sie auf noch so Verschiedenes gerichtet.

* Buch der Freunde. Disposition
Geist
Von der Sprache / Nationen /
Von den Menschen / Vom Leben und den Lebensaltern /
Gesellschaft / Freundschaft und Liebe
Gelehrte / Philologen / Sprache / Stil
Die Künste /
Zur Literatur.
Goethe. ›Wilhelm Meisters Lehrjahre‹
Lessing. Molière
ad me ipsum

* Das Drama verträgt ebensowenig die nackte Tathandlung als die nur auf die Macht des Wortes gestellten Szenen, – wovon es sich eigentlich nährt, das sind Szenen, wo das, was handlungsmäßig nicht unwichtig, Glied einer sich steigernden Entwicklung ist, stark durchs Medium der beteiligten Figuren reflektiert wird. Je stärker die momentane Handlung, desto mehr drängt sie die Figuren in die allgemeingiltige, darum triviale Situation, in welcher sich alle Menschen befinden, wenn ihnen zufällig dieses begegnete. Die stärkste Handlung beschränkt die Figuren auf Interjektionen.

* Eine Figur
Im Labyrinth eines Märchens aus 1001 Nacht (oder im Labyrinth einer Großstadt wie London) – eine Figur zeigen, die weder gut noch böse ist, – aber *überall war.* Nichts hat sie *gelebt,* ist bei den Hungernden wie bei den Prassenden *dabei*gewesen, bei den Gemarterten wie bei den Marterern, bei den Anarchisten wie bei den Gaunern dabeigesessen, – aber *dies* bildet ihre eine Wesenheit: die Wege und die Begegnungen, die Gabe, sich *leicht* zu machen. Sie ist viel älter als sie aussieht.
Dies drückt sich so aus, daß sie vermutet, es sei ihr ein Teil ihrer selbst abhanden gekommen, sie sei nicht mehr intakt, klinge daher wie ein zersprungenes Glas. Sie ist jetzt die Geliebte eines sehr reichen Menschen, der hofft, wenn er vermittelst ungeheurer Geldopfer und einer genialen Detektivagentie sie durch ihre früheren Abenteuer zurückverfolge, werde er sie wieder »zusammenbringen«.
Sie kann nicht in alle früheren Milieus zurückgeführt werden, aber es werden die Liebhaber (Gauner, Hochstapler, Anarchist) zitiert, teilweise sucht sie auch die Orte wieder auf, findet alles verändert, nichts mehr *suggestiv:* nur Furcht hat sie fast grenzenlos.

1920

27. I. – ›Gil Blas‹ von Le Sage. Vorrede zu einer älteren Ausgabe, welche verschiedene interessante Urteile über Le Sage enthält. Ja, die Franzosen, die Spanier, die Engländer, alle andern haben, was wir nicht haben: eine literarische Tradition, eine Entwickelung des Urteils von einer Generation zur anderen, kurz eine wirkliche Literatur. Wir haben nur Ansätze und immer wieder Ansätze, freilich sind sie oft genialer als die Werke der andern, aber zum Werk oder gar zur Kette von Werken kommt es bei uns höchst selten. Eine literarische Erscheinung wie Novalis und ihr Wert, der in einem gewissen Betracht unschätzbar ist, ist einem Nicht-Deutschen gar nicht klarzumachen. Er ist mehr das Ingrediens einer potentiellen etwa zu realisierenden Literatur als das Bestandstück einer wirklichen.

15. II. – Naivetät. Jedermann beurteilt ein Phänomen; ein anderer widerspricht ihm mit guten Argumenten, findet aber wenig Beachtung. Die Zeit vergeht. Jedermann kommt von seiner Meinung zurück und sieht das Objekt so, wie früher sein Gegner es gesehen hatte. Diesem gegenüber gebraucht er jetzt con disinvoltura dessen eigene Argumente und überhört es oder würde es mit Unlust aufnehmen, wenn man ihn dessen zu erinnern versuchte.

III. 20. – Shakespeares ›Julius Caesar‹ und Otways ›Gerettetes Venedig‹ behandeln den gleichen Gegenstand: Freundschaft zwischen Männern, und den tragischen Punkt darin: den Konflikt zwischen der höheren Selbstbehauptung und den Forderungen der Freundschaft; Shakespeare bringt dies in die höchste Schicht, Otway läßt es in einer dumpferen gröberen Sphäre, aber auch sein Stück hat etwas Unsterbliches in sich.

* Die Antike ist ein umgekehrter Antäus; je höher die Zeit sie über ihren Mutterboden emporgehoben hat, desto gewaltiger wurde sie.

X. 20. – Die Heimat stirbt auf Reisen.

(Chinesisches Sprichwort)

XII. – In Prosa dichten ist darum schwer, weil sich bis ins Atom hinein der Enthusiasmus und die ratio vermählen müssen.

* Die Dunkelheit des Universums besteht aus lauter durchsichtigen Wahrheiten, die unendlichfach durcheinandergewachsen sind.

* Der Kreis: Man scheint sich am Rande, ist in der Mitte. Jeder führt jedes herbei. In der kleinsten Handlung ist auf das Größte Bezug. Das überwunden Gewähnte tritt wieder hervor. Das Vergeudete, Vergewaltigte wird gewaltig und furchtbar. Eigener Falschheit entrinnt man nie wieder. Alles muß abgebüßt werden, oder zurückgekauft. Das Gewaltige und Furchtbare wird freundlich – zart. Maß ist in der Gewalt seiner früheren Handlungen. Das Vergangene ist immer als gegenwärtig anzusehen. Menschengunst erworben und verscherzt auf demselben Wege. Eben darum ein unaufhörliches Wiederanfangen möglich, ein immer wieder Zurückkommen. Ich kann ein Individuum auf immer frische Weise anblicken, ja anbeten.
Wir sind nicht in jedem Augenblick fähig, alles zu fassen – aber es liegt in mir, daß wir dies und mehr fassen können.
Das Vergessen von Augenblick zu Augenblick.

* Verwendung des Dialekts. Volksweisheit zieht herum wie Schwaden und davon kann sich der Sarkastische ebensoviel zueignen (denn es sind darunter Weisheiten, die für alles prästieren) wie der Behagliche, der Moralist wie der Leichtfertige.

* Ein Wort zuviel. St[efan] Z[weig] schrieb an M[ell] »Leider kann ich unsere Verabredung für den 1ten nicht einhalten. Ich erwarte für diesen Tag den Besuch von Dr. K[ippenberg] und will den ganzen Tag von allem anderen *säubern*.«

1921

I. – Liebe ist trance: Welt höheren Instinktes.

VIII. – Das Individuum ist unaussprechlich. Was sich ausspricht, geht schon ins Allgemeine über, ist nicht mehr im strengen Sinne individuell. Sprache und Individuum heben sich gegenseitig auf.

Aussee, X. – Den verschiedenen literarischen Epochen fehlt es immer wieder und immer in neuer Form am Ernst. Daß das Unernste sich für ernst nimmt und gibt, das ist das Um und Auf jeder neuen Literatengeneration.

Bei menschlichen Beziehungen ist zweierlei zu fürchten: daß in ihnen vom Kern her das Gewollte oder von der Peripherie her die Vernachlässigung sich geltend mache.

Tiere haben mit dem Menschen das Werk gemeinsam, aber die Rede und die Tat, diese beiden Magieen sind dem Menschen vorbehalten.

Versichert sein, daß das, was man zu machen fähig ist, nie vorher von einem andern Wesen kann gemacht worden sein und erst von uns aus der Wirklichkeit angehören wird, das ist das Fundament des produktiven Handelns so in der Kunst als im Leben.

Eine überaus schöne Metapher, an die sich eine Reflexion über die bildliche Rede anknüpfen ließe, in ›Troilus und Cressida‹, III, 3: Patroklus (zu Achilles)

Liebster, erhebt euch und von eurem Nacken
Streift ab Kupidos üppige Liebesschlinge:
Wie Tau geschüttet von des Löwen Mähne
Zerstäub ins Wesenlose sie.

1922

I. – Comoedia (Sofia S. und ihr Mann).
Die Frau in der Ehe satt und dann unglücklich: mit geistigen und künstlerischen Velleitäten. Der Mann sehr stark und brutal, fühlt sich subordonniert und ausgeschlossen; reagiert mit brutalem Verhalten. Das doppelte Mißverständnis: daß sie sich für etwas Geistiges und daß auch er sie für das hält, wofür gehalten zu werden sie prätendiert, wogegen sie etwas recht Triviales sucht – das sie ihm (wenn er es bei Mägden suchen will) so verargt, wie nur möglich, ihn darüber verachtet und ihm sogar Selbstverachtung aufzwingt.

Michelangelo warf den deutschen Malern vor, ihre Bilder enthielten »viel zu viel«.
Rodin nennt Michelangelo den »letzten gotischen Gedanken«.

III. – Das schöne Vorhergesehene und das schöne Unvorhergesehene sind beide gleich selten.

Zu meinem Lustspiel ›Der Emporkömmling‹. Leopold als symbolische Figur, als der geometrische Ort jener gewissen geistigen Austriazismen: dem Verdienst und Unverdienst nicht Rechnung tragen, aus keinem Ding die Konsequenz ziehen, die Idee geringschätzen (an Stelle der Idee die Phrase gelten lassen); nichts hinzulernen; über alles die Anciennetät setzen, aber nur die Anciennetät als solche, nicht das wirkliche, wenn auch vieljährige Verdienst; im Augenblick alles außer acht lassen, außer was die Phrase des Augenblicks gebietet, ob es gleich sicher ist, daß der nächste Augenblick den gegenwärtigen Lügen strafen wird; das geistige Integrieren und Synthetisieren fürchten wie den Tod; die Logik und Folgerichtigkeit hassen und im übrigen Gott einen guten Mann sein lassen.

Zum Gleichen: Du mariage de la bêtise avec l'orgueil il peut naître une petite folie bien désagréable.

IV. – Dramatische Gegebenheit (aus der Lektüre von ›All's well‹). Ein großer Herr ist einem Geldmenschen so verschuldet, daß er seinen jüngeren Sohn zwingt, die Tochter des Geldmenschen, die dieser verachtet, während sie ihn liebt, zu heiraten. Der junge Ehemann, so geistreich als energisch, setzt sich vor, die junge Frau ausgesucht zu quälen, um sich an seinem Vater, an seinem Schwiegervater, an seinem ganzen Geschick, das er haßt, zu rächen. – Die zweite Frauenfigur ist die Geliebte seines Vaters, schön, sehr klug und erfahren.

Es ist einer von den Wahngedanken unserer Zeit, daß sie das Charakteristische über alles andere stellt. Aber die Aufgabe des Künstlers wie des Dichters ist die Gestaltung des Schönen, das dem Guten nächst verwandt ist. In diese Gestaltung muß er freilich so viel Kraft legen, daß die Gewalt des Eindrucks den mindestens aufwiegt, den man vom nur Charakteristischen zu empfangen gewohnt ist.

Wilhelm Grimm auf dem Sterbebette erkannte das Gesicht seines dicht neben dem Bette sitzenden Bruders Jacob, hielt es aber für ein Bild dieses und lobte, wie sprechend ähnlich es sei. (Vergleiche das am Gemüt erkrankte Mädchen, das ihre Schwester für eine täuschend nachgemachte Kunstfigur hält.)

Die vier jedem Gemüt nahe tretenden Beweise für das Dasein Gottes: die für uns unfaßbare Unendlichkeit des Raumes, die gleiche der Zeit; die Organisation unseres Inneren und die bedeutungsvolle unergründliche Gestaltung der Tierwelt.

Lessing soll nie geträumt haben. Es paßt dazu, daß er den Wirt (›Minna von Barnhelm‹, III, 5. Szene) sagen läßt: »Nein, mein schönes Kind, so *umständlich* träumt man nicht« – (als ob man nicht noch weit umständlicher träumte!).

Shakespeares Lustspiele haben sicher mit dem Kontur der Zeit, in der sie entstanden sind, wenig Übereinstimmung, wohl aber mit deren zarten geheimen Färbungen und Schwingungen.

Lustspielfigur. Ein ernstes und gefühlvolles junges Mädchen, die aber ihr Wesen unter einer sehr schnippischen Außenseite verbirgt. Sie denkt sehr schnell, ist den Männern, mit denen sie zu tun hat, immer um einen Gedanken voraus. Sie hat sehr viel Witz und schnelle Gedankenverbindungen und verwendet alles im Dienst dieses Sich-selbst-Verbergens, worin sie Virtuosin ist. – Sie ist, in der angenommenen Rolle, scharfsichtig und scharfzüngig bis zum Zynismus. Sie sagt immer *ein Wort zuviel.* Gedanke: Das Szenario eines Shakespeareschen Lustspiels wie ›Viel Lärm um nichts‹ in die Verhältnisse der Wiener Vorstadt verpflanzen.
Als männliche Gegenfigur zu der obigen Mädchengestalt: ein junger Mensch, der sehr mitfühlend, weitherzig und hilfsbereit ist und daher leicht für einen »Gschaftelhuber«, ja für einen interessierten oder intriganten Menschen gelten könnte. Einen solchen hat ein scharfsichtiges und unbarmherziges Mädchen ganz in der Hand. Er hat ihr gegenüber keine Waffe als seine eigentliche Unschuld, die er nicht einmal sich selber beweisen kann. Denn er ist in der Selbstbeurteilung sehr schwankend; bei Süd- und Westwind geht er bis zur Selbstverachtung weit in der Analyse seiner kleinsten Taten, ja Gedanken. – Seine halb unschuldige Intrige mit der verheirateten Schwester und mit der Schwägerin des jungen Mädchens als beider Berater und Tröster.
Diese Figur hat eine gewisse, sehr *entfernte* Ähnlichkeit mit der Hauptfigur in Dostojewskis Erzählung ›Nasser Schnee‹ (die Analogie kann nur für mich verständlich sein, nicht für einen Dritten). Die Nebenhandlung analog wie in ›Viel Lärm um nichts‹ – eine *recht gefährliche* Tratsch- und Verleumdungsgeschichte. Das Mädchen wirft dem jungen Menschen Gefühlsschlamperei, Charakterlosigkeit und Ärgeres vor – nur halb mit Unrecht. Sie wirft ihm vor, er benehme sich wie ein Bub, nicht wie ein Mann und sei doch ein erwachsener

Mensch. Ferner beschuldigt sie ihn, er sei indiskret und herzlos – nicht ganz mit Unrecht. Das Stück könnte ›die Mitschuldigen‹ heißen. Im ersten Aufzug bittet zuerst die eine dann die andere der jungen Frauen das Mädchen, sie möge – ihnen zuliebe – den jungen Mann – obwohl er ihr so antipathisch sei – aufmerksam anhören und im Einvernehmen mit ihm vorgehen. Die Wendung erfolgt, wie sie ihn beschämt hat, er sich selbst aufgibt – alle ihn preisgeben – und sie nun sich mit Leidenschaft auf seine Seite stellt – ja sich mit ihm identifiziert –

Detail für ein Lustspiel. 2 Figuren stehen in diesem Verhältnis: die eine prahlt gerne ein wenig, drückt sich ein wenig verschönernd über ihr Leben, ihre Verdienste, die Art wie man ihr begegnet, aus – malt die Motive schöner, pompöser, feiner als sie waren – die andere (eine Art von Maldicente, ein Verwandter, Schwager? Compagnon?) ist ihr beständig auf der Fährte und reduziert beständig jene Fakten und Angaben auf ein dürres meist häßliches und sogar schmähliches Minus. (Man trägt gelegentlich einen solchen Maldicente in sich selber) (Rhetorenschule? Der Rhetor und der Zyniker, sein Thersites.)

2. VI. – Motiv zu einem ernsten Lustspiel. 2 Freunde, beides Männer von großen Kräften. Eine Situation beiläufig wie zwischen M[ax] R[einhardt] und mir. Den vielleicht Stärkeren, der nach außen hin als der Subalterne erscheint (er ist etwa Angestellter bei seinem Freund), treibt seine Natur oder sein Geschick, dem ganzen Verhältnis Unerschöpflichkeit zu geben – auf Kosten seines Egoism, wenigstens des gemeinen (vielleicht zum Vorteil seines *höheren* Egoism). Das Verhältnis zu *diesem* Menschen ist ihm jenes Hic Rhodus... Er hat sich (und seine Tochter, die eine Rolle spielt) erzogen, nach der Maxime zu leben: Was das Leben dir versprochen hat, sollst du dem Leben halten! – Läuft es auf einen Kampf der beiden um die Tochter hinaus, die der andere zur Frau oder zur Geliebten will – und auf ein sehr bitteres Ende? Das Stück könnte ›der Verschwender‹ heißen.

Der Lustspielkern ist der, daß der eine das unbegrenzte Fordern des andern als die sublimste Schmeichelei empfindet. (In welcher Sphäre aber, außer zwischen Künstlern, wäre dies glaubhaft? Nachdenken!)
Das Stück *nur* zwischen diesen drei Personen. Die Tochter ist eine junge Frau, Witwe eines Gefallenen, aber so Frau, wie Hebbels Judith – eigentlich ein junges Mädchen. – Die Peripetien zwischen diesen dreien. –
Sehr eigentümlich scheues und balancierendes Verhältnis zwischen den beiden Männern. Sie sind einander durch 25 Jahre gleich interessant geblieben – also wie eine ideale Ehe. –
Es ergibt sich, daß die Tochter ohne Wissen der beiden Männer soeben eine neue Ehe geschlossen hat.
I. Der Kampf zwischen beiden Freunden. Der Vater fühlt, wie er, der andere, dem Aussprechen des Wunsches immer näher kommt, er sucht ihm auszuweichen, sucht der Stärkere zu bleiben durch Zurückweichen. Gespräch über die verstorbene Frau, die Mutter der jungen Frau (deren Zuneigung schon der Freund sehr besaß). In II wirft der andere dem Vater seine defensive Taktik vor.

Cortina, 29. VI. – Nachgedacht über den Stoff zu einer ernsten Komödie: ›Die Freunde‹ (zum ersten Mal Ende April 22). Der Angelpunkt ist der, daß der Starke den Nachgebenden (welcher vielleicht der Stärkere der beiden?) jetzt eben so nachgiebig gegen den *Feind* (jenen, mit welchem die Tochter sich heimlich vermählt hat) findet, als er gewohnt war, ihn sich selbst gegenüber nachgiebig zu finden. Dies erscheint dem andern jetzt ungeheuerlich, ja verbrecherisch. –

Iselsberg, VI. – An zwei Dingen fehlt es unserer Welt, und sie stehen zueinander in einem besonderen Verhältnis: am Zutrauen und am Geheimnis.

Wir geben uns eine Bildung, damit der nährende Gehalt der Erlebnisse nicht wie Regenwasser an einer steinigen Halde über uns hinjage, sondern durch viele schwer durchlässige

Schichten gefiltert an anderer Stelle in einem Quellstrahl gesammmelt hervordringe und immer fortfließe, so für uns wie für andere.

* Die Zartheit im Leben weit über dem Poetischen. In diesem die Zusammenfassung dies »Nichts als dies«.

In jedem einzelnen Lebensverhältnis ist ein Undeutbares.

* Wir versäumen nur, was uns angeht. Was uns nicht angeht, versäumen wir nicht.

Der bedeutende Zeitgenosse trägt irgend etwas so vor, daß wir unser Eigenstes vorgetragen ahnen.

Er versteht zu lernen, soll bei Talmudschülern ein hohes Lob sein. So in den Künsten: es ist das einzige, was man von einem Meister aussagen kann.

Karersee, 9. VII. – Eckermann unterm 13. XI. 23 erzählt, Goethe habe einst mitten in der Nacht seinem Kammerdiener geklingelt und ihn gefragt, ob er nichts gespürt habe; es sei ein Erdbeben gewesen oder stehe eines bevor. Nachher ergab sich, daß in derselben Nacht durch ein Erdbeben ein Teil von Messina zerstört worden. – Mein überaus heftiges Übelbefinden dieses Jahr in der Nacht vom 30. I. auf den 31. I. bis gegen Nachmittag hin. Spätere Nachricht von einem beispiellos heftigen submarinen Erdbeben im atlantischen Ozean am 31. I. um 2^h nachmittag.

15. VII. – Mit den Gedanken ist es wie mit den Melodien; es gibt die kurzen, geringen – und die langen, schönen; die besten aber sind wie Kugelblitze und enthalten die Welt im Ganzen.

26. X. – Ich lese seit einigen Tagen mit dem außerordentlichsten Vergnügen die ›Chartreuse de Parme‹. – Stendhal ist ohne Zweifel dem Geist nach, der erste Autor unter den Fran-

zosen des XIX. Jahrhunderts. In einer gewissen Weise muß man ihn noch über Balzac stellen. –
Es zu vergleichen mit einem Produkt, worin Goethe etwas Ähnliches dargestellt hat: nämlich die Spannung hoher Seelen, wenn das Schicksal sie zusammendrückt: also die ›Wahlverwandtschaften‹. Aber auch an das Straßburger (Sesenheimer) Buch der Autobiographie habe ich denken müssen; das Tertium liegt darin, daß in beiden Büchern hohes und naives Glücksgefühl mit großer Kraft dargestellt ist. Erfahren, wieviel an solchen Büchern von ›Dichtung und Wahrheit‹ kunstmäßige Erfindung, wahre Komposition ist. Nach dem was mir Brecht sagte, mehr als man denkt.

Kierkegaards ›Entweder-oder‹ Kampf zwischen Ästhetik und Ethik, wobei Ethik natürlich das Allgemeingiltige, Pflichtmäßige bedeutet, während er unter Ästhetik Subjektivität versteht und zwar Subjektivität des Genusses, Sinnlichkeit, Mannigfaltigkeit, Verstecktheit, Vereinzelung, Einbildung ohne reale Existenz.

XI. – Poetisches (Dramatisches) Motiv: daß der Mensch sich alles aus eigener Kraft geben, eines aber nur von den Übermächten erflehen kann: das Vergessen (Byron, ›Manfred‹).

Sitten. Nach Breysig wird bei irgendeinem südamerikanischen primitiven Stamm der Eintritt eines Jünglings ins Mannesalter mit mehrwöchigen Festen gefeiert, an denen sich der ganze Stamm beteiligt, und bei denen jede Gebärde, jeder Tanzschritt aufs strengste geregelt und unter die schwerste Sanktion gestellt ist. Es kann geschehen, daß dem, für den das ganze Fest veranstaltet wird, um eines unrichtigen Schrittes willen das Messer im Nacken sitzt, und zwar das Messer des eigenen Vaters, der das Fest für ihn veranstaltet hat. Versucht man solche Vorgänge als wirklich zu nehmen, d. h. sich in die Gemütsverfassung dieser Menschen einzuleben, so muß die Vorstellungsweise überwunden werden, die es liebt, solche primitiv heroische Welten allzu zart, gleichsam blumenhaft zu erblicken. Es muß dort etwas von dem harten und lichtlosen Zwang vermutet werden, der uns, freilich in einer verdumpften und erniedrigten, gleichsam großstädtisch gewordenen Sphäre entgegentritt, wenn wir preußische Militärprozesse aus den Dezennien vor dem Kriege lesen, wo es sich darum dreht, daß auch schwache Individuen unter dem Druck des Standesehrbegriffes, der sie vergewaltigt und in gewissen Fällen andere zu vergewaltigen zwingt, in einer Weise handeln, die uns absurd erscheint, sobald wir die unbedingte und gleichsam religiöse Zwangslage verkennen, so beim sofortigen Waffengebrauch Vorgesetzter gegen den bloß vermutlich den Gehorsam verweigernden Untergebenen.

Wink für ein Lustspiel, in Kierkegaards ›Stadien‹. »– Ist die Liebe keine absolute Leidenschaft mehr, so muß die Poesie sie verlassen. – – Soll die Poesie noch weiter existieren, so muß sie eine andre Leidenschaft entdecken, die ebenso berechtigt ist, wie die Liebe es für die Poesie war. – Es wäre nun nicht schwierig zu zeigen, daß keine solche andre Leidenschaft ist, gerade auf Grund der eigentümlichen Zusammensetzung des Erotischen. – Aber was den Glauben an die Liebe schwächte, daß der Unendlichkeitssinn fehlt, wird auch den Glauben an die andern Leidenschaften schwächen. Insofern ist es ganz konsequent, daß die Politik in unserer Zeit ihre Verehrer nicht zu Opfern begeistert, denn sie begeistert gar nicht, sonst kommen die Opfer von selbst. – O, winkende Aufgabe für einen Dichter, aber ohne Leidenschaft kein Dichter, auch kein komischer. – Eine brauchbare Hauptfigur würde ein Politiker sein, der trotz aller seiner Klugheit begeistert sein will, ein Opfer sein, aber sich nicht opfern will; der fallen, aber Zeuge des Beifalls sein will, ein Begeisterter, der keine Ahnung davon hat, was Begeisterung ist –«

* Die Bedeutung die es für mich hatte, daß ich als Neunzehnjähriger ein Buch wie Chambers Encyclopedia in die Hand bekam.

* Das ›Welttheater‹ ist ein Mysterium oder eine große Allegorie. Jede der europäischen Literaturen hat diese Epoche gehabt – aber bei uns ist sie am längsten lebendig geblieben. Die Fackel war nur einen Augenblick zur Erde gefallen und ich habe sie noch glimmend aufnehmen können. – Es ist kein Arrangement, es ist neu und alt: so alle meine Sachen. – Ich spreche direkt von mir und meiner eigenen Arbeit, weil Direktheit das Element des Künstlers ist – und weil man, gezwungen in einer solchen Art an sich zu denken, eine Belebung empfängt. Man kommt dem eigenen Geheimnis näher. – Jeder schafft sich das Instrument seiner Kunst selbst, indem er von Eindrücken und Halluzinationen ausgeht, die dem Eros unterstehen, und damit das von Überliefertem verbindet, was er erfassen kann. Es schafft immer eine Pluralität: Landschaft, Zeitgeist, Volksgeist. Ich habe mich immer um das Ausdrucksmaterial alter Meister bekümmert –
»die kubistisch futuristische Infektion«.
Kombination von Elementen.
Tradition: Cézanne hat eine Rebekka von Delacroix noch einmal gemalt, Van Gogh Sträflinge von Doré, Delacroix Rubens.

1923

I. – Indifferenz ist anfangender Haß (Baader).

Bismarck hat immer im Ausdruck äußerst viel von der französischen manière: so dies furchtbare saigner à blanc – oder auch jenes andere berühmte von dem Gott-fürchten und sonst nichts: »Je crains Dieu et n'ai point d'autre crainte« (Racine, ›Athalie‹, III).

11. bis 27. Mai Aufenthalt auf dem Schönenberg bei Basel. – Gelesen: Thukydides I. Buch; Ludwig Richter, Selbstbiographie; ferner E. M. Arndt: ›Meine Wanderungen und Wandelungen mit dem Reichsfreiherrn von Stein.‹ Ein in gewisser Weise bedeutendes, mir aber nicht sympathisches Buch. Es sticht immer, wenn er von sich selber spricht, eine verkniffene Eitelkeit durch, die mit einer selbstgefälligen Derbheit ein nicht angenehmes Bündnis eingeht. Dabei ist sein Ausdruck oft bündig und vielsagend. Unart, immer und immer wieder den Superlativ, wie im Lateinischen zur Bezeichnung eines hohen Grades zu gebrauchen. Eine andere Manier treibt er mit dem persönlichen Fürwort: Mein N. N., mein Graf X, mein Freiherr von Stein. – Unleidliche Art immer von sich als »meine Kleinheit«, »meine Geringfügigkeit« zu sprechen. Merkwürdige Anekdoten. So, wie der Großherzog Karl August den Frh. von Stein besucht und bei Tisch von einem leichtfertigen Gegenstand ziemlich leichtfertig spricht, und Stein ihn anfährt: Ich ertrage es nicht, wenn ein deutscher Fürst in diesem Ton vor jungen Offizieren redet, den andern heiß und kalt wird, Karl August, nach einem Augenblick der Stille, sich mit der Hand übers Gesicht fährt und dann ruhig, als ob es nichts gegeben hätte, das Gespräch fortführt.

Rodaun, VI. – Stifters relative Schwäche: er kennt das Böse nicht (weil er fürchtet, es zu kennen); Gotthelf kennt es.

Es handelt sich nicht darum, uns in der Sprache, sondern die Sprache in uns auszuprägen.

Das Ehrgefühl spielt als Motiv in der deutschen Literatur 1750–1850 eine so große Rolle, daß dies wohl der Betrachtung für den Historiker wert wäre. Tellheim handelt aus einem hypochondrisch gesteigerten Ehrgefühl, an Werthers Entschluß, aus der Welt zu gehen, hat das gekränkte Ehrgefühl einen großen Anteil. Die Geschichte ›Vom schönen Annerl‹ hat ein gesteigertes Ehrgefühl zum Angelpunkt, ›Maria Magdalena‹ von Hebbel desgleichen. Es gehören ferner hierher: Schillers ›Verbrecher aus verlorener Ehre‹, …

VII. – Die Bedeutung der Kugel und des Kreises für Balzac. »Notre globe est plein, tout s'y tient. Peut-être reviendra-t-on aux sciences occultes.« – Delacroix findet in den Aufzeichnungen und Skizzen Lionardos »le système antique du dessin par des boules« wieder. – Nur nebenbei sei erwähnt, daß Cézanne, als er durch Emile Bernard von Balzacs Frenhofer erfuhr, sich zu Tränen erschüttert zeigte – – er selbst hatte gelehrt: »Le dessin et la couleur ne sont point distincts.«

VIII. – Genie haben heißt teilhaftig sein der Unvernunft des Kosmos.

* Die Antike der Deutschen.
Nur in geistigen Bildern faßt dieses Volk sein Tiefstes zusammen: da ihm aber gegeben ist, immer ins Letzte zu gehen – und es in der Weltschicht sich nicht befriedigen kann – so geht es hier ins Tiefste des Abendländischen (durch die eigenen Tiefen hindurch noch tiefer: durch Grimms Märchenschicht noch tiefer)
Die Bedeutung von Heinses Weltblick, Hölderlins Tiefblick. Deutsche nicht am Bild befriedigt: zum Sinnbild drängend.

1924

Lenzerheide, 7. VII. – Stifter: das Element der Angst (die Nichterwähnung der Kreuzotter und alles Bösen).
Jean Paul: das einsame Individuum ohne Fähigkeit, die Gesellschaft zu erfassen. So schon bei ›Anton Reiser‹: Tendenz zum Theater als zum Sozialen. Verkennung von Paris (ein öder Steinhaufen) im ›William Lovell‹. Aus der Einsamkeit und der Verkennung des Geselligen hervorgehender Begriff der Langeweile (so noch bei Büchner)... Wie der Tanz dem unbegreiflich erscheint, der die Musik nicht hört. Die fast zum Gegen-Menschen, zum Redenden hinaufgesteigerte Natur bei Jean Paul als Ersatz für die Gesellschaft.

Jean Paul. Hemmung der natürlichen Tatkraft: davon der Ausdruck bei Jean Paul. Seine Werke sind volkliche Bekenntnisse und alle seine Mängel und Fehler sind Mängel und Fehler eines Zustandes der seelischen Revolution, die das Volk sich selber, der Nachwelt und einem hohen Richter beichtet. Der Glaube ist zur Frage geworden; überall trifft das Gefühl auf Hemmungen der Vernunft: so wird der Rausch zur Notwendigkeit, um das vorlaute Ich zum Schweigen zu bringen. Die französische Aufklärung schuf einen neuen Lebensstil – die deutsche gab nur die schrankenlose Pers[önlichkeit] frei (N. B. Der Abenteurer-Immoralism Heinses) – Pflichtgefühl nur gegen die eigene Seele, für die bisher überpersönliche Wesenheiten, Sitte, Herkommen, Dogma die Sorge getragen hatten.

›William Lovell‹. Der Held ist ein Jüngling, der nach und nach darauf geführt wird, alle festen und substantiellen Lebensmächte, alle überlieferten Lebensregeln derart aufzulösen, daß er in einer reinen Verbrecherexistenz endet, welcher der verhärtetste Egoism zu Grunde liegt.

Jean Paul als gegenwärtiger Autor. Der Vertrag mit der Realität ist bei den Deutschen einmalig – vorgebildet, kann nicht verändert werden.

In der ›peau de chagrin‹ das Gesellschaftsstück plötzlich hineingreifend in das einsam Romantische.

Stifter: Die Leidenschaft und verzückte Schwärmerei wie bei Jean Paul der Urgrund. – (Leidenschaft bleibt im Subjekt, statt wie bei Balzac in die Gestalten zu treten.) Angst vor der Leidenschaft, damit sie den Weltenspiegel des eigenen Ichs nicht trübe und dieses als epische und höchstens hymnische Idylle die reinste Objektivität gewinne. Idealbilder durch Auslassen geschaffen: das Fortlassen der Kreuzotter.

Geheimnis im Bürgertum (Pannwitz). Das Geheimnis des noch unerforschten aber bewohnten Gebirges.
Wo liegt das Geheimnis – das Erhabene? Hier gleiten die Romantiker aus.
Bauernnahes Bürgertum. Der Urgrund: das *Bleibende* nahe. Die österreichische Form des Aufstieges zu den Staatsämtern.

29. IX. – Sprache. Volksgeselligkeit in sich. Ihre Dauer nach rückwärts: bei den Franzosen und Engländern über Jahrhunderte hin. Uns die Hohenstaufenzeit fast stumm, doch aber nicht völlig. Ein Volk wird durch Gedächtnis seiner selbst mächtig. Die Sprache ist das Traumgedächtnis des Volkes. Höhere und höchste Sprache: Hölderlin. Absichtliche Dunkelheit. Die Stelle aus Hegels ›Eleusis‹ bei Pigenot.

X. – Anekdote aus dem Krieg. Ein junger englischer Offizier, aus dem flandrischen Kampfgebiet auf kurzem Urlaub in London, geht ins Theater und fühlt sich von einer jungen Frau, deren Schönheit er beim Hereinkommen in einer dunklen Loge fast nur erraten hat, angesehen: Er trachtet sie im nächsten Zwischenakt, dann beim Hinausgehen wiederzusehen, doch Zufall oder Absicht – sie entschlüpft seinen Blikken. Nächst dem Ausgang wird er am Arm berührt von einem reich livrierten Diener, der ihn im Namen der Dame aus der Loge bittet, in ein Auto zu steigen. Das Auto hält und der gleiche Mensch bittet ihn, sich die Augen verbinden zu lassen. Da der Mensch ihm einen guten Eindruck macht, läßt er es geschehen. Als man ihm die Binde herunternimmt, findet er sich in einem erleuchteten Salon mit einer ganz jungen und ihrem Körper nach sehr schönen Frau, die vor dem Gesicht eine schwarze Larve trägt. Er verbringt die Nacht mit ihr; vor Tagesanbruch entläßt sie ihn mit der Bitte, das kommende Jahr am gleichen Tag das gleiche Theater zu besuchen. Er tuts, wartet, durchsucht mit dem Opernglas das ganze Haus, findet niemand. Im Moment, wo der Vorhang aufgeht, wird ihm von hinten ein gefalteter Zettel zugesteckt, den er entfaltet und bei dem Schein, der von der Bühne ins Parkett fällt, entziffert. Er enthält in einer weiblichen Handschrift die Worte: »Es ist ein schöner gesunder Knabe.«

1. XI. – N. B. Für den ›Phokas‹: Alles psychologische Detail nur auf der Spitze des Degens servieren!

* Chinesische Gedichte.
Das Höhere, niemals Zeitgebundene. Dies in der Kunst nur gespiegelt – darum kann solche Kunst auch in Übertragung zu uns sprechen.
Die Kunstmittel, welche aufgezählt werden, zum Teil bei uns auch vorhanden: Anklang, Obertöne; soziale Bedingtheit in der Wortwahl.

Über chinesische Gedichte und die Möglichkeit einer Umbildung der deutschen Poesie durch die Berührung.

* Die meisten Schriftsteller erfüllen den letzten Wunsch einer Epoche, wo diese schon einen neuen hat.

1925

I. – Mittlere Geister – das sind die eigentlich sogenannten Geistreichen – bewegen die Zeitideen, ohne sie zu beherrschen.

10. II. – Ich sage zu Brecht, daß mich das Schillersche Fragment ›Der Menschenfeind‹ besonders anziehe: er erwidert, das habe seinen guten Grund; denn darin sei, wie in meinen Arbeiten, das Tragische aus dem Zuständlichen abgeleitet.

Rodaun, April. – Alkmäon von Kroton sagt, das Individuum sterbe, weil es nicht vermöge, seinen Anfang mit seinem Ende zu verbinden τὴν ἀρχὴν τῶ τέλει προσάψαι (Bei Croce: ›Zur Theorie der Historiographie‹).

* Gelegentlich der Selbstbiographie von B. Croce:
Wir tragen von den anderen Nationen leicht ein Zerrbild in uns: aus oberflächlichen Begegnungen, schlecht verstandenen Eindrücken, Vorurteilen und Halberkenntnissen: die Berührung mit einem klaren Geist führt uns in das Eigentliche einer fremden Nation, ein gereinigtes Gebiet, worin die widersprechenden Eigenschaften (so hier das bürgerlich Bescheidene mit dem ausdauernd lateinischen, klug Erfahrenen) zu einer Harmonie verbunden sind.

Paris, 5. IV. – Moden sind bevorzugte Übertreibungen. Welche Idee einer von sich selber in sich trägt, davon hängt alles ab. Aber: »je crois que le génie dépend en grande partie de nos passions« (Vauvenargues).

[IV./V]. – Anrede an die Normaliens. Über Goethe oder über die Lebensalter.
Quand il me fut proposé de venir vous causer j'étais bien décidé à ne pas vous faire de conférence... wie könnte ich Sie begrüßen: als der Fremde und Gast Ihrer Kultur – als der An-

gehörige einer anderen Kultur – aber dies schien mir dem *besonderen* Verhältnis keine Rechnung zu tragen – und nicht der Einmaligkeit der Begegnung. – Demnach als der Ältere – als der Zugehörige eines früheren Geschlechtes – hier aber fühlte ich etwas Unwahres – dagegen die Wahrheit lag darin, daß ich das Bedürfnis gehabt hatte, welche von den Ihren zu sprechen, daß ich schon einen gebeten hatte (Louis Roland) und daß ich in Marokko diesem Bedürfnis nachgegeben hatte. – Ich versuchte mir dies Bedürfnis zu legitimieren und dachte an Goethe und sein Verhältnis zu den Lebensaltern.
Welche Kameradschaft ist möglich zwischen dem, der ankommt, und dem, der beinahe schon abreist, dem, welcher so viele schöne Anfänge um sich sieht, und dem, der so viele Enttäuschungen erlebt hat – dem, welcher beinahe sorglos ist, so viel scheint ihm die Welt noch außer ihm zu enthalten – und dem, welcher beinahe verzweifelt ist über die Verantwortung, die er trägt für alles – für das Absurde, so provisorisch das Absurde? Zwischen dem – und dem, da sie beide fast mit jedem gleichen Wort das Verschiedene bezeichnen. Wie also kann ich mich als Ihren Kameraden bezeichnen, ohne zu betrügen?
Das Leben ist erfüllt von der Rigidität der Altersstufen, von einer Art Chauvinisms (die Alter: juvenis, vir, senex). Das Betonen, das Geltendmachen, fast als Kriegsinstrument, der geheime Neid, der vigor. Aber darunter liegt ein Anderes, die Ahnung, daß wir nicht gebunden sind. Aber auch im mittleren Alter: hier liegen mehrere Alter nahe, wir sind in Gefahr, uns zu verlieren, und wir sind nahe daran, zu fragen: schaffen wir unser Alter nicht? sind die Altersstufen nicht Produkte unserer Phantasie? Idealbilder? schöpferische Hieroglyphen? – Goethes ambivalente Lehre hierin, vom Knabenmärchen zum ›Faust II‹. Sein Verkehr mit Kindern; l'art d'être grandpère, das ewige Lernen.
Also dahinter jenes Wesen, das das Ende mit dem Anfang verbinden will: »τὴν ἀρχὴν τῷ τέλει προσάψαι«.
Der enge Begriff des Lebensalters wie der der Nation kann erweitert werden: jedes Lebensalter ist Gegenwart, ist also *alles,* was uns gegeben ist, und muß zum Ganzen ausgeweitet

werden. Dies ist eine der Größen Goethes und sein enseignement vor allem. Es gibt einen Nationalism der Altersstufen und eine Universalität = Humanität. In jedem Alter berühren sich mehrere und die Menschlichkeit realisiert sich in ihrem harmonischen Gleichgewicht (»Familie bilden mit sich selbst« – Novalis; »l'unanimité en soi-même« – Gide).
Je désire vous parler d'une présence, presque d'une omniprésente... vermöge welcher Art, das Leben zu nehmen, vermochte Goethe die Lebensalter zu überwinden? – Abgrund: symbolische Darstellung. Demgegenüber die lateinische Repräsentation der Lebensalter: Cicero de senectute (anklingend: daß jede Geschichte nur Geschichte der Gegenwart sei).
Symbolische Haltung Goethes eigenen Lebensaltern gegenüber: Knabenmärchen, mit Zwanzig ›Werther‹, Vierzig Rom, Mann von Fünfzig, ›Westöstlicher Diwan‹ Sechzig, ›Faust II‹ Achtzig. Durchbrechung andrerseits: ›Trilogie der Leidenschaft‹, Heraufrufen des Werther; das Alterslose. Andererseits Lust am Lernen, Goethe und der Bogen des Baschkiren.
Symbolische Behandlung der Welt durch alte Künstler: Tizian, Hokusai. Tizian behandelt den Samt *symbolisch*. Symbolische Behandlung durch das Kind: große Präsenz der Welt liegt beidem zugrunde, Ahnung der Essenz (Alkmäon von Kroton).
Er steht nicht auf dem Punkt, auf dem..., sondern er steht irgendwo, von wo aus der betreffende Punkt dominiert wird.
Gegenüber dem Technischen teils annehmende, teils ablehnende Haltung (Zeitungswesen, Verkehrsmittel).
Diesen Gedanken auszudrücken: Goethe habe in einer dem Dämon des Formlosen anheimgegebenen, aber des Enthusiasmus fähigen Nation – es nach dem Sturm der Jugend für seine Aufgabe erkannt, die Nation zu den Formen zu führen, welche aus der Erkenntnis der Gesetze ableitbar sind. Der notwendige Weg dazu war die völlige Beherrschung, eine Art virtù im Sinne Machiavells – und das denkbar uneitelste Verhalten.
Als Moralist: Verhältnis zwischen Traum und Realität. ›Faust‹ und ›Wahlverwandtschaften‹: das Gesetz des Indivi-

duums, – *mein* Gesetz; die Begegnung mit ihm auf naturwissenschaftlichem Gebiet, auf ästhetischem, politischem Gebiet (Metternich), auf dem Gebiet der Literatur in den literarischen Formen. Einfluß des ›Faust‹ als Form: Byron etc. (aber dies vielleicht nur ein zeitgebundener Aspekt des ›Faust‹). Auf rezeptivem Gebiet: Antike, Orient, Parsi.
Es war ein großer Geist, in welchem das Gefühl der Verantwortung mit der Weite der Herrschsucht in völliger Übereinstimmung war, – der irdischeste Geist eines unirdischen Volkes: er wollte Ordnung in sich und darum Ordnung in der Welt, die er als einen untrennbaren Annex des Ich empfand.
Die Haltung des geistigen Imperators in der äußersten Zartheit ausgebildet.

1. V. – Man lebt nur ein partielles Leben. Eine Figur wie Poldy – wie erschöpfe ich sie? Dieser Mensch ist ein Kampf, der nicht enden kann. Sein Mißtrauen, sein Unerlöstes: das Tapfere in seinem Kampf – die Irrtümer: welche *Wahrheit* kann darüber ausgesagt werden? Er wartet auf den Moment, der seine Vergeblichkeit aufhebt – auf den Moment, wo seine Magie wirksam wird – – ist er aber ein Mensch, ein Zwischenwesen wie jener Elf... (dies über das Zwischenwesen ausführen, vermöge einer Transkription des ›Elf‹ – hinter diesem allen offenbart sich: die Unerreichbarkeit des *Ich* – außer in Gott) wie so viele *heute*, wahre Chimären.
Physiognomien wie Balzac sie beschreibt (Calvin) das Unendliche darin.
Es gibt zwei wunderbare Dinge auf der Welt: das Geistige und das Sinnliche – und ihre Einheit.

Mai. – Frühstück bei Bassianos. Gespräch mit Paul Valéry, Mathematik und Sprache, Diderot: Blüte. Meine Schwierigkeit: daß ich aus allem sofort etwas machen will. Alles wird sofort Aufgabe. Der schwierige Mensch wird mir selbst zur Aufgabe und stellt sich dadurch zwischen mich und die...

Anrede an die Normaliens: was ich bei der Jugend suche. Sie sind nicht gefangen in sich selbst und sie halten der Komplikation, die beängstigt, das Gefühl ihrer Allmacht entgegen. Valéry: »nos craintes sont infiniment plus précises que nos espérances. Période de trouble dans les échanges vitaux.«

Préface zur Übersetzung meiner Prosa.
Prosa des Dichters enthält ein beständiges Anderswo. Sein Objekt ist nie das vorliegende Objekt, sondern die ganze Welt. *Wie* evoziert er das Ganze?

Paris, 26. Mai. – Der junge Mensch erleidet seine starken Eindrücke, der reife verhält sich hervorbringend zu ihnen.

Rodaun, Juni. – Dieser Spruch Goethes, anscheinend an ihn selbst gerichtet, enthält auch die ganze Verschiedenheit im Weltverhältnis der Deutschen und Franzosen:

Ohne Umschweife
begreife
was dich mit der Welt entzweit:
nicht will sie Gemüt, will Höflichkeit.

Gipfel des »Wissens« auf einem gewissen Gebiet ist ein gewisses Stadium der Unwissenheit, Halbwissenheit. Schwächere Epochen, den Grundlagen des »Wissens« näher dringend, lösen alles wieder auf.

VI. – Schroeders Bemerkung, die Figuren im ›Turm‹ reden wie durch ein Megaphon. Hiezu bei Harsdörfer: Warum solche Spiele in gebundener Rede geschrieben werden? Antwort – weil die Gemüter eifferigst sollen bewegt werden, ist zu den Trauer- und Hirtenspielen das Reimgebäud bräuchlich, welches gleich einer Trompeten die Wort und Stimmen einzwänget, daß sie soviel größeren Nachdruck haben. (Die persona, die schallverstärkende Maske, hatte doch wohl eine andere Funktion als die bloß akustisch-technische.)

Gedanke eines Alternden, daß aus der aufsteigenden Generation ihm, wofern er es erlebe, der entscheidende Aufschluß über ihn selber zuteil werden könnte.

Die Allegorie ist am bleibendsten dort angesiedelt, wo Vergänglichkeit und Ewigkeit am nächsten zusammenstoßen. (Benjamin, ›Ursprung des deutschen Trauerspiels‹).

X. – Synchronismus. Büchners Sachen erscheinen während Goethe noch am Leben ist oder kurz nach dessen Tode, Laubes ›Junges Europa‹ 1833–37, Rankes ›Päpste‹ und Schopenhauers Hauptwerke noch bei Goethes Lebzeiten; ebenso Heines und Immermanns erste Sachen; Heinse stirbt erst 1803, Klopstock auch, 1806 im Jahr nach Schillers Tod, erfolgt Hölderlins Verschwinden. – Was uns fehlt, sind genaue, geistreiche synchronistische Tabellen.

Zum unerläßlichen Schönen in der Darstellung zählt das Gehörige, welches hervorgeht aus dem anständigen Verhältnis zwischen dem Darsteller und dem Dargestellten, sowohl der Kraft nach als der Entfernung nach; das örtlich oder sonst in seinen Voraussetzungen sehr Entfernte heranzuziehen, ist immer problematisch; es geschieht meistens aus Hascherei nach dem Besonderen, aus Vornehmtuerei, als ob das allen Geläufige und dem gehörigen Lebenskreise Innewohnende nicht ausreichend wäre, das ganz maßlos Profunde oder Subtile, um was es sich dem Autor handle, zu erhellen. Wogegen es die Stärke der geschlossenen Kulturen ist, daß sie an einem engen Kreis von Beispielen alle vorkommenden Bezüge und Verhältnisse belegen, und ihn dabei doch nicht erschöpfen; so die Franzosen durch 150 Jahre mit ihren Klassikern, oder die Engländer und Deutschen durch dreihundert Jahre mit den Gestalten und Verhältnissen der Bibel.

Eines Menschen Leben beschreiben wollen, heißt sich ihm – mindestens – gleichstellen.

Feuerluft, innen mitten zwischen brennenden Scheitern, sieht aus wie kristallklares, in sich bewegtes Wasser.

9. X. – Über Shakespeare: das Verhältnis des Mimischen zum Sprachlichen wirklich approfondieren.

Das Kosmische jedes einzelnen Stückes. Man muß alles in ihnen zugleich präsent haben, um das Spiel seiner Phantasie zu überraschen wie Aktäon die Diana.
Das Wort überwältigt die Sinnestätigkeit; wir sehen mehr mit dem Lexikon als mit den Augen (Valéry).
Relation des Schauspielers zum Dichter. (Souveränität des Schauspielers. Unheimlichkeit der dramatischen Kunst in ihrer Relation zum Schauspieler)
Differenz zwischen Rede bei Shakespeare und bei Euripides; bei Lessing, wo die Intelligenzen leben; bei Schiller (Zusammenhang mit dem Vergnügen an der advokatorischen Beredsamkeit, so bei Dumas etc.).

31. X. – Das vergangene Geschehen (Geschichte) erscheint als ein Gegenwärtiges, wenn alle Umstände (alle Züge der Gestalt) erfaßt, d. h. vergegenwärtigt werden.

Was uns zur Betrachtung der Vergangenheit treibt, ist die Ähnlichkeit des Gewesenen mit unserem Leben, welche ein Irgendwie-Eins-Sein ist. Durch Erfassung dieser Identität können wir uns selbst in die reinste Region, den Tod, versetzen.

Gleichnisse: Ihr Zweck, das durch die Sprache Berührte, aber nicht zentral Berührte zu versühnen; das aus seiner Ruhe Aufgestörte hart neben dem zweckhaft Angerührten zu begütigen; dem Unteilbaren Reverenz zu erweisen.

Sprache ist unter anderm auch Umgang mit den Worten; hier liegt der Abgrund im Sprachgebrauch zwischen den Deutschen und Franzosen.

Der magische Grundsatz pars pro toto in den Gleichnissen wirksam.

XI. – Shakespeares Gleichnisse. Ein jedes menschliche, ja jeder Teil eines Tuns ist ein Ganzes: indem man es bezeichnet, zerschlägt man es, macht es zum Bestandteil einer Maschine;

ja selbst durch unser bloßes Leben wirken wir in dieser Weise zerstörend. (Die Weisheit der sinnlichen Wollust ist das Nicht-Unterdrücken.) Im Gleichnis kommt das »Glied« des Denkens zum Eigenleben, und es wird ein Teil von dem Raub, den das Sprache gewordene Denken am Leben begeht, diesem rückerstattet.
Die Metaphern bei Shakespeare gehören nicht zum mimischen Ausdruck, noch zur Mitteilung: sie sind ein Drittes.

29. XI. – Der Dichter und das Wirkliche. Das Wirkliche im Rhythmus bäuerlicher Sprechweise; in den Regeln des bäuerlichen Anstandes – Erinnerungen aus meiner Kindheit – das Wirkliche im Aberglauben böhmischer Dienstboten bei der Biersuppe erzählt – das Wirkliche in einer Figur wie Loschmiedt, dem Seidenweberssohn – das Wirkliche in hinschwindenden Stadtvierteln (und wie unwirklich gleich die Reflexion darüber wird, das Bedauern, das Haltenwollen, das Sentimentale, weil es ja nicht vergeht, sondern erhalten bleibt im Nicht-sein – im großen Immer-sein) und das Factice der künstlerischen Aspirationen – zugleich aber auch doch das *Wirkliche* auch aller dieser Dinge: einer Szene in einem der Stücke von Shakespeares Zeitgenossen – ja eines barocken Stückes mit seinem Pomp wie ein Schädelarrangement in Katakomben – ja das Wirkliche von Schießbudenbildern: alles mit der Phantasie Hervorgebrachte gehört zu *diesen* Dingen. Denkt man es in diesem Zusammenhang, so wird es tröstlich. Aber auch hier waltet eine gewisse Strenge.

November. – Ad ›Prinzessin von Cleve‹. Das Gespannte solchen Hoflebens (Louis XIV.) und die doppelte Spannung aus Liebesverhältnissen und Rangverhältnissen, wodurch ein männliches Element, ja ein Etwas von Krieg einfließt ins Galante. Hoher Begriff der Galanterie, englisch »gallant« = tapfer. Das Wort als Lehnwort. Jenes Gleiche noch großartiger, das den Corneille als Doppeltes durchzieht – Liebe und Ehre – welches dann den Racine hybrid macht, weil es bei ihm nicht mehr aktuell – nicht ganz noch desuet.
Vermöge welcher innerer Vielfältigkeit vermögen wir uns

hiezu in ein Verhältnis zu setzen? (ohne das Überflüssige zu tun). Wir versetzen gewisse Kräfte in uns in Schwingung –

Lustspielfigur, zu gewinnen aus diesem einzigen Zug: ein gewisser junger Mann, völlig ungekannter angehender Historiker, sagt dem Wirt einer Schweizer Pension gleich nach der Ankunft: Ich wünsche hier wie jeder beliebige Peter Müller aufgefaßt zu werden.

Nestroy hat eine Sprache für sich und ihre Stärke liegt im Sprichwörtlichen, im Redensartlichen.

Dezember. – Paradoxie unserer Kultur. Die Franzosen tragen die Pyramide ihrer geistigen Kultur alle zugleich, indem die Basis auf ihren Köpfen aufruht, wir tragen die unsrige jeder einzeln mit der Spitze auf seinem Kopf stehend.

1926

23. I. – Geistige Haltung. Es liegt ein Geheimnis des hohen Stils in dem, was nicht erwähnt wird. Darin, daß er so vieles nicht zu sehen geruht, tritt die große Haltung eines Autors hervor. Indem er mit den Weltmächten und Scheinmächten zum Kampfe antritt, wählt er sein Kampffeld, und in dieser Wahl, durch die er gleichzeitig die Ordnung des Kampfes (wie eines Tanzes) an sich reißt, tritt seine Souveränität, seine eigentliche virtù hervor. Indem Euripides Denk- und Gefühlsformen seine Schranken öffnet, deren Existenz von einem Äschylos implizite verworfen wird, vollzieht sich der jäheste Absturz vom großen Stil, der je da war. – Wer den großen Stil eines Dante oder auch eines Raffael erahnen will, vergegenwärtige sich die Zweifels- und Schwächewelten, die Schein- und Schreckensmächte, welche durch das erfüllte Dasein jener Gemälde und Gebilde als nicht-existierend statuiert werden. Dies ist die reinigende und aufbauende Gewalt, die von den Werken des hohen Stiles ausgeht, und in diesem Sinn verstehe man Molière als einen Meister des hohen Stiles auch noch in seinen Possen – und begreife, welche Gewalt noch von diesen ausgeht.

Zu jenem Gedanken von der Vernachlässigung des Niedrigen, das den hohen Stil ausmacht: »Bin ich als Ritter vielleicht verpflichtet, die Töne zu kennen und zu unterscheiden, welche von Walkmühlen herrühren und welche nicht?« Don Quixote.

IV. – Nach der Aufführung von ›Cristinas Heimreise‹. Eigentlich beruht das echte Lustspiel auf Persönlichkeiten und Zoten (Goethe gelegentlich der Verspottung des Chirurgus Hähling durch einen Schauspieler von der Bühne herab). Sic! sic et Aristophanes. Aber so entsteht jenes Direkte, Unmittelbare, welches ich gelegentlich in einem szenischen Vorspiel erreiche, aber nur da!

V. – Der sonderbare metaphorische Begriff der Tiefe. Der Mensch – dessen Tiefe Gott selber ist (Nikolaus Berdjajew, ›Die Weltanschauung Dostojewskis‹). Übereinstimmung mit jenem *tiefen* Unterbewußtsein, das überpersönlich und unfehlbar ist; bei Kohnstamm: die Ergebnisse der hypnotischen Selbstbesinnung.

Die *Verwandlung* bei Homer. Unter der Person, welche erscheint, wird die eigentliche Person sichtbar. Vergleiche jene Notiz des Missionars Dobrighofer über die Furcht der Abiponas vor einem Krieger, welcher halb Mensch halb Tiger ist. (Vergleiche auch die Reflexion über Shakespeares Gleichnisse.)

VII. – In der Gegenwart ist immer jenes verborgen, durch dessen Hervortreten alles anders werden könnte: das ist ein schwindelerregender Gedanke, aber ein trostvoller.

Außer seinem deutschen Grundbestandteil hat Wien noch ein europäisches Element: die mannigfaltigsten Sitten begegnen sich von den obersten bis in die untersten Stände und namentlich tritt Italien in lebendiger Repräsentation auf (Ranke, ›Vorrede zur Geschichte der römischen Päpste‹).

IX. – Einen Aufsatz zu schreiben: Calderon stärker als Shakespeare. Hierin solche Szenen zusammenstellen wie die aus ›Drei Vergeltungen in einer‹, wo der zurückgekehrte Liebhaber, der Gatte, die Frau (alle drei alt geworden) gleichzeitig sprechen, keiner vom anderen verstanden – oder aus den ›Locken Absalons‹ der Liebeserklärung des Bruders an die Schwester und deren Zurückweisung. Höchster orientalischer Anstand in diesen Szenen.

Shakespeares Gleichnisse. In seinen Gleichnissen ist völlig das XVII. Jahrhundert. Von hier aus seinen Stil richtig erkennen. Jener Geist des XVII., der aus solchen Stellen spricht (ebenso bei Guarini usf.), erkennen! ›König Johann‹, V. Akt, 7. Szene: König Johann:

So heißer Sommer ist in meinem Busen,
daß all mein Eingeweid in Staub zerkrümelt,
Ich bin ein hingekritzelt Bild, gezeichnet
auf einem Pergament: vor diesem Feuer
verschrumpf ich.

Prinz Heinrich:
Was macht Eure Majestät?

K. Johann:
Gift, übel, tot, verlassen, ausgestoßen...
Und keiner will den Winter kommen heißen
die eisige Hand mir in den Leib zu stecken,
noch mir die Ströme meines Leibes leiten
in die verbrannte Brust, den scharfen Nordwind
anflehn mir den gedörrten Mund zu küssen
und mich mit Frost zu laben. – –

Ende September. – Müller Hofmann, dann Mell zunächst die Exposition des Phokasstoffes erzählt, sodann mit Mell den zweiten (und dritten) Aufzug schematisiert.

Den 21. September trifft Mell ein. Er liest mir am 24. das ›Nachfolge-Christi-Spiel‹ vor. Zu zwei Dritteln ist es ihm ausgezeichnet gelungen, die Exposition ist sehr erfüllt, warm, herzlich, plastisch. Die Hauptfigur sehr menschlich atmend hingestellt. In der Hauptszene (der Plünderung) ist die Wahrheit und Prägnanz außerordentlich; der Vorgang selbst nahe ans Gräßliche, aber gerade durch die Prägnanz der Darstellung erträglich; der Schluß allerdings ist noch nicht gut, er muß ihn noch einmal machen; hier, wo es um ein Höchstes an Gehalt geht, genügt der prägnante Zug, das charakterologisch Starke nicht mehr, ja es stört sogar. Merkwürdig übrigens, mit Hinblick auf Benjamins Ausführungen – daß hier ein Märtyrerstück vorliegt, und im ›Turm‹ auch, ja in der neuen Fassung, die ich fürs Theater mache, sogar noch entschiedener.

X. – 11.–13. beschäftige ich mich mit der Niederschrift der am 18. zu haltenden Ansprache. Lese in der ›Politischen

Theologie‹ von Carl Schmitt, Staatsrechtslehrer an der Universität Bonn.
Autoritas, non veritas facit legem Hobbes (zitiert bei Schmitt, ›Politische Theologie‹).
Das metaphysische Bild, das sich ein bestimmtes Zeitalter von der Welt macht, hat dieselbe Struktur wie das, was ihr als Form ihrer politischen Organismen ohne weiteres einleuchtet. Die Feststellung einer solchen Identität ist die Soziologie des Souveränitätsbegriffes. Sie beweist, daß in der Tat, wie Edward Caird in seinem Buch über Auguste Comte gesagt hat, die Metaphysik der intensivste und klarste Ausdruck einer Epoche ist (ibidem).

»Das Wesen des Staates wie der Religion ist die Angst der Menschheit vor sich selber« (Engels, Schriften aus der Frühzeit, ca. 1842–44).

* P. Valéry: ›Variété‹. Schönheit der Gedanken. Ganze Existenzkreise sind aus nicht schönen Gedanken hervorgegangen – aus keinem Gedanken, der universelle Haltung hatte. Daher die Grenzen, die Verfinsterungen, die häßlichen Ränder gewisser geistiger Komplexe. (Dem modernen Kunstgewerbe liegen partielle subalterne Gedanken zu Grunde.) Der Gedanke Europa. Nicht der unzulängliche Gedanke der Pazifisten, der über das Tiefe, Widerstrebende hinweggeht.
»Les principaux personnages d'un poème, ce sont toujours la douceur et la vigueur des vers. – Il est vrai que, dans les vers, tout ce qui est nécessaire à dire est presque impossible à bien dire.«

1927

Rodaun, 9. III. – »Tout passe, et rien n'étant présent tout doit être représenté« (Claudel).

Zum ›Turm‹. Les grandes crises humaines sont des crises de commandement (François Poncet, ›Reflexions d'un républicain moderne‹).

Alles ist in der Kunst in erster Linie Theorie, die im Kontakt mit der Natur entwickelt und angewandt wird (P. Cézanne, Brief an Camoin 1903).

V. – Bezüglich ›Ägyptische Helena‹.
Titel: ja – weil Zauberisches anklingt, Romantisches – Phantasmagorie. Ein Licht auf das Ganze durch Aufblättern dieses Zitates aus Bachofen: Der Satz: »Nicht dazu ist Helena mit allen Reizen Pandoras ausgestattet, daß sie nur einem zu ausschließlichem Besitz sich hingebe« wird zu allen Zeiten verstanden. Es ist immer eine Wirklichkeit. Eine ebensolche Wirklichkeit hat das Phänomen, das Bachofen als das Dionysische schildert – das sind ebensolche historische Wirklichkeiten wie die Schlacht von Salamis (Bäumler, Einleitung zu Bachofen).
– Die Helena nicht als bewiesen hinnehmen – sondern sie sich dichterisch beweisen. – Der Dichter kann nicht *unter* sein Amt.
Das Wagnis, ins Mythische zu gehen: mythische Bewegtheit unseres dunklen Untergrundes heute. Okzident – Orient. Heranfluten alter Elemente heute. Schönheit als Träger der Exaltation. Verschiedene Relation von Helena und Menelas zum Tode und der Überwindung des Todes (Wiederkehr). Sie ist souverän auch dem Tod gegenüber. Ob hier Heimweh nach der Antike sich ausspricht? Nein – nicht das Abgetane, Versunkene steht vor der Seele, sondern Fortwirkendes:

Orient, Abendland (Hölderlins Haltung), Goethes – und meine – Das Mythische steht über der Zeit. Haben wir denn nichts Unvergängliches?

X. – Deutsche Figuren von heute (›Eröffnung eines Theaters‹). Bei Keyserling erscheint ein junger Deutscher, und überreicht ihm ein Diagramm seiner geistigen Person: es stellt verschiedene Fähigkeiten und Fertigkeiten dar, die kreisförmig gruppiert sind; die Mitte ist leer. Sie sehen, sagt der Jüngling, ich vermag mein Zentrum nicht zu bestimmen. Wie finde ich mein Zentrum? – Keyserling entgegnet: Diese Frage stellt sich nicht! – und überläßt den Frager seinem Famulus Schmitz. Dieser belehrt ihn, er sei dazu bestimmt, die Jugend zu belehren: daraus werde ihm ein Zentrum erwachsen.

Was die Willensfreiheit anlangt, sagt Schopenhauer, so kommt es nicht darauf an, daß einer tun kann was er will, sondern daß er wollen kann was er will.

»Cétait une de ces femmes auxquelles il manque du cœur pour avoir de l'esprit« (V. Hugo, ›Choses vues‹).

Kraft der Marxschen Ideen.
Es wäre eine Frage für sich, warum diese Ideen (der Gerechtigkeit, der Freiheit usf.) gegenüber der Klassenkampfidee eine geringere Rolle für das Proletariat spielen, ja warum gerade die Marxsche Lehre und nicht die Idee eines Louis Blanc, Proudhon, Bakunin oder Lassalle im Proletariat siegten, so sehr jene auch eine Rolle (besonders für die Arbeiterklasse anderer Länder) spielten. Nicht die Größe der Führer, auch nicht ihre hinreißende Überzeugungskraft und agitatorische Begabung – die hatten Bakunin und Lassalle wahrscheinlich mehr als Marx und seine Adepten – waren ausschlaggebend, sondern der Umstand, daß bestimmte Inhalte sowie der ganze Geist des Marxismus der seelischen Struktur des Proletariats, insbesondere des deutschen, am meisten entsprachen. Der nüchterne herbe und rücksichtslose Geist der Marxschen

Lehre mit seinem düsteren idealistischen Pathos paßte zu der durch Technik und kapitalistische Rücksichtslosigkeit ernüchterten, verbittert und finster gewordenen Seele der Besitzlosen.

Der Dichter – als europäische Funktion.
Reflexion: dagegen zu halten den islamischen Dichter. (Der Rezitator vor dem Stadttor von Fez.) Cf. ›Anmerkungen zum West-östlichen Diwan‹.
Das Religiose inhärent. Begriff des Schönen. Gleichsetzung des Schönen mit dem Entschwundenen bei Hölderlin.
Dichter mehr als Geschichtsschreiber. Träger des Mythischen, somit des wahren Gedächtnisses.
Auslese des zu Feiernden erfolgt durch sie. Der *Held*. Das Surrogat für den Helden.
Sein Gegenstand: die Identität innerhalb verwandelter Welten. Sein Instrument: das Gleichnis.
Seine ärztliche Funktion – durchs Gleichnis zu heilen (sich und die Welt). Das »Unmögliche« seiner Existenz unter den aktiven Menschen – und immer wieder die Ahnung von seiner Funktion bei den höchsten Individuen (Napoleon – Corneille/Alexander – Homer).

17. X. – Dichter. Zentral dieses: Kompensation – das Harmonische fühlen im Gegensatz – vereinigen – Doppelgewichtigkeit – Nacht und Tag – Beharren und Schöpfung – Historisches und Unhistorisches – Sein und Werden ausgleichen – auch Arm und Reich – Heutig und Vergangen – werten und entwerten der Worte. –
Kompensation sogar zwischen dem Genauen und Ungenauen: Hölderlin ist furchtbar deutlich – und zugleich allgemeiner als ein minder hoher Geist sich fassen würde – »doch Vergangenheit ist, wie Künftiges – heilig den Sängern –« jedes Wort weckt ihnen Sinn und Gegensinn.

Funktion der Dichter: das Heranbringen fremder Welten, um durch neue Ingredienzien dem Nationalgeist größere Mächtigkeit seiner selbst zu geben. (So rissen die Romantiker Vergangenheit als Idealbilder ins Volksbewußtsein herein.)

Goethes Orientalism. Chateaubriand, die Romantiker für christliche Kunst.

Ende XI. – Roman. Müßte ein Kompendium sein. Philosophie der Politik – bis in ihre feinsten Verästelungen in die Biologie – Verhältnis der Lebensalter zueinander, die Berufe und ihre Erfahrungen, und wie sie auf die Menschen zurückwirken – das Gleichgewicht im Sozialen trotz der Ungleichheiten und Spannungen, worin das Ausgleichende liegt. Auf was hin leben die Menschen? –
Medizinische Intuitionen. Die Quelle der nationalen Eigentümlichkeiten und Stärken. –

* Leon Daudets Buch über die Dummheit der Dichter. Was diese Auffassung für sich hat. Fouché war von der Dummheit Napoleons überzeugt. Die spezielle Dummheit der großen Gelehrten. Dummheit zugestanden; es handelt sich um Intuitionen und deren Berührung mit der Welt. Irgendwo muß alles zur Berührung kommen. Die Dummheit von Figuren wie Renan (›Drames philosophiques‹) oder auch Taine.
Exzessive Skepsis hat auch etwas Dummes. Man wird immer im Netz gefangen – außer wo man handelt – da wird man erlöst – so ist Hölderlins Denken und Dichten ein Handeln.

* Die wahren Kreationen: Hamlet – Raskolnikoff – Don Quixote, ihr Einfluß auf die Völker: die russische Revolution ein Reagieren gegen Raskolnikoff.
Faust ein Bild des Deutschen in seiner Weichheit, Unsicherheit.
Nietzsche eine *Figur* fast wie Hamlet.
Die Figuren Ottilie, Mignon in diesem Zusammenhang.

1928

8. I. – Die Dichter. Ihr eigentliches Gegenüber: die Nation als Geist = die Sprache. Ihr letztes Ziel: das Hervorbringen des Schönen – das ist des Maßhaften, Geordneten.
Das Dichterische ist immer und jedem Gegenstand gegenüber ein Durchstoßen (mit den Mitteln der Sprache) zum letzten Lebendigen – zu dem worin die Gesetze des Kosmos rein erkennbar sind: zum »Unterbewußtsein der Dinge«.
Vermöge der Schönheit ist das Dichterische das Repositorische des Qualitätssinnes und der ausgleichende Faktor: zwischen Religion und Welt, zwischen Tradition und Leben.

VII. – Das Leben ist rastlose Vereinigung des Unvereinbaren.

Die nächsten Angehörigen sehen vom Verhalten eines Menschen zur Welt die Intentionen, die meist das Reinere sind; die Fernerstehenden sehen die Realisation, wo sich dann vieles Unreine, ja Böse einmischt.

2. XI. – Versuch über die Gegenwart.
Das Ungiltigwerden unserer ganzen geistigen Inventarstükke. Goethe wie ein Sternbild sich entfernend. Weltweisheit wie Schopenhauer – ohne rechte Giltigkeit –
Die Institutionen: die Ehe – fraglich – die Universität – fraglich – die protestantische Religion sich auflösend (die Persönlichkeit Christi preisgegeben).
Zugleich ein Berg von Beharrendem – das als tote Masse wirkt – die katholische Kirche, voll innerer Bewegung in allen Ländern – voll Kraft – oft unerwartet handelnd, nie schematisch – höchste Blüte: St Theresa – eine Welt im vollen Sinn: wird aber nur als Machtauswirkung fühlbar.

XII. – Zum ›Turm‹: »Nichts Geheimnisvolleres hat die Erde hervorgebracht als den Herrscher« (K. Wolfskehl).

* Die Deutschen und die Form.
Es handelt sich nicht darum: wie kommt Geist in diese Politik – sondern wie politisiert man diesen Geist. – Das Große, das wir haben ist der Gelehrtengeist. Jene Göttinger Grabreden. – Das Gefährliche des Zustandes ist dies: daß *alles* (Erfindungen etc.) dem Publikum zugemittelt wird durch eine bis zum Exzess individualistische und impressionistische Pressesprache. Übertreibung der Errungenschaften.
Lob in der Nachrede auf Steffensen: daß nie etwas von ihm in einer Zeitung über oder unter dem Strich hatte stehen können.

Wenn sich die Deutschen vieler Sphären ganz bemächtigt haben, wie der Agrikultur, worin sie Lehrer sind – der Chemie und chemischen Industrie – so wird der Geist aller dieser Dinge da sein – und eine Berührung aller dieser Sphären erscheint denkbar –
Deutscher Ästhetismus ist das schärfst Abzulehnende, weil völlig eitel, ohne Zusammenhang, parasitär –

Was bedeutet dies angstvolle Festhalten an den Formen? Angst, keine neuen umfassenden schaffen zu können? Ähnlich das Starre bei den Georgianern – und auch im studentischen Comment.

Mißtrauen gegen die Überredung – die Magie des Wortes. Mißtrauen gegen Goethe. Wie wenn Gefahr bestünde, daß ein Tieferes, der eigentliche Fonds des deutschen Menschen, ein ewig Virtuelles, dadurch verringert, ja etwa annulliert würde. Die französische Revolution eine Folge von wechselnden rhetorischen Stilen und ihrer Wirkung. Dagegen die Macht des gedruckten Wortes über die Deutschen. Eine Pressevorbereitung von vier Wochen würde sie in einen neuen Krieg führen.
Haß gegen alles Römische.
Einen Geist erzeugen: die Unternehmungen St. Georges. –

Deutsches literarisches Ingenium. Rhythmischer Mangel: Was seinem Drama fehlt, ist Spannung – das gleiche fehlt seiner Erzählung – ja wird bewußt abgelehnt als nicht deutsch, aber wo sind stärkere Spannungen als in Hölderlins letzten Gedichten und Entwürfen –
Nur im Zusammenleben kann der Augenblick erfaßt werden, eine atomisierte Nation hat keine Gegenwart – (Heusler/Spengler: Preußentum).

1929

Schönenberg, Anfang März. – Zu der Novelle: der Glaube an das Gewissen im Vater. Die Bäurin wartet, daß das Gewissen den Mörder ihr in die Hände treiben wird; sie weiß das: sie hat sich im Gebet dessen versichert.

Indessen hat die Stimme des Gewissens bisweilen einen geheimnisvollen Klang, dem die Ableitung aus sozialem Ursprung nicht völlig gerecht werden kann (A. Baumgarten, Rechtsphilosophie).

25. VI. – Zu den subtilen kritischen Arbeiten von Charles Du Bos. Der erstaunlichen Einsamkeit der Dinge steht das entgegen: daß sich zwischen zwei Wesenheiten durch ihren Kontakt eine neue entwickelt, wie zwischen mir und dieser Art Literaturkritik.

AD ME IPSUM

H. v. H. EINE INTERPRETATION

Quocirca supremae pulchritudinis amator quod jam viderat tamquam imaginem eius quod non viderat credens, ipso frui primitivo desiderabat.

Gregorius Nyssenus
Vita Mosis

(cf. Andrian »Garten der Erkenntnis«)

Praeexistenz. Glorreicher, aber gefährlicher Zustand.
ihre Qualitäten:

frühe Weisheit / Claudio, Andrea – ironisch: junge Witwer, ›Ballade des äußeren Lebens‹; ›Erlebnis‹.

Auserlesenheit / Kaiser – Abenteurer – Zauberer – Weiser (abgedankter Kaiser) – Dichter – Kind – Wahnsinniger
Angehöriger einer höchsten Welt: millennarische Anklänge
Versuch diesen erhöhten Zustand zu wahren durch Supposition des quasi-Gestorbenseins.

Geistige Souveränität: sieht die Welt von oben
Das Über-ich: und mein Teil ist mehr etc.
Das Ich als Universum.

Nachteil: sieht nur Totalitäten (sic: Kleines Welttheater: *Ein* Wesen ists, daran wir uns entzücken. Das Gegenmotiv auftauchend, aber fast nur ironisch: denn er wendet sich gleich wieder dem Ganzen Fluß zu. Gabe sich zu vervielfältigen: die Spiegelungen. (Es emanieren gleiche Wesen aus ihnen: im Prolog zu Tizians Tod. Kaiser und Page u.s.f.)

Bangen und Sehnsucht diesen Zustand zu verlassen: auf welchem Weg?

Verknüpfung mit dem Leben. Durchdringen aus der Praeexistenz zur Existenz.

Vor-thema. Die Süßigkeit der Verschuldung, die Lust daran

»ihr führt ins Leben uns hinein
ihr laßt den Armen schuldig werden
dann überlaßt ihr ihn der Pein« / »W. Meister«

So schon im ›Tor und Tod‹. Deutlich in ›Der Jüngling und die Spinne‹. Hier jene Zeile: »Die Welt besitzt sich selber, ha, ich lerne.«

Ambivalenter Sinn der »Verschuldung«: Halb verlorener Zustand der Praeexistenz

Bängliche Seite der noch unvollkommenen Verknüpfung mit der Welt.

Analogie mit Blakes Mystik.

Der Dichter, aus jener höchsten Welt, deren Bote der Tod, herausgefallen:

(Er, der Liebhaber der höchsten Schönheit, hielt was er schon gesehen hatte nur für ein Abbild dessen, was er noch nicht gesehen hatte und begehrte dieses selbst, das Urbild, zu genießen. Greg. v. Nyssa)

In ›Kaiser und Hexe‹ Versuch diese Welt wieder zusammenzustellen.

Im ›Bergwerk‹ Versuch wieder hinüberzugelangen.

Im ›Tizian‹ Atmosphäre jener höchsten Welt.

Im ›Welttheater‹: jeder dieser Glücklichen irgendwie noch Angehöriger der höchsten Welt, am vollsten teilhaftig der Wahnsinnige

Ambivalenter Zustand zwischen Prae-existenz und Verschuldung.

Die Bedeutung des Namens Claudio für den »Toren« (von claudere). Zugleich der Name des bösen Stiefvaters im ›Hamlet‹. (Ist Claudio nicht ein Stiefvater seines besseren Selbst?)

Im ›Tor und Tod‹ bezieht die Selbstanklage sich auf die schwankende Zugehörigkeit zum Reich des Ewigen und des Vergänglichen, auf die Unfähigkeit, jeden einzelnen Augenblick durch den Überschwang ins Reich des Ewigen zu heben?!

Die Intro-version als Weg in die Existenz. (Der mystische Weg.)
a) Chandos-brief. Die Situation des Mystikers ohne Mystik.
 Dazu zuviel »Weltfrömmigkeit«.
 Der Anstand des Schweigens als Resultat.
b) andere Versuche der Introversion. [cf. Silberer: ›Probleme der Mystik‹].
»Wer sich der Introversion unterzieht« (= der Auserwählte, zum Opfer bestimmte, Gekrönte: wie Ödipus, auch Elektra, oder der Kaiser, desgleichen Elis Fröbom) »gelangt an einen Punkt, wo sich zwei Wege trennen« (Bild des Abgrundes, des Scheideweges). »Die Gefahr wird augenfällig, indem der Held zumeist einen scheinbar ganz kleinen Fehltritt tut und dann unerhörter Mühen bedarf, um diesen einzigen kleinen Fehler gutzumachen. Noch ein unrechter Schritt, und alles wäre verloren gewesen.« (›Kaiser und Hexe‹) Versuch des Kaisers, sich gegen den jungen Kämmerer über diesen scheinbar ganz kleinen Fehltritt zu äußern. Er besteht in einer Verfehlung gegen die Wort-magie. Die magische Herrschaft über das Wort das Bild das Zeichen darf nicht aus der Prae-existenz in die Existenz hinübergenommen werden. Analog das Verschulden oder der bedenkliche Zustand der Frau des Schmieds in der ›Idylle‹.

Der ambivalente Zustand zwischen Prae-existenz und Leben.
Das Zu-sich-selber-Kommen (zu der höhern Existenz zurückkommen) auf direktem Wege

Das Grundmotiv deutlich im ›Traum von großer Magie‹.

Ebenso: »der tiefe Brunnen weiß es wohl« – wobei der tiefe Brunnen als das eigene Ich.

In ›Kaiser und Hexe‹: durch ein Zusammenkommen der höhern Elemente.

wenn sie sich vereinigen, ist die Hexe überwunden und erlöst. (Die Hexe versinnbildet einen zweideutigen und schrecklichen Zwischenzustand) ›Tor und Tod‹.

Auch hier läuft es auf eine Geisterstunde hinaus.

Die Momente der Erhöhung in dem Brief des Lord Chandos.

Hiezu: das Kommen zu sich selber variiert mit den verschiedensten Vorzeichen: ›Erlebnis‹ – das Erblicken seiner selbst – ›Vor Tag‹ (zurückkehren ins eigne Zimmer) Erblicken seiner selbst doppelgängerhaft mit wohlwollendem oder ironischem Blick (Der Dichter und der Page, Cesarino Tarquinius.)

Variiertes Grundthema: das Ich als Sein und das Ich als Werden.

Das Thema in ›Gestern‹ frevelhaft gebracht. Andrea ist schicksallos. Begriff des Schicksals.

›Sobeïde‹: Entwicklung aus jener Zeile in ›Gestern‹. »Es ist vielleicht mein Schicksal das da stirbt.«

Das Unbefriedigende in der ›Sobeïde‹: der Schicksalsbegriff ist unzulänglich erfaßt.

Der Weg zum Leben und zu den Menschen durchs Opfer: zwei Mythen: Alkestis und Ödipus.

Das Opfer als Selbst-aufgabe. (Diese liegt schon im Übergang von einem zum anderen Moment.)

Der Weg zum Sozialen als Weg zum höheren Selbst: der nicht-mystische Weg.

a) durch die Tat
b) durch das Werk
c) durch das Kind

Fällt das Wesen aus jener Totalität (Praeexistenz Schicksallosigkeit) heraus, so ist es in Gefahr, sich zu verlieren, zu verirren: es sucht das zu ihm Gehörige, Entscheidende, das Äquivalent: im ›Abenteurer‹ ist die Lösung ironisch angedeutet (das Werk und das Kind).

a) die Verwandlung im Tun. Tun ist sich aufgeben.

Das Alkestis- und Ödipus-Thema sublimiert in der ›Elektra‹.

(Das Verhältnis der Elektra zur Tat freilich mit Ironie behandelt. Elektra-Hamlet.) Das Entscheidende liegt nicht in der Tat sondern in der Treue. Identität von Treue und Schicksal.
Zugrunde liegt dieser Vers aus ›Tor und Tod‹: »Ich will die Treue lernen die der Halt von allem Leben ist.« (Das Motiv der Treue ironisch im ›Weißen Fächer‹.)

Innerstes: die Unbegreiflichkeit des Tuns. Die Unbegreiflichkeit der Zeit: eigentliche Antinomie von Sein und Werden.
Elektra–Chrysothemis
Variation: Ariadne–Zerbinetta.

Verwandlung. – aber jenseits des Lebens: Ariadne. Wiedergeburt.

Der Weg zum Leben (und zum Sozialen) durch das Werk und das Kind.

contraposto der beiden Motive im ›Abenteurer‹. Der schicksallos gewordene Vater und Autor. Die ironischen Verse darüber aus Vittorias Mund (Harlekin als Spiegelung dieser Figuren.)

Suchen nach dem schicksalvollen Vater.

Der schicksalvolle Bräutigam: Bacchus. Kreuzung mythischer Motive. Die gegenseitige Verwandlung. Das allomatische Element.

›Die Frau ohne Schatten‹: Triumph des Allomatischen. Allegorie des Sozialen.

Kreuzung zweier Hauptmotive: Erfassung des Schicksalsbegriffes (Schicksal auf sich nehmen oder fliehen* und: Sich läutern = sich verwandeln.

* Sobeïde iterum. »Tyche«. Das Motiv schon in ›Tor und Tod‹. (»Verworrner Traum entsteigt der dunklen Schwelle – und *Glück* ist alles: Stunde Wind und Welle«)
Tyche: die Welt, die das Individuum von sich entfernen will, um es zu sich zu bringen.

Vereinigung und Verknüpfung sämtlicher Motive in der ›Frau ohne Schatten‹.

Die Färberin und der Färber: zusammen Träger des Schicksalsmotives, vorgezeichnet in der ›Sobeïde‹ (Situation der Färberin zwischen Gatte und Efrit wie dort zwischen Gatte und Ganem.)

Die Kaiserin und der Kaiser vereinigen in sich die Motive der Schicksalfindung durch Auf-sich-nehmen des Fluches

zugleich das Gewahr-werden der Mitwelt als gleichberechtigt (wie am Schluß von ›Kaiser und Hexe‹)

ferner die Umkehrung der Motive von ›Kaiser und Hexe‹ und ›Bergwerk‹: die Liebe zu einem Dämon wird hinaufgeläutert zur Liebe zu einem menschlichen Wesen, anstatt zu dieser in Antithese zu stehen.

Für beide Gruppen wird die Erlösung durch die Ungeborenen – aber in magischem Sinn – statuiert:

zugleich sind diese Ungebornen die erhöhten Spiegelbilder ihrer Eltern

diese kommen also zu sich selber, indem die Kinder zu ihnen kommen.

Das Motiv des Zu-sich-selber-Kommens in den Jugendwerken möge hier nachgewiesen werden, um den Schluß mit dem Anfang zu verbinden.

In den Gedichten: ›Erlebnis‹, das Erblicken seiner selbst – ›Vor Tag‹: Zurückkehren ins eigne Zimmer als Doppelgänger. Desgleichen ›Tod des Tizian‹: der Page und das Bild, der Page und der Dichter einander wechselweise spiegelnd; Cesarino den Abenteurer spiegelnd über den Abgrund der Zeit hinweg.

Nochmals hier: das Grundproblem als dämonische Mächte, welche über die Seele verfügen wollen

Das Über-ich (dem Sein untertan) über die Zeit erhaben: kulminierend im magischen Augenblick	gerechtfertigt als Generationskette (die Wächter die Ungeborenen, ihre Rede) wofern es im Individuum dem Werden seinen Tribut zollt: sich der Zeit untertan macht.

AD ME IPSUM

(MIT HINBLICK AUF DIE ›FRAU OHNE SCHATTEN‹ UND DIE ARBEIT VON MELL DARÜBER) (AB FRÜHLING 1916)

»Von den Antinomien des Daseins wird diese oder jene zur Achse der geistigen Existenz.«

Praeexistenz, glorreicher aber gefährlicher Zustand.

Ihre Qualitäten: frühe Weisheit (Claudio, Andrea, der Page – Gianino, – ironisch: junge Witwer ›Ballade des äußeren Lebens‹, ›Erlebnis‹)

Jugend Grundgefühl: ein banger Stolz Weltbesitz und Weisheitszustand des Alters

Auserlesenheit: (Kaiser, – Abenteurer – Zauberer – Weiser (abgedankter Kaiser) – Dichter – Künstler – Wahnsinniger)

Geistige Souveränität: sieht die Welt von oben.

Angehöriger einer höchsten Welt: millennarische Anklänge.

Nachteil: sieht nur Totalitäten (sic: Kleines Welttheater: alles geht auf Totalitäten)

Versuch diesen erhöhten Zustand zu wahren durch Supposition des quasi-Gestorbenseins (Claudio/Frau im Fenster/Das gesteigerte Ich des Sterbenden oder zum Tode Bestimmten)

demgegenüber schwer zum Einzelnen durchzudringen. Ein Wesen ist's daran wir uns entzücken

Das Über-Ich: »Und mein Teil ist mehr« etc. (Warum bemächtigt sich des Kindersinns-)

Das Ich als Universum.

Bedrohung dieses Zustandes durch ein Etwas von außen her:
Eros / Welt / die Welt als Dunkles Drohendes Verschlungenes empfinden. Märchen vom Kaufmannssohn
Ahnende Belehrung: »Die Welt besitzt sich selber, ha ich lerne!«
Das Leben als Verwirrendes (Märchen)

»Was frommt das alles uns und diese Spiele
die wir doch *groß* und *ewig** einsam sind
was frommts dergleichen viel gesehen haben«

* in der Prae-existenz.

Die Süßigkeit der Verschuldung: weil sie Verknüpfung mit dem Leben, Durch-dringen zum Sein ist.
die Lust daran anstatt des Grauens davor.

So schon in ›Tor und Tod‹
Deutlich in ›Der Jüngling und die Spinne‹
am deutlichsten in der Gestalt der Kaiserin (›Frau ohne Schatten‹)

Zielgedanke: Das höhere Leben muß die Steigerung des Selbst sein, empfangen durch das Drauf-kommen aufs Richtige, aufs Eigentliche (Symbol: ›Traum von großer Magie‹ / ›Der tiefe Brunnen‹)
es muß sich einstellen als richtige Schicksalserfüllung, nicht als Traum oder Trance.
Kreuzung zweier Hauptmotive: Sein Schicksal auf sich nehmen mit:
Sich läutern = sich verwandeln
Sich wandeln (= sein Schicksal suchen) im *Tun* (Tun ist Sich-aufgeben)

Ödipus – Gegenfigur: Kreon
Elektra *Opfer*

Auf dem Weg, das Schicksal zu suchen: das Vorspielhafte der Ödipus-Tragödie, auch des ›Bergwerks‹ ›Tod des Tizian‹

Ringen um den klaren Schicksalsbegriff: Inhalt der Sobeïde (Berührung mit der bürgerlichen Welt) entwickelt aus jener Zeile in ›Gestern‹.

Der Abenteurer, jener die Totalität umfassende, umarmende Geist – in die Sphäre des Lebens gefallen: der Zeit und den verändernden Gewalten ausgeliefert. Sein Spiegelbild hierin der Musiker: beide fortlebend in der Auswirkung ihres höchsten Augenblickes: im Werk, im Kind. (Ironie daß beide mit dem Werk und mit dem Kind nichts mehr anzufangen wissen)

Die Kette von Motiven welche die Auseinandersetzung mit Daimon-Tyche und Ananke enthalten, angeklungen schon in ›Gestern‹ (Angst vor dem Versäumen des Schicksals) – im ›Abenteurer‹ schon dem Mysterium der Ehe und Zeugung nahegebracht
in der ›Elektra‹ zum Äußersten entwickelt als Motiv der Treue (Treue bis über den Tod hinaus im ›Weißen Fächer‹ aber ironisch behandelt)
in ›Sobeïde‹ zuerst, in ›Ariadne‹ wieder mit der Ehe in Verbindung gebracht.
(NB. Tyche immer als ein unerträglicher Dämon;
sic: »verworrener Traum entsteigt der dunklen Schwelle
und *Glück* ist alles, Stunde Wind und Welle«
Tyche = die Welt die das Individuum von sich entfernen will um es zu sich zu bringen
Letzte gesteigerte Formung davon: der Efrit im Märchen von der ›Frau ohne Schatten‹)
Hinzutretendes Hauptmotiv: (mit welchem die Auflösung erfolgt)
mit dem Sich-verwandeln das Verwandeln eines Andern
Verknüpfung mit der Welt durch Verknüpfung zweier Individuen
der Abenteurer bringt das Motiv zuerst ironisch
der Abenteurer verwandelt Vittoria
Ariadnes Verwandlung durch Bacchus / verstärkendes Gegenmotiv: sein Nicht-verwandelt-werden durch Circe, wodurch erst seine Auserwählung ihm selber bewußt wird. Circe, wie Zerbinetta, ist der Welt-dämon, Tyche, ein Element gleich dem Efrit.

Höchste Auswirkung des Motives: die Verbundenheit von Kaiser und Kaiserin im Schicksal (Fluch und Erlösung); analog verbunden sind Iphigenie und Orest im Mythos.

Grundthema: Sich selbst finden. So im ›Tor und Tod‹.

Analogie zwischen Ödipus und Elektra. wo ist die Offenbarung des Höchsten?

›Bergwerk von Falun‹
›Kaiser und Hexe‹ } gemeinsam: Analyse der dichterischen Existenz.

in ›Gestern‹ redet eigentlich: »the imp of the perverse« [Poe]. Eine freche Stimme, welche jenes andere: ›Tor und Tod‹ herausfordern will. (Der Jüngling Andrea analog zum Leipziger Goethe der ›Mitschuldigen‹.)
So steht im Prolog zum ›Tod des Tizian‹ der Page mit bewußter Herausforderung seinem tiefen Selbst, dem Dichter, gegenüber. Der Jüngling Tarquinius steht fragend, Cesarino kritisch und erfüllend zu seinem Spiegelbild. Der Abenteurer ist Andrea der Wechselnde, ist Harlekin.
Das Zu-sich-selber-kommen oder den andern zu seinem höchsten Selbst bringen in der ›Ariadne‹ wechselseitig.

In ›Kaiser und Hexe‹ ein Zusammenkommen aller Elemente des Höhern: wenn sie sich vereinigen, ist die Hexe überwunden und erlöst. Hier die Figur der Gattin seltsam und wichtig. Auch hier läuft es auf eine Geisterstunde hinaus. Auch dieser Kaiser ein junger Verheirateter (wie im ›Weißen Fächer‹)

Der Wahnsinnige eine Form der erreichten Vollkommenheit.

Im ›Abenteurer‹ jener Geist, in die Sphäre des Lebens gefallen, ein anderer »state«. Der Musiker sein Spiegelbild.
Der reinste state der Wahnsinnige, wovon die andern »Glücklichen« nur unvollkommene Spiegelungen.

[EINZELNOTIZEN]

Bedeutung des *Abends.* (Der Mann des Abends.) Der Abend als Erfüllung: etwas millennarisches. Im ›Tor und Tod‹ vorzeitiger Abend.
›Madonna Dianora‹ die Ausdeutung des offenstehenden Fensters am Abend (mit dem dunklen Zimmer dahinter)

»und dennoch sagt der viel der Abend sagt,
ein Wort daraus Tiefsinn und Schwermut quillt
wie schwerer Honig aus den hohlen Waben – –«

Den Hesperos lassen die Alten alles zusammenführen was die Eos trennt (Fr Sapph 95 Catull 59, 20ff), der den Küchlein die Mutter, allen Wipfeln die Ruh wiederbringt (Demetrius de elocutione 141) er erglänzt der Sappho als mildester und schönster aller Silbersterne am Himmelszelt

Bachofen, S. 344

Jugendfiguren, Träger *dieser* Jugend-seelenverfassung: Claudio – der Page – der junge Kaiser – Gianino (was ist das für ein Jüngling der da ausruft: »das Leben man kann es haben und doch sein vergessen«? was für merkwürdige Zustände!) – die jungen Witwer im ›Weißen Fächer‹ –
Der Kaiser Porphyrogenitus – Kreon – der Kaiser der südöstlichen Inseln.

Zustand dieser Jugend
antizipierter Weltbesitz, Weisheitszustand des Alters
Bedrohung durch den Eros

Eine fruchtbare [?] Vorwegnahme auch des »Wunders« im eigenen Leben.
Hierin eine Haltung der ganzen Epoche
Es ist doch auch die echt jugendliche, ahnende Vorwegnahme.
Das Suchen nach dem Bleibenden Entscheidenden:
dies unter dem Begriff *Schicksal,* das man versäumen könne.
Fällt das Wesen aus jener Sphäre der Totalität (Praeexistenz) heraus so ist es in Gefahr sich zu verlieren zu verirren, es sucht

das ihm Gehörige, Entscheidende: im ›Abenteurer‹ ist die Lösung ironisch angedeutet: Weib, Kind

Grundproblem: Verknüpfung mit dem Leben = Durchdringen zum Sein
Die Liebe geht aufs Ganze: »Ein-Wesen ists« – aber er entzückt sich doch am ganzen Flusse, Flusse des Daseins

Das höhere Leben aus der Steigerung seiner selbst als das Draufkommen aufs Eigentliche (›Traum von Großer Magie‹, »tiefe Brunnen«) empfangen, auch als richtige Schicksalserfüllung nicht als Traum oder Trance.
Kreon erhofft Verwandlung: König werden

Leben als Verwirrendes – und das zu gewinnende

in der Praeexistenz	»Was frommt das alles uns und diese Spiele Da wir doch groß und ewig einsam sind – – – – – – – – – – – – – – –
nicht pessimistisch	Was frommts dergleichen viel gesehen haben?«

[Kleines] ›Welttheater‹
Bekehrung zur Einheit: »Ein-Wesen ists daran wir uns entzücken«
einzeln: Gärtner an der Gleichheit der Menschen und Pflanzen, Mädchen an der Form die alles durch Entfernung annimmt, Dichter an der Figur des Geschauten Lebens.
Alles geht auf Totalitäten
demgegenüber schwer zum Einzelnen durchzudringen.

Die Wiedergeburt eines neuen genießen aus der Höhle der Schmerzen Ariadne-Elektra.

Der Weg zum Sozialen: durch das Opfer – Ödipus Alkestis –: ist der Weg gangbar.
Der Weg zum Sozialen als Weg zu sich selbst

»ich will die Treue lernen«
Elektra-Ariadne.
Der Weg zum Sozialen durch das Werk und das Kind.
Das *erreichte Soziale: die Komödien.*

es ist selten etwas weniger verstanden worden als daß in dem Liedchen des Bacchus nicht nur eine Lebenssituation sondern eine ganze Lebensgeschichte darin steckt – daß er durch dieses Erlebnis gleichwertig neben Ariadne tritt.

Das Entgegenkommen der mythischen Motive: Vorgeschichte des Bacchus, (Semelemotiv)

Gehalt: Übergang von der Prae-existenz zur Existenz: dies ist in jedem Übergang jedem Tun. Das Tun setzt den Übergang aus dem Bewußten zum Unbewußten voraus.
Die Schwierigkeit der Tat für Elektra.

Grundproblem: Werden und Sein:
als dämonische Mächte welche über die Seele verfügen wollen
(das Sein als Unterbewußtsein Allgegenwart)
(wie sie einander in den Zwillingsbrüdersonetten Schröders als dämon. kosmische Gewalten gegenübergestellt sind)
Das Wunder verbindet beide

Das Über-ich (der Magier des ›Traumes‹, der Wahnsinnige, der Bergmann) auch erfaßt als Generationskette: der Dichter im Vorspiel für Puppen
Claudios Hindeutung: »Hohles Bild von einem vollern Sein«
auch Kreon ringt um solch ein Über-ich

Das Über-ich

> »Warum bemächtigt sich des Kindersinns
> So hohe Ahnung von den Lebensdingen
> Daß dann die Dinge wenn sie wirklich sind
> Nur schale Schauer des Erinnerns bringen?«
>
> – – – –
>
> »Und mein Teil ist mehr als dieses Lebens
> Schlanke Flamme oder schmale Leier«

Das Plastische gegenüber dem Visuellen:
im Handwerker
im ›Bergwerk‹ Relation zur Bergkönigin die außerhalb der Zeit steht
im ›Traum von Großer Magie‹
in Κοραι (Griechische Reise: »die Statuen«)
– »der tiefe Brunnen«

Hieher: jenes Jugenderlebnis (16–22tes Jahr etwa) daß alles gegenwärtige Schöne in der Natur nur auf ein ganz unerreichbares Früheres hinzudeuten schien.
vergl. hiezu das Zitat aus Gregor von Nyssa, Moses-Leben bei Burdach S. 400.

Im ›Tor und Tod‹ bezieht die Selbstanklage sich nicht vielleicht auf die Zugehörigkeit zum Reich des Vergänglichen – auf die Unfähigkeit, jeden einzelnen Augenblick – oder mehr als einzelne Augenblicke – durch den Überschwang ins Ewige zu heben.

›Kaiser und Hexe‹. Das Stammelnde, Insuffiziente im Geständnis des Kaisers.

Die Schemata der frühen Klugheit: Page, Tarquinius Morandin, die jungen Leute im ›Weißen Fächer‹. junge Witwer.

Der Terminus Spiegel
in ›Tor und Tod‹

Die Bedeutung des Namens
Claudio. Die Selbstabspiegelung der Madonna Dianora.
Spiegelung des Pagen
Kaiser im Kämmerer
gespiegelt,
Abenteurer in Cesarino.

autobiographisch
Der Abenteurer (Prolog).
Weidenstamm entschloß sich – eine frühere Geliebte wiederzusehn – er hätte gerade so viel glänzende Formen Spring-

brunnen, Stalaktiten annehmen können – es standen ihm in diesem Augenblick so viele Möglichkeiten zu Verfügung – er war so sehr eine Naturgottheit –. Eine zauberhafte Dämonie wurde Stimme einer Frau (maskierte sich als Stimme einer Frau) die Valeurs stimmten zueinander: es war ein verborgener Ausgleich in der Sache der ein Glücksgefühl erzeugte –

Κοραι Das unheimliche Vergessen von Augenblick zu Augenblick.

La présence de l'univers:
    das Ich der Sterbenden
    (›Tor und Tod‹; ›Frau im Fenster‹, sic! schon bevor sie tödlich bedroht ist)

Wiederspiegelung: sich selbst gegenübertreten, sich selber schauen

Das Ich als Spiegel des Ganzen aber mehr als Spiegel:
der Wahnsinnige

zwei Antinomien waren zu lösen. die der vergehenden Zeit und der Dauer – und die der Einsamkeit und der Gemeinschaft. Ohne Glauben an die Ewigkeit ist kein wahrhaftes Leben möglich.
In dieser Zeile in ›Tor und Tod‹
»Ich will die Treue lernen die der Halt von allem Leben ist – –« war das Entscheidende ausgesprochen.

Das Schöne
Herauszureißen aus der Natur Dürer-Rembrandtisch
    so in den ›Geschwistern‹ von Goethe
Aufmerksamkeit auf Spiegel und Spiegelungen
        »der Flüsse Dunkelwerden
        begrenzt den Hirtentag«

ein Weg mit vielen Teichen

zu dem Begriff des *Reflexes* (der wechselseitigen Spiegelung in meinen Gedichten und Dramen)
Goethe in den Tagebüchern unterm 16 XI 1808. Betrachtungen über den Reflex von oben oder außen gegen das Untere und Innere der Dichtkunst; z. E. die Götter im Homer nur ein Reflex der Helden; so in den Religionen die anthropomorphischen Reflexe auf unzählige Weise. Doppelte Welt, die daraus entsteht, die allein Lieblichkeit hat, wie denn auch die Liebe einen solchen Reflex bildet. Und die Nibelungen so furchtbar, weil es eine Dichtung ohne Reflex ist, und die Helden wie eherne Wesen nur durch und für sich existieren.

›Frau ohne Schatten‹ Fluch und Erlösung.

Die Verbundenheit von Kaiser und Kaiserin im Schicksal. (analog Iphigenie und Orest)

Jedermann *Heintl* – der Aspekt der letzten Stunde als Steigerung Tizian Girondins Frau im Fenster

»die Vorwegnahme des möglichen Schicksals, die zugleich Aufhebung und Überwindung des Gegenwärtigen sein kann« (Gundolf):
Hoffnung (oder Furcht)
Der Tod als eine Art Furcht – Hoffnungsdämon.
»allegorische Dämonen« Gundolf

ad: »die schwebend unbeschwerten« usf.
desgleichen:

»Nichts ist hier – nur aufzufliegen
ist ein Ort an jedem Ort«

Volker: Der Sinn der Welt ist Lösung. Nichts läßt sich im Weltlichen befestigen. Welt ist Werkstätte ist Ort der Gestaltung, Erneuerung, Wechsel, ist um der Fülle der Schönheit der Liebe willen usf.

Gespräche mit Brecht ›Kaiser und Hexe‹

Was bedeutet das, könnte man fragen, worauf der Kaiser in dem Gespräch mit dem jungen Kämmerer diesen warnend hinweist? Um welche Versündigung gegen das Höhere oder um welches Vergehen handelt es sich da? –

In der Biographie von Clemens Brentano (auch von Bettina) finden sich manche Hindeutungen auf Ähnliches, wodurch man per analogiam den Schlüssel zu obigem finden kann.

Es handelt sich um ein Zu-viel im Reden, ein Übertreiben – und in diesem Zu-viel ist eine Spaltung – ein Teil des Ich begeht was der andere nicht will – es ist dies Quer-hindurchschauen durch die übertriebene bizarre witzige Rede, die der »Zweite« in uns hält (Clemens Brentano). Er überläßt manchmal »seine Worte« (sagt er selbst) »ihrer inneren lebendigen Selbständigkeit und die Rede wirtschaftet dann auf ihre eigene Hand munter drauf los, während meine Seele in der Angst, Trauer und Sehnsucht liegt«. Es ist die Gefahr der »Aufwallung, der kein Tun folgt«.

»Mäuse, Raubtiere, Diebe, Buhler, Flüchtende« nennt er einmal die Worte, die ihm »mit seinen Empfindungen aus dem Maul laufen«. Die seelische Situation ist die des jungen, innerlich ungefestigten Wesens, das mit sich selbst noch nicht genug hat, sich den Menschen, die er liebt oder gewinnen will, »hinwirft bis zur Würdelosigkeit«. Es ist, nach der Einsamkeit der Prae-existenz, die leidenschaftliche Vorwegnahme des Sozialen, bis zum Frevelhaften, auch ein Verwischen der Grenze zwischen Phantasie und Wirklichkeit also Lüge.

Bei Figuren wie den Brentanos war das ein Lebenszustand, hier ist es einmalig, eine der Facetten des harten und scharfgeschliffenen Steines. – Es zielt auf die Rede als soziales Element, als *das* soziale Element – und so führen Fäden von hier zurück zu Claudio, nach vorne zu dem Lord Chandos des ›Briefes‹ und zu dem ›Schwierigen‹.

[1917?]

Zur Darstellung meines Lebens:

I. Kindheit: bis zum zehnten Lebensjahr. Vorfahren Stadt, Landschaft. – Dann die ersten Irrtümer und Komplikationen. Aber das Kind noch bleibend.

II. Jünglingszeit. Die Kindheit als Spiegelung der Sehnsucht. Alles Vorbereitung, Hindeutung. Die Welt nahe und fern. Frühe Berühmtheit. Hermann Bahr, George. Das frühere Wien. Ahnung eines nicht mehr vorhandenen Zustandes. Ahnung der Welt: Antike, Orient, Geschichte. Die dunklen Seiten. Furcht. Richard B[eer]-H[ofmann]. Verhältnis zu Frauen: jenes »Adolphe« – der wenn er geheiratet hätte vielleicht ein vortrefflicher Ehemann gewesen wäre. Versuch alles zu gruppieren. Andrian, Bui [Georg Franckenstein] – endet mit 1899 – Produktives bis zum ›Abenteurer‹. Was war mit Italien – ja was war mir alles dies? Das Spiegelnde scheinbar Unteilnehmende: Frau v. W[ertheimstein] im Innersten betroffen und belastet.

III. Gegenwart (etwa 1912–1917) Krise des Mannesalters. Wahrhaftige Bedeutung auch des früher Besessenen: Bodenhausen Schröder Pannwitz

1917

Grabschrift des Dichters. – Jugendstadium: Magie. Varese. Später Gestaltung. Ferner: Aufbewahrung. Erkenntnis der Zusammenhänge. Sich leichter fühlen. Ahnung des Höheren kaum mehr ausdrückbar: Wölkchen sich auflösend.

[›Frau ohne Schatten‹] Hindeutung auf Höheres, Entselbstetes innerhalb der Ehe in den letzten Stellen zu vier am Schluß der Oper. Eine aphoristische Ethik.

Neubeuern, 9. VIII. 21

»und dennoch sagt der viel, der ›Abend‹ sagt« – das Gleiche entwickelt in der dramatischen Parabel von ›Leben ein Traum‹

Scientia creaturae in comparatione scientiae creatoris quodammodo vesperascit. S. Augustinus

Aussee, 15.IX.21

Der Einzelne und die Epoche als Mythos gesehen
sic: das was in der Epoche seit Kant an verändertem Weltgefühl lebt irgendwie gespiegelt im Sigismund

Ohne Taten und Leiden der Individuen entsteht kein Mythos: daher bedurfte es der Vorgänge seit 1914, damit die Mächte sich zum Mythos gestalten.

Mythenbildung ist wie Kristallisation in der gesättigten Salzlösung: es wird dann im entscheidenden Augenblick alles mythisch, so wie das Hündchen zu den Füßen des Ritters.

bei Berufung zum Dichter:
darüber, was diese 15 Gedichte enthalten: keine Liebesgedichte, ein Gewahrwerden seiner Selbst, einen magischen Ton

Die *Sprache*

Über George. Einzige Berührung mit ihm beim Lesen der »Hymnen« »Pilgerfahrten«. Die Spitze mit der sich das Unendliche in die Seele gräbt

Über Borchardt

Über den Wiener Dialekt. Das Schöne davon: das Maßvolle. Alles in dieses Gewebe gegangen – die Geschichte ist arm.

Der Dichter: er kommt nie zurecht und gerade dadurch kommt er zurecht (so mein Versuch, mit ›Die beiden Götter‹ das dem Augenblick Gemäße zu sagen).

Der Dichter und die Frager
Gibt es eine deutsche Literatur? geht es auf- oder abwärts? ist alles umsonst? Ach! Ach!

Über Molière und daß die Deutschen ihn nicht verstehen und warum.
So die Erklärung Tartuffes an Elmire: »Ah! pour être dévot je n'en suis pas moins homme«.
a-t-on souvent exprimé autant en si peu de mots – suggéré tant de choses avec autant de sobriété...
hiezu die Stelle über den Stil von Renan: daß er en-deça de sa pensée bleibe

III. 22

Als junger Mensch sah ich die Einheit der Welt – das Religiöse – in ihrer Schönheit; die vielfältige Schönheit aller Wesen ergriff mich, die Kontraste, und daß alle doch auf einander Bezug hatten. Später war es das Einzelne und die hinter der schönen Einheit wirksamen Kräfte, das ich darzustellen mich gedrungen fühlte, aber von dem Gefühl der Einheit ließ ich nie ab. (Auch dort wo Kontraste dargestellt sind, in der mittleren Periode, wie die heroische Elektra und die nur weibliche Chrysothemis, oder der starke Pierre und der schwache Jaffier, kam es mir immer darauf an, daß sie mitsammen eine Einheit bildeten, recht eigentlich *eins* waren.)

Ramsau, 30. VII. 23

›ad me ipsum‹, neu konzipiert in numerierten Abschnitten, wovon im Folgenden einige angedeutet.

Wenn unsere Epoche eine des Unterganges sein soll... wie vieles ist doch noch da, unverbraucht, in ursprünglicher Reinheit. Es muß gedacht werden, daß auch das untergehende Rom voll solcher intakter Lebenskeime war – und daß es ein Schicksal gibt, ein von außen Herantretendes. – Mit diesem Gedanken sind wir schon dort wo man sich über alles erheben kann.

Es sind mir Menschen entgegengetreten, auf welche die Natur einige ihrer größten Gaben gehäuft hatte. Es waren wahrhaft imperatorische Naturen – und ihr Geschick hat sie fallen lassen. Schon das müßte einen auf ewig skeptisch machen.

Über das Besinnungslose früher produktiver Epochen.

Über die Wahl des Dichterberufes. Ein Mensch sitzt im Wald, schreibt 21 Gedichte. Er malt Gestalten hin, der Augenblick nimmt sie auf: und sein Schicksal ist entschieden. Aber er steht erst am Anfang eines harten Weges.

Über den Zusammenhang meiner Arbeiten

Einer der größten Vorteile den das Selbstgefühl dem Künstler gibt, ist der, sich seinen geistigen Umgang zu wählen, ohne an die Zeit gebunden zu sein.

Das In-sich-Gebundene des Dichters, in dieser Form. – N. ist ein Mensch des geistigen Bereiches, aber er ist kein Mann von Geist. Er rührt an die größten Dinge und sie besitzen ihn nicht. Er hat in einem Augenblick das Weltall zu Gebot, im anderen fast nichts. Er scheint Menschen zu verstehen – aber er muß sich gestehen, daß er sie fast nicht versteht. Er ist unerfahrener als seine Kinder – seine Dialektik ist nichts wert. Entwickelt er sich? Kaum. – Seine Eitelkeit ist nicht sehr groß – aber seine Empfindlichkeit desto größer. Er ist da und nicht da. Er ist ein Dichter. Ferner: er fürchtet den Tod nicht, eher das Leben. – Er gleicht dem Zerstreuten, der abends in sein Haus kommt, es nicht erkennt: verhält er sich so zur Epoche? Er kommt im Maskenkleid zu einem Begräbnis.
C[arl] B[urckhardt]s Wort vom Raum in der Zeit für Gewisses, und für Anderes nicht.

Über das Lustspiel

1926

»A man can neither be insulted nor praised.«

Ni l'objet propre de la poésie, ni les méthodes pour le joindre n'étant élucidés, ceux qui les connaissent s'en taisant, ceux qui les ignorent en dissertant, toute netteté sur ces questions demeure individuelle. Paul Valéry, ›Variété‹

Begegnung. George.

Bildung. Das Theater. Burgtheater und Vorstadt. Die Einheit im Schauspieler. Reflexe in dem Knaben: den Stil des Racine mit dem der ›Ahnfrau‹ verschmelzen zu wollen. (Die ›Ahnfrau‹ sehr wohl als volksmäßig erkannt.)
Feste: Praterfahrt Fronleichnam Kaiserliche Begräbnisse

Jene nur geahnten, nie betretenen Kontinente.
Zusammenhang von Bild Wort und Schrift. – Jene geplanten ›Rodauner Anfänge‹. Über die Kunstsprache und die Mathematik (anknüpfend an Lionardo).

Geheimnisse: der Zeichendeuter. Die Doch-nicht-Halluzinationen. Die Erkenntnis jeder Erscheinung als gut oder böse, um 1890–91. Alles kommt darauf an, welchen Rang man diesen Dingen gibt.
Freunde: Auflösung und Neu-geburt durch solche Beziehungen.

Formidable Einheit des Werkes.

Die theatralischen Formen: auch die minder strengen.

Das Biographische des œuvre: der Verschwender-Typus – der Wahnsinnige – der Abenteurer – der Schwierige –

Im ›Schwierigen‹ Andeutung des Verhältnisses zwischen Phantasiegestalten und der Realität. Das Soziale – perspektivisch behandelt.

Zeitpunkt 1892. Frühe Einflüsse: Edgar Poe – Baudelaire – Verlaine – Mallarmé (Georges Kopie des ›Après-midi d'un faune‹). Der Zeitgeist: das Musikhafte
ferner: Novalis, die englischen Dichter, besonders Keats.

IX. 26

Das Suchen nach der möglichen – notwendigen Tat. (Die Tat der Pagen Alexanders war Hysterie – die der Elektra geht aus einer Art Besessenheit hervor.) Die mögliche Tat geht aus dem Wesensgrund, aus dem Geschick hervor.

›Kaiser und Hexe‹: was es mit dem Stoff auf sich hat mit der Schuld *für die Frau*. Die Tragweite damals nicht erkannt. Für solche Bekenntnisse müßte erst eine Sprache ganz einfach erfunden werden.

I. XI. 26

Es sind einige herangetreten, meine Biographie schreiben zu dürfen. Ein sehr sonderbares Ansinnen. Die Anekdoten – die Aufenthaltsorte – die Begegnungen – die Einflüsse. Unfähigkeit, das rein geistige Abenteuer zu erfassen. Es ist zu vermuten, daß sie nicht erfaßt haben, um was es sich handelt. Es handelt sich, den Geist der Epoche und den des Individuums zu beschwören und sie beide auseinanderzulösen (il faut avoir beaucoup de suite dans ces pensées). Die Hexe von Endor ist schließlich erschöpft und halbtot.
Der Anfang ist pure Magie: Praeexistenz.

Wer eine Biographie macht, stellt sich gleich. Die Biographen können nur erfassen was sie mit ihm (und vielen anderen) gemein haben.

Die substantiae secundae: das Theaterstück – das Trauerspiel.

Ahnung der Regeln. Ahnung, daß hier von der Gesamtheit etwas gewollt und gesucht wird.

Die Offenbarungen, durch die Ausübung der Dichtkunst empfangen.
Die Augenblicke der Macht.

Die soziale Seite der Dichtkunst: die Verbindungen. (Anfang: Aber geht es um Selbstgenuß –?...) Der Trieb und Zwang, alles nachzufühlen. – Die Verbindungen innerhalb der Kunstsphäre: z. B. mit Shakespeare, mit Calderon.

Das Bekenntnishafte: in ›Kaiser und Hexe‹.

Auch diese Seiten selbst sind Bekenntnis. Und für wen schreibe ich sie – für wen durfte ich sie ohne Eitelkeit schreiben? Auch hier bedarf es einer Geisterbeschwörung: empirische Begegnungen müssen vergeistigt werden.

5. XI. 26

Haltung: soziale – österreichische (der »feine kluge Wiener«). Anschluß an eine Tradition. Absichtliche Mittelbarkeit. (Haltung des ›Schwierigen‹ in einer nuancenlosen Welt). Differenz mit George kommt hier zur Sprache.
Innerhalb des deutschen Ganzen.
Zur geistigen Gegenwart:
Zur Tradition:
Zum Planetarischen:
Zum Göttlichen: katholische Umwelt
Zu sich selber: wie faßt man sich selbst und das Göttliche in sich auf?
Zartes Geheimnis. Arielhaft: dienend – Befreiung erhoffend. (Der ›Wahnsinnige‹ im ›Welttheater‹.) – Tiefere Geheimnisse: der Kaiser im Märchen sowie in ›Kaiser und Hexe‹.
Diesem zugrunde: wie man die Optik eines Lebenskreises mit der des andern überfliegen muß –

Zur deutschen Geschichte: frühe Lektüre der Quellen. Gefühl der Zugehörigkeit zum Heiligen Römischen Reich ungebrochen. So auch gegen Italien (hier auch durch Blut zugehörig) –

10. XI. 26

Hochmut als innerster Schutz um den Kern. Wort Valérys von der notwendigen Beigabe des Hochmuts beim höheren Geistigen.

Das Gefühl *konzentrischer* Verantwortungen.
Das Gleichnisweise in alledem. Ein Spiel – das Auftauchen einer neuen Figur, die dadurch entstehende Konstellation

könnte alles verändern. So nahm Napoleon Goethen eine große Last ab. Die Unmöglichkeit sich aus diesem planetarischen Spiel herauszuziehen. Ähnlich jetzt das Auftauchen Hölderlins.

ad ›Turm‹: der Vater: oder das Bestehende – der Gouverneur: das Belehrende – der Empörer: das Drohende der Materie Sigismund der Mensch: von dem der Vater sich Fortsetzung erwartet: der ihn unerwartet fortsetzt und sich selbst im Kinderkönig fortsetzt.

Il en est de notre esprit comme de notre chair: ce qu'ils sentent de plus important, ils l'enveloppent de mystère, ils se le cachent à eux-mêmes; ils le désignent et le défendent par cette profondeur où ils le placent. Tout ce qui compte est bien voilé; les témoins et les documents l'obscurcissent; les actes et les œuvres sont faits expressément pour le travestir. [Valéry]

12. XI. 26

Das Mythische. Der Abenteurer eine mythische Figur. Desgleichen Ariadne. Das Mythische in höherer Sphäre realisiert in »Helena«. Aristie: Menelas als Vertreter des Abendlandes. (In der Türkei Menelas-Hahnrei.) – Ausgleich zwischen Orient und Abendland (vgl. Bachofens Interpretation der »Aeneis«).

›Kaiser und Hexe‹ reines Bekenntnis.

Ad me ipsum (bezüglich der Jugendwerke) 1927
Imaginärer Brief an C. B.

Ihr Brief hat mich gerührt – es hat mich gerührt wie vieles Sie fühlen, erkennen – und daß Sie dies Jugendœuvre ein so berühmtes als unverstandenes nennen. Es scheint mir wirklich so. Ich staune, wie man es hat ein Zeugnis des l'art pour l'art nennen können – Wie man hat den Bekenntnischarakter, das furchtbar Autobiographische daran übersehen können –

Gefahr, daß das Ego die Liebe verlerne; ästhetisch gesprochen, daß die Form erstarre. (Pigenot.) – Ich verließ jede Form bevor sie erstarrte.

›Gestern‹, ›Tor und Tod‹: Gefahr der Isoliertheit, des selbstischen Erstarrens, der Überhebung.
›Tor und Tod‹ sowie ›Kaiser und Hexe‹ ermangeln einer wirklichen Interpretation.
Die Versündigung in ›Kaiser und Hexe‹ ist das Abschweifen der Phantasie, das Antizipieren, das Nicht-sich-Halten am engen Gegebenen – das Amalgamieren fremder Erfahrung (die Worte sind *Harpyen)*

In ›Tor und Tod‹: eine solche Stelle wie: »Ich füg mich so, daß Gut und Böse über mich Gewalt...« heißt: Gut und Böse hat keine Gewalt: ich glaube sie nicht, weil ich sie nicht vom vitalen Urgrund des Erlebnisses her empfangen habe. (Sic et Tochter des Töpfers.) Das gleiche im ›Tod des Tizian‹ bezüglich Erfahrung.
Im ›Bergwerk‹ ist jenes gewaltig Hinüberziehende (das die Seele dem Leben entfremdet) erst wirklich gestaltet: das Reich der Worte worin alles Gegenwart. – Das Ganze drückt den Versuch der Seele aus, der Zeit zu entfliehen in das Überzeitliche. Worte reißen das Einzelne aus dem Strom des Vergehens, vergegenwärtigen = verewigen es. Die magische (nur selten gefährliche) Gewalt der Worte auf ein für diese Gewalt empfängliches Kindergemüt.

Ringen um das Notwendige: das was Hölderlin das Schickliche nennt. τὸ ὅσιον.

Gleichnis jener Praeexistenz. – Homunculus – das alles überschauendste, fast unbegrenzte Wesen – das umherspäht, seine ihm bestimmte Enge zu finden. (Schließlich zerschellt es an der Galatea Throne, zerrinnt endgültig ins Unendliche.)

IX. 27

»... ihre Popularität, ihre Art, fremde Naturen anzunehmen und sich ihnen mitzuteilen...« (Brief Hölderlins vom 2. XII. 1802) – diesen Begriff auf mich anzuwenden.

X. 27

Bildung zart zu behandeln.
Ein Minimum von verbalem Gedächtnis.
Geschichte-Mythos Bachofen.
Ortsgefühl: Versuch des Umfassens. Symbolische Haltung.
Das Umspannen weiter Zeiträume.
Buckle-Gibbon. – Die Nachfolge Roms in Österreich als lebendig (Riegl, Wickhoff).

H. v. H.
Ein Versuch nach Gesprächen

›Der Turm‹. Darzustellen das eigentlich Erbarmungslose unserer Wirklichkeit, in welche die Seele aus einem dunklen mythischen Bereich hineingerät. Anzuknüpfen: jener Begriff der Praeexistenz.

›Helena‹: das beweisen was sonst als bewiesen angenommen wird.
Nationale Aufgabe: Begriff der Mitte der Nation. Äußerungen über George, Pannwitz und andere (Gegenwart und Geschichte). Soziale Haltung.
Figur. Charakter. Das: Verbirg dein Leben. Autobiographisches überall: ›Kaiser und Hexe‹, Märchen, ›Schwierige‹. ›Turm‹.
Rahmen, novellenartig. Reise.

Autobiographisches IX. 28

Frühe Einwirkung jenes Bildes: Kaiser Maximilian spricht mit acht Hauptleuten in ihren Sprachen.
Beschäftigung mit der Geschichte. Früh (14–17) Buckle:

Ideen und Geschehnisse in ihrem Zusammenhang. Daneben zu den Quellen gehen: die »Monumenta Germaniae«, Gibbon, Duncker »Geschichte des Altertums«. Wattenbach »Deutschlands Geschichtsquellen«.
Bedeutung von Byzanz – hieran anknüpfend dichterische Pläne.
Neu-aufnahme dieser Bestrebungen. Die Begegnung mit Dilthey.
Die Begegnung mit George. Unausgesprochener Gegensatz.
Das Österreichische. Natürliche Verbindung mit dem Theater. Begegnung mit Schröder. Übereinstimmung.
›Rodauner Anfänge‹ – gemeint als eine Rückführung der wissenschaftlichen Kunstsprache.
Die Unternehmungen der Bremer Presse.
Salzburger Festspiele. Theater überhaupt: Burg / Berlin / Reinhardt / Oper.
Hinwendung auf das unmittelbar Notwendige. Die Münchener Rede. Die Beziehung zu Universitäten.
Das Phänomen Berlin.
Das Phänomen Tolstoi, seit etwa 1891 (»Kreutzersonate«).

Stadien

(Versuch, gewisse Momente des eigenen Lebens darzustellen.)

Verschiedene Momente meines Lebens auffangen und vor allem zeigen, was im Schatten ist. Das Lebendige, das *Wahre* in dem aufweisen was schweigt. Z. B. Epoche der Freundschaft mit Poldy (›Kaufmannssohn‹ ›Garten der Erkenntnis‹; vgl. hiezu das zwölf Jahre spätere Buch ›Verwirrungen des Zöglings Törless‹): das Hauptproblem dieser sehr merkwürdigen Epoche liegt darin, daß Poldy vollständig (ich weniger vollständig, sondern ausweichend, indem ich eine Art Doppelleben führte) das Reale übersah: er suchte das Wesen der Dinge zu spüren – das andere Gesicht der Dinge beachtete er nicht, er wollte es absichtlich nicht beachten, *für nichts ansehen* (ähnlich kann der Zögling Törless das Gesicht der Dinge, wenn sie ferne sind, und das andere, wenn sie hart an uns sind, nicht übereinbringen).

Eine andere Phase! zu kristallisieren in einem Erlebnis einer Sommernacht in Unterach. Das Haben und Nicht-Haben des Sinnlichen.

Das Kind. Theater. ›Die Afrikanerin‹.

Der einsame Knabe. Fusch 1888. Gerade die widerhaarigen Züge beachten, die scheinbar *nicht* ins Bild wollen, die ganz kleinen Details, die der Erinnerung entschlüpfen wollen, ihnen nachgehen; auch den sonderbarsten Assoziationen unermüdlich nachgehen.

BIBLIOGRAPHIE

VERMÄCHTNIS DER ANTIKE (1926). Erstdruck unter dem Titel ›Humanismus. Worte gerichtet an den Verein der »Freunde des humanistischen Gymnasiums« anläßlich der Feier seines zwanzigjährigen Bestandes am 5. Juni 1926‹: Neue Freie Presse, Wien, 6.6.1926. Erste Buchausgabe (unter dem jetzigen Titel): Hugo von Hofmannsthal, Die Berührung der Sphären. S. Fischer Verlag, Berlin 1931.

BEGRÜSSUNG DES INTERNATIONALEN KONGRESSES DER KULTURVERBÄNDE (1926). Erstdruck unter dem Titel ›Die Tagung des Kulturbundes. Ein Gruß an Kultureuropa‹: Neue Freie Presse, Wien, 16.10.1926. Erste Buchausgabe (unter dem jetzigen Titel): Hugo von Hofmannsthal, Gesammelte Werke in Einzelausgaben, Prosa IV. S. Fischer Verlag, Frankfurt am Main 1955. – Notiz: »Versuch einer Besinnung auf das Einfachste. Spinoza: Wer eine wahre Idee hat, der weiß zugleich, daß er eine wahre Idee hat und kann nicht an der Wahrheit der Sache zweifeln.«

ANSPRACHE BEI ERÖFFNUNG DES KONGRESSES DER KULTURVERBÄNDE IN WIEN (1926). Erstdruck unter dem Titel ›Der Deutsche in Europa‹: Deutsche Allgemeine Zeitung, 65. Jahrgang, Berlin, 20.10.1926. Erste Buchausgabe (unter dem jetzigen Titel): Hugo von Hofmannsthal, Gesammelte Werke in Einzelausgaben, Prosa IV. S. Fischer Verlag, Frankfurt am Main 1955. – Als Vorsitzender hielt Hofmannsthal am 18. Oktober diese Ansprache.

DAS SCHRIFTTUM ALS GEISTIGER RAUM DER NATION (1926). Erstdruck: Die neue Rundschau, 38. Jahrgang der freien Bühne, 7. Heft, Berlin, Juli 1927. Erste Buchausgabe: Verlag der Bremer Presse, Sonderveröffentlichung der Neuen Deutschen Beiträge, München 1927. – Rede, gehalten im Auditorium maximum der Universität München am 10. Januar 1927. Karl Vossler, dem Rektor der Universität zugeeignet. Die Dichtervereinigung »Die Argonauten« hatte ihn gemeinsam mit der Münchener Goethe-Gesellschaft veranstaltet. Hofmannsthal führte einen fast verzweifelten Kampf mit dieser Aufgabe. An Willy Haas schreibt er am 19. 12. 1926: »Ein Vortrag in München den ich für Anfang Jänner angenommen habe kostet mich eigentlich all die Zeit die noch dazwischenliegt. Man kann nicht über etwas ›Spezielles‹ reden wenn man schon einmal öffentlich redet – dazu sind die Menschen heute zu ungeduldig und in zu großer Not. Wenn man sich aber auf das fruchtbare Gebiet des Nicht-speziellen, des Allgemeinen, unseres Zustandes, unserer Anarchie begibt – was sich dann noch sagen läßt, dies durchzudenken, das unbegrenzte Thema einigermaßen abzugrenzen, in sich eine Fühlung herzustellen mit den wichtigsten Zeitgenossen (die keineswegs, das versteht sich von selbst, die bekanntesten sind – im Gegenteil) doch eine Art von wir in sich zu konstituieren so viele ungeheuer schwierige u. komplexe Dinge andeutend berühren ohne sich auf sie einzulassen freilich, aber andererseits ohne zu dilettieren (und wohin führt alles – wenn man ein bißchen eindringt, ein bißchen schaut, was hinter den Dingen steckt) blitzschnell kommt man auf die schwierigsten rätselhaftesten Dinge, stößt auf Nominalismus und Realismus, müßte den Rickert, den Husserl, den Nietzsche frisch durchlesen, mit einem durchdringenden Blick, und das wäre erst wieder die Schale und nicht der Kern.« – Eine Notiz lautet: »Das Schrifttum als geistiger Raum der Nation (welcher geistiger Raum bei uns übernational). Bei uns nichts schlechthin gegeben – wogegen bei den anderen alles gegeben und präsent.« Die Lektüre von Paul Ludwig Landsbergers Buch »Die Welt des Mittelalters und wir« beeindruckte Hofmannsthal; ihm entnahm er auch den Satz des Thomas von Aquino: Solus Deus voluntatem hominis implere potest. Er nannte es die Hinwendung auf das unmittelbar Notwendige, wenn er versuchte, in einem krisenhaften Augenblick der deutschen Geschichte die anarchischen wie die restaurierenden Tendenzen aus einer überlegen unabhängigen Haltung des Geistes zu deuten.

BEGRÜSSUNG DES INTERNATIONALEN KRITIKERKONGRESSES (1927). Nachlaß. Erstdruck: Hofmannsthal-Blätter, 12. Heft, Frankfurt, 1974. Rede, gehalten in Salzburg am 23. April 1927.

DER SCHATTEN DER LEBENDEN (1925). Erstdruck: Neue Freie Presse, Wien, 25. 1. 1925. Erste Buchausgabe: Hugo von Hofmannsthal, Die Berührung der Sphären. S. Fischer Verlag, Berlin 1931.

GEMÜT. DER BEDEUTUNGSWANDEL EINES DEUTSCHEN WORTES (1925). Erstdruck: Neue Freie Presse, Wien, 19. 7. 1925. Erste Buchausgabe: Hugo von Hofmannsthal, Gesammelte Werke in Einzelausgaben, Prosa IV. S. Fischer Verlag, Frankfurt am Main 1955. – Einleitende Worte zu einem Auszug aus dem Artikel ›Gemüt‹ von Rudolf Hildebrand für das Grimmsche Wörterbuch. Der Aufsatz gilt der »Bemühung um das Reinhalten des Sprachgebrauchs, die Zerstreuung und Wiedervereinigung beim Wort Gemüt«.

C. F. MEYERS GEDICHTE (1925). Erstdruck: Wissen und Leben. Neue Schweizer Rundschau, 18. Jahrgang, 16. Heft, Zürich, Oktober 1925, und Neue Freie Presse, Wien, 10. 10. 1925. Erste Buchausgabe: Hugo von Hofmannsthal, Gesammelte Werke in Einzelausgaben, Prosa IV. S. Fischer Verlag, Frankfurt am Main 1955. – Zu C. F. Meyers hundertstem Geburtstag. Hofmannsthal schrieb am 28. 10. 1925 an Walther Brecht: »Ich wurde so hineingezogen, durch eine Schweizer Revue, die mich um einen kurzen Aufsatz über die Gedichte bat. Ich wollte wirklich nur ein paar urbane Zeilen schreiben. Dann schlug ich den Band auf, fand so viel, so maßlos viel ganz Schlechtes, Erquältes, dann einiges Schönes – und auch das – ich weiß nicht!... auf dieses dunkle Ineinander des Schweren, Dumpfen mit dem Höheren (ja man muß es beim Namen nennen, Bildungsphilisterium, es ist nichts anderes!) konnte ich eben nur hinweisen, nichts Tiefergehendes darüber aussagen.«

[»SCHILLERS SELBSTCHARAKTERISTIK«] (1925). Erstdruck: Neue Freie Presse, Wien, 25. 12. 1925. Erste Buchausgabe: Verlag der Bremer Presse, München 1926. – Vorwort zu dem Buch ›Schiller. Selbstcharakteristik aus seinen Schriften. Nach einem älteren Vorbild neu herausgegeben von Hugo von Hofmannsthal.‹ Hofmannsthal war von der fast visionären Präsenz dieses im Jahre 1854 zusammengestellten Buches ergriffen: Aus ihm »fiel mir das Gegenwärtige der Gestalt auf die Seele«.

CALDERON (1925). Nachlaß. Hier zum ersten Mal veröffentlicht. Hofmannsthal plante um 1925 drei Aufsätze, »wie das Leben durch Kunst zu Gefühl gebracht wird: a. Calderon: Moment b. Meredith: Atmosphäre. c. Goethe oder Keller: infinita infinitis modis. In diesen Aufsätzen repräsentiert Calderon »das nicht-psychologische, sondern durchaus in Leben verkörperte. Seine Figuren und ihre Erlebnisse sind eins.«

R. A. SCHRÖDER (1925). Erstdruck: Der Lesezirkel, 13. Jahrgang, 7. Heft, Februar 1926. Erste Buchausgabe: Hugo von Hofmannsthal, Die Berührung der Sphären. S. Fischer Verlag, Berlin 1931. – Zu dessen 50. Geburtstag am 26. Januar 1926. Der Erstdruck erschien in einem Sonderheft für Schröder, der am 22. Februar 1926 in der Aula der Universität Zürich aus seiner Übertragung der ›Ilias‹ vorlas. Als Leitwort zu diesem Aufsatz wählte Hofmannsthal aus der Einleitung Bäumlers in die Sammlung von Werken Bachofens »Der Mythus von Orient und Occident« den Satz: »Den eigentlich innersten Ton freilich dieses schwermütig verklingenden Saitenspiels hört nur wohl der, für den die Stille und der Ernst der Unterirdischen schon fühlbar allen Lärm, die Wirrsal und die Hast des Tages überschattet.«

ÜBER WALTHER BRECHT (1926). Nachlaß. Erstdruck: Erika Brecht, Erinnerungen an Hugo von Hofmannsthal, Österreichische Verlagsanstalt, Innsbruck 1946. Erste Buchausgabe: Hugo von Hofmannsthal, Gesammelte Werke in Einzelausgaben, Prosa IV. S. Fischer Verlag, Frankfurt am Main 1955.

– Am 19. Mai 1917 erfolgte der erste Besuch des zwei Jahre jüngeren Literarhistorikers an der Universität Wien in Rodaun. In den letzten fünf Jahren vor der Berufung Brechts nach Breslau (1926) trafen sie einander regelmäßig. Paul Kluckhohn, Herausgeber der Vierteljahresschrift für Literaturwissenschaft und Geistesgeschichte, wandte sich an Hofmannsthal, mit der Bitte, einen Aufsatz über Walther Brecht als Lehrerpersönlichkeit zu schreiben. Es kam nicht dazu, sondern nur zu diesen fragmentarischen Blättern. Hofmannsthal schrieb am 24. 6. 1926 an Kluckhohn: »... ich wollte versuchen, Brechts Eigenart recht klar herauszuheben; wie alles zu ihm spricht (durch das Walten einer halb träumerischen Intuition): die Landschaft, die Bräuche, die Gesichter, die Geräte; wie er nicht ein Literarhistoriker ist, sondern ein unendlich empfindlicher Betrachter des Geisteslebens der Nation, das lebt und webt in der Sprache.« 1927 wurde Brecht – nicht ohne Hofmannsthals Zutun – nach München berufen, wo die Freundschaft erneuert wurde.

»EUROPÄISCHE REVUE« (1926). Erstdruck: Neue Freie Presse, Wien, 25. 9. 1926. Erste Buchausgabe: Hugo von Hofmannsthal, Gesammelte Werke in Einzelausgaben, Prosa IV. S. Fischer Verlag, Frankfurt am Main 1955. – Am 18. 9. 1926 schrieb Hofmannsthal an Ernst Benedikt, den Chefredakteur der Neuen Freien Presse: »Wenn ich an einer so gewichtigen Stelle für die Rohan'schen Aktionen einzutreten mich entschlossen habe, so geschieht es nicht ohne reifliche Überlegung. Auch hatte ich noch zuletzt mit Josef Redlich über die Materie ein längeres, zur Übereinstimmung führendes Gespräch. R. ist ein ehrgeiziges und heute noch nicht ganz durchblickbares Individuum, aber er hat schließlich mit Kraft und Zähigkeit etwas vor sich gebracht, das mir wesenhafter erscheint als die paneuropäische Agitation (mit der es übrigens nicht konkurriert). Und ich muß mich an etwas, das von hier ausgeht, mit Österreich der Idee nach zusammenhängt, anschließen, oder ich kann hier nicht länger leben. Mit lauter negativ zu Wertendem kann ich nicht existieren.«

DER PETERSPFENNIG DER LITERATUR (1926). Erstdruck: Münchner Neueste Nachrichten, 79. Jahrgang, München, 14.11.1926. Erste Buchausgabe: Hugo von Hofmannsthal, Gesammelte Werke in Einzelausgaben, Prosa IV. S. Fischer Verlag, Frankfurt am Main 1955. – Keyserlings Vorschlag eines »Peterspfennigs der Literatur«, d.h. »Geistiges Eigentum darf nie ganz frei werden, ein bestimmter Prozentsatz dessen, was es einbringt, muß der Allgemeinheit vorbehalten bleiben«, hatte auch den Beifall Thomas Manns.

BERICHTE VON FAHRTEN UND ABENTEUERN (1926). Erstdruck: Die literarische Welt, Berlin, 19.11.1926. Erste Buchausgabe: Hugo von Hofmannsthal, Gesammelte Werke in Einzelausgaben, Prosa IV. S. Fischer Verlag, Frankfurt am Main 1955.

BIOGRAPHIE (1926). Erstdruck: Neue Freie Presse, Wien, 25.12.1926. Erste Buchausgabe: Hugo von Hofmannsthal, Gesammelte Werke in Einzelausgaben, Prosa IV. S. Fischer Verlag, Frankfurt am Main 1955. – Die vier von Hofmannsthal besprochenen biographischen Bücher sind: Gaston Boissier: Cicéron et ses amis. Étude sur la société romaine du temps du César, Paris, Hachette 1923. Wolfram von den Steinen: Das Kaisertum Friedrichs des Zweiten nach den Anschauungen seiner Staatsbriefe, Ferdinand Hirth, Breslau 1923. Frank Harris: Mein Leben, S. Fischer Verlag, Berlin 1926. Marianne Weber: Max Weber. Ein Lebensbild, J. C. B. Mohr Verlag, Tübingen 1926. Der Aufsatz wurde bereits 1925 begonnen und Weihnachten 1926 beendet. Ihm vorangestellt wurden die Worte Miltons »Ichsüchtig war ihr Sang doch Harmonie (was anderes ists, wenn ewige Geister singen)« und des Terenz »nil humani [a me alienum puto].«

NOTIZ ZUM ›DEUTSCHEN LESEBUCH‹ (1926). Erstdruck: Deutsches Lesebuch von Hugo von Hofmannsthal. Zweite vermehrte Auflage. Zweiter Teil, Verlag der Bremer Presse, München 1926. – Die zweite Auflage wurde um 28 Stücke vermehrt, einige Stücke der ersten Auflage wurden durch andere ersetzt. Hofmannsthal hat außerdem 43 ›Gedenktafeln‹ hinzugefügt (vgl. den folgenden Titel). Er verdankte Wiegand, Mell, Walther Brecht, Schröder, Nadler und Burckhardt vielfache Anregung. Ursprünglich war als Motto das Wort Goethes vorgesehen: »So göttlich ist die Welt eingerichtet, daß jeder an seiner Stelle, an seinem Ort, zu seiner Zeit alles übrige gleichwägt.« Eine Notiz lautet: »Dies insgesamt ist Geistesgeschichte – worin sich wandelnde unzerstörbare Lebenskräfte wirksam. Die Stimmung, in der uns dies entläßt, ist ebenso weit von Optimismus als Pessimismus: die der inneren Freiheit, deren die Gegenwart dringend bedarf.«

GEDENKTAFELN (1926). Erstdruck: Die literarische Welt, 2. Jahrgang, Nr. 48, Berlin, 26. 11. 1926. Erste Buchausgabe: Deutsches Lesebuch, herausgegeben von Hugo von Hofmannsthal. Zweite vermehrte Auflage, Erster und Zweiter Teil, Verlag der Bremer Presse, München 1926.

MANZONIS »PROMESSI SPOSI« (1927). Erstdruck: Die literarische Welt, 3. Jahrgang, Nr. 9, Berlin, 4. 3. 1927. Erste Buchausgabe: Hugo von Hofmannsthal, Die Berührung der Sphären. S. Fischer Verlag, Berlin 1931. – Einleitung zu der im Paul List Verlag erschienenen Neuausgabe des historischen Romans ›I promessi sposi‹ (1825–27) von Antonio Manzoni (1785–1873).

WERT UND EHRE DEUTSCHER SPRACHE (1927). Erstdruck: Münchner Neueste Nachrichten, 80. Jahrgang, Nr. 351, München, 26. 12. 1927. Erste Buchausgabe: als Vorrede zu dem Band ›Wert und Ehre deutscher Sprache, in Zeugnissen‹, herausgegeben von Hugo von Hofmannsthal, Verlag der Bremer Presse, München 1927. – Einer der wenigen großen Kenner und Deuter des Hofmannsthalschen Geistes, der Orientalist Hans Heinrich Schaeder, hat von dieser Anthologie gesagt, in ihr würden die Stufen der Selbstbewußtwerdung des deutschen Sprachgeistes auf herrliche Weise sinnenfällig.

HANS CAROSSA (1928). Erstdruck: Buch des Dankes für Hans Carossa. Dem 15. Dezember 1928. Insel-Verlag, Leipzig 1928. Erste Buchausgabe: Hugo von Hofmannsthal, Die Berührung der Sphären. S. Fischer Verlag, Berlin 1931. – Hofmannsthal korrespondierte seit 1907 mit Hans Carossa und setzte sich 1910 für die Veröffentlichung von dessen Gedichten bei Anton Kippenberg im Insel-Verlag ein. Notiz: »das Bescheidene: er entfernt sich nicht von sich selbst, aber tritt zum Selbst in eine magische Relation – wie die seltenen Augenblicke, Zwischenaugenblicke sie ermöglichen. Er gehört zu jener magischen Gemeinschaft, die immer von Fall zu Fall verwirklicht werden muß«.

AN DEN VERLEGER EUGEN RENTSCH (1928). Erstdruck: Neue Zürcher Zeitung, 25. 11. 1928. Erste Buchausgabe: Hugo von Hofmannsthal, Gesammelte Werke in Einzelausgaben, Prosa IV. S. Fischer Verlag, Frankfurt am Main 1955. – Stellungnahme zu dem Buch ›Geisteserbe der Schweiz. Schriften von Albrecht von Haller bis Jacob Burckhardt‹. Eugen Rentsch Verlag, Erlenbach-Zürich 1929 [ausgeliefert 1928].

GOTTHOLD EPHRAIM LESSING (1929). Erstdruck: Neue Freie Presse, Wien, 20. 1. 1929. Erste Buchausgabe: Hugo von Hofmannsthal, Die Berührung der Sphären. S. Fischer Verlag, Berlin 1931. – Zu Lessings 200. Geburtstag am 22. 1. 1929.

RUDOLF KASSNER (1929). Nachlaß. Erstdruck: Botthege Oscure, Quaderno 9, Roma 1952. Erste Buchausgabe: Hugo von Hofmannsthal, Gesammelte Werke in Einzelausgaben, Prosa IV. S. Fischer Verlag, Frankfurt am Main 1955. – Die Reinschrift des Aufsatzes endet mit dem Satz: »Die Verleihung des Nobelpreises an diesen einsamen und bedeutenden Denker wäre eine Handlung, durch die das Comité sich selber ehren würde.«

EINIGE WORTE ALS VORREDE ZU ST.-J. PERSE »ANABASIS« (1929). Erstdruck: Neue Schweizer Rundschau, 22. Jahrgang von

Wissen und Leben, 5. Heft, Mai 1929. Erste Buchausgabe: Hugo von Hofmannsthal, Gesammelte Werke in Einzelausgaben, Prosa IV. S. Fischer Verlag, Frankfurt am Main 1955. – »Anabase« war im Januarheft 1924 in der Nouvelle Revue Française erschienen. Schon 1925 förderten Rilke und Hofmannsthal die Übersetzung durch Walter Benjamin. Am 4. 11. 1928 schrieb Hofmannsthal an Anton Kippenberg: »Die Prinzessin Bassiano hat mich freundschaftlich dringend gebeten, für einen Druck von St. Legers ›Anabasis‹ eine Einführung zu schreiben... Im vorliegenden Fall handelt es sich um ein besonders dunkles Gedicht, um einen magischen Zusammenhang von Rhythmen und Silben, um die Gewinnung einer ganz anderen Ebene, als der auf welche das herkömmliche französische Gedicht projiziert ist. Die Übersetzung kann in diesem Fall nur als ein sehr gewissenhaftes und brauchbares Referat über den Inhalt gelten. Bitte orientieren Sie mich durch ein paar Worte über Ihre und der Herausgeber Absicht in bezug auf die Publikation.« Die Veröffentlichung der Dichtung unterblieb dann auf Wunsch von St.-Jean Perse.

ZU JOSEF NADLERS »LITERATURGESCHICHTE« [NOTIZEN] (1924–1928). Nachlaß. Erstdruck: Corona, 8. Jahr, 1. Heft, Zürich 1938. Erste Buchausgabe: Hugo von Hofmannsthal, Gesammelte Werke in Einzelausgaben, Prosa IV. S. Fischer Verlag, Frankfurt am Main 1955. – Hofmannsthal stand bei aller Bewunderung im Einzelnen äußerst kritisch gegenüber Nadlers Konzeption. So notierte er: »Begegnung mit Ahnen: das ewig Gleiche – das immer wieder Andere: beides rührt mich. In Prozenten dies ausdrücken zu wollen ist ein schändlicher Gedanke – Nadler hat ein eminentes historisches Problem in einem großen Augenblick aufgegriffen. Zustimmung verdient das Thema, Ablehnung die Ausführung... Er will festlegen was nicht festzulegen ist und verstößt gegen das Lebensgesetz der Wandelbarkeit.« Eine andere Notiz lautet: »Manche seiner Wertungen müssen Haß erregen – wie die Mißachtung Varnhagens oder die Schätzung Wildenbruchs – Nachfolger und Vorbereiter werden oft gewürdigt wie die großen Originale.« Andererseits heißt es in einem Brief an

Karl Vossler im April 1927: »Wenn es Menschen gibt, die ihm vorwerfen, seine geniale Intuition, die schwankenden Individuen mythenhaft durch Stamm und Landschaft in große Einheiten zusammenzubinden – damit wirke er partikularistisch, so ist das ein Dummkopf oder ein Verleumder.« – Die Aufzeichnungen über Nadler sollten in einem Aufsatz für die ›Deutsche Vierteljahresschrift für Literaturwissenschaft und Geistesgeschichte‹ vereinigt werden.

ANDENKEN EBERHARD VON BODENHAUSENS (1927–1928). Nachlaß. Erstdruck: Eberhard von Bodenhausen. Ein Leben für Kunst und Wirtschaft. Eugen Diederichs Verlag, Düsseldorf/Köln 1955. Erste Buchausgabe: Hugo von Hofmannsthal, Gesammelte Werke in Einzelausgaben. Aufzeichnungen. S. Fischer Verlag, Frankfurt am Main 1959. – Der Kunsthistoriker und Industrielle Eberhard Baron von Bodenhausen (1868–1918) war seit 1897 mit Hofmannsthal befreundet; er gehörte zu den Gründern der Zeitschrift ›Pan‹. Am 7. April 1929 wandte sich Borchardt an Hofmannsthal mit der Bitte um einen Beitrag für »den Andenkenband für Eberhard«, den Schröder vorbereitet hatte. Hofmannsthal erwiderte: »Ich war durch fast zwanzig Jahre mit ihm innig befreundet – und ich finde nichts, nichts in mir, das Material zu einer solchen Darstellung werden könnte. Die Sache bringt mich wirklich zeitweise in eine Art Verzweiflung... Ich habe mir vor 1½ Jahren etwa, ein Dossier angelegt – und immer wenn ich dem Denken an ihn etwas Reflexives abgewonnen hatte, es aufgeschrieben und dazugelegt – blättert man das wieder durch, so ergibt es – nichts. Es gelingt mir nicht, dies Individuum zu fassen. Ich finde keine Kontur. Ich wäre schuldig, das zu machen, und ich kann es nicht.«

REPERTOIRE (1925). Nachlaß. Erstdruck: Hugo von Hofmannsthal, Festspiele in Salzburg. Bermann-Fischer Verlag, Wien 1938. – Hofmannsthal arbeitete an dem Aufsatz bereits 1924. Eine Notiz lautet: »Der Autor nicht als Individuum wichtig, sondern weil durch ihn etwas Gefordertes ins Leben tritt.« H. zitiert dann das Wort Goethes an Zelter: »Nirgends fühlt sich geschwinder das Veraltete und nicht unmittelbar Ansprechende als auf der Bühne.«

HUNDERTFÜNFZIG JAHRE BURGTHEATER (1926). Erstdruck unter dem Titel: Erinnerung. In: Hundertfünfzig Jahre Burgtheater. Eine Festschrift. Krystall-Verlag, Wien 1926. Erste Buchausgabe: Hugo von Hofmannsthal, Gesammelte Werke in Einzelausgaben, Prosa IV. S. Fischer Verlag, Frankfurt am Main 1955.

[DAS SALZBURGER PROGRAMM] (1926). Erstdruck: Das süddeutsche Theater, 1. Jahrgang, 1./2. Doppelheft, München, September 1926. Erste Buchausgabe: Hugo von Hofmannsthal, Festspiele in Salzburg. Bermann-Fischer Verlag, Wien 1938.

GEDANKEN ÜBER DAS HÖHERE SCHAUSPIEL IN MÜNCHEN (1928). Erstdruck: 150 Jahre Bayerisches National-Theater, G. Hirth's Verlag G.m.b.H., München 1928.

DAS PUBLIKUM DER SALZBURGER FESTSPIELE (1928). Erstdruck: Ewiges Theater. Salzburg und seine Festspiele. Herausgegeben von Erwin Kerber. Mit 171 Abbildungen, R. Piper u. Co. Verlag, München 1935.

ZUM PROGRAMM DER SALZBURGER FESTSPIELE 1928 (1928). Erstdruck: Neue Freie Presse, Wien, 22. 7. 1928. Erste Buchausgabe: Hugo von Hofmannsthal, Festspiele in Salzburg. Bermann-Fischer Verlag, Wien 1938.

[JULIUS MEIER-GRAEFE] (1927). Erstdruck: Julius Meier-Graefe. Widmungen zu seinem sechzigsten Geburtstage. Erschienen bei R. Piper u. Co. in München, Ernst Rowohlt in Berlin, Paul Zsolnay in Wien 1927. Erste Buchausgabe: Hugo von Hofmannsthal, Gesammelte Werke in Einzelausgaben, Prosa IV. S. Fischer Verlag, Frankfurt am Main 1955. – Den Kunsthistoriker lernte Hofmannsthal 1900 in Paris kennen, wo dieser ihn in die Welt der Impressionisten einführte. Danach begegnete er ihm immer wieder. Um 1916 wünschte sich Meier-Graefe eine Einführung in ein Mappenwerk über Poussin von ihm.

[MAX LIEBERMANN] (1927). Erstdruck in einem Buch: ›Max Liebermann im Urteil Europas. Zum achtzigsten Geburtstag des Künstlers‹: Kunst und Künstler, 25. Jahrgang, 10. Heft, Berlin, Juli 1927. Erste Buchausgabe: Hugo von Hofmannsthal, Gesammelte Werke in Einzelausgaben, Prosa IV. S. Fischer Verlag, Frankfurt am Main 1955.

GESCHICHTLICHE GESTALT (1925). Erstdruck: Neue Freie Presse, Wien, 27.9.1925. Erste Buchausgabe: Hugo von Hofmannsthal, Gesammelte Werke in Einzelausgaben, Prosa IV. S. Fischer Verlag, Frankfurt am Main 1955. – Den Anlaß zu den beiden Studien verdankt Hofmannsthal zwei Büchern: 1. Der Freiherr vom Stein, dargestellt von Ricarda Huch in der Reihe: Menschen, Zeiten, Völker. Verlag K. König, Wien o.J. 2. Maria Theresia, dargestellt von Heinrich Kretschmayr, in der Reihe: Die deutschen Führer, Gotha 1925.

[GEORG REIMERS] (1925). Erstdruck: Georg Reimers. Festschrift zu seinem vierzigjährigen Burgtheaterjubiläum 1885–1925, Reinhold-Verlag, Wien 1925.

AN HANS BÖHM (1925). Erstdruck: Die Wiener Reinhardt-Bühne im Lichtbild. Erstes Spieljahr 1924/25. Herausgegeben von Hans Böhm. Mit 123 Abbildungen von Theatervorstellungen in der Josefstadt. Amalthea-Verlag, Wien 1926. Erste Buchausgabe: Hugo von Hofmannsthal, Gesammelte Werke in Einzelausgaben, Prosa IV. S. Fischer Verlag, Frankfurt am Main 1955. – Einleitung in der Form eines offenen Briefs an den Herausgeber.

[HOMMAGE À JACQUES RIVIÈRE] (1925). Erstdruck (französisch): La Nouvelle Revue Française, Tome XXIV, No CXXXIX, Gaston Gallimard, Paris, avril 1925. Hommage à Jacques Rivière, 1886–1925. L'homme et l'œuvre. Deutsche

Fassung (nicht vollständig): Die neue Rundschau, 36. Jahrgang der freien Bühne, 5. Heft, Berlin, Mai 1925. Erste Buchausgabe: Hugo von Hofmannsthal, Gesammelte Werke in Einzelausgaben, Aufzeichnungen. S. Fischer Verlag, Frankfurt am Main 1959. – Hofmannsthal gedenkt des verstorbenen Leiters der Nouvelle Revue Française, den er als eine große europäische Persönlichkeit hochschätzte und dessen Aufsatz über Ingres er schon 1912 bewunderte.

[AN DIE THEATERGEMEINDE DES KULTURBUNDES] (1925?). Erstdruck: nicht ermittelt. Erste Buchausgabe: Hugo von Hofmannsthal, Gesammelte Werke in Einzelausgaben, Prosa IV. S. Fischer Verlag, Frankfurt am Main 1955.

[SCHEFFELS »EKKEHARD«] (1926). Erstdruck: Joseph Victor von Scheffel im Lichte seines hundertsten Geburtstages. Verlag von Adolf Bonz u. Comp., Stuttgart 1926.

[PANEUROPA] (1926). Zeitschrift Paneuropa, 2. Jahrgang, 1.–3. Heft, Wien, Leipzig, Februar 1926. Erste Buchausgabe: Hugo von Hofmannsthal, Gesammelte Werke in Einzelausgaben, Prosa IV. S. Fischer Verlag, Frankfurt am Main 1955.

[DEUTSCHLAND UND EUROPA] (1926). Erstdruck: Jahrbuch des Paul Zsolnay Verlags, Berlin, Wien, Leipzig 1927.

[VERKANNTE DICHTER UNTER UNS?] (1926). Erstdruck: Neue Zürcher Zeitung, Zürich, 4. 4. 1926. Erste Buchausgabe: Hugo von Hofmannsthal, Gesammelte Werke in Einzelausgaben, Prosa IV. S. Fischer Verlag, Frankfurt am Main 1955. – Die Rundfrage wurde von Eduard Korrodi veranstaltet und unter anderen auch an Thomas Mann und Rudolf Borchardt gerichtet.

[FÜNFZIG JAHRE STADTTHEATER IN MAGDEBURG] (1926). Erstdruck: Festschrift. Zum 50jährigen Jubiläum des Magdeburger Stadttheaters 1876–1926, Verlag Mitteldeutsche Reklame-Gesellschaft m.b.H., Magdeburg, Mai 1926.

[DIE BESTEN BÜCHER DES JAHRES 1926] (1926). Erstdruck: Das Tagebuch, 7. Jahrgang, 49. Heft, Berlin, 4. 12. 1926. Erste Buchausgabe: Hugo von Hofmannsthal, Gesammelte Werke in Einzelausgaben, Aufzeichnungen. S. Fischer Verlag, Frankfurt am Main 1959.

[AGNES SORMA] (1927). Erstdruck: Agnes Sorma. Ein Gedenkbuch. Zeugnisse ihres Lebens und ihrer Kunst. Niels Kampmann Verlag, Heidelberg 1927.

[ALEXANDER MOISSI] (1927). Erstdruck: Moissi. Der Mensch und der Künstler in Worten und Bildern. Eigenbrödler-Verlag, Berlin 1927.

[DAS BESTE BUCH DES JAHRES 1927] (1927). Erstdruck: Das Tagebuch, 8. Jahrgang, 49. Heft, Berlin, 3. 12. 1927. Erste Buchausgabe: Hugo von Hofmannsthal, Gesammelte Werke in Einzelausgaben, Aufzeichnungen. S. Fischer Verlag, Frankfurt am Main 1959. – Antwort auf eine Umfrage »bei den besten Autoren über das beste Buch des Jahres«.

[ADALBERT STIFTER] (1927). Erstdruck: Adalbert Stifter. Ein Gedenkbuch. Verlag von Josef Grünfeld, Wien 1928.

[SELMA LAGERLÖF] (1928). Nachlaß. Erstdruck: Hugo von Hofmannsthal, Gesammelte Werke in Einzelausgaben, Prosa IV. S. Fischer Verlag, Frankfurt am Main 1955. – Auf schwedisch: Svenska Dagbladet, Stockholm, 11. 11. 1928.

[DER AUSLANDDEUTSCHE ALS TEIL DER NATION] (1928). Erstdruck: Des deutschen Buches Wert und Wirkung für das Ausland-Deutschtum. Eine Denkschrift. Verlag der G. A. von Halem Export- und Verlagsbuchhandlung, Bremen 1928.

[DIE BESTEN BÜCHER DES JAHRES] (1928). Erstdruck: Das Tagebuch, 9. Jahrgang, 49. Heft, Berlin, 8. 12. 1928. Erste Buchausgabe: Hugo von Hofmannsthal, Gesammelte Werke in

Einzelausgaben, Prosa IV. S. Fischer Verlag, Frankfurt am Main 1955. – Antwort auf eine Rundfrage »an die besten Autoren über die besten Bücher des Jahres«.

[»DAS SPEKTRUM EUROPAS« VON KEYSERLING] (1928). Nachlaß. Teildruck: Der Querschnitt, 9. Jahrgang, 11. Heft, Berlin, November 1931. Erstdruck des gesamten Textes, eines Briefes an den Verleger Niels Kampmann vom 19. 2. 1928: hier zum ersten Mal veröffentlicht.

[WELCHES WAR DAS LIEBLINGSBUCH IHRER KNABENJAHRE?] (1929). Erstdruck: Die literarische Welt, 5. Jahrgang, Nr. 26, Berlin, 28.6.1929. Erste Buchausgabe: Hugo von Hofmannsthal, Gesammelte Werke in Einzelausgaben, Aufzeichnungen. S. Fischer Verlag, Frankfurt am Main 1959. – Der Verfasser des Buches »Kaiser, König und Papst«, dessen Namen Hofmannsthal vergessen hatte, hieß Richard Roth.

[DIE ZUKUNFT DES DEUTSCHEN NATIONALTHEATERS] (1929). Erstdruck: Die Zukunft des Deutschen Nationaltheaters. Stimmen aus dem Reiche, Weimar 1929.

[FELIX SALTEN ZUM SECHZIGSTEN GEBURTSTAG] (1929). Erstdruck: Jahrbuch Paul Zsolnay Verlag 1930. Erste Buchausgabe: Hugo von Hofmannsthal, Gesammelte Werke in Einzelausgaben, Prosa IV. S. Fischer Verlag, Frankfurt am Main 1955.

[DAS DEUTSCHE HAUS DER COLUMBIA-UNIVERSITÄT] (1929). Erstdruck: New York 1929. Erste Buchausgabe: Hugo von Hofmannsthal, Gesammelte Werke in Einzelausgaben, Prosa IV. S. Fischer Verlag, Frankfurt am Main 1955.

BUCH DER FREUNDE (1921). Teildrucke: Marsyas, 1. Jahrgang, 1. Heft, Berlin, Juli und August 1917; Der Merker, 10. Jahrgang, 1. Heft. Wien, 1.1.1919; Das Inselschiff, 1. Jahrgang, 1. Heft, Leipzig, Oktober 1919; Blätter des Operntheaters, Wien, Oktober 1919; Prospekt des Rikola Verlags, Wien

1919; Das Tage-Buch, 1. Jahrgang, 1. Halbjahr, 3. Heft, Berlin, 24. 1. 1920; Prager Tageblatt, 46. Jahrgang, Nummer 234, Prag, 6. 10. 1921; Insel-Almanach auf das Jahr 1922, Leipzig 1921; Neue Freie Presse, Wien, 9. 2. 1922; Das Inselschiff, 3. Jahrgang, 3. Heft, Leipzig, Februar 1922. Erstdruck: Insel-Verlag, Leipzig 1922. Erste Auflage in 800 Exemplaren. – Im Sommer 1919 schreibt Hofmannsthal zum ersten Mal an Anton Kippenberg von seinem Plan, und zwar von einem Privatdruck für 300–500 Freunde. Zwei Jahre später heißt es: »Was das ›Buch der Freunde‹ betrifft, habe ich es mir ernstlich überdacht. Eine solche Zusammenstellung von Fragmenten, Erzählungen und Aphorismen hält nicht Stich, vor allem nicht vor dem eigenen Urteil, das ja das strengste und ernsthafteste sein muß. Doch habe ich etwa 500 oder mehr leidlich wohlgeformte Aphorismen liegen, oder Reflexionen, oder wie Sie es nennen wollen, über Gegenstände aller Art: Herz, Geist, Gesellschaft, Politik, Nation, Sprache. Darunter gemischt sind kleine aber köstliche Auszüge aus fremden Autoren, auch knapp erzählte Anekdoten und dergleichen... es würde unzweifelhaft für einige hundert Menschen, sagen wir 6–800, worunter in der Überzahl Freunde, wenn auch nicht persönliche, so doch Freunde meines geistigen Daseins eine Freude sein, den Inhalt dieser Hefte auf gutem Papier spazios gedruckt vor sich zu sehen. Zu bedenken wäre, ob man die Aphorismen in die Gruppen zu bringen trachtet, wie oben angedeutet. Ich war dazu willens, und denken Sie, neuerer Zeit, schien es mir reizvoller, sie im Durcheinander stehen zu lassen... es scheint mir, es wird eine solche Sammlung dadurch kurzweiliger zu lesen sein, und auch die Fragmente des Novalis ziehen vielleicht daraus einen Zauber, daß sie nicht gruppiert sind.« Und bald danach heißt es, wiederum an Anton Kippenberg: »Die letzte Anordnung soll Alles von der Hand Ihrer Gattin empfangen, der ich deswegen schreibe.« Hofmannsthal erwog als Motto: »Freunden kann man alles darbringen, sie erfreuen sich noch an der Schwäche.« Am 18. 2. 1928 schreibt Hofmannsthal: »Ein neues ›Buch der Freunde‹ werde ich vorbereiten.« Dazu kam es nicht mehr. Nach Hofmannsthals Tod, noch im Jahr 1929, veranstaltete

Schröder eine zweite Ausgabe. Die dort aus dem Nachlaß hinzugefügten Aphorismen finden sich in unserer Ausgabe unter den Aufzeichnungen.

TAGEBUCHBLATT (1919). Erstdruck: Frauenzimmer Almanach auf das Jahr 1923, Rikola Verlag, Wien 1922. Erste Buchausgabe: Hugo von Hofmannsthal, Gesammelte Werke in Einzelausgaben, Aufzeichnungen. S. Fischer Verlag, Frankfurt am Main 1959. – Die Aufzeichnung, anknüpfend an Brandes' Bericht über Ibsen, findet sich schon auf einem Tagebuchblatt von 1906.

AUS EINEM UNGEDRUCKTEN BUCH (1925?) Erstdruck: Prager Tageblatt, 50. Jahrgang, Nr. 284, Prag, 6. 12. 1925, und Das Tage-Buch, 6. Jahrgang, 2. Halbjahr, 50. Heft, Berlin, 12. 12. 1925. Erste Buchausgabe: Hugo von Hofmannsthal, Gesammelte Werke in Einzelausgaben, Aufzeichnungen. S. Fischer Verlag, Frankfurt am Main 1959. – Möglicherweise für ein zweites ›Buch der Freunde‹.

AUFZEICHNUNGEN AUS DEM NACHLASS (1889–1929). Teildrukke: Corona, Zürich, 9. Jahr, 1. Heft 1939; 9. Jahr, 6. Heft 1940; 10. Jahr, 4. Heft 1941; Die Neue Rundschau, Sonderausgabe zu Thomas Manns 70. Geburtstag, Stockholm, 1945; Imprimatur. Ein Jahrbuch für Bücherfreunde, 10. Jahrgang, Hamburg, 1950/51; Botteghe Oscure, Quaderno XIX, Roma, 1957. Erstdruck: Hugo von Hofmannsthal, Gesammelte Werke in Einzelausgaben, Aufzeichnungen. S. Fischer Verlag, Frankfurt am Main 1959. Der größere Teil dieser ›Aufzeichnungen aus dem Nachlaß‹ wird hier zum ersten Mal veröffentlicht. – Nachdem Heinrich Zimmer und Herbert Steiner in jahrelangen Bemühungen Skizzen und Entwürfe aus Notizblättern und Tagebüchern vor allem in der von Martin Bodmer und Herbert Steiner herausgegebenen Zeitschrift ›Corona‹ vorgelegt hatten, wurden diese im letzten Band der Gesammelten Werke 1959 vereinigt. Die Herausgeber der Taschenbuchausgabe meinten, es wäre zwanzig Jahre danach möglich, ja geboten, die Auswahl wesentlich zu erweitern und eine neue Ernte vorzulegen, wohl wissend, daß der Aggregatzustand des hier Geschriebenen meist ein anderer ist als der der vollendeten Werke.

AD ME IPSUM (1916–1929). Nachlaß. Erstdruck: Jahrbuch des Freien Deutschen Hochstifts, mit einem Kommentar herausgegeben von Walther Brecht, Frankfurt am Main 1930. Erstdruck weiterer Teile: Corona, 10. Jahr, 4. Heft, herausgegeben von Martin Bodmer, Zürich, 1941. Neuordnung und Ergänzung: Die Neue Rundschau, 65. Jahrgang, 3./4. Heft, Frankfurt am Main, 1954. Erste Buchausgabe: Hugo von Hofmannsthal, Gesammelte Werke in Einzelausgaben, Aufzeichnungen. S. Fischer Verlag, Frankfurt am Main 1959. – Hofmannsthal wünschte sich 1916 von Max Mell einen Aufsatz über seine dramatische Dichtung ›Die Frau ohne Schatten‹ und stellte Aufzeichnungen zur Verfügung, die den vorläufigen Titel ›spectantia ad me‹ tragen sollten. Am 4. November schreibt er ihm: »mit meinen Notizen steht es nun so: sie gehen wohl ins Tiefe dieser Dinge, denn sie sind alle aus einem plötzlichen, unwillkürlichen Selbst-einblick geboren, aber eben darum sind sie für jeden Dritten ganz unfaßlich, und ich müßte sie selbst in vielstündiger Arbeit erweitert herunterdiktieren oder Ihnen in mehrstündigen sehr eindringlichen Gesprächen auseinanderlegen.« Ähnliche Selbstbetrachtungen, mit der Absicht, die »formidable Einheit« seines Gesamtwerkes erkennbar zu machen, ließ Hofmannsthal bis in die letzte Zeit seines Lebens hinein Carl J. Burckhardt und vor allem Walther Brecht zukommen, der das Selbstbekenntnis als erster ordnete. – Wir veröffentlichen auf den Seiten 599–604 die dem Literarhistoriker Walther Brecht schon 1919 zugänglich gemachten, ihm dann bei seinem Weggang von Wien 1926 geschenkten, von Hofmannsthal mit dem Titel ›H. v. H. eine Interpretation‹ versehenen Aufzeichnungen; als zweites auf den Seiten 605–608 die für Max Mell bestimmte Fassung, befreit von wörtlichen resp. fast wörtlichen Wiederholungen; ferner Einzelnotizen zum ad me ipsum aus dem Nachlaß und verschiedene autobiographische Skizzen.

LEBENSDATEN

Die in Klammern gesetzten Daten hinter den Bühnendichtungen geben die Zeit von den frühesten Einfällen bis zur Vollendung eines Werks an, bzw. Ort und Tag der Uraufführung.

1874 Am 1. Februar wird Hugo Laurenz August Hofmann, Edler von Hofmannsthal in Wien, Salesianergasse 12 geboren. Als einziger Sohn des Hugo August Peter Hofmann, Edler von Hofmannsthal (1841–1915) und der Anna Maria Josefa von Hofmannsthal, geborene Fohleutner (1852–1904).

1884–1892 Nach gründlicher Vorbereitung durch Privatlehrer Besuch des Akademischen Gymnasiums in Wien (Maturitätszeugnis ›mit Auszeichnung‹ vom 6. 7. 1892).
Mit achtzehn Jahren hatte er alles gelesen, was der großen antiken, französischen, englischen, italienischen, spanischen und deutschen Literatur entstammt – auch kannte er die Russen schon als halbes Kind.

1890 Veröffentlichung des ersten Gedichts, des Sonetts:
FRAGE Weitere Gedichte desselben Jahres:
SIEHST DU DIE STADT?, die Sonette:
WAS IST DIE WELT?
FRONLEICHNAM, die Ghasele:
FÜR MICH, GÜLNARE;
Erste Begegnung mit Richard Beer-Hofmann und Arthur Schnitzler.

1891 Bekanntschaft mit Henrik Ibsen; im Literatencafé Griensteidl mit Hermann Bahr und, am gleichen Ort, mit Stefan George.

Hofmannsthal veröffentlicht unter den Pseudonymen Loris Melikow, Loris, Theophil Morren. Erste dramatische Arbeit in Versen, ein fertiger Einakter (»beinah ein Lustspiel«):

GESTERN (Wien, Die Komödie, 25. 3. 1928). Früheste Prosaarbeiten, vor allem Buchbesprechungen zeitgenössischer Autoren wie Bourget, Bahr, Amiel, Barrès. Zum Beispiel:

ZUR PHYSIOLOGIE DER MODERNEN LIEBE

DAS TAGEBUCH EINES WILLENSKRANKEN

Gedichte u. a.:

SÜNDE DES LEBENS

DER SCHATTEN EINES TOTEN

1892 DER TOD DES TIZIAN. Erstdruck in Georges ›Blätter für die Kunst‹, Heft 1, Oktober 1892. (München, Künstlerhaus, 14. 2. 1901, mit einem provisorischen Schluß und neugeschriebenen Prolog: ›Zu einer Totenfeier von Arnold Böcklin‹).

ASCANIO UND GIOCONDA (Vollendung der beiden ersten Akte einer Fragment gebliebenen »Renaissancetragödie«).

Reise durch die Schweiz nach Südfrankreich, zurück über Marseille, Genua, Venedig.

ELEONORA DUSE (I, II)

SÜDFRANZÖSISCHE EINDRÜCKE. Gedichte:

VORFRÜHLING

ERLEBNIS

LEBEN

PROLOG ZU DEM BUCH ›ANATOL‹

Bekanntschaft mit Marie Herzfeld und Edgar Karg.

1893 ALKESTIS (München, Kammerspiele, 14. 4. 1916).
DER TOR UND DER TOD (München, Theater am Gärtnerplatz, 13. 11. 1898).
IDYLLE
DAS GLÜCK AM WEG – AGE OF INNOCENCE (eine stark autobiographische, unveröffentlicht gebliebene Studie). Gedichte:
WELT UND ICH
ICH GING HERNIEDER
Freundschaft mit Leopold von Andrian.
Plan eines »ägyptischen Stücks... mit recht tüchtigen, lebendigen kleinen Puppen« (Das Urteil des Bocchoris).

1894 Tod der mütterlichen Freundin Josephine von Wertheimstein.
Gedichte:
TERZINEN I – IV
WELTGEHEIMNIS
Arbeit an einer freien Übertragung der ›Alkestis‹ des Euripides.
Erstes juristisches Staatsexamen.
Ab Oktober Freiwilligenjahr beim k. u. k. Dragonerregiment 6 zunächst in Brünn, dann in Göding.

1895 DAS MÄRCHEN DER 672. NACHT
SOLDATENGESCHICHTE. Gedichte:
EIN TRAUM VON GROSSER MAGIE
BALLADE DES ÄUSSEREN LEBENS
Reise nach Venedig.
Beginn des Studiums der romanischen Philologie.

1896 GESCHICHTE DER BEIDEN LIEBESPAARE
DAS DORF IM GEBIRGE. Gedichte:
LEBENSLIED
DIE BEIDEN
DEIN ANTLITZ...
MANCHE FREILICH...

1897 Erste Begegnung mit Eberhard von Bodenhausen, dem engsten lebenslangen Freund des Dichters.

Im August Radtour über Salzburg, Innsbruck, Dolomiten, Verona, Brescia nach Varese. Hier Aufenthalt von drei Wochen, eine glückliche ungemein produktive Zeit.

DIE FRAU IM FENSTER

DIE HOCHZEIT DER SOBEIDE

DAS KLEINE WELTTHEATER

DER WEISSE FÄCHER

DER KAISER UND DIE HEXE

DER GOLDENE APFEL

1898 Erste Theateraufführung eines Stücks von Hofmannsthal. DIE FRAU IM FENSTER in einer Matinée-Vorstellung der ›Freien Bühne‹ des Deutschen Theaters in Berlin, 15. Mai (Otto Brahm).

Bekanntschaft mit Harry Graf Kessler und erste Begegnung mit Richard Strauss.

Abschluß seiner Dissertation »Über den Sprachgebrauch bei den Dichtern der Pléjade« und Rigorosum im Hauptfach Romanische Philologie.

Radtour mit Schnitzler in die Schweiz, dann allein nach Lugano, später über Bologna und Florenz (Besuch bei D'Annunzio) nach Venedig.

DER ABENTEURER UND DIE SÄNGERIN (zusammen mit der HOCHZEIT DER SOBEIDE, gleichzeitig: Berlin, Deutsches Theater, Otto Brahm, und Wien, Burgtheater, 18. 3. 1899).

REITERGESCHICHTE

1899 Reisen nach Florenz und Venedig.

DAS BERGWERK ZU FALUN

Bekanntschaft mit Rilke.

1900 In München erste Begegnung mit Rudolf Alexander Schröder und Heymel, den Herausgebern der ›Insel‹, in Paris mit Maeterlinck, Rodin, Meier-Graefe u. a.

DAS ERLEBNIS DES MARSCHALLS VON BASSOMPIERRE

VORSPIEL ZUR ANTIGONE DES SOPHOKLES

1901 DIE »STUDIE ÜBER DIE ENTWICKELUNG DES DICHTERS VICTOR HUGO« legt Hofmannsthal der Wiener Universität als Habilitationsschrift vor, verbunden mit dem Gesuch um die venia docendi.

DER TRIUMPH DER ZEIT (Ballett; März 1900 bis Juli 1901, für Richard Strauss bestimmt, der aber wegen einer anderen Arbeit absagt).

Am 1. Juni Eheschließung mit Gertrud Maria Laurenzia Petronilla Schlesinger.

Am 1. Juli Übersiedlung nach Rodaun bei Wien, wo Hofmannsthal bis zu seinem Lebensende wohnte.

Beginn der Arbeit an POMPILIA (dem ersten »großen Trauerspiel... von solchen Dimensionen und von solchen Anforderungen, wie ich sie noch nie gekannt habe«). Das Problem des Ehebruchs, die Geschichte des Guido von Arezzo und seiner Frau Pompilia, findet Hofmannsthal in Robert Brownings ›The Ring and The Book‹.

Erste Pläne einer Bearbeitung von Sophokles' ›Elektra‹ und Calderons ›Das Leben ein Traum‹.

Zum Jahresende zieht Hofmannsthal sein Gesuch um eine Dozentur zurück.

1902 EIN BRIEF (Chandos-Brief)

In Rom und Venedig Vollendung der ersten Fassung des GERETTETEN VENEDIG.

ÜBER CHARAKTERE IM ROMAN UND IM DRAMA

Geburt der Tochter Christiane.

Erste Begegnung mit Rudolf Borchardt.

1903 DAS GESPRÄCH ÜBER GEDICHTE

Erste Begegnung mit Max Reinhardt. Von ihm angeregt schreibt er

ELEKTRA (September 1901 bis September 1903; Berlin, Kleines Theater, 30. 10. 1903, Reinhardt).

Erste Sammlung AUSGEWÄHLTE GEDICHTE im Verlag ›Blätter für die Kunst‹.

Geburt des Sohnes Franz.

1904 Tod der Mutter (22. März).

DAS GERETTETE VENEDIG (August 1902 bis Juli 1904; Berlin, Lessing-Theater, 21. 1. 1905, Brahm).

1905 ÖDIPUS UND DIE SPHINX (Juli 1903 bis Dezember 1905; Berlin, Deutsches Theater, 2. 2. 1906, Reinhardt).

KÖNIG ÖDIPUS (Übersetzung des Sophokles; München, Neue Musikfesthalle, 25. 9. 1910, Reinhardt).

SHAKESPEARES KÖNIGE UND GROSSE HERREN (Festvortrag in Weimar).

SEBASTIAN MELMOTH

1906 Folgenreiche Begegnung mit Richard Strauss, der die ELEKTRA vertonen will.

UNTERHALTUNG ÜBER DEN ›TASSO‹ VON GOETHE

UNTERHALTUNG ÜBER DIE SCHRIFTEN VON GOTTFRIED KELLER

DER DICHTER UND DIESE ZEIT (Vortragsreise München, Frankfurt, Göttingen, Berlin).

Geburt des Sohnes Raimund.

1907 Reise nach Venedig.

Früheste Beschäftigung mit dem ANDREAS-Romanfragment und den Komödien SILVIA IM ›STERN‹ und CRISTINAS HEIMREISE.

DIE BRIEFE DES ZURÜCKGEKEHRTEN (Juni bis August 1907).

»TAUSENDUNDEINE NACHT«

1907 SILVIA IM ›STERN‹ (Abschluß des Fragments). Mitherausgeber der Zeitschrift ›Morgen‹ (Abteilung Lyrik). Bis 1908.

1908 Reise nach Griechenland (Athen, Delphi) mit Graf Kessler und Maillol.
Scheitern der Arbeit am FLORINDO, der ersten Fassung von CRISTINAS HEIMREISE. Davon erschienen 1909 revidiert im Druck:
FLORINDO UND DIE UNBEKANNTE und
DIE BEGEGNUNG MIT CARLO

1909 Uraufführung der Oper ELEKTRA in Dresden.
CRISTINAS HEIMREISE (Juli 1907 bis Dezember 1909; Berlin, Deutsches Theater, 11. 2. 1910, Reinhardt).
DIE HEIRAT WIDER WILLEN (Übersetzung des Molière; München, Künstler-Theater, 20. 9. 1910, Reinhardt).
Herausgeber des Jahrbuchs ›Hesperus‹, gemeinsam mit Schröder und Borchardt.

1910 Aufführungen der neuen, gekürzten Fassung von CRISTINAS HEIMREISE in Budapest und – mit großem Erfolg – in Wien.
Als Variation eines Komödien-Szenariums entsteht die Erzählung
LUCIDOR (September 1909 bis März 1910).
DER ROSENKAVALIER (Februar 1909 bis Juni 1910; Dresden, Königliches Opernhaus, 26. 1. 1911, Reinhardt).

1911 ARIADNE AUF NAXOS (Februar bis April 1911; Stuttgart, Königliches Hoftheater, 25. 10. 1912, Reinhardt, in Verbindung mit Molières Komödie DER BÜRGER ALS EDELMANN, von Hofmannsthal bearbeitet).
JEDERMANN (April 1903 bis August 1911; Berlin, Zirkus Schumann, 1. 12. 1911, Reinhardt;

1911 Erstaufführung auf dem Salzburger Domplatz unter Reinhardt am 12. 8. 1920).

1912 JOSEPHSLEGENDE (Pantomime für Diaghilews ›Russisches Ballett‹; von diesem uraufgeführt in der Pariser Oper am 14. 5. 1914).
Aufzeichnung einer Übersicht zum ANDREAS-Roman und Niederschrift des Anfangskapitels.
Zusammenstellung und Einleitung des Bandes
DEUTSCHE ERZÄHLER.

1913 Ausführliches Szenarium und Ausarbeitung des ersten Akts zur Oper DIE FRAU OHNE SCHATTEN. Beginnende Arbeit an der gleichnamigen Erzählung. Neues Vorspiel zur ARIADNE und Weiterarbeit am ANDREAS-Roman.

1914 Kriegsausbruch. Einberufung Hofmannsthals als Landsturmoffizier nach Istrien (26. 7. 1914). Durch Vermittlung Josef Redlichs beurlaubt und dem Kriegsfürsorgeamt im Kriegsministerium zugewiesen.
Veröffentlichungen in der ›Wiener Neuen Presse‹ zum geschichtlichen Augenblick:
APPELL AN DIE OBEREN STÄNDE
BOYKOTT FREMDER SPRACHEN
DIE BEJAHUNG ÖSTERREICHS
WORTE ZUM GEDÄCHTNIS DES PRINZEN EUGEN
BÜCHER FÜR DIESE ZEIT

1915 Intensiver Gedankenaustausch mit dem Freund und Politiker Josef Redlich. In politischer Mission Dienstreisen in die besetzten Gebiete, nach Südpolen (Krakau), Brüssel und Berlin. Weitere Äußerungen zur Zeit:

1915 WIR ÖSTERREICHER UND DEUTSCHLAND
GRILLPARZERS POLITISCHES VERMÄCHTNIS
DIE TATEN UND DER RUHM
GEIST DER KARPATHEN
UNSERE MILITÄRVERWALTUNG IN POLEN
ANTWORT AUF DIE UMFRAGE DES ›SVENSKA DAGBLADET‹
Die ›Österreichische Bibliothek‹, mitherausgegeben von Hofmannsthal, beginnt zu erscheinen.
DIE FRAU OHNE SCHATTEN (Februar 1911 bis September 1915; Wien, Staatsoper 10. 10. 1919, Franz Schalk).
Tod des Vaters (10. Dezember).

1916 DIE LÄSTIGEN (Frei nach Molière) und
DIE GRÜNE FLÖTE (Ballett. Beide Stücke zusammen uraufgeführt: Berlin, Deutsches Theater, 26. 4. 1916, Reinhardt).
AD ME IPSUM (Aufzeichnungen zum eigenen Dichten).
ARIADNE AUF NAXOS (neu bearbeitet, uraufgeführt an der Wiener Oper, 4. 10. 1916).
Arbeit am SOHN DES GEISTERKÖNIGS.
Dienstreise nach Warschau.
Vortragsreise nach Oslo und Stockholm.
Vergleiche dazu
AUFZEICHNUNGEN ZU REDEN IN SKANDINAVIEN.

1917 DER BÜRGER ALS EDELMANN (erneute freie Bearbeitung des Molière; Berlin, Deutsches Theater, 9. 4. 1918, Reinhardt).
Intensive Arbeit an dem Lustspiel DER SCHWIERIGE; zwei Akte bereits vollendet.
Beginn des Briefwechsels mit Rudolf Pannwitz, den Hofmannsthal »als schicksalhaft für sein Leben bezeichnet«.

1918 Hofmannsthal »beschäftigen fast pausenlos« folgende Arbeiten: das Märchen DIE FRAU OHNE SCHATTEN, der ANDREAS-

1918 Roman, DER SCHWIERIGE, SILVIA IM ›STERN‹, LUCIDOR (als Lustspiel) und eine SEMIRAMIS-NINYAS-TRAGÖDIE. Außerdem systematische Lektüre Calderons im Hinblick auf mögliche Bearbeitungen.

DAME KOBOLD (freie Übersetzung des Calderon; Berlin, Deutsches Theater, 3.4.1920, Reinhardt).

Tod seines besten Freundes: Eberhard von Bodenhausen.

Erste Begegnung mit Carl Jakob Burckhardt.

1919 DIE FRAU OHNE SCHATTEN (Erzählung, Dezember 1913 bis August 1919).

DER SCHWIERIGE (Juni 1910 bis November 1919; München, Residenztheater, 8.11.1921).

1920 Beginn der intensiven Arbeit am TURM.

BEETHOVEN-REDE in Zürich.

1921 Intensive Arbeit am TURM (bis an den 5. Akt) und am SALZBURGER GROSSEN WELTTHEATER.

1922 BUCH DER FREUNDE (Sammlung von Aphorismen und Anekdoten, eigene und anderer).

DAS GROSSE SALZBURGER WELTTHEATER (September 1919 bis Juni 1922; Salzburg, Kollegienkirche, 12.8.1922, Reinhardt).

DER UNBESTECHLICHE (Mai bis Oktober 1922; Wien, Raimundtheater, 16.3.1923).

Als Herausgeber der ›Neuen deutschen Beiträge‹ (1922–1927) schreibt Hofmannsthal ein Vorwort und eine Anmerkung zum ersten Heft.

DEUTSCHES LESEBUCH, eingeleitet und herausgegeben von Hugo von Hofmannsthal.

1923 Der fünfte Akt des TURM wird auf eine »vorletzte« Fassung gebracht, dann aber die Arbeit abgebrochen.

Filmbuch für den ROSENKAVALIER (Ur-

1923 aufführung des Films am 10. 1. 1926 in Dresden).

1924 DIE ÄGYPTISCHE HELENA (Dezember 1919 bis März 1924; Dresden, Oper, 6. 6. 1928). Italienreise, mit Burckhardt in Sizilien. Beschäftigung mit dem Lustspiel TIMON DER REDNER.

DER TURM, 1. Fassung (Oktober 1918 bis Oktober 1924).

1925 Reise über Paris nach Marseille, von dort mit dem Schiff nach Marokko (Fès, Salé, Marrakech):

REISE IM NÖRDLICHEN AFRIKA.

Beschäftigung mit dem ANDREAS-Roman und Vollendung des ersten Akts von TIMON DER REDNER.

1926 DER TURM (Ausarbeitung und Fertigstellung der neuen, fürs Theater bestimmten Fassung; München, Prinzregententheater, 4. 2. 1928, Kurt Stieler).

DAS SCHRIFTTUM ALS GEISTIGER RAUM DER NATION (am 10. 1. 1927 in der Münchener Universität gehaltene Rede).

1927 Reise nach Sizilien.

Fortführung der Notizen AD ME IPSUM und ANDENKEN EBERHARD VON BODENHAUSENS.

Szenarium zur ARABELLA und Niederschrift des ersten Akts der ersten Fassung.

1928 ARABELLA (Nach der Niederschrift der dreiaktigen lyrischen Oper von April bis November 1928 entschließt sich Hofmannsthal, den ersten Akt zu ändern).

1929 Neufassung des ersten Akts der ARABELLA und Übersendung an Strauss. Dessen Antwort-Telegramm: »Erster Akt ausgezeichnet. Herzlichen Dank und

1929 Glückwünsche«, erlebte Hofmannsthal nicht mehr. (Uraufführung der ARABELLA am 1. 7. 1933 in Dresden.)
Am 13. Juli nimmt sich sein ältester Sohn Franz, zuhause in Rodaun, das Leben. Am 15. Juli, beim Aufbruch zur Beerdigung, erleidet Hofmannsthal einen Schlaganfall, an dem er wenige Stunden später stirbt. Er wird beigesetzt auf dem nahen Kalksburger Friedhof.

HUGO VON HOFMANNSTHAL

TASCHENBUCHAUSGABEN

Jedermann

Band 7021

Das Märchen der 672. Nacht
Reitergeschichte
Das Erlebnis des Marschalls von Bassompierre

Mit Nachworten von
Margaret Jacobs und Richard Alewyn

Band 1357

Der Schwierige

Lustspiel in drei Akten

Der Unbestechliche

Lustspiel in fünf Akten

Band 7016

Deutsches Lesebuch

Eine Auswahl deutscher Prosa
aus dem Jahrhundert 1750 bis 1850

Band 1930

FISCHER TASCHENBUCH VERLAG

HUGO VON HOFMANNSTHAL

GESAMMELTE WERKE
IN ZEHN EINZELBÄNDEN

Herausgegeben von Bernd Schoeller
in Beratung mit Rudolf Hirsch

GEDICHTE
DRAMEN I (1891–1898)

Gedichte. Gestalten. Prologe und Trauerreden.
Idylle. Gestern. Der Tod des Tizian.
Der Tor und der Tod. Die Frau im Fenster.
Die Hochzeit der Sobeide. Das Kleine Welttheater.
Der Weiße Fächer. Der Kaiser und die Hexe.
Der Abenteurer und die Sängerin
Band 2159

DRAMEN II (1892–1905)

Ascanio und Gioconda. Alkestis.
Das Bergwerk zu Falun. Elektra.
Das gerettete Venedig. Ödipus und die Sphinx
Band 2160

DRAMEN III (1906–1927)

Jedermann. Das Große Welttheater.
Der Turm. Prologe und Vorspiele.
Dramen-Fragmente
Band 2161

DRAMEN IV (LUSTSPIELE)

Silvia im »Stern«. Cristinas Heimreise.
Der Schwierige. Der Unbestechliche.
Timon der Redner. Mutter und Tochter
Band 2162

DRAMEN V (OPERNDICHTUNGEN)

Der Rosenkavalier. Ariadne auf Naxos.
Die Frau ohne Schatten. Danae.
Die Ägyptische Helena. Arabella
Band 2163

DRAMEN VI
(BALLETTE, PANTOMIMEN, BEARBEITUNGEN, ÜBERSETZUNGEN)

Pantomimen zu ›Das Große Welttheater‹.
Sophokles: »König Ödipus«.
Molière: »Die Lästigen«; »Der Bürger als Edelmann«.
Raimund: »Der Sohn des Geisterkönigs«.
Calderon: »Dame Kobold« u. a.
Band 2164

ERZÄHLUNGEN
ERFUNDENE GESPRÄCHE UND BRIEFE. REISEN

Märchen der 672. Nacht.
Die Wege und die Begegnungen. Lucidor.
Andreas oder die Vereinigten. Die Frau ohne Schatten.
Brief des Lord Chandos. Das Gespräch über Gedichte.
Augenblicke in Griechenland u. a.
Band 2165

REDEN UND AUFSÄTZE I (1891–1913)

Poesie und Leben.
Shakespeares Könige und große Herren.
Der Dichter und diese Zeit. Eleonora Duse.
Schiller. Balzac. Deutsche Erzähler.
Goethes »West-östlicher Divan«. Raoul Richter u. a.
Band 2166

REDEN UND AUFSÄTZE II (1914–1924)

Beethoven. Rede auf Grillparzer.
Shakespeare und wir. Ferdinand Raimund.
Deutsches Lesebuch. Max Reinhardt.
Appell an die oberen Stände. Preuße und Österreicher u. a.
Band 2167

REDEN UND AUFSÄTZE III (1925–1929)
AUFZEICHNUNGEN

Das Schrifttum als geistiger Raum der Nation.
Wert und Ehre deutscher Sprache.
Gotthold Ephraim Lessing. Das Vermächtnis
der Antike. Buch der Freunde. Ad me ipsum u. a.
Band 2168

FISCHER TASCHENBUCH VERLAG

HUGO VON HOFMANNSTHAL

SÄMTLICHE WERKE
KRITISCHE AUSGABE IN 38 BÄNDEN

Veranstaltet vom
Freien Deutschen Hochstift
Herausgegeben von
Heinz Otto Burger, Rudolf Hirsch,
Detlev Lüders, Heinz Rölleke, Ernst Zinn

In jahrelanger Arbeit wurde die Kritische Ausgabe der Sämtlichen Werke Hofmannsthals vom Freien Deutschen Hochstift in Frankfurt am Main vorbereitet. Der unvergleichlich reiche handschriftliche Nachlaß des Dichters, alle Druckfassungen sowie die Briefe von Hofmannsthal und an ihn wurden ermittelt, zusammengetragen und gesichtet. Von der neuen Ausgabe ist eine wesentliche Bereicherung des Hofmannsthal-Bildes zu erwarten, da sie viele noch gänzlich unbekannte Werke, neue Lesungen bislang noch unzulänglich edierter Texte sowie einen kaum abschätzbaren Zuwachs an bedeutsamen Varianten und Vorstufen bieten wird.

Die 38 Bände sind in neun Gruppen gegliedert:

Gedichte (2 Bände)
Dramen (20 Bände)
Operndichtungen (4 Bände)
Ballette/Pantomimen/Filmszenarien (1 Band)
Erzählungen (2 Bände)
Roman/Biographie (1 Band)
Erfundene Gespräche und Briefe (1 Band)
Reden und Aufsätze (5 Bände)
Aufzeichnungen und Tagebücher (2 Bände)

Band X: *Dramen 8*
Das Salzburger Große Welttheater
Pantomimen zum Großen Welttheater
Herausgegeben von Hans-Harro Lendner und Hans-Georg Dewitz
1977. 336 Seiten. Leinen im Schuber

Band XIV: *Dramen 12*
Timon der Redner
Herausgegeben von Jürgen Fackert
1976. 664 Seiten. Leinen im Schuber

Band XXVI: *Operndichtungen 4*
Arabella. Lucidor. Der Fiaker als Graf
Herausgegeben von Hans-Albrecht Koch
1976. 356 Seiten. Leinen im Schuber

Band XXVIII: *Erzählungen 1*
Das Glück am Weg. Das Märchen der 672. Nacht.
Das Dorf im Gebirge. Reitergeschichte.
Erlebnis des Marschalls von Bassompierre.
Erinnerung schöner Tage.
Lucidor, Figuren zu einer ungeschriebenen Komödie.
Prinz Eugen der edle Ritter.
Sein Leben in Bildern. Die Frau ohne Schatten.
Herausgegeben von Ellen Ritter
1976. 462 Seiten. Leinen im Schuber

Band XXIX: *Erzählungen 2*
Age of Innocence. Delio und Dafne. Amgiad und Assad.
Soldatengeschichte. Geschichte der beiden Liebespaare.
Der goldene Apfel. Die Verwandten.
Das Märchen von der verschleierten Frau. Knabengeschichte.
Prosagedichte. Übersetzungen.
Herausgegeben von Ellen Ritter
1978. 424 Seiten. Leinen im Schuber

S. FISCHER VERLAG

HUGO VON HOFMANNSTHAL

REITERGESCHICHTE UND ANDERE ERZÄHLUNGEN

Inhalt:
Das Glück am Weg – Das Märchen der 672. Nacht
Das Dorf im Gebirge – Reitergeschichte
Das Erlebnis des Marschalls von Bassompierre
Erinnerung schöner Tage – Lucidor
Mit einem Nachwort von Rudolf Hirsch
Fischer Bibliothek
1977 · 159 Seiten, geb.

In Hugo von Hofmannsthals reichem, die verschiedensten literarischen Gattungen umfassenden Werk ist das Erzählerische mit seinen vielfältigen Wirkungen von besonderem Reiz. Die drei frühen, doch schon vollendeten, rätselvollen Novellen ›Das Märchen der 672. Nacht‹, ›Reitergeschichte‹ und ›Das Erlebnis des Marschalls von Bassompierre‹ stehen neben lichterer und leichterer Prosa aus jungen und späteren Jahren und neben der Aufzeichnung eines Komödienplans: der Erzählung ›Lucidor‹, die der Oper ›Arabella‹ zugrundeliegt.

Mit diesem Buch wird zum ersten Mal ein Ergebnis der editorischen Arbeit an der Kritischen Ausgabe ›Hugo von Hofmannsthal: Sämtliche Werke‹, veranstaltet vom Freien Deutschen Hochstift und erscheinend im S. Fischer Verlag, in einer Leseausgabe greifbar. Die Texte, darunter der nie zuvor gedruckte erste Entwurf zu ›Das Märchen der 672. Nacht‹, sind dem von Ellen Ritter herausgegebenen Band XXVIII, ›Erzählungen I‹, entnommen.

S. FISCHER VERLAG